Alle Rechte, einschließlich das des vollständigen oder
auszugsweisen Nachdrucks in jeglicher Form, sind vorbehalten.

Alle handelnden Personen in dieser Ausgabe sind frei erfunden.
Ähnlichkeiten mit lebenden oder verstorbenen Personen wären rein zufällig.

Der Preis dieses Bandes versteht sich einschließlich
der gesetzlichen Mehrwertsteuer.

Umwelthinweis:
Dieses Buch wurde auf chlor- und säurefreiem Papier gedruckt.

Mistelzweig und Weihnachtszauber

Lisa Jackson
Ein Weihnachtsmärchen in Montana
Seite 7

Penny Jordan
Zwei Spuren im Schnee ...
Seite 109

Cara Colter
Viel Liebe zum Fest
Seite 189

Julianna Morris
Dein Kuss unterm Mistelzweig
Seite 337

MIRA® TASCHENBUCH
Band 20064
2. Auflage: November 2016

MIRA® TASCHENBÜCHER
erscheinen in der HarperCollins Germany GmbH,
Valentinskamp 24, 20354 Hamburg
Geschäftsführer: Thomas Beckmann

Copyright © 2016 by MIRA Taschenbuch
in der HarperCollins Germany GmbH

Titel der amerikanischen Originalausgaben:
Angel Baby
Copyright © 1998 by Lisa Jackson
erschienen bei: Silhouette Books, Toronto

Figgy Pudding
Copyright © 1997 by Penny Jordan
erschienen bei: Mills and Boon Ltd., London

Guess Who's Coming For Christmas?
Copyright © 2002 by Cara Colter
erschienen bei: Silhouette Books, Toronto

Meet Me Under The Mistletoe
Copyright © 2005 by Julianna Morris
erschienen bei: Silhouette Books, Toronto

Published by arrangement with
Marlequin Enterprises, Toronto

Konzeption/Reihengestaltung: fredebold&partner gmbh, Köln
Umschlaggestaltung: büropecher, Köln
Redaktion: Maya Gause
Titelabbildung: Harlequin Books S.A.
Satz: GGP Media GmbH, Pößneck
Druck und Bindearbeiten: GGP Media GmbH, Pößneck
Printed in Germany
Dieses Buch wurde auf FSC®-zertifiziertem Papier gedruckt.
ISBN 978-3-95649-655-4

www.mira-taschenbuch.de

Werden Sie Fan von MIRA Taschenbuch auf Facebook!

Lisa Jackson

Ein Weihnachtsmärchen in Montana

Roman

Aus dem Amerikanischen von
Sonja Sajlo-Lucich

PROLOG

Dezember
Minneapolis, Minnesota

„I'm dreaming of a White Christmas ..."
Über dem Klingen der Kristallgläser, dem perlenden Lachen und den angeregten Gesprächen auf der Feier in der Firmenzentrale der *Fortune Corporation* war die Stimme der Sängerin nur noch schwach zu hören.

Chase Fortune beobachtete das festliche Treiben mit zynisch verzogenem Mund. Er war hier so fehl am Platze wie ein Ackergaul in Churchill Downs auf dem Kentucky Derby, aber im Moment war das eben nicht zu ändern.

Er trank einen Schluck aus der langstieligen Champagnerflöte und wünschte, er wäre überall anders, nur nicht hier auf der Geburtstagsparty zum achtzigsten Geburtstag seiner Großtante Kate, mitten im Herzen Amerikas.

Ein gut sechs Meter hoher Weihnachtsbaum, geschmückt mit unzähligen funkelnden Lichtern und festlichen roten Seidenschleifen, stand in der Mitte des Saals, während die Eisstatue bei der Tür, ein Engel mit Harfe und Flügeln und Heiligenschein, langsam zu schmelzen begann. Angestellte glichen die Namen auf den Einladungskarten mit denen auf der Gästeliste ab.

Das Ganze war ein Witz.

Chase zerrte am Kragen seines Smokinghemds, das ihn einzuengen schien, und stürzte dann den Rest Champagner hinunter. In dem großen Raum mit der hohen Decke tummelten sich die Verwandten, die er schon sein ganzes Leben kannte. Sie hatten sich in Schale geworfen und teure Geschenke mitgebracht – die alle für einen wohltätigen Zweck gespendet werden würden –, um Kate Fortune, der couragierten, eleganten Matriarchin seiner Familie die Ehre zu erweisen.

Was würde er jetzt nicht für ein eiskaltes Bier, seine staubigen Cowboystiefel und eine volle, verqualmte Bar geben, in der man auf dem Fernseher das Basketballspiel schauen oder sich fluchend über die Rinderpreise ereifern konnte. Alles untermalt von Musik von Garth Brooks oder Waylon Jennings, die aus den Lautsprechern an der Wand ertönte.

Stattdessen war er hier in der Stadt, sah den Regen an den Fensterscheiben herunterlaufen und konnte die Abneigung seiner Schwester Delia förmlich bis hierher spüren. Schon vor Langem hatten sie sich entfremdet, und auch hier unternahm Delia eine ganz bewusste Anstrengung, ihm aus dem Weg zu gehen. Nicht, dass es ihn auch nur einen Deut stören würde.

„Happy Birthday to you ..."

Damit gelang es der großen, gertenschlanken Sängerin in dem eng anliegenden goldenen Kleid, die auf dem dunklen Haar eine neckisch schief sitzende Nikolausmütze trug, endlich die Aufmerksamkeit der Anwesenden auf sich zu ziehen. Die Menge fiel in den Song mit ein, und Kate Fortune, der man auf die leicht erhöhte Bühne geholfen hatte, lächelte der Menge aus ihren hellwach leuchtenden blauen Augen zu – trotz ihrer Lebensjahre, deren Anzahl sie eigentlich in die Gruppe der „Älteren" katapultiert hatte. Rüstig und elegant, wie sie war, lachte sie herzlich, als das Lied verklang, hielt eine kleine Rede und nahm Hände schüttelnd die Glückwünsche entgegen, umarmte Kinder und Enkel und aus welchen Nachzüglern auch immer ihre ausgedehnte Familie noch bestand.

Chase gehörte zu der letzten Kategorie. Während der Rest der Fortune-Familie wie eine Herde zusammenrückte, war er das mutterlose Kalb, der raubeinige Streuner. Freiheitsliebend und nicht bereit, konform mit dem zu gehen, was der Rest der Fortunes als das Beste ansah. Mit der Kosmetikfirma, Aktienpaketen, Unternehmenskonglomeraten und Firmenzusammenschlüssen konnte er nichts anfangen.

Und warum, zum Teufel, bin ich dann hier, wenn mich das alles nicht interessiert?

Er stellte das leere Glas auf einem silbernen Tablett ab, griff sich ein neues und stieß mit der Schulter eine der hohen Flügeltüren auf, die auf die überdachte Terrasse hinausführten. Die Luft war frisch und kalt, es roch nach Regen. Zwei Stockwerke tiefer fuhren Autos über die nassen Straßen und spritzten Pfützen auf. Das Brummen der Motoren war bis hier herauf zu hören, die Lichter der Stadt strahlten hell in der Dunkelheit, verliehen der Nacht eine festliche Atmosphäre. Unten an der Straßenecke läuteten ehrenamtliche Helfer mit Glocken und baten um Spenden.

„Habe ich doch richtig gesehen, dass du dich hier nach draußen verzogen hast."

Überrascht wandte er sich um. Seine Großtante, eine Nerzstola um die Schultern, war nach draußen gekommen.

„Ich dachte mir schon, dass es da drinnen ein wenig zu eng für dich ist." Sie drehte den Kopf zur Tür, die sie hinter sich geschlossen hatte, und schaute in den überfüllten Saal, wo die Party in vollem Gange war.

„Ein bisschen vielleicht schon, ja." Er lächelte seine Tante an. „Herzlichen Glückwunsch zum Geburtstag, Kate."

„In meinem Alter ist jeder Geburtstag ein besonderer Geburtstag, glaube mir", erwiderte sie leise lachend. „Wer weiß? Es könnte ja der letzte sein."

Das glaubte Chase keine Sekunde lang. Mit ihrer Lebensfreude und Energie würde sie wahrscheinlich noch die meisten ihrer Kinder und ein paar von ihren Enkeln überleben. „Das bezweifle ich."

„So?" Sie schritt zur Balustrade am Ende der Terrasse und blickte zu den Wolkenkratzern auf. Nieselregen fiel auf ihr Gesicht, sie blinzelte.

„Wie ist es dir gelungen, der Menge da drinnen zu entfliehen?"

„Oh, mit dem Alter erhält man auch gewisse Privilegien." Sie wandte sich zu ihm um. „Außerdem habe ich Sterling und Jake gesagt, dass ich nicht ständig behelligt werden will." Sterling Foster war Kates Mann und Anwalt, einer der wenigen, die wussten, dass Kate vor acht Jahren einen Flugzeugabsturz überlebt hatte, als jemand einen Anschlag auf sie verübt hatte. Jake war ihr ältester Sohn.

„Außerdem wollte ich ein paar Minuten mit dir allein haben." Sie wurde ernst. „Ich habe dir nämlich ein Angebot zu unterbreiten."

„Hört sich irgendwie riskant an", witzelte er.

„Möglich." Wieder lachte sie leise. „Du hast den gleichen Humor wie dein Vater."

„Mir ist nie aufgefallen, dass er Sinn für Humor hätte." Chase hatte nicht vor, in die Falle zu tappen und sich einreden zu lassen, er hätte auch nur die geringste Ähnlichkeit mit seinem alten Herrn. Es hatte eine Zeit gegeben, da hatte Zeke Fortune alles gehabt – eine liebevolle Ehefrau, Kinder, die zu ihm aufschauten, ein gut gefülltes Konto und die verdammt beste Ranch in ganz West-Montana. Doch irgendwie war es ihm durch ein Zusammentreffen von schlechtem Timing, schlichtem Pech und einem wirklich miserablen Urteilsvermögen tatsächlich gelungen, sich all dies nehmen zu lassen. Und wenn Chase eines in seinem Leben nie wieder sein würde, dann ein Verlierer. Er hatte bereits genug verloren, mehr, als die anderen ahnten.

„Oh, Zeke besaß sogar einen ganz wunderbaren Humor." Kate seufzte bedrückt. „Aber dann hat das Leben ihm den Humor geraubt. Lass nicht zu, dass dir das Gleiche widerfährt, Chase."

Es behagte ihm nicht, an seinen alten Herrn zu denken – oder an seine ganz persönliche Hölle. „Du erwähntest etwas von einem Angebot."

„Mmm." Mit beiden Händen stützte sie sich auf die Balustradenmauer. Es schien ihr nichts auszumachen, dass der Wind an ihrer Frisur zerrte. „Eigentlich ist es ein ganz gradliniger Handel. Du weißt doch, dass ich vor ein paar Jahren schon für tot gehalten wurde. Und da jeder dachte, ich wäre bereits in die himmlischen Gefilde im Jenseits aufgefahren, hielt ich es für den passenden Zeitpunkt, die Erbanteile unter den Familienmitgliedern zu verteilen."

Chase nickte. „Ja, ich erinnere mich noch."

„Ich finde, es hat sich gut gefügt", meinte sie nachdenklich. „Zum Beispiel habe ich meinem Enkel Kyle, wenn du dich entsinnst, eine ziemlich große Ranch in Wyoming überlassen. Natürlich gab es dabei einen Haken – er musste ein halbes Jahr auf der Ranch leben, bevor sie ihm richtig gehörte. Ich bin sicher, dass er mich mehr als ein Mal heimlich verflucht hat. Immerhin ist er ein Stadtmensch, und ich habe ihn damit gezwungen, seinen Lebensstil zu ändern. Doch es hat funktioniert."

Ja, Chase konnte sich noch gut erinnern, und wenn er ehrlich war, dann musste er zugeben, dass der Neid damals an ihm genagt hatte, nachdem er gehört hatte, dass sein Playboy-Verwandter die riesige Ranch geerbt hatte. Allerdings hatte er damals eigene Probleme um die Ohren gehabt. Um sich seine Gefühle nicht anmerken zu lassen, gab er sich ungerührt und schob die Hände in die Hosentaschen.

„Und was hat das jetzt alles mit mir zu tun?"

„Ich möchte dir etwas Ähnliches vorschlagen."

Die Muskeln in seinem Nacken verspannten sich unwillkürlich, wie immer, wenn er ahnte, dass Ärger aufzog. „Was ist das für eine Art Vorschlag?" Er selbst konnte das Misstrauen in seiner Stimme wahrnehmen.

„Sieh mich nicht so finster an, es gibt keinen Haken. Vertrau mir. Ich habe da eine neue Ranch in West-Montana, eine, die leider erhebliche Hilfe braucht, um wieder auf die Beine zu kommen." Sie rieb die Hände aneinander, massierte sich die Fingerknöchel. „Es versteht sich wohl von selbst, dass ich nicht mehr in der Lage bin, das selbst zu übernehmen, und du bist derjenige in der Familie, dem es wohl am ehesten gelingen kann. Erstens fällt das in dein Metier, und, wie der Zufall es will, liegt sie gleich bei dir um die Ecke."

Chase glaubte nicht an Zufälle, aber das würde er jetzt nicht erwähnen.

„Also, es schaut folgendermaßen aus, Chase … Du hast ein Jahr, um die Ranch aus den roten Zahlen herauszuholen, die sie schon länger schreibt, und endlich Gewinn einzufahren. Wenn du das bis nächstes Jahr Weihnachten schaffst, gehört die Ranch und alles, was damit zusammenhängt, dir. Falls nicht … nun, dann musst du die Sache eben aufgeben."

Er traute seinen Ohren nicht. Doch Kate, verflucht sollte sie sein, musterte ihn mit der Intensität einer echten Fortune. Diese kleine drahtige Frau war hart wie Stahl und zäh wie Leder. Sie hatte ihm den Köder hingeworfen, wohl wissend, dass er sofort danach schnappen würde. „Ist das dein Ernst?"

„Es ist mir todernst."

Skeptisch kniff er die Augen zusammen, aber er konnte nicht den Hauch von Hintergedanken oder Täuschung in ihren Zügen erkennen – nur die Entschlossenheit, das Durchhaltevermögen und die Courage, die so typisch für die Einwohner von Minnesota war.

„Die Ranch wurde mir als Zahlung für alte Schulden überlassen. Und du, Chase, hast nun die Chance, sie zu deiner zu machen. Also, was hältst du davon?"

Er wollte antworten, doch in diesem Moment wurden die Flügeltüren von innen geöffnet. Eine Frau, das blonde Haar zu einem französischen Zopf geflochten, mit hellblauen Augen und ernster Miene, sah Kate eindringlich an. „Entschuldigen Sie die Störung, Miss Fortune, aber da sind ein paar Reporter, die mit Ihnen zu sprechen wünschen."

Seufzend strich sich Kate mit der Hand über die Haare. „Ich komme gleich, Kelly. Meinen Großneffen Chase kennen Sie noch nicht, oder? Chase, das ist Kelly Sinclair, meine persönliche Sekretärin und Mädchen für alles."

„Freut mich, Sie kennenzulernen", meinte Kelly verhalten lächelnd.

„Ebenfalls."

Kate schlang sich die Pelzstola enger um die Schultern. „Ich komme gleich. Ich brauche nur noch ein paar Minuten."

„Natürlich. So lange halte ich sie hin." Kelly zwinkerte Kate zu, bevor sie sich wieder ins Innere des Saales zurückzog.

Kate wandte sich wieder Chase zu. Trotz der Falten um Mund und Augen war sie noch immer eine faszinierende Frau. Sie zog eine Augenbraue in die Höhe. „Die Pflicht ruft, fürchte ich." Sie neigte den Kopf leicht zur Seite, musterte ihren Großneffen, als würde sie herausfinden wollen, aus welchem Holz er geschnitzt war. Unten auf der Straße ertönte eine Hupe, und aus dem Saal drang die Melodie von „Silver Bells" bis auf die Terrasse. „Nun, Chase, wie lautet deine Antwort? Haben wir eine Abmachung?"

Darüber brauchte er gar nicht lange nachzudenken. Sein ganzes Leben schon arbeitete er darauf hin, irgendwann seine eigene Ranch zu besitzen, und dieses Angebot hier, wenn es denn tatsächlich ernst gemeint war, bot ihm eine einmalige Chance. Zudem war das Timing perfekt, kam genau zu dem Zeitpunkt, an dem er sich am Scheideweg befand. „Und ob, Ma'am." Er dehnte die Worte betont. „Ich wäre ja schön dumm, ein solches Angebot auszuschlagen." Um seine Zelte abzubrechen und weiterzuziehen, brauchte er nie lange. Von Fesseln gleich welcher Art ließ er sich nicht halten.

„Gut." Sie wirkte erleichtert. „Sterling hat den Vertrag schon dabei. Ich hielt es für besser, wenn wir es offiziell machen."

„Danke." Er streckte ihr die Hand hin.

„Danke mir nicht zu früh, Chase." Sie legte ihre Finger in seine Hand, das Lächeln verschwand von ihrem Gesicht. „Da gibt es noch etwas, das du wissen solltest."

Jetzt kommt's. Es war ja auch zu schön, um wahr zu sein. Jetzt kommt das dicke Ende. Der Haken. „Nämlich?"

Sie nahm ihre Hand zurück und schritt auf die Tür zu, blieb noch einmal stehen und schaute ihn über ihre Schulter an, verlieh der ganzen Situation noch mehr Dramatik. „Bei dem Objekt handelt es sich um die alte Waterman-Ranch in Larkspur."

Chases Magen verkrampfte sich. Er hielt sein leeres Glas so fest, dass seine Fingerknöchel weiß hervorstachen.

„Sie grenzt an ..."

„Dads Land." Dutzende von alten Erinnerungen, lange verblichen, erwachten erneut. Heiße Sommertage beim Heuwenden. Der alte Traktor, der schwarze Abgaswolken in den strahlend blauen Himmel schickte. Seine Mutter, die immer darauf bestand, dass vor jedem Essen gebetet wurde. Gestärkte Hemden am Sonntag. Das Lachen seines Zwillingsbruders Chet, der an dem dicken Seil schaukelte, bevor er sich mit Triumphgeheul in den kalten Teich fallen ließ. Der verkrüppelte alte Hund mit dem struppigen grauen Fell, der auf den Namen Beau hörte. Chase hatte das Gefühl, Sand im Mund zu haben, als er die Bilder vor sich sah, wie alles Vertraute, auf das er sich verlassen hatte, und jeder Mensch, den er geliebt hatte, aus seinem Leben verschwunden war. Einschließlich seiner Frau und seinem Kind.

„Chase?" Kate lächelte nicht mehr. Ernst sah sie zu ihm hin, während der Regen unablässig auf die Stadt fiel. „Wenn du meinst, dass es zu viel für dich ist ..."

Sein Kopf ruckte hoch, fest schaute er sie an. „Ich mach's", sagte er sofort, ohne auch nur einen Moment zu zögern. Er würde also mit einer ganzen Wagenladung von Erinnerungen fertigwerden und sich der Tatsache stellen müssen, dass jeder, dem er vertraut hatte, ihn im Stich gelassen hatte ... na und?

Seit Jahren wollte er seine eigene Ranch haben. Die Möglichkeit haben zu beweisen, dass er es besser konnte als sein alter Herr. Dass er, Chase Fortune, es allein schaffte. Er brauchte sich nicht auf seinen Familiennamen zu verlassen, um Erfolg zu haben. Kates Angebot war eine einmalige Chance. Und überhaupt ... was hatte er schon zu verlieren? Nichts. Absolut nichts.

Er hielt die Tür auf und begleitete Kate in den Saal zurück. „Zeig mir einfach, wo ich unterschreiben muss."

1. KAPITEL

Der Schneesturm, der über uns hinwegfegt, wird der schlimmste seit zwanzig Jahren, und das will was heißen, schließlich haben wir mehr als unseren fairen Anteil an Schneestürmen gehabt, nicht wahr? Der Strom wird vorsorglich abgeschaltet werden, die Straßen ab Helena West sind gesperrt. Also bleibt zu Hause, Leute, setzt euch Heiligabend vor das knisternde Kaminfeuer, gönnt euch einen Festtagsdrink, und hört weiter unser ..."

Rauschen verschluckte den Rest dessen, was immer der Moderator noch sagte. Ein paar schwache Töne eines Country-Weihnachtsliedes drangen noch durch, dann nichts mehr. Entnervt schaltete Chase das kleine batteriebetriebene Radio ab.

Na, dann fröhliche Weihnachten, dachte er sarkastisch. Immerhin war die Hütte warm und schien auch größtenteils wetterfest. Am einen Ende des kleinen Cottages verströmte ein Holzofen Wärme aus der Kochnische, während das Feuer in dem aus Flusssteinen gemauerten offenen Kamin den Wohnraum beheizte. Außer ein paar Rissen in den Stämmen der Blockhüttenwände und einigen fehlenden Schindeln auf dem Dach war sein neues Heim am Fuße der Bitterroot Mountains so weit ganz gemütlich. Sturmlampen standen auf dem Kaminsims, und das Hirschgeweih über der Tür hatte er mit Tannen- und Mistelzweigen dekoriert. Das war Chases einziges Zugeständnis an die festliche Jahreszeit.

Sein Hund, ein nicht mehr ganz junger Mischling, dessen einst schwarze Schnurrbarthaare inzwischen grau geworden waren, hob auf Chases Rufen den Kopf.

„Komm, lass uns gehen, Rambo." Chase zog Handschuhe und seine Daunenjacke über. „Füttern wir die Rinder, solange wir noch können."

Ein Mal mit dem Schwanz auf den Boden geklopft, ein leises „Wuff" als Antwort, dann richtete der alte Hund sich auf seine arthritischen Pfoten auf.

Auf der hinteren Veranda zog Chase seine schweren Arbeitsstiefel an, setzte sich den Hut auf den Kopf, griff nach der Schaufel und lief in Richtung Scheune. Die *seine* Scheune werden würde, wenn es ihm innerhalb des nächsten Jahres gelang, die heruntergewirtschaftete Ranch in Montana in ein profitables Unternehmen zu verwandeln. Rambo rannte voraus, während der Schnee unablässig fiel. Eisige Flocken stachen in Chases Wangen, legten sich über Landschaft und Gebäude. Chase sorgte sich. Der Großteil seiner besten Tiere war sicher in den Stallungen und auf den Weiden in der Nähe des Wohnhauses untergebracht. Doch es gab noch genügend Vieh, das sich irgendwo auf dem zwanzigtausend Hektar umfassenden Land herumtrieb, welches sich bis in die umliegenden Hügel hinauf erstreckte bis hinunter zur Nachbarranch, auf der er aufgewachsen war. Mit zusammengekniffenen Augen sah er Richtung Norden, ob er das Haus der angrenzenden Ranch vielleicht durch den Schneesturm würde sehen können. Unmöglich. Er konnte ja kaum die Hand vor den Augen erkennen, geschweige denn ein Gebäude, das eine gute Viertelmeile entfernt war.

Durch den knietiefen Schnee bahnte er sich seinen Weg zum Stall. Eiszapfen hingen von den Regenrinnen, und das alte Rolltor war fast schon festgefroren.

Die Tiere im Stall waren unruhig. Im Licht der mit Notstrom betriebenen großen Lampe verteilte Chase Heu und Futter in die Krippen, füllte dann die Wassertröge nach. Zum Glück waren die Wasserrohre anständig isoliert gewesen, und er ließ die Wasserzufuhr so weit aufgedreht, dass es konstant tröpfelte, um ein Einfrieren zu verhindern.

Vom Stall aus stapfte er zu dem Unterstand weiter, ein riesiges Dach auf Holzpfählen, die einem Teil der Herde draußen Unterschlupf bot. Danach machte er sich mit Rambo an seiner Seite auf zu dem Stall, in dem die wenigen Pferde untergebracht waren. Der Geruch nach Hafer, Staub und Pferden begrüßte ihn, sobald er das Tor aufstieß. Die Tiere in ihren Boxen tänzelten und schnaubten, stellten die Ohren auf und beobachteten ihn neugierig mit schimmernden großen Augen, während er Heu verteilte.

Als er die letzte Schippe Hafer in die Tröge gab, trottete Rambo zum Tor und bellte leise. Der alte Hund stellte die Ohren auf und begann winselnd an der Tür zu kratzen.

„Was, zum Teufel, ist in dich gefahren?" Chase streifte sich die Handschuhe über, zog die Stalltür auf und starrte in die Dämmerung. Außer dem stetig fallenden Schnee war nichts zu erkennen. „Da ist doch nichts", sagte er schon, aber dann bemerkte er doch etwas Ungewöhnliches – ein anhaltendes lautes Hupen. Angestrengt blickte er hinaus und sah dennoch bloß wirbelnde Schneeflocken. Und das Hupen war noch immer zu hören.

„Na großartig", stieß er knurrend hervor. Genau das, was er jetzt nicht gebrauchen konnte. Sicher, sein Pick-up hatte Allradantrieb, aber die Reifen waren komplett abgefahren, und die Gangschaltung hakte. Er glaubte kaum, dass er mit dem Wagen bei diesem Schnee weit kommen würde. Zu Pferd allerdings konnte er es schaffen. Er ging in den Stall zurück, um das größte Pferd der Ranch zu satteln. Öfter als Zugtier gebraucht, war der sandfarbene Wallach stark und sicher auf den Hufen, wenn auch nicht so schnell wie die Quarter Horses, dafür jedoch zuverlässig. „Komm, Ulysses." Chase nahm das Zaumzeug von dem Nagel an der Wand. „Scheint so, als gäbe es Arbeit für uns beide zu erledigen." Er warf eine Decke über den Rücken des Tieres, hob dann den Sattel darauf und schnallte ihn fest. Danach führte er Ulysses nach draußen. „Du bleibst hier", befahl er Rambo, aber der Hund ignorierte ihn. Und schon stampfte der Wallach durch den hohen Schnee, mit dem alten Hund auf den Fersen, der praktisch springen musste, um mithalten zu können. Alles in allem ein ausgemachtes Desaster.

Noch immer plärrte die Hupe, und der Krach wurde lauter, je weiter Ulysses sich durch den Schnee auf die Hauptstraße zuschob. An den Bäumen, die die Auffahrt zu dieser heruntergekommenen Ranch säumten, konnte Chase bestimmen, wo genau er sich befand. Kate Fortune hatte nicht übertrieben – es würde schon ein Wunder nötig sein, wenn die Ranch bis zum nächsten Weihnachtsfest wieder laufen sollte.

Der Wallach schnaubte, als ein schwarzer Hügel in der ansonsten weißen Landschaft in Sicht kam. Chase fragte sich, welcher Trottel bei diesem Wetter eine Sonntagsspritztour machte, sowie er den Geländewagen deutlich erkennen konnte. Da hatte offensichtlich auch kein Allradantrieb mehr geholfen, das Auto war von der Straße gerutscht und steckte jetzt bis zur Achse im Graben fest.

Der Schnee hatte bereits die Fenster verdeckt. Chase stieg vom Pferd und klopfte mit der Faust an das Seitenfenster. Abrupt wurde das Hupen eingestellt.

„Hallo? Ist da jemand?", erklang eine weibliche Stimme.

Also eine Frau. Natürlich, war ja klar. „Ja." Chase zerrte an der Beifahrertür. Mit einem Ächzen ging sie auf. Die Innenbeleuchtung flammte auf, und Chase starrte auf die Frau auf dem Fahrersitz – die kaum hinter das Lenkrad passte, weil sie hochschwanger war.

„Dem Himmel sei Dank." Grüne Augen sahen maßlos erleichtert zu Chase hin. Die Wangen der Frau waren rosig, ihre Lippen hatte sie besorgt zusammengepresst. „Ich hatte schon befürchtet ... Ich meine ... ooh ..." Sie senkte die Lider und krallte die Finger so fest um das Lenkrad, dass die Knöchel weiß hervortraten. Trotz der eisigen Kälte liefen ihr die Schweißtropfen an den Schläfen herab. Geräuschvoll stieß sie die Luft aus. „Nur gut, dass Sarah bei mir ist."

„Sarah?" Chase schaute in den Wagen. Soweit er das erkennen konnte, war die Frau allein. Auf der Rückbank standen nur eine Plastiktüte und eine Reisetasche, auf jeden Fall gab es hier keine andere Person. „Wer ist Sarah, und wo ist sie?"

„Hier. Zumindest war sie hier."

„Sie sind allein in dem Jeep."

„Doch, sie war hier. Ich glaube, sie ... nein, ich weiß es ... sie ist mein Schutzengel."

„Aha", meinte er spöttisch. Die Frau nahm ihn auf den Arm. Oder sie halluzinierte.

„Sie hat Sie zu mir geführt."

Das konnte sie nicht ernst meinen, oder? Es sei denn, sie gehörte in die Psychiatrie. „Sicher. Wenn sie auf die Hupe gedrückt hat ..."

„Nein ...", die Frau schüttelte den Kopf, und in der Dunkelheit leuchteten feuerrote Locken auf, „... das war ich." Verwirrt zog sie die perfekt geschwungenen Augenbrauen zusammen. „Denke ich zumindest ..."

Die Frau war definitiv desorientiert. „Machen Sie sich deswegen jetzt keine Sorgen. Erst einmal müssen wir Sie aus dem Auto herausholen."

„Doch, Sarah war hier. Bei mir." Sie biss sich auf die Unterlippe, als würde sie sich ebenfalls um ihren Geisteszustand sorgen. „Ich meine, das glaube ich ... oh, aber vielleicht auch nicht ..."

„Sie sollten jetzt wirklich besser aus diesem Wagen herauskommen."

Sie schnappte nach Luft und begann laut zu atmen. Großer Gott, sie war schwanger und scheinbar in den Wehen! Sein Herzschlag stockte. Erinnerungen, so lebendig und klar, als wäre es gestern gewesen, stürzten auf ihn ein. Emily, seine Frau, die Liebe seines Lebens ... Er biss so hart die Zähne zusammen, dass es wehtat.

„Warten Sie ... geben Sie mir eine Minute."

Chase wurde in die Gegenwart zurückgerissen. Die Frau hielt sich wieder am Lenkrad fest, und er konnte nur denken, dass, wenn wirklich ein Schutzengel bei ihr gewesen war, es dann höchste Zeit wurde, dass der wieder auftauchte und seine Aufgabe erledigte. Die Wehen folgten bereits viel zu schnell aufeinander.

„Entschuldigen Sie", meinte sie, nachdem der Schmerz endlich nachgelassen hatte. Mit einer bebenden Hand wischte sie sich über den Mund und bemühte sich, tapfer zu wirken. „Ich war auf dem Weg ins Krankenhaus. Das Baby hat sich offensichtlich dazu entschieden, ein paar Wochen früher zu kommen als geplant. Der Schneesturm wurde immer schlimmer, und dann sprang mir auch noch ein Hirsch vor das Auto, und ich trat auf die Bremse und dann ... Ich kann mich nicht mehr richtig erinnern ..."

„Ist jetzt auch nicht wichtig. Ich helfe Ihnen da raus, und dann bringe ich Sie zum Haus zurück." Er schaute ihr direkt in die verängstigt blickenden Augen. „Alles andere werden wir dann sehen."

„Aber ..."

„Hören Sie, Lady, uns bleibt nicht mehr viel Zeit. Falls es Ihnen noch nicht aufgefallen sein sollte ... wir stecken mitten in dem heftigsten Schneesturm seit Jahren. Ich habe unzähligen Fohlen und Kälbern auf die Welt geholfen, glauben Sie mir. Und jetzt sollten wir uns wirklich in Bewegung setzen." Zum Debattieren war keine Zeit. Er half ihr dabei, über den Beifahrersitz nach draußen zu klettern, und sah sie zusammenzucken, als sie sich hinstellen wollte.

Sie schnappte nach Luft.

„Ist etwas mit Ihren Beinen?"

„Mein Knöchel. Ich muss ihn mir verstaucht haben. Oh Gott."

„Kommen Sie, ich hebe Sie hoch auf Ulysses."

„Ich weiß nicht, ob ich reiten ..." Als ihr klar wurde, dass es keine andere Möglichkeit gab, um zum Haus zurückzukommen, verstummte sie, biss die Zähne zusammen und ließ sich von Chase in den Sattel helfen.

„Sie haben recht, wir sollten uns beeilen", sagte sie, und Chase fragte sich, wie lange sie das durchhalten würde – rittlings im Sattel auf Ulysses' breitem Rücken, mitten in den Wehen. Den Kopf gegen den Schnee eingezogen, holte er ihre Reisetasche aus dem Wagen, nahm die Zügel in die Hand und stapfte die Schneise durch den Schnee zurück, die der große Wallach bereits freigetreten hatte.

Zweimal schrie die Frau auf und klammerte sich fest an den Sattelknauf, ihr Gesicht wurde so weiß wie die umliegenden Felder. Chase hielt beide Male an und wartete, bis die Wehen wieder nachließen. Er fragte sich, was um alles in der Welt er mit ihr tun sollte. Aber viel Zeit zum Nachdenken blieb ihm nicht, und als das Ranchhaus in Sicht kam, verspürte er eine Mischung aus Erleichterung und nervöser Aufregung.

„Kommen Sie." Er hob sie vom Pferd und trug sie nach drinnen. Er hielt sich gar nicht erst damit auf, sich die Stiefel auszuziehen oder den Schnee von der Jacke zu schütteln, sondern brachte sie, ohne auf ihren Protest zu achten, direkt in sein Schlafzimmer.

„Aber ich kann doch nicht ..."

„Sie haben wohl keine große Wahl."

„Das ist doch Ihr Zimmer ..."

„Und jetzt ist es Ihres." Behutsam legte er sie auf dem alten Himmelbett ab, das er mitgenommen hatte. Es war das Bett, das er mit

Emily geteilt hatte. Das Bett, in dem ihr eigenes Kind gezeugt worden war. Das Bett, in dem sie geschlafen hatte, bis sie ... „Ich bin gleich zurück", erklärte er, die Stimme rau vor Emotionen. Die Erinnerungen an seine Ehefrau drängte er zurück in die hinterste Ecke seines Kopfes, dorthin, wo sie hingehörten. „Ich muss erst das Pferd in den Stall bringen. Rambo wird Ihnen solange Gesellschaft leisten." Mit einem Finger der behandschuhten Hand zeigte er auf den zitternden nassen Hund. „Sitz!", befahl er und verließ den Raum.

Lesley war allein in dem fremden Schlafzimmer, nur mit einem uralten Hund, und sie wartete tatsächlich auf die Rückkehr eines Mannes, den sie nicht kannte, damit er ihr dabei half, ihr Kind auf die Welt zu bringen.

„Es ist nicht zu fassen", murmelte Lesley vor sich hin. Das Letzte, was sie wollte, wirklich das Allerletzte, war es, von einem Mann abhängig zu sein. Das galt für jeden Mann, vor allem aber für einen Fremden. Doch sie hatte keine andere Wahl.

Du kannst wirklich dankbar sein, meldete sich eine kleine Stimme in ihrem Hinterkopf. *Vor ein paar Tagen stand dieses Haus noch leer, und wenn dir das dann passiert wäre, wie hätte es dann für dich ausgesehen? Was wäre mit dem Baby passiert?* Seufzend strich sie sich über den runden Bauch. Unter solchen Umständen sollte eine Frau ihr erstes Kind nicht kriegen. Aber die nächste Wehe rollte heran, und sie schloss die Augen, krallte die Finger in die wollene Tagesdecke, die auf dem Bett des Fremden lag. Der Schmerz schoss durch sie hindurch. Mühsam unterdrückte sie einen Schrei, schließlich erinnerte sie sich wieder an die Atemübungen. Sie fixierte einen Punkt auf der weißen Wand, es war das Schwarz-Weiß-Foto einer fünfköpfigen Familie, das über der Kommode hing. Die Wehe ließ nach, und Lesley sackte matt zusammen.

Wer war der Mann, der sie gefunden hatte? Wenn die Gerüchte stimmten, die in den Cafés, der Kirche und den Bars in der Stadt kursierten, dann musste er wohl zu der großen Fortune-Familie gehören. In der ganzen Stadt wurde nämlich gemunkelt, dass Kate Fortune, die Matriarchin der weit verzweigten und sehr vermögenden Fortune-Familie, die alte Waterman-Ranch als Zahlung für irgendwelche alten Schulden akzeptiert hatte. Man hatte angenommen, dass sie die Ranch sofort verkaufen und den Erlös einstecken würde, doch Lesley war da jetzt gar nicht mehr so sicher. Dieser große Mann, der sie gerettet hatte, strahlte die Arroganz und das Selbstbewusstsein aus, die der gesamten Familie angeblich angeboren sein sollten. Auch wenn sie sich nicht vorstellen konnte, wie und wo dieser schweigsame raue Cowboy in diese Dynastie passen sollte, die sich aus den Kindern und Enkelkindern von Kate und ihrem verstorbenen Mann Ben zusammensetzte und zu dem Models ebenso wie Piloten, Schriftsteller und Anwälte, Mediziner und Rancher gehörten. Außerdem war da noch mehr an ihm – etwas Gequältes, das er zu verbergen suchte.

Die nächste Wehe meldete sich an, und für die folgenden Sekunden hielt der Schmerz sie fest in seinem Griff. Lesley schloss die Augen, atmete flach und schnell. Vorerst war sie nicht in der Lage, noch weiter Gedanken über die Fortune-Familie oder ihren neuen Nachbarn nachzuhängen.

Das Leben wird definitiv nicht einfacher, entschied Chase, während er den Wallach mit einer Extraportion Hafer belohnte. Der Wind pfiff durch die verwitterten Stallwände. Die Holzbretter waren über siebzig Jahre alt, sie hatten ihren Dienst getan. Die eisige Kälte drang durch Astlöcher und Spalten ins Innere.

Wer wohl die Frau war, die sich jetzt in seinem Bett befand? Und wo war ihr Mann, der Vater des Kindes, dessen Geburt bevorstand? Auf weitere Komplikationen konnte Chase wirklich verzichten, aber diese schwangere Frau gehörte ganz gewiss in diese Kategorie. Das ... und noch mehr. Er verriegelte das Tor hinter sich und stapfte durch den Schnee zum Haus zurück. Auf der hinteren Veranda zog er die Stiefel von den Füßen und hängte seinen Hut auf einen Nagel.

Im Haus schlüpfte er aus der Jacke und legte sie über die Lehne des Sessels, der vor dem Feuer stand. Danach ging er nach der Frau sehen. Sie ruhte auf dem Bett, ihr Mantel und Schal lagen auf dem Boden. Die Feuchtigkeit hatte das rote Haar dunkler werden lassen, es umrahmte ihren Kopf wie eine Wolke. Für einen Moment zog sich alles in Chase zusammen. Es war lange her, seit eine Frau in seinem Bett gelegen hatte, nicht mehr seit Emily. Ihre Reisetasche stand auf dem Schreibtisch, der offene Reißverschluss gab den Blick frei auf ordentlich gefaltete Anziehsachen für Mutter und Kind.

Ein altvertrauter Schmerz zerrte an seinem Herzen, als er an seinen eigenen Sohn dachte. Gesund geboren, so hatte man ihnen zumindest versichert, war der Junge dennoch vor seinem ersten Geburtstag gestorben.

„Hi", grüßte die Frau ihn matt, und der Eispanzer um sein Herz bekam plötzlich einen Riss. Sie war so blass, wirkte so erschöpft.

„Wie geht es Ihnen?", fragte er.

„Sie meinen, im Vergleich zu sonst?" Sie lächelte schwach, verfolgte argwöhnisch mit, wie er auf das Bett zuschritt.

Na, immerhin hatte sie Sinn für Humor. „Ich bin Chase Fortune."

„Ich dachte mir schon, dass Sie irgendwie mit Kate zu tun haben müssen." Sie zupfte die Decke über ihren Bauch zurecht.

„Ihr Großneffe."

„Ich bin Lesley Bastian."

Bastian. Sie war also irgendwie mit dem Mann verwandt, der die Ranch seines Vaters aufgekauft hatte.

„Ich wohne direkt nebenan. Von hier aus in nördlicher Richtung."

Sein Nacken verspannte sich. Sie lebte also in dem alten Ranchhaus, das er als Kind sein Zuhause genannt hatte. Na, wenn das nicht absolut perfekt war! Er verlagerte das Gewicht von einem Fuß auf den anderen. War sie Aaron Bastians Tochter? Seine viel jüngere Schwester? Oder etwa … Ein Schauer, so kalt wie der Dezemberfrost, fuhr in seine Seele. Sie konnte unmöglich mit ihm verheiratet sein. Aaron war doch viel zu alt für sie. Oder?

„Die Telefonleitungen sind zusammengebrochen. Ich kann also niemanden anrufen, um Bescheid zu sagen, dass Sie hier sind. Strom gibt es auch keinen mehr."

Sie nickte, schnappte nach Luft. „Ich weiß."

„Sie haben sich wirklich den unmöglichsten Zeitpunkt für eine Geburt ausgesucht."

„Ich habe mir gar nichts ausgesucht."

„Hat Ihr Mann wenigstens eine Ahnung, wo Sie sind?"

„Ich habe keinen Mann. Oh ... oh ... großer Gott." Hektisch richtete sie die grünen Augen auf ihn. „Ich glaube, es ist so weit. Sicher bin ich mir nicht, ich ... oh ... Es ist mein Erstes." Sie stöhnte laut, und Chase hielt ihre Hand. Ihre Finger waren so schmal und hell im Vergleich zu seinen, aber sie drückte seine Hand so fest, dass er befürchtete, sie würde ihm die Finger brechen.

Als die Wehe nachließ, richtete er sich wieder auf, ignorierte die Welle von Emotionen, die ihn drohte zu überwältigen. „Halten Sie noch ein paar Minuten durch, okay? Ich hole Handtücher, heißes Wasser, Desinfektionsmittel und noch ein paar andere Dinge. Ich bin gleich wieder da."

Sie erhob keine Einwände, sah völlig mitgenommen aus.

Chase eilte ins Bad. Ihr Stöhnen drang bis zu ihm. Der Abstand zwischen den Wehen wurde immer kürzer. Er krempelte sich die Hemdsärmel auf und wusch sich gründlich die Hände. Während er sich die Hände abtrocknete, betrachtete er sich selbst in dem beschlagenen Spiegel über dem Waschbecken. Harte graue Augen starrten ihm aus einem Gesicht entgegen, in das sich die ersten Falten eingegraben hatten, von zu viel Zeit draußen in der Sonne und zu vielen sorgenvollen und schlaflosen Nächten. „Du kannst das", sprach er sich Mut zu. Für Zweifel war so oder so kein Platz.

Ein Kind war auf dem Weg in die Welt.

2. KAPITEL

wanzig Minuten später ertönte der kräftige laute Schrei eines Babys, eines kleinen Mädchens mit rotem Gesicht und schwarzem Schopf, in der Hütte.

Chase wurde übermannt von Gefühlen, denen er sich nicht stellen wollte. Er erinnerte sich an den Kreißsaal im Krankenhaus, in dem sein Sohn geboren worden war. Das Ärzteteam hatte ihm versichert, dass mit dem kleinen Jungen alles in Ordnung sei. Sie hatten gelogen. Sie alle hatten gelogen.

Aber an all das konnte er jetzt nicht denken. Er tat sein Bestes, um Lesleys kleine Tochter sicher zu halten. Die Nabelschnur war bereits durchtrennt. Behutsam legte er Lesley das Kind in die Arme.

„Sie ist wunderschön." Er war sowohl überrascht als auch entsetzt, dass ihm tatsächlich ein Kloß in der Kehle saß.

„Das ist sie." Lesleys Stimme klang heiser. Tränen schimmerten in ihren Augen. „Oh ja, das ist sie."

Für einen Moment wandte Chase den Blick ab, ballte die Fäuste, damit das Zittern seiner Hände nicht zu offensichtlich wurde. Sein Herz hämmerte wie wild, in seinem Kopf pochte es dumpf, als alte Wunden wieder aufbrachen. Er ertrug es nicht, Lesley mit ihrem Baby auf dem Arm in seinem Bett zu sehen, mit dem Rücken in die Kissen gelehnt. Der kleine Raum war erfüllt von dem Geruch und den Geräuschen von Mutter und Kind. Lesley summte leise, die Schmerzen, vorhin noch so schrecklich intensiv, längst vergessen. Unauffällig verschwand er aus seinem eigenen Schlafzimmer und sagte sich, dass er sich nur zurückzog, damit Lesley und das Baby Zeit hatten, eine Bindung aufzubauen, oder wie immer man das heutzutage nannte. Nein, dass die Szene ihn daran erinnerte, wie Emily in dem Krankenhausbett ihren Sohn zum ersten Mal in den Armen gehalten hatte, war bestimmt nicht der Grund.

„Komm endlich darüber hinweg, Fortune", ermahnte er sich. Im Bad wusch er sich Hände, Arme und Gesicht und riss sich bewusst zusammen. Emily und Ryan waren nicht mehr hier. Punkt, aus, Ende der Geschichte.

Auf dem Weg zur Küche lief er an der offen stehenden Schlafzimmertür vorbei. Ein kleiner Raum, eigentlich nur die abgeteilte Ecke eines größeren Zimmers, aber er brauchte ja auch nicht viel Platz. Er hatte vor, den Rest seines Lebens allein zu verbringen. Hier. Auf diesem Land. Falls er es schaffen sollte, die Ranch innerhalb eines Jahres auf Vordermann zu bringen.

Jetzt allerdings sollte er seinem unerwarteten Gast etwas zu essen anbieten. Dinner am Heiligabend. Die Ironie des Ganzen ließ ihn verbittert lächeln. Seit Jahren schon hatte er Weihnachten mit niemandem mehr verbracht. Er war zu dem Schluss gekommen, dass der ganze Trubel und die Feierlichkeiten eindeutig überbewertet wurden.

Eigentlich hatte er vorgehabt, heute Abend eine von diesen gefrorenen Fleischpasteten zu essen. Er hatte sie auf dem Holzofen zubereiten wollen. Mit Weihnachtsgans, Truthahn oder selbst einem Schinken hatte er sich gar nicht weiter aufgehalten. Jetzt allerdings … Nun, da war ein gefrorenes Hühnchen, das im Lagerraum langsam auftaute. Das würde eben reichen müssen. Zusammen mit Kartoffeln, Zwiebeln und Möhren legte er das Hühnchen in eine Kasserolle. Eine Prise Salz, etwas Pfeffer, und er schob das Essen in den Ofen. Gestern hatte er noch Fertigbrötchen gebacken. Die würde er oben auf dem Holzofen auftoasten.

„Das wird ein verdammtes Festessen", murmelte er Rambo zu, der sich auf einer Flechtmatte unter dem Tisch niedergelassen hatte und Chase mit treuen Augen anbettelte, in der Hoffnung, dass etwas für ihn abfallen würde.

„Nachher." Chase setzte seinen Hut auf, zog Stiefel, Jacke und Handschuhe an und brachte noch mehr Holz von draußen herein, um das Feuer im Kamin zu schüren. Befriedigt, dass genug Holz für die Nacht im Haus war, ging er wieder hinaus, da er noch einmal nach den Tieren sehen wollte. Angestrengt, aber erfolglos versuchte er, in dem Schneegestöber etwas zu erkennen. Er konnte nur hoffen, dass auch die Letzten der Streuner es zumindest bis zum Unterstand geschafft hatten. Doch als er nachzählte, fehlten noch immer zwanzig oder dreißig Stück Vieh. „Na bestens", sagte er auf dem Weg zur

Hütte vor sich hin. Ein lausiger Start für dieses eine Jahr, in dem er die Ranch aus den roten Zahlen holen wollte.

Im Haus empfing ihn der Duft von gebratenem Hühnchen, vermischt mit dem Geruch von brennendem Holz und Kerosin. Er schaltete das Radio ein, hörte sich den deprimierenden Wetterbericht an und schritt, begleitet von einer mit statischem Rauschen untermalten Version von „O Come All Ye Faithful", zum Schlafzimmer. Lesley war wach. Irgendwie hatte sie es geschafft, während seiner Abwesenheit mit dem Eimer warmen Wassers, den er neben dem Bett hatte stehen lassen, dem Schwamm und den Handtüchern sich und das Baby zu waschen. Das kleine Mädchen trug jetzt einen weißen Strampler, der allerdings gut zwei Nummern zu groß war.

„Fröhliche Weihnachten."

Lesleys Lächeln war ansteckend. Chase fragte sich, ob sie möglicherweise die hübscheste Frau war, die er je getroffen hatte, mit ihren silbergrünen Augen und dem leichten Überbiss.

„Fröhliche Weihnachten", erwiderte er brummend.

„Ich möchte Ihnen Angela vorstellen."

Für einen Moment fragte er sich, ob sie wieder halluzinierte, aber sie senkte den Kopf und schaute auf das schlafende Baby hinunter.

„Angela? So haben Sie sie genannt?"

„Angela Noel Chastina Bastian, um genau zu sein." Lesley errötete leicht. „Angela wegen des Engels …"

„Ja, ich erinnere mich."

„Noel, weil Weihnachten ist."

„Dachte ich mir schon."

„Und Chastina nach Ihnen, denn wenn Sie mich nicht rechtzeitig gefunden hätten, weiß ich nicht, was aus uns geworden wäre."

„Daran sollten Sie jetzt nicht mehr denken", erwiderte er und versuchte so, die gefährlich emotionsgeladene Stimmung in Schach zu halten, die sich in dem kleinen Raum ausbreiten wollte. Im Stillen ermahnte er sich, wachsam und vorsichtig zu bleiben. Es war so oder so schon eine außergewöhnliche Nacht, und ob nun freiwillig oder nicht … Lesley und er hatten gemeinsam die berauschende

Erfahrung von Angelas Geburt durchlebt. „Vielleicht hätten Sie sie besser nach ihrem Dad nennen sollen."

Lesleys Lächeln erstarb, und sie wandte den Blick ab. „Aaron hätte die Geste nicht zu schätzen gewusst."

Sein Magen zog sich zusammen. Also war sie tatsächlich mit Aaron Bastian verheiratet oder war es gewesen. Bei der Vorstellung stieg Übelkeit in ihm auf. Doch hatte sie nicht gesagt, dass sie keinen Mann hatte? Waren sie geschieden? Gehörte ihr jetzt die Ranch?

Sie räusperte sich und nahm das Baby auf den anderen Arm. „Etwas riecht hier ganz wunderbar."

„Wirklich?"

„Mmm." Als sie ihn anschaute, konnte er wieder diesen lebhaften Ausdruck in ihren Augen erkennen, der ihn zu faszinieren begann.

„Hoffen wir, dass es auch so schmeckt."

„Erzählen Sie mir etwas von sich", bat sie ihn.

Sie strich sich eine Locke aus dem Gesicht, und Chase fand die Geste enorm sexy, auch wenn er keine Ahnung hatte, weshalb das so war. Er wollte auch nicht genauer darüber nachdenken.

„Mehr, als dass Sie einer von Kates Großneffen sind, weiß ich nicht von Ihnen. Und davon gibt es einige."

Er setzte sich auf den alten Schaukelstuhl, legte einen Fuß auf die Bettkante und warnte sich erneut in Gedanken, wachsam zu sein. Diese Frau, ob sie es ahnte oder nicht, weckte Gefühle in ihm, von denen er geglaubt hatte, dass sie schon lange gestorben waren. Für einen Moment überlegte er, ob er ihr sagen sollte, dass er auf dem Land aufgewachsen war, das jetzt ihr gehörte. Dass ihr Ehemann oder Ex den Besitz für einen Apfel und ein Ei gekauft hatte, nachdem Chases Vater die Ranch an den Rand des Bankrotts gewirtschaftet hatte. Aber wahrscheinlich wusste sie bereits bestens darüber Bescheid. Und außerdem ... das war längst Vergangenheit ... alte Geschichten. „Ich bin hier, weil ich eine Abmachung mit Kate getroffen habe", erklärte er. „Um es mit einem viel zitierten Satz zu sagen – sie hat mir ein Angebot gemacht, das ich nicht ablehnen konnte." Er erzählte ihr von Kates Vorschlag, und während Lesley ihm zuhörte, rieb sie ihrer Tochter geistesabwesend über den schmalen Rücken. Eine Geste, bei der sich sein Magen verkrampfte, dennoch redete er weiter und schilderte, wie Kate ihn auf ihrer Geburtstagsfeier auf die Ranch angesprochen hatte.

„Ein Jahr ist nicht gerade viel Zeit, um hier etwas zu verändern." Nachdenklich hatte Lesley die Stirn gerunzelt.

„Ich hatte gerade nichts anderes vor. Auf drei Ranchs war ich Vormann – in Wyoming, Texas und zuletzt in West-Washington. Jetzt bin ich selbstständig." Davon, dass es schon immer sein Traum gewesen war, eine eigene Ranch zu besitzen, sagte er nichts. Aber von dem Moment an, da sein Dad die Ranch nebenan verloren hatte, war Chase entschlossen gewesen, einen eigenen Besitz zu finden und daraus ein Heim für sich zu machen. Was er ebenfalls nicht erwähnte, war die Tatsache, dass dieser Traum zusammen mit seinem Sohn gestorben war. „Doch jetzt sollte ich mir mal Ihren Knöchel anschauen."

„Der ist in Ordnung", behauptete sie, aber Chase hatte schon seinen Fuß vom Bett genommen und hob die Decke über ihren Füßen an. „Wirklich, Chase, Sie müssen nicht ..."

„Schh." Er warf ihr einen Blick zu, der gleichzeitig milde und streng war, der sie allerdings deutlich warnte, den Mund zu halten. Zwar ärgerte sie sich darüber – wer glaubte er denn, wer er war, sie so einfach herumzukommandieren? –, aber seine Sorge rührte sie auch. Mit schwieligen Händen befühlte und untersuchte er behutsam ihren Fuß, ihre Ferse, ihren Knöchel, die Berührung sanft, fast sinnlich. Wie albern. Sie kannte den Mann doch kaum. Er war eben einfach nur vorsichtig.

Und genauso vorsichtig bewegte er ihren Fuß. Glühender Schmerz schoss ihr Bein hinauf.

„Au!"

„Das tut weh?"

„Und wie!"

Er zog die Brauen zusammen und rieb sich nachdenklich das Kinn. „Entweder die Bänder sind überdehnt, oder aber Sie haben sich den Knöchel gebrochen."

„Nein ..."

„Das muss geröntgt werden."

Lesley verließ der Mut. „Das wird schon wieder." Sie weigerte sich, Zweifel an den eigenen Worten zuzulassen. Sie konnte es sich nicht leisten, krank zu sein. Sie war eine alleinstehende Frau, jetzt mit einem Baby, um das sie sich kümmern musste. Sie konnte jetzt nicht ausfallen. Durfte es nicht und würde es auch nicht.

„Ich hole Ihnen ein Aspirin." Er sah sie für einen Moment stumm an, und ihr Herz machte einen dummen kleinen Hüpfer. Der Mann war auf eine raue Art attraktiv. Groß, schlank und drahtig, mit breiten Schultern und schmalen Hüften. Er trug ausgewaschene Jeans, die ihre besten Tage lange hinter sich hatten, einen dicken Wollpullover, und in seinem Gesicht stand ein Ausdruck, der zwischen mitfühlender Sorge und verärgertem Unmut schwankte. Seine stahlgrauen Augen schienen Geheimnisse zu bergen, die sie vermutlich nicht einmal erahnen konnte. Lesley war sich ziemlich sicher, dass sie hier einen Einzelgänger vor sich hatte, der Störungen in seinem Leben nur ungern hinnahm, ein Mann, der mit seinen höchsteigenen Dämonen zu kämpfen hatte.

Auf Socken lief er ins Bad und kehrte mit einem Glas Wasser und einer Schachtel Schmerztabletten zurück.

„Der Kaffee steht zum Warmhalten auf dem Ofen ... Es gibt auch heißes Wasser, falls Sie etwas anderes trinken möchten. Irgendwo lassen sich bestimmt noch ein oder zwei Teebeutel in den Schränken auftreiben."

„Danke, ich brauche nichts." Sie musste ein Gähnen unterdrücken. Verblüfft riss sie die Augen auf, da er die Decke erneut anhob und ein Kissen unter ihren Fuß schob.

„Der sollte hochgelegt werden. Ich gehe eben nach draußen und hole Schnee, um die Schwellung zu kühlen. Das hilft."

„Sie brauchen sich keine solchen Umstände zu machen."

„Doch, natürlich", beschloss er entschieden und war schon verschwunden, um bald darauf mit einem Frischhaltebeutel voller Schnee zurückzukommen, den er auf ihren Knöchel legte. Sie schnappte nach Luft, sowie die Kälte durch ihre Haut drang. „Das wird helfen, glauben Sie mir", versicherte er.

„Falls ich vorher keine Frostbeulen bekomme", murrte sie und überraschte sich selbst, wie zickig sie klang. Aber es war ein langer harter Tag gewesen, und sosehr Chase Fortune sich auch um sie bemühte ... es passte ihr nicht, gesagt zu bekommen, was sie zu tun hatte. Und außerdem tat ihr alles weh.

Nur einer seiner Mundwinkel hob sich zu einem angedeuteten Lächeln, was sie ebenso irritierend wie extrem sexy fand. „Zum Essen wecke ich Sie."

Essen. Das klang und roch himmlisch. Aber sie konnte nicht einfach hier in dem Bett dieses Mannes liegen, mit ihm speisen und erwarten, dass er sich um sie und ihre neugeborene Tochter kümmerte. Er war der Nachbar, ein Fremder. Ein Mann, den sie nicht kannte und dem sie nicht trauen sollte. Ein Mann, der seine eigenen Probleme hatte. Außerdem war es mehr als unangebracht, dass sie sich derart aufdrängte und ihm dann nachher verpflichtet war. Und was, zum Teufel, sollte das ... zu denken, dass sein Lächeln sexy war? Das musste die Euphorie nach der Geburt sein, das Glücksgefühl, ihre Tochter in den Armen zu halten und zu wissen, dass das Baby gesund und in Sicherheit war.

„Hören Sie, Chase, ich bin Ihnen wirklich sehr dankbar für alles, was Sie für mich und Angela getan haben. Ich weiß nicht, wie ich das jemals wiedergutmachen kann. Aber ich will Ihnen nicht länger zur Last fallen. Ernsthaft, ich werde nach Hause gehen und ..."

„Nein!"

Er stieß es so harsch aus, dass sie zusammenzuckte.

„Ich meine ... das können Sie unmöglich ernst meinen", sagte er leiser, doch jede Andeutung eines Lächelns war von seinem Gesicht verschwunden. „Vor weniger als sechs Stunden haben Sie ein Kind zur Welt gebracht, und scheinbar haben Sie noch immer nicht bemerkt, dass da draußen ein Schneesturm tobt. Ihr Wagen ist nicht fahrtüchtig, Sie haben sich Ihren Knöchel entweder verstaucht oder gebrochen. Sie haben keine Ahnung, wie kräftig Ihr Baby ist, und selbst falls Sie es bis zu Ihrem Haus schaffen sollten, was höchst unwahrscheinlich ist ... Es gibt weder Strom noch Telefon. Das heißt,

Sie können Ihr Heim weder beheizen noch jemanden zur Hilfe rufen, sollte es Probleme geben."

„Sind Sie jetzt fertig mit Ihrem Vortrag?", fragte sie scharf, obwohl sie genau wusste, dass er recht hatte.

„Für den Moment schon." Seine harten Züge entspannten sich ein wenig. „Bis Sie mit der nächsten hirnrissigen Idee aufwarten. Und jetzt ruhen Sie sich aus. So wie es aussieht, sitzen wir hier fest, bis der Sturm sich legt." Er blickte auf das schlafende Baby. „Nur wir drei zusammen."

An dem Ausdruck in seinen grauen Augen konnte sie deutlich erkennen, dass er genauso unzufrieden mit der Situation war wie sie.

„Rufen Sie, wenn Sie irgendetwas brauchen." Chase drehte sich auf dem Absatz um und verließ den Raum. Sein Hund jedoch ließ sich mit einem Schnaufen neben dem Bett nieder, als würde er Wache halten wollen. Der Lichtschein, der durch die offene Tür hereinfiel, spiegelte sich schimmernd in den traurigen dunklen Augen.

Nur wir drei zusammen. Die Worte hallten seltsam nach. Die letzten sechs Monate hatte Lesley sich daran gewöhnt, dass sie allein war – und sie hatte sich davon überzeugt, dass sie es gar nicht anders haben wollte. Eine alleinstehende Frau, die ihren Weg in einer Männerwelt ging. Sie war sicher gewesen, dass sie selbst nach der Geburt des Babys keinen Mann mehr in ihrem Leben haben wollte. Auf gar keinen Fall, unter keinen Umständen. Eine Ehe reichte ihr völlig.

Sie merkte, wie ihr die Lider immer schwerer wurden, und überließ sich dem Schlaf, hoffte, dass Ruhe das Pochen in ihrem Knöchel und den dumpfen Schmerz von der Geburt in ihrem Unterleib mildern würde. Bevor sie endgültig in den Schlaf glitt, nahm sie sich noch vor, Chase Fortune nicht allzu viele Umstände zu bereiten. Für den Moment würde sie seine Gastfreundschaft akzeptieren, weil ihr gar nichts anderes übrig blieb, und sobald sie wieder auf eigenen Füßen stehen konnte, würde sie eine Möglichkeit finden, um sich für seine Hilfe bei ihm zu revanchieren.

Als sie aufwachte, konnte sie Musik hören. Über dem Klappern von Töpfen, dem Knistern des Feuers und Angelas leisem Atmen schwebte die Melodie eines Weihnachtsliedes. „The First Noel, the Angels did say …"

„Fröhliche Weihnachten", wisperte sie ihrem Baby sanft zu und überließ sich erneut dem Schlaf, während Bilder von ihrer neugeborenen Tochter, von Schutzengeln und einem raubeinigen Rancher ihren Kopf füllten.

„Wääh!"

Das Schreien begann als klägliches Weinen, steigerte sich dann aber sehr bald zu einem herzhaften lauten Brüllen.

Chase zog gerade die Kasserolle mit dem Hühnchen aus dem Ofen. Er konnte Lesleys gedämpfte Stimme wahrnehmen, wie sie, noch schlaftrunken, beruhigend auf ihre Tochter einredete. Die Kleine hatte definitiv ein Paar gesunde Lungen!

Das Weinen verstummte praktisch sofort, und Chase vermutete, dass Lesley das Baby stillte. Er würde jetzt nicht stören, also zerteilte er das Hühnchen, legte Gemüse und Kartoffeln und die Hähnchenstücke auf zwei Teller und goss die Sauce darüber – wenn man den Bratensud denn als Sauce bezeichnen konnte.

Das Tablett mit den Tellern trug er zum Schlafzimmer. Lesley knöpfte gerade ihr Nachthemd zu, als er die Tür erreichte. Dennoch erhaschte Chase einen Blick auf eine perfekt gerundete Brust. Die dunkle, noch feuchte Brustwarze schien ihn verspotten zu wollen. Hastig schaute er in die andere Richtung, doch nicht schnell genug, sodass Lesleys Blick sich mit seinem verfing. Und für diesen kurzen Moment hatte er das Gefühl, komplett verloren zu sein.

„Wie … wie macht sie sich?", fragte er, als er das Tablett auf dem Nachttisch absetzte.

„Ganz gut, glaube ich." Lesley runzelte die Stirn. „Ich meine, soweit ich das beurteilen kann. Sie trinkt gut und schläft ruhig, und sie hat kräftige Lungen."

„Ist mir auch schon aufgefallen", meinte er trocken. „Bin gleich wieder zurück." Auf dem Weg in den Wohnraum fragte er sich, wieso er das unkontrollierbare Bedürfnis zu haben schien, sie von vorne bis hinten zu bedienen. Sie schien ihm keineswegs die Art Frau zu sein, die so etwas erwartete, aber zum ersten Mal seit Emilys Tod regte sich der Beschützerinstinkt in ihm wieder. Er wollte sie und ihre kleine Tochter beschützen und den beiden helfen. Er beruhigte sich mit dem Gedanken, dass es ja nur für ein paar Tage war, nur bis sie wieder selbst für sich und das Baby sorgen konnte. Bis dahin wäre auch der Schneesturm vorbeigezogen, und sie wäre wieder auf sich allein gestellt. Er kramte in der Abstellkammer, wo er einen alten Fernsehtisch entdeckt hatte, staubte ihn mit einem nassen Lappen ab und kehrte mit dem Tisch und einer Sturmlampe ins Schlafzimmer zurück.

Hier öffnete er als Nächstes die unterste Kommodenschublade, stapelte die darin liegenden Jeans auf dem Schreibtisch und kleidete die Schublade mit einer weichen Decke aus. „Mir sind gerade die Wickeltische und Kinderbettchen ausgegangen", erklärte er, während er Lesley das Baby aus den Armen nahm und behutsam in das improvisierte Bettchen legte. Die Kleine war warm und gab zufriedene, gurgelnde Laute von sich, aber Chase ermahnte sich, keine Gefühle zu entwickeln und auf Abstand zu bleiben. Der kleine Wurm war nicht sein Kind und in ein paar Tagen auch nicht länger in seiner Verantwortung. Zufrieden, dass Angela bequem und glücklich lag, richtete er sich auf und wandte sich Lesley zu. „Und jetzt können Sie in Ruhe essen, Lady."

Misstrauisch sah Lesley auf das provisorische Bettchen runter. „Kann ihr da drinnen auch ganz sicher nichts passieren?"

„Nur wenn Sie aufstehen und auf sie treten. Doch ich glaube nicht, dass Sie mit Ihrem Knöchel dazu überhaupt in der Lage sein werden."

„Ich weiß, aber …"

„Wenn Sie zur Toilette müssen, rufen Sie mich. Ich helfe Ihnen dann."

Sie lief knallrot an. „Nein, das geht doch nicht. Ich meine, das schaffe ich schon selbst." Zweifelnd blickte er sie an, sagte aber nichts dazu. Er stellte ihr das Tablett auf den Schoß, nahm sich seinen Teller herunter und schaute zu, wie sie hungrig zulangte.

„Also, wo ist Angelas Vater?", fragte er und tunkte ein Stück von dem aufgetoasteten Brötchen in die klumpige Sauce.

Lesley räusperte sich. „Aaron ist vor sechs Monaten gestorben."
„Das tut mir leid. Mein Beileid."
„Ja, mir tut es auch leid." Sie legte ihr Besteck ab. „Er war zwanzig Jahre älter als ich und … nun, er bekam einen Herzinfarkt." Sie senkte die Lider, Chase nahm an, aus Trauer. Aber an der Geschichte schien noch mehr dran zu sein, nur war auch deutlich, dass Lesley das nicht preisgeben würde. Ihre Mundwinkel zogen sich nach unten, und die Sommersprossen auf ihrer Nase schienen dunkler hervorzutreten. Mit der Gabel schob sie das Gemüse auf dem Teller hin und her, und Chase entschied, sie nicht weiter zu bedrängen. Für einen Tag hatte sie wirklich genug durchgemacht. „Als er starb, riet mir jeder, ich solle die Ranch verkaufen und in die Stadt ziehen, doch ich wollte versuchen, ob ich es nicht auch allein schaffe. Jetzt zusammen mit meiner Tochter, natürlich."

„Um etwas zu beweisen?", vermutete er.

„Vielleicht." Mehr sagte sie nicht, und er hakte nicht nach.

Es war Jahre her, seit er den Heiligen Abend mit jemandem verbracht hatte. Trotz der vielen Verwandten, die er hatte, hatte er nach Ryans Tod beschlossen, die Feiertage allein zu verbringen. Hatte die Tradition von Thanksgiving und Weihnachten zugunsten stiller Einsamkeit ignoriert. An diesen Feiertagen war er bisher immer auf einem Pferderücken über schneebedeckte Hügel und Landschaften geritten und hatte sich gesagt, dass es einen Gott gab, dass seine Frau und sein Sohn im Himmel waren, dass er auch allein weiterleben konnte und niemanden brauchte. Jetzt allerdings … jetzt war er sich nicht mehr so sicher.

Innerhalb von wenigen Stunden war es Lesley Bastian und ihrer Tochter gelungen, an seiner Überzeugung zu rütteln. Während er auf einem zähen Bissen Hühnchen kaute und das Spiel des goldenen Lichtscheins von der Sturmlampe auf Lesleys feinen Gesichtszügen mitverfolgte, überfiel ihn die dumpfe Vorahnung, dass die Witwe von nebenan dabei war, sein Leben für immer zu verändern. Allerdings war er sich nicht sicher, ob es sich für ihn dadurch zum Besseren wenden würde.

3. KAPITEL

Wenn du weißt, was das Beste für dich ist, dann bleibst du hier in diesem Bett, bis ich dich zum Krankenhaus fahren kann, damit ein Arzt sich deinen Knöchel anschaut."

Chases Worte schienen noch immer in der stillen Hütte widerzuhallen, als Lesley sich angestrengt aufrappelte. Das Baby schlief in seinem provisorischen Bettchen, Chase war unterwegs, und sie ... sie würde sich nicht von ihm herumkommandieren lassen, auch wenn er auf seine raue Art ein wunderbarer Mensch war. In den letzten Tagen hatte er sie von vorn bis hinten bedient, hatte sich sowohl um seine Ranch als auch um ihre Tiere gekümmert, doch sie hielt diese Untätigkeit keine Minute länger aus. Sie musste mit ihrem Leben weitermachen, und bei der Vorstellung, dass ein Mann, gleich welcher Mann, Chase Fortune mit eingeschlossen, ihr sagte, was sie zu tun und zu lassen hatte, sah sie rot. Der Moment war so gut wie jeder andere auch, um zu testen, ob sie nicht wieder stehen konnte.

Vorsichtig stellte sie den Fuß auf den Boden und probierte, sich aufzurichten ... Der Schmerz schoss von ihrem Fuß ins ganze Bein hinauf.

„Mist." Ihr wurde schwindlig und schwarz vor Augen, sie ließ sich zurück auf die Matratze fallen. Trotzig beschloss sie dann jedoch, dass sie sich von so einem dummen verstauchten Knöchel nicht kleinkriegen lassen würde. Also startete sie einen neuerlichen Versuch. Immerhin ließ der Schmerz dieses Mal schneller nach. Die Zähne zusammengebissen, balancierte sie auf ihrem gesunden Fuß und griff nach dem Gehstock, den Chase auf dem Speicher gefunden hatte. Dann humpelte sie in den Wohnraum, wo ein warmes Feuer im Kamin loderte.

Sie war mit Angela allein. Chase war draußen und suchte nach den fehlenden Tieren.

Sie lehnte sich an die Anrichte und schaute sich zum ersten Mal genauer in dem Haus um. Es war eher karg eingerichtet, die Möbel gebraucht und bunt zusammengewürfelt. Aber irgendwie entstand so das authentische Bild einer urigen Berghütte. Das Sofa musste früher einmal dunkelgrün gewesen sein, jetzt war es ausgebleicht und abgewetzt. Über einem alten Ohrensessel hing ein Schlafsack, der wohl als Chases Bettdecke herhielt. Ein alter Ledersessel vor dem Kamin und daneben ein Klapptisch teilten den Raum von der Kochecke ab, wo ein ovaler Tisch mit vier Stühlen, von dem keiner zum anderen passte, das Esszimmer bildeten.

Durch ihre Fragen hatte sie erfahren, dass das meiste Mobiliar bereits hier im Haus gewesen war. Sie nahm an, dass Chase Fortune ein Mann war, der wenig Wert auf Habseligkeiten legte und mit dem Nötigsten zufrieden war. So konnte er mühelos jederzeit von einem Ort zum nächsten ziehen, woran er offensichtlich gewöhnt war.

In der Küche goss Lesley sich einen Kaffee aus der Thermoskanne ein und starrte durch die Eisblumen am Fenster zur Scheune hinaus. Der Schnee türmte sich auf dem Dach, Eiszapfen hingen vom Rand herunter und glitzerten in der Wintersonne. Unter dem Unterstand scharten sich Angus-Rinder und die Hereford-Kühe mit den weißen Blessen zusammen, kauten ihr Heu wider, andere Tiere drängten sich auf dem plattgetrampelten Schnee in der Sonne zusammen.

Sie nippte gerade an ihrer Tasse, da lief ein Beben durch das ganze Haus. Der Kühlschrank sprang stotternd wieder an, Deckenlampen flammten auf.

Der Strom war zurück! Endlich! Lesley schaltete den Fernseher ein und sah die bekannten Gesichter einer Soap Opera über den Bildschirm flimmern. „Wunderbar." Ihre Laune besserte sich sofort. „Willkommen zurück im einundzwanzigsten Jahrhundert!" Entschlossen humpelte sie zu dem Wandtelefon am anderen Ende des Raumes. Und hätte am liebsten laut gejubelt, als sie den Hörer abnahm und ein klares, deutliches Freizeichen an ihr Ohr drang. Nach einer halben Woche!

Ihr Herz raste, das Lächeln auf ihrem Gesicht war so breit, dass es fast wehtat. Sie hatte so viele Leute anzurufen und von Angela zu berichten.

Ganz oben auf der Liste standen ihre Eltern. Also wählte sie die Nummer in Seattle und trommelte ungeduldig mit den Fingern gegen die Wand, wartete darauf, dass am anderen Ende jemand ranging.

Es klingelte einmal, zweimal, dreimal ...

„Kommt schon, einer muss doch da sein."

„Hallo?"

Tränen schossen ihr in die Augen, sowie sie die Stimme ihrer Mutter hörte. „Hi, Grandma", grüßte sie.

Erst blieb es still, dann tönte ein begeisterter Aufschrei durch die Leitung. „Lesley? Das Baby ist da? Frank! Frank! Geh an den anderen Apparat, es ist Lesley. Sie hat das Baby bekommen! Wo bist du, Liebes? Ist alles in Ordnung mit euch? Was ist passiert? Gott, wir haben uns solche Sorgen gemacht."

Ein Klicken ertönte, und endlich vernahm sie die Stimme ihres Vaters. „Les?"

„Hi, Daddy." Vor Erleichterung und Freude rannen ihr die Tränen über die Wangen. „Mom hat recht, du bist jetzt Großvater. Angela Noel Chastina Bastian hat auf Heiligabend das Licht der Welt erblickt, und sie ist wunderschön."

„Na, da brat mir doch einer ...", war alles, was ihr Vater flüstern konnte.

Ihre Mutter schniefte, und Lesley konnte nicht anders, trotz der Tränen lachte sie. Im Grunde ihres Herzens waren sie alle butterweich. „Wie schon gesagt, wir waren so besorgt", wiederholte ihre Mom jetzt. „Wir konnten dich nicht erreichen, konnten nicht einmal zur Polizei durchkommen ... und ... und im Fernsehen berichteten sie ständig, dass der Schneesturm der schlimmste seit den Wetteraufzeichnungen ist." Ihre Stimme brach. „Und dann haben sie Bilder von verunglückten Autos und erfrorenen Rindern gezeigt und ... Oh, ich bin so unglaublich froh, dass du und das Baby ... dass ihr in Sicherheit seid."

„Ja, ich auch."

„Bist du zu Hause?"

„Nein, bei einem Nachbarn. Wenn Chase nicht gewesen wäre ..."

Lesley wollte sich gar nicht vorstellen, wie es dann hätte enden können. Kurz schilderte sie, was in den letzten Tagen passiert war, ließ allerdings die Ereignisse, die ihre Eltern nur aufregen würden, wohlweislich aus und konzentrierte sich hauptsächlich auf Angela und die Geburt. „Ich habe wohl echtes Glück gehabt."

„Und ob", stimmte ihre Mutter herzhaft zu und versprach, Tochter und Enkelin zu besuchen, sobald das Wetter es ermöglichte.

„Sie wird kommen, und wenn sie zu Fuß durch den nächsten Schneesturm marschieren muss", kommentierte ihr Dad lachend. Schon seit Jahren wünschten sich Lesleys Eltern, endlich Großeltern zu werden, doch Lesleys Schwester Janie hatte keinerlei Interesse daran, Mutter zu werden. Als Anwältin und mit einem Anwalt aus ihrer Kanzlei verheiratet, genoss sie viel lieber das Leben einer Karrierefrau in San Francisco, ohne sich von Kindern einschränken zu lassen.

„Dieser Chase, hilft er dir noch immer?", wollte ihr Vater wissen.

„Ich bin noch bei ihm, aber ich glaube, heute oder morgen kann ich wieder heim. Falls doch nicht, dann könnt ihr mich hier erreichen." Sie gab Chases Telefonnummer an ihre Eltern durch. Danach redeten sie noch eine Weile über das Weihnachtsfest und planten schon Angelas Zukunft, bevor sie sich verabschiedeten. Lesley rief anschließend noch ihre Schwester an, erreichte sie allerdings nicht und hinterließ eine Nachricht auf dem Anrufbeantworter.

Sie humpelte schon zum Schlafzimmer, da klingelte das Telefon. Sie dachte, ihre Mutter hätte noch etwas vergessen, und ging zurück. Kaum dass sie den Hörer abgenommen hatte, erschien Chase auf der Veranda.

„Hallo?", meldete sie sich und lächelte Chase zu, der sich den Schnee von Jacke und Hut klopfte.

„Oh ... hallo", erklang eine weibliche Stimme am anderen Ende. Eine junge weibliche Stimme, die zudem überrascht schien, so als hätte sie nicht damit gerechnet, eine Frau am Telefon zu haben. Und so albern es war, Lesleys Stimmung verdüsterte sich. „Hier ist Kelly Sinclair. Ich hätte gern Chase Fortune gesprochen."

„Er kommt gerade herein." Die Enttäuschung, die sie verspürte, verdrängte Lesley. Chase stieß die Tür mit der Schulter auf und ließ den Blick durch den Raum wandern. „Wir haben wieder Strom."
„Ja, endlich." Sie reichte ihm den Hörer und zwang sich zu einem Lächeln. „Es ist Kelly."
Fragend zog er die Augenbrauen in die Höhe. „Wer?"
„Kelly Sinclair."
„Oh. Gut." Sein Verhalten änderte sich sofort, der hart arbeitende, raubeinige Cowboy wurde zu einem umgänglichen und charmanten Mann. Er griff nach dem Hörer und grinste. „Fröhliche Weihnachten ... nun, nachträglich. Wir waren hier eingeschneit. Doch das wisst ihr sicher schon."
Angela begann zu weinen, und bevor Lesley hier Chases Privatgespräch belauschte, würde sie sich lieber ins Schlafzimmer verdrücken.
„He, warte. Ich helfe dir", meinte er, doch Lesley straffte die Schultern. Nein, sie brauchte sich nicht von ihm helfen zu lassen.
„Es geht schon", erwiderte sie.
„Bist du sicher ...? Was?", sagte er dann zu der Frau am anderen Ende der Leitung.

„Oh, nein, nein, nur die Nachbarin. Ja, wir hatten hier über die Feiertage ein wenig Hektik."
Nur die Nachbarin. Lesley biss die Zähne zusammen, bis es wehtat, ihre Finger umklammerten den Stock noch fester. Natürlich war sie nur seine Nachbarin, was hatte sie denn gedacht? Ja, seit vier Tagen steckten sie zusammen fest, und in dieser Zeit hatte sie hinter Chases harte Fassade sehen können, hatte den mitfühlenden, verständnisvollen Mann hinter dem harschen Ausdruck in seinen grüblerischen Augen und hinter den harten Linien in seinem Gesicht erkennen können. Obwohl er es vermieden hatte, Angela zu halten, war er stets besorgt um das Wohlergehen des Babys. Er kümmerte sich um Lesley und tat alles dafür, dass sie schnell wieder auf die Beine kam. Außerdem hatte sie beobachtet, wie er dem alten Hund Leckerbissen vom Tisch zusteckte und ihm die Ohren

kraulte. Und bei seiner Sorge um die ihm übertragene Herde schien es sich um wesentlich mehr zu handeln als um das reine Geschäft. Chase Fortune hatte wahrscheinlich ein Herz aus purem Gold, nur war er verdammt gut darin, es zu kaschieren.

Angela, die kleinen Fäustchen geballt und das Gesichtchen dunkelrot angelaufen, schrie mit aller Kraft, die sie hatte. „Schh, ist doch schon gut, ich bin ja hier." Lesley nahm ihre kleine Tochter auf den Arm, setzte sich mit ihr auf das Bett und knöpfte sich das Nachthemd auf. Während die Kleine gierig trank, schloss Lesley die Augen. Es war unmöglich, das Telefonat, das Chase in dem anderen Zimmer führte, nicht mitzuhören.

„... so weit gut, wie es unter den Umständen zu erwarten ist ... Ja, eine Komplikation, mit der ich nicht gerechnet hatte, aber bei uns ist alles in Ordnung." Ein tiefes leises Lachen. „Ich weiß, ich weiß, aber das ist nur befristet, glaub mir ... Natürlich ist mir bewusst, dass ich genug Arbeit hier habe, für Ablenkungen bleibt mir gar keine Zeit." Seine Stimme nahm einen Tonfall an, der Lesleys Herz zusammenpresste – intim, scherzend, neckend. Wer immer Kelly Sinclair war ... sie war offensichtlich eine sehr wichtige Person in Chases Leben.

„Ich schätze, wir haben seine Gastfreundschaft schon zu lange in Anspruch genommen", flüsterte Lesley ihrem Baby zu und ignorierte den schmerzhaften Stich, der durch ihr Herz fuhr. „Wir sollten uns überlegen, wie wir nach Hause kommen."

Es wurde Zeit, Chase sein Leben wieder zurückzugeben und mit ihrem eigenen fortzufahren.

„Selbstverständlich melde ich mich", versprach Chase. Kate hatte ihre Sekretärin damit beauftragt, Chase anzurufen, um zu erfahren, wie er vorankam. Ein paar Minuten hatte er sich mit Kelly unterhalten, bis seine Großtante endlich ans Telefon gekommen war, und hatte dabei auch erwähnt, dass er einem Baby auf die Welt geholfen hatte.

„Ja, ich verlasse mich darauf, schließlich habe ich auch ein Interesse an meinem Einsatz", meinte Kate lachend.

„Ist mir klar." Mit zusammengekniffenen Augen schaute er zum Fenster hinaus auf die schneebedeckten Felder und die kleine Herde aus verstreuten Tieren, die er gefunden und zur Scheune zurückgetrieben hatte.

„Und pass auf die Witwe und ihr Neugeborenes auf."

Er zögerte merklich.

„Die beiden sind doch noch bei dir, oder?"

„Für eine Weile, ja."

Kate seufzte. „Gott sei Dank hast du sie noch rechtzeitig entdeckt. Manchmal denke ich, wir alle haben unseren eigenen Schutzengel."

Er erwiderte nichts darauf. Was hätte er auch schon sagen können? Dass Lesley so verwirrt gewesen war, dass sie sich eingebildet hatte, ein Schutzengel säße mit ihr im Wagen?

„Muss schwer für dich sein", wagte Kate sich weiter vor. „Mit den Feiertagen und allem anderen …"

Chase verspannte sich. „Es geht schon."

„Wirklich?"

Er wusste, wonach Kate fragte, aber darauf würde er nicht antworten. Konnte es nicht. Sein Sohn hatte nicht einmal bis zu seinem ersten Weihnachten überlebt, und seine Frau … Emily hatte sich die Schuld gegeben und sich am Silvesterabend das Leben genommen, hatte ein ganzes Röhrchen Schlaftabletten in Wodka aufgelöst. „Ich komme schon zurecht, Kate", versicherte er.

„Davon bin ich überzeugt, Chase. Nur vergiss nie … niemand ist eine Insel."

„Nicht?"

„Noch schöne Feiertage."

„Ja, dir auch." Chase legte auf, und in ihm wuchs das Gefühl, dass an der Vereinbarung mit seiner alten Großtante mehr dran war, als es vielleicht den Anschein hatte. Doch Kate irrte sich. Ein Mann konnte eine Insel sein. Unabhängig, eigenständig. Vor Jahren schon hatte Chase sich davon überzeugt, dass er niemanden brauchte, nicht einmal seine Familie. Dass er es allein schaffen würde. Dass er jetzt Lesley Bastian getroffen hatte, änderte nichts daran.

Er legte noch zwei Eichenscheite in den Holzofen nach, danach ging er nach Lesley schauen. Sie lag im Bett mit geschlossenen Augen, das Baby saugte an ihrer Brust. Etwas in seinem Innern zog sich zusammen, er wandte den Blick ab, konnte nicht damit umgehen, sie derart entblößt zu sehen. Doch es war faszinierend und sinnlich auf eine ursprüngliche Art, und es ließ Hitze an seinem Nacken aufsteigen und rief die dazu passende Reaktion im unteren Teil seines Körpers hervor.

Es schien immer richtiger – sie in seinem Bett, das winzige, frisch gewickelte Neugeborene, das entweder in ihren Armen oder in dem provisorischen Kinderbettchen schlief.

Die Richtung, die seine Gedanken einschlugen, ließ ihn stutzen. Was dachte er da nur? Vor Sekunden noch war er auf dem richtigen Weg gewesen, und jetzt starrte er auf eine schlafende Frau mit ihrem Kind, und schon begann er, an sich selbst zu zweifeln.

„Angela und ich werden morgen früh nach Hause gehen", verkündete sie plötzlich und überraschte ihn damit. Er hatte gedacht, sie würde schlafen, ihm war nicht klar gewesen, dass sie ihn hier im Zimmer bemerkt hatte.

„Du kannst doch kaum laufen."

„Ich schaffe das schon." Sie hob die Lider, und das leuchtende Grün ihrer Augen traf ihn mit voller Wucht. Grün mit silbernen Flecken. Sie schaute ihm offen und direkt ins Gesicht. „Ich habe mich lange genug aufgedrängt."

„Sie haben schon den nächsten Schneesturm vorausgesagt."

„Dieses Mal werden wir vorbereitet sein."

„Ich kann dich da drüben nicht ganz allein lassen", beharrte er.

„Ich glaube nicht, dass du da viel mitzureden hast."

„Nicht?", fragte er herausfordernd. „Und wie willst du rüberkommen? Taxis gibt es hier draußen nicht."

„Was ist mit deinem Pick-up? Ich habe heute Morgen gehört, wie du ihn gestartet hast. Ich gehe mal davon aus, dass du Schneeketten aufgezogen hast, oder? Im Radio haben sie berichtet, dass die meisten Straßen größtenteils frei und befahrbar sind. Ich denke, ich sollte einen Abschleppdienst damit beauftragen, meinen Wagen aus dem Graben zu ziehen, und du kannst Angela und mich nach Hause bringen."

„Ich weiß wirklich nicht, ob ich das gut finde." Er rieb sich den Nacken. Zwar konnte er sie nicht ewig hier festhalten, und das wollte er ja auch gar nicht, aber die Vorstellung, dass sie mit ihrem Baby in dem alten Ranchhaus bei dieser eisigen Kälte allein war, behagte ihm nicht.

Nicht nur behagte es ihm nicht, es beunruhigte ihn. Sehr.

„Es ist höchste Zeit, Chase", entgegnete Lesley entschieden. „Du hast dein Leben, und ich habe meins. Ich schätze wirklich, was du für Angela und mich alles getan hast, aber ich muss wieder allein für mich und meine Tochter sorgen."

„Du gehst da ein ziemliches Risiko ein."

„Und es ist mein Risiko."

„Lesley, überleg dir das noch einmal gründlich."

„Das habe ich bereits", sagte sie fest.

Es hatte keinen Zweck, sich mit ihr zu streiten, also musste er etwas mit ihr aushandeln. Er verschränkte die Arme vor der Brust und blickte sie durchdringend an. „Wenn du darauf bestehst ..."

Sie schob das Kinn vor. „Das tue ich."

„Fein. Dann fahre ich gleich rüber und überprüfe, ob es Strom bei dir daheim gibt, dass die Heizung nicht eingefroren ist und ob du fließend Wasser hast. Und wenn das Haus dann morgen warm genug für Angela ist, fahre ich euch hin."

„Aber ..." Lesley wollte schon protestieren, doch dann warf sie die Hände in die Luft. „Na schön, einverstanden." Sie hatte ganz offensichtlich Mühe, auch nur einen Millimeter nachzugeben. Irgendwie war sie heute gereizt, vermutlich weil es sie nervte, schon so lange in der Hütte festzusitzen. „Da hängt ein Schlüssel versteckt hinter einem Kranz an der Hintertür."

„Dann mache ich mich am besten gleich auf den Weg und schaue mich mal dort um." Er pfiff nach Rambo und verließ das Haus. Wenn die Frau unbedingt stur sein will ... auch gut, dachte er. Doch sie hatte ja recht, er konnte sie nicht gegen ihren Willen hier festhalten. Auf der hinteren Veranda knöpfte er sich die Jacke zu, schlüpfte in seine Stiefel und setzte sich den Hut auf den Kopf. Die Trampelpfade zu Ställen, Scheune und Garage, die er größtenteils vom Schnee geräumt und festgetreten hatte, waren noch immer frei. In den letzten beiden Tagen hatte es nicht mehr geschneit. Er legte den Kopf in den Nacken und schaute zum Himmel hinauf. Die bleiernen Wolken, die sich da oben wieder zusammenbrauten, machten ihm allerdings Sorgen. Wie sollte Lesley zurechtkommen, wenn der nächste Schneesturm heraufzog und sie ohne Strom in ihrem Haus saß? Was wäre dann mit dem Baby?

„Ihr Problem", murmelte er vor sich hin, wobei ihm klar war, dass er sich selbst belog. Alles, was mit Lesley Bastian und ihrer neugeborenen Tochter geschah, betraf auch ihn. Das war unvermeidlich.

Der Schnee knirschte mit jedem Schritt unter seinen Schuhen, während er zu seinem Pick-up stampfte. Als hätte er es geahnt, hatte er heute Morgen die Ketten aufgezogen. Er zog die Tür auf der Beifahrerseite auf, ließ Rambo auf den Sitz hechten, dann schritt er um den Wagen herum und stieg ein.

Der Motor protestierte, wollte bei der Kälte nicht anspringen. Chase versuchte es erneut, gab Gas, und endlich sprang der alte Truck stotternd an. Chase legte den ersten Gang ein. Die Ketten gruben sich in den Schnee, und der alte Wagen fuhr an. Vorsichtig lenkte Chase das Auto die Auffahrt hinunter, bog auf die Landstraße ein und kam schließlich an Lesleys Jeep im Graben vorbei. Innerhalb weniger Minuten erreichte er die Einfahrt, in die er seit mehr als zwanzig Jahren nicht mehr eingebogen war. Das Haus lag nur ein paar Hundert Meter von der Hauptstraße entfernt, doch der Schnee war tief, und der Pick-up schlingerte mehrmals, bevor Chase endlich vor der Garage parken konnte. Es war ein altes Gebäude, das Dach hing durch, aber Chase sah die Bilder so deutlich vor sich, als wäre es gestern gewesen – sein Vater, der sich mit einem schmutzigen Lappen das Öl von den Händen wischte, nachdem er stundenlang an den Motoren der diversen landwirtschaftlichen Maschinen gearbeitet hatte. Ständig waren irgendwelche Reparaturen nötig geworden.

Jetzt kletterte Chase aus dem Pick-up und marschierte durch den Schnee zum Gartentor. Die Angeln quietschten. Der hohe Schnee fungierte wie eine Bremse an den Staketen, Chase musste einiges an Kraft aufwenden, bevor es ihm gelang, das Törchen aufzuschieben. Danach durchquerte er den Garten, in dem Delia, Chet und er in ihrer Kindheit ihr Fort gebaut und gespielt hatten. Er ging die Treppenstufen der hinteren Veranda hoch. Dort trat er sich erst den Schnee von den Stiefeln, fand dann den Schlüssel genau an der Stelle versteckt, wo Lesley gesagt hatte. Chase ließ sich in die stille, kalte Küche ein – und wurde zwanzig Jahre in der Zeit zurückkatapultiert.

Natürlich war der Raum heute anders eingerichtet, die Wände in einem blassen Gelb gestrichen. Die Tapete mit dem Erdbeerdekor, die seine Mutter ausgesucht hatte, gab es nicht mehr, genauso wenig wie das Linoleum mit dem Ziegelsteinmuster. Holzbohlen, die zu den Schränken passten, waren verlegt worden, aber die Aufteilung des Zimmers war dieselbe geblieben, auch wenn ein neuer Tisch mit den dazugehörigen Stühlen in der ehemaligen Essecke seiner Eltern stand. Die Absätze seiner Schuhe klackten hallend durchs leere Haus, als er den Flur entlanglief und ins Obergeschoss hinaufging, zu dem Zimmer, dass er sich früher mit Chet geteilt hatte. Statt der Etagenbetten mit den karierten Tagesdecken befanden sich hier jetzt ein Schreibtisch mit Computer, ein Drucker und noch weitere Bürogeräte. Eine komplette Wand war mit Regalen zugestellt, voll mit Büchern und Ordnern, aber die alte Fichte, die ihre Äste zum Haus hinstreckte, stand noch immer direkt vor dem Fenster.

Der Raum seiner Schwester Delia war in ein Kinderzimmer verwandelt worden, möbliert mit Kinderwiege und Wickeltisch. In dem dritten Schlafzimmer, in dem früher seine Eltern geschlafen hatten, befand sich ein großes Bett, eine antike Kommode mit einem ovalen Spiegel und ein winziger Stubenwagen.

Chase eilte wieder nach unten. Die Erinnerungen blitzten wie Bilder in seinem Kopf auf, liefen wie Filmausschnitte vor seinen Augen an – seine Mutter, die Wäsche in der heißen Montana-Sonne auf die Leine hängte, sein Vater, der stolz verkündete, dass er die

Hilfe der Fortune-Familie nicht nötig hatte, sein Bruder, der wild winkte, während der Traktor ächzend den trügerischen Anhang hinauftuckerte. Denk nicht daran, ermahnte Chase sich grimmig. Er war wieder im Wohnzimmer angekommen, und sein Blick fiel auf die Furche in der Fensterbank. Sie stammte von seinem Stiefelabsatz, als ein Streit mit seinem Zwillingsbruder in eine handfeste Rauferei ausgeartet war.

Verdammt, Chet, wieso musstest du sterben?

Wie von allein ballten sich die Finger seiner Hände zu Fäusten. Es war so lange her, und doch waren die Wunden noch immer frisch. Seither hatten viele Menschen ihn verlassen …

„Reiß dich am Riemen", befahl er sich laut. Er würde sich nicht von verstaubten Erinnerungen in Zeiten zurückziehen lassen, die besser vergessen werden sollten. Er marschierte zu der Abstellkammer, in der der Sicherungskasten hing, prüfte, ob alle Sicherungen eingeschaltet waren, bevor er den Anzünder im Brenner startete.

Innerhalb weniger Sekunden schossen die Flammen hoch, der Brenner tat seine Arbeit und begann zu heizen, die Pumpen schickten Hitze durch die Rohre. Chase schloss hinter sich ab und ging über den Trampelpfad, den er in den letzten Tagen ausgetreten hatte, zu dem Stall, in dem die Pferde untergebracht waren. Jeden Tag hatte er die Tiere für eine kurze Zeit nach draußen auf die schneebedeckte Weide geführt, damit sie überschüssige Energie loswerden konnten. Auch heute tat er es, beobachtete sie dabei, wie sie durch den Schnee galoppierten, wie die trächtigen Stuten schnaubend den Kopf zurückwarfen und in die Sonne blinzelten, deren Strahlen sich in Eis und Schneekristallen brachen. Die Tiere schnaubten und wieherten, ihr warmer Atem bildete kleine Nebelwolken in der kalten Luft.

Wie viele Winter war Chase zusammen mit seinem Vater über Eis und durch Schnee gestapft, um die Tiere in den Ställen zu versorgen? Wie oft hatte er mit dem Hammer die Eisschicht auf den Wassertrögen eingeschlagen, wie oft Heu- und Strohballen vom Heuboden getreten, um dann die dicken Taue mit einem stumpfen Taschenmesser durchzusägen …

Eine Weile hing er den nostalgischen Gedanken nach, solange er die Pferde auf der Weide frei laufen ließ, danach trieb er sie wieder in den Stall zurück und verriegelte das Tor. Ein Blick in den Himmel verriet ihm, dass sie noch mehr Schnee zu erwarten hatten. „Möge Gott uns helfen", murmelte er und beschloss, dass, sollte tatsächlich noch mehr Schnee auf das vor Kälte erstarrte Land fallen, Lesley und ihre Kleine bei ihm würden bleiben müssen.

Er überlegte, ob er ihr erzählen sollte, dass er früher hier auf dieser Ranch gelebt und ihr Mann das Land von seinem Vater aufgekauft hatte. Am Ende entschied er jedoch, lieber seinen Mund zu halten. Er war schon immer der Überzeugung gewesen, dass es besser war, schlafende Hunde nicht zu wecken.

„Ich hatte dir bereits gesagt, dass ich gehen werde." Beim Abendessen wollte Lesley ihren Ohren nicht trauen. „Wir hatten eine Abmachung." Sie hatte den Tisch für das Dinner gedeckt, mehrere Kerzen spendeten Licht, Angela schlief im Zimmer nebenan. Sie hatte die Reste des Essens von gestern verwertet und Hähnchen Tetrazzini zubereitet, wenn sie auch ein wenig hatte improvisieren müssen, weil Chase lange nicht alle Zutaten und Gewürze dahatte.

„An die ich mich auch halten werde."

„Wenn es dir passt."

„Wenn es sicher ist."

„Gütiger im Himmel!"

Er schaute sie so strafend an, als wäre sie eine trotzige Zweijährige. „Niemand hält dich hier gefangen, Lesley. Aber du musst an Angela denken." Er saß ihr gegenüber, das flackernde Licht der Kerzen und des Feuers im Kamin zeichnete Kanten und Schatten auf sein Gesicht.

„Das tue ich auch, die ganze Zeit!" Was bildete er sich ein, sie herumkommandieren zu wollen? „Sie muss endlich nach Hause, und ich auch. Es wird höchste Zeit, Chase. Ich kann dir nicht noch länger zur Last fallen."

„Was du auf keinen Fall tun kannst, ist so dumm sein und ein unnötiges Risiko eingehen." Als wäre ihm selbst aufgefallen, wie harsch sein Ton war, fügte er beherrschter an: „Gedulde dich noch ein wenig. Sobald das Wetter besser wird, fahre ich dich heim."

„Und was du nicht tun kannst, ist, mich gegen meinen Willen festzuhalten!" Unwirsch sprang sie auf, und Schmerz schoss in ihrem verletzten Knöchel auf. Lesley merkte, wie ihr das Blut aus dem Gesicht wich, sie biss sich auf die Zunge, um nicht aufzuschreien, doch es machte so oder so keinen Unterschied. Chase war sofort an ihrer Seite, und bevor sie noch einen Ton sagen konnte, hatte er sie bereits auf seine Arme gehoben.

„Lass mich runter!"

„Das habe ich auch vor." Ungerührt trug er sie zu der Couch, die ihm seit ihrer Ankunft hier als Bett gedient hatte, und legte sie behutsam auf den zerknautschten Kissen ab. „Beruhige dich und lass es langsam angehen."

„Kann ich nicht." Sie schäumte noch immer vor Wut. „Das ist gegen meine Natur."

„Dann betrachte es einfach als Urlaub."

Ärgerlich schnaubte sie, und er lachte.

„Mach daraus am besten einen Traumurlaub."

„Genau, davon habe ich immer geträumt." Der Sarkasmus in ihrer Stimme ließ sich nicht unterdrücken.

„Wann bist du zum letzten Mal so richtig verwöhnt worden?"

Sie änderte ihre Position auf dem Sofa, sodass sie ihm zusehen konnte, wie er den Tisch abräumte, und durchbohrte ihn mit ihren Blicken – sie hoffte auch, dass es so wirkte. „Es besteht ein Riesenunterschied zwischen verwöhnt werden und Geiselhaft."

„Das werde ich mir merken", meinte er trocken. Dass er sich nicht provozieren ließ und völlig gelassen blieb, stachelte ihre Wut noch mehr an.

„Ich verständige die Polizei!"

„Bitte, tu dir keinen Zwang an." Ihr Bluff schien ihn nur zu amüsieren. Er setzte sich ihr genau gegenüber auf den zerkratzten Couchtisch, stützte die Ellenbogen auf die Knie und schaute ihr eindringlich in die Augen. „Ich versuche lediglich, dir vernünftige Argumente zu nennen. Du bist noch nicht voll einsatzfähig. Dein Baby ist keine Woche alt. Dein Jeep steckt noch immer fest, sodass du im Moment keinen fahrbaren Untersatz hast. Du wohnst meilenweit von der Stadt entfernt, und ich bin der nächste Nachbar, den du hast. Es ist einfach unsinnig, dass du zu dir zurückwillst und dann allein in dem Haus hockst."

Sie wollte sich diesem intensiven Blick entziehen, doch sie war wie hypnotisiert, erstarrt wie ein Reh im Scheinwerferlicht. Außerdem, sosehr es ihr auch widerstrebte, es zugeben zu müssen ... der Mann hatte da in einem Punkt recht. In mehr als einem. Dennoch wurmte es sie. „Ich könnte Ray anrufen."

Seine Mundwinkel zogen sich leicht nach unten. „Wer ist Ray?"

„Ray Mellon ist ... war ein Freund von Aaron. Er hat seine Hilfe angeboten, wenn das Baby da ist. Aber Angela konnte ja nicht mehr warten, und Ray besucht in Phoenix Verwandte. Er soll morgen zurückkommen."

Ein Muskel zuckte in seiner Wange, sein Blick schien noch intensiver zu werden, so intensiv, dass das Blut plötzlich durch ihre Adern pulsierte. „Dann lass uns das bereden, sobald er zurück ist."

„Na gut. Dieses Mal lasse ich mich noch einmal von dir überzeugen, Fortune. Aber wir müssen zu irgendeiner Vereinbarung kommen ... zu einem Deal ... Der nächste. An den du dich halten wirst, damit wir hier miteinander zurechtkommen und du endlich damit aufhörst, mir vorzuschreiben, was ich zu tun und zu lassen habe."

„So eine Art Waffenstillstand?"

„Ich halte das für dringend notwendig, ja."

Er musterte ihren Mund, und auf einmal fiel es ihr schwer zu atmen. Sie konnte kaum Luft holen. Für eine Sekunde war sie hundertprozentig sicher, dass Chase sie küssen würde. Er lehnte sich so weit vor, dass sie die Wärme spüren konnte, die sein Körper ausstrahlte. Sie leckte sich über die Lippen.

„Abgemacht."

Sie schaute in seine Augen und war fasziniert von den blaugrauen Tiefen. Die erotische Verheißung auf verbotene Freuden ...

Für einen Moment schwiegen sie beide, und Lesley konnte das Pochen des eigenen Herzens in ihren Ohren hören.

Er war der Erste, der den Blickkontakt brach und etwas Unverständliches murmelte. „Ich ... äh ... hole dann wohl besser noch mehr Brennholz." Er stand auf und ging zur hinteren Veranda hinaus. Als die Tür hinter ihm ins Schloss schlug, ließ Lesley sich rücklings auf die Couch fallen und stieß langsam die Luft aus den Lungen. Chase so nahe zu sein war gefährlich, und gerade hatten sie sich darauf geeinigt, dass sie noch für eine Weile hierbleiben würde.

„Na großartig", murmelte sie vor sich hin. Was sollte sie jetzt nur tun? Hier mit einem Mann auf engstem Raum zusammenzuleben, der allein mit seinem Blick ihren Herzschlag ins Stolpern bringen konnte, war völlig verrückt. Doch da gab es auch einen Teil, der bei der Aussicht erwartungsvolle Erregung verspürte. Wenn sie in sich hineinhorchte, dann vernahm sie da eine Stimme in ihrem Herzen, die sich wünschte, noch länger hierzubleiben. Sosehr es ihr auch widerstrebte, es zuzugeben, aber ... sie begann, sich an Chase zu gewöhnen, an die Hütte hier, an das Zusammensein mit ihm.

„Hör auf damit", warnte sie sich. Solche Gedanken mussten im Keim erstickt werden. Chase Fortune mochte ja sexy wie die Sünde und stahlhart im einen und zärtlich im nächsten Augenblick sein, das war allerdings noch lange kein Grund, sich albernen Fantasien über ihn hinzugeben.

Jede Frau, die auch nur einen Funken Verstand besaß, würde sich hüten, sich in einen Mann wie ihn zu verlieben.

Bei dem Gedanken erstarrte sie. Nein, sie war garantiert nicht dabei, sich zu verlieben! Niemals wieder würde sie sich verlieben. Weder in Chase Fortune noch irgendeinen anderen Mann.

Doch dann wandte Lesley den Kopf zum Fenster und sah Chase beim Holzhacken. Wie er mit der Axt ausholte und den Holzklotz spaltete, seine Silhouette eine dunkle Kontur gegen die weißen verschneiten Felder und Bäume, und sie wusste, sie steckte in Schwierigkeiten.

In großen Schwierigkeiten.

4. KAPITEL

„Fröhliches neues Jahr." Mit ihrem Glas Chardonnay stieß Lesley an Chases Glas an. „Es ist zwar kein Champagner, aber es wird reichen müssen."

„Danke, gleichfalls." Er schenkte ihr ein flüchtiges Lächeln, aber nicht mehr. Er saß auf dem Boden im Wohnzimmer, mit dem Rücken gegen die Couch gelehnt, ein Bein angewinkelt, das andere lang ausgestreckt, und starrte in die Flammen.

Von seiner grüblerischen Stimmung würde sie sich nicht die Freude verderben lassen, beschloss Lesley, zog die Knie an die Brust und sah zu Angela, die selig in ihrem Schubladen-Bett neben der Couch schlief. Rambo hatte seinen Stammplatz unter dem Tisch eingenommen, und das stets knisternde Feuer flackerte im offenen Kamin. „Ein Toast auf das kommende Jahr. Möge es Freude, Gesundheit und Erfolg bringen."

„Amen." Ein zweites Mal stieß er mit ihr an, danach drehte er sich um, damit er sie anschauen konnte. Der Ausdruck in seinen Augen wirkte leicht gehetzt, Anspannung strahlte von ihm aus, doch er brachte ein schwaches Grinsen zustande. „Vor allem auf Letzteres trinke ich."

„Ja, ich auch." Kurz traf sie auf seinen Blick, wandte schließlich das Gesicht ab. Der Raum schien plötzlich viel zu klein, schuf eine intime Atmosphäre, die ihr die Kehle trocken werden ließ. Sie trank einen winzigen Schluck Wein. Der Chardonnay netzte kühl ihren Gaumen, aber noch immer fühlte sie sich unbehaglich.

„Erzähl mir von deinem Mann", schlug Chase vor, brachte damit ein Thema auf, das sie beide bisher vermieden hatten. „Was ist geschehen?"

Ihre gute Laune verflüchtigte sich rapide, nervös drehte sie den Stiel des Weinglases zwischen den Fingern. „Er bekam einen Herzinfarkt beim Angeln. Auf seinem Boot ... also weder Krankenhaus noch Notarzt in der Nähe." *Und seine Geliebte hatte keine Ahnung von Wiederbelebungsmaßnahmen.* Hastig nippte Lesley an ihrem Wein. Sie redete nicht gern über Aaron.

„Das meinte ich nicht, sondern ... was ist mit eurer Ehe passiert?" Seine Stimme war so tief, inzwischen so vertraut, und für einen Moment war Lesley versucht, ihm alles über ihr kompliziertes Leben zu erzählen. Sie zögerte mit ihrer Antwort, und er rutschte ein Stückchen näher, bis sein Bein nur noch Zentimeter von ihrem entfernt war und seine Schulter ihre berührte, da sie beide an dem Sofa lehnten. „Ich meine, du hast nichts erwähnt, aber ich habe den Eindruck, dass du nicht sehr glücklich warst."

„Nun ... ja." Sie nahm an, dass es keinen Grund gab zu lügen. Chase hatte die Wahrheit verdient. Der Mann hatte ihr immerhin das Leben gerettet. „Der Himmel hing nicht gerade voller Geigen, wenn du das meinst."

Schweigend wartete er ab, und Lesley holte geräuschvoll Luft. Wie sollte sie ihm ihren jugendlichen Überschwang beschreiben, der langsam, aber stetig der Apathie gewichen war? Wie sollte sie erklären, dass sie tatsächlich geglaubt hatte, zwanzig Jahre Altersunterschied wären unwichtig? „Er ... nun, er war erheblich älter als ich und schon vorher verheiratet gewesen. Allerdings keine Kinder." Sie drehte an dem goldenen Ehering, den sie noch immer an ihrer rechten Hand trug. „Seine Scheidung lag bereits mehrere Jahre zurück, als wir heirateten, und ich habe geglaubt ... nein, ich war überzeugt, ich würde ihn lieben und er würde mich lieben und dass alles andere unwichtig sei. Was natürlich völlig blauäugig war." Sie schaute zu Chase, merkte, wie ihre Wangen glühten. „Von meiner Seite her sehr naiv. Irgendwann hatten wir uns schließlich völlig auseinandergelebt, und er fand eine andere. Das Problem war nur, zu dem Zeitpunkt war ich bereits schwanger."

Chase kniff die Augen zusammen. Seine Lippen waren nur noch eine schmale Linie, jeder Muskel in ihm schien angespannt, so als wäre er bereit für eine Prügelei, aber er sagte keinen Ton, musterte Lesley nur mit diesem wachsamen Blick.

„Wir beschlossen, es noch einmal miteinander zu versuchen. Und unsere Ehe zu retten, schließlich würden wir bald Eltern werden. Ich dachte wirklich, das Baby würde alles ändern." Sie schüttelte den Kopf über die eigene Naivität. „Vermutlich wollte ich einfach daran glauben, dass wir es schaffen konnten. Wir sind sogar zur Eheberatung gegangen. Bei den Sitzungen beteuerte Aaron, dass es mit der anderen Frau vorbei wäre. Und ich wollte ihm doch so unbedingt glauben." Sie lachte leise, doch es klang alles andere als fröhlich. „Um es kurz zu machen ... Eines Tages ging er angeln, angeblich allein. An dem Tag ist er gestorben." Ihr saß ein Kloß in der Kehle, mit leerem Blick starrte sie in die Flammen, erinnerte sich an die Qual, spürte den Schmerz über den Betrug erneut. „Was natürlich gelogen war. Er war mit der Frau zusammen, mit der er sich angeblich nicht mehr traf." Sie zuckte mit den Schultern. Sie würde nicht länger über Aarons Untreue grübeln. „Tja, und wie man so schön sagt ... das war's dann. Jetzt sind also nur noch Angela und ich da." Und das war auch in Ordnung so. So sollte es sein. Sie brauchte keinen Mann in ihrem Leben, erst recht keinen, der sie betrog.

„Hast du ihn geliebt?"

Die Frage erschütterte sie, auch wenn sie sich das selbst tausendmal gefragt hatte. „Aaron?" Sie überlegte einen Moment. „Zu Beginn dachte ich das. Jetzt allerdings ...", sie schüttelte den Kopf, erinnerte sich daran, wie ihr Leben sich verkompliziert hatte, obwohl ihr Weg anfangs doch so klar und gerade vor ihr gelegen hatte, „... bin ich mir da nicht mehr so sicher."

„Ist wohl auch nicht wichtig, nehme ich an", erwiderte er. „Liebe wird sowieso überbewertet."

„Tatsächlich?"

„Mmm."

„Klingt wie die Philosophie eines Mannes, der sich die Finger verbrannt hat."

„Wir alle haben uns schon die Finger verbrannt. Das gehört wohl zum Leben dazu." Er trank einen großen Schluck von seinem Wein, dann, ohne sie anzusehen, fuhr er übergangslos fort: „Wenn du sicher bist, dass du fit genug bist, kannst du morgen wieder nach Hause zurück."

„Oh danke, großzügiger Herr und Meister", neckte sie ihn, doch ihr Scherz zeigte keine Wirkung.

Nicht einmal der Anflug eines Lächelns. Schon den ganzen Tag war es mit Chases Stimmung stetig bergab gegangen, und jetzt, kurz vor Mitternacht, runzelte er finster die Stirn, kämpfte offensichtlich mit den eigenen Dämonen.

„Was ist los mit dir?", fragte Lesley schließlich.

„Was meinst du?"

„Schon den ganzen Tag heute bist du nicht du selbst."

„Unsinn."

„Oh, komm schon, Chase." Damit würde sie sich nicht abspeisen lassen. „Etwas nagt an dir, und ich kann mir beim besten Willen nicht vorstellen, dass es etwas damit zu tun hat, dass Angela und ich wieder zu uns nach Hause zurückkehren." Sie schüttelte den Kopf, ihre Locken strichen über seinen Pullover. „Nein, nein, nein, es ist definitiv etwas anderes."

Er drehte den Stiel des Glases zwischen den Handflächen, dachte einen Moment lang nach. „Der Silvesterabend ist nicht unbedingt mein Lieblingstag im Jahr."

„Aber es ist doch das Symbol für den Neuanfang."

„Ja, klar." Er stand auf, als wäre das Thema damit für ihn beendet, aber so leicht würde sie ihn nicht gehen lassen. Nicht, wenn sie sich doch schon so nahe gekommen waren. „Ich halte diese Feiertage einfach für keine so große Sache."

„Jetzt erzähl schon, was mit dir ist."

Er zögerte. „Nun, sagen wir einfach, ich habe schlechte Erinnerungen an die Zeit mit roten Schleifen und Lametta, okay?"

Davon würde Lesley sich nicht aufhalten lassen. Der Mann hatte sie praktisch nackt gesehen, hatte ihrem Kind auf die Welt geholfen, kümmerte sich seit über einer Woche um sie und Angela und hatte ihre Tiere und ihr Haus versorgt. Da konnte sie ihm zumindest zuhören.

„Was ist passiert?", fragte sie, während er zur Küche lief.

„Ich will nicht darüber reden."

„Warum nicht?"

Er griff seine Jacke von dem Haken an der Hintertür. „Weil das Privatsache ist."

Sie rappelte sich auf die Füße und biss die Zähne gegen den Schmerz in ihrem Knöchel zusammen. Der Ärger trieb sie an, sie humpelte zur Küche. „Aha, und ein Baby zu gebären und von Schutzengeln zu halluzinieren ist das nicht?"

„Lass gut sein, Lesley."

„Schließ mich nicht aus, Chase. Wenn es irgendetwas gibt, das ich machen kann …"

„Du kannst nichts tun, okay? Das Thema ist beendet." Unwirsch steckte er die Arme in die Jackenärmel und setzte sich den Hut auf den Kopf. „Ich gucke noch nach den Kälbern. Es wird eine Weile dauern, bis ich zurück bin."

„Es ist fast Mitternacht."

Er hörte gar nicht mehr zu, riss die Hintertür auf und stürmte in die Nacht hinaus.

„Du rennst vor etwas weg, Fortune", murmelte sie unter angehaltenem Atem und beschloss, auf ihn zu warten.

Sie hantierte in der Küche, räumte auf und spülte ab, danach faltete sie Wäsche. Fast eine Dreiviertelstunde war bereits verstrichen, und langsam begann sie, sich Sorgen um Chase zu machen. Genau in diesem Moment hörte sie seine Schritte auf der Veranda, und gleich darauf zog er die Tür auf, brachte einen Schwall kalter Luft mit ins Haus, der das Kaminfeuer und die Kerzen aufflackern ließ.

„Ich dachte, du wärst längst im Bett."

„Und ich dachte, dass unser Gespräch noch nicht zu Ende ist."

„Natürlich ist es das." Er hängte seine Jacke zurück an den Haken, und Lesley fiel auf, dass seine Wangen von der Kälte gerötet und seinen Pupillen groß und schwarz waren.

„Etwa, weil du es sagst?"

„Für ein Gespräch braucht man mindestens zwei Leute."

Wut flammte in ihr auf. „Weißt du, was dein Problem ist?"

„Ich habe das Gefühl, dass du es mir gleich erklären wirst."

Sie reckte das Kinn und funkelte ihn böse an. „Immer der Zyniker, was?"

„Vielleicht habe ich ja Grund dazu."

„So?" Das kaufte sie ihm keine Sekunde ab. „Wieso sollte jemand, dessen Nachname Fortune ist, zum Zyniker werden? Du willst mir doch nicht ernsthaft weismachen, du hättest auch nur die geringste

Ahnung von den Widrigkeiten des Lebens." Die Worte waren ihr über die Lippen, bevor sie sich zurückhalten konnte. „Ich meine ..."

„Ich verstehe sehr gut, was du meinst. Nur weil ich mit Nachnamen Fortune heiße, muss alles in meinem Leben einfach perfekt gelaufen sein. Schon klar." Sein Blick bohrte sich in sie wie ein Laser.

„Nun, ich ..."

„Nicht immer sind die Dinge so, wie sie scheinen."

„Nein, vermutlich nicht", stimmte sie tief getroffen zu.

Er erwiderte nichts mehr, schaltete das Licht in der Küche aus. Angela meldete sich leise, und Chase trug das kleine Mädchen zurück in ihr Bettchen im Schlafzimmer, brummte Lesley noch ein knappes „Gute Nacht" zu, und sie versuchte, die gereizte Stimmung zu überspielen. Ihr war klar, dass sie ihn zu sehr gedrängt und sich zu weit vorgewagt hatte. Doch Chase war ein zurückhaltender Mensch. Er würde seine Geheimnisse nicht mit ihr teilen.

Noch vor dem Morgengrauen stand Chase auf. Viel geschlafen hatte er nicht, seine Gedanken – verflucht sollten sie sein! – hatten sich ständig um Lesley und Angela gedreht. Es bedrückte ihn, dass die beiden heute abfahren würden, und während er auf der Suche nach den letzten fünf fehlenden Rindern den Zaun abritt, verspürte er eine schmerzhafte Einsamkeit, die er so nie erwartet hätte.

„Komm endlich darüber hinweg", sagte er sich. Ulysses schnaubte und schüttelte die Mähne. Der Tag war sonnig, die Luft klar, und Chase dachte, dass er froh sein sollte, die verwitwete Nachbarin und ihre Tochter endlich loszuwerden. Doch das war er nicht. Zum ersten Mal seit Emilys Tod glühte ein Hoffnungsfunke in ihm auf, der Wärme in sein Herz sandte. „Idiot", schalt er sich und zog an den Zügeln, lenkte Ulysses einen kleinen, mit Tannen bestandenen Hügel hinauf. Instinktiv wusste er, dass hier irgendetwas nicht stimmte. Ulysses tänzelte nervös, stieg halb auf die Hinterbeine, und Chases drehte sich der Magen. Er hatte die Streuner gefunden. Alle fünf. Tot.

Frohes neues Jahr.

Hilflos betrachtete er das Szenario vor sich, stieg erst nach einer Weile wieder in den Sattel und schnalzte mit der Zunge, um Ulysses zum Wenden zu bringen. Das war der harte Teil des Ranchlebens, der Teil, an den er sich nie wirklich hatte gewöhnen können. Das Schuldgefühl trieb ihn den Hügel hinunter und zurück zur Scheune. Er hätte diese Tiere retten müssen.

Lesley wartete auf ihn. Speck brutzelte in der Pfanne, in einer Schüssel wurden die Bratkartoffeln auf dem Herd warm gehalten, die Brötchen backten im Ofen. Inzwischen konnte Lesley sich ohne große Schwierigkeiten bewegen. Sie summte bei der Arbeit vor sich hin, sah auf, als sie die Tür gehen hörte.

„Perfektes Timing", begrüßte sie Chase lächelnd, als hätte es gestern Abend keine Meinungsverschiedenheit zwischen ihnen gegeben. „Wasch dir die Hände und setz dich. Ich dachte mir, das Mindeste, das ich an meinem letzten Morgen hier tun könnte, ist ... Was ist passiert?" Ihr Lächeln erstarb.

„Ich habe die Ausreißer gefunden."

„Oh." Sie schüttelte den Kopf. „Und offensichtlich geht es ihnen nicht gut, oder?"

„Sie sind alle tot." Er zog sich die Handschuhe ab und hängte sie über den Funkenrost des Kamins, zog den Reißverschluss seiner Jacke auf.

„Das tut mir so leid."

„Es ist ja nicht deine Schuld."

„Ich weiß, aber ..." Impulsiv schlang sie die Arme um ihn. Es gab so vieles von ihm, das sie nicht verstand, so vieles, das sie erfahren wollte, und er hielt sie fest in seiner Umarmung, drückte sie eng an sich, barg sein Gesicht an ihrem Hals. Er küsste sie nicht, doch er klammerte sich an sie. Er roch nach Pferd und Leder und Schnee, sein Körper war warm und hart, und Lesley seufzte leise. „Es ist nicht immer einfach."

„Nein, manchmal ist es sogar verdammt schwer", erwiderte er. Dann räusperte er sich und ließ die Arme an seine Seiten sinken. Endlich bemerkte er das Frühstück. „Das hättest du nicht machen müssen."

„Ich wollte es aber. Weißt du, Chase Fortune, ich bin dir eine

Menge schuldig. Und außerdem gibt es da etwas, über das ich sowieso mit dir reden möchte."

„Fein, schieß los."

Sie räusperte sich, legte den gebratenen Speck aus der Pfanne auf eine Platte mit Papierservietten. Chase sah zu, wie sie gekonnt drei Eier am Rand der Pfanne aufschlug und Spiegeleier briet. „Es hat mit dem Wasser auf meinem Land zu tun."

„Gibt es da ein Problem?"

Sie holte einen Teller aus dem Schrank. „Könnte sein." Sie legte die Eier drauf und reichte ihm das Essen. „Iss, solange alles heiß ist."

„Erzähl weiter. Was ist mit dem Wasser?" Er nahm sich mehrere Scheiben Speck und häufte Bratkartoffeln daneben auf.

„Es gibt einen Brunnen auf meinem Land, der jedoch meist irgendwann im August austrocknet. Deshalb nutze ich im Spätsommer und Frühherbst Wasser aus der Quelle. Die Quelle läuft in ein Auffangbecken, und ich kann genügend Wasser für die Pferde und das Haus herauspumpen."

„Und das reicht?"

„Bisher war es immer genug, aber …", ihre Schultern versteiften sich unwillkürlich, während sie weitersprach, „… die Quelle liegt auf deinem Land hier und fließt dann weiter auf meines. Ich habe einen Vertrag, dass ich das Wasser nutzen kann, den Aaron mit dem Vorbesitzer vor zehn Jahren geschlossen hat. Nun läuft der Vertrag im Juni allerdings aus. Aaron hat immer behauptet, er hätte eine mündliche Vereinbarung mit dem ehemaligen Besitzer hier für die nächsten zehn Jahre, aber ich habe sämtliche Papiere durchsucht, etwas Schriftliches dazu kann ich nicht finden. Und deshalb würde ich gerne eine neue Abmachung mit dir aushandeln. Ansonsten werde ich einen neuen Brunnen bohren lassen müssen. Und ehrlich gesagt… in diesem Jahr kann ich mir das nicht leisten. Wahrscheinlich auch noch nicht im nächsten."

„Wir werden uns schon einigen." Er nahm sich zwei warme Brötchen und packte sie auf den Teller.

„Gut. Ich werde mich mit meinem Anwalt in Verbindung setzen, sobald ich wieder zu Hause bin."

„Du brauchst keinen Anwalt einzuschalten." Er ließ sich an dem zerkratzten Tisch nieder, und ihm fiel auf, wie nett Lesley für das Frühstück gedeckt hatte. Sie hatte nicht nur Platzsets und Besteck hingelegt, sondern in der Mitte des Tisches stand auch ein kleines Kännchen, in dem ein einzelner Ilex-Zweig mit roten Beeren steckte. Sie nahm sich einen Teller und setzte sich Chase gegenüber auf einen Stuhl. Ein Hauch ihres Parfüms schwebte zu ihm herüber, vermischte sich mit dem Geruch von gebratenem Speck und Holzfeuer. Er gewöhnte sich mehr und mehr daran, sie um sich zu haben. Er lauschte gern ihren kleinen Selbstgesprächen, sah gern dem Spiel des Feuerscheins auf ihrem Haar zu. Er strich Butter auf seine Brötchen und bemühte sich zu ignorieren, wie der Pullover sich um ihre Brüste schmiegte, die momentan wahrscheinlich voller waren als normal, weil sie stillte. Obwohl sie noch ein wenig füllig um die Hüften wirkte, gewann sie mehr und mehr ihre Figur zurück. Sie war sexy und natürlich, und vor allem fing sie an, die düstere Leere in seiner Seele zu füllen. Eine Leere, mit der er vor fünf Jahren entschieden hatte sein ganzes Leben zu verbringen.

Er konnte sich nicht mit ihr einlassen. Zumindest nicht jetzt, schränkte er ein, während er in die knusprige Speckscheibe biss.

In diesem Jahr hatte er viel zu viel zu tun, um sein Ziel zu erreichen und die Abmachung mit Kate zu erfüllen. Er durfte sich nicht von Lesley und ihrem Baby ablenken lassen. Diesen Weg hatte er schon einmal eingeschlagen, und letztendlich hatte es ihm nur Kummer und Schmerz eingebracht.

Er blickte zu Angela, die in ihrem provisorischen Bett selig schlummerte, und der Wunsch, sie zu beschützen, wollte übermächtig werden. Doch er wischte dieses alberne Gefühl mit eiserner Entschlossenheit fort. Im kommenden Jahr hatte er für nichts anderes Zeit, er musste sich ausschließlich darauf konzentrieren, dieses karge Stück Land aus den roten Zahlen herauszuholen und endlich Gewinne einfahren.

Niemand, nicht einmal Lesley Bastian, würde ihn von diesem Vorhaben ablenken.

5. KAPITEL

„Wir sind zu Hause."

Die Worte hallten hohl in dem leeren Haus wider, als Lesley mit Angela in ihrem Kindersitz ihr Zuhause betrat. Als würde sie die Veränderung spüren und als würde es ihr nicht besonders gefallen, begann das Baby zu quengeln. „Schh, Schätzchen, ist doch alles in Ordnung."

Doch das alte Ranchhaus fühlte sich an wie ein Grab, obwohl es warm im Innern war und die Lichter eingeschaltet waren. Trotzdem schien es irgendwie kalt und leer. Weil die wohlige Atmosphäre fehlte, die aus einem Haus ein Heim machte.

Hör auf damit, Lesley. Das bildest du dir nur ein. Närrin, die du bist, wolltest du einfach nur nicht von Chase Fortune weg. Vergiss es. Sie riss sich zusammen und ging entschlossen durch die Küche. Sie ignorierte, dass es sich nicht anfühlte, als würde sie nach Hause kommen, dass sie weder Freude noch Erleichterung verspürte, zurück zu sein.

Chase, der die Einkäufe trug, und Rambo folgten hinter ihr. „Sitz", befahl Chase dem alten Hund, als der ebenfalls durch die Tür laufen wollte.

„Nein, ist schon in Ordnung. Er kann ruhig hereinkommen." Lesley hatte den alten Mischling ins Herz geschlossen und wollte ihn nicht frierend draußen auf der Veranda lassen.

„Er ist nass."

„Sind wir das nicht alle?", fragte sie und starrte, die Augenbrauen hochgezogen, betont auf den Schnee, der auf Chases Jacke zu schmelzen begann.

Rambo, als hätte er verstanden, dass ihm die allgemeine Aufmerksamkeit gehörte, legte den Kopf schief und trottete ungerührt ins Haus, um sich unter dem Küchentisch niederzulassen.

Chase murmelte etwas von „verwöhnten Kötern, die nicht wissen, wie sie sich zu benehmen haben", und stellte die Einkaufstüte mit den Lebensmitteln, die sie unterwegs noch im Supermarkt besorgt hatten, auf den Tisch beim Fenster. Danach nahm er Lesleys Reisetasche in die andere Hand. „Wo willst du deine Tasche haben?"

„Stell sie einfach ab, ich nehme sie später mit nach oben."

„Lass mich das machen." Weiter sagte er nichts, doch Lesley wusste, er sorgte sich wegen ihres Knöchels, und seine Fürsorge rührte sie mit einer Macht, die sie überraschte. Für einen raubeinigen, schroffen Cowboy, der zudem eine sture Ader hatte, die jeden Esel vor Neid erblassen lassen würde, erhaschte sie immer wieder flüchtige Blicke auf die viel weichere und fürsorgliche Seite dieses Mannes.

Sie wickelte die Decke fester um Angela und setzte den Kindersitz ab, sodass die Kleine ihr dabei zuschauen konnte, wie sie Kaffee kochte und die Einkäufe verstaute.

Das kochende Wasser begann gerade, durch den Filter zu laufen, da gab Rambo unter dem Tisch ein tiefes, kurzes Bellen von sich. Chases Schritte waren noch im Obergeschoss zu hören, aber von draußen drang das Dröhnen eines Wagenmotors herein. Lesley sah zum Fenster hinaus und erkannte den Dodge von Ray Mellon, der die Auffahrt herauffuhr. Schnee türmte sich auf dem Wagendach und bedeckte die gesamte hintere Ladefläche.

„Wir bekommen Besuch." Lesley blinzelte ihrem Baby verschmitzt zu. Außer Chase würde Ray also der erste Nachbar sein, den sie seit Angelas Geburt sah. „Und du zeigst dich jetzt bitte von deiner besten Seite und benimmst dich, hörst du?", flüsterte sie ihrer Tochter zu, während Ray draußen parkte und aus der Fahrerkabine seines Pick-ups sprang. Er trug Mantel, Wollmütze und eine Thermohose. Langsam stapfte er durch den Schnee auf die hintere Veranda zu, dort trat er sich den Schnee von den Stiefeln und hob die Hand, um zu klopfen, doch Lesley war schneller, sie riss bereits die Tür auf.

„Lesley, Mädchen!", begrüßte er sie breit grinsend.

„Ich habe mich schon gefragt, ob du es aus dem Sonnenstaat zurückgeschafft hast."

„Gerade gestern erst. Die Flughäfen sind eine einzige Katastrophe, das kann ich dir versichern." Er kam in die Küche und schüttelte den Kopf. „Sieh dich nur an!" Und dann gab er seinem Impuls nach und fasste Lesley um die Hüften, hob sie hoch und wirbelte mit ihr im Kreis. „Du meine Güte, Mädchen, vor Sorge um dich bin ich fast umgekommen. Und das da …", er sah zu Angela, die mit großen runden Augen an die Decke starrte, „… muss wohl deine kleine Tochter sein."

„Ja, darf ich dir Angela vorstellen?", sagte Lesley, als Ray sie wieder auf die Füße zurückstellte. Ihr Herz klopfte schneller, ihre Wangen waren erhitzt.

„Sie ist wunderschön. Ganz ihre Mutter."

Lesley lachte. Aus dem Augenwinkel erhaschte sie eine Bewegung und drehte den Kopf zu Chase. Wachsam stand er in dem Durchgang zwischen Küche und Esszimmer. „Chase, ich möchte dir Ray vorstellen. Ray Mellon. Erinnerst du dich? Ich hatte dir von ihm erzählt. Er ist wieder aus Phoenix zurück. Ray, das ist Chase Fortune, mein neuer Nachbar und der Mann, der mir und Angela das Leben gerettet hat."

Chase streckte die Hand aus, und nachdem Ray sich erst den Handschuh abgestreift hatte, schüttelte er Chases Hand mit kräftigem Griff.

„Freut mich, Sie kennenzulernen", meinte Ray. „Sind Sie mit Kate verwandt?"

„Ihr Großneffe." Chase musterte den anderen Mann abschätzend. Gut eins achtzig groß, drahtig und muskulös, mit braunem Haar, das an den Schläfen bereits ergraute.

„Sie haben also die alte Waterman-Ranch übernommen?"

„Ja, ich will es zumindest versuchen."

Ray holte tief Luft und schüttelte den Kopf. „Dann viel Glück, das werden Sie brauchen. Ich weiß nicht, was mit dieser Ranch ist, aber man sollte fast meinen, dass ein Fluch auf dem Schei…", ein schneller Blick zu Lesley, und er fing sich im letzten Moment, „… auf dem Land zu liegen scheint. Es kostet endlos Arbeit, die Ranch über Wasser zu halten. Doch auf jeden Fall muss ich Ihnen danken, dass Sie sich um Lesley und ihre Kleine gekümmert haben." Er schlang Lesley den Arm um die Taille. „Sie ist eine wirklich außergewöhnliche Frau."

„Ray!" Lesley wand sich aus der Umarmung.

„Aber es stimmt doch." Er zwinkerte Chase verschwörerisch zu. „Ich habe ja immer gesagt, wenn Aaron sie nicht mehr haben will ... ich nehme sie sofort."

„Tatsächlich, ja?" Alles in Chase spannte sich an. Er mochte den Typen auf Anhieb nicht.

„Ich denke, da habe ich auch noch ein Wörtchen mitzureden, oder nicht?", protestierte Lesley sofort und wechselte abrupt das Thema. „Der Kaffee ist fertig. Möchtest du vielleicht eine Tasse?"

„Tut mir leid, doch ich kann nicht bleiben. Ich wollte nur nachsehen, ob du zu Hause bist und ob alles in Ordnung ist. Außerdem wollte ich doch die Kleine sehen." Mit einer Fingerspitze strich Ray Angela über die Wange, und Chase musste sich zusammenreißen, um die Hand des anderen nicht wegzuschlagen. „Sie ist eine Schönheit, genau wie ihre Ma." Er lächelte Lesley viel zu freundlich an, und für einen Moment dachte Chase tatsächlich, der Kerl würde sie auf die Wange küssen. „Ich rufe dich später an. Sag Bescheid, wenn ich irgendetwas für dich tun kann. Ich meine es ernst ... ganz gleich, was du auch brauchst." Vergnügt lachend ging Ray durch die Hintertür wieder hinaus.

„Puh!" Lesley lief dunkelrot an.

Wenn auch mit Anstrengung, aber Chase schaffte es, sich völlig unbeteiligt zu geben. Dabei biss er allerdings so hart die Zähne zusammen, dass ihm der Kiefer wehtat. Seiner Meinung nach bestand Ray Mellon, ob nun ein Freund oder nicht, vor allem aus heißer Luft und nicht viel mehr.

Lesley schenkte Kaffee in zwei Becher. „Ray meint es gut, glaub mir", entschuldigte sie den anderen Mann. „Er hat wirklich ein Herz aus Gold, obwohl er manchmal ein bisschen dick aufträgt."

Chases Ansicht nach musste das die Untertreibung des Jahres sein, auch wenn er sich davon zu überzeugen versuchte, dass es unwichtig war. Soweit es ihn betraf, konnte Ray Mellon splitterfasernackt auf dem Scheunendach tanzen, ihm sollte das egal sein. Der Typ war also ein Freund von Lesley? Schön. Schließlich hatte sie das Recht auf Freunde, oder nicht? Er trank zwei Schlucke von dem

Kaffee, beschloss, dass es Zeit wurde aufzubrechen, und setzte seine Tasse auf der Anrichte ab. „Ich gucke noch eben nach den Pferden, bevor ich wieder fahre."

„Du musst doch nicht ..."

„Ich möchte es aber, okay?"

Sie würde sich deswegen nicht mit ihm streiten. „Ich ... ich weiß nicht, was ich sagen soll."

„Du brauchst nichts zu sagen."

Sie nagte an ihrer Unterlippe, dann, aus einem Impuls heraus, stellte sie sich auf die Zehenspitzen und drückte Chase einen Kuss direkt auf den Mund. Warm, weich wie eine Feder und voller Dankbarkeit, schlug dieser Kuss eine Saite in Chase an, die er lange für tot gehalten hatte. „Danke, Chase Fortune", murmelte Lesley heiser. Sie drehte sich um und hob ihre Tochter auf den Arm. Ihre grünen Augen schienen heute Morgen noch ein wenig strahlender zu schimmern, so als müsse sie gegen Tränen ankämpfen. „Es war mein voller Ernst, als ich gemeint habe, dass du Angelas und mein Leben gerettet hast."

„Das war doch keine große ..."

„Doch, das war es." Sie legte die Hand auf seinen Arm und drückte leicht zu. „Es war sogar eine sehr große Sache. Ich bezweifle, dass ich das je wiedergutmachen kann. Und das stört mich. Es stört mich sogar sehr." Sie schluckte schwer, hielt seinen Blick mit ihrem gefangen. Für einen Moment war er verloren, verloren in dem Wunder, dass diese grazile Frau offenbar ein Herz so groß wie ganz Montana besaß. Sie knabberte erneut an ihrer Lippe, eine nervöse Geste, die ihn immer mehr faszinierte. Er schaffte es nur ein Stück von ihr abzurücken. Der Drang, sie in seine Arme zu reißen und zu küssen, bis ihnen beiden vor Lust und Leidenschaft die Beine nachgaben, sie dann nach oben zu tragen und zu lieben, bis sie beide völlig erschöpft waren und sich nicht mehr rühren konnten, wurde übermächtig.

Als hätte sie seine Gedanken gelesen, errötete sie, und Chase nahm sich zusammen. Er bewegte sich hier auf dünnem Eis. Sehr dünn und sehr gefährlich. Er stopfte die Hände in die Jackentaschen. „Ich bin froh, dass letztendlich alles so gut ausgegangen ist."

„Ja, ich auch." Ihr Blick verweilte noch eine Sekunde länger auf seinem Gesicht, und alles in ihm zog sich zusammen. Verdammt, sie war schön.

Und tabu. Unantastbar. So wie alle anderen Frauen auch.

„Wir sehen uns dann später." Er pfiff nach Rambo und öffnete die Tür. Ein eiskalter Lufthauch wehte durchs Haus, als der Hund sich aufrappelte und nach draußen lief. Ein letzter Blick auf Lesley, wie sie dastand und ihre Tochter an sich gedrückt hielt, und Chase zog die Tür hinter sich entschieden ins Schloss. Eine einfache Handlung, und dennoch brauchte er seine gesamte Willenskraft, um die Veranda hinunterzusteigen und Mutter und Kind allein zu lassen. Er ermahnte sich, dass Lesley Bastian nicht ihm gehörte, weder war sie seine Frau noch seine Geliebte, nicht einmal seine verdammte Freundin. Sie war nur die Nachbarin, eine Frau, die ein paar Probleme gehabt hatte, aus denen er ihr herausgeholfen hatte. Weiter nichts. So war das eben, und zur Hölle damit, doch so musste es auch bleiben.

Aber nachdem Chase heimgekehrt war, erschien ihm die Hütte leer. So leer und kalt, obwohl das Feuer im Kamin prasselte. Er warf einen Blick zu dem Ilex-Zweig in dem kleinen Kännchen, das Lesley als Vase genutzt hatte. Er holte ihn heraus und drehte ihn zwischen seinen Fingern. Ihr Parfüm, welches auch immer sie benutzte, hing noch immer in der Luft, mischte sich mit dem Geruch von Seife und Baby-Puder. Sein Bett, frisch bezogen mit sauberer Bettwäsche, wirkte steril und abweisend.

Für etwas mehr als eine Woche hatten Lesley und ihr winziges Neugeborenes zu seinem Leben gehört. Sie fehlten ihm. Mehr, als er es je für möglich gehalten hätte. Seine Gedanken schlugen eine düstere Richtung ein, er dachte an Emily und Ryan. Seltsam, doch es tat weniger weh als bisher, als hätte die Zeit – und Lesley, wie er vermutete – den Schmerz gedämpft.

Routinemäßig erledigte er alle anfallenden Aufgaben, rief danach Kate an und erstattete Bericht, aß ein kärgliches Mahl und duschte spätabends. Er sagte sich, dass er Lesley nicht anrufen würde. Er brauchte nicht zu wissen, was sie gerade tat. Und doch starrte er aus dem Fenster hinaus in die Nacht. Das Mondlicht warf seinen silbernen Schein über die weiße Landschaft, die der Schnee wie mit einer Decke zugedeckt hatte und der sich auf den Ästen und Zweigen der Bäume häufte. Weiter hinten in der Ferne schimmerte warmes goldenes Licht durch die Fenster des alten Ranchhauses, in dem er aufgewachsen war, des alten Ranchhauses, in dem jetzt Lesley und Angela lebten. Vor seinem geistigen Auge tauchte das Bild auf, wie sie auf Zehenspitzen stand, ihren Kopf vorreckte und ihn mit offenen Augen küsste. Wie sie es heute Nachmittag gemacht hatte. Seither konnte er an wenig anderes denken.

Einsamkeit, eine Emotion, die er jahrelang eisern im Zaum gehalten hatte, stach tief bis in seine Seele. Auf die eine oder andere Art hatte er alle verloren, die ihm je nahe gewesen waren. Chet, sein Zwillingsbruder, immer der Abenteuerlustige von ihnen beiden, hatte sich verschätzt, als er mit dem alten Traktor zu schnell den Hügel hinaufgefahren war. Die Vorderräder waren gegen einen Felsbrocken geprallt und hatten die Bodenhaftung verloren. Der Traktor war umgestürzt und hatte Chet unter sich begraben.

Chase hatte damals alles mitverfolgt, war schreiend und weinend den Hügel hinaufgerannt in der Gewissheit, dass sein Bruder bereits tot war. Seither suchte der Anblick von Chets leblosem Körper ihn immer wieder in seinen Albträumen heim. Die Tragödie hatte die Familie entzweigerissen. In seinem Vater waren jeglicher Ehrgeiz und Stolz, den er je besessen hatte, abgestorben, Chases Mutter war krank geworden und hatte den Kampf gegen den Krebs verloren. Die Krankheit stünde in keinem Zusammenhang mit dem Tod ihres Sohnes, so hatte man ihnen immer wieder versichert, doch Chase hatte das nie geglaubt: Constance Fortunes Lebenswille, der Wille weiterzumachen war ihr geraubt worden, nachdem sie ihren Sohn zu Grabe getragen hatte. Blieb noch Delia. Seine Schwester, schon immer vollkommen mit sich selbst beschäftigt, hatte sich in sich selbst zurückgezogen. Dieser Tage lebte Delia ihr Leben ohne großen Kontakt zu ihrer Familie.

Und wie ist das bei dir?

Er wollte nicht zu genau in den Spiegel schauen oder zu tief in seine Seele hinabtauchen. Er brauchte sich nicht mit seinen Dämonen anzulegen. Er hielt nichts davon, in Trauer und Schmerz zu versinken oder es ständig zur Sprache zu bringen. Genauso wenig, wie er etwas auf Psychiater oder Therapeuten gab. Nein, er glaubte an das Prinzip der Selbstheilung, und der beste Weg, mit all dem Schmerz aus der Vergangenheit klarzukommen, war, ihn zu ignorieren, sich mit Arbeit auf andere Gedanken zu bringen und ein anderes Ziel im Leben anzuvisieren.

Er hatte es mit der Ehe versucht, und es hatte ihm nur noch mehr Qualen und Kummer eingebracht. Er mahlte mit den Zähnen, sowie er an Emily dachte. Süße, traurige Emily. Und Ryan. Sein einziger Sohn. Ein Junge, der nicht lange genug gelebt hatte, um seinen ersten Geburtstag zu feiern.

Die alten Wunden rissen immer noch an ihm.

Verärgert über die Richtung, die seine Gedanken einschlugen, schob er noch zwei Holzscheite in den Herd und setzte sich an den Küchentisch, auf dem die Wirtschaftsbücher lagen, an denen er seit Längerem arbeitete. Er tippte Zahlen in den Taschenrechner ein und machte sich Notizen, prüfte die Buchhaltung und rechnete die Steuererklärungen der letzten zehn Jahre nach.

Wie es schien, war es mit der Waterman-Ranch seit Jahren schon stetig bergab gegangen. Doch Chase überlegte sich, wo er etwas einsparen konnte, wie er zu einem höheren Preis verkaufen konnte, wie er die Fixkosten senken und die Produktion von Getreide und den Tierbestand erhöhen konnte. Es wäre vielleicht möglich, die Abmachung mit Kate einzuhalten, selbst in der wirklich knapp bemessenen Zeit des einen Jahres. Stunden saß er über den Büchern und rechnete, bis Rambo – es war weit nach ein Uhr nachts – winselte, weil er nach draußen wollte.

Chase stand auf und rieb sich den Nacken. Er öffnete die Tür für den alten Hund, und Rambo verschwand um die Hausecke, war in weniger als einer Minute wieder zurück, die Nase dicht an dem kalten Schnee, als könnte er noch schnell um die späte Zeit ein Kaninchen oder einen Fasan finden und, wenn schon nicht jagen, so doch wenigstens erschrecken. „Gib's auf, alter Junge", riet Chase ihm. Die eisige Luft stach ihm ins Gesicht und drang durch sein Sweatshirt, aber es half ihm, seinen Kopf von den Zahlen zu klären, mit denen er jongliert hatte.

Schnaufend beeilte Rambo sich, wieder in die Wärme des Hauses zu gelangen. Chase schloss die Tür und ging zum Tisch zurück. Trotz all seiner Bemühungen, eine Lösung zu finden, blieb ein Dilemma, das nicht verschwinden wollte, ganz gleich, von welcher Seite er es auch betrachtete. Erneut prüfte er seine Kalkulation, wohl zum zehnten Mal. Aber es war einfach nicht machbar.

„Verdammt." Frustriert zerknüllte er das Blatt Papier. Ganz gleich, wie er es auch drehte und wendete und die Zahlen umstellte … wenn es um die Produktivität ging, hatte er ein Problem. Ein ernstes. Wenn er wirklich sichergehen wollte, dass die Ranch im Laufe eines Jahres wieder Profit abwarf, wenn er den Deal mit Kate erfüllen wollte und dieses karge Stück Land in seinen Besitz übergehen sollte, konnte er es sich nicht leisten, Wasserrechte abzugeben. An niemanden, auch nicht an Lesley Bastian.

6. KAPITEL

„Ich kapier's einfach nicht. Echt, ich werd' das nie raffen." Jeff Nelson ließ sich in den Stuhl zurückfallen und strich sich die Haare aus den Augen. Mit siebzehn hatte er wesentlich mehr Interesse an Mädchen und Basketball als an Algebra.

„Du kommst doch so weit ganz gut klar damit", lautete Lesleys Urteil, während sie seine Hausaufgaben korrigierte. Jeff war einer der sieben Highschool-Schüler, denen sie Nachhilfe in Mathematik gab. Das brachte ihr ein kleines zusätzliches Einkommen, sodass sie sich keinen zweiten Job suchen musste und mit Angela zu Hause bleiben konnte.

„Algebra ist ätzend." Er nahm Buch und Heft und stand auf. Schon jetzt war er über einen Meter neunzig groß und würde sicher noch ein ganzes Stück wachsen.

„Lass dich nicht entmutigen."

Er schnaubte. „Ich bin längst weit jenseits von entmutigt", brummte er, dann blitzte jedoch sein freches Lächeln auf. Auf dem Weg durch den Aufenthaltsraum warf Lesley noch einen schnellen Blick auf Angela, die friedlich schlummerte, den Daumen fest in das kleine Mündchen gesteckt.

„Wir sehen uns dann am Dienstag wieder", sagte Lesley, nachdem sie in der Küche angekommen waren. Sie notierte sich das Datum in ihrem Kalender, wobei ihr auffiel, dass an diesem Dienstag Valentinstag war. Seit Langem ihr erster Valentinstag, den sie allein verbringen würde. Nicht dass das von Bedeutung wäre, vermutete sie. Während sie Jeff nachsah, der davonschlenderte, erinnerte sie sich an den letzten Valentinstag und die einzelne Rose, die Aaron einem Straßenhändler abgekauft hatte. Sie war so gerührt gewesen ... bis sie, einen Monat nachdem er gestorben war, seine Kreditkartenabrechnung gefunden hatte. Am vierzehnten Februar war die Zahlung für ein teures Bouquet abgebucht worden.

„Tja, man lernt eben nie aus", murmelte sie vor sich hin und wischte ein paar Krümel vom Tisch. Sie fragte sich, was Chase wohl jetzt tat. Im letzten Monat hatte sie ihn öfter gesehen, als sie erwartet hätte. Scheinbar bildete er sich ein, er wäre irgendwie für sie verantwortlich. Lächerlich.

Aber wenn sie ehrlich war, musste sie sich eingestehen, dass sie seine Aufmerksamkeit keineswegs störte. Nein, kein bisschen, eher das Gegenteil. Solange er sich zurückhielt und sie nicht zu sehr herumkommandierte.

Er versorgte ihre Tiere, achtete darauf, dass ihr Wagen, nachdem er aus dem Graben gezogen und in der Werkstatt repariert worden war, auch wirklich sicher und fahrtüchtig blieb. Und er erinnerte sie daran, ihre Arzttermine einzuhalten.

Und dennoch wahrte er Distanz und kam ihr nicht zu nah. Er vermied jeden Körperkontakt, berührte sie nicht und lächelte nur selten. Ab und zu kam er auf einen Kaffee ins Haus, aber wenn sie ihn einlud, zum Essen zu bleiben oder etwas mit ihr zusammen zu unternehmen, lehnte er jedes Mal sofort ab.

„Nun, wer nicht wagt, der nicht gewinnt", ermutigte sie sich, griff zum Telefon und wählte seine Nummer. Es klingelte achtmal, ohne dass jemand geantwortet hätte. Keine große Überraschung, verbrachte der Mann doch die meiste Zeit des Tages draußen. Zudem hatte er eine ausgeprägte Aversion gegen Handys und Anrufbeantworter. „Du solltest versuchen, dich den modernen Zeiten anzupassen, bevor das Jahrhundert vorbei ist, Fortune", schalt sie ihn, als könnte er sie hören. Natürlich hätte sie auch einfach aufgeben können, doch das lag nun mal nicht in ihrer Natur.

Aus dem Obergeschoss machte Angela sich leise bemerkbar, und Lesley beschloss, dass es Zeit wurde für ein wenig Bewegung. Sie eilte die Treppe hinauf und sah zu ihrer Tochter, die in ihrer Wiege lag und mit den Ärmchen in der Luft wedelte. Das kleine Gesichtchen lief prompt rot an, als sie zu weinen begann.

„Nur keine Aufregung", meinte Lesley lächelnd. „Ich bin ja schon da."

Nachdem sie Angela gestillt, ihr die Windeln gewechselt und sie umgezogen hatte, packte sie das Baby in einen schicken warmen Schneeanzug ein, setzte es sicher in den Tragegurt und holte noch die Karte zum Valentinstag. Im Laden hatte Lesley sich für eine von den lustigen Karten entschieden statt für eine von denen mit den romantischen Schwüren von ewig währender Liebe. Schließlich machte sie sich auf den Weg durch die Winterlandschaft zur Nachbarranch. Es war wirklich eisig kalt, der Wind pfiff schneidend über die verschneiten Felder, aber die fahle Sonne stand an einem blauen Himmel über Montana, und Lesley fühlte sich beschwingt, während sie über die Auffahrt auf Chases Blockhaus zuschritt.

Seit ihrem Aufenthalt hier über die Feiertage war sie nicht mehr in der kleinen Hütte gewesen, und seltsamerweise erschien es ihr, als würde sie heimkehren. „Närrin", murmelte sie in sich hinein, und Angela strampelte an ihrer Brust. Sie blickte zu ihrer Tochter hinunter. „Du hast also offenbar schon jetzt erkannt, dass deine Mutter ein ausgemachter Trottel ist, nicht wahr?"

Rambo, der auf der Veranda lag, bellte ihr entgegen und richtete sich langsam auf, um sie mit wedelndem Schwanz zu begrüßen. „Ja, ich habe dich auch vermisst, alter Junge", meinte sie in dem Moment, in dem Chase in Jeans und Flanellhemd die Tür öffnete. Keine Regung zeigte sich auf seinem Gesicht, und sie hatte das ungute Gefühl, dass sie ungelegen kam.

Plötzlich war sie verlegen und wünschte, sie hätte ihrem Impuls nicht nachgegeben. „Hi", brachte sie heraus. Wieso war sie hier? Mit welchem Vorwand konnte sie sich herausreden? Ihr fiel nichts ein. Ihr würde also nichts anderes übrig bleiben, als mit dem ursprünglichen Plan fortzufahren.

„Komm herein." Er hielt die Tür für sie auf. „Stimmt etwas nicht?"

„Äh, nein, alles in Ordnung. Ich brauchte einfach nur Bewegung." Grundgütiger, sie hörte sich ja total bescheuert an! „Ich wollte nur kurz vorbeischauen, weil ... weil es Valentinstag ist und ich eine Karte für dich gekauft habe und sie dir bringen wollte und ... Ich plappere, nicht wahr?" Sie schnallte den Tragegurt ab und hielt Chase das Baby hin. Während sie sich die Jacke auszog, nahm Chase Angela raus. „Ich klinge wie ein kompletter Idiot."

„Aber nein, ganz und gar nicht." Dennoch konnte er sich das plötzliche Grinsen nicht verkneifen, und seine Augen, vorhin noch so ernst, begannen amüsiert zu funkeln. „Sie ist gewachsen", bemerkte er, als würde er über die Verlegenheit hinweghelfen und die Situation retten wollen.

„Ja, man kann ihr praktisch dabei zusehen."

Milde lächelnd betrachtete er das Babygesichtchen. „Meinst du nicht, dass es zu kalt für sie ist, um mit ihr spazieren zu gehen?"

„Wäre ich dieser Meinung, hätte ich es nicht gemacht", erwiderte sie. Seine Sorge um Angela rührte sie, auch wenn er es sicher übertrieb.

„Sie ist so winzig und empfindlich."

„Alle Babys sind das, aber glaube mir, ich bin vorsichtig mit ihr."

Er nickte knapp. „Das weiß ich." Sie spürte, dass er noch etwas sagen wollte, aber er schien sich auf die Zunge zu beißen.

Während er sich mit Angela beschäftigte, legte Lesley die Karte auf dem Tisch ab, an dem sie und Chase so viele Mahlzeiten miteinander geteilt hatten. Jetzt lagen hier überall Unterlagen ausgebreitet, ein Notizbuch war aufgeschlagen, und gleich daneben befand sich ein Taschenrechner.

„Ich dachte, ich sollte endlich damit anfangen, mich für all das, was du für mich getan hast, zu revanchieren", erklärte sie. „Ich hatte gehofft, du würdest heute Abend vielleicht mit mir essen."

Sein Kopf ruckte hoch. „Heute Abend?"

„Ich meine, wenn du Zeit hast."

Er zögerte, und Lesleys Herz raste, da ihr klar wurde, dass er eine Ausrede finden würde, um die Einladung auszuschlagen. Oh, warum hatte sie nur diese dumme Idee weiterverfolgt? Sie hätte ihn an jedem anderen Abend zum Essen einladen können, aber doch nicht heute. Die heutige Nacht war für Liebende reserviert.

Das Telefon klingelte, bevor die Stille noch bedrückender werden konnte. Noch immer mit dem Baby auf dem Arm, nahm Chase ab. „Hallo", meldete er sich und schenkte Lesley immerhin ein kleines Lächeln. „Oh, hi." Seine steifen Schultern entspannten sich ein wenig. „So weit ganz gut. Ich versuche ja, neue Wege zu finden und die Ranch auf Vordermann zu bringen. Nein, viel zu berichten gibt es nicht." Er lachte, und der tiefe, sonore Laut erinnerte Lesley unwillkürlich an die wenigen Male, als er sich in ihrer einen Woche zusammen entspannt hatte. „Ja, dir auch einen schönen Valentinstag. Keine Sorge, Kate, mir geht es gut ... Lesley? Ja, sie ist gerade hier." Er blickte zu ihr hinüber, und ihre Blicke verfingen sich. „Das Baby macht sich prächtig. Ja, danke, werde ich." Er legte auf und ging zu dem Holzofen, auf dem eine Emaillekanne stand. „Das war meine Großtante Kate", ließ er Lesley wissen, während er Kaffee in zwei Becher eingoss. „Sie hat sich nach mir, nach ihrer Investition und dir erkundigt." Angela noch immer sicher auf seinem Arm, reichte er Lesley eine der beiden Tassen.

„Wir sind uns doch noch nie begegnet. Wieso sollte sie sich nach mir erkundigen?"

„Vielleicht ist sie einfach nur neugierig." Er lachte leise, griff sich seine Tasse und dachte einen Moment nach. „Nein, nur ein Scherz. Aber sie interessiert sich für alles, was hier passiert, und ich hatte ihr von dir und dem Baby erzählt." Er runzelte die Stirn, als würde ihn etwas an der Vorstellung stören. Lesley trank einen großen Schluck aus ihrem Becher. Das Haus sah genauso aus, wie sie es vom letzten Mal in Erinnerung hatte. Nur dass auf dem Kaminsims ein gerahmtes Foto von einer hübschen blonden Frau mit einem Baby auf dem Arm stand. Wie magisch davon angezogen, schritt Lesley zum Kamin.

„Wer ist das?", fragte sie. Auf dem Foto hatte der Wind der Frau das Haar ins Gesicht geweht, sie saß auf einem Felsen, die Augen gegen die Sonne leicht zusammengekniffen, und lächelte strahlend in die Kamera.

Chase zögerte. „Das war Emily. Meine Frau."

Die Worte lasteten schwer im Raum. „Deine Frau?", wiederholte Lesley matt, dann riss sie sich zusammen. Natürlich war Chase mit anderen Frauen zusammen gewesen. Wieso also sollte es sie überraschen, dass er auch verheiratet gewesen war?

„Sie hält meinen Sohn im Arm."

„Oh ... äh, das wusste ich nicht ..."

„Sie leben beide nicht mehr", erwiderte er, weil er das Gefühl hatte, die Atmosphäre zu lockern. „Sie sind vor ein paar Jahren gestorben."

Ihr wurde schwer ums Herz, Tränen traten ihr in die Augen. „Oh Chase, das tut mir so leid." Sie drehte sich um und erhaschte gerade noch einen Blick auf die Trauer in seinen Augen, bevor seine Züge wieder hart wurden und er erneut eine Schutzmauer um sich errichtete.

„Ja, mir auch." Aber seine Stimme klang noch belegt.

„Warum hast du mir nichts davon erzählt?"

„Es besteht kein Grund, sich damit aufzuhalten", meinte er knapp, und bevor sie noch fragen konnte, wie es passiert war, wurde ihr klar, dass für ihn das Thema beendet war. Irgendwie schien es kälter in der Hütte geworden zu sein.

„Ich hatte keine Ahnung, dass du verheiratet warst."

„Wie schon gesagt, ich denke nicht mehr daran. Das liegt in der Vergangenheit. Es ist vorbei."

„Aber es tut noch immer weh", kam es ihr unwillkürlich über die Lippen, und im selben Moment wünschte sie sich, sie hätte es nicht gesagt. Seine Miene verschloss sich sofort, er war wieder der schweigsame, unnahbare Cowboy, den sie vor Wochen zuerst kennengelernt hatte.

„Nun, dann ..." Sie trank ihre Tasse leer und stellte sie ab. Sie würde wieder gehen. Wenn Chase sie ausschließen und vorgeben wollte, dass der Schmerz aus seiner Vergangenheit nicht existierte ... sollte er es von ihr aus ruhig so halten. Zum ersten Mal seit Angelas Geburt fühlte sie sich komplett fehl am Platz in der Hütte, die ihr einst so behaglich erschienen war.

„Um wie viel Uhr gibt es Essen?", fragte er, während sie ihre Jacke wieder überzog. Er wollte also kommen? Damit hätte sie jetzt nicht gerechnet. Sie war überrascht, aber sie hütete sich davor, es sich anmerken zu lassen.

„Ist sieben in Ordnung? Oder wann es dir besser passt ..."

„Sieben ist gut. Ich werde da sein. Soll ich dich nach Hause fahren?"

Sie schüttelte den Kopf und streifte ihre Handschuhe über. „Der Sinn dieses Unterfangens, hier herüberzukommen, war doch, ein paar schon lange nicht mehr beanspruchte Muskeln zu bewegen.

Wir sehen uns dann nachher." Sie setzte Angela wieder in den Tragegurt und war heilfroh, wieder nach draußen zu kommen.

Was wirklich albern war. Chase war ihr Nachbar, der Mann, der ihr in einer schwierigen Phase ihres Lebens geholfen hatte. Mehr nicht. So wollte er es haben, und sie wollte es auch nicht anders.

Dennoch summte sie vor sich hin, während sie später am Herd stand und für das gemeinsame Essen kochte, und beim Aufräumen legte sie besondere Sorgfalt an den Tag.

„Werde endlich erwachsen", ermahnte sie sich streng, doch sie konnte nicht aufhören zu lächeln.

Chase hätte sich am liebsten selbst in den Hintern getreten, als er die kurze Strecke zu Lesleys Ranch zurücklegte. Was hatte er sich nur dabei gedacht, die Dinnereinladung anzunehmen? Und dann auch noch diese erwartungsvolle Aufregung nicht kontrollieren zu können! Und wieso kümmerte es ihn plötzlich, ob er sich auch glatt genug rasiert hatte? Er durfte sich nicht mit ihr einlassen. Würde es auch nicht.

Und dennoch hatte er sich nicht zurückhalten können. Die erste Chance, die sich bot, wieder mit Angela und Lesley allein zu sein, hatte er sofort ergriffen. Die witzige Karte, die sie ihm dagelassen hatte, hatte er mindestens ein halbes Dutzend Mal gelesen. Er kam sich vor wie ein alberner Teenager beim Abschlussball, als er mit der Flasche Wein vor ihrer Schwelle stand, dennoch hatte er die Flasche kurz entschlossen mitgenommen.

Als Lesley ihn dann an der Haustür begrüßte, war er wie vor den Kopf geschlagen. Bisher hatte er sie noch nie zurechtgemacht gesehen. In dem schwarzen Rock und der weißen Seidenbluse, darüber eine Art Weste aus Wildleder, sie war einfach überwältigend. Das Haar hatte sie aufgesteckt, ein Hauch von Lippenstift glänzte auf ihrem Mund, und ihr Lächeln wärmte ihn wie die Sonne Floridas ... zudem rief es da dieses hinreißende Grübchen in nur einer ihrer Wangen hervor.

„Ich hatte schon erwartet, dass du mich versetzen würdest", neckte sie ihn.

„Warum sollte ich so etwas tun?" Er reichte ihr die Weinflasche, und sie zog die schon hochgezogenen Augenbrauen noch höher.

„Oh, ich weiß nicht ... Ist so ein Gefühl. Als würdest du mir lieber aus dem Weg gehen."

Er trat ins Haus und schob die Hände in die Jackentaschen. „Manchmal denke ich, das wäre klüger."

„Und wieso das?"

„Weil das Leben dann unkomplizierter bleibt."

„Ist es das, was du willst? Keine Komplikationen?"

„Sagen wir einfach, ich hatte mehr als meinen fairen Anteil an Komplikationen."

„Ich verrate dir ein Geheimnis, Chase ... das hatten wir alle. Aber komm herein und nimm's von der leichten Seite. Ich werde mein Bestes geben, um es so unkompliziert wie möglich für dich zu halten." Er wusste, dass sie stichelte, aber er ließ es kommentarlos durchgehen, während er in die Küche ging, in der er aufgewachsen war. Der Duft von Schinkenbraten, überbackenen Kartoffeln und Zitrone in Form einer Baisertorte füllte das Haus, eine Torte, die Lesley zum Dessert aufschnitt, nachdem Chase zwei großzügige Portionen des Hauptgerichts vertilgt hatte. Sie hielt ihr Wort und blieb bei leichter Konversation, und sollte sie tatsächlich ein wenig mit ihm flirten, dann nur auf einem harmlosen Level, sodass es nicht zu tief ging. Mehrere Male überlegte er, das Problem mit den Wasserrechten aufzubringen, doch irgendwie wusste er nicht wie, und er wollte die harmonische Stimmung zwischen ihnen nicht zerstören.

Er ließ sogar zu, dass einige seiner alten Barrieren nachgaben – er konnte dem Baby einfach nicht widerstehen. Angela war in den letzten anderthalb Monaten enorm gewachsen, hatte sich weiterentwickelt. Ihre Blicke waren viel fokussierter, und sie war gewachsen. Nach dem Essen spielten sie mit ihr, bis der Kleinen die Augen zufielen, und dann waren er und Lesley allein.

Damit fingen die Probleme an.

Ihm war klar, dass er besser aufbrechen sollte. Je länger er blieb, desto offener forderte er den Ärger heraus, den er so unbedingt vermeiden wollte. Doch als sie nebeneinander auf der Couch im Wohnzimmer Platz genommen hatten und die Fensterscheiben beschlugen und die Kerzen auf dem Kaminsims ihren flackernden Lichtschein warfen, da konnte er sich nicht von ihr verabschieden.

Verspannt saß sie neben ihm, ihr Oberschenkel nah an seinem, und von Zeit zu Zeit streiften sich ihre Schultern. Die Atmosphäre in dem Zimmer war viel zu intim, die Nähe viel zu verlockend. Chase zerrte am Kragen seines Pullovers, das Atmen fiel ihm schwer ...

„Ich bin froh, dass du gekommen bist", sagte sie leise.

„Und ich bin froh über deine Einladung." Zur Hölle! Wie steif und spröde er sich anhörte.

„Ich wünschte ... ich meine, ich würde gerne ..." Sie drehte sich zu ihm und schaute ihm tief in die Augen. „Ich will dich nicht", meinte sie. „Ich ... ich will das hier nicht, aber ..." Jetzt war es heraus. „Aber ... aber dennoch tue ich es."

Sein Mund war staubtrocken, als er ihr in die Augen sah, die glitzerten wie ein Wald im Regen. „Ich weiß."

Sie strich sich mit der Zunge über die Lippe, und um ihn war es geschehen.

Es pulsierte in seinem Körper, sein Puls raste, und er bemerkte, wie ihre Pupillen sich weiteten, während er langsam den Kopf beugte. „Das hier ist ein Fehler", raunte er.

„Ein Riesenfehler." Eine heiße Welle durchflutete sie.

Chase konnte nicht länger der Versuchung widerstehen. Stürmisch schlang er die Arme um sie und küsste sie. Ihre Lippen öffneten sich willig für ihn, ihr Körper schmiegte sich an seinen, und falls er auch nur den Anflug von Zögern bei ihr wahrgenommen haben sollte, so löste der sich praktisch sofort in Luft auf.

Tu es nicht, Fortune. Hör auf damit, solange du noch kannst, hörte er die warnende Stimme in seinem Kopf, doch er vertiefte den Kuss, bis er nur noch ihr leises Stöhnen hörte. Seine Zunge drängte sich zwischen ihre Lippen, sein Herz hämmerte wild, und Hitze schoss durch seine Adern. Eine Hand schob er in ihr Haar, und sie ließ den Kopf in den Nacken fallen, damit er die empfindsame Stelle an ihrem Hals besser erreichen konnte. Tief in ihm flammte ein Feuer auf, das Pochen in seinem Schritt wurde zu einem quälenden Schmerz. Er streifte ihr die Weste von den Schultern und knöpfte ihre Bluse auf mit Fingern, ungeschickt und hektisch nestelte er an den kleinen Knöpfen.

Ihr Busen war so voll, die runden Halbmonde standen über dem Rand ihres BHs. Er drückte Küsse auf beide Brüste, zog den Stoff dann weiter hinunter, legte die dunklen Spitzen frei, die sich hart zusammengezogen und aufgerichtet hatten. Rau stöhnend schloss er seinen Mund darum, reizte und liebkoste mit Lippen und Zunge.

Lesley vergrub die Finger in sein Haar und hielt seinen Kopf an sich gepresst, ihr Atem ging nur noch stoßweise, strich warm über seine Kopfhaut.

Auch wenn Chase wusste, dass er einen Fehler machte, dass er durch einen Fluss watete, über den er nie wieder zurückfinden konnte, schob er ihr Bluse und BH von den Schultern, entledigte sich seines Pullovers und warf ihn zu dem Stapel Anziehsachen auf den Boden, und dann küsste er Lesley überall. Er rechnete halbwegs mit ihrem Protest, glaubte schon, sie würde ihn aufhalten und ihm sagen, dass dies Wahnsinn war, doch stattdessen reckte sie sich ihm entgegen, als er ihr den Rock herunterschob, bebend vor Verlangen.

„Chase", stieß sie aus, aber es war kein Protest.

Hilfe, dachte er, als sie seine Hose öffnete und die Jeans an seinen Beinen herabzog, und dann war er nackt, genau wie sie. Nackte Haut an nackter Haut. Warm und sehnsüchtig schaute sie ihm ins Gesicht, sowie er sich behutsam zwischen ihre Schenkel drängte.

„Lesley", wisperte er, „süße, wunderschöne Lesley. Ich …"

„Schh, Chase. Alles ist gut", flüsterte sie, als könne sie die Zweifel sich hinter seiner Stirn zusammenbrauen sehen. Ihre Augen leuchteten grüner und lebendiger denn je, die Erregung hatte einen Hauch Rot über ihren gesamten so wunderbar weiblichen Körper gezogen, und sie legte die Arme um ihn.

Seine Erregung erreichte die Schmerzgrenze, und er wusste, sie war die einzige Frau auf der Welt, die die Qualen tief in seinem Innern mildern konnte, die einzige, die seiner Seele Linderung bringen konnte. Den Blick fest in ihre Augen getaucht, drang er kraftvoll in sie ein, und ihr warmer Körper hieß ihn willkommen. Sie schrie leise vor Lust auf, und er glitt kurz aus ihr, nur um mit neuer Macht wieder in ihr zu versinken.

„Bitte …", wisperte sie und warf den Kopf wild von einer Seite zur anderen, ihr Haar wie fließendes Feuer auf den Sofakissen. „Oh bitte …"

Er hörte nicht auf. Sehnen und Muskeln angespannt, schien sein ganzes Sein zu dieser einen Stelle zu fließen. Schweißperlen traten auf seine Stirn und rannen seinen Rücken hinunter. Ein lautes Donnern hallte in seinem Kopf, sein Körper verkrampfte sich, als er sich angestrengt zurückhielt. Er liebte sie langsam und gründlich, bis er sah, wie ihre Pupillen sich weiteten und schwarz wurden. Er spürte, wie sie unter ihm erbebte, hörte ihren keuchenden Atem, und er gab seine Selbstbeherrschung auf. Mit einem heiseren Stöhnen ließ er sich gehen, verlor sich in ihr und spürte die Erlösung, bis er schließlich auf sie sank und sie mit seinem Gewicht tiefer in die Sofapolster drückte. Und er küsste sie, als hätte er nie eine andere Frau in seinem Leben geküsst.

7. KAPITEL

„So, du siehst Chase Fortune wohl ziemlich oft, was?" Ray Mellon war vorbeigekommen, er stützte sich auf die oberste Latte des Zauns, der den Scheunenhof vom Gemüsegarten trennte, wo Lesley gerade eine weitere Reihe Mais setzte. Die Maisonne schien warm vom Himmel herab, die Erde roch frisch und war noch feucht, da der Winter sich erst vor wenigen Monaten verabschiedet hatte.

„Wir sind Nachbarn." Sie klopfte die schlammige Erde von ihren Gartenhandschuhen, bevor sie sie in die Tasche ihrer Schürze steckte, in der sie die noch ungeöffneten Samentütchen aufbewahrte. „Und er ist so nett und kommt ab und zu herüber, um mir zu helfen."

„Hab ich schon gehört", meinte Ray anzüglich, und Lesley richteten sich die Nackenhärchen auf. Der Mittelpunkt von Klatsch und Tratsch in der Stadt zu sein, passte ihr ganz und gar nicht. „Aber irgendwie ist das wohl verständlich. Du brauchst einen Mann, der ein paar Dinge für dich erledigt, und Chase ... nun, wir wissen ja, dass er eine besondere Beziehung zu der Ranch hier hat." Er holte das Zigarettenpäckchen aus seiner Hemdtasche und warf Lesley einen abschätzenden Blick unter dem Rand seines Cowboyhutes zu.

„Ich bin mir da keineswegs so sicher, ob ich einen Mann *brauche*", erwiderte sie, als er sich eine Zigarette mit einem Streichholz ansteckte, das er von dem frischen Wind, der übers Land fegte, ausblasen ließ.

„Vielleicht hätte ich es anders ausdrücken sollen, aber Chase scheint mir doch auf jeden Fall der perfekte Kandidat dafür zu sein. Schließlich kennt er sich auf deinem Land bestens aus."

„Er kennt sich hier aus?" Ihr Blick wanderte zu der Weide neben der Scheune. Ein Fuchs-Fohlen sprang übermütig durchs Gras. Das Weiß auf dreien seiner schlaksigen langen Läufe blitzte in der Nachmittagssonne auf.

„Ja, natürlich, schließlich hat er hier gelebt."

„Moment mal." Ihr Kopf ruckte herum, ihre Aufmerksamkeit

gehörte jetzt ganz Ray. „Er hat doch gar nicht hier gelebt. Ich dachte, er war Vormann auf Ranchs in Wyoming und West-Washington und …"

„War er ja auch. Doch aufgewachsen ist er hier." Ray runzelte nachdenklich die Stirn und nahm einen langen Zug von seiner Zigarette. „Seinen Eltern gehörte die Ranch hier."

„Zeke Fortune war sein Vater …" Sie wunderte sich, warum sie diese Verbindung nicht längst erkannt hatte. Natürlich war ihr bekannt, dass Chase irgendwie mit Zeke verwandt war, aber es gab schließlich so viele Zweige des Fortune-Clans … Sie hatte einfach zwei und zwei nicht zusammengezählt. Aaron hatte auch nicht sehr oft von Zeke Fortune gesprochen.

„Wusstest du das nicht?"

„Chase hat es nie erwähnt." Und das tat irgendwie weh. Warum hatte er ihr das nie gesagt? Sicher, Chase war ein reservierter Mensch, ein Mann, der seine Privatsphäre schätzte, aber sie waren sich doch so nah gekommen. Und das hatte doch bestimmt ein ganz anderes Ausmaß als die vielen kleineren Dinge, die er für sich behielt.

„Nun, ich muss gestehen, verübeln kann ich es ihm nicht. Hier müssen eine Menge schlechter Erinnerungen für ihn lebendig werden." Ray zeigte auf die Nordweide, wo das Gras bereits lang und saftig grün über den Hügel wuchs. „Da oben liegt die Weide, wo Chases Zwillingsbruder gestorben ist. Der Traktor überschlug sich und begrub den armen Chet unter sich."

Lesley drehte sich der Magen, ihr war so übel, dass sie glaubte, sich jeden Moment übergeben zu müssen. „Ich hatte ja keine Ahnung …" Ihr Herz zog sich schmerzhaft zusammen.

Kopfschüttelnd rauchte Ray seine Zigarette weiter. „Das war der Anfang vom Ende für Zeke", meinte er. „Nach Chets Tod brach die Familie auseinander."

So kalt, wie Lesley sich innerlich fühlte, war es nicht einmal im Winter gewesen. Chase hatte seine Familie nur selten erwähnt, und wenn, dann hatte er immer nur von seiner Großtante und den verschiedenen Cousins und Cousinen gesprochen.

„Nun, ich mache mich besser wieder auf den Weg. Ich wollte nur vorbeischauen, um zu gucken, wie es dir und deiner kleinen Tochter geht."

„Gut ... gut geht es uns", erwiderte sie unwillkürlich. „Angela hält gerade ihren Nachmittagsschlaf. Sie wächst wie Unkraut."

„In dem Alter tun sie das alle." Mit einer abgeschabten Stiefelspitze trat Ray seine Zigarette aus, dann schaute er zu der Herde hinüber, die friedlich auf der Weide neben dem Stall graste. „Sag mir Bescheid, wenn du ein paar Tiere verkaufen willst, könnte sein, dass ich interessiert bin." Mit zusammengekniffenen Augen musterte er ihre rotbraune Zuchtstute. „Ich könnte sogar drei oder vier Tiere gebrauchen."

„Ich will nicht verkaufen", lehnte sie ab. Noch weigerte sie sich aufzugeben. Sicher, da war die Hypothek, und ständig flatterten neue Rechnungen ins Haus, doch ihre Pferde waren der Grund, weshalb sie hierblieb. Später, vielleicht im Sommer, wäre sie bereit, sich von ein paar Tieren zu trennen, aber noch nicht. Nicht, wenn die Verzweiflung so offensichtlich an ihrem Portemonnaie zerrte.

„Sicher, auch gut. Falls du deine Meinung änderst, lass es mich wissen."

Lesley schaute Ray nach, wie er in seinen Pick-up stieg und davonfuhr, aber sie nahm die blauen Rauchwolken, die sein Auspuff in die Luft stieß, kaum wahr, auch dachte sie nicht weiter über seine Anfrage nach, ob sie einige ihrer Pferde verkaufen wollte.

Geistesabwesend zog sie ihre Gartenhandschuhe wieder an und drückte trockene Maiskörner in die frisch umgegrabene Erde. Es war Routinearbeit, sie musste sich nicht groß darauf konzentrieren. Und so ließ sie ihre Gedanken zu Chase wandern.

Seit drei Monaten waren sie jetzt intim miteinander, und auch wenn sie sich glücklich und beschwingt fühlte, wenn sie mit ihm zusammen war, hatte sie doch immer gemerkt, dass Chase irgendetwas beschäftigte. Etwas Großes. Er hatte nie ein Wort fallen lassen, war immer extrem aufmerksam, allerdings ahnte sie, dass er seine Wachsamkeit nur hinter seinem Lächeln verbarg und nie ablegte. Sie hatte versucht, sich davon zu überzeugen, dass sie schlicht überempfindlich war, dass er einfach zu hart arbeitete, um seine Ranch in Schuss zu bringen, dass er nur so distanziert wirkte, weil er sich sorgte, ob er die Abmachung mit Kate würde einhalten können. Aber immer hatte sie das Bauchgefühl gehabt, dass da viel mehr war, dass es viel tiefer ging ... Dass es etwas mit ihr zu tun hatte.

Sie hatte sich gesagt, dass sie sich das alles nur einbildete, aber jetzt war sie davon keineswegs mehr überzeugt. Sie blickte sich auf ihrer Ranch um, und mit einem Mal sah sie alles mit ganz anderen Augen. Aaron hatte die Lebensversicherung, von der er ständig gesprochen hatte, nie abgeschlossen. So hatte Lesley lieber die monatlichen Raten an die Bank überwiesen, statt die nötigen Reparaturen auszuführen. Das Haus müsste dringend gestrichen und die Regenrinnen ausgetauscht werden, die Scheune brauchte spätestens in zwei Jahren ein neues Dach, und jedes Mal, wenn sie Wäsche wusch, drückte sie die Daumen, dass Waschmaschine und Trockner noch ein Weilchen durchhalten würden. Doch trotz aller Probleme war dieses Land hier ihr Zuhause, ihres und Angelas.

Nie hätte sie vermutet, dass es auch einmal Chases Heim gewesen sein könnte. Als sie Dünger über die frisch gesetzten Saatreihen streute und sie mit Erde bedeckte, fragte sie sich, wieso er ihr das nicht anvertraut hatte. Nun, er würde heute Abend zu ihr herüberkommen, und sie hatte fest vor herauszufinden, weshalb er sich so geheimnisvoll gab. Gerade drehte sie sich zum Haus zurück, als Angelas Weinen ertönte. „Ich komme ja schon, bin gleich da", rief sie und schnürte sich schon im Laufen die Stiefel auf. Eine halbe Stunde blieb ihr noch, bevor ihr nächster Schüler eintraf, ausreichend Zeit, um das Baby zu stillen und ihm die Windeln zu wechseln. Und wenn sie später dann mit dem Nachhilfeunterricht fertig war und Chase wie verabredet auftauchte, würde sie ihn zur Rede stellen. Genau. Es wurde Zeit für Klartext.

Chase tippte die Telefonnummer des Büros seiner Großtante ein und wartete darauf, dass am anderen Ende abgenommen wurde. Er hasste es, Kate anzurufen, aber ihm blieb keine große Wahl. Eigentlich hatte er damit gerechnet, Kelly Sinclairs freundliche Stimme zu hören, doch scheinbar war er direkt zu Kates Apparat weitergeleitet worden.

„Jetzt sag nicht, dass sie dich abgesetzt haben", scherzte er.

„Chase!" Kates Lachen drang durch die Leitung. „Nein, ich fürchte, so viel Glück habe ich dann doch nicht."

„Hatte ich mir auch gedacht."

„Ich hatte mich schon gefragt, wann ich wieder von dir höre. Und der Grund, weshalb ich selbst ans Telefon gegangen bin ... Nun, Kelly musste sich ein paar Wochen freinehmen." Sie zögerte, als wollte sie noch mehr sagen, schwieg dann aber.

„Selbst Kate Fortunes Privatsekretärin hat sich auch mal einen Urlaub verdient."

„Nun, sicher, aber das ist es nicht. Doch das soll dich auch nicht kümmern. Ich nehme an, du meldest dich, um mir von deinen Fortschritten mit der Ranch zu berichten, oder?"

Er lieferte einen präzisen, knappen Bericht über die alte Waterman-Ranch ab, über die zu erwartende Heu- und Getreideernte und über Stückzahlen beim Vieh. Die meisten Kälber waren bereits geboren worden, zwei Kühe hatte er allerdings verloren. Der Weizen war eingefahren, und er hatte damit begonnen, den Zaun auszubessern und Löcher zu reparieren, was ihm gleichzeitig ermöglichte, die Rinder zu inspizieren und zu markieren. Er erwähnte auch, dass er Lesley und das Baby gesehen hatte, allerdings erzählte er nichts von dem Verdacht, der ihm inzwischen gekommen war – dass nämlich Kate ihn an der Nase herumführte. Er vermutete, dass sie die alte Waterman-Ranch nicht nur als Zahlung für alte Schulden angenommen hatte, sondern dass sie Chase ganz bewusst die Ranch übertragen hatte, damit er in der Nähe seines alten Zuhauses war. Etwas anderes wäre wirklich ein zu großer Zufall, und Chase glaubte generell nicht an Schicksal, schon gar nicht in einer Situation wie dieser.

Endlich sprach er das Problem an, das ihm schon länger Kopfzerbrechen bereitete.

„Anders ist es einfach nicht machbar, Kate", erläuterte er. „Ich kann weder Lesley Bastian noch irgendeinem anderen Wasser zuleiten, ohne dafür nicht ein Entgelt zu verlangen." Mit der freien Hand strich er sich frustriert durchs Haar.

„Und Lesley braucht das Wasser, damit sie ihre Ranch bewirtschaften kann?", vermutete Kate richtig.

„So sagt sie, ja."

„Glaubst du, dass sie lügt?"

„Nein!" Er überraschte sich selbst, wie vehement er das hervorstieß, aber davon war er absolut überzeugt: Lesley war von Grund auf ehrlich. Manchmal sogar brutal ehrlich.

„Wie geht es ihrer kleinen Tochter?"

Chase zog sich der Magen zusammen, er verspürte einen unerklärlichen Beschützerdrang gegenüber dem kleinen Mädchen. „Sie wächst. Lacht jetzt ständig und hält den Kopf schon selbst, schaut sich neugierig um."

„Klingt, als würdest du sie öfter sehen."

„Manchmal, ja", gab er zu. Die Wahrheit war, dass Lesley und ihre kleine Tochter ihm mehr ans Herz gewachsen waren, als er je für möglich gehalten hätte. Mehr, als er zugeben wollte. Die Nähe wurde immer intensiver, er verstrickte sich tiefer und tiefer in gefährliche Emotionen, doch er konnte es auch nicht aufhalten. Er hatte den Schmerz erfahren, den die Liebe mit sich brachte, kannte die Qualen, die der Verlust eines Kindes heraufbeschwor, und er hatte nicht die Absicht, sein Herz noch einmal zu riskieren. Doch sobald er auch nur einen Blick auf Mutter und Kind warf, lösten sich sämtliche seiner Vorsätze in Luft auf. „Und das ist es, was die Situation so schwierig macht", gestand er bedrückt. „Weil Lesley und ihr Baby zu guten Freunden geworden sind."

„Hm." Kate schien das Dilemma, in dem Chase steckte, genau zu verstehen, trotz seiner eher vagen Andeutungen ahnte sie wohl von dem Konflikt, der in ihm tobte. „Nun, da wirst du eine Lösung finden müssen." Mit dieser Antwort war jede Hoffnung, dass er vielleicht einen guten Rat von seiner Großtante erhalten würde, im Keim erstickt. Vermutlich hatte sie völlig richtig reagiert und ihre Ansichten für sich behalten. Denn das hier war sein höchst eigenes Problem, gehörte mit zu dem Deal, wie er die Ranch auf Vordermann bringen konnte und gleichzeitig auch mit Nachbarn und Freunden klarkommen musste. Allerdings war Lesley Bastian eben mehr als nur eine Nachbarin. Und mehr als nur eine Freundin. Sehr viel mehr.

Lesley hielt Angela hoch auf ihrer Schulter und summte leise, während sie der Kleinen sanft den Rücken auf und ab strich. Es dauerte nur wenige Sekunden, und der kleine Körper spannte sich an, der Kopf des Babys nickte nach vorn, und ein herzhaftes Bäuerchen ertönte aus dem Mündchen. „Jetzt geht's dir besser, nicht wahr?", fragte Lesley lächelnd. Schon erstaunlich, welch tiefe Verbundenheit sie mit diesem winzigen Wesen spürte, das weder reden noch laufen konnte, das eigentlich nicht viel mehr tun konnte, als mit großen runden Augen alles aufmerksam und wissbegierig zu beobachten – und oft und gerne jedem ein Lächeln schenkte, das schon jetzt so sehr Lesleys eigenem Lächeln glich.

Sie setzte das Baby in die Wippe, die leicht schaukelte, und während sie die Kartoffeln zu Ende schälte, drehten ihre Gedanken sich um Chase. Der Mann war ein Geschenk des Himmels, sicher mehr Schutzengel als der, den sie gesehen – oder besser, den sie sich eingebildet hatte, als sie in den Wehen gelegen hatte. Jedes Mal, wenn er herkam, fütterte er die Pferde und kontrollierte Ställe und Scheune, und für Angela zeigte er weit mehr als nur reges Interesse. Er hatte die durchhängende Verandastufe repariert, mehrere gesprungene Fensterscheiben in der Scheune ausgetauscht, neue Dichtungsringe in die Wasserhähne im Haus eingesetzt, einen halb entwurzelten Baum, der drohte, auf die hintere Veranda zu stürzen, abgesägt und ihr immer wieder mit dem Baby geholfen. Als Gegenleistung kochte sie für ihn, und nach dem Abendessen, wenn Angela schlief, schauten sie zusammen Fernsehen oder hörten Musik und unterhielten sich, und dann liebten sie sich.

Doch Chase blieb nie über Nacht.

Es gab sicher einen Grund, weshalb er noch vor dem Morgengrauen wieder ging. Im Dunkeln zog er sich an, und bevor er dann leise die Treppe hinabstieg, schaute er noch einmal nach Angela. Lesley akzeptierte die Begründungen für sein Gehen kommentarlos, fragte sich aber im Stillen, ob – wenn man bedachte, was Ray ihr erzählt hatte – das nicht schlichte Ausreden waren, um sich nicht dem eigentlichen Grund stellen zu müssen.

Jetzt hörte sie seinen Pick-up die Auffahrt heraufkommen und sah zum Fenster hinaus, beobachtete ihn, wie er seinen Wagen parkte, ausstieg und nach einem kurzen Blick zum Haus erst zur Scheune lief. Rambo trottete neben ihm her, die Nase fest am Boden, konnte allerdings nicht widerstehen, bellend noch schnell ein Rotkehlchen aus dem Busch neben der Garage aufzuscheuchen.

„Zeit für den Showdown", sagte Lesley zu Angela, holte den Schneeanzug der Kleinen und packte das gurgelnd lachende und strampelnde Baby warm darin ein, bevor sie sich die Kleine in den Tragegurt setzte.

Ein frischer Wind wehte übers Land, brachte den Geruch von Regen mit. Er zerrte an Lesleys Haar, während sie das Gartentor aufstieß und über den mit Kies bestreuten Parkplatz zur Scheune hinüberging. Als sie das Tor aufstieß, begrüßte sie der warme Geruch nach Pferden und Leder. Der Stall war nur dämmrig beleuchtet, aber dort hinten konnte sie Chase erkennen, wie er mit der Heugabel frisches Stroh und Heu in die Boxen verteilte. Die trächtigen Stuten und die Fohlen schauten ihm mit großen glänzenden Augen dabei zu.

Er hob den Kopf und sah zu Lesley hin, registrierte das Baby in dem Tuch. „Ziemlich kalt für das Baby, oder?"

„Ihr geht es bestens."

„Diese kleinen Wesen sind empfindlich." Er schnitt die Kordel des nächsten Strohballens auf.

„Wie bist du zu einem solchen Experten geworden?" Sie merkte, wie seine Augen sich bei ihrer Frage verdunkelten.

„Ich habe eine Menge Kälber und Fohlen auf die Welt geholt."

„Das weiß ich. Genau, wie du bei Angelas Geburt geholfen hat. Glaube mir, ich weiß deine Ratschläge wirklich zu schätzen, aber ... es geht ihr gut."

„Wie du meinst." Überzeugt wirkte er nicht, doch Lesley ließ das Thema auf sich beruhen. Sie lief die gesamte Länge des Stalles ab, streichelte über samtweiche Nüstern und bemerkte, wie die Pferde bei der Unterhaltung der Menschen mit den Ohren wackelten. Als würden sie die Spannung spüren, wurden sie rastlos, schlugen mit ihren Schweifen, scharrten mit den Hufen im Stroh.

„Warum hast du mir nichts davon gesagt, dass du früher hier gelebt hast?"

Er schüttelte gerade Heu in einen Trog und hielt mitten in der Bewegung inne. Jeder Muskel in seinem Körper schien plötzlich angespannt. Für einen Moment schien es tatsächlich so, als würde er es abstreiten wollen. Als würde er behaupten wollen, er hätte nie auch nur einen Fuß auf dieses Land gesetzt, bevor er sie kennengelernt hatte. Doch dann stach er die Heugabel mit Wucht in einen Ballen und lehnte sich mit der Hüfte an die Tür der nächsten Pferdebox. Staubkörnchen wirbelten durch die Luft, eines der Pferde wieherte nervös.

„Ich hatte vor, es dir zu erzählen."

„So? Und wann?"

Seine Lippen wurden schmal, seine grauen Augen, die sonst immer so warm blickten und lachten, frostig. „Zum passenden Zeitpunkt. Nur ist der bisher nie gekommen."

„Zeke Fortune war dein Vater."

„Richtig. Zeke Junior."

Sie stieß geräuschvoll den Atem aus und blickte nach oben. Die letzten Strahlen der Abendsonne fielen durch das runde Fenster über dem Heuboden. „Manche Leute hier sind der Meinung, Aaron hätte ihn übervorteilt. Aaron war da anderer Ansicht."

„Dad wollte unbedingt verkaufen."

„Warum?"

„Hat dir die Gerüchteküche den Rest der Geschichte nicht aufgetischt?"

„Ich gebe nichts auf Klatsch und Gerüchte."

Er betrachtete sie mit abschätzend zur Seite geneigtem Kopf, dann hob er an und sagte ihr, welche Auswirkungen Chets Tod auf seine Eltern gehabt hatte. „Als die Bank dann auch noch damit drohte, die Hypothek für die Ranch aufzukündigen, hat Dad die Ranch an den Meistbietenden verkauft, auch wenn das Angebot nicht gerade hoch zu nennen war."

„An Aaron", murmelte sie dumpf.
„Genau."
„Das … das wusste ich alles nicht." Mit seiner Geschichte hatte er ihr den Wind aus den Segeln genommen. Sie war unendlich traurig und fühlte sich irgendwie verantwortlich für Chases Kummer, sogar für das, was seiner Familie widerfahren war.
„Jetzt weißt du es."
Tränen der Scham brannten in ihren Augen, ihre Seele schmerzte wegen der Qualen, die dieser Mann ertragen hatte. „Du hättest es mir erzählen sollen."
„Wozu?"
Das einzelne Wort hing zwischen ihnen in der Luft, schien an den staubigen Dachsparren abzuprallen und sich mitten in ihr Herz zu bohren. „Keine Ahnung", gab sie zu und bemerkte, wie Angela sich an ihrem Oberkörper regte. „Aber ich meine … ich denke, ich hätte es wissen sollen."
Er kam näher, so nah, dass sie den Duft seiner Haut erhaschte, den Duft nach Leder und seinem herben Aftershave. „Hätte es etwas geändert?"
„Du meinst, wie ich für dich fühle?"
„Ich meine alles."
„Ich weiß nicht", gestand sie ehrlich und wünschte sich, er würde sie endlich in die Sicherheit und Geborgenheit seiner Arme ziehen.
„Nun, zerbrich dir deswegen nicht den Kopf." Er stand nahe genug vor ihr, um sie zu berühren, aber er tat es nicht. „Es gibt da noch etwas, das ich dir längst hätte sagen sollen."
Sie wappnete sich, denn sein Tonfall kündigte an, dass es sich um keine guten Neuigkeiten handeln konnte. „Was noch?" Ihr fiel das nervöse Zucken an seinem Auge auf.
„Es geht um die Wasserrechte, Lesley."
Ihr Mut sank, sie wollte ihren Ohren nicht trauen.
„Wenn ich sichergehen will, dass die Ranch bis Jahresende Profit abwirft, kann ich nicht zulassen, dass das Wasser aus der Quelle weitergeleitet wird. Nicht einmal zu dir."

8. KAPITEL

„Unter den Umständen halte ich es für das Beste, wenn wir ..." Lesleys Stimme brach. Sie kam sich wie eine komplette Närrin vor, während sie in Chases Augen starrte. Über die Wasserrechte waren sie also in einer Sackgasse geendet.

„Wenn wir uns nicht mehr sehen", beendete Chase den Satz für sie. Er saß bereits in seinem Pick-up, der Motor lief. Chase war dabei, sich aus dem Staub zu machen. Nach seiner Ankündigung letzte Woche, dass er ihr nicht das Wasser überlassen konnte, das sie für ihre Ranch brauchte, hatte sich die behagliche Routine zwischen ihnen aufgelöst. Die Anspannung war unerträglich geworden, die Sorgen ließen Lesley in der Nacht kaum noch Schlaf finden. Dabei wusste sie, dass es um mehr ging als nur um das Problem mit dem Wasser: Lesley hatte angefangen, sich auf ihn zu verlassen, sich an ihn zu lehnen, und das hatte ihre Beziehung belastet.

„Ja", stimmte sie zu, und alles in ihrem Innern starb ab. Angela, die sie auf dem Arm hielt, merkte die ungute Stimmung um sich herum und begann zu quengeln.

Rambo auf dem Beifahrersitz neben Chase ließ ein tiefes unglückliches Winseln hören.

„Was immer du willst, Lesley."

Es ist nicht das, was ich will. Ich will dich, Chase Fortune. Begreifst du das denn nicht? Aber ich muss sicher sein, dass du mich auch willst. „Gut." Sie setzte ein gezwungenes Lächeln auf und hoffte, dass die Tränen in ihren Augen nicht zu offensichtlich schimmerten. „Aber wir können doch noch immer ..."

„Nachbarn sein", fiel er ihr ins Wort.

„Richtig. Nachbarn." Sie lief rot an. Freunde konnten sie nicht länger bleiben. Natürlich nicht. Nicht mehr. Nie wieder. Sie hatten zu viel miteinander geteilt.

Er streckte den Arm durch das offene Seitenfenster, als wollte er Angela über den Kopf streicheln, dann biss er die Zähne zusammen und zog die Hand wieder zurück, bevor er die weichen dunklen

Locken berühren konnte. Als hätte er es sich anders überlegt und sich die zärtliche Geste verboten. Lesley zerriss es das Herz. Und als Chase abrupt den Gang einlegte und der Wagen davonrauschte, wurde ihr klar, wie sehr sie Chase liebte und wie unsinnig das alles war.

„Ich hatte dir doch gesagt, ich kaufe dir die ganze Herde ab", bot Ray Mellon an.

Einen Arm auf die obere Zaunlatte gestützt, sah Lesley den ausgelassen herumtollenden Fohlen zu. Mit geblähten Nüstern und wehender Mähne, die Augen weit aufgerissen und strahlend, rannten sie von einem Ende der Weide ans andere und wieder zurück.

„Ich weiß." Die Sommersonne schien ihr warm auf den Rücken, die leichte Brise wehte ihr die Strähnen, die sich aus ihrem Pferdeschwanz gelöst hatten, sanft ums Gesicht. Angela saß auf ihrer Hüfte und spielte fasziniert mit ihrem Ohrring.

In den letzten Monaten hatte Lesley sich die Finger wund gearbeitet. Die Belohnung für all ihre Anstrengungen – ein Gemüsegarten, der eine reiche Ernte versprach, Schüler, die alle ihre Abschlussprüfung bestanden hatten, ein Baby, das gesund und munter war und sich prächtig entwickelte, und eine Ranch, auf der alles glatt lief wie am Schnürchen – sollte ihr Gelassenheit und innere Ruhe verleihen. Sie sollte sich wirklich stolz auf die Schulter klopfen ... doch das konnte sie nicht. Denn der August rückte unaufhaltsam näher, und schon jetzt bemerkte sie die Zeichen, dass der Wasserstand immer weiter fiel.

„So, Fortune gewährt dir also keine Wasserrechte?", fragte Ray, als hätte er ihre Gedanken gelesen.

„Es gibt da ein Problem", erwiderte sie und wünschte, sie wäre Chase Fortune nie begegnet. Seit dem Tag, an dem sie ihre Affäre beendet hatten, traf sie ihn nur noch selten. Er kam zwar noch ab und zu vorbei, so als verspüre er noch immer die Verantwortung, sich zu erkundigen, ob mit ihr und Angela alles in Ordnung war, aber ihre Unterhaltungen waren immer steif und hölzern. Und auch wenn Lesley sich spontan zuerst freute, ihn zu sehen, wurde die Freude doch immer sehr schnell getrübt, wenn ihr dann bald wieder klar wurde, wie eigennützig und unbeirrbar allein auf sein Ziel gerichtet er war. Er würde nie mehr für sie sein können als ein Bekannter, der für eine kurze Zeit auch ihr Liebhaber gewesen war. Das wirklich Schwierige daran war der Teil, wenn er Angela anschaute, sobald er sich unbeobachtet glaubte. Wenn Lesley ihn dabei ertappte, zerbrach ihr Herz jedes Mal in tausend Scherben, denn dann erkannte sie auch seinen Schmerz und seine Qualen.

„Ich bin sicher, wir können uns irgendwie einigen." Mit seinem Angebot holte Ray sie unsanft wieder in die Gegenwart zurück. „Weißt du, Lesley, ich habe immer das Gefühl gehabt, dass du und ich ... dass es da etwas Besonderes zwischen uns gibt. Ich komme ja nicht nur her, weil du Aarons Witwe bist."

„Ich ... äh ... ich weiß das zu schätzen", behauptete sie und krümmte sich innerlich. Wenn sie an Ray dachte, dann als einen Freund, mehr nicht.

„Und vergiss nicht ... ich kaufe dir die Herde sofort ab. Vor allem die kleine sandfarbene Stute da." Mit zusammengekniffenen Augen beobachtete er das Tier. „Das ist ein temperamentvolles kleines Ding ... genau, wie ich meine Frauen mag." Er lachte und musste husten, schlug mit der flachen Hand auf die Zaunlatte. „Wir sehen uns, Süße", entgegnete er und streichelte Angela über den Kopf, auch wenn sein Blick auf Lesleys Gesicht liegen blieb. „Überlege es dir ... ich meine, was ich gesagt habe. Es ist mir ernst. Für mich bist du das Hübscheste, was mir je unter die Augen gekommen ist und ...", für einen Moment wanderte sein Blick unstet umher, und als er Lesley wieder anschaute, lag da ein eindeutig lüsterner Ausdruck in seinen Augen, bei dem es Lesley mulmig wurde, „... eine gute Frau würde mir bestimmt gefallen."

„Ich glaube nicht, dass ich lange überlegen muss, Ray", beeilte sie sich zu sagen. Sie hatte kein Interesse an einem Mann, außer an Chase. „Ich verkaufe dir die Stute und vielleicht noch ein oder zwei andere Pferde, aber mehr nicht." Sie sah ihm offen in die Augen, damit erst gar keine Missverständnisse entstehen konnten. „Angela und ich schaffen es gut allein, wirklich sehr gut. Ob nun mit oder ohne das verdammte Wasser von Chase Fortune." Es war gelogen, dennoch lächelte sie zuversichtlich.

Wissend verzog Ray die Mundwinkel. „Du brauchst nicht so bemüht den Schein zu wahren, Lesley. Aaron und ich kannten uns lange genug. Mir ist bekannt wie viel die Ranch hier abwirft … oder sollte ich besser sagen, nicht abwirft? Ich hatte mir ausgemalt, dass du und ich … nun, dass wir uns einig werden könnten, sozusagen uns als Team zusammentun, aber …", er zuckte enttäuscht mit einer Schulter, „… wenn es nicht sein soll, dann hätte ich vielleicht Interesse daran, dich auszukaufen. Ich kenne die Höhe deiner Hypothek. Ich würde dir genug bieten, sodass du einen hübschen kleinen Profit machst. Wenn du willst, kannst du das Haus ja wieder von mir pachten … oder dir eine nette kleine Wohnung in der Stadt zulegen."

Lesley war völlig verdattert von seinem Angebot. „Ich … ich will doch gar nicht verkaufen."

„Ich weiß, Süße, ich weiß." Er suchte in seiner Hemdtasche nach dem Zigarettenpäckchen. „Aber manchmal kommt eben die Zeit im Leben eines Mannes – und auch im Leben einer Frau –, da bleibt einem nichts anderes, als etwas zu tun, das man nicht tun will, ob es einem gefällt oder nicht." Er blickte vielsagend auf Angelas schwarzen Lockenschopf. „Manchmal muss man eben daran denken, was das Beste ist für die, die sich auf uns verlassen."

Lesley spürte den Kloß, der sich jäh in ihrer Kehle bildete.

„Als Aaron starb, habe ich versprochen, dass ich mich um dich kümmern werde. Auch wenn es nicht das ist, was ich mir erhofft hatte … ich stehe zu meinem Angebot." Er lächelte milde. „Vielleicht ist es an der Zeit, sich einzugestehen, dass diese Ranch einfach zu viel für dich ist."

Niemals, dachte sie impulsiv und trotzig. Mit verletztem Stolz sah sie Ray nach, wie er zu seinem Wagen schritt und sich auf dem Weg noch die Zigarette ansteckte. Sein Angebot schien gut gemeint, aber sie konnte ihr Zuhause doch nicht einfach aufgeben. Es war ihres wie auch Angelas Heim. Oder etwa doch? War finanzielle Sicherheit nicht auch etwas wert? Ein Haus in der Stadt, das nicht mit einer Hypothek belastet war, keine Sorgen mehr um Wasserrechte, um die schwankenden Getreidepreise, die Wetterverhältnisse, mögliche Komplikationen mit den tragenden Stuten und bei der Geburt der Fohlen. Sie könnte an einer Schule unterrichten, mit einem regelmäßigen monatlichen Einkommen, und selbst wenn sie dann den ganzen Tag nicht zu Hause wäre, so hätte sie doch finanzielle Sicherheit, und die Ferien würde sie immer mit Angela verbringen. Nachdenklich nagte sie an ihrer Unterlippe, während sie Rays Angebot abwägte. Auch wenn die Erleichterung sie überrollte, sobald er endlich abgefahren war, so waren seine Argumente nicht so leicht von der Hand zu weisen.

Aber sie war sich keineswegs sicher, ob sie Ray vertrauen sollte, vor allem nachdem er unverblümt davon gesprochen hatte, dass sie und er sich zusammentun sollten. Allein bei dem Gedanken erschauerte sie. Ray war der Typ Mann, der glaubte, einer Frau einen Gefallen zu tun, wenn er sie mit Aufmerksamkeiten überhäufte. Manche Frauen genossen das vielleicht, doch sie nicht. So verzweifelt war sie nicht. Zumindest noch nicht. Sie würde eben mehr Schüler annehmen müssen, vielleicht einen Untermieter ins Haus holen, einen Teil ihres Landes verpachten ... alles lieber, als das willenlose, bezahlte Anhängsel eines Mannes zu werden.

Oder sie könnte die Ranch wirklich verkaufen. Sie ließ den Blick über die Ställe und Scheunen wandern, über die hügeligen grünen Weiden, den kleinen Hof und ihren Gemüsegarten, die schiefen Zäune und die kräftigen Pferde, bis ihre Augen schließlich auf dem Pumpenhäuschen zu liegen kamen, das keinerlei Nutzen mehr hatte, sobald der Wasserspiegel gegen Ende des Sommers auf null sank. Diese Ranch hier war einst Chases Zuhause gewesen, sein sicherer kleiner Hafen, bis alles, auf das er vertraut und sich verlassen hatte, zusammengestürzt war. Er hatte die Ranch aufgeben müssen, also nahm sie an, dass sie es auch konnte, obwohl sie dieses Land lieben gelernt hatte. In ihrer Kindheit war sie häufig umgezogen, bis sie sich mit Aaron hier niedergelassen hatte. Ihre Ehe mochte lieblos gewesen sein, aber in das Land hatte sie sich sofort verliebt.

Sie drückte ihre kleine Tochter fester an sich, und Angela ließ einen gurgelnden Laut hören. Lesley hatte zuerst an ihr Kind zu

denken, alles andere folgte erst weit danach. Sie würde sich nicht kleinkriegen lassen. Würde es nicht zulassen. Sie straffe die Schulter und schaute über die Landschaft bis zum Horizont, über die weiten Felder, die sich bis hinauf auf die bewaldeten Hügel am Fuße des Gebirges zogen.
Vielleicht sollte sie verkaufen.
Vielleicht hatte sie gar keine andere Wahl.

„Viele Wege führen nach Rom", erklärte Kate. Sie saß hinter ihrem riesigen, blitzblanken und ordentlich aufgeräumten Schreibtisch. „Schon klar, es ist ein altes Sprichwort, aber es birgt auf jeden Fall einen wahren Kern, Chase."

Chase saß seiner Tante in ihrem Büro gegenüber, den einen Fuß in dem Cowboystiefel über das Knie des anderen Beines gelegt. Er war auf Bitten seiner Großtante nach Minnesota gereist und hatte ihr die ausgedruckten und kopierten Unterlagen über den aktuellen Stand seiner Ranch gezeigt. „Du hältst nichts von meiner Idee."

„Ganz gleich, wie nobel es auch von dir ist, Lesley und ihrer Tochter ein Recht auf die Waterman-Ranch zu überlassen und ihnen die Wasserrechte zu gewähren, so halte ich das eindeutig für verfrüht. Wolltest du denn nicht immer deine eigene Ranch haben?"

Erbost starrte er seine Großtante an. Sie wusste genau, wie viel ihm eine eigene Ranch bedeutete. „Natürlich will ich das. Doch manche Dinge sind eben wichtiger, als ein Stück Land zu besitzen."

Statt verärgert über ihn zu sein, weil er vorhatte, das Handtuch zu werfen, lächelte Kate. Fast überlegen, als hätte sie mit einer solchen Antwort von ihm gerechnet. „Das kommt doch ziemlich plötzlich, würdest du nicht auch sagen?"

„Mag sein. Aber anders geht es nicht."

„Nun, wir haben eine Abmachung, Chase, und du hast immer noch gute sechs Monate, um dein Ziel zu erreichen. Weißt du, ich denke, wenn du noch andere Möglichkeiten auslotest, wird dir eine bessere Lösung einfallen."

Er musterte die ältere Frau, deren Verstand noch immer messerscharf war. „Und weißt du, was *ich* denke, Kate?", erwiderte er und verfolgte mit, wie ihr Blick geradezu lauernd wurde. „Ich denke, du hast mich ganz bewusst auf diese Ranch geschickt, weil gleich nebenan Dads alte Ranch liegt." Er beobachtete ihre Reaktion genau. „Auf der jetzt Lesley Bastian wohnt."

Ihre Augen begannen verschmitzt zu funkeln. „Du schmeichelst mir. Aber so clever bin ich ganz bestimmt nicht."

„Wieso werde ich dann das Gefühl nicht los, dass das genaue Gegenteil der Fall ist?" Er rieb sich übers Kinn. „Mein Cousin Kyle hat mich letztens angerufen."

Seufzend blickte sie zum Fenster hinaus. „Mir war gar nicht klar, dass ihr euch nahe steht."

„Tun wir eigentlich auch nicht. Aber er hatte erfahren, dass ich die Ranch in Montana bewirtschafte, und hat mir von dem Deal erzählt, den ihr beide vor Jahren geschlossen habt. Klingt mir doch sehr ähnlich."

„Wahrscheinlich gibt es da bestimmte Ähnlichkeiten, schon möglich."

Chase hatte also gesagt, was er zu sagen gehabt hatte. Kyle, der Playboy, hatte die Ranch in Clear Springs, Wyoming, angeboten bekommen, falls er ein halbes Jahr dort leben würde. Womit Kyle jedoch nicht gerechnet hatte, war, dass seine Nachbarin niemand anders als seine Exfreundin war, eine Frau, mit der er zusammen eine Tochter hatte, ohne verheiratet zu sein.

„Kyle ist sesshaft geworden. Er hat sich besser gemacht, als ich erwartet hätte."

„Und jetzt spielst du mit meinem Leben und, wenn es wahr ist, was ich so habe munkeln hören, noch mit dem einiger anderer meiner Cousins."

„Du solltest nicht vergessen, Chase, dass du zugestimmt hast, dass mit deinem Leben gespielt wird", erinnerte sie ihn. Den Hieb hinsichtlich der Abmachung mit seinen anderen Cousins ignorierte sie.

„Du bist nicht Gott, das weißt du, oder?"

Leise lachte sie. „Natürlich weiß ich das, so anmaßend bin ich nicht. Niemand ist Gott. Ich ziehe es vor, mich als eine Art ... nun, aus Mangel an einer passenderen Beschreibung ... als eine Art Schutzengel zu sehen."

„Was?" Er war wie vom Donner gerührt, dass sie ausgerechnet diesen Begriff gewählt hatte.

„Na, das klingt vielleicht ein wenig pathetisch, aber du weißt schon, wie ich das meine. Ich glaube fest daran, dass jeder Einzelne seine eigenen Entscheidungen treffen muss, ganz gleich, was ihm das Leben bietet oder mit was er gesegnet ist. Aber es gibt eben auch einige andere, die dazu bestimmt sind zu helfen. So wie ich."

Chase hatte keine Ahnung, wobei Kate sonst noch half, aber er hatte gehört, dass sie mit Ryder und Hunter, zwei seiner Cousins ersten Grades, ähnliche Deals wie mit ihm vereinbart hatte. Nicht dass es wichtig wäre ...

Kate musterte Chase aufmerksam. „Ich bin ebenso fest davon überzeugt, dass du mit allem fertig wirst, was dir das Leben vor die Füße wirft, auch mit dem Problem, das du zur Zeit mit Lesley Bastian hast." Sie blinzelte ihrem Großneffen lächelnd zu. „Schau einfach in dein Herz hinein."

„Das ist dein Rat?" Ungläubig schnalzte er mit der Zunge. „Ich soll in mein Herz schauen?"

„Für mich hat das mein Leben lang funktioniert."

Chase war sich keineswegs sicher, ob er sich von seinem Herzen leiten lassen wollte, wenn es um seine Brieftasche beziehungsweise seine Ranch ging. Er verabschiedete sich von Kate und ließ die Wolkenkratzer von Minneapolis hinter sich, um zu seinem neuen Heim im Vorgebirge der Bitterroot Mountains zurückzufliegen. Wenn er auch sonst vielleicht nicht viel erreicht hatte, so überzeugte die Erleichterung, die er verspürte, aus der Hektik und den Menschenmassen der Stadt wegzukommen, ihn zumindest davon, dass er nach Montana gehörte.

Zusammen mit Lesley. Du gehörst zu Lesley, wiederholte eine kleine Stimme in seinem Kopf unablässig, als die Nase des Flugzeugs durch die Wolkendecke brach und die Maschine auf die sinkende Sonne zuhielt. *Du gehörst zu ihr, weil du sie liebst. So einfach ist das, Chase. Alles, was du zu tun hast, ist auf Kates Rat zu hören und in dein Herz zu schauen. Du kannst nicht auf ewig vor der Vergangenheit weglaufen. Emily und Ryan sind nicht mehr. Lesley und Angela leben.*

Er bestellte einen Drink bei der Flugbegleiterin und sagte sich, dass er naiv war. Kates Rat war alles andere als simpel. Oder vielleicht doch? Als die Maschine langsam an Höhe verlor und zur Landung ansetzte, begann sich eine Idee in ihm zu festigen. Eine Idee, die er eigentlich schon vor Langem verworfen hatte, aber es war die einzige, die überhaupt Sinn ergab.

Und zum ersten Mal seit Wochen lächelte er, und tiefer Frieden erfüllte seine Seele. Genau. Sobald er den Fuß wieder auf Montana-Erde setzte, würde er alles in die Wege leiten, um sein Leben in eine neue Richtung zu lenken. Für immer.

Kate sah zur Uhr. Fast zehn Uhr abends, und noch immer saß sie in ihrem Büro. Wüsste Sterling davon, würde er ihr die Leviten lesen. Eine Frau in ihrem Alter sollte eine salzarme Diät einhalten und nur leichte, gesunde Kost zu sich nehmen, einmal in der Woche zum Bridge und jeden Freitag zum Friseur gehen, und vor allem sollte sie jeden Abend spätestens um neun im Bett liegen. Und auf keinen Fall sollte sie sich in die Angelegenheiten anderer Leute einmischen, sprich bei ihren Kindern, Enkeln, Nichten und Neffen ... auch wenn sie selbst es lieber als „Schutzengel spielen" bezeichnete.

„Pfui", sagte sie laut, reckte sich in ihrem Stuhl und ging dann beschwingt zur Bar, um sich ein Glas gekühlten Riesling einzuschenken. Der fruchtige Weißwein rann frisch ihre Kehle hinab, und Kate lächelte in sich hinein. Sie entschied, dass Chase ein wenig Hilfe gebrauchen konnte, selbst wenn sie sich eigentlich versprochen hatte, diesen nächsten Schritt niemals zu tun. Aber sie rechtfertigte sich damit, dass sie keine andere Wahl hatte, und ging wieder zu ihrem Schreibtisch zurück. Die Lichter der Stadt strahlten in der Dunkelheit, Minneapolis folgte seinem eigenen lebendigen Pulsschlag. Kate liebte diese Stadt fast so sehr, wie sie ihre Familie liebte. War ihre Arbeit ihre Inspiration, so war ihre Familie ihr Lebenssinn. War es immer gewesen und würde es immer sein.

Sie drückte eine Taste auf dem Keyboard, fuhr ihren Computer damit wieder hoch und suchte aus ihren Dateien ihr Adressbuch heraus, dann griff sie nach dem Telefon und wählte Lesley Bastians Nummer. Ja, es wurde wohl Zeit, sich doch ein wenig einzumischen. Nicht zu viel, natürlich, aber ein kleiner Schubs konnte nichts schaden.

Und am anderen Ende der Leitung im fernen Montana begann das Telefon zu klingeln.

„So, jetzt sind Sie also informiert", meinte die Frau, die sich als Kate Fortune vorgestellt hatte. „Ich hoffe, Sie verstehen jetzt besser."

Lesley hatte es die Sprache verschlagen. Ihr Herz füllte sich mit Trauer und Verzweiflung. Ihre Gedanken wirbelten, wenn sie an Chase dachte und an alles, was er in seinem Leben hatte durchstehen müssen. Durch Ray Mellon hatte sie bereits erfahren, dass er die Ranch, seinen Zwillingsbruder und seine Mutter verloren hatte. Chase selbst hatte einmal kurz angedeutet, dass er zu seinem Vater und seiner Schwester Delia so gut wie keinen Kontakt mehr hatte, und er hatte ihr auch einmal erklärt, dass seine Frau und sein Sohn gestorben waren. Was sie jedoch überhaupt nicht begriff, war, wieso Chase sich schuldig für den Tod der anderen fühlte.

Chase Fortune war zu einem einsamen, verbitterten Mann geworden. Kein Wunder, dass es ihm so schwerfiel, sich zu öffnen und seine Empfindungen zu teilen.

Nun, sie war verdammt noch mal entschlossen, dass sie ihn dazu bringen würde. Zumindest würde sie alles daransetzen. Sie würde Angela aufwecken und mit ihr zu Chases Ranch hinüberfahren, und sie würde ihm offen die Wahrheit sagen – dass sie ihn liebte, dass sie sicher war, es musste einen Weg geben, sodass die Sache zwischen ihnen funktionierte, dass sie den Rest ihres Lebens mit ihm verbringen wollte. Trotz all der Schwüre, die sie sich selbst geleistet hatte – dass sie keinen Mann in ihrem Leben brauchte, dass sie auf eigenen Füßen stehen konnte, dass sie ihrer Tochter Mutter und Vater in einem sein würde –, liebte sie Chase Fortune. Und ob er es nun hören wollte oder nicht, sie war fest entschlossen, ihn die Wahrheit wissen zu lassen.

Sie hatte gerade eine frische Windel aus der großen Tüte herausgeholt, als sie einen Pick-up die Auffahrt heraufkommen hörte. Sie schaute zum Fenster hinaus und erkannte Chases Wagen im Mondlicht. Ihr Herz begann wild zu hämmern, ihr Puls raste, und als sie ihn beobachtete, wie er ausstieg, kreuzte sie die Finger und versprach sich, dass sie offen aussprechen würde, was sie dachte.

In Jeans und einer Wildlederjacke schritt er über den schmalen Weg auf die Hintertür des Hauses zu. Kaum betrat er die Veranda, riss Lesley schon die Tür auf. „Es gibt da etwas, das ich dir sagen muss", begann sie, bevor der Mut sie verließ.

„Ist das nicht äußerst kurios?", meinte er lang gezogen. „Ich habe dir nämlich auch etwas mitzuteilen."

Unter seinem intensiven Blick fing ihr Mut an zu schwanken. Seine Augen waren so dunkel wie die Nacht, sein Kinn hart wie aus Granit gemeißelt, seine Lippen dünn wie Rasierklingen.

„Ich …"

„Heirate mich."

„… liebe dich."

„Heirate mich." Für eine Sekunde starrte er sie an. „Was hast du gesagt?"

Sie hielt die Luft an. Hatte sie ihn richtig verstanden? „Ich … ich sagte, ich liebe dich."

Ein Mundwinkel hob sich, als ein Lächeln auf seine Lippen zog. „Na, das trifft sich ja gut, da ich dich gerade gebeten habe, mich zu heiraten."

Lachend versuchte sie, alles zu begreifen, während er seine Arme um sie schlang. „Du hast nicht gebeten, Chase Fortune, sondern du hast angeordnet."

„Ich wollte es einfach nur schnell ausgesprochen haben."

„Du meinst, bevor du einen Rückzieher machst?"

Er lachte tief und voll. „Möglich. Weil du mir nämlich eine Heidenangst einjagst."

„Und warum ist das so?" Sie glaubte ihren Ohren nicht zu trauen. Ihr Herz pochte hart, die Welt schien sich mit einem Mal schneller zu drehen.

Mit Schwung nahm er sie hoch. „Weil ich dich liebe, Lady. Und zwar viel zu sehr."

Ihr Herz schwang sich in ungeahnte Höhen auf, und als er seinen Mund auf ihren presste, da öffnete sie willig ihre Lippen und ihr Herz für ihn. Konnte das wirklich stimmen? Er liebte sie also wirklich?

„Du hast mir noch keine Antwort gegeben." Er trug sie über die Schwelle ins Haus hinein und trat die Tür mit der Stiefelhacke ins Schloss. „Eine Heirat würde alle unsere Probleme lösen, weißt du."

„Nämlich?"

„Da wäre zum Beispiel das kleine Problem mit den Wasserrechten. Ich denke, wenn wir überlegt vorgehen, lassen sich beide Ranchs aus der einen Quelle versorgen. Wir leben in einem Haus, halten die Tiere in einem Bereich zusammen und führen genau Buch über das, was wir in die Tröge geben. Deine Pferde werden zusammen mit meinen Rindern auf der Weide grasen."

„Das hast du also alles schon geplant, was?", neckte sie ihn, während er mit ihr auf den Armen die Treppe hinaufstieg.

„Der Flug von Minnesota zurück hat lange gedauert, da blieb mir viel Zeit zum Nachdenken. Wir arbeiten zusammen, sodass beide Ranchs Gewinn einbringen, aber das ist nicht das eigentlich Wichtige."

„Nicht?" Ihr Herz schwoll mehr und mehr an, fast fürchtete sie, es könnte jeden Moment platzen.

„Nein." Er brachte sie ins Kinderzimmer, und gemeinsam sahen sie auf die friedlich schlafende Angela in ihrer Wiege hinunter, nur mit dem Licht der kleinen Nachtlampe und dem Mond vor dem Fenster. „Das eigentlich Wichtige sind du und ich und Angela." Emotionen ließen seine Stimme heiser klingen. „Wir sind eine Familie, Lesley. Wenn du nur endlich Ja sagst."

Tränen füllten ihre Augen. „Ja, Chase." Die Freude, die sie überfiel, stieg aus den Tiefen ihrer Seele und breitete sich in ihrem ganzen Körper aus. „Ja, ich werde dich liebend gern heiraten."

Chase stieß einen Triumphschrei aus, und Angela in ihrer Wiege zuckte zusammen, schlief aber sofort weiter, ohne wirklich wach zu werden. Als Chase Lesley dann in ihr Schlafzimmer hinübertrug, schaute sie zum Fenster hinaus in die Sommernacht. Ihre Fantasie musste ihr einen Streich spielen, denn es war doch komplett unsinnig, dass sie den Schutzengel dort draußen sehen sollte, den sie sich auch schon im Dezember eingebildet hatte, während sie in den Wehen gelegen hatte. Der Schutzengel mit dem Namen Sarah, der Chase zu ihrem verschneiten Wagen im Graben geführt hatte.

Nein, entschied sie für sich, als sie den Mann küsste, der ihr zukünftiger Mann war, das war wirklich nur ihre überaktive Fantasie, weil sie so unglaublich, unbeschreiblich glücklich war.

Denn bald schon würde sie Mrs. Chase Fortune sein.

EPILOG

*D*as Geläut der Weihnachtsglocken schwebte über der Stadt, und die Lichter der Hochhäuser von Minneapolis strahlten in der Dunkelheit. Eine jäh hereingebrochene Kältewelle hatte die Stadt mit einer weißen Schneedecke überzogen, der Verkehr staute sich überall.

Chase half Lesley und Angela aus dem Taxi und geleitete sie in das Bürogebäude der *Fortune Corporation*, wo die jährliche Weihnachtsfeier des Unternehmens stattfand.

Angela, die dunklen Locken mit einer hübschen Schleife zusammengehalten, betrachtete alles neugierig mit großen runden Augen.

„Das ist umwerfend", lautete Lesleys Kommentar, als Chase sie in den Saal führte, in dem die Party bereits in vollem Gange war. Die anwesenden Gäste hatten sich alle feierlich zurechtgemacht, Juwelen blitzten und funkelten um die Wette mit den Hunderten von kleinen Lichtern an dem großen Weihnachtsbaum.

Im letzten Jahr hatte sich so vieles ereignet. Chase fühlte sich nicht mehr fehl hier am Platz, selbst wenn er auch dieses Mal unauffällig versuchte, seinen Hemdkragen zu lockern, und seine neuen Stiefel noch ziemlich eng waren. Er war jetzt ein verheirateter Mann und Vater eines wunderschönen kleinen Mädchens. Lesley war schwanger, wenn es auch kaum zu erkennen war. In dem schwarzen Samtkleid sah sie bezaubernd aus und strahlte von innen heraus. Und als Krönung all des Glücks konnte er mit Gewissheit behaupten, dass seine Ranch aufgrund des Wertes der Zuchttiere in diesem Jahr tatsächlich den ersten, wenn auch kleinen Gewinn eingefahren hatte. Und so hatte er beschlossen, die Ranch von „die alte Waterman-Ranch" in „die neue Fortune-Ranch" umzutaufen.

Musik und Gespräche umgaben sie, und Kate, die die Neuankömmlinge erblickt hatte, winkte ihnen zu und bahnte sich einen Weg durch die Menge zu ihnen.

„Oh, wie schön", meinte sie zufrieden seufzend. „Schaut euch drei nur an!" Sie umarmte Lesley, als gehörte sie schon seit Jahren zur Familie. „Das hätte sich ja nicht besser ergeben können, wenn ich selbst es so geplant hätte", neckte sie, und Chase bedachte seine Großtante mit einem ironischen Blick, der klar besagte, dass er sich nicht für eine Sekunde von ihr täuschen ließ.

„Du sieht absolut großartig aus, Kate."

„So, wirklich?" Sie lachte geschmeichelt. „Apropos großartig ... unten in meinem Büro liegt ein Vertrag im Safe, mit dem die Ranch in deinen alleinigen Besitz übergeht. Gute Arbeit, Chase."

Chase umarmte sie und küsste sie auf beide Wangen. „Ich glaube, ich muss dir danken, Kate. Nicht für die Ranch, sondern dafür, dass du mir mein Leben zurückgegeben hast. Und eine Familie."

„Ach du meine Güte." Sie schniefte und musste gegen plötzliche Emotionen ankämpfen. „Aber ja, es hat sich alles zum Guten gewandt, nicht wahr?" Sie warf einen Blick zu Lesley und Klein-Angela, und ein listiges Lächeln zog auf ihre Lippen. Sie blinzelte Chase zu. „Weißt du, vielleicht sollte ich das im nächsten Jahr gleich noch einmal versuchen ..."

– ENDE –

Penny Jordan

Zwei Spuren im Schnee ...
Roman

Aus dem Amerikanischen von
Christine Schmidt

PROLOG

„Ich denke, er ist ganz gut geraten", meinte Christabel mit einem kritischen Blick auf ihren kleinen Cousin, der friedlich im Arm seiner Mutter schlief. Noch nicht einmal eine Woche war er alt, aber schon beherrschte sein Rhythmus das Leben der Erwachsenen um ihn herum.

In vier Wochen war Weihnachten, und Heaven würde mit ihrem Mann und dem Kleinen wieder in ihrem Haus an der schottischen Grenze sein. Zurzeit befanden sie sich aber noch in London, und Jon nutzte die Gelegenheit, seinen Sohn voller Stolz der Verwandtschaft vorzuführen.

„Ich verstehe allerdings überhaupt nicht", fuhr Christabel nachdenklich fort, „warum ihr ihm so einen albernen Spitznamen verpasst habt. ‚Figgy'! Das klingt wirklich unmöglich! Und es hat doch gar nichts mit seinem richtigen Namen zu tun."

Über den Kopf von Charles Christopher Hugo hinweg grinste Heaven ihren Mann Jon an.

„Das ist eine lange Geschichte", begann Heaven. „Unser ‚Figgy Pudding', den es zu Weihnachten gibt, hat eine Menge damit zu tun ..."

„Das reicht", mischte sich Jon ein, aber seine Nichte dachte anders darüber. Endlich wurde es einmal interessant. Sie würde schon herauskriegen, was für Geheimnisse ihr Onkel und ihre neue Tante hatten.

„Bitte, erzähl doch", bat sie Heaven. „Ich liebe Geschichten!"

Heaven lachte. „Na schön. Du weißt ja, dass der Weihnachtspudding etwas ganz Besonderes ist. Viele Zutaten gehören hinein. Und damit fängt diese Geschichte an ..."

1. KAPITEL

„Willst du den Job wirklich annehmen? Nach allem, was er dir angetan hat?"

Heaven Matthews warf ihrer besten Freundin Janet einen kurzen Blick zu. Dann rührte sie wieder energisch in der Teigschüssel. „Auf jeden Fall", erklärte sie knapp. „Du weißt doch, was ich vorhabe."

„Allerdings", kicherte Janet. „Rache ist süß. Und er hat es wirklich verdient."

„Das denke ich auch", bekräftigte Heaven die Meinung ihrer Freundin. „Harold Lewis ist ein Mistkerl. Und nun wird er eine kleine Kostprobe von dem bekommen, was ich für ihn empfinde."

Ihr schmales, hübsches Gesicht drückte so viel Abscheu aus, dass Janet erschrak. Heaven war noch immer nicht darüber hinweggekommen, was Harold Lewis ihr angetan hatte.

„Eine kleine Kostprobe ...", wiederholte Heaven, grimmig lächelnd. „Genau. Er war schon immer gierig. Diesmal wird es ihm im Hals stecken bleiben." Ihr Lächeln verschwand.

Janet sah ihre Freundin besorgt an. Seit Monaten hatte sie nicht mehr herzhaft gelacht. Für jeden, der Heaven kannte, war dies fast unvorstellbar. Sie war beliebt und hatte jede Menge Freunde, die ihr fröhliches, unkompliziertes Wesen zu schätzen wussten.

Die beiden Frauen kannten sich schon seit ihrer Schulzeit. Damals hatte sich die immer etwas pummelige Janet mit der schlanken, zierlichen Heaven angefreundet, und sie hatten sich über all die Jahre nicht mehr aus den Augen verloren.

Heaven hatte schon damals davon geträumt, eines Tages eine berühmte Köchin zu werden. Vor einigen Monaten hatte Janet darüber gesprochen, und Heavens bittere Antwort zeigte, wie tief verletzt sie war.

„Es hat doch beinahe geklappt, oder etwa nicht? Nur dass ich jetzt nicht berühmt, sondern berüchtigt für meine Kochkunst bin. Untragbar für jeden Arbeitgeber." Wütend hatte sie die Tränen beiseitegewischt, die ihr bei diesen Worten in die Augen gestiegen waren. Selbstmitleid war nun ganz und gar nicht ihre Sache, auch wenn sie wirklich allen Grund dazu gehabt hätte.

Ihre vielversprechende Karriere war ruiniert und ihr Leben durch die Aufdringlichkeit der Medien völlig aus den Fugen geraten. Ganz egal, wie oft sie ihre Unschuld beteuerte – es würde immer Menschen geben, die ihr nicht glaubten.

„Mich stellt doch jetzt sowieso keiner mehr als Köchin ein", hatte Heaven bekümmert gesagt. „Jede Hausdame in London kennt mein Gesicht und die Geschichte von der Köchin, die ihrer Arbeitgeberin angeblich den Ehemann ausspannen wollte."

Trotzdem hatte sie wenigstens ein Inserat aufgegeben, um es noch einmal zu versuchen.

„Bist du sicher, dass du das Richtige tust?", fragte Janet vorsichtig. Sie hatte schon immer das Gefühl gehabt, ihre zarte, gutgläubige Freundin vor allem Schlechten in der Welt beschützen zu müssen.

Sie standen in der Küche des hübschen, altmodischen Hauses in Chelsea, das Heavens Familie seit einigen Generationen gehörte. Da ihre Eltern sich als Altersruhesitz ein Landhaus in Shropshire gekauft hatten, stand es die meiste Zeit leer. Heavens Vater hatte schließlich vorgeschlagen, es als eine Art Refugium zu benutzen, bis das Interesse an Heavens Person in der Öffentlichkeit nachgelassen hatte.

„Immerhin hast du doch trotzdem dein eigenes kleines Unternehmen", versuchte Janet ihre Freundin aufzuheitern.

„Stimmt", erwiderte Heaven ironisch. „Ich verkaufe per Anzeige Kuchen und Weihnachtspudding. Ein toller Job für eine erstklassig ausgebildete Köchin."

„Aber du verdienst dir damit deinen Lebensunterhalt", stellte Janet fest.

„Ich kann auf diese Weise existieren", berichtigte Heaven. „Und das auch nur, weil ich keine Miete bezahle."

„Hast du schon einmal daran gedacht, im Ausland zu arbeiten?"

„Wo mich keiner kennt, meinst du?" Heaven schüttelte den Kopf. „Das wäre vielleicht eine Möglichkeit, aber ich möchte nicht weg. London ist meine Heimat. Hier gehöre ich hin, und hier will ich arbeiten. Wenn diese elende Ratte mir nicht alles kaputt gemacht hätte ..." Sie schluckte. „Alles lief so gut. Ich war doch gerade dabei, mir einen Namen zu machen!"

Heaven schob die Schüssel beiseite und fuhr sich ratlos mit den Fingern durchs Haar. „Tut mir leid, dass ich so miesepetrig bin. Ich fühle mich wie ein welker Salatkopf. Verstehst du, was ich meine?"

Janet grinste. Die Angewohnheit ihrer Freundin, Vergleiche aus der Welt der Kochkunst heranzuziehen, hatte schon oft zu Heiterkeit Anlass gegeben.

„Ich weiß genau, was du meinst", antwortete sie voller Mitgefühl. „Zu dumm, dass Lloyd nicht mehr verdient. Dann könnten wir dich als Köchin einstellen. Neulich erst hat er gesagt, dass ihm das ganze Mikrowellenzeug allmählich auf die Nerven geht. Deshalb freut er sich auch schon so auf das Festessen bei seinen Eltern. Und ich muss mit."

Sie verdrehte in gespieltem Entsetzen die Augen. „Nein, im Ernst, seine Eltern sind wirklich in Ordnung. Ich freue mich auch darauf, Weihnachten bei ihnen zu verbringen. Sag mal, was machst du eigentlich über die Feiertage? Hast du schon Pläne?"

Heaven schüttelte den Kopf. „Meine Eltern haben mir angeboten, mit ihnen nach Adelaide zu fliegen. Sie wollen Weihnachten und den ganzen Januar bei Hugh verbringen."

Hugh war Heavens älterer Bruder, der mit seiner Frau und den Kindern in Australien lebte.

„Und warum fährst du nicht mit?", fragte Janet aufgeregt. „Vielleicht gefällt es dir dort so gut, dass du gar nicht wieder zurückkommen möchtest."

„Das schwarze Schaf der Familie wandert aus ...", sagte Heaven nachdenklich. „Nein, Janet, ich renne nicht weg. Jeder wird denken, dass doch etwas an der Geschichte dran ist, wenn ich jetzt die Flucht ergreife." Sie schwieg einen Moment. „Harolds Ehe ist nicht meinetwegen auseinandergebrochen, das schwöre ich dir. Ich hatte nie ein Verhältnis mit ihm. Selbst wenn er nicht der widerwärtige, schleimige Typ wäre, der er ist, so war er doch verheiratet. Es ist nicht meine Art, mich in eine Ehe zu drängen. Ganz schuldlos bin ich allerdings sicher nicht", schloss sie bitter.

Janet hatte ihr aufmerksam zugehört. Sie empfand ihre Freundin wieder einmal als viel zu selbstkritisch und naiv. Dieser Harold Lewis war ein Ekelpaket, wie es im Buche stand. Daran gab es nichts zu rütteln.

„Ich hätte von Anfang an wachsamer sein müssen", fuhr Heaven fort. „Aber wenn man völlig ohne Erfahrung ist, fällt einem vieles nicht weiter auf. Und es schien ein absoluter Traumjob zu sein. Im Sommer mit der Familie nach Südfrankreich, jede Menge Freizeit und vor allem die Möglichkeit, bei allen großen Gesellschaften und Geschäftsessen zu kochen ..."

„Ich kann mir gut vorstellen, wie du dich fühlst", bemerkte Janet leise. Heaven lächelte zaghaft.

„Entschuldige. Ich gehe dir mit meinem Gejammer bestimmt ordentlich auf die Nerven. Aber was mich an der Geschichte am meisten ärgert, ist die himmelschreiende Ungerechtigkeit. Der Mann hat mich skrupellos belogen und mich dafür benutzt, seine Frau loszuwerden. Indem er ihr eine Affäre mit mir weisgemacht hat, brachte er sie dazu, ihn zu verlassen. So konnte er wiederum in aller Ruhe die Scheidung wegen böswilligen Verlassens einreichen. Das ist doch unglaublich! Er wohnt nach wie vor in dem großen Haus, und sie weiß kaum, wie sie über die Runden kommen soll. Sie tut mir wirklich leid."

„Stehst du in Kontakt mit ihr?", erkundigte sich Janet.

„Bei dem ganzen Trubel, den die Medien aus der Sache gemacht haben?" Heaven verzog angewidert den Mund. „Nein, nicht mehr. Allerdings hat sie sich bei mir dafür entschuldigt, dass ich in ihre Privatangelegenheiten hineingezogen wurde. Sie weiß natürlich mittlerweile genau, wie clever Harold uns beide hintergangen hat."

Heaven schüttelte den Kopf. „Er muss schon Andeutungen über unser angebliches Liebesverhältnis gemacht haben, bevor ich überhaupt meine Stelle angetreten hatte. Zum Beispiel bestand er darauf, mich auch ohne ihr Einverständnis anzustellen. Und dann war alles nur noch ein Kinderspiel. Hier eine Andeutung, da eine Bemerkung ... Innerhalb kürzester Zeit hatte er es geschafft, ihr Misstrauen zu erregen. Sie war natürlich bald davon überzeugt, dass ich eine Affäre mit Harold hatte."

Janet nickte verständnisvoll.

„Würdest du glauben, dass so ein Geizhals tatsächlich fast Millionär ist?", fuhr Heaven empört fort.

„Ach, ich glaube, das hat nichts miteinander zu tun. Manchmal sind die reichsten Menschen auch die geizigsten", meinte Janet.

„Jedenfalls kann Louisa meiner Meinung nach froh sein, dass sie den Kerl los ist. Und nach allem, was ich gehört habe, ist sie das auch. Angeblich hat sie allen Freunden und Bekannten von Harolds Lügengeschichten erzählt. Aber wer wird das schon glauben? Mein Ruf ist auf alle Fälle ruiniert."

Als sie merkte, dass ihr schon wieder Tränen in die Augen stiegen, wandte sie sich rasch ab und griff energisch nach der Teigschüssel. Es ging ja nicht nur um den Job, den sie verloren hatte. Das Geld, das sie mit dem Versand ihrer Weihnachtspuddings nach altem Familienrezept verdiente, sicherte ihr zumindest ein kleines Einkommen. Auch wenn sie zugeben musste, dass ihr schon jetzt manchmal allein der Anblick ihres leckeren Kuchens Übelkeit verursachte. Nein, etwas anderes war noch im Spiel, von dem nicht einmal Janet etwas ahnte.

Nur ein paar Tage nachdem sie ihre neue Stelle angetreten hatte, hatte Heaven Louisas Bruder, Jon Huntingdon, kennengelernt. Sie erinnerte sich noch sehr genau, wie stürmisch ihr Herz plötzlich geklopft hatte, als sie ihn das erste Mal sah.

Jon war ein großer, gut aussehender Mann, der sehr erfolgreich als Finanzexperte arbeitete. Seltsamerweise war er nicht verheiratet, was Heavens Herz noch etwas mehr in Aufruhr brachte, als ihr lieb war. Er war etwa Mitte dreißig und hatte einen wunderbaren Humor, was sich vor allem im Umgang mit Louisas Töchtern zeigte.

Ganz beiläufig hatte Jon nicht lange nach ihrem ersten Kennenlernen gefragt, ob Heaven nicht Lust habe, ihn ins Theater zu begleiten. Ein ganz neues Stück sollte gespielt werden, das bereits großen Erfolg in London hatte.

Heaven hatte sich auf diesen Abend so sorgfältig vorbereitet wie schon lange nicht mehr. Sie hatte sogar ein kleines Vermögen für ein Traumkleid aus einer der besten Boutiquen Londons ausgegeben. Es war schulterfrei und betonte mit seinem schmalen Schnitt Heavens zierliche Figur. Der weiche, silbrig schimmernde Stoff umspielte bei jedem Schritt ihre schlanken Beine. Heaven wusste, dass ihr das Kleid gut stand, und Jons anerkennender Blick entging ihr nicht. Sie fühlte sich attraktiv und selbstsicher und genoss den Abend in vollen Zügen.

Nach dem Theater waren sie zum Essen in ein kleines französisches Restaurant gefahren, von dem Heaven noch nie gehört hatte. Die Zwiebelsuppe, die sie bestellte, war fantastisch, und spätestens jetzt war sich Heaven im Klaren darüber, dass Jon zu den Männern gehörte, deren Geschmack in jeder Hinsicht äußerst anspruchsvoll war. Später hatte er sie in seinem silbergrauen Jaguar nach Hause gefahren.

Als sie in der Einfahrt zu Heavens Haus standen und Jon die Scheinwerfer ausgemacht hatte, war Heaven vor Aufregung beinahe schwindlig geworden. Natürlich war sie schon mit anderen gut aussehenden Männern ausgegangen, aber noch nie hatte einer von ihnen eine ähnliche Wirkung auf sie gehabt wie Jon. Mit unfehlbar weiblichem Instinkt hatte sie erkannt, dass Jon in ihrem Leben eine ganz besondere Rolle spielen könnte. Vielleicht sogar als der Mann ihres Lebens.

Und dann hatte er sie geküsst. Atemlos, vorsichtig, zärtlich.

Als die Welt um sie herum sich nicht mehr drehte, hatte er sie noch einmal geküsst. Und Heaven hatte den Kuss erwidert, ohne sich gegen ihre Gefühle wehren zu können.

Als er sie schließlich losließ, zitterten ihr die Knie.

„Ich tue so etwas nicht jeden Tag", brachte sie mühsam hervor, während sie versuchte, ihre Stimme unter Kontrolle zu bekommen.

„Denkst du etwa, ich?", gab er rau zurück und zog sie wieder an sich. „Du duftest nach Zimt und Honig. Ich würde dich am liebsten anknabbern", flüsterte er erregt.

Leidenschaftlich ließ er seine Zunge über ihren Mund gleiten, bevor er ihre Lippen sanft öffnete. Jeden Zentimeter ihres Mundes erforschte er, als könne er nicht genug bekommen von ihrem süßen Geschmack.

Aber weiter ging er nicht. Obwohl Heaven merkte, wie sehr sie sich von Jon angezogen fühlte, war sie froh über seine Zurückhaltung, denn sie zeigte ihr, dass es ihm nicht auf eine schnelle Affäre ankam. Schon jetzt mochte er sie offensichtlich genug, um den Dingen Zeit zu lassen und nichts zu überstürzen.

„Morgen reise ich für eine Weile nach Europa", murmelte Jon dicht an ihrem Ohr. „Ich habe dort geschäftlich zu tun. Wenn ich zurückkomme, rufe ich dich an."

Natürlich hatte er nicht angerufen. Und sie wäre ja auch gar nicht erreichbar gewesen. Denn zwei Tage nach ihrem gemeinsamen Abend in London platzte die Bombe mit Harold. Louisa hatte einen hysterischen Anfall, nahm die Kinder und verließ ihren Mann ohne weitere Diskussionen. Den Beteuerungen Heavens, es sei alles nicht wahr, schenkte sie keinen Moment Gehör.

Trotz Harolds Behauptung, er habe der Presse kein Wort von dem mitgeteilt, was zwischen ihm und seiner Frau vorgefallen war, blieb Heaven misstrauisch. Sie wusste inzwischen genau, was sie von ihm zu halten hatte. Schon nach kurzer Zeit war das Zerwürfnis zwischen Harold und Louisa in jedem Boulevardblatt auf der ersten Seite zu lesen. Ganz besonders interessant für die Presse und sämtliche Zeitungsleser war natürlich die Rolle, die Heaven angeblich bei der ganzen Sache spielte.

So war ihr Ruf innerhalb kürzester Zeit vollkommen ruiniert. Ganz zu schweigen von ihrem Selbstbewusstsein. Dankbar hatte Heaven damals das Angebot ihrer Eltern angenommen, London zunächst einmal zu verlassen, bis die Wogen sich geglättet hatten. Später war sie dann in Chelsea eingezogen, wo sie mietfrei wohnen konnte.

Sie hatte keine Ahnung, wann Jon aus dem Ausland zurückgekommen war, aber sie war eigentlich nicht besonders überrascht über sein Schweigen. Auch Louisa, die sie später zufällig auf der Straße traf, erwähnte ihn mit keinem Wort, obwohl sie sich wortreich bei Heaven für alles entschuldigte. Heaven hatte allerdings auch nicht den Mut gehabt, nach ihm zu fragen, sodass das Ganze im Sand verlaufen war.

Außerdem hatte Heaven momentan wahrhaftig Wichtigeres zu tun, als sich um Männer zu kümmern. Bis auf einen ...

Harold Lewis sollte für das, was er ihr angetan hatte, bezahlen. Aber nicht mit Geld. Er sollte am eigenen Leib zu spüren bekommen, was es hieß, seinen Ruf, seine Selbstachtung und sein Bild in der Öffentlichkeit zerstört zu sehen. So, wie er es mit ihr getan hatte.

„Umrühren", ermahnte sich Heaven laut, sodass Janet erstaunt aufblickte und leicht den Kopf schüttelte. Jetzt sprach sie schon mit sich selbst!

„Entschuldige", sagte Heaven. „Es ist nur ... ich werde nun einmal mit der Sache nicht fertig. Dieser Kerl kommt einfach ungestraft davon, und ich sitze hier, praktisch ohne Job und ohne Zukunft. Welche vernünftige Frau soll mich denn noch einstellen? Sie müsste doch verrückt sein, so ein Risiko einzugehen. Eine liebestolle Köchin, die nichts anderes im Kopf hat, als ihren Mann zu verführen. Ha! Aber jetzt wird er es doppelt und dreifach zurückbekommen. Diese Gelegenheit ist fast zu schön, um wahr zu sein. Ich werde ihm alles mit gleicher Münze heimzahlen. Und das wird ihm gar nicht schmecken."

„Was genau hast du eigentlich vor?", erkundigte sich Janet misstrauisch.

„Lass mich das rasch fertigmachen, ja?", bat Heaven, während sie mit sicheren Handgriffen ihre Arbeit erledigte. „Ich muss fünfzig Weihnachtspuddings für morgen zubereiten."

Janet stöhnte. „Fünfzig!"

„Genau", erwiderte Heaven trocken. „Es dauert nicht lange. Ich bin schon fast fertig."

Voller Bewunderung beobachtete Janet, mit welcher Geschwindigkeit die Freundin ihrer Arbeit nachging.

„So", verkündete Heaven schließlich, als der letzte Pudding im Backofen verschwunden war. „Wie du weißt, habe ich unter dem

Namen Mrs. Tiggywinkle inseriert. In der Anzeige stand, dass ich Weihnachtspuddings nach einem alten Familienrezept herstelle und verschicke. Daneben würde ich auch bei Familienfeiern und ähnlichen Anlässen kochen. Nun, vor drei Tagen erhielt ich einen Anruf von einer Dame namens Tiffany Simons."

Sie legte eine Kunstpause ein, um die Spannung zu erhöhen. „Sie sagte, sie suche händeringend eine Köchin für ein Dinner. Es sollte kurz vor Weihnachten stattfinden und für ihren Mann sowie einige wichtige Geschäftsfreunde und Klienten veranstaltet werden, die demnächst aus Amerika zurückkehrten. Obwohl sie schon sämtliche Vermittlungsagenturen angerufen hatte, bekam sie so kurz vor Weihnachten natürlich niemanden mehr. Meine Anzeige bedeutete sozusagen ihre letzte Rettung. Darüber hinaus sollte die Ärmste in der Zeit, in der ihr Mann im Ausland war, auch noch die Renovierung des Hauses organisiert und abgeschlossen haben. Du kannst dir vorstellen, dass sie mit den Nerven ganz am Ende war."

Janet nickte. Sie konnte es sich sehr gut vorstellen.

„Also verabredeten wir uns zum Mittagessen, um alle Einzelheiten zu besprechen", fuhr Heaven fort. „Und da erkannte ich, wen ich vor mir hatte."

„Wen denn?", fragte Janet verständnislos.

„Harolds Verlobte", erklärte Heaven triumphierend. „Sie trug nämlich Louisas alten Verlobungsring. Den hätte ich unter Tausenden erkannt. Ein riesiger, auffallender Diamant. Louisa hatte ihn Harold bei ihrer Trennung zurückgegeben. Wie sie mir später sagte, hatte sie ihn ohnehin nie gemocht. Er war ihr viel zu protzig."

„Und jetzt hat er ihn einfach an diese Tiffany weitergegeben?", fragte Janet fassungslos.

„Ja, aber ich bezweifle, dass sie davon weiß. Irgendwie tut sie mir ganz schön leid. Sie ist noch ziemlich jung und will es Harold in jeder Hinsicht recht machen. Es ist doch wirklich typisch für ihn, ihr die ganze Arbeit zu überlassen. Sie soll alles allein organisieren – die Renovierung des Hauses und das Abendessen für ihn und seine wichtigen Leute. Dabei ist er sogar noch zu geizig, ihr genügend Geld zur Verfügung zu stellen."

Sie schüttelte ärgerlich den Kopf. „Mit dem, was sie ausgeben darf, kann sie niemals ein Dinner nach seinen Vorstellungen gestalten. Außerdem hat sie panische Angst, dass die Gästezimmer nicht rechtzeitig fertig werden. Stell dir vor, Harold weigert sich, den Architekten und Handwerkern ihre Zwischenrechnungen zu bezahlen, wenn sie nicht vor dem vereinbarten Termin mit den Arbeiten im Haus fertig werden. Er will seinen Gästen unbedingt alles vorführen. Es müssen für ihn sehr wichtige Leute sein."

„Wichtiger als seine Verlobte jedenfalls", bemerkte Janet scharfsinnig.

„Viel wichtiger", pflichtete Heaven bei. „Die Art, wie sie über Harold gesprochen hat, hat mir auch gezeigt, dass sie ihn kaum kennt. Ihr Vater unterhält anscheinend Geschäftsbeziehungen zu ihm. So haben sie sich kennengelernt. Und als ich die ganze Geschichte gehört hatte, war mir klar, dass sich hier die Chance meines Lebens bot, mich an Harold zu rächen. Er war schon immer für Süßes zu haben", fügte sie mit einem geheimnisvollen Lächeln hinzu.

Janet sah ihre Freundin misstrauisch an. „Heaven, du wirst doch nicht zu sehr über die Stränge schlagen?", erkundigte sie sich besorgt. Sie erinnerte sich nur zu gut daran, wie oft sie als Schulmädchen wegen Heavens Übermut in der Klemme gesessen hatten. Und schließlich hatte sie allen Grund, Harold für sein unmögliches Benehmen zu bestrafen.

„Das kommt darauf an", meinte Heaven gelassen. Aber in ihren Augen blitzte es gefährlich.

„Worauf?", fragte Janet vorsichtig.

„Was man darunter versteht."

Janet seufzte unhörbar. Nun wusste sie genauso viel wie vorher. „Ich meine, du hast doch hoffentlich nichts Ungesetzliches vor?"

Heaven zog erstaunt die Augenbrauen hoch. „Wie kommst du denn auf so eine Idee? Selbstverständlich nicht. Ich möchte lediglich Harolds Stolz verletzen. So wie er meinen verletzt hat. Du fürchtest wohl, ich könnte ihn vergiften, um dann den Rest meines Lebens im Gefängnis zuzubringen? Keine Sorge. Obwohl ..."

Janet riss erschrocken die Augen auf.

„Da gibt es doch solche Pilze …", überlegte Heaven laut.

„So etwas darfst du auf keinen Fall tun", sagte Janet rasch.

„Natürlich nicht", antwortete Heaven mit gespielter Folgsamkeit. „Es wäre wirklich nicht recht von mir. Nein, was ich vorhabe, wird ihn viel wirkungsvoller lehren, sich besser zu benehmen."

„Wenn er dich nicht vorher erkennt und an die Luft setzt", gab Janet zu bedenken.

„Das wird nicht passieren. Erstens hat Tiffany keine Ahnung, wer ich bin. Sie kennt mich nur unter dem Namen Tiggywinkle. Zweitens werde ich mich dort nirgendwo blicken lassen, denn sie bat mich darum. Harold legt offenbar Wert darauf, dass seine Gäste der Ansicht sind, seine Frau habe gekocht. Da er zu geizig ist, seine Gäste in ein teures Restaurant einzuladen oder einen exklusiven Service anzuheuern, soll das Ganze so aussehen, als sei seine Frau eine hervorragende Köchin, die ihre Gäste gern zu Hause verwöhnen möchte."

Heaven schüttelte den Kopf. „Ich bin sicher, dass er mich nicht zu Gesicht bekommen wird. Harold würde schon aus Prinzip keine Küche betreten. Außerdem müsste er dann Angst haben, dass er mich gleich bezahlen muss. Mrs. Tiggywinkle hat nämlich um Barzahlung gebeten." Sie schmunzelte. „Alles in allem halte ich die Gefahr, dass wir uns treffen könnten, für äußerst gering. Ich denke, es wird so sein, wie ich es mir vorstelle. Rache ist süß. So heißt es doch, nicht wahr? Und da Harold Süßes liebt, wird die Portion Rache für ihn besonders groß ausfallen." Heaven sah ihre Freundin zufrieden an.

„Ich wünschte, du würdest das nicht tun", sagte Janet, die sich sichtlich unwohl fühlte.

„Und ich freue mich darauf", stellte Heaven fröhlich fest. „Seit Langem habe ich mich nicht so gut gefühlt wie in den letzten Tagen. Allein die Vorstellung, dass er endlich das bekommt, was er verdient! Weihnachten wird einfach wunderbar werden." Sie ging zum Herd, wo die Uhr geklingelt hatte, und nahm ihre Weihnachtspuddings heraus.

„Obwohl du ganz allein hier bist? Das kann ich mir nicht vorstellen. Warum kommst du nicht mit zu Lloyds Eltern? Sie würden sich bestimmt freuen."

„Nein, Janet. Ich möchte lieber allein sein. Nächstes Jahr soll alles besser werden als in diesem Jahr, und irgendwie habe ich das Gefühl, dass ich mich allein und in aller Ruhe darauf vorbereiten muss."

„Na schön", meinte Janet und zuckte resigniert mit den Schultern. „Übrigens duften diese Weihnachtspuddings absolut himmlisch", fügte sie hinzu und fuhr sich genießerisch mit der Zunge über die Lippen.

„Stimmt", stellte Heaven mit einem so hintergründigen Lächeln fest, dass Janet sich insgeheim auf alles gefasst machte.

2. KAPITEL

„Ich hoffe, du lässt ihm das nicht durchgehen", erklärte Jon, während er den Brief, den er eben gelesen hatte, auf den Tisch legte.
Louisa sah ihren Bruder gequält an. Der Brief war am Morgen mit der Post gekommen und stammte von Harolds Rechtsanwalt. Sofort hatte sie Jon angerufen, um ihm alles zu erzählen, was vorgefallen war.
„Natürlich will ich das nicht. Aber was soll ich machen? Wenn er sich weiterhin weigert, für die Mädchen das Schulgeld zu bezahlen, muss ich sie woanders anmelden. Und Belle hat sowieso schon Probleme mit unserer Scheidung. Ich bin wirklich ratlos."
„Mein Gott, wenn ich mir überlege …" Jon brach ab, als er bemerkte, wie unglücklich Louisa war.
„Ich weiß genau, was du denkst", sagte sie hastig. „Ich allein bin schuld an meiner finanziellen Misere. Hätte ich Harold nicht verlassen und auf einer sofortigen Scheidung bestanden, dann hätte man eine ganz andere finanzielle Regelung durchsetzen können. Statt meinen Verstand zu gebrauchen, habe ich meinem Stolz nachgegeben."
„Die Tatsache, dass er nicht nur dir, sondern auch seinen eigenen Kindern die materielle Unterstützung verweigert, die euch zusteht, hat überhaupt nichts mit deinem Stolz, sondern lediglich mit seinem Geiz zu tun", erklärte Jon fest. Er sah seine Schwester liebevoll an. „Ich wünschte nur, ich wäre nicht ausgerechnet zum Zeitpunkt deiner Scheidung im Ausland gewesen. Wenn ich bloß wüsste, wie er den Richter davon überzeugen konnte, dass er das Geld, das dir zusteht, nicht aufbringen könnte!"
„Er hat mich in jeder Hinsicht betrogen", stellte Louisa düster fest. „Durch seine Lügen über die angebliche Affäre mit Heaven hat er mich ja erst dazu gebracht, ihn Hals über Kopf zu verlassen. Es war wirklich geschickt geplant. Ich hätte einfach bleiben sollen. Schließlich hat er ja schon öfter Frauengeschichten gehabt. Wobei das Verhältnis mit Heaven von Anfang bis Ende erlogen war", fügte

sie hastig hinzu. „Sie hat unter der ganzen Geschichte vermutlich jetzt noch viel mehr zu leiden als ich."

„Hast du sie seitdem gesehen?", erkundigte sich Jon beiläufig.

„Nur einmal", antwortete Louisa. „Wir haben uns zufällig auf der Straße getroffen. Bestimmt hatte sie nach der schrecklichen Geschichte mit Harold kein großes Interesse daran, ausgerechnet mir über den Weg zu laufen. Aber so konnte ich mich wenigstens bei ihr entschuldigen. Du wirst es nicht glauben, aber ich habe tatsächlich ein paar Freunde, die nach wie vor davon überzeugt sind, dass zwischen den beiden etwas war. Dabei habe ich alle über den wahren Sachverhalt aufgeklärt. Harold hat sich Heaven gegenüber richtig mies verhalten. Wer weiß, vielleicht hat sie ihn tatsächlich irgendwann abblitzen lassen, und das war seine Rache dafür. Jedenfalls würde es erklären, weshalb er sie öffentlich derart durch den Schmutz gezogen hat."

Sie schwieg einen Moment. „Aber bei der Sache mit dem Unterhalt bin ich wirklich völlig ratlos. Wenn ich Harolds lächerlich niedrige Zahlung akzeptiere und außerdem kein Schulgeld für die Mädchen von ihm erhalte, bin ich am Ende meiner Weisheit."

„Das Schulgeld übernehme ich selbstverständlich", erklärte Jon fest. „Schließlich handelt es sich um meine Nichten."

„Das ist sehr lieb von dir, Jon, aber du musst auch an deine Zukunft denken. Eines Tages wirst du eine Frau und eigene Kinder haben. Glaubst du, deine Frau wird begeistert sein, wenn du dann auch noch für deine Nichten aufkommen sollst?"

„Eine Frau, die das nicht versteht, kommt niemals für mich infrage", erwiderte Jon ruhig.

Louisa umarmte ihren Bruder wortlos.

„In dem Brief hier steht, dass Harold vorhat, wieder zu heiraten, und deshalb seine Zahlungen an dich reduzieren will", sagte Jon stirnrunzelnd. „Wenn er doch nur mir gegenüber offener wäre! Dann wüsste ich bald, wie es ihm ständig gelingt, seine Vermögensverhältnisse derart zu verschleiern."

„Hat er irgendwann einmal erwähnt, dass er mir weniger Geld bezahlen will?", fragte Louisa.

„Nein", antwortete Jon kopfschüttelnd. „Mit keiner Silbe. Trotz meiner Beteuerungen, dass mir an der Freundschaft mit ihm mehr liegt als an deinem Glück, ist er ziemlich zurückhaltend. Aber ich werde weiter an ihm dranbleiben. So schnell gebe ich nicht auf. Am Wochenende bin ich bei ihm zu Hause zum Essen eingeladen. Er hat mir die Einladung aus New York gefaxt. Dort hält er sich nämlich zurzeit geschäftlich auf."

„Was ist das für ein Essen?", erkundigte sich Louisa.

„Soweit ich weiß, hat seine neue Verlobte alles arrangiert. Es findet in Harolds neuem Haus in Knightsbridge statt."

„Das, was er vom Erlös unseres Hauses gekauft hat", bemerkte Louisa zornig.

„Genau", sagte Jon.

„Das arme Mädchen. Hoffentlich merkt sie noch vor der Hochzeit, was für ein mieser Kerl Harold ist", meinte Louisa bitter. „Aber was soll ich nur tun? Von unseren Eltern möchte ich nichts mehr annehmen. Sie haben schon so viel für mich getan. Genau wie Rory."

Es entging Jon nicht, dass Louisa bei der Erwähnung ihres alten Familienfreundes Rory Stevens ein wenig rot geworden war. Er wusste schon lange, dass Rory seine Schwester liebte, aber nun schien es so, als erwidere sie seine Gefühle. Seit Louisas Scheidung hatte sich Rory ganz besonders um sie bemüht und ihr geholfen, wo er nur konnte.

„Glaubst du wirklich, dass Harold dir vertraut?", fragte Louisa zweifelnd. „Nimmt er dir ab, dass du sein Verhalten in Ordnung findest?"

„Es scheint zumindest so", antwortete Jon. „Allerdings bin ich schon etwas enttäuscht. Ich hatte gehofft, inzwischen Hinweise darauf gefunden zu haben, dass er seine wahren Vermögensverhältnisse sehr schlau verbirgt, um dir weniger Geld zahlen zu müssen."

„Aber wir wissen doch, dass es so sein muss", warf Louisa ein.

„Natürlich", sagte Jon. „Aber wie sollen wir es beweisen?"

Später, als er auf dem Weg zu seiner schönen, mit antiken Möbeln ausgestatteten Wohnung in Fulham war, die er neben einem Haus in Schottland und einem Appartement in einem belgischen Schloss nahe Brüssel bewohnte, dachte er immer noch über Louisas Probleme nach.

Es ärgerte ihn maßlos, dass es Harold gelungen war, das Gesetz in dieser Art und Weise zu seinen Gunsten zu nutzen. Offensichtlich kannte er alle Tricks und Nischen, die für ihn von Vorteil waren, ganz genau. Jon fiel es auch immer schwerer, nach außen hin den Anschein von Freundschaft zu wahren, um den er sich wegen Louisa bemühte. Jedes Mal, wenn er mit Harold zusammen war, fragte er sich im Stillen, weshalb dem Mann so viel an ihrer Freundschaft lag. Vielleicht hoffte er, Louisa damit irgendwie zu kränken. Das würde ihm jedenfalls ähnlich sehen.

Nein, diesmal sollte Harold nicht mit seinen Gemeinheiten durchkommen. Jon war fest entschlossen, ihm das Handwerk zu legen. Schließlich ging es um seine Schwester und vor allem um ihre Kinder. Er konnte es einfach nicht zulassen, dass ihnen schon wieder Unrecht zugefügt wurde. Von Anfang an hätte ihnen mehr Geld zugestanden, und Harold hätte ihnen selbstverständlich das Haus zur Verfügung stellen müssen. Aber so etwas wie Anstand war ihm anscheinend völlig fremd.

Als Jon seine Autotür öffnete, fiel sein Blick zufällig auf eine zierliche, dunkelhaarige Frau, die auf dem Bürgersteig vorüberging. Ihre Locken wurden in dem kalten Dezemberwind zerzaust, und sie hüllte sich in einen Mantel, der für ihre schlanke Gestalt ein paar Nummern zu groß wirkte.

Jon hielt den Atem an. Doch als sie den Kopf drehte und er ihr Gesicht erblickte, wandte er sich enttäuscht ab. Natürlich war es nicht Heaven. Wann würde er endlich aufhören, in jeder Frau, die ihr nur im Entferntesten ähnlich sah, Heaven zu vermuten?

Heaven. Was für ein Name. Was für eine Frau. Vom ersten Moment an hatte sie ihn fasziniert. Doch sosehr er sie auch begehrte, er hatte doch instinktiv gefühlt, dass er Heaven nicht bedrängen durfte. Sie war ein Mensch, der Zeit brauchte. Zeit, um Vertrauen zu gewinnen und sich geborgen zu fühlen.

Jon erinnerte sich an jeden Moment ihres Zusammenseins, als

wäre es gestern gewesen. Heavens Lippen hatten unter der Berührung seines Mundes vor Erregung gezittert, während ihre Augen alles enthüllten, was sie empfand.

Er hatte keine Ahnung, wo sie sich jetzt aufhielt, aber es war ganz offensichtlich, dass sie nichts mit ihm zu tun haben wollte. Immerhin war er der Mann, dessen Schwager dafür verantwortlich war, dass ihr Ruf ruiniert und sie selbst in der Öffentlichkeit auf die übelste Weise bloßgestellt worden war.

Natürlich hatte Jon keine Sekunde an ihrer Unschuld gezweifelt, aber da war es schon zu spät. Sie war fort, und niemand konnte ihm sagen, wohin sie gegangen war.

Ihre Eltern, mit denen er sogleich Kontakt aufgenommen hatte, waren freundlich, aber bestimmt gewesen. Ihre Tochter wolle auf keinen Fall mit Leuten zu tun haben, die in irgendeiner Verbindung zu Harold standen. Es täte ihnen sehr leid, aber sie könnten ihm nicht sagen, wo Heaven sich aufhielt.

Fast war er schon so weit gewesen, einen Privatdetektiv zu engagieren, als ihm plötzlich bewusst wurde, was für einen Eingriff in Heavens Privatleben dies bedeutet hätte. Und nun sah er jeder jungen Frau auf der Straße nach, die ein bisschen Ähnlichkeit mit Heaven hatte.

Ob sie immer noch diesen herrlichen Sinn für Humor hatte, der ihn so fasziniert hatte? Und das koboldhafte Lächeln? Er konnte es nur hoffen. Womöglich war sie noch gar nicht über die Sache mit Harold hinweggekommen und litt noch immer unter den Folgen des Traumas, das sie erlebt hatte.

Zu gern hätte er gewusst, ob sie manchmal an ihn dachte. Wahrscheinlich nicht. Wäre er doch nicht gerade zu dem Zeitpunkt im Ausland gewesen, als hier all die schlimmen Dinge passierten. Schon oft hatte er in letzter Zeit das Schicksal verflucht, das ihm diesen Streich gespielt hatte. Aber das nützte ja nun auch nichts mehr.

Mit ein paar Frauen war er seither wieder ausgegangen, doch sie alle konnten Heaven seiner Meinung nach nicht das Wasser reichen. Obwohl er sie kaum kannte, war sie für ihn so wichtig geworden, dass jede andere Frau neben ihr verblasste. Jon fragte sich manchmal ehrlich, ob es vielleicht Hirngespinste waren, die ihn so gnadenlos verfolgten ...

Heaven stieß einen Seufzer der Erleichterung aus, als endlich auch das letzte Päckchen hinter dem Schalter der Poststelle verschwunden war. Jetzt waren alle Weihnachtspuddings pünktlich auf dem Weg zu ihren Kunden.

Es war ein schöner, frostiger Wintertag mit einem blassblauen Himmel, der sich über dem grauen Wasser der Themse wölbte. Wie immer war Heaven vom Anblick des Flusses so fasziniert, dass sie stehen blieb und gedankenverloren über das Wasser schaute. Ob ihre Vorfahren den Fluss ebenso geliebt hatten wie sie?

Die Meteorologen hatten für die nächsten Tage strengen Frost vorhergesagt. Heaven überlegte sich, wie es wohl sein mochte, wenn die Themse von einer Eisschicht überzogen war. Irgendwo hatte sie gelesen, dass man vor langer Zeit einmal auf dem zugefrorenen Fluss ein Volksfest abgehalten hatte. Um die Besucher und Schlittschuhläufer zu wärmen, waren damals glühende Kohlebecken aufgestellt worden, auf denen sogar kleine Leckereien zubereitet wurden. Dieses Fest war ein Riesenereignis für Jung und Alt gewesen.

Was mochte es damals wohl zu essen gegeben haben? Wahrscheinlich einige Fischgerichte wie zum Beispiel Aal und Weißfisch, verschiedene Sorten von Brot und Kuchen sowie leckere Pasteten und allerlei süße Naschereien.

Das Wasser lief ihr im Mund zusammen, wenn sie an die herrlichen Rezepte dachte, die sich in ihrem Kochbuch aus dem 18. Jahrhundert fanden. Sie hatte es von ihren Eltern zu ihrem einundzwanzigsten Geburtstag bekommen und war sofort begeistert davon gewesen. Allein die Zutaten zu den einzelnen Gerichten ließen Bilder wie aus Tausendundeiner Nacht auferstehen. Im Geist sah sie mächtige Handelsschiffe, die mit exotischen Gewürzen aus aller Welt beladen nach London einfuhren.

Heaven riss sich seufzend aus ihren Gedanken. Heute Nachmittag traf sie sich mit Tiffany Simons, um das geplante Menü in allen

Einzelheiten zu besprechen. Sie hatte nur noch bis zum Ende der Woche Zeit, um ihre Einkäufe zu erledigen und sich mit der fremden Küche vertraut zu machen. Das war nicht mehr allzu lange, aber es würde reichen.

Rasch drehte sich Heaven um und eilte nach Hause. Sie dachte jetzt nur noch an das, was vor ihr lag.

„Was ist in so einem Weihnachtspudding eigentlich alles drin?", erkundigte sich Tiffany mit gerunzelter Stirn.

Die beiden Frauen saßen sich am Küchentisch in Harolds neuem Haus gegenüber. Wie Tiffany sogleich betont hatte, würde es nach der Hochzeit natürlich auch ihr Haus sein.

„Meine Eltern sind ziemlich altmodisch", hatte sie Heaven leise seufzend anvertraut. „Es würde ihnen ganz und gar nicht gefallen, wenn ich schon vor der Hochzeit bei einem Mann einziehe. Meine Mum war schon vierzig, als ich geboren wurde. Damals hatten sie die Hoffnung auf ein Kind schon fast aufgegeben. Vielleicht ist das der Grund dafür, dass sie mich immer beschützen möchten."

Nicht gut genug, dachte Heaven schaudernd, als Harolds Bild vor ihr erschien. Er war bestimmt nicht der richtige Mann für Tiffany.

„Weihnachtspudding ist eigentlich eine Art Kuchen, der nach einem traditionellen Rezept zubereitet wird", kam Heaven auf Tiffanys Frage zurück. „Es handelt sich dabei um einen sehr reichhaltigen, schweren Teig mit Früchten, Nüssen und vielen Gewürzen. Die meisten Männer sind absolut verrückt danach", fügte sie mit einem Blick auf Tiffanys Gesicht hinzu. Sofort hellte sich Tiffanys Miene auf.

„Dann ist es ja gut", erklärte sie eifrig. „Ich verstehe nämlich nicht sehr viel vom Kochen. Deshalb meinte Harold ja auch, dass ich mir jemanden holen sollte. Dieses Dinner ist ziemlich wichtig für ihn. Harold bringt Geschäftsfreunde aus Amerika mit, die seine Firma kaufen wollen."

Sie strahlte Heaven voller Stolz an. „Er entwickelt Software, wissen Sie. Und er ist furchtbar klug. Selbst wenn er den Laden verkauft, wird er sein neu entwickeltes Softwareprogramm auf jeden Fall selbst behalten. Das hat er mir genau erklärt. Er kann es zwar dann nicht gleich in Amerika verkaufen, aber die Märkte in Taiwan und im Mittleren Osten sind genauso gut."

Heaven schlug die Augen nieder, um Tiffany ihre wahren Gefühle nicht allzu deutlich zu zeigen. Es bestand wohl nicht der geringste Zweifel daran, dass Harold wusste, wie man Geschäfte machte, die sich lohnten. Andere Menschen waren ihm dabei vollkommen egal. Hauptsache, für ihn sprang genug dabei heraus.

Während sie Tiffanys Schwärmereien über Harolds angebliche Klugheit zuhörte, merkte sie plötzlich, dass ihr das Mädchen richtig leidtat. Sie hatte wirklich keine Ahnung, worauf sie sich einließ. Auf der anderen Seite war es sonnenklar, warum Harold sich ausgerechnet Tiffany als zukünftige Frau ausgesucht hatte. Sie war nämlich nicht nur sehr hübsch, sondern auch maßlos naiv.

„Es bleibt also alles so, wie wir es besprochen haben", stellte Heaven zufrieden fest. Sie suchte die Notizen zusammen, die sie sich im Lauf des Gesprächs mit Tiffany gemacht hatte, und ließ währenddessen ihren Blick prüfend durch die Küche schweifen. Es war wichtig, dass auch wirklich alles da war, was sie zum Kochen brauchte.

Das halblaut geführte Telefongespräch zwischen Tiffany und der Firma, deren Vertreter vor ein paar Minuten angerufen hatte, war ihr allerdings nicht entgangen. Es hatte offenbart, dass die gesamte Küche mit Einrichtung und Geräten noch nicht bezahlt worden war. Typisch Harold.

„Auf jeden Fall", versicherte ihr Tiffany strahlend. „Vor allem der Weihnachtspudding darf nicht fehlen. Harold liebt süße Speisen."

Das Menü, auf das sie sich letztendlich geeinigt hatten, war eigentlich ganz einfach: Als Vorspeise sollte es eine Suppe geben, gefolgt von Fisch und dem Hauptgang: Fleisch mit Gemüse der Saison. Anschließend daran würde Tiffany als krönenden Abschluss den Weihnachtspudding auftragen, Mrs. Tiggywinkles Meisterwerk.

„Und Sie werden alles so weit fertig haben, dass ich einen Gang nach dem anderen servieren kann?", wollte Tiffany noch einmal aufgeregt wissen.

„Aber ja", antwortete Heaven. „Sie brauchen sich keine Sorgen zu machen. Es wird alles rechtzeitig fertig sein. Kein Mensch wird jemals auf die Idee kommen, dass Sie nicht selbst gekocht haben."

Einen Moment lang hatte Heaven Gewissensbisse, wenn sie daran dachte, dass man der armen Tiffany die Schuld für das geben würde, was sie als Rache an Harold plante. Auf der anderen Seite wusste zumindest Harold ganz genau, dass seine Verlobte nichts mit der Zubereitung der Speisen zu tun hatte. Vermutlich würde er versuchen herauszufinden, wer für das Essen verantwortlich war. Aber da gab es nur Mrs. Tiggywinkle ...

Tiffany war plötzlich rot geworden. „Irgendwie ist mir das Ganze schon ziemlich peinlich", begann sie verlegen. „Solche Schwindeleien sind eigentlich nicht mein Stil. Aber Harold meint, dass der Abend unbedingt ein großer Erfolg für ihn werden muss. Und diese Amerikaner lieben nun einmal nichts mehr als ein hausgemachtes Essen, möglichst nach alten Familienrezepten zubereitet."

„Bleibt es bei acht Personen?", erkundigte sich Heaven.

„Ja. Harold und ich, die drei Geschäftsfreunde aus Amerika, sein Buchhalter mit Frau und ein Freund von Harold. Er ist, glaube ich, Finanzberater."

Den Finanzberater kannte Heaven nicht, aber der Buchhalter und vor allem seine Frau waren ihr bestens bekannt. Sie war eine habsüchtige, bösartige Frau, die nicht davor zurückschreckte, über andere in übelster Weise herzuziehen. Mehr als einmal hatte Heaven gehört, wie sie Louisa und die Kinder bei Harold schlechtgemacht hatte. Sie hatte sogar versucht, sich in Heavens Arbeit einzumischen. Abgesehen davon war sie eine fürchterliche Klatschtante und hatte es genossen, die erfundenen Geschichten über Heaven und Harold überall zu verbreiten.

Heaven freute sich diebisch, dass diese unangenehme Person Harolds Schicksal teilen würde. Sie lächelte Tiffany zu und stand auf. Die junge Frau war eigentlich recht nett. Heaven merkte, dass sie sie mochte. Vielleicht fand sich eine Möglichkeit, sie vom Weihnachtspudding zu verschonen.

Nicht, dass Heavens Pudding schlecht oder gar ungenießbar gewesen wäre! Jedenfalls normalerweise nicht. Aber für dieses ganz spezielle Abendessen sollten es auch ganz besondere Zutaten werden ...

3. KAPITEL

Nervös strich Heaven mit beiden Händen über die gestärkte weiße Schürze, die sie über dem schlichten schwarzen Kleid trug.

Dabei war es nicht etwa Lampenfieber wegen des bevorstehenden Essens, das ihr bei jedem Geräusch, welches hinter der geschlossenen Küchentür zu hören war, Magenschmerzen bereitete. Nein, sie hatte einfach Angst, irgendwann im Lauf des Abends von Harold entdeckt und hinausgeworfen zu werden. So sicher, wie sie Janet gegenüber immer getan hatte, war sie sich ihres Plans nämlich keineswegs. Janet hatte ihr inzwischen schon öfter die peinliche Situation ausgemalt, in die sie durch irgendeinen dummen Zufall mit Leichtigkeit geraten könnte.

„Harold wird nicht in die Küche kommen", hatte Heaven ihrer Freundin versichert. „Er prahlt ja sogar damit, dass er kaum den Kühlschrank finden kann. Freiwillig setzt der keinen Fuß in eine Küche. Schon gar nicht in seine eigene."

Und obwohl Tiffany ihr auch schon gesagt hatte, dass sie Harold wohl kaum zu Gesicht bekommen würde, blieb die Nervosität.

„Dieses Geschäft mit den Amerikanern ist unglaublich wichtig für Harold", sagte Tiffany zum wiederholten Mal. „Deswegen wird er auch den ganzen Abend für nichts und niemand anderen Zeit haben. Wahrscheinlich wird er sich sogar kaum um mich kümmern. Er hat mir erzählt, dass er den Vertrag bis zum Jahresende unter Dach und Fach haben muss. Es hat irgendwas mit dem Patent zu tun, das er für seine neue Software anmelden will", erklärte sie unbestimmt.

Tiffany hatte Heaven in den letzten paar Tagen eine ganze Menge über sich und ihre Beziehung zu Harold erzählt. Jedes Mal, wenn Heaven ihr zuhörte, wurde ihr mehr und mehr bewusst, wie einsam Tiffany im Grunde war. Offensichtlich hatte sie kaum Freunde, geschweige denn einen Menschen, dem sie wirklich vertrauen und ihr Herz ausschütten konnte. In vieler Hinsicht wirkte sie unglaublich weltfremd und naiv, sodass Heaven manchmal das Gefühl hatte, mit ihren dreiundzwanzig Jahren um vieles reifer zu sein als die nur um zwei Jahre jüngere Frau.

Als sich die Küchentür öffnete, spannte sich jeder Muskel in Heavens Körper an. Sie drehte sich rasch um, um ihr Gesicht nicht zu zeigen, doch es war nur Tiffany, die aufgeregt hereinkam.

„Harold hat eben vom Flughafen aus angerufen!", rief sie atemlos. „Sie machen sich jetzt auf den Weg. Pünktlich um halb neun soll das Essen auf dem Tisch stehen."

„Das geht klar", antwortete Heaven so ruhig wie möglich, während ihr Herz heftig klopfte.

„Jetzt ist es acht Uhr", meinte Tiffany mit einem Blick auf die Uhr. Ihre Stimme zitterte vor Nervosität. „Ich werde mich vorsichtshalber schon einmal an der Haustür aufstellen. Vielleicht kommt irgendjemand doch ein paar Minuten eher. Ein Glück, dass wenigstens alle Gästezimmer fertig sind."

Heaven lächelte sie verständnisvoll an. Was würde Harold wohl sagen, wenn er wüsste, dass zwar die Schlafzimmer fertig und auch alle angrenzenden Badezimmer vollständig eingerichtet waren, aber leider ohne Anschluss an die Kanalisation. Inklusive der Toiletten.

Der Chef der Firma, die alle Klempnerarbeiten ausgeführt hatte, war vor Wut über Harolds Verhalten fast geplatzt. Harold hatte sich nämlich geweigert, auch nur einen Pfennig zu bezahlen, bevor er nicht selbst alles genauestens inspiziert hatte. So hatte man einfach alle Sanitäreinrichtungen ohne Anschluss gelassen.

„Sie wissen doch, dass Gäste hier übernachten werden, oder?", hatte Heaven besorgt gefragt, als ihr der Meister bei einer Tasse Kaffee in der Küche sein Herz ausgeschüttet hatte.

„Klar weiß ich das, aber da müssen sie eben mit der unteren Toilette auskommen", war sein Kommentar gewesen. „Die ist ja schließlich in Ordnung." Er zwinkerte Heaven verschwörerisch zu.

Heaven überlegte, ob es ihre Pflicht gewesen wäre, Tiffany über diesen Umstand aufzuklären. Aber hatte das arme Mädchen nicht schon genug um die Ohren?

Sie schrak zusammen, als plötzlich die Haustürklingel ertönte. Nun war es zu spät, sich noch anders zu entscheiden. Alles war bereit. Wirklich alles ...

Ihr Blick wanderte zu dem Kochfeld, wo der Weihnachtspudding friedlich vor sich hin dampfte.

Figgy Pudding ...

Ein köstliches Gericht mit reichhaltigen Zutaten. Mandeln, Kirschen und andere Köstlichkeiten waren darin zu finden. Und diesmal hatte sie noch ein paar Extras hinzugefügt. Eine große Portion Paraffinöl, eine ebenso reichliche Portion Abführmittel aus Faulbaumextrakt und ein großes Glas Sherry, um den Geschmack zu überdecken.

Heaven lächelte, als sie sich die Wirkung ihrer Zutaten ausmalte. Tatsächlich würden es Harold und seine Freunde sehr unangenehm finden, dass die Toiletten nicht angeschlossen waren ...

Nicht, dass jemand ernsthaft zu Schaden kommen würde. Sie hatte genau darauf geachtet, nicht etwa zu viel Abführmittel in den Weihnachtspudding zu geben. Aber es reichte, um sie alle schrecklich in Verlegenheit zu bringen.

Natürlich würde Harold vor Wut schäumen und alles daransetzen, sie in irgendeiner Weise zu belangen. Doch da hatte er Pech. Bevor es so weit kommen konnte, war sie schon lange verschwunden. Und überhaupt – mehr als den Namen Mrs. Tiggywinkle gab es in diesem Zusammenhang nicht.

Heaven bedauerte es keine Sekunde, dass sie einen Teil ihres sauer verdienten Geldes in die Extrazutaten gesteckt hatte. Wenigstens einmal im Leben würde Harold auf diese Weise für seine Taten bestraft werden.

Allerdings war sie sehr erleichtert gewesen, als Tiffany verkündet hatte, dass sie nichts von der Nachspeise essen werde.

„Bestimmt schmeckt der Pudding fantastisch, aber Harold möchte nicht, dass ich zunehme", hatte sie Heaven anvertraut.

Freundlich lächelnd stellte sich Jon Tiffany vor. Er war erstaunt darüber, wie jung und unsicher sie wirkte. Mit Sicherheit konnte sie

Harold in keiner Hinsicht das Wasser reichen. Armes Kind. Sie war überhaupt nicht in der Lage, ihre Nervosität zu verbergen. Ihre Bewegungen waren fahrig und unkonzentriert, ihr Blick wirkte gehetzt. Ständig sah sie auf die Uhr. Obwohl sie eigentlich ganz hübsch war, konnte Jon ihr nicht viel abgewinnen.

„Bin ich der erste Gast?", erkundigte er sich, während Tiffany ihm den Mantel abnahm.

„Ja. Aber Harold müsste auch gleich kommen. Sein Flug war etwas verspätet."

„Das wundert mich nicht. In New York hat es anscheinend heftige Schneefälle gegeben. Übrigens hat man für England auch Schnee angesagt. Das wäre seit vielen Jahren die erste weiße Weihnacht." Jon lächelte. „Harold wird also Geschäftsfreunde aus Amerika mitbringen?", fragte er.

„Ja. Es handelt sich um die Leute, denen er seine Firma verkaufen will." Tiffany wurde rot vor Verlegenheit. „Eigentlich soll ich nicht darüber reden. Aber Sie sind doch Freunde, nicht wahr?"

„Keine Sorge", versicherte ihr Jon. „Das ist schon in Ordnung."

Harold wollte also verkaufen. Eine Firma, die nach seinen Angaben, die er vor dem Scheidungsrichter gemacht hatte, tief in den roten Zahlen steckte. Interessant. Wer würde ein solches Unternehmen wohl kaufen wollen? Und warum? Jon war plötzlich klar, dass dies ein sehr aufschlussreicher Abend werden könnte.

Tiffany, die inzwischen seinen Mantel aufgehängt hatte und ihn fragte, was er trinken wolle, schreckte ihn aus seinen Gedanken.

Er folgte ihr in den Salon. Als sie an der halb geöffneten Tür des Esszimmers vorbeikamen, erstarrte er für einen Moment. Die Möbel, die seine Eltern Louisa geschenkt hatten, standen an ihrem gewohnten Platz. Als Louisa das Haus verlassen hatte, hatte Harold ihr die Möbelstücke mit der Begründung verweigert, dass ja alles ihnen gemeinsam gehören würde. Sie habe durch ihr Verhalten ihr Recht auf irgendwelche Dinge aus dem Haus verspielt.

Natürlich hatte Louisa alles darangesetzt, ihr Hab und Gut wiederzubekommen. Sie hatte sogar einen Möbelwagen gemietet und war während Harolds Abwesenheit zum Haus gefahren, um ihre

Möbel zurückzufordern. Da alle Schlösser inzwischen ausgewechselt waren, hatte Louisa so lange an die Tür gehämmert, bis ihr die Haushälterin aufmachte. Doch es war umsonst. Wie sie Jon später erzählte, hatte Harold die wertvolle Esszimmereinrichtung beiseitegeschafft und durch billige, hässliche Möbel ersetzt.

Heaven hörte Gesprächsfetzen durch die angelehnte Küchentür. Gerade als sie die Tür schließen wollte, drang eine vertraute Stimme an ihr Ohr und ließ sie für einen Moment wie versteinert dastehen. Es war die tiefe, warme Stimme eines Mannes, den sie kannte und sehr mochte.

Natürlich irrte sie sich. Es konnte unmöglich Jon sein. Schließlich war er Louisas Bruder und hatte in diesem Haus bestimmt keine Freunde.

Trotzdem brachte es Heaven nicht fertig, von der Tür wegzugehen. Während sie lauschte, stiegen Bilder aus der Vergangenheit vor ihr auf, die sie lange Zeit verdrängt hatte. Bald fühlte sie einen Kloß im Hals, der nichts mit ihrer Nervosität wegen Harold, sondern sehr viel mit der Erinnerung an Jon zu tun hatte. Heaven merkte plötzlich, wie viel er ihr bedeutet hatte. Was wäre gewesen, wenn …

Ich muss aufhören zu träumen, ermahnte sie sich streng. Mit aller Macht musste sie sich zusammenreißen, um jetzt nicht die Kontrolle über ihre Gefühle zu verlieren. So etwas konnte sie sich heute Abend wahrhaftig nicht leisten. Sie durfte doch nicht vergessen, weshalb sie hier war.

Tiffany stand mittlerweile immer noch mit Jon im Salon und wunderte sich darüber, dass er so nachdenklich war. Und warum hatte er nach einem Blick ins Esszimmer derart schockiert ausgesehen? Die Türglocke riss sie aus ihren Gedanken. Rasch eilte sie hinaus, um zu öffnen.

Es war Harolds Buchhalter mit seiner Frau. Jon mochte beide nicht besonders, aber er ließ sich so etwas prinzipiell nicht anmerken.

„Na, ist der alte Junge noch nicht da?", erkundigte sich Jeremy Parton, als er eingetreten war. Er stellte sich vor den Kamin, in dem rot glühende, künstliche Holzscheite eine behagliche Atmosphäre verbreiten sollten, und rieb sich die Hände.

„Nein, ich hoffe aber, dass er bald kommt", bemerkte Tiffany besorgt. „Er hat mir extra gesagt, dass er pünktlich um halb neun essen möchte."

„Wen haben Sie denn für das Dinner engagiert, meine Liebe?", unterbrach Freda Parton unhöflich das Gespräch. „Manche haben einen furchtbar schlechten Service und Wahnsinnspreise. Und dann das Essen ..." Sie verdrehte die Augen.

„Ich ...", begann Tiffany, aber weiter kam sie nicht.

„Ganz sicher nicht unsere süße, kleine, allseits bekannte Nymphomanin", kicherte Jeremy. „Dabei soll sie ja auch eine tolle Köchin gewesen sein." Grinsend sah er von einem zum anderen.

Jon hatte Mühe, sich zu beherrschen. Dieses Gesicht reizte förmlich zum Schlagen, obwohl körperliche Auseinandersetzungen sonst ganz und gar nicht Jons Stil waren. Eigentlich ließ er sich normalerweise auch nicht so schnell provozieren, aber dieser Kerl raubte einem wirklich die Selbstbeherrschung.

„Jeremy, das reicht", warnte Freda Parton ihren Mann.

„Ach, hör schon auf! Es weiß doch jeder, dass unser guter Harold ganz heiß auf die Kleine war. Ehrlich gesagt, hätte ich mich von der auch gerne einmal bedienen lassen."

„Jeremy!", rief Freda zornig. Sie wandte sich an Tiffany, die beschämt und verwirrt danebenstand.

„Jeremy macht nur Spaß, mein Kind", bemerkte sie freundlich. „Er meint die junge Frau, die Harolds erste Ehe zerstört hat. Eine hinterlistige, durchtriebene Person, die Harold böswillig in eine Falle gelockt hat. Sie hat ihn nach allen Regeln der Kunst verführt."

„Davon hat er mir nie etwas erzählt", stammelte Tiffany.

Freda schoss ihrem Mann einen vernichtenden Blick zu und legte Tiffany den Arm um die Schulter. „Natürlich nicht. Er ist wahrscheinlich heilfroh, dass die Sache hinter ihm liegt. Wobei er sich wirklich nichts vorzuwerfen hat. Na ja, wir wissen doch alle, wie Männer so sind. Und Louisa hätte ja auch ein bisschen genauer hinsehen können. Wie geht es Ihrer Schwester denn eigentlich, Jon?", fragte sie betont mitfühlend.

„Hervorragend, danke", erwiderte Jon ruhig. „Sie wird die Feiertage mit den Kindern bei unseren Eltern verbringen."

Er lächelte Tiffany an. „Louisa, Harolds erste Frau, ist meine Schwester", erklärte er.

Die junge Frau wurde blutrot vor Verlegenheit. „Oh, das wusste ich nicht", stotterte sie, aber Jeremy mischte sich schon wieder angriffslustig ein.

„Manche Leute finden es ja schon etwas merkwürdig, dass Sie noch immer so enge Beziehungen zu Harold unterhalten", meinte Jeremy gehässig. „Nach allem, was zwischen ihm und Ihrer Schwester vorgefallen ist."

„Ich bin Geschäftsmann", gab Jon seelenruhig zurück. „Meine Gefühle haben nichts mit meiner Arbeit zu tun. Harold und ich haben einige gute Geschäfte miteinander gemacht."

„Aha. Und Sie hoffen wohl auf mehr, was? Da könnten Sie heute Abend sogar Glück haben. Er hat Sie doch sicher deshalb eingeladen, damit bei seinem geplanten Verkauf finanziell nichts schiefgehen kann."

Jons Nackenhaare sträubten sich wie bei einem wütenden Hund, während er Jeremy regungslos ansah. Zum Glück funktionierte seine Selbstbeherrschung hervorragend, auch wenn es ihm jetzt gerade sehr schwerfiel. „Ich werde Harold selbstverständlich so beraten, wie er es wünscht. Will er denn die ganze Firma verkaufen?"

„Alles", bestätigte Jeremy. Er reckte den Hals, als die Lichter eines Autos, das vor dem Haus hielt, hinter dem Fenster sichtbar wurden.

„Das ist Harold", verkündete Tiffany erleichtert. „Ich mache auf."

Zwanzig nach acht. Heaven hatte Harolds laute, aggressive Stimme sofort erkannt. Gleich würde Tiffany erscheinen, um die Suppenteller zu holen. Während die Gäste ihre Suppe aßen, würde genug Zeit bleiben, um das Fischgericht für den zweiten Gang fertigzustellen, das bereits in Vorbereitung war. Auf dieses Gericht war Heaven besonders stolz. Es hatte stets viel Lob geerntet.

„Die Suppe war köstlich", sagte Tiffany strahlend, als sie mit den leeren Tellern zurück in die Küche kam. „Alle waren begeistert."

„Prima. Dann werden sie vom Fisch absolut hingerissen sein", versprach Heaven lachend.

„Freda Parton will schon die ganze Zeit wissen, wen ich für das Dinner engagiert habe", klagte Tiffany. „Ich habe ihr schließlich erzählt, dass eine Freundin mir geholfen hätte. Eigentlich stimmt es ja beinahe. Ich finde, wir haben uns doch wirklich ein bisschen angefreundet, oder?", schloss sie zaghaft.

Heaven lächelte stumm. Es berührte sie, dass sie so sehr das Gefühl hatte, die junge Frau beschützen zu müssen. Wie hatte sie sich nur mit einem Mann wie Harold einlassen können? Andererseits war Louisa sicher auch einmal in ihn verliebt gewesen, obwohl Jon seinen Schwager nie besonders gemocht hatte. Das hatte Heaven von Anfang an instinktiv gespürt. Jon ... Was fiel ihr ein, über Jon und längst vergangene Tage nachzudenken, wenn sie sich auf ihre Arbeit konzentrieren musste?

Jetzt war bald der Hauptgang an der Reihe und dann das Dessert ... In Heavens Magen krampfte sich irgendetwas zusammen. Um sich abzulenken, begann sie, das gebrauchte Geschirr und das schmutzige Besteck wegzuräumen. Sie hatte gerade den letzten Teller in die Spülmaschine gestellt, als Tiffany die Küche betrat.

Jon verfolgte die Unterhaltung zwischen Harold und seinen amerikanischen Geschäftsfreunden mit größter Aufmerksamkeit. Noch hatte sich kein Anhaltspunkt für sein Misstrauen ergeben, doch er war sicher, dass Harold irgendetwas verbarg. Und dass man ihm nicht trauen durfte, war sowieso klar.

Tiffany, die erhitzt und nervös aussah, brachte gerade den Nachtisch herein. Weihnachtspudding. Jon schüttelte dankend den Kopf, als sie nach seinem Dessertteller griff. Er hatte sich noch nie viel aus Süßem gemacht. Harold hingegen verlangte gleich eine extragroße Portion.

„Das war ein absolut fantastisches Essen", rief einer der Amerikaner enthusiastisch, nachdem er seinen Löffel aus der Hand gelegt hatte.

Charmant bedankte er sich bei Tiffany und erbot sich, ihr beim Hinaustragen des schmutzigen Geschirrs behilflich zu sein. Harold erinnerte derweil Tiffany daran, dass er Käse und Gebäck für die Herren in seinem Arbeitszimmer wünschte.

In der Küche seufzte Heaven vor Erleichterung laut auf. Jetzt brauchte sie nur noch für Kaffee, Gebäck und Käse zu sorgen. Dann konnte sie das Haus endlich verlassen – rechtzeitig vor der Katastrophe, die sie in Gang gesetzt hatte!

Erschrocken drehte sie sich um, als sie die Stimme eines Mannes an der Küchentür hörte. Zum Glück war es nicht Harold, der mit Tiffany den Raum betrat, sondern einer der amerikanischen Gäste.

„Wer ist denn das?", verlangte er zu wissen und zeigte auf Heaven. Anscheinend hatte er schon reichlich getrunken.

„Ich habe Tiffany nur ein wenig geholfen", antwortete Heaven schnell.

„Aha. Verstehe. Sagen Sie mal, ist das nicht der Superpudding, den wir eben zum Nachtisch hatten?", rief er plötzlich aus und griff nach dem Teller mit dem restlichen Weihnachtspudding, den er eben auf dem Tisch entdeckt hatte. „Den müssen Sie einfach probieren", wandte er sich an Heaven. „Er ist einmalig." Und zu Heavens Entsetzen hielt er ihr gleich darauf einen Löffel voll vor den Mund.

Sie trat einen Schritt zurück. Wie sollte sie sich jetzt bloß anständig aus der Affäre ziehen?

„Mr. Rosenbaum", ertönte Tiffanys ängstliches Stimmchen hinter ihnen. „Eddie ... Wir sollten jetzt wieder hineingehen. Harold wartet auf Sie."

„Wo zum Teufel bleibt Tiffany mit dem Käse?", schnaubte Harold. „Jon, sei bitte so freundlich und sieh nach, was los ist. Aber gleich, ja?"

Jon knirschte unhörbar mit den Zähnen, während er sich langsam erhob. Leider durfte er nicht der Versuchung nachgeben, Harold so zu behandeln, wie er es verdiente. Er war es Louisa schuldig, die Wahrheit über seinen Exschwager herauszufinden, und dazu brauchte er Harolds uneingeschränktes Vertrauen. Also stand er auf und ging zur Küche. Das hämische Grinsen, das Jeremy Parton ihm dabei zuwarf, entging ihm nicht.

Grimmig stieß er die Küchentür auf und blieb abrupt stehen, als er Heaven vor sich sah.

Totenblass vor Schreck starrte ihn Heaven an. Einen Moment lang fürchtete sie, ohnmächtig zu werden. Was zum Teufel machte Jon in diesem Haus?

„Oh, Jon, gut, dass du kommst. Harold wartet bestimmt schon, nicht wahr?", zwitscherte Tiffany erleichtert.

„Allerdings", gab Jon zurück. „Ich soll fragen, was aus dem Käse geworden ist."

Wie angestochen begann Tiffany, in der Küche herumzurennen und hektisch Kaffee und Gebäck zusammenzusuchen.

Der Amerikaner, der einen Verbündeten witterte, wandte sich an Jon. „Sie will den Pudding nicht probieren", beklagte er sich, noch immer mit dem Löffel in der Hand.

„Ich kann nicht. Ich bin allergisch gegen Nüsse, und in diesem Teig sind Mandeln." Eine bessere Ausrede war Heaven auf die Schnelle nicht eingefallen. Der Blick, den Jon ihr daraufhin zuwarf, sprach allerdings Bände. Er glaubte ihr kein Wort. Stumm griff er an ihr vorbei und nahm dem Amerikaner energisch den Löffel aus der Hand. „Harold möchte mit Ihnen reden", sagte er freundlich, aber bestimmt.

Gehorsam drehte sich der Mann um und verließ den Raum. Zu Heavens Bestürzung folgte ihm Jon jedoch nicht. Er blieb einfach stehen, wo er war.

„Heaven?", fragte Tiffany. „Ist alles in Ordnung?"

„Harold wartet, Tiffany", mahnte Jon.

Tiffany nickte. „Ich gehe ja schon." Sie nahm den Servierwagen und verschwand aus der Küche, wo Heaven nun mit Jon allein war.

Sein Ton ließ keinen Zweifel daran, dass er nicht zu Späßen aufgelegt war. „Was haben Sie mit dem Nachtisch gemacht, Heaven?", fragte Jon langsam.

Die Küche schien plötzlich viel zu klein für sie beide. Heaven schluckte. „Wie meinen Sie das?", begann sie vorsichtig. „Nichts. Was soll ich denn gemacht haben?"
Verzweifelt versuchte sie einen Blick auf die Uhr zu werfen, ohne dass er es merkte. Wie viel Zeit blieb ihr wohl noch bis zum Ausbruch des Desasters? Hätte sie doch nur gehen können, bevor Jon auf der Bildfläche auftauchte!

Heavens Herz schlug wie wild. Sie musste um jeden Preis aus dem Haus sein, bevor ihre Extrazutaten zu wirken begannen. Und es konnte jeden Moment so weit sein ...

Wie sie sich erinnerte, neigte Harold zum Jähzorn. Sie hatte es zwar nie erlebt, dass er tätlich wurde, würde ihm aber in der Hinsicht einiges zutrauen. Schon öfter hatte sie gedacht, dass man seine Bereitschaft zur Gewalt besonders an den Augen ablesen konnte.

„Sie wollten nichts essen", bemerkte Jon. „Wieso?"

„Das habe ich doch schon gesagt", versuchte Heaven zu erklären. „Ich ... ich bin allergisch gegen Nüsse." Inständig hoffte sie, dass er ihre Verlegenheit nicht als Schuldgeständnis werten würde. Nun wurde sie zu allem Überfluss auch noch rot!

„Aber als wir beide damals miteinander im Restaurant waren, haben Sie auch ein Dessert mit Nüssen gegessen. Das weiß ich ganz genau. Und da waren Sie nicht allergisch. Sie haben nicht einmal etwas davon erwähnt", sagte er leise.

Heaven sah ihn verblüfft an. Sie hatte nicht erwartet, dass er sich daran erinnern könnte. Sie selbst hätte jedes Wort aufschreiben können, das an jenem Abend gesprochen wurde. Aber das war ja auch kein Wunder ...

„Sagen Sie, wie viel haben Sie von dem Pudding gegessen?", brachte Heaven mühsam hervor.

„Ich? Gar nichts", antwortete Jon. „Erstens hatte ich keinen Hunger mehr, und zweitens mag ich Süßes nicht besonders."

„Nichts", wiederholte Heaven unendlich erleichtert. „Wirklich nichts? Sind Sie ganz sicher?"

„Natürlich bin ich sicher", gab Jon zurück. „Und jetzt frage ich Sie zum letzten Mal: Was war in dem Pudding?"

Heaven wagte nicht, ihn anzusehen. Sie wusste, dass es jetzt kein Entkommen mehr gab. Jon wollte die Wahrheit wissen, und er würde so lange warten, bis sie alles gebeichtet hatte.

„Ich habe Abführmittel und Paraffinöl daruntergemischt", erklärte Heaven mit tonloser Stimme.

„Was?", fragte Jon entgeistert. Es war ihm anzusehen, dass er Heaven nur schwer glauben konnte.

„Es stimmt", sagte Heaven. „Abführmittel und Paraffinöl." Sie blickte Jon schuldbewusst an. Dann holte sie tief Luft. Wenn er schon das meiste wusste, konnte er auch den Rest erfahren. „Und außerdem hat Harold die Klempnerfirma nicht bezahlt. Deswegen sind die Abflüsse in den Toiletten nicht angeschlossen."

„Mein Gott ..." Mehr konnte Jon nicht sagen.

In dem Moment hörte Heaven draußen Schritte. Jemand würde gleich die Küche betreten. Panisch sah sie sich um.

„Jon, ich ..." Das Wort blieb ihr im Hals stecken, als sie die Stimme vor der Tür erkannte. Es war Harolds Buchhalter. Natürlich würde er sie erkennen. Sie saß in der Falle!

Jon erfasste die Lage blitzschnell. Als die Tür aufschwang und der Mann hereinkam, riss Jon Heaven in seine Arme und drückte ihren Kopf gegen seine Schulter. Nun konnte niemand ihr Gesicht sehen.

„Was um alles ...", begann sie, aber Jon neigte den Kopf und küsste sie, sodass sie nichts mehr sagen konnte. Es war kein Kuss aus taktischen Gründen, so viel stand fest. Seine Lippen strichen zuerst sanft über ihren Mund, bevor seine Zunge sie liebkoste. Heaven wurde schwindlig, ihre Knie zitterten. Wie heiße Schokoladensoße auf Eiscreme, schoss es ihr durch den Kopf, als sein Kuss drängender und leidenschaftlicher wurde.

„Was zum Teufel ist hier eigentlich los?", ertönte plötzlich Harolds Stimme in der Nähe. Heaven stand augenblicklich wie erstarrt. Es war klar, dass er gekommen war, um nach seinen Gästen zu sehen, die einer nach dem anderen vom Tisch verschwunden waren. Instinktiv kuschelte sich Heaven noch enger an Jon. Sie hatte unaussprechliche Angst, von Harold entdeckt zu werden.

„Wer ist das?", wollte Harold von Jon wissen.

„Meine Freundin, Harold", erklärte Jon geistesgegenwärtig. „Ich habe sie gebeten, mich nachher nach Hause zu fahren. Ich kann es mir nicht leisten, den Führerschein zu verlieren."

„So, deine Freundin", wiederholte Harold verächtlich. „Weißt du was? Du kannst es dir mit Sicherheit nicht leisten, jetzt einfach hier in der Küche herumzustehen und mit deiner Lady zu knutschen. Es gibt ein paar wichtigere Dinge zu tun. Sex kannst du hinterher haben und ..." Harold hörte mitten im Satz auf zu sprechen und griff sich an den Magen. Er war kreidebleich geworden.

„O Gott ... o Gott ...", stöhnte er und wankte aus der Tür. Dann hörten sie ihn den Flur entlangrennen.

Draußen in der Diele war jetzt die Hölle los. Besonders schlimm hatte es die Männer erwischt. Ächzend und stöhnend hielten sie sich die Bäuche. Offensichtlich litten sie unter erheblichen Schmerzen.

„Komm", befahl Jon und schob Heaven zur Hintertür. Energisch hielt er ihren Arm fest, als hätte er Angst, sie könne ihm davonlaufen. Als sie sich unter seinem Griff unbehaglich wand, schüttelte er sie wie ein unartiges Kind. „Ich denke, du solltest sehen, dass du hier verschwindest", meinte er. „Wenn Harold dich findet ..."

„Genau das hatte ich vor, als du plötzlich aufgetaucht bist", fauchte Heaven. „Wenn du mich also jetzt bitte loslassen würdest ..."

„Tiffany, wo zum Teufel steckt die Köchin?", hörte man Harold durch den Tumult hindurch brüllen. Sein Ton ließ nichts Gutes ahnen.

Jon lächelte grimmig. „Ich möchte mit dir reden, Heaven", erklärte er ernst. „Du musst dich entscheiden. Entweder bleibst du hier und setzt dich mit Harold auseinander, oder du kommst mit mir mit."

Er wollte mit ihr reden? Heavens seelisches Gleichgewicht kam nun vollends ins Wanken. Worüber wollte er sich mit ihr unterhalten? Jon ließ ihr keine Zeit, darüber nachzudenken. Er öffnete die Hintertür und schob sie hinaus.

„Tiffany!", bellte Harold erneut.

Heaven schluckte.

„Es geht hier nicht nur um Harold", sagte Jon. „Die Amerikaner werden mindestens genauso sauer sein wie er. Und das mit Recht. Du bist hoffentlich gut versichert?" Während er sprach, dirigierte er Heaven zu seinem Wagen. Noch immer hielt er ihren Arm fest. Mit der freien Hand schloss er die Fahrertür auf. „Oder etwa nicht?", fragte er besorgt, als er Heavens unglücklichen Gesichtsausdruck wahrnahm.

Stumm schüttelte sie den Kopf.

„Das ist nicht sehr klug von dir", bemerkte er. „Genauer gesagt, grenzt es an Dummheit", stellte er fest. „Jetzt steig ein", forderte er sie auf.

Heaven hatte keine Wahl. Widerstrebend stieg sie ein. Sie schauderte bei dem Gedanken, jetzt Harold unter die Augen zu kommen. Und schließlich lief ja eigentlich alles nach Plan.

Aber was hatte Jon mit Harold zu tun? Sie konnte kaum glauben, dass er tatsächlich mit so einem Kerl befreundet war, geschweige denn, dass er für ihn arbeitete.

Andererseits gab es sonst keinen plausiblen Grund für seine Anwesenheit bei der Dinnerparty. Das hieß aber, Jon war nicht der Mann, für den Heaven ihn immer gehalten hatte. Also sollte ihr Herz gefälligst aufhören, wie verrückt zu schlagen, nur weil sie neben ihm saß und seine Nähe spürte. Er strahlte Wärme und eine körperliche Anziehungskraft aus, die sie erschreckte. Fast schien es ihr, als könne sie seinen Mund noch auf ihren Lippen fühlen.

„Warum hast du mich geküsst?", brach es aus ihr heraus, noch ehe sie so recht wusste, was sie da sagte. Fast augenblicklich bereute sie ihre Worte. Jemand wie die kleine, naive Tiffany hätte so sprechen können. Aber doch nicht eine lebenstüchtige, clevere Frau wie sie!

„Du kannst ja mal raten", konterte Jon. Er startete den Motor. „Dir ist doch wohl klar, dass Jeremy Parton dich sonst erkannt hätte. Und Harold wäre kaum gut auf dich zu sprechen gewesen."

„Wieso solltest ausgerechnet du ein Interesse daran haben, mir zu helfen?", fuhr Heaven ihn an. „Du arbeitest doch für Harold. Wahrscheinlich bist du genauso ..." Im letzten Moment hielt sie inne. Verlegen biss sie sich auf die Lippe.

„Sprich nur weiter", sagte er ironisch. „Was bin ich denn? Genauso unehrlich vielleicht?"

Heaven hob trotzig den Kopf. „Jawohl. Du weißt genau, was für ein Mensch er ist. Moralisch und wahrscheinlich auch dem Gesetz nach verkommen und verlogen. Und ich bin sehr überrascht, dass du mit ihm gemeinsame Sache machst. Nach allem, was er deiner Schwester angetan hat. Er hat sie nach allen Regeln der Kunst hereingelegt und betrogen." Sie holte tief Luft. „Außerdem hat mir Tiffany eine ganze Menge über den geplanten Deal mit den Amerikanern erzählt. Harold will ihnen zwar seine Firma verkaufen, aber das Patent für seine neu entwickelte Software wird er behalten. Natürlich ahnen die Leute nichts davon."

„Was?", fragte Jon ungläubig. Der schwere Wagen stoppte abrupt, als Jon auf die Bremse stieg. „Kannst du mir das bitte noch einmal sagen?" Er gab wieder Gas. Sie hatten inzwischen die Hauptstraße erreicht und sich in den Verkehr eingefädelt.

„Du hast mich doch verstanden", beharrte Heaven. „Ich weiß, dass Harold den Amerikanern sein Unternehmen verkaufen will. Dabei lässt er sie in dem Glauben, dass sie die alleinigen Rechte auf die gesamte Software besitzen. In Wirklichkeit hat er aber ein neues Programm entwickelt, das dem alten weit voraus ist. Das Patent dafür soll nun unmittelbar nach dem geplanten Verkauf in Kraft treten. Das ist jedenfalls, laut Tiffany, Harolds Plan."

„Das hat er vielleicht vor, aber die Amerikaner sind doch nicht auf den Kopf gefallen. Es gibt eindeutige Klauseln in den Verträgen, die es Harold unmöglich machen, Programme, die er verkauft hat, in irgendeiner Art und Weise zu verwenden. Er darf sie weder umschreiben noch neu gestalten. Und er darf neue Programme nicht verkaufen."

„Das trifft aber nicht für den Nahen und Mittleren Osten zu", stellte Heaven bitter fest. „Jedenfalls habe ich Tiffany so verstanden. Und genau dort will Harold seine Software an den Mann bringen."

Jon wurde schlagartig klar, dass Heaven ihm unbewusst die Information gegeben hatte, die er brauchte, um Harold das Genick zu brechen. Jetzt dürfte es ihm nicht schwerfallen, diesen Kerl davon zu überzeugen, dass Louisa mehr Geld brauchte als bisher. Gleichzeitig erkannte er, dass Harold wahrscheinlich die ganze Zeit über geahnt hatte, weshalb sich Jon immer noch in seiner Nähe aufhielt. Sehr schlau eingefädelt, das musste er zugeben.

Niemals hatte Harold Jon gegenüber auch nur die geringste Andeutung über seine Absichten gemacht. Nach außen hin hatte es sich um ein völlig legales Geschäft gehandelt, das er mit den Amerikanern vorhatte. Dies wiederum bedeutete, dass Harold ihn ebenso gründlich ruiniert hätte wie Heaven, wenn Jon ihm bei diesem Deal als Berater zur Seite gestanden hätte. Genau das war aber geplant gewesen. Jons Ruf als Finanzberater wäre in dem Moment zerstört gewesen, in dem Harolds Betrug an den Amerikanern aufgeflogen wäre.

Doch es gab noch etwas weitaus Wichtigeres zu bedenken. Wenn Harold erst einmal wusste, wer heute für ihn gekocht hatte, und wenn er herausfand, wie viel Tiffany über seine dunklen Geschäfte herausposaunt hatte, dann war Heaven ernsthaft in Gefahr.

Augenblicklich traf Jon eine Entscheidung. Glücklicherweise hatte er genug getankt, um fast bis nach Schottland zu kommen.

Heavens Nerven waren bis zum Zerreißen gespannt, während sie aus dem Fenster sah. Nachdem sie den ersten Schock über Jons plötzliches Auftauchen überwunden hatte, hatte sie nur noch einen Gedanken: Flucht. Sie wollte so schnell wie möglich weg von ihm. Spätestens seit seinem Kuss in Harolds Haus war ihr wieder bewusst geworden, wie gefährlich er immer noch für sie war.

„Du kannst mich hier absetzen", erklärte sie energisch, als sie an einer roten Ampel anhalten mussten. Schockiert stellte sie fest, dass die Tür sich nicht öffnen ließ. Jon hatte die Zentralverriegelung betätigt, sodass Heaven nicht aussteigen konnte.

„Was soll das, Jon?", rief Heaven ärgerlich aus, während sich das Auto wieder in Bewegung setzte. Noch größer wurde ihr Erstaunen, als Jon sich auf die Spur zur Autobahn Richtung Norden einordnete. „Jon!", protestierte Heaven. „Ich will sofort aussteigen!"

„Das geht nicht", gab er seelenruhig zurück. „Hier ist doch viel zu viel Verkehr."

„Dann musst du eben an die Seite fahren", fauchte Heaven.

Aber anstatt das zu tun, was sie sagte, schaltete Jon in den nächsthöheren Gang, sodass der Wagen vorwärtsschoss und die Stadt bald hinter ihnen lag.

„Ich will sofort nach Hause", erklärte Heaven zornig. „Und ich …"

„Bist du sicher? Ist dir nicht klar, wie schnell Harold dir auf der Spur sein wird?", gab er grimmig zurück.

„Er weiß doch gar nicht, dass es sich um mich handelt", beharrte Heaven. „Tiffany hat mich unter Mrs. Tiggywinkle im Anzeigenteil gefunden."

„Du bist aber naiv, Heaven! Sie kennt doch deinen Vornamen. Und der ist nun weiß Gott nicht alltäglich. Oder?"

Schuldbewusst biss sich Heaven auf die Lippen. In ihrem Eifer, Harold das Unrecht, das er ihr angetan hatte, heimzuzahlen, hatte sie an solche Kleinigkeiten natürlich nicht gedacht. Und nun war es zu spät.

„Zweifellos hast du Tiffany auch deine Telefonnummer gegeben, damit sie dich bei Rückfragen erreichen kann, stimmt's?", fuhr Jon unerbittlich fort. „Du glaubst doch nicht im Ernst, dass es lange dauern würde, bis ein Mann wie Harold dich gefunden hat?"

„Dazu wird er mindestens vierundzwanzig Stunden lang nicht imstande sein", wandte Heaven ein. In Wirklichkeit empfand sie nichts von der Gelassenheit, die sie Jon vorspielte. Ihr Magen krampfte sich bei dem bloßen Gedanken an ein Zusammentreffen mit Harold schmerzhaft zusammen.

„Ich wette, du hast noch keinen Moment darüber nachgedacht, welche Folgen dein kleines kulinarisches Kabinettstückchen für dich haben könnte", fuhr Jon fort. „Harold ist nicht der Typ, der sich mit so einer Demütigung abfindet. Er wird seine Rache wollen. So gut solltest du ihn eigentlich kennen."

„Es wundert mich wirklich, dass du für ihn arbeitest, wenn du so eine schlechte Meinung von ihm hast", erklärte Heaven böse. So schnell würde sie nicht klein beigeben. Sie war so in ihre Auseinandersetzung mit Jon vertieft, dass sie ihre Umgebung völlig vergessen hatte. Der schwere Jaguar hatte längst die Autobahn erreicht und fuhr mit hoher Geschwindigkeit Richtung Norden.

Jon bemühte sich indessen fieberhaft, das Gespräch so intensiv wie möglich in Gang zu halten, um Heaven von der Autofahrt abzulenken. Da er ein geübter und sicherer Fahrer war, fiel es ihm nicht schwer, sich auch während der Unterhaltung mit Heaven auf die Straße zu konzentrieren. Der Motor schnurrte zufrieden unter seinen Händen.

Es war wichtig, Heaven so weit wie möglich nach Norden zu befördern, bevor ihr klar wurde, wo sie sich befand. Erst dann würde sie sich hoffentlich nicht länger gegen Jons Plan sträuben.

Zum Glück herrschte nicht viel Verkehr, sodass sie gut vorankamen. Die guten Mächte schienen auf ihrer Seite zu sein.

„Der Grund, warum ich für ihn arbeite, hat überhaupt nichts mit irgendwelchen freundschaftlichen Gefühlen für diesen Kerl zu tun", bemerkte Jon scharf. „Ganz im Gegenteil."

„Nein? Dann verdienst du so wohl nur deinen Lebensunterhalt?", gab Heaven bissig zurück. „Und was ist mit deiner Schwester? Mit Louisa?"

„Ihretwegen veranstalte ich den ganzen Zirkus ja nur", antwortete Jon knapp. „Heaven, ich ..."

„Ich will nichts mehr hören. Bitte lass mich jetzt endlich aussteigen. Ich möchte nach Hause. Und zwar sofort."

„Hör mir doch bitte zu. Ich ..."

„Nein", rief sie entschlossen und hielt sich die Hände über die Ohren.

„Es ist wichtig, verdammt noch mal!", sagte Jon ärgerlich. „Seit Monaten versuche ich, Harolds Vertrauen zu gewinnen, um seine Betrügereien aufzudecken. Ich will endlich wissen, wie er es fertiggebracht hat, seine finanziellen Verhältnisse so zu verschleiern, dass er Louisa und den Kindern nicht einmal einen anständigen Unterhalt bezahlen muss. Er hat den Scheidungsrichter ganz offensichtlich angelogen."

Langsam ließ Heaven ihre Hände sinken und sah Jon ungläubig

an. „Ich weiß nicht, ob ich dir glauben kann", sprach sie langsam. „Schließlich bist du Harolds Berater. Tiffany hat mir das erzählt."

„Ich war es", korrigierte Jon sie. „Wenn Harold erst einmal herausgefunden hat, dass du hinter der Geschichte von heute Abend steckst und dass ich dich gedeckt habe ... Und er wird es herausfinden, darauf kannst du dich verlassen. Wie groß, glaubst du, wird sein Vertrauen in mich dann noch sein?"

„Aber warum hast du das getan?", fragte Heaven. „Warum hast du mir geholfen?"

„Darüber reden wir später", sagte Jon. „Jetzt erzähle du mir erst mal noch etwas über das Softwareprogramm, das Harold ..."

Weiter kam er nicht. Heaven hatte ein Hinweisschild auf der Autobahn erspäht und drehte sich wütend zu Jon. „Was soll das? Wieso fahren wir nach Norden? Wohin bringst du mich, Jon?"

„An die schottische Grenze", antwortete er ruhig.

„Nach Schottland?", schnappte Heaven. „Was soll ich dort?"

„Ich besitze dort ein Anwesen", sagte Jon ruhig, „und ..."

„Ich kann es nicht fassen!" Heavens Stimme klang schrill. „Das kann doch nicht dein Ernst sein. Fahr sofort auf einen Parkplatz und lass mich aussteigen! Sonst ..."

„Was?", erkundigte er sich interessiert. „Du kannst gar nicht aussteigen. Ich habe die Türen verriegelt. Nur zu deiner eigenen Sicherheit übrigens."

„Das ist wirklich unglaublich. Das ... das ... ist Kidnapping!", rief Heaven empört.

„Etwas Besseres ist mir leider nicht eingefallen", entschuldigte sich Jon gelassen.

Zu ihrer eigenen Sicherheit ... Heavens Kehle war plötzlich wie ausgedörrt. Ihr Mund fühlte sich heiß und trocken an. Nervös fuhr sie sich mit der Zunge über die Lippen. Irgendwie war da ein Ausdruck in Jons Augen gewesen, der sehr wenig mit Sicherheit, aber sehr viel mit Männlichkeit zu tun hatte.

„Es ist wirklich zu deiner eigenen Sicherheit", wiederholte Jon. „Und zu meiner. Wenn Harold erst einmal klar ist, dass du dich mit Tiffany nicht nur über Kochrezepte unterhalten hast, bist du ernsthaft in Gefahr. Jeder wäre dann in Gefahr, jedenfalls so lange, bis die Verträge unterzeichnet sind. Harold hat sich bestimmt für besonders schlau gehalten, als er beschloss, die Verträge noch vor Weihnachten unter Dach und Fach zu bringen. Sein Patent wollte er dann zum neuen Jahr in Kraft treten lassen, verstehst du?"

Er warf ihr einen kurzen Blick zu. „Womit er natürlich nicht gerechnet hat, warst du mit deiner kleinen Weihnachtsüberraschung. Das bedeutet jetzt im Klartext, dass die Amerikaner für die nächsten paar Tage außer Gefecht sind und keine Verträge unterzeichnen können. Das Patent kann er nun nicht mehr stoppen, dafür ist es zu spät. Bis die Verträge unterzeichnet sind, befindet er sich in einer ausgesprochen heiklen Situation. Und das Erste, worum er sich kümmern wird, bist du. Er muss sicherstellen, dass du deine Informationen über ihn nicht weitergibst."

Trotz der Wärme im Auto hatte Heaven plötzlich eine Gänsehaut. „Ich denke, dass du mich absichtlich ins Bockshorn jagen willst", behauptete sie schließlich. „Du übertreibst doch, oder? Harold würde nie ..." Sie brach mitten im Satz ab.

Jon sprach ihre Gedanken laut aus. „Natürlich würde er. Und du weißt es." Voller Wärme sah er zu ihr hinüber, bevor er sich wieder auf die Straße konzentrierte.

Ja, sie wusste es. Und Jon hatte ihr angesehen, dass sie sich über die Situation im Klaren war und ihre Furcht von Minute zu Minute größer wurde.

„Vielleicht ist unsere Flucht ein bisschen dramatisch, aber unter den Umständen hatte ich keine andere Wahl", meinte Jon. „Im Augenblick scheint mir das jedenfalls die beste Lösung zu sein. Harold erinnert sich wahrscheinlich nicht mehr an mein Haus an der schottischen Grenze. Du bist dort in Sicherheit, und ich kann mir in aller Ruhe überlegen, wie ich weiter gegen Harold vorgehe. Mit den Informationen, die du mir gegeben hast, sollte es eigentlich kein Problem mehr sein, Louisa zu einem anständigen Unterhalt zu verhelfen."

„Hast du keine Angst, er könnte sich an dir rächen?", gab Heaven zu bedenken. „Vielleicht versucht er, dir ..."

„Was?", fragte Jon leise. „Mir meinen Ruf zu ruinieren, so wie er das bei dir getan hat, meinst du? Ich bin mir sicher, dass er das sowieso vorhatte, aber dank deiner Hilfe wird ihm das nun nicht mehr gelingen. Ich weiß natürlich, dass dies alles dir übertrieben vorkommt, aber du darfst Harold auf keinen Fall unterschätzen. Glaub mir bitte, dass es besser für dich ist, wenn er dich nicht findet." Er sah Heaven an. „Kannst du ohne Probleme für ein paar Tage verschwinden?", fragte er besorgt. „Oder gibt es jemanden, der sich Sorgen machen würde? Vielleicht ein Freund oder Liebhaber …?"

Schnell schüttelte Heaven den Kopf. „Nein. Meine Eltern sind bei meinem Bruder in Australien und …"

„Du wärst Weihnachten allein gewesen?", unterbrach er sie ungläubig.

Heavens Herz machte einen kleinen, verräterischen Sprung. Vielleicht würde sie Weihnachten nun doch nicht allein sein? Es hatte sich fast so angehört. „Eine Freundin hat mich eingeladen, die Feiertage mit ihr und ihrer Familie zu verbringen, aber …" Sie holte tief Luft. „Und du? Du wirst sicher mit Louisa …"

„Louisa fährt mit den Kindern zu unseren Eltern", erklärte Jon. „Ich wäre eventuell mit ein paar Freunden Skilaufen gegangen, aber es ist kein Problem, ihnen abzusagen. Ein Telefonanruf genügt."

„Meinst du nicht, dass bis Weihnachten wieder alles in Ordnung sein wird?", sagte Heaven zaghaft. Sie fand den Gedanken, gleich mehrere Tage mit Jon in einem Haus zu verbringen, auf einmal sehr beunruhigend.

„Möglicherweise. Aber Harold wird vermutlich eine ganze Weile brauchen, um zu vergessen, welche Rolle du in dem ganzen Theater gespielt hast. Letztlich wirst du es sein, die seine Pläne, die Amerikaner zu betrügen, auffliegen lässt. Allerdings wird es für ihn mit Sicherheit bald noch weit Wichtigeres geben, als sich um dich zu kümmern."

„Was meinst mit ‚eine ganze Weile'?", fragte Heaven erschrocken.

„Das ist schwer zu sagen", antwortete Jon. Er merkte, dass er gewonnen hatte, und darüber war er sehr froh. Andererseits wusste er, dass die Gefahr, in der sie beide schwebten, durchaus ernst zu nehmen war. Wesentlich ernster, als er Heaven gegenüber zugeben würde.

„Was ist eigentlich mit Tiffany?", bemerkte Heaven plötzlich besorgt. „Wird Harold ..."

„Keine Sorge", unterbrach sie Jon. „Tiffany wird kein Haar gekrümmt werden. Ihre Eltern sind einflussreiche Leute, die gut auf ihr Baby aufpassen. Sehr glücklich waren sie über die Wahl ihres Töchterchens sowieso nicht. An Tiffany traut Harold sich bestimmt nicht heran."

Heaven schwieg einen Moment. „Aber ich kann ja gar nicht mit dir in deinem Haus bleiben", brach es auf einmal aus ihr heraus. „Ich habe ja nichts anzuziehen!"

Zum ersten Mal seit Beginn ihrer Fahrt lächelte Jon. „Tatsächlich? Tja, dann wirst du wohl ..." Mit einem vielsagenden Blick auf Heaven brach er ab.

Heaven war von den Ohren bis zu den Fußspitzen knallrot geworden.

„Nein, ich bin sicher, dagegen können wir etwas tun. Wir befinden uns gar nicht weit von einer Stadt entfernt", sagte Jon sachlich.

„Aber ich kann mir doch nicht einfach mal eben so eine neue Garderobe zulegen!", protestierte Heaven. „Dafür reicht ..." Verlegen hörte sie mitten im Satz auf zu sprechen.

Doch Jon hatte schon erraten, was sie sagen wollte. „Du meinst, du kannst dir das nicht leisten, stimmt's?", sprach er ruhig. „Hast du eigentlich von Harold Geld für das Dinner bekommen?"

„Nein."

„Nun, dann kann ich dir in meiner Eigenschaft als Finanzberater nur empfehlen, dass du ihm sofort schreibst und seine Schulden einforderst. In der Zwischenzeit helfe ich dir gern aus."

Heaven war von der Idee nicht sehr begeistert. „Er wird mir keinen Pfennig bezahlen", prophezeite sie.

Jon schüttelte entschieden den Kopf. „Irrtum. Natürlich bezahlt er. Dafür werde ich schon sorgen. Seit Monaten suche ich nach einer Möglichkeit, diesem Betrüger auf die Schliche zu kommen. Er behauptet die ganze Zeit, sein Unternehmen werfe nicht genügend Profit ab, um Louisa und den Mädchen eine angemessene Unterstützung zu bezahlen. Dabei lügt er wie gedruckt und sein windiger Buchhalter genauso. Zweifellos haben die beiden Gauner alle Gewinne irgendwo im Ausland gut untergebracht. Und Harold hat sogar gedroht, das Schulgeld für die Mädchen nicht mehr zu übernehmen. Unglaublich, nicht wahr?"

„Ich verstehe nicht, wie ein Mensch so ekelhaft und gemein sein kann", sagte Heaven angewidert. „Er hat sogar die Esszimmereinrichtung behalten, die Louisa von euren Eltern bekommen hat."

„Ja, ich weiß", knurrte Jon. „Gut, dass du mich daran erinnerst. Das kommt auch mit auf die lange Liste."

„Was hast du vor?", fragte Heaven unsicher. „Du wirst doch nicht zulassen, dass Harold die amerikanischen Geschäftsleute hereinlegt?"

Jon schüttelte den Kopf. „Das Einzige, was ich ihm anbieten kann, ist mein Schweigen über seine betrügerischen Absichten. Ich werde nichts in der Öffentlichkeit verbreiten, wenn er sich bereit erklärt, auf meine Forderungen für Louisa einzugehen. Außerdem muss gewährleistet sein, dass er seine Firma mitsamt der gesamten Software verkauft. In unserem Lande gelten sehr strenge Gesetze. Wenn Harolds geplanter Schwindel auffliegen würde, wäre er nicht nur seinen Ruf los, das kannst du mir glauben. Und so ein Gefängnisleben ist vielleicht doch nicht ganz nach seinem Geschmack."

„Gefängnis!", rief Heaven erschrocken aus.

„Verstehst du jetzt, warum ich so um deine Sicherheit besorgt bin?", erkundigte sich Jon.

„Und was ist mit dir?", gab Heaven zurück.

„Ach, mir passiert schon nichts", versicherte ihr Jon.

„Schottland", murmelte Heaven, die auf einmal sehr schläfrig wurde. „Schlösser, grüne Täler ... Wie romantisch ..." Mitten im Satz fielen ihr die Augen zu.

Jon lächelte. Obwohl Heaven schon fast schlief, hörte sie noch, wie er flüsterte: „Ich werde mein Bestes tun, dich nicht zu enttäuschen."

4. KAPITEL

Benommen richtete sich Heaven auf. Draußen war es stockfinster. „Wo sind wir?", fragte sie Jon gähnend.

„Fast schon zu Hause", antwortete er.

Heavens Herz schlug plötzlich ein klein wenig schneller. „Zu Hause", hatte er gesagt. Es hörte sich gut an.

„Schau mal", sagte Jon, „es fängt an zu schneien." Kleine weiße Flocken tanzten im Licht der Scheinwerfer.

„Schnee!" Aufgeregt wie ein kleines Kind blinzelte Heaven durch die Windschutzscheibe.

Jon betrachtete sie lachend. „Du siehst aus wie ein sechzehnjähriger Teenager", behauptete er. „Mit deinem verstrubbelten Haar und dem verschmierten Lippenstift ..."

Heaven merkte, dass sie rot wurde. Sie wusste genau, wieso ihr Lippenstift nur noch zur Hälfte da war. Verlegen strich sie sich mit der Fingerspitze über die Lippen.

„Nicht", bat er sie leise. Heaven erstarrte mitten in der Bewegung.

„Warum nicht?", flüsterte sie. Mit großen Augen blickte sie ihn an.

Die Straße war jetzt, um drei Uhr morgens, menschenleer. Mit einer heftigen Bewegung lenkte Jon den Wagen an die Seite und hielt an. „Weil ich dich dann küssen möchte", murmelte er und zog Heaven in seine Arme.

Heaven versuchte zu protestieren, wie es sich für eine vernünftige und klar denkende Frau gehörte, doch mehr als ein sanft gehauchtes „Oh" war nicht zu hören. Jon war schneller gewesen und bedeckte mit seinem Mund zärtlich ihre Lippen, bevor Heaven ihren Protest deutlicher formulieren konnte. Er schien jedenfalls nichts davon bemerkt zu haben, denn anstatt sie loszulassen, nahm er ihre leicht geöffneten Lippen als Einladung und küsste sie nach allen Regeln der Kunst. Irgendetwas hatte Heaven wohl falsch gemacht ...

Während das Schneetreiben um sie herum immer dichter wurde und die Temperaturen sanken, hatten Jon und Heaven das Gefühl, vor Hitze zu verbrennen. Die Luft im Wagen schien vor Spannung zu knistern.

Wir liegen auf einer Wellenlänge, dachte Heaven verträumt, während ihre Hand unter Jons Jackett glitt und sie sich noch enger an ihn schmiegte. Jedenfalls in dieser Beziehung ...

Das tiefe Stöhnen, das Jon von sich gab, als sie durch den dünnen Stoff seines Hemdes seinen Rücken streichelte, ließ keinen Zweifel daran. Heaven fühlte sich wie eine Portion Eis in der Sonne ... sie schmolz langsam, aber unaufhaltsam dahin. Sie konnte sich nicht erinnern, schon einmal bei einem Mann so viel Wärme, Lust und Sinnlichkeit empfunden zu haben wie bei Jon.

„Warum haben wir das nicht schon vor Monaten getan?", hörte sie Jon wie aus weiter Ferne fragen.

Vor Monaten? Da war er Gott weiß wohin geflogen, nachdem sie einmal miteinander ausgegangen waren ... Und sie?

Heaven schauderte bei der Erinnerung an das, was damals geschehen war. Sofort verkrampfte sich ihr ganzer Körper, doch als Jon sanft begann, ihre Brust zu streicheln, war die Erinnerung ohne Bedeutung. Was jetzt zählte, war Jons Nähe, seine zärtliche Berührung, die sie schwindlig machte und ihren Puls zum Rasen brachte.

„Oh ...", stöhnte Heaven. Ihre Brustwarze richtete sich unter Jons Fingern auf. Kreisend fuhr er mit dem Daumen über die empfindliche Stelle, bis Heaven vor Lust keuchte.

„Du machst aus einem erwachsenen Mann einen liebestollen Teenager, weißt du das?", flüsterte Jon an ihrem Ohr. Er bedeckte ihren Hals mit kleinen Küssen, wobei er seine Zunge spielerisch über ihre Haut gleiten ließ.

„Jon ...", stöhnte Heaven und bog den Kopf weit zurück. Im Profil ihres Körpers zeichneten sich ihre aufgerichteten Brustwarzen ab. Sie war so versunken in ihre Empfindungen, dass sie Jons plötzliches Zögern und die Anspannung in seinen Muskeln nicht bemerkte und nicht hörte, was er flüsternd hervorstieß. Doch als er seinen Mund hart auf ihre Lippen drückte und mit beiden Händen ihre Brüste umfasste, wurde ihr schwindlig vor Verlangen.

Jons Leidenschaft steigerte sich ins Unerträgliche. Rasch öffnete er den Reißverschluss an Heavens Kleid und zog es ein Stück herunter, sodass ihre weiche runde Brust entblößt vor ihm lag. Er konnte es kaum erwarten, Heavens Brustspitzen zu schmecken und mit der Zunge zu liebkosen. Einen Moment lang betrachtete er sie voller sinnlicher Erwartung, dann strich er mit dem Daumen über die kleine harte Knospe und führte sie langsam in seinen Mund.

Heaven spürte, wie er vor Erregung zitterte. Als die Wärme seines Mundes ihre Brust umschloss, durchströmte sie ein nie gekanntes Gefühl höchster Lust. Sanft bewegte er seine Zunge um die Knospe herum, bevor sein Saugen gieriger wurde und sie aufstöhnen ließ.

Willig drängte sie sich ihm entgegen. Mit geschlossenen Augen sah sie Jon in ihrer Fantasie nackt vor sich, was sie noch mehr erregte. Jetzt hielt sie es nicht mehr aus. Stöhnend suchte sie nach den Knöpfen an seinem Hemd und öffnete sie ungeduldig.

Ihre Berührung raubte ihm fast den Verstand. Ein Schauer durchlief ihn von Kopf bis Fuß. Hart griff er nach Heavens Hand und führte sie an die Stelle seines Körpers, wo sich die dichten dunklen Brusthaare in einer feinen Linie zu seinem Nabel hinzogen.

„Tiefer", murmelte er. „Tiefer, Heaven. Bitte."

Völlig unerwartet geriet Heaven in Panik. Was tat sie hier mit diesem Mann, den sie kaum kannte? Sie benahm sich, als sei es die selbstverständlichste Sache der Welt, dass Jon und sie sich so intim begegneten. Als seien sie einander seit Langem so verbunden, dass diese Art von Zusammensein zu ihrem Leben gehörte wie die Luft zum Atmen.

Aber so war es nicht. Sicher, sie kannte ihn und fand ihn attraktiv. Vielleicht auch mehr als das. Wenn sie ehrlich war, hatte sie tatsächlich gehofft, dass er genauso fühlte wie sie. Seit jenem Abend, als sie in London gemeinsam ausgegangen waren, hatte sie ihn nie ganz vergessen können. Doch auf eine solch heftige Explosion von Gefühlen und gegenseitiger Leidenschaft war sie nicht gefasst gewesen. Es war, als komme sie endlich nach Hause zum anderen Teil ihres Ichs.

Heaven merkte, dass sie eine Gänsehaut bekam. Solche Empfindungen waren bei Weitem zu gefährlich, als dass man ihnen trauen durfte.

Seit dem Beginn des vergangenen Abends in Harolds Haus hatte sie pausenlos unter einer inneren Spannung gestanden, die sich von Stunde zu Stunde gesteigert hatte. Die Begegnung mit Jon hatte nun auch nicht gerade zu ihrer Entspannung beigetragen. Ganz im Gegenteil.

„Was ist mit dir?", fragte Jon, der ihre plötzliche Anspannung spürte.

„Nichts", erwiderte Heaven ein wenig zu schnell. „Ich ... Das hätte besser nicht passieren sollen. Ich wollte nicht ..." Mit zitternder Stimme brach sie ab.

„Was wolltest du nicht? Mitten in der Nacht quer durch England kutschiert werden? Oder mit mir ..."

„Weder noch", unterbrach sie ihn hastig. Die Lüge trieb ihr die Röte ins Gesicht, sodass sie sich schnell abwandte und ihr Kleid über die Schultern streifte. Jon hatte sie losgelassen und betrachtete sie forschend von der Seite.

„Es tut mir leid", sagte er schließlich. „Ich hatte nicht die Absicht, dich in irgendeiner Weise zu verletzen. Du bist eine ganz besondere Frau", fügte er mit so viel Wärme in der Stimme hinzu, dass Heavens Herz wieder schneller schlug. „Eine so besondere Frau, dass ..." Er beendete den Satz nicht. Nachdem er sein Hemd zugeknöpft hatte, ließ er den Motor an und fuhr los.

Obwohl Heaven vor Neugier brannte, wagte sie nicht, ihn zu fragen, was er sagen wollte. Vielleicht wäre dann der Zauber der kurzen Minuten gebrochen, als sie sich voller Leidenschaft umarmt hatten. Und doch war sie sicher, auch bei ihm mehr als nur körperliche Lust gespürt zu haben, während sie in seinen Armen lag. Eine süße Zärtlichkeit hatte sie in seiner Stimme und seinen Liebkosungen gefühlt ... Oder bildete sie sich das nur ein?

So vieles war in dieser kurzen Zeit geschehen ... zu viel, um es ganz zu begreifen.

Und alles war zu schnell gegangen, dachte Heaven, während sie aus dem Fenster sah. Hinter einer Kurve erblickte sie in der Ferne einige Lichter. Anscheinend näherten sie sich einem kleinen Dorf.

„Jetzt sind wir bald da", erklärte Jon wenig später. Sie fuhren eine enge, gewundene Dorfstraße entlang, deren Seiten hübsche alte Steinhäuser säumten. Gleich hinter den Häusern erstreckten sich die sanften Hügel dieser lieblichen nordenglischen Landschaft, die bis nach Schottland hineinreichte. Jon überquerte jetzt eine gewölbte Steinbrücke, die so schmal war, dass Heaven einen Augenblick lang vor Schreck die Luft anhielt.

Offensichtlich befanden sie sich auf der Hauptstraße des kleinen Ortes. Überall an den kahlen, schneebedeckten Bäumen hingen kleine Lichter, die das bevorstehende Weihnachtsfest ankündigten.

Es hatte nun aufgehört zu schneien, und am klaren Nachthimmel funkelten die Sterne. „O Jon, ist das schön!", rief Heaven begeistert aus. „Es sieht alles so friedlich und weihnachtlich aus." Sie war aufgeregt wie ein Kind.

Jon betrachtete sie lächelnd. „Von wegen friedlich. Wenn du wüsstest, was früher hier los war. Wir befinden uns in unmittelbarer Nähe zur schottischen Grenze. Dieses Dorf stand immer in der Schusslinie von englischen und schottischen Interessen. Es gab jede Menge Kämpfe, und alle waren heilfroh, als endlich ein Waffenstillstand vereinbart wurde. Um dieses Ereignis zu feiern, wird jedes Jahr um die Weihnachtszeit ein Gedenkfest veranstaltet, bei dem alle Dorfbewohner zu einem großen abendlichen Essen zusammenkommen. Wenn du Lust hast, können wir auch hingehen."

„Wir beide?", wiederholte Heaven mit glänzenden Augen. Doch plötzlich fiel ihr wieder ein, weshalb sie eigentlich hier war, und die Freude verschwand aus ihrem Gesicht. „Aber bis Weihnachten ist es ja noch eine ganze Woche, und ich kann unmöglich ..."

„... eine Woche bleiben", beendete Jon den Satz für sie. „Ich weiß."

Heaven biss sich auf die Lippe und sah schweigend zum Fenster hinaus. Sie hatten das Dorf hinter sich gelassen und fuhren jetzt steil bergauf. Die schmale Straße wand sich durch die dick verschneite Hügellandschaft. Glücklicherweise kamen sie mit Jons Wagen gut voran, obwohl die Straßen natürlich nicht geräumt waren.

Heaven merkte, dass sie todmüde war. Sie schloss die Augen und kuschelte sich tief in die bequemen Sitzpolster. Erst als Jon von der Straße in einen Kiesweg einbog, setzte sie sich abrupt auf und rieb sich die Augen.

„Was ist denn das?", fragte sie entgeistert.

„Mein Zuhause", antwortete Jon lachend. Heavens Verblüffung bereitete ihm sichtlich Vergnügen.

„Dein Zuhause?", wiederholte sie ungläubig. „Du meinst, du wohnst hier?" Staunend betrachtete sie den hohen alten Turm mit den Schießscharten, der vor ihnen aufragte.

„Genau", lachte Jon. Er stoppte den Wagen vor dem Gebäude, sodass die Sicherheitsbeleuchtung automatisch betätigt wurde. Mehrere Lampen gingen gleichzeitig an und beleuchteten den Turm, dessen sandfarbener Stein warm im Licht schimmerte.

„Aber was ist das für ein Turm?", fragte Heaven fasziniert. Jetzt entdeckte sie auch, dass die Schießscharten in Wirklichkeit kleine, schmale Fenster waren. Die ganze Anlage musste auf jeden Fall schon sehr alt sein.

„Ein Wachturm", erklärte Jon. „Die Menschen im Grenzland hatten große Angst vor Überfällen. Sie bauten sich deshalb befestigte Wohnstätten, in die sie sich bei einem Angriff zurückziehen konnten. Meist benutzten sie dafür übrigens Steine vom ‚Hadrian's Wall', fürchte ich. Jedenfalls diente der Turm in erster Linie als Schutz für die Familie, aber auch als Lager für Beutegut und manchmal sogar für Gefangene. Damals befanden sich am Fuß des Turms mehrere Gebäude aus Holz, wo man die Vorräte und andere Lebensmittel aufbewahrte. Ganz oben im Turm wohnte die Familie, denn dort wähnte man sich am sichersten. Außerdem konnte man von ganz oben natürlich sehr weit blicken. An klaren Tagen bis weit über die Grenze hinaus."

Er betrachtete stolz den Turm. „Lange bevor ich ihn kaufte, wurde dieser Turm renoviert und modernisiert. Irgendwann hielt ich mich zufällig im Ort auf und hörte davon, dass man das Gebäude verkaufen wollte. Mir hat es in dieser Gegend immer gut gefallen, und so ergriff ich die Gelegenheit beim Schopf. Preiswerter als im Süden Englands war es hier alle Mal."

„Wenn dieser Turm reden könnte …", meinte Heaven träumerisch.

„Allerdings", bestätigte Jon. „Es gibt natürlich auch ein paar interessante Geschichten, die man sich hier in der Gegend erzählt. Zum Beispiel diese: Es geschah in einer nebligen Novembernacht vor vielen, vielen Jahren. Der damalige Bewohner dieses Turms beschloss, den Waffenstillstand mit seinem Nachbarn zu brechen und dessen Vieh zu stehlen. Als er die Farm erreichte, stellte er fest, dass sich dort nur die siebzehnjährige Nichte des Farmers aus Edinburgh aufhielt. Also stahl er sie zusammen mit dem Vieh. Womit er nicht gerechnet hatte, war der Umstand, dass sie ihm mit ihrer Schönheit und ihrem liebreizenden Wesen völlig den Kopf verdrehte. Wundersamerweise verliebte sie sich aber auch in ihn, sodass aus der Entführung nicht eine blutige Familienfehde, sondern schließlich eine Hochzeit wurde."

„Und sie lebten glücklich und zufrieden bis an ihr Lebensende", sagte Heaven lachend.

„Zweifelst du etwa daran?", gab Jon, ebenfalls lachend, zurück. Er stieg aus und öffnete Heaven die Beifahrertür.

Als sie ihm zum Turm folgte, drückte sie sich instinktiv an ihn. Angst hatte sie nicht – natürlich nicht. Aber irgendwie war alles so unheimlich … Heaven stieß einen leisen Schrei aus, als in dem Efeu, das die Mauer bedeckte, etwas raschelte.

„Keine Angst, das ist nur eine Eule", sagte Jon beruhigend und nahm ihre Hand. Er schloss die Tür auf und knipste das Licht an. Hand in Hand betraten sie die geräumige Diele.

Heaven blieb einen Moment lang vor Staunen die Luft weg. „Es ist wunderschön", flüsterte sie überwältigt. Die Mauern hatte man hell verputzt gelassen, und in alten, eisernen Halterungen, die ursprünglich Kerzen hielten, steckten Lampen, die ein freundliches Licht verbreiteten. Einfache Kokosmatten bedeckten den Fußboden. Die drei Türen, die von der Diele abgingen, waren aus dunklem glänzendem Holz; ebenso wie die Treppe, die nach oben führt.

„Diese Tür hier vorn geht in die Küche", erklärte Jon. „Dann gibt es noch ein Arbeitszimmer und ein kleines Wohnzimmer, das ich allerdings fast nie benutze. Der Hauptwohnraum befindet sich oben, auf der nächsten Etage. Darüber sind dann die Schlafzimmer untergebracht. Komm, ich zeige dir alles."

Das Wohnzimmer war riesig. „Ich nehme an, dieses Zimmer nimmt fast ein ganzes Stockwerk ein", meinte Heaven.

Jon nickte. „So ist es. Das Einzige, was mich hier wirklich stört, ist, dass die Küche und das Wohnzimmer auf verschiedenen Etagen liegen. Aber der Blick, den man hier hat, macht das wieder wett. An klaren Tagen kann man sogar die Küste sehen."

Heaven nickte geistesabwesend. Sie war auf einmal wieder so müde, dass sie fast im Stehen eingeschlafen wäre. Vergeblich versuchte sie ein Gähnen zu unterdrücken.

Ebenso wie die Diele war auch dieses Zimmer mit Kokosmatten ausgelegt und sparsam möbliert, sodass seine Schönheit voll zur Geltung kam. Lediglich drei große Sofas mit naturfarbenen Leinenbezügen standen darin.

Heaven gähnte erneut. Diesmal hatte es Jon bemerkt. Sofort rief er aus: „Du bist müde! Komm, ich zeige dir oben dein Zimmer."

Fürsorglich nahm er sie am Arm und brachte sie die Treppe hoch. Heaven hatte nichts dagegen. Es war eigentlich ganz schön, einmal von jemandem umsorgt zu werden, statt sich um alles selbst zu kümmern.

Oben öffnete Jon gleich die erste Tür auf der rechten Seite, machte das Licht an und schob Heaven sanft ins Zimmer.

„Beide Schlafzimmer sind mit eigenem Bad ausgestattet", erklärte er, während Heaven sich bemühte, ihm zuzuhören. Ihr Blick wanderte voller Verlangen zu dem großen breiten Bett mit dem traditionellen Bettgestell aus Messing. Es sah einladend frisch bezogen aus und zog sie magisch an.

„Wie wäre es, wenn du dich fertigmachst, während ich mich um ein heißes Getränk kümmere?", schlug Jon vor. „Ich gehe schnell in die Küche hinunter, okay? Im Schrank deines Badezimmers findest du Handtücher, eine frische Zahnbürste und was man sonst so alles braucht. Mrs. Frazer aus dem Dorf sieht regelmäßig nach dem

Rechten und sorgt immer dafür, dass ich bestens für alle Notfälle gerüstet bin", lachte Jon.

Sobald sich die Tür hinter Jon geschlossen hatte, wankte Heaven zum Bett und ließ sich darauf fallen. Sie wollte eigentlich nur einmal ausprobieren, ob es so bequem war, wie es aussah ... Vorsichtig legte sie sich hin. Als Jon eine Weile später mit den heißen Getränken kam, war sie bereits fest eingeschlafen. Zusammengerollt lag sie vollständig angezogen auf einer Ecke des Bettes.

Ganz vorsichtig versuchte Jon, sie zu wecken, aber als ihm klar wurde, wie fest sie schlief, zögerte er. Einen Moment lang spielte er mit dem Gedanken, sie einfach so, wie sie war, zuzudecken. Andererseits wusste er genug über Frauen, um zu erahnen, dass sie das nicht schätzen würde. Die einzigen Kleider, die sie mithatte, trug sie am Körper, und sie würden morgen früh mit Sicherheit ziemlich zerknittert aussehen. Also überlegte er einen Augenblick und zog ihr dann entschlossen die Schuhe aus.

Das Licht im Zimmer brannte noch. Sollte er es anlassen oder löschen? Unschlüssig betrachtete er die schlafende Heaven. Schließlich knipste er die Lampe aus und machte sich an die heikle Aufgabe, sie zu entkleiden. Es half ihm nicht viel, dass es nun halbdunkel im Zimmer war. Heavens Schönheit, ihr begehrenswerter nackter Körper waren so gut zu erkennen, dass ihm das Verlangen fast den Verstand raubte. Sie schien ihm in jeder Hinsicht vollkommen ...

Die Versuchung, sich auszuziehen und neben ihr unter die Laken zu schlüpfen, war schier übermächtig. Sie war so schön, so unendlich schön und zauberhaft ... Jon musste die Zähne zusammenbeißen, um nicht schwach zu werden. Wie gern hätte er sie jetzt in den Armen gehalten und geküsst. Entschlossen, die Kontrolle über die Situation zu behalten, bückte er sich, um ihre Sachen aufzuheben. Aber als er sich wieder aufrichtete, musste er tief Luft holen. So schwer war es ihm noch nie gefallen, seine Beherrschung nicht zu verlieren. Vorsichtig neigte er sich noch einmal über das Bett und küsste Heaven zärtlich auf den Mund.

Sie lächelte im Schlaf und erwiderte seinen Kuss, ohne aufzuwachen. Bevor er schwach werden konnte, richtete er sich seufzend auf und ging zur Tür.

Wenn er schon nicht das Bett mit ihr teilen konnte, dann sollten wenigstens ihre und seine Kleider die Waschmaschine miteinander teilen, beschloss er. Er ging in sein Zimmer, zog sich aus und brachte alles hinunter in die Küche, wo die Waschmaschine und der Trockner standen. Er wählte ein passendes Programm, steckte alles in die Maschine und wollte sie gerade anstellen, als sein Blick auf ein winziges Kleidungsstück fiel, das auf dem Fußboden lag. Es war Heavens seidener Slip.

Jon schluckte. Schon wieder drängten sich ihm männliche, sehr männliche Fantasien auf, die er gerade jetzt lieber nicht gehabt hätte. Hastig hob Jon den Slip auf, steckte ihn zu den anderen Sachen und machte die Tür zu. Dann drückte er den Knopf und sah zu, wie das Wasser in die Maschine einlief.

Auf diese Weise würden die Kleider gegen Mittag frisch gewaschen und getrocknet wieder zur Verfügung stehen.

Nachdenklich blieb Jon stehen. Vor achtzehn Monaten hatte er Heaven zum ersten Mal getroffen. Schon damals war er von ihr fasziniert gewesen. An jenem Abend, als sie miteinander ausgegangen waren, hatte er deutlich gespürt, dass mehr hinter seinen Gefühlen steckte als nur eine starke körperliche Anziehungskraft. Er hatte gedacht und gehofft, dass ... Aber dann war diese hässliche Sache mit Harold passiert, und Jon musste einsehen, dass er vermutlich die allerletzte Person war, mit der Heaven etwas zu tun haben wollte.

Doch jetzt hatte das Schicksal sie beide wieder zusammengeführt. Vom ersten Moment an war sich Jon darüber im Klaren gewesen, dass sich nichts an seinen Gefühlen für Heaven geändert hatte. Eher waren sie in der Zwischenzeit noch stärker geworden.

Aber wie sah es bei ihr aus? Sie hatte seine Zärtlichkeiten in dieser Nacht erwidert, das stand fest. Jon wusste genug über Frauen, um zu erkennen, dass Heaven nicht der Typ Frau war, der sich leichtfertig auf irgendein Abenteuer einließ. Sicher hatte auch sie gemerkt, dass zwischen ihnen etwas ganz Besonderes war, das sie beide verband. Sie waren verwandte Seelen, deren Denken, Fühlen und Erotik auf gleicher Ebene lagen. Waren das nicht perfekte Voraussetzungen für eine gemeinsame Zukunft ...?

Zukunft. Das Lächeln auf Jons Gesicht erstarb in dem Moment, als er an das dachte, was jetzt erst einmal vor ihnen lag. Bevor sie an ein gemeinsames Leben denken konnten, mussten sie zunächst mit Harold fertigwerden.

Mit vor Zorn fest zusammengepressten Lippen rief sich Jon die Informationen, die er von Heaven erhalten hatte, ins Gedächtnis zurück. Damit würde sich eine Menge anfangen lassen.

Er trat in die Diele hinaus, wo er instinktiv nach oben schaute. Dort befand sich die süße Heaven – sein ganz privater siebenter Himmel. Was für ein Name!

Mit aller Macht widerstand Jon der Versuchung, die Treppe hinaufzusteigen, und wandte sich stattdessen energischen Schritts dem Arbeitszimmer zu. Dabei bemühte er sich nach Kräften, seine erotischen Fantasien einigermaßen unter Kontrolle zu halten. Er hatte seiner Schwester gegenüber eine Verantwortung, die er sehr ernst nahm.

Jon betrat sein Arbeitszimmer und schloss die Tür fest hinter sich. Dann setzte er sich an seinen Schreibtisch und stellte den Computer an. Vor noch nicht allzu langer Zeit hatte er befürchtet, Harold niemals an den Kragen zu können. Doch nun lagen die Dinge vollkommen anders. Mit den neuen Informationen würde er seiner Schwester und den Kindern endlich die finanzielle Unterstützung verschaffen können, die ihnen zustand. Pfeifend machte sich Jon an die Arbeit.

5. KAPITEL

*H*eaven streckte sich genüsslich nach allen Richtungen, bevor sie sich entschloss, die Augen zu öffnen. Kerzengerade schoss sie in die Höhe, als sie feststellte, dass sie sich keineswegs in ihrem Bett befand. Sie schnappte sich die Bettdecke, die ein Stück heruntergerutscht war, und bedeckte ihre nackte Brust. Dann sah sie sich erst einmal vorsichtig um.

Allmählich fiel ihr alles wieder ein. Sie war nicht in London, sondern befand sich im Süden Schottlands, bei Jon. In einem alten Wachturm, um den sich aufregende Geschichten aus der Zeit der Grenzkämpfe zwischen Schotten und Engländern rankten.

Jon. Allein der Name reichte aus, um ihr Herz zum Flattern zu bringen. Aber nicht aus Nervosität …

Wenn sie sich ein bisschen reckte, konnte sie durch das Fenster die schneebedeckten Hügel der südschottischen Landschaft sehen. Weiß glitzerten sie in der Wintersonne, die von einem strahlend blauen Himmel herabschien.

In London war es jetzt gewiss grau und trist. Vermutlich nieselte es, wie so häufig um diese Jahreszeit. Natürlich gab es da auch ihr gemütliches kleines Zuhause in Chelsea, in dem sie sich immer geborgen fühlte. Aber wie lange noch? Wenn Harold erst einmal auf ihre Spur kam, war es damit vorbei. Und das Wichtigste – in London wäre sie nicht bei Jon gewesen.

Eine feine Röte überzog Heavens Gesicht, als sie überlegte, wie sie eigentlich ins Bett gekommen war. Sie hatte zwar nur noch unklare Vorstellungen vom vergangenen Abend, aber eines wusste sie ziemlich genau: Ausgezogen hatte sie sich nicht selbst. Und was das bedeutete, vertiefte die Röte in Heavens Gesicht noch um einige Grade.

Jon ließ den heißen, harten Strahl der Dusche auf seine verspannten Nackenmuskeln prasseln, bis die Haut brannte. Er war erst gegen sechs Uhr morgens zu Bett gegangen, nachdem er seine Arbeit am Computer beendet hatte. Tief befriedigt über das, was er gegen

Harold zusammengetragen und formuliert hatte, lächelte er vor sich hin. Harold würde nicht schlecht staunen, wenn er das Material sichtete, das seine Betrügereien aufdeckte.

Natürlich hatte Jon immer gewusst, dass Harold nicht ehrlich arbeitete. Schließlich hatte er einen großen Teil des vergangenen Jahres damit verbracht, Nachforschungen über seine Geschäfte anzustellen. Aber wissen und beweisen waren eben zwei Paar Schuhe. Erst jetzt, mit Heavens Hilfe, konnte er richtig loslegen. Er war auf dem besten Weg, Harold das Handwerk zu legen. Wie er bereits geahnt hatte, war es Harold mithilfe eines ausgeklügelten Netzwerks verschiedener Firmen im Ausland gelungen, seine Gewinne zu unterschlagen. Raffiniert, aber nicht raffiniert genug, dachte Jon triumphierend.

Bald würde der Beweis für Harolds Betrug vollständig zusammengetragen sein. Ein Beweis, den Louisa bei Gericht gegen Harold verwenden könnte, wenn es um die künftigen Unterhaltszahlungen ging. Allerdings würde das den Ruin für Mr. Lewis bedeuten. Und so würde Harold mit Sicherheit alles dafür tun, Jons Unterlagen nicht unter die Augen eines Richters gelangen zu lassen. Eine perfekte Basis für Louisa, ihre Ansprüche gegen Harold in vollem Ausmaß durchzusetzen. Und ihre Möbel wiederzubekommen, dachte Jon voller Ingrimm.

Er griff nach einem Handtuch und trocknete sich rasch ab. Dann schlüpfte er in einen Bademantel. Ob Heaven schon wach war? Jon beschloss, es sogleich herauszufinden ...

Jon! Wo hatte er letzte Nacht überhaupt geschlafen? Heaven dachte fieberhaft nach. Das Bett, in dem sie lag, war jedenfalls groß genug für zwei. Sie rutschte nervös hin und her. Hatten sie womöglich die Nacht zusammen in ihrem Bett verbracht? Hatte Jon ...?

Erschrocken zog sie die Bettdecke über die Schultern, als das Objekt ihrer erotischen Gedanken plötzlich mit einem Tablett in der Hand ihr Zimmer betrat. Über seinem Arm hingen ihre Kleider.

„Ich habe gestern Abend noch gewaschen", erklärte Jon so selbstverständlich, als täte er das jeden Tag. Sorgfältig legte er Heavens Kleidungsstücke auf einem Stuhl ab.

„Meine Sachen?", fragte Heaven unbehaglich. Schon wieder wurde sie zu ihrem Ärger knallrot. „Haben wir …? Ich meine, hast du …?", stotterte sie schließlich verlegen.

Ihr unsicherer Blick zur anderen Seite des Betts sprach Bände. Jon hatte Mühe, sich ein Lächeln zu verkneifen. Es war nicht schwer zu erraten, was Heaven durch den Kopf ging.

Es gibt nichts, was ich lieber getan hätte, dachte Jon sehnsüchtig, als er die schlafende Heaven von vergangener Nacht im Geist vor sich sah.

„Kannst du dich etwa nicht mehr erinnern? An gar nichts?", neckte er Heaven mit größtem Vergnügen. Amüsiert beobachtete er, wie sich ihre Augen ungläubig weiteten. In ihrer Verwirrung vergaß sie, ihre Bettdecke festzuhalten, die langsam, aber sicher auf den Fußboden rutschte. Jon, der gerade dabei war, Heavens Tee auf dem Nachttisch abzustellen, fing sie galant auf.

Unglücklicherweise bewegte er sich dabei etwas zu hastig, sodass er mit den Fingerspitzen selbstverständlich ungewollt Heavens Brust berührte.

Mit Sicherheit lag es an dem plötzlichen Luftzug, dass Heavens Brustspitzen sofort heftig reagierten, indem sie sich steif aufrichteten. Jedenfalls war das Heavens Erklärung. Mit Jon hatte es überhaupt nichts zu tun.

„Erinnerst du dich wirklich nicht?", fragte er eindringlich, während er sich neben sie setzte.

Heaven schluckte. Weniger wegen Jon, dessen Nähe an sich schon ziemlich aufregend war. Ganz zu schweigen von der Tatsache, dass sein Bademantel ausgesprochen nachlässig geknotet war … Auch nicht, weil sie selber nackt unter ihrer Bettdecke lag. Nein, es verwirrte sie einfach maßlos, dass sie nicht wusste, ob sie nun die Nacht mit Jon verbracht hatte oder nicht. Wobei die Idee an sich gar nichts Abschreckendes an sich hatte. Ganz im Gegenteil.

„Du denkst also, ich könnte die Situation ausgenutzt und die Nacht mit dir in einem Bett verbracht haben?", fragte Jon entrüstet.

„Du hast mich doch ausgezogen", gab Heaven zurück.
„Schon", gab Jon zu. „Aber nur, um die Sachen zu waschen. Ein reiner Akt der Nächstenliebe, weiter nichts."
„Oh …"
Jon zog eine Augenbraue hoch. „Was sollte dieser Laut bedeuten? Eine Art Entschuldigung? Oder war es etwa ein Ausdruck der Enttäuschung?", erkundigte er sich lächelnd.
Heaven bedachte ihn mit einem vernichtenden Blick. Doch bevor sie noch Gelegenheit hatte, die Worte auszusprechen, die ihr auf der Zunge lagen, nahm er ihr den Wind aus den Segeln.
„Ich war durchaus in Versuchung, Heaven. Du hast einen sehr verführerischen Körper. Und ein entzückendes Muttermal genau hier."
Mit schlafwandlerischer Sicherheit tippte er auf eine Stelle der Bettdecke, unter der sich genau das Muttermal an Heavens Hüfte befand.
„Es verführt zum Küssen", flüsterte Jon und lehnte sich weiter zu Heaven hinüber.
Ihr Herz klopfte. Je mehr er sich ihr näherte, desto größer wurde ihr Verlangen nach ihm. Jetzt war sein Mund nur noch wenige Zentimeter von ihrem Gesicht entfernt.
„Nein, ich habe nicht mit dir geschlafen", flüsterte er rau. „Und wenn ich es getan hätte, dann würdest du dich mit Sicherheit daran erinnern."
„Erinnern …", murmelte Heaven mit zittriger Stimme.
„Ganz sicher. Weil das so intensiv, so besonders und wunderbar gewesen wäre, dass du es nicht vergessen hättest. Und hiermit hätte ich begonnen …"
Bevor Heaven etwas erwidern konnte, hatte Jon schon ihr Gesicht in beide Hände genommen und damit begonnen, sie ausgiebig zu küssen. Sehnsüchtig schlang sie die Arme um seinen Hals und zog ihn noch näher zu sich heran.
„Und dann? Was hättest du dann getan?", fragte sie benommen.
„Das werde ich dir zeigen. Und du würdest dich bestimmt heute noch daran erinnern." Mit einer Hand strich er ihr Haar zur Seite und knabberte zärtlich an ihrem Hals entlang bis zu ihrer Schulter

hinab, sodass Heaven auf dem ganzen Körper vor Erregung eine Gänsehaut bekam.

Sie stöhnte laut auf und grub ihre Fingernägel in seine Arme, doch der Schmerz störte ihn nicht.

„O Jon", keuchte Heaven, als er die empfindliche Haut an der Innenseite ihrer Arme mit Küssen bedeckte. Dann küsste er ihre Hand und führte sie zu der Stelle an seiner Brust, wo sein Herz ungestüm schlug.

„Und dann?", fragte Heaven leise. „Was hättest du dann getan?" Mit großen Augen, in denen sich ihr Verlangen widerspiegelte, sah sie ihn an.

Jon schluckte. Allein dieser Blick hätte gereicht, um jeden Mann zum Wahnsinn zu treiben. Ganz zu schweigen von ihren vollen, weichen Brüsten, deren Anblick seine Lust noch mehr anheizte.

„Dann hätte ich dir erklärt, dass dies kein Spiel ist und dass ich dich begehre wie keine Frau zuvor", sagte er leise. Seine Stimme war rau und so voller Gefühl, dass Heaven den Atem anhielt.

„Ich begehre dich auch", erwiderte sie mit zitternder Stimme. Dann öffnete sie wortlos ihre Arme.

Als er sich über sie neigte und sanft mit den Kuppen seiner Daumen über ihre Brustspitzen rieb, stöhnte sie leise. Ihr ganzer Körper bebte vor sinnlichem Vergnügen. Zärtlich ließ er seine Zunge über ihre Lippen gleiten, bis sie den Mund öffnete und ihn mit ihrer Zunge liebkoste.

Dann senkte er den Kopf und zog langsam ihre Brustspitze zwischen seine Lippen. Heaven fühlte das weiche Haar, das seinen Körper bedeckte, und die festen Muskeln unter seiner Haut.

Sie wollte jeden Zentimeter seines Körpers erforschen, ihn überall berühren und schmecken ... Erst als er stöhnend seinen Kopf zwischen ihren Brüsten vergrub, merkte sie, dass sie ihre Gedanken laut ausgesprochen hatte.

„Mein Gott, Heaven, hast du eigentlich eine Ahnung davon, was du mit mir machst?"

„Ich weiß jedenfalls, was du mit mir machst", entgegnete sie mutig.

Sein Bademantel war jetzt ganz offen, sodass sie seinen nackten Körper sehen konnte. Scheu, aber gleichzeitig voller Neugier und Begehren betrachtete sie ihn. Spielerisch strich sie mit ihren Fingerspitzen über seine heiße Haut.

„Heaven", protestierte er halbherzig. Sein Ton ließ keinen Zweifel daran, was er bei ihrer Berührung empfand.

„Was ist denn los?", neckte sie ihn atemlos. „Magst du das nicht?"

„Ob ich es nicht mag?", wiederholte Jon stöhnend und schloss die Augen. „Na warte, bis du dran bist. Du wirst schon sehen, was du davon hast", warnte er sie lachend. „Ahnst du eigentlich, wie oft ich an dich gedacht habe?", fügte er ernst hinzu, während er den Bademantel zu Boden gleiten ließ und Heaven wieder in seine Arme zog. Er küsste sie leidenschaftlich.

„Aber du hast dich nach der Geschichte mit Harold nie wieder gemeldet", sagte Heaven zögernd. „Und da dachte ich, du hättest kein Interesse an mir."

Jon schüttelte heftig den Kopf. „Ich konnte dich ja nicht erreichen. Keiner wusste, wo du warst. Und deine Eltern, mit denen ich mich sofort in Verbindung gesetzt habe, wollten mir nicht verraten, wo du wohntest. Tja, und als ich dann so richtig darüber nachdachte, kam ich zu dem Schluss, dass du mich vermutlich gar nicht sehen wolltest. Nach allem, was geschehen war, konnte dir wohl kaum etwas an irgendeinem Kontakt mit unserer Familie liegen."

„Im ersten Moment sicher nicht", gab Heaven zu. „Und außerdem hatte ich Angst, dass …" Unsicher brach sie ab. „Also, ich hatte einfach Angst, dass du vielleicht doch denken könntest, ich hätte …"

Er unterbrach sie heftig. „Niemals! Es mag vielleicht Menschen gegeben haben, die Harolds Lügen geglaubt haben, aber ich habe nie dazu gehört. Nie!", wiederholte er nachdrücklich. Er umfasste Heavens Gesicht mit beiden Händen, sodass sie ihn ansehen musste. „Es ist wichtig, dass du mir glaubst, Heaven."

Sie konnte nichts dagegen tun, dass ihr die Tränen der Rührung in die Augen stiegen. Und es war nicht schlimm, denn vor Jon brauchte sie nichts zu verbergen. Zärtlich wischte er ihr die Tränen fort und wiegte Heaven in den Armen. Dann sah er sie liebevoll an, hob ihren Kopf und leckte die letzten Spuren der Tränen von ihrem Gesicht.

Das Gefühl seiner weichen Zunge auf ihrer Haut sandte Schauer durch Heavens Körper. Bis in die Fußspitzen hinein fühlte sie, wie die Erregung sich wellenförmig und heiß in ihr ausbreitete.

„Jon", flüsterte sie leidenschaftlich. Sie wollte jetzt nicht mehr verbergen, was in ihr vorging. Sie wollte ihn. Jetzt.

„Ich weiß", sagte er sanft. „Ich weiß."

Dann legte er Heaven auf das Bett und schob die Decke achtlos beiseite. Jeden Zentimeter ihres nackten Körpers streichelte und küsste er, bis sie vor Verlangen stöhnte. Als er mit dem Mund ihr Muttermal liebkoste, ruhte seine Hand warm und verheißungsvoll auf ihrem Bauch. Ungeduldig bewegte sich Heaven hin und her.

„Was ist los?", neckte er sie ebenso, wie sie es vorher getan hatte. Langsam glitt er mit der Hand zwischen ihre Beine und streichelte die empfindliche Haut. „Magst du das nicht?"

Heaven brauchte nicht zu antworten. Jon wusste die Antwort auch so. Sein Körper und seine Emotionen sagten es ihm deutlich.

Er ließ sich zurückgleiten und beugte den Kopf tief hinunter. Als seine Zunge ihre intimsten Stellen berührte, sie umkreiste und sanft massierte, zuckte Heavens Körper wild hin und her.

Unfähig, sich länger zu beherrschen, stieß Heaven einen spitzen Schrei aus. Jon legte sich vorsichtig auf sie und küsste sie hart auf den Mund. Er wusste instinktiv, dass Heaven sich genau das jetzt wünschte.

Als er in sie eindrang, war es wie die Erfüllung aller Wünsche und Träume, die sie beide jemals gehabt hatten. Wie Poesie empfanden sie den Gleichklang der Gefühle in dem Moment, der sie beide zum Höhepunkt brachte – Liebende, für Augenblicke höchster Lust der Wirklichkeit entrückt. Erschöpft lagen sie anschließend eng aneinandergeschmiegt auf dem Bett.

„So ist es also, wenn man wunschlos glücklich ist", murmelte Jon benommen. „Das muss der Himmel auf Erden sein."

Heaven lachte leise. Jon, der eine Weile brauchte, um zu verstehen, was so witzig daran war, stimmte mit ein. „Klar, du bist ja auch mein Himmel auf Erden. Heaven."

Zärtlich strich er ihr eine Haarsträhne aus der Stirn. „Du, hör mal …" Er brach mitten im Satz ab.

Heaven hatte sich aufgerichtet und lauschte nach draußen. Ihr Gesicht verriet höchste Anspannung.

„Ich höre ein Auto", sagte sie nervös. „Wer kann das sein?"

„Warte hier", sprach Jon. Er stand auf, zog seinen Bademantel an und ging zur Tür. Da ertönte auch schon ein stürmisches Klingeln an der Haustür. Heaven horchte angespannt nach unten, doch mehr als zwei Stimmen konnte sie nicht hören. Es war Jon, der da sprach, und ein anderer Mann mit einer unangenehmen, durchdringenden Stimme.

„Warte hier", hatte Jon gesagt, aber wenn Harolds Leute nach ihr suchten, würde sie sich bestimmt nicht nackt im Bett vor ihnen präsentieren. Rasch stand sie auf, nahm ihre Sachen und ging ins Badezimmer. Nachdem sie die Tür fest hinter sich abgeschlossen hatte, holte sie erst einmal tief Luft. Dann stellte sie sich unter die Dusche. Das Geräusch des rauschenden Wassers schloss jeden anderen Laut aus, sodass sie nicht mehr hören konnte, was im Haus vor sich ging.

Gott sei Dank, dachte sie. In früheren Zeiten waren die Frauen dieses Hauses nicht in so einer glücklichen Lage gewesen. Sie malte sich aus, wie oft sie wohl hier oben im Turm angstvoll aneinandergedrückt gesessen hatten, während ihre Männer unten mit irgendwelchen Eindringlingen gekämpft hatten.

Heaven wusste es sehr zu schätzen, dass Jon ihre Kleider gewaschen und getrocknet hatte. Er war wirklich in jeder Hinsicht ein aufmerksamer Mann … Sie trocknete sich schnell ab und schlüpfte in ihre Sachen. Wenn sie sich nicht sehr täuschte, war ihr Kleid sogar gebügelt. Jedenfalls in Ansätzen.

Sie errötete leicht, als sie den winzigen Slip betrachtete, den ihr Janet geschenkt hatte. Eines Tages nach der Katastrophe mit Harold war sie mit ihrem Überraschungspaket angerückt, um Heaven eine Freude zu machen. Lauter ausgesuchte Geschenke befanden sich darin. Unter anderem auch dieser Slip, der wesentlich kleiner und aufregender war als das, was Heaven normalerweise unter ihrer Kleidung trug. Kaum so groß wie Jons Handfläche ...

Hastig zog sie den Slip an. In Gedanken war sie zwar unten an der Eingangstür, aber ihr Herz war noch erfüllt von der Begegnung mit Jon. Sie hatte deutlich gespürt, dass er sie ebenso begehrte wie sie ihn, aber Lust und Liebe waren häufig zwei verschiedene Dinge.

Sie drehte leise den Schlüssel im Schloss und öffnete vorsichtig die Tür. Dann horchte sie nach draußen. Alles schien ruhig zu sein. Ob der Besucher gegangen war?

Erschrocken hielt sie die Luft an, als jemand das Schlafzimmer betrat. Es war Jon.

„Wer war das? War es jemand von Harold?", wollte Heaven wissen. Ihr Mund war so trocken, dass sie kaum mehr als ein Krächzen zustande brachte.

Jon sah ernst aus.

„Sie sind hinter mir her, stimmt's?", flüsterte Heaven schockiert.

Als Jon nickte, biss sie sich nervös auf die Lippen. „War er es selbst? War er dabei?", flüsterte sie.

Jon lächelte kurz. „Nein, er war nicht mit. Anscheinend geht es ihm gesundheitlich nicht besonders. Ist ja gut, Heaven", tröstete er sie, als er sah, dass sie zitterte. Er ging zu ihr und hielt sie fest umschlungen.

„Es waren zwei Männer, die für Harold in Glasgow arbeiten", erklärte Jon. „Sie sollen herausfinden, wo du dich aufhältst. Ich denke, dass sie dich nicht mehr hier vermuten. Harold hat ihnen erzählt, dass wir gemeinsam sein Haus verlassen haben. Aber ich habe sie wohl davon überzeugt, dass ich allein hergekommen bin. Jetzt wollten sie wissen, ob ich deinen Aufenthaltsort kenne."

„Harold hätte dich doch anrufen können", meinte Heaven. Sie fühlte sich sichtlich unbehaglich. „Weshalb schickt er extra jemanden vorbei?"

„Es ist typisch für Leute wie Harold, dass sie den persönlichen Besuch vorziehen. Das macht die Sache dringlicher, verstehst du?"

Jon verschwieg die Tatsache, dass man ihm ernsthafte Konsequenzen für den Fall angedroht hatte, dass er Heaven half oder womöglich versteckte. Sie war auch so schon völlig verschreckt.

„Was hast du ihnen denn erzählt? Über mich, meine ich."

„Ich habe ihnen gesagt, dass du wahrscheinlich über Weihnachten zu deiner Familie nach Australien geflogen bist. Das seien jedenfalls deine Pläne gewesen."

Heaven sah ihn bewundernd an. „Und? Haben sie dir geglaubt?", fragte sie vorsichtig.

„Erst einmal schon. Aber Harold gibt nicht so schnell auf. Er wird mit Sicherheit meine Angaben nachprüfen. Eins ist klar: Nach London kannst du vorerst nicht zurück."

„Was meinst du damit? Wie lange kann ich nicht zurück?", bedrängte ihn Heaven.

Jon ließ sie los und ging zum Fenster hinüber. Er ließ seinen Blick nachdenklich über die Landschaft schweifen. Dieser Wachturm war in ihrer jetzigen Lage wirklich ein Glücksfall. Niemand konnte sich unbemerkt nähern, weder ein Mensch noch ein Fahrzeug. Er hätte jeden bemerkt, der versuchte, das Haus zu beobachten. Darüber hinaus war er sicher, dass Harolds Leute ihm seine Geschichte über Heavens Verschwinden geglaubt hatten. Die Frage war nur, wie lange.

Früher oder später würde Harold dahinterkommen, dass Heaven nicht nach Australien geflogen war. Bis dahin hoffte Jon allerdings, dass er ausreichendes Material gegen seinen Exschwager in der Hand haben würde. Vielleicht sogar noch etwas früher.

Er sah aus dem Fenster auf die schneebedeckten Berge, die in der weißen Wintersonne glänzten. Der Himmel war strahlend blau. Ganz im Gegensatz zu den Wolken, die sich in seinem und im Leben seiner Familie zusammengeballt hatten. Die Scheidung seiner Schwester mit all ihren hässlichen Begleiterscheinungen hatte das Leben seiner Eltern ebenso beeinflusst wie das von Louisa und den Kindern. Sie waren zum Glück noch sehr jung und würden all das hoffentlich bald vergessen haben. Und was Harold Heaven angetan hatte …

Er schaute sie vom Fenster aus an. Dann ging er entschlossen zu ihr hinüber und ergriff ihre Hände. Weich und warm fühlten sie sich an. Jon hielt sie eine Weile fest, bevor er Heaven erzählte, was er bisher über Harold herausgefunden hatte und was er nun vorhatte.

„Das willst du tun? Meinst du denn, es klappt? Und ist es gefährlich für dich?", fragte Heaven nervös.

„Ja, das will ich tun, und ich denke, es wird klappen. Ungefährlich ist es wahrscheinlich nicht, aber ich habe keine Wahl. Schon wegen Louisa nicht. Es tut mir leid, dass du mit in die Sache hineingezogen worden bist. Aber ohne dich hätte ich ja die Informationen über Harolds Betrugsabsichten niemals bekommen." Er betrachtete Heaven liebevoll.

„Tiffany hätte dir auch alles erzählen können", gab Heaven zu bedenken.

Doch Jon schüttelte den Kopf. „Nein, das bezweifle ich. Du hast die Gabe, Menschen zum Erzählen zu bringen. Sie vertrauen dir. Es ist diese Ausstrahlung von Wärme und Zuverlässigkeit, die Menschen dazu bringt, sich dir anzuvertrauen."

Er brach ab und sah Heaven forschend an. Ihr Gesicht hatte sich verdüstert.

„Was ist los?", erkundigte er sich besorgt.

„Ich mache mir Sorgen um Tiffany. Wenn Harold erst einmal herausgekriegt hat, was sie mir erzählt hat …"

„Du brauchst dir darüber keine Gedanken zu machen", versicherte ihr Jon. „Sie wird nicht in Schwierigkeiten geraten."

Heaven biss sich auf die Lippen. „Wie kannst du da so sicher sein? Du weißt es doch gar nicht", widersprach sie heftig.

„Doch", antwortete er ruhig. „Ihre Eltern sind jetzt wahrscheinlich gerade auf dem Weg nach London, um ihr Baby abzuholen und mit nach Hause zu nehmen. Ich habe ihnen ein Fax geschickt und sie darin vor Harold gewarnt. Außerdem habe ich ihnen geraten, sich doch einmal etwas intensiver mit Harolds Geschäften und seiner Vergangenheit zu beschäftigen. Ich glaube, sie ahnen sowieso, dass Harold nicht der richtige Mann für ihre Tochter ist. Immerhin hat er seine zwei Kinder im Stich gelassen. Das ist keine gute Empfehlung für eine gemeinsame Zukunft mit ihrer geliebten Tochter, oder?"

„Hast du keine Angst, dass Harold das Fax zu dir zurückverfolgen könnte?", gab Heaven zu bedenken.

„Keine Chance", lachte Jon. „Manchmal muss man sich etwas einfallen lassen. Wenn es darauf ankommt, kann ich genauso verschlagen sein wie Harold. Bis er es geschafft hat, mein Fax zurückzuverfolgen, sitzt er schon längst in der Falle. Ich habe ein ganzes Geflecht von Kommunikationsbahnen um das Fax herum aufgebaut."

„Du tust so, als wäre alles ganz einfach, aber ich kann die Dinge nicht so locker sehen", erwiderte Heaven. „Ich habe trotzdem Angst. Wenn Harold schon so weit geht, Leute hierherzuschicken, die nach mir suchen sollen ..."

„Du hast ihn mächtig in seiner Ehre als Mann verletzt", erklärte Jon. „Das darfst du nicht vergessen. Was glaubst du, wie albern er vermutlich vor den Amerikanern dagestanden hat! Ich nehme an, dass seine Leute mich noch ein paar Tage beobachten werden. Wahrscheinlich halten sie sich hier irgendwo in der Nähe auf. Aber bald wird ihnen das zu langweilig sein, und dann werden sie wieder abziehen. Allerdings solltest du dich in den nächsten paar Tagen unbedingt im Turm oder in der unmittelbaren Umgebung aufhalten. Alles andere wäre zu gefährlich", warnte er sie. „Ich fürchte, der Einkaufsbummel fällt also erst mal ins Wasser."

Liebevoll nahm er sie in den Arm. Plötzlich stutzte er. „Warte mal ... Da war doch noch ..." Er ging mit großen Schritten zu den Einbauschränken, die sich an der gegenüberliegenden Wand befanden, und zog eine Tür auf.

„Dachte ich's mir doch", rief er triumphierend. Als er einen Schritt zur Seite trat, erblickte Heaven eine Reihe von Frauenkleidern, die ordentlich auf ihren Bügeln hingen.

„Ich weiß natürlich nicht, ob dir irgendetwas passt, aber du kannst gerne alles anprobieren, was du magst", erklärte er fröhlich.

Aber Heaven hatte sich schon umgedreht, damit er ihr Gesicht nicht sehen konnte. Sie stand wie versteinert da. In ihrem Hals fühlte sie einen Kloß, und sie fürchtete, jeden Moment in Tränen auszubrechen. Wie hatte sie nur so dumm sein können, sich in schwärmerischen Tagträumen zu verlieren, ohne die Wirklichkeit zu sehen? In Gedanken gemeinsame Zukunftspläne zu schmieden und sich für die glücklichste Frau der Welt zu halten?

Dabei gehörte Jon offensichtlich zu jener Sorte Mann, die das völlig anders sah. Wie sonst war es zu verstehen, dass er ihr ohne Skrupel einen Schrank voller Kleider irgendwelcher Vorgängerinnen präsentierte? Vermutlich hatten sie auch mit ihm das Bett geteilt ...

„Was ist los?", fragte Jon ratlos. Er war ehrlich verwirrt über Heavens plötzlichen Stimmungsumschwung. Was er für eine gute Idee gehalten hatte, schien auf einmal genau das Gegenteil zu sein.

„Du glaubst doch nicht im Ernst, ich würde die Sachen einer anderen Frau anziehen", erklärte sie frostig.

Jon runzelte verwirrt die Stirn. „Eine andere Frau?" Und dann dämmerte ihm, was in Heaven vor sich ging. „Ich bin sicher, Louisa hätte nichts dagegen", sagte er sanft.

„Louisa? Du meinst, die Kleider sind von deiner Schwester?" Aus jedem Wort von Heaven sprach Erleichterung.

„Allerdings", bestätigte Jon. „Sie ist zwar bei Weitem nicht so zierlich wie du, aber vielleicht ist ja doch etwas Passendes dabei. Und im Übrigen", fügte er schmunzelnd hinzu, „bist du neben Louisa und ihren Mädchen die einzige Frau ..." Er unterbrach sich, als unten in der Halle das Telefon zu läuten begann. „Ach, zum Kuckuck!", rief er ungeduldig. „Immer im unpassenden Moment. Es ist wohl besser, wenn ich drangehe. Ich erwarte einige wichtige Anrufe wegen Harold."

Er war so schnell verschwunden, dass Heaven nicht mehr fragen konnte, wie der Satz weitergehen sollte. Ob sie die einzige Frau war, die er jemals in seinen Turm eingeladen hatte?

Ich sollte aufhören, mir über so etwas Gedanken zu machen, überlegte Heaven. Wer weiß, was er sagen wollte. Es ist nicht gut, zu viel in seine Worte hineinzulesen.

Seit ihrem ersten Zusammentreffen hatte Jon sie fasziniert. Als dann all die hässlichen Dinge mit Harold passiert waren, waren ihre Gedanken an Jon natürlich erst einmal in den Hintergrund gerückt. Aber die vergangene Nacht und ihr Zusammensein an diesem Morgen hatten bewiesen, dass nichts verloren, sondern nur für eine Weile verschüttet gewesen war. Bis zum richtigen Augenblick.

Es war kein flüchtiges Abenteuer, das sie mit Jon verband. Keine Begegnung, die sich auf erotische Höhenflüge beschränkte. Kein plötzlicher Virus, der ging, wie er gekommen war. Nein, letzte Nacht war ihr die Stärke ihrer Gefühle für Jon in vollem Umfang bewusst geworden. Er war der Mann ihres Lebens, ihre große Liebe. Der Mann, neben dem sie jeden Morgen aufwachen und mit dem sie Kinder haben wollte. Der Mann, dessen Leben mit allen Höhen und Tiefen sie teilen wollte. Aber dachte er genauso?

„Es tut mir leid, wenn du dich langweilst", entschuldigte sich Jon, als er das Wohnzimmer betrat. Heaven war gerade dabei, das letzte Eckteil eines Puzzles zu suchen, das sie in einem Schrank gefunden hatte.

Es stellte eine viktorianische Familie beim Weihnachtsfest dar. Die Szene wirkte mit den vielen Verwandten, einer Schar Kinder mit glänzenden Augen und roten Backen und dem herrlich geschmückten Weihnachtsbaum ausgesprochen idyllisch. Unter dem Baum lagen bunt verpackte Geschenke, während sich auf einem kleinen Beistelltisch Früchte und allerlei süße Leckereien türmten. Es war die Art von Abbildung, die bei fast jedem Menschen in irgendeinem Winkel seines Herzens eine geheime Sehnsucht nach so einem Weihnachtsfest hervorruft. Auch dann, wenn man es vielleicht nicht zugeben möchte.

„Wir haben es fast geschafft", erklärte Jon gerade. „Morgen um diese Zeit müssten wir Harold so weit haben."

„Ich langweile mich überhaupt nicht", versicherte Heaven. Im gleichen Augenblick stieß sie einen kleinen Freudenschrei aus. Sie hatte das gesuchte Teil gefunden. Triumphierend setzte sie es ein.

„Ist das nicht ein richtiges Weihnachtsidyll? Hier fehlt doch nur noch mein ‚Figgy Pudding'", lachte sie und zeigte auf das Bild, das sich vorn auf der Schachtel befand. Sie rutschte zur Seite, als Jon pflichtschuldigst einen Blick auf das Puzzle warf.

„Stimmt", antwortete er. „Aber hoffentlich ohne die berühmten Extrazutaten ..."

Sie lachten immer noch, als das Telefon klingelte.

„Drück die Daumen", sagte Jon, als er schnell aufstand. „Dieses Gespräch könnte Harolds endgültige Niederlage bedeuten."

6. KAPITEL

Vier Tage später war es so weit. Jon trat sichtlich gut gelaunt und erleichtert ins Wohnzimmer.

„Ist jetzt wirklich alles geregelt?", fragte Heaven aufgeregt. „Du hast tatsächlich Harolds Einverständnis für eine ordentliche Unterhaltsregelung, was Louisa und die Kinder betrifft?"

„Ja. Und den größten Dank dafür schulden wir dir", bemerkte Jon liebevoll. „Louisas Rechtsanwalt hat mir gerade per Fax bestätigt, dass alle Papiere unterzeichnet sind. Die Bank, bei der Louisa ihr Konto hat, hat auch schon einen großzügigen Scheck von Harold erhalten. Die Drohung, seine betrügerischen Geschäftspraktiken öffentlich anzuprangern, hat offensichtlich gewirkt. Harold war sich natürlich über die Folgen einer solchen Enthüllung vollkommen im Klaren. Auf diese Weise profitieren Louisa und die Mädchen nun davon."

„Und Tiffany?", erkundigte sich Heaven besorgt.

„Tiffany ist wieder wohlbehütet zu Hause bei ihren Eltern. Und was die amerikanischen Geschäftsleute angeht – die werden sich das Ganze möglicherweise noch einmal überlegen. Auf jeden Fall bin ich sicher, dass sie sehr genau darauf achten werden, Harold keine Möglichkeit zu geben, ihren zukünftigen Profit zu gefährden. Wie gesagt, wenn der Handel überhaupt zustande kommt."

„Ende gut, alles gut", sagte Heaven mit einer seltsam tonlosen Stimme, die Jon sofort aufhorchen ließ. Sie stand vom Sofa auf, ging zum Fenster und betrachtete ausgiebig die schneebedeckte Landschaft. „Das heißt, ich kann jetzt ungefährdet nach Hause zurückkehren?"

„Richtig", erwiderte Jon. „Soweit ich weiß, wird Harold das Weihnachtsfest in der Karibik verbringen." Jon grinste. „An irgendeinem Ort, wo es keinen Weihnachtspudding gibt", meinte er lachend.

Heaven blieb das Lachen in der Kehle stecken. Eher war ihr nach Weinen zumute. Und sie wusste auch genau, warum.

Obwohl sie vier Tage unter einem Dach zugebracht hatten, war seit jenem Morgen nichts mehr zwischen ihnen gewesen. Nicht einmal andeutungsweise hatte Jon zu erkennen gegeben, was in ihm vorging. Keine Geste, kein Wort hatte Heaven etwas über seine Gefühle ihr gegenüber verraten.

Warum? Vielleicht hatte er längst alles bedauert, was zwischen ihnen geschehen war. Oder er fürchtete, dass Heaven mehr in allem sah, als er wollte. Dass ihre gemeinsamen Liebesstunden mehr für sie bedeuteten als nur ein vergnügliches Abenteuer. Und ob sie das taten! Viel, viel mehr.

„Wenn ich mich heute Nachmittag noch auf den Weg mache, kann ich den Weihnachtsabend zu Hause verbringen", sprach sie langsam. Sie sah Jon dabei nicht an.

„Wenn du das möchtest, werde ich alles Notwendige veranlassen", antwortete er förmlich.

Was sollte sie darauf erwidern? Die Wahrheit? Dann müsste sie ihm sagen, dass sie am liebsten bei ihm bleiben würde. Für immer.

Sie blickte zu Boden. „Ja, tu das bitte", sagte sie stattdessen nur.

Jon hatte kurz zuvor den Fernseher angestellt, um die Morgennachrichten zu hören. Plötzlich erscholl Weihnachtsmusik, und der Raum war erfüllt vom süßen Klang eines Kinderchors.

Das war zu viel für Heaven. Schon immer war sie für Sentimentalitäten anfällig gewesen; besonders aber zur Weihnachtszeit. An keinem festlich geschmückten Laden in der Stadt konnte sie zu dieser Jahreszeit vorbeigehen, ohne dass ihr warm ums Herz wurde. Und ausgerechnet jetzt, wo sie sich so klein und hilflos fühlte, so verletzbar und unglücklich –, ausgerechnet jetzt musste auch noch dieses Weihnachtslied auf ihr Gemüt drücken. Ehe sie sich's versah, stiegen ihr die Tränen in die Augen, und sie fing an zu weinen.

Jon sah, dass ihre Schultern bebten. Mit einem Schritt war er an ihrer Seite. „Was ist denn, Heaven?", fragte er leise. „Was ist passiert?"

Bevor sie es verhindern konnte, hatte er sie zu sich umgedreht. Forschend sah er sie an. Während er sie mit einer Hand festhielt, wischte er mit der anderen ihre Tränen fort.

Das fehlte gerade noch. Heaven schluckte. Die Berührung seiner Hand auf ihrem Gesicht gab ihr den Rest.

„Warum bist du so traurig?", fragte er. „Ist es wegen Harold? Hast du noch immer Angst vor ihm?"

„Mit Harold hat das nichts zu tun", schluchzte Heaven. „Du hast ja dafür gesorgt, dass mir nichts passieren kann. Nein, es ist ..." Hilflos brach sie ab und schüttelte den Kopf. Mit dem Ärmel des viel zu großen Pullovers von Louisa wollte sie sich über ihr Gesicht wischen.

„Nicht", sagte er rau. „Das ist meine Sache." Er streichelte ihre feuchte Wange.

„Warum?", fragte sie mit klopfendem Herzen.

„Weil ... Ich will nicht, dass du wegfährst. Ich möchte dich nicht wieder verlieren, Heaven. Bleib hier, bei mir. Für immer."

„Du bittest mich zu bleiben?", entfuhr es Heaven ungläubig. „Aber in den letzten vier Tagen hast du dich benommen, als hättest du überhaupt kein Interesse mehr an mir." Sie biss sich auf die Lippen.

„Was habe ich?", fragte er erschrocken.

„Du hast dich seltsam benommen", beharrte sie.

„Was meinst du damit?"

„Na so, als ob du nichts mehr von mir wissen willst", erklärte Heaven kläglich.

„Das ist doch nicht dein Ernst", stieß Jon hervor. Er umfasste Heavens Gesicht mit beiden Händen und zwang sie, ihn anzusehen.

„Ich liebe dich, Heaven. Seit Tagen möchte ich dir das schon sagen, aber ich musste erst die Geschichte mit Harold aus der Welt schaffen. Nicht nur, weil ich mir natürlich um dich Sorgen machte und wusste, dass keine Zeit zu verlieren war. Nein, auch deshalb, weil ich mir vorgenommen hatte, dann nur Zeit für dich zu haben. Nichts sollte uns stören können."

Er schwieg einen Moment. „Als wir uns vor achtzehn Monaten das erste Mal sahen, ahnte ich, dass du eine ganz besondere Rolle in meinem Leben spielen würdest. Aber dann, nach meiner Rückkehr aus dem Ausland, warst du mit unbekanntem Ziel verschwunden. Und ich dachte mir, dass du bestimmt nichts mit mir zu tun haben wolltest. Schließlich war ich auf indirektem Weg ja auch mit Harold verknüpft. Wie hättest du jemanden wiedersehen wollen, der dich an das erinnerte, was dieses Scheusal dir angetan hatte? Doch dann führte uns das Schicksal wieder zusammen ..."

Zärtlich strich er Heaven übers Haar. Der Blick, mit dem er sie dabei ansah, ließ ihr Herz schneller schlagen. Nie im Leben hätte sie sich träumen lassen, für einen Mann so viel zu bedeuten. Du bist meine Welt, mein ganzes Leben, sagten seine Augen.

„Nichts hat sich an meinen Gefühlen für dich geändert", flüsterte Jon leidenschaftlich. „Ich liebe dich von ganzem Herzen. Und ich möchte mich nie mehr von dir trennen. Mein größter Wunsch zu diesem Weihnachtsfest wäre ..."

Heaven ließ ihn nicht zu Ende sprechen. „Du liebst mich wirklich?", flüsterte sie mit zitternder Stimme. In ihren Augen glänzte es verdächtig.

„Ja, ich liebe dich", antwortete Jon fest. „Ich liebe dich, und mein größter Wunsch ist, dass du meine Frau wirst."

Der Chor im Fernsehprogramm setzte zum jubelnden Finale an, doch Heaven hörte es nicht. Zu laut jubelte ihr Herz vor Freude über Jons Worte, die ihre innigsten Wünsche erfüllten. Außerdem küsste er sie gerade so leidenschaftlich, dass sie für die Wirklichkeit taub und blind war. Alles drehte sich nur noch um sie beide.

„Versprich mir etwas", bat er sie, nachdem sie schließlich wieder zu Atem gekommen waren.

„Alles", erwiderte Heaven. „Was ist es?"

„Versprich mir, dass du niemals wieder deinen ‚Figgy Pudding' mit Extrazutaten zubereitest", flehte er inbrünstig.

Heaven lachte noch, als er sie hochhob und hinauf ins Schlafzimmer trug.

EPILOG

„Ist die Geschichte jetzt zu Ende?", fragte Christabel aufgeregt.

Jon sah seine Frau liebevoll an.

„Nein. Diese Geschichte hat kein Ende", erklärte er seiner Nichte. „Sie fängt gerade erst an und wird ewig dauern. Wie unsere Liebe", fügte er leise hinzu, sodass nur Heaven ihn hören konnte. Er beugte sich zu ihr und küsste sie zärtlich.

„Ach, ihr Erwachsenen!", rief Christabel genervt. „Immer seid ihr nur am Küssen und Schmusen. Furchtbar. Ich heirate nie."

„Warte mal ab", sagte Jon lachend. „Du wirst deine Meinung bestimmt noch ändern. Der Appetit kommt beim Essen. Frag Heaven, die muss es wissen."

„Ja, du hast ganz recht, Jon", stimmte Heaven in sein Lachen ein. „Das ist immer so."

Christabel schaute die beiden grimmig an. Erwachsene würden ihr immer ein vollkommenes Rätsel bleiben. Erst diese alberne Knutscherei, und jetzt konnten sie gar nicht mehr aufhören zu lachen. Das sollte ihr mal einer erklären!

– ENDE –

Cara Colter

Viel Liebe zum Fest
Roman

Aus dem Amerikanischen von
Anike Pahl

1. KAPITEL

"Mitch, du bist wirklich genauso dämlich, wie du aussiehst! Wenn ich nur wollte, würde ich im Handumdrehen eine neue Braut finden", verkündete Finn Reilly, bevor er einen weiteren Schluck von seinem Bier nahm.

Als wäre er heute nicht schon genug gestraft worden! Erst ließ ihn seine Verlobte vor dem Traualtar stehen, und dann musste er sich auch noch Mitch Mulligans dumme Sprüche anhören! Mitch war Finns größter Konkurrent im Baugeschäft und eine entsetzliche Nervensäge. Vielleicht war das alles nur ein böser Traum, und wenn er für einen Augenblick die Augen schloss, würde dieses dreihundert Pfund schwere Walross neben ihm sich in Luft auflösen. Um nichts unversucht zu lassen, blinzelte Finn kurz. Vergeblich.

„Ach ja?", höhnte Mitch, dessen Bierfahne Finn fast vom Barhocker riss. „Ich sag dir was, ich hab die Nase voll davon, wie du immer mit deinem Erfolg bei den Frauen prahlst!"

„Weil du neidisch bist."

„Pah! Auf was denn? Etwa darauf, wie deine letzte Eroberung heute aus der Kirche gestürmt ist?"

Finn kühlte sich die pochende Stirn mit der Bierflasche. Warum mussten alle ihn immer wieder daran erinnern, wie Vivian aus der Kirche gerannt war, sich zu diesem Kerl auf das Motorrad geschwungen hatte und dem Sonnenuntergang entgegengebraust war? Und wieso schien niemand auch nur das geringste Mitleid mit ihm zu haben?

„Na, Reilly? Du sagst ja gar nichts mehr."

„Lass ihn in Ruhe, Mulligan", mischte sich Matt Marshall ein, Finns bester Freund seit der Highschool. „Siehst du denn nicht, dass es Reilly nicht gut geht?"

„Ihm geht es nicht gut?", wiederholte Mitch spöttisch und grölte vor Lachen. „Ich wusste ja schon immer, dass unser Reilly hier ein Sensibelchen ist, aber ich hätte nicht gedacht, dass du mir darin Recht gibst."

„Halt die Klappe", sagte Matt. „Reilly ist genauso wenig ein Sensibelchen wie deine Mutter."

„Lass meine Mutter aus dem Spiel!", brauste Mitch auf und sprang von seinem Barhocker. Für einen Mann von seinem Körperumfang war er erstaunlich schnell auf den Beinen.

Hinter dem Tresen erklang ein schriller Pfiff, und Finn verzog das Gesicht. Lu und ihre Trillerpfeife waren stadtbekannt in Greenleaf, einem Städtchen im Bundesstaat Utah. Lu, die das Lokal schon seit einer Ewigkeit führte, war im Allgemeinen nicht zimperlich, aber sie duldete keine Schlägereien.

„Mitch Mulligan! Entweder du trägst deinen Streit draußen aus, oder du bekommst es mit mir zu tun!"

Lu war eine zierliche Person, aber mit ihrer energischen Art schaffte sie es trotzdem, dass die gestandenen Kerle in *Lu's Bar* sich duckten wie kleine Jungen, die von ihrer strengen Mutter zurechtgewiesen wurden.

Jeder hatte Respekt vor ihr, außer dem Neandertaler Mitch. „Was soll das, Lu? Halt dich da raus."

„Das werde ich nicht tun, Mitch, und außerdem hat Matt recht. Lass Reilly in Ruhe. Hier", sie schob ihm einen Pappteller mit einem Stück des üppig verzierten Hochzeitskuchens hin. „Iss was, das hebt deine Laune."

„Ich will keinen Kuchen, und meine Laune ist nicht schlechter als sonst. Mir geht es erst besser, wenn ich diesem Weichei eins verpasst habe."

„Na schön", sagte Lu und zwinkerte Finn zu. „Meinetwegen fordere ihn zu einer Wette heraus oder so was. Aber ruinier ihm ja nicht sein hübsches Gesicht, denn das wäre ein Jammer für die Damenwelt."

„Danke für die Blumen", sagte Finn. Wenigstens eine Frau, die ihn mochte, auch wenn sie nichts mit der Rothaarigen gemein hatte, mit der er eigentlich um diese Zeit seine Hochzeitsnacht hatte verbringen wollen.

„Gern geschehen, Schätzchen."

Mitch prustete. „Ich freu mich schon darauf zu sehen, wie unser *Schätzchen* seine Wette haushoch verliert!" Er holte ein Geldbündel aus der Vordertasche seiner schmutzigen Jeans und blätterte zehn

Hundert-Dollar-Scheine auf den Tresen. „Pass auf, Schönling. Ich wette die gesamten Wochengehälter meiner Leute, dass du es nicht schaffst, bis zum Ende der Woche eine Frau zu finden, du blöd genug ist, dich zu heiraten."

„Mulligan!", protestierte Lu. „Ist dir eigentlich klar, dass deine Leute Familien zu ernähren haben? Du verwettest gerade ihr Abendessen."

Er hob seine gewaltigen Pranken und winkte ab. „Keine Sorge, die Wette kann ich gar nicht verlieren. Und Reilly kann sich den Einsatz allemal leisten, jetzt, wo er den Vertrag für das schicke neue Motel gekriegt hat."

Finn verdrehte die Augen. Mulligan wurde wohl nie damit fertig, dass *Finn's Custom Building* regelmäßig mehr und größere Aufträge bekam als *AAA Construction*.

„Na, was nun, Weichei? Zu feige, um eine Wette anzunehmen, die du mit Sicherheit verlierst?"

Das reichte! Finn knallte seine Bierflasche auf den Tresen und stand auf. Niemand nannte ihn ungestraft einen Schönling, ein Weichei *und* ein Sensibelchen, noch dazu innerhalb von wenigen Minuten – erst recht nicht, nachdem ihn seine Tante heute Nachmittag schon als *armen Liebling* bezeichnet hatte. „Falsch, Mulligan!" Finn zog das Geld aus der Brusttasche seines Smokings, das er für seine Flitterwochen gedacht hatte, und zählte eintausend Dollar ab. „Und ich erhöhe den Einsatz um meinen Truck."

„Finn!", sagte Lu schockiert. „Bist du denn von allen guten Geistern verlassen, Junge? Wir reden hier vom Heiraten, einer Verpflichtung, die man für ein ganzes Leben eingeht. Und du setzt deinen brandneuen schwarzen Chevy?"

„Bei allem Respekt, Lu, aber ich bin weder von allen guten Geistern verlassen noch ein *Junge*." Er nahm einen Schluck Bier. „Und wenn eine blöde Wette nötig ist, um zu beweisen, dass jede Frau sich glücklich schätzen kann, mich zu heiraten, dann werde ich eben wetten." Er schob das Geld über den Tresen zu Lu. „Heb das Geld bis nächsten Samstag für mich auf, Süße. Und sollte ich wider Erwarten bis dahin keinen Ring tragen, tja, dann darfst du es dem hässlichen Gorilla geben." Er nickte in Mitchs Richtung. „Er wird es brauchen, um meine Beerdigung zu finanzieren, denn so viel ist sicher ..."

„Was?", unterbrach Lu ihn erschrocken.

„Wenn ich bis Samstag nicht verheiratet bin, muss ich wohl mausetot sein."

„Nein, nein, nein", schimpfte Lilly Churchill und stampfte wütend mit ihren weißen Satinpumps auf. Leider erreichte sie damit bloß, dass sich eine riesige Staubwolke bildete, die ihr einen furchtbaren Niesanfall bescherte. Nun brauchte sie auch noch ein Taschentuch – aus ihrer Handtasche, die auf dem Beifahrersitz lag, gleich neben ihren Autoschlüsseln. In dem Wagen, aus dem sie sich soeben ausgesperrt hatte.

Warum ausgerechnet jetzt? Wieso gerade dann, wenn sie endlich einmal etwas richtig machen wollte? Tränen kullerten ihr über die Wangen. Für einen Heulanfall war der Moment allerdings denkbar ungünstig.

Sie raffte ihren weißen Rock und stelzte über den kiesbedeckten Parkplatz zum Restaurant.

Am Abend vor ihrer Hochzeit musste sie sich aus ihrem Auto aussperren! Typisch!

Aber sie weigerte sich, das als schlechtes Omen für ihre Ehe zu sehen. Immerhin war die Hochzeit ihrer Schwester Mary ebenfalls von einem ihrer Missgeschicke überschattet gewesen und hielt nun schon vier Jahre.

Auf der anderen Seite wäre die Ehe bestimmt genauso glücklich, wenn Mary und ihre drei Brautjungfern am Tag der Trauung nicht zwei Stunden zu spät gekommen wären.

Marys Bräutigam Robby war halb wahnsinnig geworden, weil er geglaubt hatte, Mary habe kalte Füße bekommen. Apropos kalt – irgendwann war dem Partyservice der Brennspiritus für die Rechauds ausgegangen, und schließlich mussten die Gäste *kalte* Hähnchenschenkel, Minipizzas und Quiches essen. Igitt! Lilly erinnerte sich nur zu gut an den Geschmack von kaltem Fett.

Ihre Brüder und sogar Mary hatten der kleinen Schwester damals immer wieder versichert, sie könne nichts dafür, dass ihr auf der Fahrt zur Kirche das Benzin ausgegangen war, dass die Tankanzeige des alten Novas immer schon gesponnen hätte. Aber Lilly wusste es besser. Es war eines dieser Missgeschicke gewesen, die niemandem außer ihr passierten.

Woher sie das wusste? Weil ihre Mom und ihr Dad wieder diesen traurigen Blick gehabt hatten, mit dem sie sich so oft fragten, warum ihre Jüngste so anders war als die anderen Kinder.

Genauso hatten sie sie angesehen, als sie im ersten Semester von der Universität geflogen war, als sie zum zigsten Mal ihr Portemonnaie verloren hatte, die Milch vor der Tür hatte stehen lassen, bis sie sauer geworden war, als sie vergessen hatte, den Hund zu füttern, bei den Abschlussprüfungen durchgefallen war, eine Anmeldefrist verpasst oder wieder einmal einen Job verloren hatte. Die Liste ließ sich endlos fortsetzen.

Ihr ganzes Leben lang hatten ihre Brüder und Schwestern Erfolg an Erfolg gereiht, während Lilly am laufenden Meter versagt hatte. Und dabei behandelten sie ihre kleine Schwester wie ein niedliches Haustier, das viel zu süß war, als dass man ihm etwas übel nehmen konnte.

Mittlerweile hatten sie alle tolle Karrieren oder zumindest vorbildliche Ehen vorzuweisen, wohingegen Lilly eigentlich immer noch nicht wusste, was sie wirklich wollte. Sie hatte gedacht, sie wüsste es, doch dann kam dieses schrecklich Fiasko mit Elliot, und jetzt …

Jetzt wollte sie nur noch, dass ihre Probleme endlich aufhörten. Und genau das würden sie auch, sobald sie mit Dallas verheiratet war. Oder? Wer weiß, vielleicht würden ihre Eltern die Ehe ja auch als einen weiteren Fehler auffassen. Andererseits hatte Lilly das Gefühl, sie würde zum ersten Mal in ihren fünfundzwanzig Jahren allein mit dem Schlamassel fertigwerden, in den sie sich gebracht hatte.

Finn stützte den Kopf in die Hände. Hatte er tatsächlich die sechs Bierflaschen ausgetrunken, die vor ihm auf dem Tresen standen?

Sein rumpelnder Magen und der saure Geschmack auf der Zunge sagten ihm, dass er genau das getan hatte, und zwar viel zu schnell.

Was war nur mit ihm los? Er betrank sich doch sonst nicht, schon gar nicht wegen einer Frau. Diesmal jedoch war es anders, denn er war bereit gewesen, sich zu binden und eine Familie zu gründen. Seit seine Eltern und seine Schwester tödlich verunglückt waren, hatte er sich eine Familie gewünscht. Damals war er erst acht gewesen.

Heute Nachmittag hatte es ausgesehen, als sollte sein Traum endlich Wirklichkeit werden, aber dann war Vivian einfach verschwunden. Und sie hatte ihm nicht bloß seine Hochzeit ruiniert, sondern auch noch die Flugtickets für die Flitterwochen auf Cancún mitgenommen.

Das alles war allerdings kein Grund, in dieser stinkenden Bar zu sitzen und sich volllaufen zu lassen. Er hätte seinen Kummer auch mit Matt allein ertränken können, irgendwo am Strand.

Er hob den Kopf und sah sich um.

Für elf Uhr abends an Halloween war es auffallend leer hier. Der alte Richter Crawford saß an seinem Stammplatz in der Ecke, und Betty und Bob Bristow, die besten Tänzer weit und breit, tanzten zu einem Lied, das aus der Jukebox plärrte. Sie hatten sich als Aliens verkleidet. Ein Stück weiter hinten waren Dr. Walsh und ihr Mann, die sich beide in Krankenhauskleidung geschmissen hatten – Mr. Walsh trug eine Schwesterntracht mitsamt Haube. Das Kostüm stand ihm nicht besonders gut.

Obwohl im Moment niemand rauchte, war die Luft zum Schneiden dick, und es roch unangenehm nach altem Bratfett.

Finn schüttelte den Kopf. Er war so kurz davor gewesen, ein wirklich schönes Leben zu führen, Tag für Tag ein selbst gekochtes Abendessen zu bekommen und sich abends den müden Rücken massieren zu lassen, während er sich mit seiner Frau vor dem brennenden Kamin unterhielt. Aber sein Bild vom trauten Familienleben war jäh zerplatzt.

Was zum ...

Eine junge Frau – nein, ein Engel – stand in der roten Eingangstür. Sie trug ein weißes Brautkleid und hatte einen Strauß mit pinkfarbenen Rosen in der Hand. Eine Braut!

Und nicht genug damit. Sie kam auch noch auf ihn zu.

„Entschuldigung, sind Sie zufällig ...", begann sie ganz leise. Ihre Stimme klang wunderbar.

„Ein Bräutigam, der auf seine Braut wartet? Ja." Das musste doch ein Scherz sein. Bestimmt hatte Mulligan sie geschickt.

„Dann musst du Dallas sein. Ich bin Lilly."

Dallas?

Sie streckte ihm eine Hand in einem Seidenhandschuh entgegen. Finn ergriff sie und staunte, wie zart und zerbrechlich sie sich anfühlte. *Lilly.* Was für ein passender Name für dieses bezaubernde Geschöpf.

Aber halt! Wenn Mitch sie angeheuert hatte, damit sie ihm den Kopf verdrehte, sollte er besser auf der Hut sein, statt sofort den starken Mann zu geben, der nur darauf wartete, eine Frau zu finden, die er beschützen konnte.

Während er die hübsche Blondine betrachtete, überlegte er, was Mitch wohl im Schilde führte. Gewiss hatte er sie auf einer Halloween-Party aufgegabelt und ihr gesagt, sie solle so tun, als würde sie sich für Finn interessieren. Der verdammte Kerl brachte es sogar fertig, ihr genug zu bezahlen, damit sie so tat, als würde sie ihn tatsächlich heiraten. Und dann, wenn Finn glaubte, die Wette gewonnen zu haben, würde Mitch mit der Nachricht auftrumpfen, dass die Ehe ungültig war, weil die Braut einen falschen Namen benutzt hatte.

Mitch war ein kompletter Idiot, aber trotzdem durfte man ihn nicht unterschätzen. Er war zwar offensichtlich nicht einmal imstande gewesen, ihr zu sagen, wie ihr Scheinbräutigam hieß, doch was bedeutete das schon?

„Genau", antwortete Finn mit einem hintergründigen Lächeln. „Ich bin Dallas."

„Gott sei Dank. Ich bin stundenlang unterwegs gewesen und dachte schon, ich finde niemals her." Sie schien erleichtert, blickte sich jedoch ein wenig irritiert um. „Komisch, so wie du *Luigi's* beschrieben hast, habe ich es mir ganz anders vorgestellt."

Finn folgte ihrem Blick, der sich nun auf den betrunkenen Pete richtete, welcher halb schlafend am Ende der Bar vor sich hin murmelte.

„Du dachtest, das hier ist *Luigi's*?" *Luigi's* war das nobelste und teuerste Restaurant weit und breit. Finn schluckte und dachte an den Abend, als er Vivian dorthin ausgeführt hatte, um ihr den Antrag zu machen.

„Na ja, das muss es doch sein, oder? Auf dem Schild draußen stand L-U-Apostroph-S."

„Ja, klar, die anderen Buchstaben müssen kaputtgegangen sein. Ich bin froh, dass du es gefunden hast."

„Ich auch." Sie benetzte sich nervös die Lippen, die ausgesprochen sinnlich wirkten. Mit solchen Lippen konnte sie jeden Mann in den siebten Himmel bringen, so viel war schon mal sicher.

Hatte er sich nach einem Tag wie heute nicht ein wenig Spaß verdient? Keine Frage!

„Also?", begann sie unsicher. „Sollten wir uns nicht auf den Weg machen? Ich habe alles arrangiert. Wir müssen uns nur noch das Jawort geben." Sie betrachtete Finn mit unglaublich großen blauen Augen.

Wieder schluckte er.

Eines musste man Mitch lassen: Er hatte wirklich seine Hausaufgaben gemacht. Diese Lilly war der Typ Frau, in den Finn sich Hals über Kopf verlieben könnte.

„Ich hatte schon Angst, du würdest nicht kommen", sagte Lilly, die drauf und dran war, auf dem Absatz kehrtzumachen und wegzurennen. Als Dallas ihr in seiner E-Mail heute Morgen geschrieben hatte, er würde in Anzug und Krawatte eine recht gute Figur machen, hatte er maßlos untertrieben. Er sah fantastisch aus. Konnte sie allen Ernstes einen Mann wie ihn heiraten?

Habe ich denn eine Wahl? Schließlich standen die Männer nicht Schlange, um eine schwangere Frau zu heiraten.

„Warum hätte ich nicht kommen sollen?", fragte er und nahm eine Salzstange aus einem Gefäß, das vor ihm auf dem Tresen stand. Sie beobachtete, wie er sich die Stange in den Mund steckte, einen bildschönen Mund noch dazu.

Er musste ihren Blick bemerkt haben, denn er bot ihr ebenfalls von den Salzstangen an, doch sie schüttelte den Kopf.

Dann räusperte sie sich. „Ich würde es dir nicht übel nehmen, wenn du es dir anders überlegen würdest. Ich meine, das Ganze geht ja ein bisschen schnell, nicht?"

„Nein, absolut nicht", sagte er.

„Schon in Ordnung, wirklich, ich kann verstehen, wenn du die Sache rückgängig machen willst."

„Nein, will ich nicht."

„Schön." Lilly atmete tief durch. In dem einen Monat, den sie sich inzwischen über das Internetportal *Vernunftehen* kannten, hatte sie diesen Zug an Dallas besonders schätzen gelernt. Er war ein Mann, der nach festen Regeln lebte. Na gut, er heiratete sie nicht aus Liebe, sondern weil er eine intakte Familie aufweisen musste, wenn er in seiner ultrakonservativen Anwaltskanzlei weiterkommen wollte, aber damit hatte sie kein Problem. Sie brauchte dringend einen Ehemann, der Rest würde sich schon noch ergeben.

„Dann sollten wir aufbrechen", sagte sie. „Unser Termin ist morgen um zehn, also bleibt uns wenig Zeit, selbst wenn wir die ganze Nacht durchfahren."

„Die ganze Nacht? Das verstehe ich nicht."

„Vegas. Weißt du nicht? Da wollten wir doch heiraten. Du hast gesagt, deine Mutter hätte immer davon geträumt, in Vegas zu heiraten."

„Ach ja." Er rieb sich die Schläfe. „Natürlich. Mom. Die Elvis-Kapelle. Wie konnte ich das nur vergessen?"

„Ich dachte, sie mochte Wayne Newton?"

„Ach, na ja, Wayne, Elvis, sie mochte sie alle."

Lilly nagte unsicher an ihrer Unterlippe. So erleichtert sie noch vor einer Minute gewesen war, ihn endlich gefunden zu haben, jetzt kam ihr die Vorstellung, mit einem wildfremden Mann durch die Nacht zu fahren, irgendwie unheimlich vor. Dallas und sie hatten sich im vergangenen Monat zwar lange E-Mails geschrieben, aber etwas störte sie. Wieso erinnerte er sich nicht einmal daran, welchen Sänger seine Mutter angehimmelt hatte? War das der Mann, der mit seinem fotografischen Gedächtnis geprahlt hatte? Der Mann, der unzählige Statistiken zitierte, nach denen arrangierte Ehen am Ende glücklicher waren als angebliche Liebesheiraten?

Nein, dieser umwerfend aussehende Mann, der hier vor ihr saß, sah nicht aus, als würde er irgendetwas auf Statistiken geben, und auch nicht so, als würde er am liebsten *Aida* hören.
Sollte sie sich seinen Führerschein zeigen lassen?
Nein, das war zu plump. Trotzdem musste sie herausfinden, ob er war, wer er zu sein vorgab. Sie räusperte sich. „Es klingt vielleicht ein bisschen seltsam, aber kannst du mir bitte sagen, was mein Lieblingsgericht ist?"
Er sah sie prüfend an, bevor er antwortete: „Aber ich bitte dich, Schatz, du weißt doch, dass ich weiß, was du am liebsten isst." Er ergriff ihre Hand und schob den Handschuh am linken Handgelenk ein wenig hinunter. „Warum fragst du mich nicht etwas Schwierigeres?"
Oh, mein Gott! Er küsste sie tatsächlich aufs Handgelenk! Das durfte nicht wahr sein! Als Angestellte von *Tree House Books* las Lilly ziemlich viel, und in ihrem Lieblingsroman *Windgeflüster* küsste der Held seine Braut bei ihrer dritten Hochzeit genau so, an dieselbe Stelle. Zum Kuckuck mit dem Lieblingsessen, wenn er sich daran erinnerte, wie sehr sie diese Szene liebte! Kein Zweifel, er war Dallas, der Mann, den sie heiraten sollte.
Lilly schloss die Augen und genoss die heißen und kalten Schauer, die sie durchfuhren.
In diesem Moment wandte sich die weißhaarige Frau hinter der Bar an ihren zukünftigen Gatten. „Entschuldigung, aber was tust du da?"
„Kümmer du dich um deinen eigenen Kram, Lu. Ich unterhalte mich mit meiner zukünftigen Braut."
„Reicht dir etwa nicht eine Braut pro Tag, Fi…"
„Wir müssen los", fiel Finn ihr ins Wort und stürzte beinahe vom Barhocker, weil er versuchte, gleichzeitig den Ellbogen seiner „Braut" zu ergreifen und Lu einen warnenden Blick zuzuwerfen. Wenn sie ihm das hier vermasselte, konnte sie was erleben! Finn wurde ja mit einigem fertig, aber ganz gewiss nicht damit, eine Wette gegen Mitch Mulligan zu verlieren. So unchristlich es auch sein mochte, er verachtete den Kerl und würde alles tun, um ihn

zu blamieren. Sogar heiraten und sich hinterher wieder scheiden lassen.

Doch auch wenn die Theorie überzeugend klang, in der Praxis erinnerte Finn sich noch zu gut daran, wie sehr ihn Vivian verletzt hatte.

Sein ganzes Leben lang hatte er sich eine Familie gewünscht. Wenn er aber jetzt das Spielchen mitmachte, dann sah am Ende Mitch zwar alt aus, doch Finns Traum wäre damit ebenfalls gestorben. War das klug?

Ein Hauch von zartem Frühlingsblumenduft drang in seine Nase und vernebelte ihm die Sinne. Er betrachtete die Frau, die wie ein Traum von einer Braut aussah, und dachte: Was soll's.

Er brauchte dringend ein wenig Aufheiterung, und was konnte ihm schon Schlimmes passieren, wenn er mit ihr nach Vegas fuhr?

2. KAPITEL

„Bist du so weit, Liebling?", fragte Finn so leise, dass Lu es hoffentlich nicht hörte.

„Bin ich", antwortete Lilly und winkte der staunenden Frau hinterm Tresen zu. „Auf Wiedersehen."

Lu hätte sie wahrscheinlich kommentarlos gehen lassen, wäre Finns Braut nicht ohne jede Vorwarnung in Tränen ausgebrochen.

„Na, na", tröstete Lu sie und eilte um den Tresen herum. „Was ist denn?"

„Ich ... ich bin so glücklich", schluchzte Lilly mit derselben Dramatik, wie Finn sie bisher nur bei Matts Schwester erlebt hatte, als sie erfahren hatte, dass sie schwanger war. „Ich habe so lange auf diesen Tag gewartet, und jetzt bist du, Dallas, noch viel galanter, als ich erwartet hatte, und ich habe mich aus meinem Wagen ausgesperrt, und ..."

Lu durchbohrte Finn buchstäblich mit ihren Blicken und nahm Lilly in den Arm. „Schon gut, Kleines, die Jungs hier drinnen sperren sich dauernd aus ihren Autos aus. Dein *Bräutigam* weiß, wie man das wieder hinkriegt."

Nie hatte Finn sich sehnlicher gewünscht, in einer anonymen Großstadt zu leben und nicht hier, wo jeder über jeden Bescheid wusste.

Für einen gespielten Weinkrampf wirkte Lillys Gefühlsausbruch erstaunlich echt. Sie sollte Schauspielerin werden, dachte Finn, während er wartete, dass sie sich wieder beruhigte.

Nach wenigen Minuten lächelte sie ihn strahlend an: „Tut mir leid, ich weiß auch nicht, was über mich gekommen ist."

„Tja, Gefühle können einen ganz schön durcheinanderbringen", sagte Lu. „Wie wär's, wenn du dir die Nase pudern gehst, und in der Zwischenzeit wird sich dein ... äh ... Bräutigam um das Auto kümmern, vorausgesetzt, er ist nüchtern genug dafür."

„In Ordnung", stimmte Lilly mit zitternder Stimme zu und sah Finn an. „Macht es dir auch nichts aus?"

Und ob es ihm etwas ausmachte! Zum einen hatte er nicht die geringste Lust, die nächste Stunde damit zu verbringen, mit einem verbogenen Kleiderbügel und einer Taschenlampe an einem Auto herumzudoktern, und zum anderen fragte er sich, ob er jetzt vielleicht den ganzen Weg nach Vegas ein heulendes Häufchen Elend auf dem Beifahrersitz neben sich haben würde. Und genau das wollte er auch gerade sagen, als ihm diese riesigen himmelblauen Augen die Sprache verschlugen. Ein solches Blau hatte er noch nie gesehen. „Nein, natürlich nicht. Geh nur, ich warte draußen auf dich."

„Du weißt, was für ein Auto ich fahre?", fragte sie so ängstlich, als hinge das Glück ihrer gemeinsamen Zukunft davon ab.

„Selbstverständlich weiß ich das." *Mein gesunder Menschenverstand sagt mir, dass es der einzige blitzsaubere Wagen auf dem Parkplatz sein dürfte.*

Um ihr seinen guten Willen zu beweisen (und nicht etwa, weil er unbedingt wissen wollte, wie sich diese fantastischen Lippen anfühlten), legte er ihr einen Arm um die Taille, zog sie ganz nah an sich und küsste sie. Wenn Mitch Mulligan sie schon bezahlte, wollte Finn wenigstens dafür sorgen, dass er etwas für sein Geld bekam.

Entweder spielte sie verdammt gut, oder sie war wirklich ein wenig benommen von seinem Kuss. Auf jeden Fall war ihr Blick Gold wert, als sie die Augen nach dem Kuss wieder öffnete. In seiner männlichen Eitelkeit bestärkt, gab Finn ihr einen Klaps auf den Po und schob sie sanft in Richtung Damentoilette.

Er war noch damit beschäftigt, ihre perfekte Rückansicht zu genießen, als Lu ihn unsanft am Ohr packte. Was eine ziemliche Leistung war, da sie ihm kaum bis zur Schulter reichte. „Du hinterhältiges, rücksichtsloses Miststück von einem …"

„Autsch!", protestierte Finn. „Das tut weh!"

„Soll es auch. Hast du etwa schon vergessen, wie verletzt du heute Nachmittag warst? Willst du diesem armen Ding denn dasselbe antun, was Vivian dir angetan hat?"

„Was meinst du damit?"

„Das weißt du ganz genau. Du bist für mich immer wie ein Sohn gewesen, aber meine Liebe zu dir wird schlagartig enden, wenn du diesem bezaubernden Mädchen etwas vorspielst, um sie anschließend fallen zu lassen wie eine heiße Kartoffel. Vivian hat dich verlassen, weil sie sich in einen anderen verliebt hat, aber du willst auf den Gefühlen dieses Mädchens rumtrampeln, um deinen Truck zu retten!"

„Halt, stopp, Lu, du hast scheinbar keine Ahnung, was hier vor sich geht", erwiderte Finn. „Diese *Braut* hat Mitch mir auf den Hals gehetzt. Sie ist weder bezaubernd noch sind irgendwelche Gefühle im Spiel. Ich bitte dich, was würde wohl eine Frau wie sie in einen Schuppen wie den hier treiben, wenn nicht Geld? Das richtet sich natürlich nicht gegen dich."

„Keine Sorge, ich bin nicht so zartfühlend, wie du vielleicht meinst", antwortete Lu und hörte sich dabei genauso an wie die Tante, bei der Finn aufgewachsen war – jene Tante, die glücklicherweise seit fünf Jahren in Miami lebte und deshalb nicht mehr ständig an ihm herumnörgeln konnte. „Aber auch wenn ich nicht weiß, wer das Mädchen ist und wie sie hierherkommt, schwöre ich Stein und Bein, dass sie nichts mit Mitch zu tun hat. Vielleicht leidet sie unter Gedächtnisverlust oder so was. Ich sage dir nur, sei vorsichtig!"

„Lu, du kennst mich. Ich habe nicht vor, irgendjemanden zu verletzen."

„Das glaube ich dir ja, aber sei trotzdem vorsichtig, denn wer weiß, vielleicht wirst du am Ende derjenige sein, der verletzt wird."

„Fertig?", fragte in diesem Augenblick das bezaubernde Wesen im Brautkleid.

„Ja", sagte Finn, dessen Herz einen seltsamen Hüpfer machte. Er hatte immer gedacht, er würde rothaarige Frauen bevorzugen, aber diese blond gelockte Schönheit stellte alle Rothaarigen, die er bislang gesehen hatte, in den Schatten. „Ich bin so weit, aber ich konnte mich leider noch nicht um den Wagen kümmern."

„Macht nichts. Ich habe übrigens überlegt, ob es nicht besser ist, wenn ich fahre. Wir wollen schließlich nicht, dass wir zwischendurch gestoppt werden, weil du zu viel getrunken hast, oder?"

Ganz und gar nicht.

Dann sagte der blonde Engel zu Lu: „Es hat mich gefreut, Sie kennenzulernen, und vielen Dank, dass Sie mir geholfen haben zu erkennen, dass Dallas der richtige Mann für mich ist."
Lu starrte sie vollkommen entgeistert an. „Keine Ursache, meine Liebe. Versprechen Sie mir nur, dass Sie zwei *ein Leben lang* glücklich miteinander sein werden."
Das war's. Wieder stiegen seiner Braut Tränen in die Augen, doch diesmal warf sie sich gleich in seine Arme, um sich trösten zu lassen. Er fühlte sich männlicher denn je, als er das zarte, schluchzende Geschöpf in den Armen hielt. Sie war eine verdammt gute Schauspielerin, das musste er ihr lassen. Aber niemand spielte Finn Reilly etwas vor. Er roch Mitchs schmutzige Tricks schon von ‚weitem.
Sobald sie sich wieder einigermaßen gefasst hatte, schlang er einen Arm um ihre Taille und führte sie schnell aus der Bar.
Draußen atmete er erst einmal tief durch. Die frische Luft war eine Wohltat nach dem Qualm in der Bar. Was hatte er doch für ein Glück! Dass Mitch ihm diesen gefallenen Engel schickte, war das Beste, was ihm passieren konnte. Die Wette zu gewinnen würde gewiss nicht leicht werden, aber garantiert eine Menge Spaß machen.
Er zog seine Braut noch ein Stück näher, und sie schmiegte ihren Kopf an seine Brust, sodass ihre blonden Locken sein Kinn kitzelten. Vivian und er waren gleich groß gewesen, was ihm irgendwie nie gefallen hatte.
„Dallas?", fragte Lilly.
„Ja?"
„Ich wollte dir nur sagen, wie hoch ich es dir anrechne, was du für mich tust. Und ich hoffe, wir werden eines Tages nicht nur eine Ehe auf dem Papier führen, sondern gute Freunde werden."
Freunde? Von wegen!
„Dallas?"
Ohne nachzudenken, nahm er sie noch fester in den Arm und küsste sie.
Sie seufzte leise und erwiderte seinen Kuss mit einer solchen Leidenschaft, dass Finn vor Schreck zurückwich.

Oh, nein, darauf fiel er nicht herein. Sein Herzrasen hatte rein gar nichts zu bedeuten! Er empfand nicht das Geringste, und um das zu beweisen, küsste er sie gleich noch einmal.

Waren die Küsse mit Vivian je so herrlich gewesen? Was geschah hier mit ihm? Er sollte inzwischen klug genug sein, um nicht direkt auf die nächste Frau hereinzufallen, die ihm etwas vormachte.

„Oh, Dallas", seufzte sie wieder. „Ich dachte immer, solche Küsse gibt es nur im Film."

Er auch. „Tja, was soll ich sagen?"

Sie lächelte – ein Lächeln, das ihm schier den Atem verschlug. „Ich wüsste, was du jetzt sagen könntest."

„Und das wäre?"

„Bitte mich, deine Frau zu werden. Du hast es in deinen Briefen geschrieben, aber ich möchte hören, wie du es sagst. Bitte, Dallas."

„Wie kann ich dich bitten, wenn ich deinen Namen nicht weiß?"

„Was?"

„Na, du weißt schon, deinen *vollen* Namen."

Lilly atmete erleichtert aus. Für einen Augenblick hatte sie gedacht, er wäre doch nicht Dallas. „Lillian Diane Churchill. Aber du darfst mich gern weiter Lilly nennen."

„In Ordnung, Lilly. Willst du mich heiraten?"

Ob sie wollte? Sie würde mit ihm bis ans Ende der Welt und zurück reisen – vorausgesetzt, er war ehrlich zu ihr. Elliot hatte sie belogen, und was dabei herausgekommen war, wusste Dallas ja bereits. Deshalb war sie auch sicher, dass mit ihm alles gut werden würde, denn die Grundlage ihrer Ehe war totale Offenheit.

Sie kostete den Moment aus. Ihr Leben lang würde sie sich daran erinnern, wie Dallas roch, nun ja, ein bisschen nach Zigarettenqualm und Bier, aber eben auch nach einem Aftershave mit einer zitronigen Note und vor allem enorm maskulin. Und dieser Mann sollte ihr gehören! „Ja, Dallas, ich will."

„Gut. Wollen wir uns dann auf den Weg machen?"

„Sehr gern, Mr. Lebeaux."

„Wer ist Mr. Lebeaux?"

„Ach, Dallas", sagte sie lachend. „Du bist wirklich zu komisch."

Ein paar Minuten später öffnete er die Beifahrertür ihres Wagens und zog die Schlüssel aus dem Schloss. Warum war sie nicht selbst auf die Idee gekommen, die Beifahrertür zu kontrollieren?

„Wie peinlich", murmelte sie beschämt. Seit sie von der Schwangerschaft wusste, war sie einfach nicht mehr sie selbst. Andererseits sahen Missgeschicke wie dieses ihr nur zu ähnlich.

„Nehmen wir es als ein Zeichen von vorhochzeitlicher Nervosität."

„Ich fürchte, es ist mehr als das", flüsterte sie und legte eine Hand auf ihren Bauch.

„Aha? Kommt jetzt der Moment der großen Geständnisse?"

„Na ja, vielleicht sollte ich dir besser gleich sagen, dass du im Begriff bist, eine furchtbar tapsige Frau zu heiraten. Ich hatte mir eingebildet, eine Heirat würde mich schlagartig verändern, aber es scheint nicht zu funktionieren."

„Noch sind wir nicht verheiratet", erinnerte er sie. „Vielleicht wird alles anders, sobald du die entscheidenden Worte gesagt hast."

„Meinst du?" Sie sah ihn hoffnungsvoll an. Und was sie sah, war nicht bloß ein wunderschönes Gesicht mit freundlichen braunen Augen, sondern ein besonderer Ausdruck, der vielleicht bedeutete, dass ihre Ehe doch nicht so platonisch ausfallen würde, wie sie gedacht hatte.

Am nächsten Morgen erwachte Finn auf dem Parkplatz vor der Hochzeitskapelle, wo sie wenige Stunden zuvor angekommen waren. Lillys Kopf lag an seiner Brust. Finn betrachtete die blonden Locken, die einen schönen Kontrast zu seinem schwarzen Smoking bildeten. Nicht ganz sicher, ob er womöglich alles nur träumte, nahm er eine Locke und spielte damit. Lilly räkelte sich und murmelte etwas im Schlaf.

Ja, sie war eindeutig echt. Und sie war umwerfend.

Durch die Autofenster drang die warme Morgensonne in den Wagen. Er betrachtete die vollen Lippen, die sich so herrlich angefühlt hatten, und ihm wurde heiß.

Was tat er hier? Die Heiratslizenz, die sie im Morgengrauen bekommen hatten, steckte in seiner Brusttasche. Er hatte dem Gerichtsangestellten hundert Dollar zugesteckt, als Lilly im Waschraum gewesen war, damit er seinen richtigen Namen in das Formular eintrug.

Während der langen Fahrt war er zu dem Schluss gekommen, dass dieser Quatsch mit dem Namen Dallas zu Mitchs Plan gehören musste. Würde er sie nämlich unter einem falschen Namen heiraten, wäre die Ehe illegal, und Mitch hätte die Wette und damit den Truck gewonnen. Doch da hatte sich dieser schmierige Gorilla geschnitten! Wer Finn Reilly hereinlegen wollte, musste früher aufstehen!

Womit er allerdings nicht gerechnet hatte, war, dass er sich von seiner gespielten Braut so angezogen fühlen könnte. Nun, auf diese Weise würde die Zeremonie wenigstens halbwegs realistisch wirken.

„Lilly", sagte er leise. „Bist du so weit?"

„Hm?"

„Aufwachen." Er kitzelte sie hinterm rechten Ohr. „Wir sind an der Wayne-Newton-Kapelle."

Sie brauchte einen Augenblick, um richtig zu sich zu kommen und zu begreifen, dass sie seine Brust als Kopfkissen benutzt hatte. „Entschuldige", hauchte sie verlegen.

Sie setzte sich auf und nahm das Blumenbouquet vom Armaturenbrett, das mittlerweile nicht mehr besonders frisch aussah. „Wie fühlst du dich?"

„Wie ich mich fühle?" Sein Schädel brummte, und er hoffte inständig, dass seine Bierfahne nicht so streng roch, wie sie sich anfühlte. „Ach ja, gut, das heißt, eigentlich nicht besonders toll."

„Du trinkst doch nicht immer so viel, oder?"

Er schüttelte den Kopf. „Nein, das war nur die Aufregung."

„Klar, das verstehe ich." Sie klappte die Sonnenblende mit dem Spiegel herunter und betrachtete sich missmutig. „Du lieber Himmel, die Fahrt war wohl länger, als ich gedacht hatte."

Dann angelte sie im Fußraum nach ihrer Tasche, holte einen Lippenstift hervor und malte ihre Lippen nach. „Bist du sicher, dass du es dir nicht doch noch einmal anders überlegen willst?"

„Was ist denn das für eine Frage? Willst du etwa kneifen?"

Für das bezaubernde Lächeln, das sie ihm daraufhin schenkte, hätte er sein letztes Hemd gegeben. Sein Kater war wie weggeblasen, ebenso wie seine Zweifel. Wie diese Sache weitergehen sollte, konnten sie sich später noch überlegen, jetzt aber wollte er die Tatsache genießen, dass dieses atemberaubende Geschöpf seine Braut wurde.

Sie zupfte sich das blonde Haar zurecht, bevor sie es mit einem Schleier verhüllte, der auch ihr Gesicht bedeckte. Durch den zarten Tüll sah man ihre geröteten Wangen. Was mochte sie gerade denken? Ob sie sich genauso zu ihm hingezogen fühlte wie er sich zu ihr?

Plötzlich fasste sie ihm an die Wange. Jetzt kam es. Bestimmt würde sie ihm nun sagen, wie sehr sie ihn begehrte und dass sie …

„Du hast da etwas", sagte sie leise, und Finns Herz sackte spürbar nach unten, als sie ihm einen kleinen grauen Fussel hinhielt. „Siehst du? Das sollte bestimmt nicht mit auf die Hochzeitsbilder, oder?"

„Nein, bestimmt nicht." Verdammt. Wie hatte er die Situation nur so falsch einschätzen können? Er hatte sich derart hinreißen lassen, dass er für einen Sekundenbruchteil vergessen hatte, weshalb sie hier waren.

Verwirrt und ärgerlich sah er aus dem Fenster. Ein Stück weiter waren gleich zwei Frühstückslokale, deren Abfälle er bis hierher roch. War das ein Omen? Bei seinem ersten Hochzeitsversuch waren es Motorradabgase gewesen, und nun Essensreste.

Lilly wühlte in ihrer Handtasche, als suchte sie darin ein lebenswichtiges Medikament. Konnte sie das hier wirklich durchziehen? Gut, sie wollte ihren Eltern die Schmach ersparen, ein uneheliches Enkelkind zu bekommen, aber war sie nach dem, was Elliot ihr angetan hatte, tatsächlich schon wieder bereit, ihr Herz einem anderen Mann zu schenken?

Mein Gott! Was hatte ihr Herz damit zu tun? Sie war im Begriff, eine Vernunftehe einzugehen. Die Schlange für die Liebesheiraten war auf der anderen Seite.

„Wonach suchst du eigentlich?", fragte er.

„Pfefferminz. Ich brauche ein Pfefferminz. Schließlich will ich keinen Mundgeruch haben, wenn ich meinen Treueschwur ablege."

Er fasste ihr Handgelenk. „Lilly, du riechst tadellos und siehst fantastisch aus. Glaub mir, es gibt nichts, worum du dir Sorgen machen müsstest."

„Wirklich? Ich sehe nicht aus, als wäre ich die ganze Nacht durchgefahren?"

Er grinste. „Wie könntest du, wo du die letzten", er blickte auf seine Uhr, „acht Stunden süß und selig geschlafen hast? Es wären sogar neun gewesen, hätten wir zwischendurch nicht den lästigen Kram mit der Lizenz hinter uns bringen müssen."

„Ach so, ja, stimmt. Ich habe die ganze Zeit geschlafen?"

„Friedlich wie ein Baby."

Sie strich ihr Kleid glatt. „Na, dann ..."

Finn hatte auf einmal ein seltsames Gefühl in der Magengegend. Wollte sie einen Rückzieher machen? Bloß das nicht, denn immerhin stand für ihn einiges auf dem Spiel. Es ging nicht nur um einen funkelnagelneuen Truck, der noch nicht mal abbezahlt war, sondern auch um seinen Stolz. Er *musste* die Wette gewinnen. Gerade deshalb durfte er jetzt keinen Fehler machen. „Wenn du willst, können wir uns ein Zimmer nehmen und den Termin auf heute Abend verschieben."

„Ein Zimmer? Jetzt?" Warum musste sie ihn immer mit diesen riesigen Augen ansehen?

„Warum nicht?"

„Ich dachte, du wüsstest, wie ich über diese Dinge denke."

„Welche Dinge?"

„Du weißt schon. Über Sex."

„Wer hat denn etwas von Sex gesagt? Ich wollte dir lediglich anbieten, dich noch ein wenig auszuruhen."

„Nein, schon gut. Wir sollten es hinter uns bringen."

Hinter uns bringen? Keine Braut, nicht mal eine vorgetäuschte, würde so etwas sagen! „Ja, sicher, gehen wir."

Er stieg aus und lief dann um den Wagen herum, doch da war sie schon alleine ausgestiegen. Wusste sie denn nicht, dass sie dafür bezahlt wurde, ihn all die galanten Dinge tun zu lassen?

Während er noch über seine verletzte Männlichkeit nachdachte, war sie schon durch das kniehohe Unkraut zum Seiteneingang der Kapelle geeilt. Er rannte hinter ihr her. Vor der Eingangstür stand eine lebensgroße Statue von Wayne Newton, der eine Hochzeitstorte in den Händen hielt. Über der Tür las Finn die Inschrift: *Waynes Haus der Liebe. Vielen Dank für Ihr Kommen.*

„Lilly! Warte!" Er versuchte, ihre Autoschlüssel in seine Smokingtasche zu stecken, doch mit den vielen bunten Anhängern war der Schlüsselbund entschieden zu dick. „Kannst du den bitte in deine Tasche stecken?"

„Ja, natürlich", sagte sie und verstaute den Schlüsselbund in ihrer weißen Tasche. Dann sah sie auf ihre Uhr. „Wir müssen uns beeilen. Hast du die Lizenz?"

„Ja." *Nur dass darauf nicht steht, was du denkst.* Wie würde sie wohl reagieren, wenn sie erfuhr, dass er ihrem Betrug von Anfang an auf die Schliche gekommen war?

„Dallas?"

„Bitte? Ach so, ja. Ich bin so weit."

„Nein, noch nicht." Sie trat auf ihn zu, knöpfte seinen obersten Hemdknopf zu und richtete seine Fliege. Dabei strichen ihre Finger über seinen Hals. Es war eine merkwürdig vertraute Geste, wie sie zwischen Mann und Frau vorkommt, die im Begriff sind, ihre Tochter zu verheiraten. Unwillkürlich dachte er wieder daran, wie sehr er sich danach sehnte, eine Familie zu gründen, und wie weit diese vorgetäuschte Heirat von einer echten entfernt war.

„So", sagte Lilly lächelnd. „Komm, lass uns heiraten."

Auf dem Weg nach drinnen fragte Lilly sich zum zigsten Mal, ob sie wirklich das Richtige tat. Immerhin war sie über die Sache mit Elliot noch längst nicht hinweg, und ein Monat reichte gewiss nicht, um jemanden so gut kennen zu lernen, dass man ihn heiraten konnte.

Andererseits hatte sie Elliot Dinsmoore ihr ganzes Leben lang gekannt. Und trotzdem hatte sie keine Ahnung gehabt, dass der charmante Versicherungsvertreter auf einer seiner Geschäftsreisen geheiratet hatte. Und dummerweise hatte er ihr auch nichts davon erzählt, bevor er die Romanze mit ihr begonnen hatte.

Sie errötete, als sie an den Tag zurückdachte, an dem er ihr die Wahrheit gesagt hatte. Es war derselbe Tag gewesen, an dem sie nicht nur ihre Unschuld, sondern auch ihr Herz an ihn verloren hatte. Zwei Monate war es her, und nach wie vor war Lilly sich sicher, dass ihre perfekte Familie, in der keiner jemals etwas Dummes oder gar Schlimmes angestellt hatte, ihr nie verzeihen würde, wenn sie erfahren würde, dass sie mit dem Kind eines verheirateten Mannes schwanger war.

Nun gut, dachte sie entschlossen und straffte die Schultern. Wenigstens tat sie jetzt das Richtige. Nachdem Elliot sie fallen gelassen hatte, war ihre größte Angst gewesen, keinen Vater für ihr Baby zu finden. Dann hatte sie im Internet Dallas kennengelernt, und schon nach wenigen Wochen E-Mail-Kontakt war sie sicher gewesen, dass alles gut werden würde.

Angefangen von dem verschwommenen Bild, das er ihr von sich geschickt hatte, bis hin zu seinem Versprechen, er wolle dem Kind ein guter Vater sein, solange sie ihre Rolle als Ehefrau des erfolgreichen Anwalts spielte, war alles perfekt gewesen. Ihre Beziehung stand auf einer soliden Grundlage, und keiner musste je wissen, dass diese Grundlage mit Liebe nichts zu tun hatte.

Ihre Familie hatte Lilly immer wieder bedrängt, sie solle doch aufs College gehen, einen *richtigen* Beruf finden, und dabei war ihr Traum stets gewesen, eine ganze Schar von Kindern großzuziehen – so wie ihre Mutter. Lilly träumte von einem schönen viktorianischen Haus, einem liebenden Ehemann und einer Horde Kinder, die keine Preisträger sein mussten, die ruhig in ebenso viele Schwierigkeiten geraten durften wie sie.

Und nun sollte es also wahr werden. Na ja, mit Ausnahme des viktorianischen Hauses und des liebenden Ehemannes. Sie drehte sich um und sah, wie Dallas stolperte, als er von der Steintreppe auf den flauschigen Wollteppich trat. Selbst wenn er über seine eigenen Füße stolperte, sah der Mann noch umwerfend aus!

Er lächelte sie an. Nein, vielleicht würden sie sich nie wirklich lieben, aber mit diesem Lächeln war er zumindest ein sehr attraktiver Partner für eine Vernunftehe.

„Alle Achtung", sagte er. „Tolle Kapelle."

„Sie gefällt dir?"

„Was sollte einem daran nicht gefallen?"

Wayne Newtons Stimme erklang aus verdeckten Lautsprechern, und die Wände waren über und über mit Bildern von ihm dekoriert. Auf einem kleinen Podest stand eine Schaufensterpuppe, die einen Originalanzug des Sängers trug und sich langsam ihm Kreis drehte. Alles war so, wie man sich eine Hochzeitskapelle in Las Vegas vorstellte. Warum also brach Lilly in Tränen aus?

„He", sagte er leise und streichelte mit seinen ein wenig rauen Händen ihre Wangen. Wie kam es, dass Dallas – der Unternehmensanwalt – Hände hatte wie jemand, der körperlich arbeitete? „Du wirst doch jetzt nicht weinen, Lil, bitte nicht."

„Nein, es ist nur", begann sie schluchzend und zeigte auf die Kapelle und die gefärbte Blondine, die auf sie zukam, von oben bis unten in schwarze Pailletten gehüllt. „Ach, Dallas!" Sie warf sich ihm in die Arme. „Ich weiß, dass ich damit einverstanden war, aber ich hatte mir immer gewünscht, in einer richtigen Kirche zu heiraten."

Dann raffte sie ihren weiten Rock und rannte zu einer Tür, auf der „Umkleideraum", stand.

„Haben wir ein Problem?", fragte die Empfangsdame in dem schwarzen Paillettenkleid.

Finn schüttelte den Kopf und flüsterte: „Nein, sie kommt gleich wieder."

„Das will ich hoffen, denn wir erwarten um halb elf eine größere Gruppe. Falls wir es bis dahin nicht schaffen, müssen wir Ihnen einen neuen Termin geben."

„Nein, nein, keinen neuen Termin."

Finn eilte zu der Tür, durch die Lilly verschwunden war. Ihre Krokodilstränen waren wirklich überzeugend, aber er würde sich davon nicht blenden lassen. Genau darauf legte Mitch es doch an, damit er sich mit Finns neuem Truck vom Acker machen konnte! Je mehr Lilly die ganze Sache hinauszögerte, umso sicherer wurde Finn, dass Mulligan hinter dieser Scharade steckte. Bestimmt hatte er sie instruiert, ihn möglichst lange hinzuhalten, damit er am Ende keine Zeit mehr hatte, sich nach einer anderen Braut umzusehen.

Nach ein paar Minuten hörte er von drinnen ein leises Schniefen, dann ging die Tür auf. Seine bildhübsche Braut lugte vorsichtig durch den Türspalt. „Nach meinem dauernden Geheule willst du mich wahrscheinlich nicht mehr heiraten, oder?", fragte sie ängstlich.

Die Träne auf ihrer linken Wange weckte sofort Finns schlechtes Gewissen. Für einen Moment waren ihm die tausend Dollar und der Truck egal, er wollte nur noch, dass Lilly wieder lächelte. „Natürlich will ich dich heiraten, Liebes." *Liebes?* „Und ich denke, da heute Sonntag ist, dürfte es nicht allzu schwierig sein, eine Kirche zu finden. Unsere Freunde und Verwandten kriegen wir so kurzfristig zwar nicht hierher, aber ..."

„Oh, Dallas!", schluchzte sie lächelnd, und Finns männlicher Stolz war vollkommen wiederhergestellt. *Sie war verdammt gut!*

Während die Empfangsdame sie entgeistert anstarrte, beschloss Finn, seiner Braut zu beweisen, wie gut er sein konnte, hob sie in seine Arme und trug sie aus der Kapelle.

3. KAPITEL

Eine Stunde später strahlte Lilly übers ganze Gesicht, denn Dallas hatte nicht nur eine Methodistenkirche gefunden, sondern auch noch einen netten älteren Pfarrer aufgetan, der bereit war, sie zwischen den beiden Morgengottesdiensten zu trauen.

Hier stand sie also vor dem Altar, während die Sonne durch die bunten Fenster schien, und Lilly war sich sicherer denn je, dass sie das Richtige tat. Der süßliche Duft von Rosen und zarten Lilien stieg ihr in die Nase. Keine Frage, Dallas Lebeaux war ein perfekter Kavalier. Er hatte ihr sogar einen frischen Hochzeitsstrauß gekauft und ein paar Ringe aus einem Kaugummiautomaten gezogen.

All ihre Bedenken und Ängste waren verschwunden, und sie freute sich auf die Jahre, die vor ihnen lagen.

„Willst du, Lillian, Dallas zu deinem dir rechtlich angetrauten Ehemann nehmen?", fragte der Pfarrer ernst.

„Ich will", antwortete sie laut und deutlich.

Dann wandte er sich an Dallas. „Willst du, Dallas, Lillian zu deiner dir rechtlich angetrauten Ehefrau nehmen?"

„Ja, ich will."

„Dann erkläre ich euch hiermit Kraft meines Amtes zu Mann und Frau. Dallas, du darfst die Braut jetzt küssen."

Das ließ Dallas sich nicht zweimal sagen, und Lillian schmolz dahin. Ihre Familie würde so stolz auf sie sein, dass sie erstmals den Scherbenhaufen in ihrem Leben allein beseitigt hatte – das heißt, von dem Scherbenhaufen sollten sie natürlich niemals erfahren. Aber das mussten sie ja auch nicht mehr, denn ihre Schwangerschaft war nun nichts Anstößiges mehr.

Zwanzig Minuten später saß Finn hinter dem Steuer des Wagens seiner *Frau* und fuhr durch den regen Vormittagsverkehr. Er fragte sich, ob er gegen irgendwelche irdischen Gesetze verstoßen hatte, als er seinen Treueschwur unter falschem Namen abgelegt hatte, oder bloß gegen göttliche? Dem Pfarrer zu erzählen, er hätte die Lizenz im Auto vergessen, war gewiss keine löbliche Tat gewesen, doch wenn der Geistliche über die unterschiedlichen Namen gestolpert wäre, hätte Lilly sofort begriffen, dass Finn ihr Spiel durchschaut hatte. Sein Magen knurrte hörbar, doch ein Seitenblick auf seine bezaubernde Braut reichte, um ihn auf andere Gedanken zu bringen.

Mein Gott, war sie schön!

Worum sollte er sich Sorgen machen? Er hatte seine Wette bereits gewonnen. Nun brauchte er bloß noch nach Hause zu fahren und Mitchs dämlichen Gesichtsausdruck zu genießen.

Er sah wieder zu Lilly. Ihre goldblonden Locken und der wunderschöne Teint erinnerten ihn an eine Magnolienblüte. Ob sie ursprünglich aus den Südstaaten kam? „Hast du immer in Utah gelebt?", fragte er, als er an einer roten Ampel hielt.

Sie schaute ihn verwundert an. „Stimmt was nicht?"

„Nein, nein, alles bestens."

„Warum fragst du mich dann? Du kennst meine gesamte Kindheitsgeschichte."

„Ach ja, natürlich, wie konnte ich das vergessen?" Zum Glück schaltete die Ampel in diesem Moment auf Grün, und er konnte so tun, als würde er sich auf den Verkehr konzentrieren. „Bist du bereit, nach Greenleaf zurückzufahren?"

Wieder blickte sie ihn staunend an. „Hast du denn vergessen, was wir vorhatten?"

„Was?"

„Dallas!" Sie klang verletzt. „Ich habe uns in dem berühmten Hochzeitsmotel ein Zimmer reserviert, weil du sagtest, deine Mutter hätte immer davon geträumt, einmal dort zu wohnen, konnte es sich aber nie leisten."

Er schüttelte den Kopf. „Du bist wirklich süß. Wir sind gerade mal ein paar Minuten verheiratet, und schon denkst du an meine Mutter." *Möge ihre Seele in Frieden ruhen.* Lilly wurde rot. Aha! Er hatte es ja gleich gewusst. Bestimmt gehörte es zu Mitchs Plan, dass sie ihn möglichst lange in Vegas festhalten sollte. Zur Sicherheit.

Da Lilly ja nach wie vor glauben musste, er hätte sie unter einem falschen Namen geheiratet, war sie wohl davon überzeugt, die Wette für Mitch gewonnen zu haben. Also musste sie mit ihm in Vegas bleiben, solange es ging, damit er nicht beizeiten begriff, dass er die Wette verloren hatte, und sich vielleicht noch vor Ablauf der Frist eine neue Braut suchen konnte.

Aber Finn war ihr und Mitch meilenweit voraus. Und da er Vegas immer schon gemocht hatte, konnte er seinen Sieg ebenso gut hier mit Lilly feiern. Mal sehen, wie weit sie zu gehen bereit war.

„Ich habe eine Idee", sagte er. „Da meine Mutter ja nicht da ist, können wir doch auch in einem der richtig großen Hotels absteigen. Was hältst du vom *Luxor* oder vom *Bally's*? Nein, besser noch, das *Venetian*! Ich habe gehört, dass es *sehr* romantisch sein soll."

Sie senkte den Blick, und ihre Unterlippe begann zu zittern. „Du hast gesagt, du magst keine großen Hotels. Ich habe uns sogar die Vesuv-Suite gebucht, auch wenn wir gesagt hatten, wir würden die ... na ja ... Dinge langsam angehen lassen."

Hm, cleverer Schachzug. Sie war also tatsächlich bereit, bis zum Äußersten zu gehen.

Er blickte auf ihren Mund und dachte daran, wie wunderbar weich und sanft sich ihre Lippen angefühlt hatten ...

„Vorsicht!"

Finn trat mit voller Wucht auf die Bremse und schaffte es gerade noch, dem Stadtbus auszuweichen. Instinktiv streckte er den Arm aus, um Lilly abzufangen, falls sie bei der Vollbremsung nach vorn stürzte. Dort behielt er ihn auch, als die Gefahr längst vorbei war. Seine rechte Hand lag auf ihrer linken Brust, und er konnte sich einfach nicht dazu bringen, sie wieder wegzunehmen.

Hoppla, wüsste er es nicht besser, hätte er sich glatt eingebildet, dass sie die Berührung erregend fand.

„Soll ich fahren?", fragte sie.

„Nein, ich habe alles unter Kontrolle." Erst jetzt nahm er die Hand wieder weg und besann sich darauf, dass er mitten auf einer sechsspurigen Hauptverkehrsstraße stand.

Der kleine Zwischenfall wirkte sogar noch nach, als Finn fünfzehn Minuten später an dem Münztelefon des Schnellrestaurants stand, in dem sie essen wollten. Mit unsicheren Fingern versuchte er, die Nummer seiner Telefonkarte in die Tastatur einzugeben. Zitterte er etwa? Nein, das musste sein zu niedriger Blutzuckerspiegel sein. Es konnte unmöglich daran liegen, dass er vollkommen fasziniert war von seiner bezaubernden jungen Frau.

Beim dritten Anlauf begann es endlich, am anderen Ende zu klingeln.

„Hallo?", meldete sich ein sehr verschlafener Matt.

„Du musst mir helfen."

„Finn? Bist du das?"

„Ja, und ich glaube, ich stecke in Schwierigkeiten."

„Was ist los?"

„Du erinnerst dich doch noch an meine Wette mit Mitch?"

„Hm."

„Nun, ich will es kurz machen: Ich habe eine Braut gefunden und heute Morgen geheiratet, gerade eben, in Las Vegas."

„Du hast was? Sag, dass das ein Scherz ist."

„Ist es nicht."

„Oh, Mann. Und was willst du jetzt machen? Wer ist sie denn? Wo hast du sie aufgegabelt?"

Finn blickte hinüber zu Lilly, die an einem Fenstertisch saß und von dem Sonnenlicht, das durch die getönten Scheiben fiel, in einen lavendelfarbenen Strahl getaucht wurde. Gott, war sie schön! Er konnte es kaum erwarten, seinen ehelichen Pflichten nachzukommen. Aber egal, wie wild er darauf war, sie endlich ganz für sich zu haben, er durfte nicht vergessen, dass das Ganze nur eine Show war, die Mitch eingefädelt hatte. Außerdem hatte er sich geschworen, sich nie wieder von einer Frau hinters Licht führen zu lassen.

„Finn? Bist du noch da? Rede schon!"

„Ich bin noch da. Aber irgendwas stimmt hier nicht, Matt. Ich dachte, Mitch steckt dahinter, und sie gesteht alles, sobald ich meinen Treueschwur abgelegt habe. Aber das hat sie nicht. Und jedes

Mal, wenn ich sie ansehe, wird mir ganz komisch, und die Luft bleibt mir weg."

„Ruhig Blut, Junge. Erstens, du bist in Las Vegas. So staubtrocken, wie es da ist, bleibt einem schon mal die Luft weg. Und zweitens, wenn Mitch die Frau wirklich angeheuert hat, kannst du sie unmöglich attraktiv finden. Entweder hat sie dir was in deinen Drink gemixt, oder du stehst noch unter Schock wegen gestern. Nennen wir es den ‚Vivian-Effekt'."

„Prima. Und jetzt, wo wir einen Namen dafür haben, was soll ich machen?"

„Ganz einfach: Genieß es. Sie mag dich, du magst sie, wo ist da das Problem? Ich jedenfalls sehe keines, solange sie uns nicht in das Pokerspiel am Freitag pfuscht."

Na klasse.

Finn verabschiedete sich und hängte ein. „Du warst mir eine große Hilfe", murmelte er und raufte sich die Haare.

Wieso bildete er sich ein, Lilly wäre genau die Frau, die er sich als Mutter seiner Kinder erträumt hatte? Er war schon vielen schönen Frauen begegnet, und bei keiner hatte er nach wenigen Stunden davon fantasiert, wie seine Kinder aus der Schule kamen und von ihr begrüßt wurden.

Jetzt aber malte er sich aus, wie er wenig später seinen Truck in der Auffahrt parkte und seine Familie aus dem Haus gestürmt kam, um ihn zu begrüßen – vorweg ein gelber Labrador namens Rover, gefolgt natürlich von den drei Mischlingen, die er schon hatte. Seine vier Jungen würden die Stufen der Vorderveranda in einem Satz nehmen, und hinter ihnen stünde Lilly mit seiner kleinen Tochter auf dem Arm.

Er hatte immer vorgehabt, zuerst ein paar Söhne zu bekommen, die ihm später helfen konnten, auf Charlotte aufzupassen, denn so sollte seine erste Tochter heißen. Charlotte war der Name seiner Mutter gewesen. Sein erster Sohn sollte Edward heißen, wie sein Vater. Und die zweite Tochter wollte er nach seiner Schwester benennen – Katherine, gerufen Katie.

Okay, das war der Traum, und wie sah die Realität aus? Die Realität sah so aus, dass er ein Idiot war, wenn er glaubte, irgendetwas davon könnte in Erfüllung gehen.

„Dallas?"

Finn blickte auf und sah *sie*.

„Entschuldige, wenn ich dich störe, aber unser Brunch kommt gleich." Sie lächelte ihn unsicher an. „Nachdem du die Nacht durchgemacht hast, musst du halb verhungert sein."

Finn nahm die Geräusche im Restaurant wie in einem Film wahr. An den Tischen unterhielten sich die Gäste, Geschirr klapperte, und aus verdeckten Lautsprechern erklang ein trauriger Country-Song. Und während er all das registrierte, fragte er sich, wie es wohl wäre, mit dieser Frau, die vielleicht Lilly hieß, vielleicht aber auch ganz anders, eine Familie zu gründen.

Er legte ihr einen Arm um die Taille und sah in ihre tiefblauen Augen. Matts Worte fielen ihm wieder ein. *Sie mag dich, du magst sie, wo ist da das Problem?*

„Dallas? Geht es dir nicht gut?" Sie stand auf Zehenspitzen und fühlte seine Stirn. „Du bist ganz heiß. Vielleicht sollten wir ins Motel fahren, damit du dich hinlegen kannst."

„Du willst, dass ich mich hinlege?", fragte er grinsend und führte sie an ihren Tisch zurück.

„Du weißt, was ich meine. Du siehst nicht gut aus." Sie setzten sich, und Lilly fragte: „Wen hast du da eigentlich angerufen, und was hat der- oder diejenige gesagt, was dich so bedrückt macht?"

Finn atmete tief durch. *Raus damit! Das ist die Chance, reinen Tisch zu machen. Frag sie, was sie mit dem Schleimbeutel Mitch zu tun hat – und vergiss nicht, sie zu fragen, was es kostet, sie aus ihrem Vertrag auszulösen.*

Leider kam in diesem Augenblick die Kellnerin. Sie trug eine Perücke, die aussah, als sei sie aus Rauschgold geknüpft. „Wer hat das Graceland-Special bestellt?"

„Ich", sagte Finn.

Die Kellnerin stellte ihm einen doppelten Cheeseburger und einen Teller mit Pommes frites hin und für Lilly einen anderen Cheeseburger und eine kleine Portion Pommes frites. Dann zog sie zwei rote Papierstreifen aus ihrer Schürzentasche. „Guten Appetit. Und noch etwas: Mein Boss spendiert allen Jungverheirateten das hier."

„Was ist das?", fragte Lilly und nahm die roten Zettel entgegen.

„Tickets für die Matineevorstellung von *Elvis' Hunde- und Vogelshow*. Die wird Ihnen gefallen."

„He, Moonbeam!", rief ein kahlköpfiger Mann vom anderen Ende des Lokals. „Mein Haar wird vom langen Warten nicht dichter!"

„Ich komm ja schon", rief die junge Frau und verschwand.

„Ist das nicht nett?", fragte Lilly begeistert. „Eine Show mit Hunden und Vögeln, wie aufregend. Ob die zusammen was vorführen?"

Finn unterdrückte ein Stöhnen. „Haben wir als Frischvermählte nicht eigentlich etwas anderes vor?"

„Ich hoffe nicht, du meinst ... du weißt schon." Sie wurde knallrot.

„Doch, genau das meine ich. Und du? Glaubst du nicht auch, es gibt Aufregenderes als eine Show mit dressierten Tieren?"

„Dallas!", flüsterte Lilly entrüstet. „Du weißt, wie ich über das Thema denke. Wir sollten uns erst einmal besser kennenlernen." Sie sah auf die Tickets und anschließend auf ihre Uhr. „Die Show beginnt um zwölf. Jetzt ist es zehn nach elf, und vorher müssen wir noch ins Motel und uns umziehen. Wir müssen uns also beeilen."

Ganz schön clever. Auf diese Weise wollte sie sich also davor drücken, ihren Eheschwur zu besiegeln.

„Hm, ist der lecker", schwärmte Lilly, nachdem sie einen Bissen von ihrem Cheeseburger gegessen hatte. „Ich kann Eier nämlich nicht ausstehen, und deshalb habe ich meiner Mom schon als Kind gesagt, wenn ich groß bin, esse ich nur Hamburger zum Frühstück."

„Du machst Witze."

„Nein, warum sollte ich mir so etwas ausdenken?"

„Ich staune nur, weil es mir genauso geht. Ich kann keine Eier leiden, eigentlich überhaupt nichts von dem, was man normalerweise zum Frühstück kriegt. Ich dachte immer, man sollte das Frühstück auslassen und gleich mit dem Mittagessen anfangen."

Seine Frau legte ihren Burger auf den Teller zurück und sah ihn mit diesem Blick an, der neue Tränen ankündigte. „Weißt du, was das heißt, wenn wir beide am liebsten Burger zum Frühstück essen?"

Nein, aber ich weiß, dass du gleich wieder einen Weinkrampf bekommst. Doch diesmal falle ich nicht darauf rein. Ich habe dich durchschaut. Ich ...

„Es heißt, dass wir eine echte Chance haben, zusammen glücklich zu werden. Je mehr Paare gemeinsam haben, umso länger bleiben sie zusammen. Mein ältester Bruder David ist Paartherapeut, also stammt meine Information aus einer verlässlichen Quelle."

Sie wischte sich eine Träne aus dem Augenwinkel. „Entschuldige. Meine Hormone scheinen verrückt zu spielen seit ... du weißt schon. Auf jeden Fall möchte ich dir sagen, wie hoch ich es dir anrechne, dass du mir die Heirat in der Wayne-Newton-Kapelle erspart hast. Aber ich will jetzt nicht gleich wieder rührselig werden. Du sollst nur wissen, dass ich alles tun werde, damit du diese Heirat nie bereust."

„Und nun, meine Damen und *mein Herr* ..."

Lilly schmunzelte, als der Showmaster im Elviskostüm darauf anspielte, dass Dallas der einzige Mann im Saal war. Und was für ein Saal das war! Die Show fand in einem Lebensmittelladen statt. An den Kassen stapelten sich T-Shirts, Becher und andere Souvenirs, und als Bühne musste die leicht erhobene Delikatessenabteilung herhalten. Es roch nach Salami und Donuts, was Lillys Magen in Aufruhr versetzte.

„Für meine nächste Nummer brauche ich eine Assistentin. Möchte eine der bezaubernden Damen dem Wunderhund Sparky helfen?"

„Ich! Ich!", ertönte es, und ein halbes Dutzend kleiner Mädchen reckte aufgeregt die Hände in die Höhe.

„Hm, da fällt mir die Wahl aber schwer", sagte Elvis. „Ihr alle seid gleich bezaubernd. Ich denke, ich entscheide mich für diese reizende junge Dame." Er zeigte auf ein kleines Mädchen mit einem braunen Pferdeschwanz, das in einem Rollstuhl saß. Dann wandte er sich an

Dallas: „Könnten Sie meiner bildschönen Assistentin bitte auf die Bühne helfen? Ich fürchte, ihre Mutter hat gerade keine Hand frei."

Lilly sah hinüber zu dem Mädchen. Die dazugehörige Mutter hielt ein kleines blaues Bündel in den Armen. Was für ein süßes Baby! Sie bemerkte, wie ihr Bräutigam das Mädchen und sein Geschwisterchen betrachtete, und ihr wurde wunderbar warm ums Herz.

Er schien förmlich zu vergehen vor Rührung. Dabei hatte sie schon befürchtet, Dallas würde sich nicht für Babys interessieren, weil er ihres bisher mit keinem Wort erwähnt hatte. Doch die Art, wie er sehnsüchtig auf das kleine Bündel blickte, bevor er das Mädchen behutsam auf die Bühne schob, bestätigte ihr, dass sie den richtigen Mann geheiratet hatte.

„Gleich hier, Sir", sagte Elvis. „Danke."

Nachdem er wieder an ihrer Seite war, verging die Zeit für Lilly wie im Flug. Sie war so unbeschreiblich glücklich, dass sie die Hunde und Papageien kaum noch wahrnahm. Sie hatte einen wundervollen Vater für ihr Kind gefunden, das war alles, woran sie denken konnte.

Und was ist mit einem wundervollen Ehemann für dich? Sie schluckte und blickte verstohlen zu Dallas. Nein, sie hatte viel zu lange auf den Mann ihrer Träume gewartet. Damit war jetzt Schluss. Die platonische Beziehung, die Dallas und sie sich vorgenommen hatten, war sicherer und besser als alle Romantik und Leidenschaft. Die hatte sie ja bei Elliot erlebt – und war bitter enttäuscht worden.

Trotzdem war sie fasziniert, wie begeistert er die Kinder beobachtete, die wie verrückt applaudierten, wenn eines der Tiere einen Trick vorführte. Was für ein Glück, dass sie unter Millionen Männern den einen gefunden hatte. Auch wenn sie nie mehr sein würden als gute Freunde, so war sie in diesem Augenblick überzeugt, dass ihre Freundschaft ein Leben lang halten könnte.

Dallas und sie lachten über dieselben Witze, sie mochte seinen Geschmack in Sachen Blumen und Ringe, und sie hatten sogar dieselbe außergewöhnliche Vorliebe für Burger zum Frühstück. Sie war die glücklichste Frau der Welt.

Nach der Show verschwand Dallas auf der Toilette, und Lilly wartete draußen auf ihn. Nach wenigen Minuten kam er zurück – mit einem breiten Lächeln auf dem Gesicht.

„Was hast du vor? Du siehst aus, als ob du etwas im Schilde führst."

Er zuckte mit den Achseln und steckte die Hand in die Tasche. Lilly vernahm das leise Knistern von Plastik.

„Dallas Lebeaux, was versteckst du da?"

Er küsste ihre Nasenspitze. „Das ist ein Geheimnis."

„Hast du mir ein Geschenk gekauft?"

„Lass dich überraschen."

„Das klingt ja spannend." Wenn es etwas gab, was Lilly liebte, dann waren es Überraschungen.

„Hell hier draußen", sagte Finn, als er seiner bezaubernden Frau die Tür aufhielt.

„Kann man wohl sagen." Auf dem Weg zum Wagen schirmte sie ihre Augen mit der Hand ab. Dabei blitzte der rote Plastikstein an ihrem Automatenring auf, und Finn musste an den antiken Rubinring denken, den er Vivian bei der Trauung anstecken wollte. Der Ring hatte erst seiner Großmutter und dann seiner Mutter gehört. Es wäre der größte Fehler seines Lebens gewesen, hätte er ihn Vivian geschenkt.

Aber wenn es schon ein Fehler gewesen wäre, seine echte Verlobte zu heiraten, wie nannte man es denn dann, wenn jemand eine *bezahlte* Verlobte heiratete? Eine Katastrophe?

Sein Blick fiel auf den Ausschnitt des rosa T-Shirts, das Lilly trug. Nein, ihr Dekolleté war nun wahrlich keine Katastrophe.

„War das kleine Mädchen nicht niedlich, dem du auf die Bühne geholfen hast?"

„Was?" Finn schloss die Beifahrertür auf und öffnete sie für Lilly.

„Hast du sie etwa schon vergessen? Diese Korkenzieherlocken waren doch zu süß!" Sie stieg ein.

Nein, natürlich hatte er das kleine Mädchen nicht vergessen und das Baby auch nicht. Er war bloß in Gedanken bei etwas, was ausschließlich Erwachsene betraf.

„Du wirst ein toller Vater sein", sagte sie, sobald er sich hinters Lenkrad gesetzt hatte. „Mein Bruder meint, gute Eltern erkennt man daran, wie geduldig sie mit anderen Menschen umgehen, und wenn ich überlege, wie viel Geduld du bis jetzt schon mit mir aufgebracht hast, dann habe ich nicht den geringsten Zweifel, dass du einen sehr guten Vater abgeben wirst."

Das war ein Schlag unter die Gürtellinie. Woher wusste Mitch, wie sehnlich Finn sich Kinder wünschte? Ahnte er, dass Lilly bloß Babys zu erwähnen brauchte, und er war geliefert?

Am besten wich er dem Thema aus. Er startete den Motor. „Wohin jetzt?"

„Wollen wir ins Motel zurück und uns ein bisschen unterhalten?"

„Nein", sagte er und fuhr aus der Parklücke. „Zum *Unterhalten* ist es noch zu früh. Wie wär's, wenn wir ein paar der Spielautomaten plündern?"

4. KAPITEL

„Komm schon, ich brauche ein Paar neue Schuhe." Lilly zog an dem einarmigen Banditen und sah frustriert zu, wie sie ein weiteres Mal ihren Einsatz verlor.

„Du scheinst kein Glück zu haben", raunte ihr Begleiter, der auf dem Hocker neben ihr saß. Sein Münzfach quoll in regelmäßigen Abständen über, sodass er sich einen der großen Plastikbecher holen musste, um einen Teil seines Gewinns darin zu verstauen. Und natürlich setzte in dem Augenblick, als sie in seine Richtung blickte, ein neuer Münzregen ein.

„Das sind über zwanzig Dollar!", rief er. „Ich bin reich."

Seufzend holte Lilly eine Fünf-Dollar-Note aus ihrem Portemonnaie und wollte sie in den Geldwechsler stecken.

„Komm schon", sagte Dallas lächelnd, „du darfst dir welche von meinen Münzen nehmen."

„Danke, aber ich will keine Almosen."

„Wir sind verheiratet. Was mein ist, ist auch dein." Ehe sie ihn daran hindern konnte, hatte er den Inhalt seines Bechers in das Münzfach ihres Automaten gekippt.

„He, was soll das?", fragte sie.

„Ich denke, du solltest dringend lockerer werden. Wir sind immerhin in den Flitterwochen, und du kümmerst dich mehr um diese alberne Maschine als um deinen frisch angetrauten Ehemann."

Lilly schluckte. Nein, sie bildete sich bestimmt bloß ein, seinen Atem auf ihrer Brust zu spüren. „Dallas", begann sie und hatte Mühe, Luft zu bekommen. „Ich denke, du solltest dich jetzt wieder auf deinen Stuhl setzen, sonst kommt jemand und übernimmt deine Maschine."

Er grinste sie verschmitzt an und sah sich um. „Ich kann weit und breit niemanden entdecken. Im Gegenteil, wir sind hier vollkommen ungestört. Was schlägst du vor, was wir tun sollen?"

Ehe sie sich versah, hatte er sie gepackt und sich mit ihr auf seinen Stuhl zurückgeschwungen. „Dallas, bitte!"

„Bitte was?", fragte er ganz dicht neben ihrem Ohr, sodass ihr ein

Schauer über den Rücken lief. „Soll ich dich bitte küssen? Soll ich bitte meine Hände unter dein T-Shirt gleiten lassen? Soll ich dich bitte in unsere einsame Suite zurückbringen?"

Ohne ihre Antwort abzuwarten, fasste er unter ihr T-Shirt, und Lilly erstarrte vor Schreck, als seine Hände ihre Brüste streichelten. Andererseits fühlte es sich so unbeschreiblich gut an, dass sie außerstande war, sich dagegen zu wehren. Und ihr verräterischer Körper war ihr ohnehin keine Hilfe.

Außerdem waren sie verheiratet, und sollte sich ihre Ehe als doch nicht so platonisch entpuppen, konnten eventuell ihre kühnsten Träume wahr werden.

Sie schmiegte sich an ihn, blickte sich allerdings noch einmal um, ob sie auch wirklich nicht beobachtet wurden. Und als er sie zwei Sekunden später immer noch nicht geküsst hatte, beschloss sie, die Initiative zu übernehmen und ihn zu küssen.

Gütiger Himmel, dachte Finn. Lillys Küsse schmeckten wie Eiscreme und Zuckerwatte. Sie war das süßeste Geschöpf, dem er je begegnet war. Zur Hölle mit Mitch, er hatte seine Wette gewonnen. Was immer von nun an zwischen Lilly und ihm passierte, war Finns zusätzliche Belohnung – sozusagen die Schokoladenglasur auf dem Ganzen!

„Oh, Dallas", hauchte sie. „Du küsst wirklich wundervoll."

Seine Stimmung rauschte schlagartig in den Keller. Dass sie ihn dauernd Dallas nannte, ging ihm mittlerweile gewaltig auf die Nerven. Damit musste sofort Schluss sein. Wenn er mit ihr schlief, und er war wild entschlossen, es heute noch zu tun, dann wollte er, dass sie dabei *seinen* Namen seufzte.

„Lilly, wir müssen reden."

„Werden wir", flüsterte sie, während sie seinen Hals mit Küssen übersäte. „Später."

„Nein, jetzt."

„Ich würde lieber noch ein bisschen länger küssen als reden." Sie küsste die kleine Einbuchtung in der Mitte seines Schlüsselbeins, und Finn musste ihr Recht geben. Reden konnten sie später immer noch. Jetzt sollten sie dringend eine abgeschiedene Ecke finden, in der er zu Ende bringen konnte, was sie angefangen hatten. Wer wollte sich da mit technischen Feinheiten aufhalten?

„Entschuldigung, sind diese Maschinen besetzt?", ertönte in diesem Moment eine tiefe Stimme hinter ihnen.

Finn blickte auf. Ein älteres Ehepaar stand einige Schritte entfernt von ihnen. Er stöhnte.

Lilly kicherte. „Ja, das sind sie."

„Was für ein Jammer", raunte Finn seiner Braut zu. „Dabei wurde es gerade spannend."

„Schäm dich", sagte sie und zwinkerte ihm zu. „Solltest du tatsächlich geglaubt haben, ich lasse mich hier auf mehr als einen Kuss ein, dann hast du dich geirrt. Ich bin schließlich ein braves Mädchen, und mir würde im Traum nicht einfallen, in der Öffentlichkeit ungehörige Dinge zu tun."

„Ja, natürlich, du bist ein braves Mädchen, das hat man gesehen."

„Vorsicht!", ermahnte sie ihn lachend.

Er grinste und gab ihr einen kleinen Klaps auf den Po, bevor er sie wieder auf ihren Stuhl hob. „Entweder setzt du dich da hin und spielst artig weiter, oder ich schleppe dich in unsere Suite und bringe dich dazu, alles andere als brav zu sein."

Da er ihre Antwort schon zu kennen glaubte, packte er die Münzen aus seinem Automaten in den Plastikbecher.

„Was machst du da?", fragte sie.

„Wonach sieht es denn aus? Wir gehen, oder nicht?"

„Nein, ich will noch nicht. Ich will noch hierbleiben und weiterspielen."

„Aber ich dachte …"

„Oh, guck mal, da ist eine Kellnerin. Wir sollten uns etwas zu essen bestellen. Hallo?" Sie winkte der Bedienung freundlich zu. „Könnten Sie mir bitte Popcorn und einen Shirley Temple bringen?"

Nach drei Stunden hatten sie endlich die Spielautomaten aufgegeben und bummelten durch das Einkaufszentrum gleich neben dem Casino.

„Warum hast du dir keinen Koffer für die Flitterwochen gepackt?", fragte Lilly.

„Hatte ich, aber ich habe den Koffer nicht mit zu *Lu's* genommen."

„*Lu's*? Nennt ihr *Luigi's* einfach *Lu's*?"

„Genau. Was hältst du von der hier?", fragte Finn und hielt eine kakifarbene Hose hoch. Innerlich verfluchte er Vivian, in deren Kofferraum sein Gepäck lag. Bis er zurückkam, hatten ihre Leute bestimmt schon ihren Wagen vom Kirchenparkplatz abgeholt und seinen Koffer irgendwo in einem Fluss versenkt.

Für ihre Familie war sowieso er schuld daran, dass Vivian mit dem Motorradfahrer durchgebrannt war. Ihre Eltern hatten ihn doch tatsächlich beschimpft, weil er nicht hinter den beiden hergefahren war!

„Ich mag Kaki", sagte Lilly. „Du bist es bestimmt leid, Tag für Tag einen Anzug zu tragen, nicht wahr?"

Er sah sie erstaunt an. „Anzug?" Mitch hatte wirklich einen lausigen Job abgeliefert, als er diese Braut auf ihn angesetzt hatte, aber was machte das schon?

Für heute Abend jedenfalls hatte er große Pläne. Er würde sich ein paar neue Sachen kaufen, seine Braut nett zum Essen ausführen und sie am Ende zwingen, die Karten offen auf den Tisch zu legen oder die Rechnung zu übernehmen.

Na gut, mit der Rechnung musste er sie ja nicht gleich sitzen lassen, aber er würde eine Entschädigung dafür verlangen, dass sie ihn den ganzen Tag schon halb verrückt vor Verlangen machte.

„Ja, Anzug. Du weißt noch, was ein Anzug ist, oder?" Sie warf ihm einen seltsamen Blick zu, bevor sie sich einem Ständer mit Polohemden zuwandte, dem sie ein smaragdgrünes Exemplar entnahm. „Das hier sieht gut aus." Sie hielt es ihm vor. „Passt perfekt zu deinen Augen."

„Meinst du?"

Sie nickte.

„Okay, dann pack es in den Wagen."

„Wir haben keinen Wagen, schon vergessen? Die stehen alle

drüben bei der Elvis-Show und sind mit T-Shirts von Sparky, dem Wunderhund, beladen."

„Richtig. Wie konnte ich das vergessen?"

Lachend fiel sie ihm in die Arme, und für einen Moment fühlte sich alles wunderbar an. Die Zeit stand still, und für ihn schien es nur noch Lilly zu geben. Lilly, die herzlich gelacht hatte, als der Elvis-Imitator einen Haufen Pudel und Papageien dazu gebracht hatte, „Don't be cruel" zu kläffen und zu kreischen. Lilly, die ihn küsste, dass er glaubte, der begehrenswerteste Mann auf Erden zu sein.

„Ich finde es toll, was wir alles an einem einzigen Tag erlebt haben", sagte sie ein bisschen verlegen.

„So, findest du?"

„Der letzte Mann, der mich ausgeführt hat, konnte sich mit Mühe und Not ein spärliches Abendessen abringen, bevor er meinte, ich müsste direkt mit ihm in die Kiste hüpfen."

Finn musterte sie prüfend. „Und wie ging es dir damit?"

„Na, wie wohl? Ich fand es furchtbar. Alles, was ich wollte, war ein bisschen Zeit mit Elliot zu verbringen, stattdessen darf ich nun den Rest meines Lebens mit einem Teil von ihm verbringen."

„Wie meinst du das?"

Sie sah auf ihre Schuhe. „Das weißt du doch."

Nein, weiß ich nicht. Er brannte vor Neugier, verkniff sich aber eine weitere Frage. Was immer sie ihm erzählte, diente doch einzig dazu, ihn noch mehr in ihren Bann zu ziehen.

Darin war sie verdammt gut. Und trotzdem war er nicht so dumm, sich in sie zu verlieben. Zugegeben, jedes Mal, wenn ihm ein Hauch ihres blumigen Parfüms in die Nase wehte, wurde ihm ganz anders. Dennoch durfte er keine Sekunde vergessen, dass sie mit Mitch unter einer Decke steckte.

„Welche Größe hast du bei Jeans?", erkundigte sie sich, sichtlich erleichtert, dass ihr etwas eingefallen war, um das Thema zu wechseln.

„Vierunddreißig-sechsunddreißig." Finn kam sich wie ein Idiot vor, weil er nicht nachfragte, was es mit diesem Elliot auf sich hatte.

Außerdem wurmte es ihn, dass Lilly offenbar so schlecht behandelt worden war.

Nachdem sie eine Jeans, eine Leinenhose, ein paar T-Shirts, Boxershorts und sogar einen Gürtel und ein Paar Schuhe ausgesucht hatten, tauschte Finn noch im Kaufhaus seinen Smoking gegen die kakifarbene Hose und das grüne Polohemd aus, bevor sie bezahlten und gingen.

Im Foyer stand ein Kinderchor vor einem künstlichen Wasserfall. Sie sangen „How much is that doggy in the window?", und sogleich wurde Finn wieder schmerzlich bewusst, wie gern er eine Familie gründen wollte. Von diesem Traum jedoch war er momentan weiter entfernt denn je.

Wäre Lilly doch bloß das engelsgleiche Geschöpf, das sie ihm vorspielte. Aber leider hatte er keine Ahnung, wer sie in Wirklichkeit war. So wenig, wie er von ihr wusste, konnte sie ebenso gut eine professionelle Betrügerin sein, die man über eine Website mieten konnte.

„Sind die nicht niedlich?", sagte sie und betrachtete die Kinder verträumt. „Ihre Eltern müssen unglaublich stolz auf sie sein."

„Ja, das glaube ich auch." Nein, über Kinder wollte er jetzt gewiss nicht reden. „Kann ich dich vielleicht zu einem tollen italienischen Essen ausführen?"

Sie strahlte. „Klingt super, aber ..."

„Was aber?"

„Ich habe nur Shorts und Jeans eingepackt. Du sagtest, ich bräuchte nichts Elegantes, weil wir unsere Flitterwochen ganz schlicht verbringen wollten."

„Stimmt nicht ganz, denn ich wollte dir etwas Elegantes schenken. Komm mit, wir kaufen dir jetzt das Kleid deiner Träume."

Wenigstens lächelte sie wieder. „Ich muss schon sagen, du weißt, wie man eine Frau verwöhnt." Sie blieb vor einem Schaufenster mit Cocktailkleidern stehen. „Welches von denen gefällt dir am besten?"

Warum taten Frauen so etwas? Vivian hatte ihn auch immer gefragt, und wenn er dann ehrlich antwortete, hatte sie ihm erklärt, was für ein hoffnungsloser Fall er war.

„Dallas, ich warte."
„Lass mich mal sehen", begann er, sprach den Satz jedoch nicht zu Ende.
„Na, sag schon."
Also gut, dann brachte er es eben hinter sich. „Ich mag das schlichte Schwarze. Der Seidenstoff fühlt sich bestimmt gut an."
„Dallas!", rief sie begeistert aus und schlang die Arme um seinen Hals. „Wie ist das bloß möglich, dass wir beide immer dieselben Sachen schön finden! Genau das Kleid finde ich auch am schönsten."
Er schluckte. „Das sagst du doch jetzt bloß."
Sie trat einen Schritt zurück und stemmte die Hände in die Hüften. „Dallas Lebeaux, du hast einen ausgezeichneten Geschmack. Jede Frau träumt von einem Kleid wie dem da." Dann griff sie nach seiner Hand und zog ihn mit sich in das Geschäft. „Komm, wir wollen sehen, wie es angezogen aussieht."

Lilly spähte durch den Vorhang der Umkleidekabine zu Dallas, der auf einem rosafarbenen Sofa saß. Aus den Lautsprechern ertönte eine Liebesschnulze von Ricky Martin, und im Raum hing ein schwerer, süßlicher Rosenduft. Er hätte nicht deplatzierter wirken können, und dennoch hockte er geduldig da und wartete auf sie.
Lilly zog ihre Shorts und ihr T-Shirt aus und schlüpfte in das schwarze Seidenkleid. Dann betrachtete sie ihr Spiegelbild. Das Kleid saß fantastisch, auch wenn das Dekolleté größer war, als sie es sonst trug. Aber immerhin war sie jetzt eine verheiratete Frau, und da durfte sie ihrem Mann doch wohl etwas bieten.
Nachdem sie ihren Lippenstift aufgefrischt und das Haar zurechtgezupft hatte, ging sie hinaus.
Volltreffer! Genau auf diesen Blick hatte sie gehofft. „Was sagst du?", fragte sie, obwohl ihr klar war, dass sie umwerfend aussah.
Er griff sich an die Brust. „Was ich sage? Ich sage, in diesem Aufzug kommst du schneller an meine Lebensversicherung, als uns beiden lieb sein dürfte. Nein, im Ernst, du siehst fantastisch aus."

5. KAPITEL

Später am Abend saßen sie über den Resten ihrer Fettuccine Alfredo in *Vicientis Restaurant*, und Lilly erzählte: „Tja, und da waren wir nun. Gails Vater sollte uns vom Schwimmtraining abholen und hatte schon vorher gesagt, er würde sich verspäten, also beschlossen wir, ein bisschen mit dem Gummiklotz zu spielen, den wir für unsere Tauchübungen benutzten. Wir kickten das Ding über die Fliesen, als ich plötzlich auf einem nassen Fleck ausrutschte. Dabei schoss ich den Klotz hoch, und er knallte gegen eines der Waschbecken. Peng. Von dem Porzellanbecken hing nur noch eine Hälfte an der Wand, die andere lag in tausend Stücken auf dem Boden."

„Und was habt ihr gemacht?", fragte Finn schmunzelnd. Er fand es reizend, wie Lilly ihm von ihren Missgeschicken als Kind erzählte. Vor allem aber liebte er es, sie anzusehen. Im sanften Kerzenschein leuchtete ihr Teint golden, und ihre Augen schimmerten so blau wie das Meer. Nein, sosehr er sich auch ermahnte, dass sie ihm etwas vormachte, er verfiel ihr von Minute zu Minute mehr.

„Was wir gemacht haben?" Sie lachte. „Wir sind gerannt wie der Teufel. Ich schlief an dem Wochenende bei Gail, weil meine Eltern weggefahren waren, und da uns niemand gesehen hatte, dachten wir, wir wären aus dem Schneider. Von wegen! Natürlich wusste unser Trainer, dass wir die Letzten in der Umkleidekabine gewesen waren, und er rief Gails Vater an. Dann rief er bei uns zu Hause an, aber da war glücklicherweise nur mein großer Bruder Mark, und der tat so, als wäre er mein Vater, damit ich keinen Ärger bekam."

Finn stutzte. „Und was hast du dann aus der Sache gelernt, wenn dein Bruder deinen Hals gerettet hat?"

„Tja, wahrscheinlich nichts. Damals konnte ich mich immer darauf verlassen, dass meine Geschwister mir beispringen würden. Aber heute bin ich klüger."

„Inwiefern?"

„Ich habe mittlerweile den Anspruch, für meine Fehler allein geradezustehen. Und nun, da ich Mrs. Dallas Lebeaux bin, hat sich mein Elliot-Dinsmoore-Problem ja zum Glück als ein Segen erwiesen."

Finn nahm sich von den Crostini und überlegte, was sie damit sagen wollte. Was war mit diesem Elliot Dinsmoore gewesen, den sie immer wieder erwähnte? Und was für ein Problem meinte sie? Aus seiner Warte jedenfalls war ihr einziges gegenwärtiges Problem, dass sie sich mit Mitch auf diesen Betrug eingelassen hatte.

„Ist die Musik nicht wunderbar?"

„Nicht halb so wunderbar wie du", erwiderte er, denn – Betrug hin oder her – er musste sie in einem fort anstarren. „Möchtest du tanzen?"

„Sehr gern."

Eigentlich war das der Moment gewesen, in dem er reinen Tisch machen wollte, doch damit hatte es noch Zeit. Er stand auf, reichte ihr die Hand und führte sie zu der kleinen Tanzfläche.

Sie schmiegte sich an ihn. „Ist das schön", seufzte sie. „Man könnte fast meinen, wir wären tatsächlich eines dieser Paare, die bis ans Ende ihrer Tage glücklich zusammenleben."

Warum tat sie das? Warum gab sie ihm das Gefühl, er wäre die Erfüllung ihrer Träume? Zahlte Mitch ihr so viel? Oder machte sie all das bloß im Austausch gegen ein paar Zimmererarbeiten von ihm? Dann sollte sie besser wissen, was für ein erbärmlicher Handwerker Mitch war.

„Dallas?"

„Ja, unsere Hochzeit ist ein Märchen." Nur meinte er damit nicht die Sorte Märchen, bei der zum Schluss alle glücklich und zufrieden sind. Eher eines von diesen gruseligen, in dem er alleine im Wald zurückgelassen und von wilden Tieren gefressen wurde. „Wollen wir ins Hotel zurück?"

„Willst du denn?"

Er spürte, dass sie nickte.

„In Ordnung." Er nahm ihre Hand und führte sie zwischen den anderen Gästen hindurch. „Macht es dir etwas aus, wenn wir vorher noch einen Moment reden?"

Sie wandte den Blick ab. „Wenn es dir nichts ausmacht, würde ich lieber gleich gehen und da weitermachen, wo wir heute Nachmittag aufgehört haben."

Auf dem Weg zu ihrer Suite fragte sich Lilly, ob man eigentlich an übermäßigem Begehren sterben konnte.

Ihre eine Nacht mit Elliot war wahrlich kein glorreiches Erlebnis gewesen. Sie hatte sich eingebildet, ihn zu lieben, doch inzwischen wusste sie es besser. Sie hatte Elliot nie geliebt, sondern sich von ihm einreden lassen, er wäre der Mann, auf den sie ihr Leben lang gewartet hatte. Trotzdem hatte sie sich in seiner Nähe nicht eine Sekunde so gefühlt wie bei Dallas. Sie empfand eine seltsame Mischung aus Lust und Geborgenheit. Es kam ihr vor, als wäre sie einzig dazu geschaffen, um in seinen Armen zu liegen, was hoffentlich bald der Fall sein sollte.

Sie kicherte, als er sich fluchend mit der Schlüsselkarte abmühte, und er quittierte ihre Belustigung mit einem Stirnrunzeln.

„Pass bloß auf", ermahnte er sie. „Niemand macht sich ungestraft über mich lustig."

„Huh, klingt ja gefährlich. Aber ich wette, deine Drohungen sind nichts als Schall und Rauch."

Sobald sie im Zimmer waren, kickte Lilly die Tür zu und küsste ihn.

„Dann bist du im Wetten genauso schlecht wie am einarmigen Banditen", raunte er und presste sie fest an sich.

„Das werden wir ja sehen", hauchte sie und küsste ihn wieder. Sie überkam eine Leidenschaft, von der sie bisher geglaubt hatte, es gäbe sie nur in Büchern.

„Keine Spielchen mehr, Lilly", sagte er atemlos. „Das hier ist echt."

„Oh, ja." Was für Spielchen meinte er? Ach, egal, sie wollte nicht darüber nachdenken, sondern den Moment genießen.

Er kniete sich vor ihr hin und schob ihr Kleid nach oben.

Bei seinem ersten Kuss drohten ihre Knie nachzugeben. Sie vergrub die Hände in seinem Haar und seufzte wohlig.

Im nächsten Augenblick stand er vor ihr und zog ihr das Kleid aus. Er streichelte sie überall, und Lilly glaubte, jeden Moment zu explodieren.

„Bitte", hauchte sie sehnsüchtig, ohne zu wissen, worum sie ihn bat.

Sie griff nach seinem Gürtel, doch da legte er den Daumen unter ihr Kinn und zwang sie, ihm in die Augen zu sehen. „Bist du sicher?"

„Und ob."

Er brauchte keine Sekunde, um sein Polohemd auszuziehen und neben ihr Kleid auf den Boden zu werfen. Dann zurrte er so energisch an ihrem Seidenslip, dass der dünne Stoff zerriss. „Hoppla", sagte er leise und hielt den Stofffetzen wie eine Trophäe in die Höhe. „Da habe ich wohl meine Kraft unterschätzt."

Sie lächelte und streichelte seine muskulöse Brust.

In Windeseile entledigte er sich seiner Hose und der Boxershorts, hob sie hoch und bedeutete ihr, die Beine um seine Hüften zu schlingen.

Endlich war es so weit. Als hätten sie beide nur auf diesen Moment gewartet, verschmolzen sie miteinander. Lilly fühlte sich wie in einem Traum. Alles war fast zu perfekt, um wahr zu sein.

Hinterher lagen sie Arm in Arm da, und schließlich schlief sie ein, ganz dicht an ihn geschmiegt. Im Raum war es mittlerweile so heiß, dass er den Gedanken, sie zuzudecken, gleich wieder verwarf. Schließlich wurde er selbst ganz schläfrig von der Hitze. Aber er wollte nicht schlafen, weil er viel zu viel Angst davor hatte, aufzuwachen und festzustellen, dass die Traumfrau, die er unter dem Namen Lilly kannte, verschwunden war.

An ihrer Stelle würde da die Frau sein, die Mitch angeheuert hatte. Wahrscheinlich würde sie ihm verraten, dass sie Sheila oder Kimberley hieß. Sie würde nicht sanft und zärtlich sein, sondern eiskalt und berechnend. Immerhin hatte sie keinerlei Skrupel gehabt, ihm für ein paar Dollar etwas vorzumachen.

Nach einiger Zeit wurden seine Lider so schwer, dass er die Augen schloss. Sein letzter Gedanke vor dem Einschlafen galt Lilly.

Und der Frage, wie er sie jemals wieder gehen lassen konnte.

Als Lilly wach wurde, fiel ihr erster Blick auf ihren Ehemann, der schlafend neben ihr lag. Die Sonne schien durch die roten Vorhänge herein und ließ keinen Zweifel daran, dass es Morgen war.

Was für eine Nacht! Und wie anders war sie verlaufen, als Lilly es sich ausgemalt hatte. Trotzdem durfte sie keine Wiederholung riskieren, denn wenn sie häufiger mit Dallas tat, was sie beide letzte Nacht getan hatten, würde sie ihr Herz für immer an ihn verlieren, und das war gewiss keine gute Idee. Sie hatten eine platonische Beziehung vereinbart, und daran sollte sie sich halten.

Behutsam stand sie auf und ging ins Bad, wo sie ausgiebig duschte. Dann kehrte sie ins Zimmer zurück und holte sich grüne Shorts und ein weißes T-Shirt aus ihrer Reisetasche.

Sie hatte sich gerade ihre Zähne geputzt, als ihr bewusst wurde, wie hungrig sie war. Auf dem mit Kunstfell bespannten Schreibtisch fand sie die Karte vom Zimmerservice und bestellte Cheeseburger und Pommes frites für zwei sowie einen normalen und einen koffeinfreien Kaffee und Wasser.

Kaum hatte sie ihr Haar geföhnt, da klopfte es auch schon an die Tür. Ein Seitenblick auf das Bett verriet ihr, dass Dallas noch tief und fest schlief – splitternackt.

Sie warf ihm eilig eine Decke über und huschte zur Tür.

„Sie hatten Frühstück für zwei bestellt?", fragte der junge Mann, der mit einem gedeckten Servierwagen auf dem Flur stand.

„Ja, vielen Dank. Ich mache das schon."

„Oh, nein, es ist mein Job, alles im Zimmer anzurichten."

„Nein, wirklich, ich würde es gern selbst machen. Mein Mann schläft noch."

„Ach so!" Der junge Mann errötete und stand ein wenig verloren da, während Lilly den Servierwagen ins Zimmer rollte.

„Warten Sie kurz, Sie bekommen noch Trinkgeld", sagte sie und überlegte, wo sie ihre Handtasche abgelegt hatte. Ihr Blick wanderte vom Fußboden zum Bett und dann zum Schreibtisch, aber die Tasche war nirgends zu entdecken. Da sah sie Dallas' Brieftasche auf dem Nachttisch. Sie war jetzt seine Frau, also konnte es eigentlich kein Drama sein, wenn sie sich etwas Kleingeld von ihm borgte. Sie klappte die Brieftasche auf und nahm drei Dollarscheine heraus, die sie dem jungen Kellner gab.

Der bedankte sich und verschwand.

Auf dem Weg zurück zum Nachttisch stolperte Lilly über verstreute Kleidungsstücke und konnte sich gerade noch fangen. Dabei fiel ihr die Brieftasche herunter und ging auf, sodass eine ganze Sammlung von Kreditkarten und Bargeld herausquoll.

Sie bückte sich und sammelte die Sachen zusammen, als der Namensaufdruck auf einer der Karten ihre Aufmerksamkeit erregte. *Finnigan Reilly.*

Verwundert sah sie auf der Tankstellenkarte nach. Finnigan Reilly. Mit klopfendem Herzen und zitternden Händen kontrollierte sie die Kundenkarte eines Kaufhauses, den Leihausweis der öffentlichen Bücherei, den Blutspenderausweis und sogar das Leihticket für den Smoking. Überall stand *Finnigan Reilly.*

Sie musste seinen Führerschein finden. Bestimmt gab es eine Erklärung dafür, weshalb alle anderen Karten auf einen fremden Namen ausgestellt waren.

Der Führerschein fand sich sofort in einem der Einsteckfächer, doch dessen Aufdruck versetzte Lilly einen Schock, als hätte ihr jemand einen Fausthieb verpasst. Da war eindeutig sein Bild, darunter der Name *Finnigan Reilly* und dazu noch das Siegel des Bundesstaates Utah. Der Mann, den sie geheiratet hatte, war nicht der vertrauenswürdige, verständnisvolle und kinderliebe Dallas Lebeaux, sondern ein vollkommen Fremder, vielleicht sogar ein gefährlicher Fremder namens Finnigan Reilly.

In diesem Augenblick beneidete sie die Frauen in den viktorianischen Romanen, die in solchen Situationen einfach ohnmächtig wurden. Da sie es nicht wurde, blieb ihr nichts anderes übrig, als den schlafenden Fremden wachzurütteln.

„Was ist denn?", murmelte er. „Wie spät ist es?"

Sie hielt ihm den Führerschein vor die Nase. „Zeit, dass du mir erklärst, wer du bist!"

6. KAPITEL

„Wie bitte?" Finn setzte sich auf. Wann hatte sich die sanfte, süße Lilly in diese tobende Furie verwandelt?
„Du weißt genau, wer ich bin."
„Nein, tu ich nicht. Ich habe keine Ahnung, wer du bist, und ich würde gern wissen, was du mit meinem Verlobten angestellt hast."
Sie warf seine Brieftasche aufs Bett und ging ans Fenster, wo sie losschluchzte, als hätte er ihren besten Freund umgebracht.

Er hatte allmählich genug von diesem verrückten Spiel. Schließlich hatte er gestern Abend fest vorgehabt, reinen Tisch zu machen. Aber dann hatte eines zum anderen geführt, und auf einmal war der Moment denkbar ungünstig gewesen.

Trotzdem war er bereit zuzugeben, dass die Sache aus dem Ruder gelaufen war, doch das war kein Grund für Lilly, auf ihn loszugehen. „Hör mal zu, deine dauernden Heulattacken sind zwar oscarverdächtig, aber mir reicht es jetzt. Mitch und ich hatten eine Wette, und ihr beide habt gedacht, ihr könntet mich reinlegen. Tja, nur habe ich von Anfang an gewusst, was hier läuft. Und jetzt sind wir verheiratet, Süße, und auf unserer Hochzeitslizenz steht mein Name."

„Halt, halt! Was redest du denn da? Welche Wette? Und wer ist Mitch?" Ihr wurde schwindlig. Sie hatte die Heirat sorgfältig geplant und alle Eventualitäten geprüft, aber keine Sekunde war sie darauf gekommen, sie könnte am Ende den falschen Mann heiraten!

„Was heißt hier, welche Wette?", fragte er und stand auf. „Du kamst doch zu Lu herein und fragtest mich, ob ich bereit wäre, dich zu heiraten. Okay, du hast mich mit einem falschen Namen angeredet, aber das war nur ein Trick, damit ich keinen Verdacht schöpfe. Leider hat er nicht funktioniert, Lilly oder wie immer du in Wirklichkeit heißt. Ich habe gleich kapiert, dass du mich unter einem falschen Namen heiratest, damit Mitch gewinnt und sich meinen Truck unter den Nagel reißt."

„Was für einen Truck?"
„Der Truck, auf den dein Auftraggeber so wild ist."

Lilly fürchtete, nun doch jeden Moment in Ohnmacht zu fallen, noch dazu vor einem splitternackten Fremden. Hatte sie tatsächlich erst gestern behauptet, sie würde Überraschungen lieben?

Sie hockte sich vor das Fenster und vergrub das Gesicht in den Händen.

„Was ist los?", fragte er.

„Mir ist schlecht, aber was interessiert dich das?"

„Na, das wird ja immer besser! Ich sollte reingelegt werden, und jetzt, wo der Plan danebengegangen ist, spielst du das unschuldige Opfer! Würdest du mich bitte ansehen, wenn ich dich anbrülle?"

„Nein, kann ich nicht. Du bist nackt."

„Ja, und daran hast du dich letzte Nacht kein bisschen gestört."

Blind vor Wut sprang sie auf und stürzte sich auf ihn, trommelte mit den Fäusten auf seine Brust ein. „Du ...!"

Es war zwecklos. Der Mann war gebaut wie ein Fels, und ihre Schläge vermochten rein gar nichts auszurichten. Hilflos und verwirrt wandte sie sich ab. Nun stand sie direkt vor dem Servierwagen. Vielleicht sollte sie etwas essen, sonst wurde ihr noch vor lauter Hunger flau. Sie hob die Plastikabdeckung hoch und nahm sich von den Pommes frites.

„Lass mir noch was übrig", sagte er und griff ebenfalls in die Schale. „Ich schwöre, ich habe noch keine Frau gesehen, die einen so gesegneten Appetit hatte – außer Matts Schwester, als sie schwanger war."

Lilly hätte ihm um ein Haar gesagt, dass sie ja auch schwanger war, doch dann entschied sie sich dagegen. Sie wusste schließlich nicht, wie er zu Kindern stand, und konnte erst recht nicht einschätzen, wie er die Tatsache aufnehmen würde, dass sie in sieben Monaten das Kind eines anderen zur Welt bringen würde.

„Kannst du dir bitte etwas anziehen?", sagte sie.

„Wie belieben. Kann ich sonst noch etwas für dich tun?"

„Ja." Ihre Unterlippe begann zu zittern. Sie hasste Streit, hatte ihn schon immer gehasst. „Kannst du bitte aufhören, mich anzuschreien?" Mehr brachte sie nicht heraus, dann liefen ihr die Tränen die Wangen hinunter.

„Okay, okay. Aber hör auf zu weinen." Er zog seine neue Jeans aus der Einkaufstüte, riss die Ladenetiketten ab und zog sie an. Wie sollte er einen klaren Gedanken fassen, solange sie weinte? Am liebsten hätte er sie in die Arme genommen und getröstet, doch das war im Moment wohl kaum angebracht. Diese ganze Geschichte wurde von Minute zu Minute rätselhafter.

Warum stellte sie ihm all die komischen Fragen? Wenn sie nicht wusste, wer Mitch war, drängte sich die Frage auf, wer *sie* denn überhaupt war.

Er erschrak. Sie saß da, nagte an einem Cheeseburger und sah ihm unglücklich zu, wie er die Schilder von seinem neuen roten T-Shirt entfernte, bevor er es überzog.

„Was ist?", fragte er deutlich gröber, als er beabsichtigt hatte.

„Nichts. Ich frage mich nur, wie ich einen solchen Riesenfehler machen konnte. Ich meine, ich habe in meinem Leben schon vieles falsch gemacht, aber das hier übertrifft wirklich alles. Und wenn du nicht Dallas bist, wo ist er dann?"

Finn fühlte sich auf einmal gar nicht wohl in seiner Haut.

„Ich weiß, dass ich Dallas liebe, und er liebt mich."

„Was soll denn das für eine Liebe sein, wenn du den Kerl so wenig kanntest, dass du mich für ihn gehalten hast?"

„Ich habe eben bisher nur ein unscharfes Bild von ihm gesehen."

„Na toll. Ist dir nie der Gedanke gekommen, du solltest ihn vielleicht persönlich kennenlernen, ehe ihr heiratet?"

„Haben wir doch. Per E-Mail. Und woher sollte ich wissen, dass du nicht Dallas bist? Du hast dich kein einziges Mal daran gestört, dass ich dich mit dem falschen Namen anspreche. Aber ein Gutes hat die Sache wenigstens."

„Und das wäre?"

„Wir sind nicht richtig verheiratet. Denn ich habe vor dem Pfarrer geschworen, Dallas Lebeaux zum Mann zu nehmen, und entsprechend ist die Ehe ungültig."

„Glaube ich kaum", sagte Finn, dem immer mulmiger zumute wurde. Sie sah so schrecklich hilflos und zerbrechlich aus. „Hör zu, setz dich hin und versuch, dich zu entspannen, ja?"

Sie tat, was er gesagt hatte, und er erzählte ihr alles von Mitch und der Wette und der Heiratslizenz, nach der sie rechtmäßig getraut waren.

„Das ist entsetzlich", murmelte sie, als er geendet hatte.

„Warum? Ich meine, natürlich wäre alles einfacher, wenn wir nicht ... wenn wir nicht getan hätten, was wir getan haben. Dann könnten wir die Ehe immer noch annullieren lassen. Aber so wird wohl eine Scheidung mit allem Drum und Dran fällig sein."

„Oh, nein! Nein, unter keinen Umständen", sagte sie, sprang auf und stapfte im Zimmer hin und her.

Finn war erstaunt, wie schäbig und kitschig die „Suite" im Tageslicht wirkte. Die Nacht war also doch bloß ein Traum gewesen, der am Morgen danach zu einem Albtraum werden sollte.

„Was heißt das?"

„Keine Scheidung. Punkt."

Er rieb sich das Kinn. „Ich verstehe nicht, was du meinst."

Sie ging zu ihrem Koffer und begann, ihre Sachen einzupacken.

„Das ist jetzt nicht der Moment, sich um die Wäsche zu kümmern", stellte Finn trocken fest. „Wir brauchen Anwälte."

„Keine Anwälte."

„Selbst auf die Gefahr hin, dass ich die Frage bereue: Warum keine Anwälte?"

„Weil es keine Scheidung geben wird. Mein ganzes Leben bin ich vor meinen Problemen davongerannt, aber damit ist jetzt Schluss. Wir sind verheiratet und haben uns gegenseitige Treue geschworen, in guten wie in schlechten Zeiten. Für immer."

„Bist du wahnsinnig? Wir kennen uns ja nicht mal."

„Ich bin nicht *wahnsinnig*, sondern versuche lediglich, das Beste aus einer verfahrenen Situation zu machen."

„Dass wir verheiratet sind, nennst du eine *verfahrene Situation*?"

„Ja, und es stimmt nicht, dass wir uns nicht kennen." Sie errötete und faltete ihre Sachen nur noch schneller zusammen. „Nach der letzten Nacht gibt es nicht mehr allzu viel, was wir *nicht* voneinander kennen – wenn man mal davon absieht, dass ich deinen Namen eben erst erfahren habe, keine Ahnung habe, wovon du lebst, und auch sonst eigentlich nur weiß, wie du küsst."

„Ha! Und du wirst zugeben, das beherrsche ich recht gut."

„Ich werde nichts dergleichen zugeben."

Finn hatte Mühe, die Fassung zu wahren. „Entschuldige, aber wir waren letzte Nacht doch im selben Raum, oder? In dem Fall nämlich möchte ich schwören, dass du ebenso heiß auf mich warst wie ich auf dich."

„Wie soll das möglich sein, wenn ich keine Ahnung hatte, wer du wirklich bist? Ich dachte, ich wäre mit Dallas zusammen, dem zuverlässigen und hart arbeitenden Anwalt aus Salt Lake City, der mich liebt und mein …" Sie presste sich die Hand auf den Mund.

„Und nur weil du mich nicht kennst, bin ich weder zuverlässig noch hart arbeitend? Ich führe seit zehn Jahren mein eigenes erfolgreiches Bauunternehmen, und wenn jemand zuverlässig ist, dann bin ich es."

Lilly zog den Reißverschluss ihres Koffers zu und klatschte in die Hände. „Bravo. Das war sehr überzeugend. Und zum krönenden Abschluss darfst du mir nun beweisen, wie zuverlässig du bist, indem du mich nach Hause bringst."

„Klar, wenn du mir sagst, wo du wohnst."

„Ganz einfach, da ich deine Frau bin, werde ich wohl oder übel bei dir wohnen müssen."

Finn warf einen Seitenblick auf seine Frau, die neben ihm auf dem Beifahrersitz schlief.

Sie würde *wohl oder übel bei ihm wohnen müssen*? Was fiel ihr ein, so zu tun, als ob es eine Strafe wäre, mit ihm verheiratet zu sein? In Greenleaf gab es eine Menge Frauen, die auf der Stelle mit ihr getauscht hätten.

Klar, und deshalb hat Vivian ja auch vor dem Altar die Flucht ergriffen und sich dem nächstbesten Motorradfahrer an den Hals geworfen!

Die letzte Bemerkung seiner inneren Stimme wollte Finn lieber ignorieren. Er fuhr sich mit den Fingern durchs Haar und dachte, wie sehr er einen milden Tag wie diesen normalerweise genießen würde. Doch im Moment war nichts mehr normal.

Was bildete sie sich denn ein, wer sie war? Seit sechs Stunden schlief sie neben ihm. Ihre Gesellschaft war so anregend wie die einer rohen Kartoffel!

Sein Blick fiel auf ihre Beine. Na gut, figurtechnisch gab es an ihr nicht das Geringste zu beanstanden, aber das war auch schon alles. Sie war eine Augenweide, doch ansonsten konnte sie einen in den Wahnsinn treiben.

Er fasste das Lenkrad fest mit beiden Händen.

Zugegeben, gestern Abend hatte er es irgendwie nett mit ihr gefunden.

Irgendwie, dass ich nicht lache! Du konntest gar nicht genug von ihr bekommen. Du warst doch hin und weg, als sie dir die Fliege gebunden und dir erzählt hat, was sie am liebsten frühstückt, dir Klamotten ausgesucht hat ... und dich dann auch noch geküsst hat, als ob du der tollste Kerl wärst, der auf Erden wandelt.

Ganz unrecht hatte diese innere Stimme nicht. Er kannte Lilly seit zwei Tagen, und während dieser zwei Tage hatte er angefangen, sie wirklich zu mögen. Wie oft hatte er sich zwischendurch gewünscht, diese ganze Geschichte wäre mehr als ein Spiel. Wie oft hatte er gedacht, sie könnte die richtige Frau für ihn sein, wenn sie wirklich diejenige wäre, die sie zu sein vorgab.

Man sollte eben vorsichtig sein mit dem, was man sich wünschte.

Alles, was er an Lilly mochte, war echt gewesen. Und sie war seine Frau, daran gab es nichts zu rütteln.

Seine Frau!

Jahrelang hatte er darauf gewartet, endlich ein Familie zu gründen. Okay, er hatte dabei eigentlich nicht an eine Frau gedacht, die ihn hasst und für den übelsten Typen aller Zeiten hielt, aber das mit dem Verheiratetsein war trotzdem nicht schlecht.

Er sah sie an. Das war doch albern! Ihre Begegnung und die Hochzeit mochten ein kolossales Missverständnis gewesen sein, und dennoch war offensichtlich, dass die Chemie zwischen ihnen beiden stimmte. Zwar war er noch nicht mit allzu vielen Frauen zusammen gewesen, aber mit genügend, um zu wissen, dass das hier nicht die Norm war. Er hatte Gefühle für sie, die er vorher überhaupt nicht gekannt hatte.

Und das Beste war, dass sie hundertprozentig ehrlich war – im Gegensatz zu einer anderen Frau, die er beinahe geheiratet hätte. Ihre festen Moralvorstellungen sprachen für sie. Welche Frau war heutzutage bereit, die Ehe als etwas Heiliges anzusehen? Allein das bestätigte ihm, dass er von ihr niemals etwas anderes zu hören bekommen würde als die Wahrheit.

Sie wachte auf und fragte: „Sind wir bald da?"

„Ungefähr eine Dreiviertelstunde noch."

„Aha." Das klang, als würde sie lieber irgendwo Toiletten schrubben, anstatt mit ihm im Wagen zu sitzen.

„So viel Begeisterung erwarte ich gar nicht."

„Gut, denn ich bin auch nicht begeistert."

Finn fuhr sich wieder mit den Fingern durchs Haar. „Dir ist schon klar, dass ich zwar einen anderen Namen habe, ansonsten aber immer noch derselbe Mann bin, mit dem du letzte Nacht geschlafen hast, oder?"

„Erinnere mich nicht daran. Wenn ich mir vorstelle, was ich alles zu dir gesagt habe. Natürlich nur, weil ich geglaubt habe, dass du der Mann bist, den ich liebe – Dallas."

„Klar doch, E-Mail-Bekanntschaften können verdammt vertrauensfördernd sein."

Sie errötete. „Ob du es glaubst oder nicht, Dallas versteht mich, wie mich noch kein Mann zuvor verstanden hat. Wir waren von Anfang an Seelenverwandte."

„Was erklärt, weshalb du dich nicht von mir scheiden lassen willst, um ihn zu heiraten."

Schmollend verschränkte sie die Arme vor der Brust. „Du verstehst rein gar nichts."

„Versuch doch, es mir zu erklären."

„Nach dem, was du getan hast, verdienst du keine Erklärung", sagte sie schnippisch und starrte aus dem Fenster.

„Ich weiß, dass ich diese Frage bereuen werde, aber was genau habe ich denn Schreckliches getan?"

„Du hast mich unter Vortäuschung falscher Tatsachen geheiratet. Du hast von Anfang an gewusst, dass ich davon ausging, Dallas zu heiraten, weshalb du mich ja auch nicht einmal gefragt hast, warum ich dich mit dem falschen Namen anspreche."

„Wie ich bereits sagte, ich dachte, du wärst angeheuert worden, um mich reinzulegen. Und ich trage ja wohl kaum die Schuld daran, dass du in *Lu's Bar* erschienen bist, wo du doch im *Luigi's* erwartet wurdest, und dass du nicht auf die Idee gekommen bist, mich nach meinem Ausweis zu fragen."

Das saß, und sogleich bereute er es, ihr diesen Tiefschlag verpasst zu haben, denn ihr stiegen mal wieder Tränen in die Augen. Und jetzt, da er wusste, dass ihre Tränen echt waren, konnte er sie noch schwerer ertragen als vorher.

Als er noch geglaubt hatte, sie würde für Mitch arbeiten, hatte er das Ganze für einen billigen Trick gehalten, aber nun weinte sie, weil sie mit ihm verheiratet war, und das tat weh.

„Da wären wir", sagte Finn und fuhr eine gewundene Auffahrt hinauf. „Willkommen zu Hause."

„Gib dir keine Mühe."

„Glaub mir", erwiderte er und lächelte bitter, „so wie du mich heute behandelt hast, werde ich mir kein Bein ausreißen, um dich hier willkommen zu heißen."

Lilly achtete gar nicht auf ihn, sondern sah zu den drei Hunden, die hinter der Garage erschienen und auf sie zugerannt kamen. In der Größe rangierten sie von einem zu groß geratenen Huhn bis hin zu einer Bergziege.

„Hier ist das Empfangskomitee."

„Beißen die?"

„Nein, aber sie werden versuchen, dich zu küssen." Er zwinkerte ihr zu.

In diesem Moment sah sie das Haus. Nie im Leben hätte sie erwartet, dass der Fremde, den sie unwillentlich geheiratet hatte, in ihrem Traum von einem Zuhause wohnen würde. Es war exakt das viktorianische Haus, das sie bisher nur aus Filmen kannte – mit Zwillingstürmen und einer großzügigen Holzveranda.

„Hier wohnst du?"

„Ja, hier wohne ich. Hattest du gedacht, dass ich in einer verfallenen Klapperbude hause?"

„Nein, es ist nur …" *Ich habe immer davon geträumt, einmal in so einem Haus zu wohnen, mit dem Mann, den ich liebe.* „Es ist ein schönes Haus."

„Danke", sagte er frostig und stieg aus dem Wagen, wo er von einem begeisterten Bellkonzert begrüßt wurde.

Angesichts seiner abweisenden Art hätte sie ihn am liebsten gebeten, sie in ihre alte Wohnung zurückzubringen, aber dazu war es zu spät. Sie holte tief Luft und stieg aus. Ihre Zukunft war besiegelt, und sie würde nicht kneifen. Sie war schon zu oft vor den Problemen geflohen, die sie sich eingehandelt hatte, diesmal würde sie es bis zum bitteren Ende durchstehen.

Wie oft schon hatte sie ihren Eltern den schrecklichsten Kummer bereitet, doch das hier setzte dem Ganzen die Krone auf. Wenn sie erfuhren, dass sie sich im Internet einen Ehemann gesucht hatte, um dann einen vollkommen Fremden zu heiraten, würde sie ihnen nicht verübeln können, falls sie keinerlei Kontakt mehr zu ihr wollten.

„Wollen wir reingehen?"

„Meinetwegen." Der größte der drei Hunde, der wie eine seltsame Mischung aus Schäferhund und Dackel aussah, beschnupperte sie neugierig, und sie kraulte ihn zwischen den Ohren. „Wie heißt er?"

„Moe. Der mittelgroße ist Larry, und die zu groß geratene Yorkshire-Terrierhündin ist Curly Sue."

„Hallo, ihr drei", begrüßte sie die Hunde und streichelte sie reihum. Hunde hatte sie immer gemocht, und ein Mann, der drei so ausgefallene Exemplare wie diese hier bei sich aufnahm, konnte so schlecht nun auch wieder nicht sein.

„Was ist mit dem Gepäck?", fragte sie und zeigte auf den Kofferraum.

„Das hole ich später."

Sie eilte neben ihm her den Steinweg zum Haus hinauf. „Wenn du genug davon hast, den unerschütterlichen Eisklumpen zu geben, darfst du gern damit aufhören. *Ich* habe dem Priester schließlich nicht erzählt, dass ich die Heiratslizenz im Wagen vergessen habe."

„Danke", sagte Finn bitter. „Jetzt geht es mir gleich besser."

„Gern geschehen." Lilly blieb stehen, überwältigt vom Anblick des Hauses aus nächster Nähe. „Das ist wirklich ein schönes Haus."

„Danke nochmals." Bildete sie es sich ein, oder klang seine Stimme ein bisschen weniger frostig?

„Hast du es gebaut?"

„Nein, das Haus ist über hundert Jahre alt, aber ich habe es vollständig restauriert. Es gehörte immer meiner Familie, bis …" Finn brach mitten im Satz ab. Er konnte ihr einfach nicht sagen, dass er zu seiner Tante ziehen musste, nachdem seine Eltern und seine Schwester gestorben waren. Seit seinem achten Lebensjahr hatte er in einem Haus in den Bergen gelebt, gut fünfundvierzig Minuten Autofahrt von Greenleaf entfernt. All die Jahre hatte sich niemand um das Haus gekümmert. Mit achtzehn war er dann wieder hierher gezogen und hatte praktisch alles renoviert.

Er war stolz auf sein Werk. Als er die Stufen zur Veranda hinaufstieg, fiel sein Blick auf die acht weißen Schaukelstühle – einer für ihn, einer für seine Frau und sechs für die Kinder, die er einmal haben wollte. Von den Verandabögen hingen großblättrige Farne herab, die von den Sonnenstrahlen des ungewöhnlich milden Spätsommertages beschienen wurden.

Auch wenn er es niemals zugegeben hätte, es gefiel ihm, wie seine Braut alles bestaunte.

„Das ist ja unglaublich", sagte sie. „Ich staune, wie sauber und ordentlich es hier aussieht. Als meine Brüder noch Junggesellen waren, sah es bei ihnen immer gruselig aus."

„Tja, was soll ich sagen? Ich mag eben keine Unordnung."

„Können wir reingehen?"

„Warum nicht?" Er wollte sie gerade hochheben, als sie zurückwich.

„Was hast du vor?", fragte sie.

„Ich will dich über die Schwelle tragen, wie es bei Jungverheirateten Brauch ist."

„Bei normalen Jungverheirateten vielleicht, aber zu denen wollen wir uns doch nicht zählen."

Seufzend verschränkte er die Arme vor der Brust. „Lass mich noch einmal sicherstellen, dass ich dich richtig verstanden habe: Du meinst, wir dürfen uns nicht scheiden lassen, weil wir miteinander geschlafen haben. Das heißt also, wir werden es die nächsten fünfzig Jahre oder so miteinander aushalten müssen, oder?"

„Ja."

„Und du planst, mir während dieser Zeit die kalte Schulter zu zeigen, um dich an mir zu rächen?"

„Das habe ich nicht gesagt. Ich will mich nur nicht von dir über die Schwelle tragen lassen. Mir kommt diese Sitte in unserem Fall unangebracht vor."

„Und was ist mit den sieben Jahren Unglück?"

„Die treten ein, wenn man einen Spiegel zerbricht, und nicht, wenn du mich nicht über die Schwelle trägst."

„Ich fasse es nicht. Aber vielleicht sollte ich schon dankbar sein, dass du mal eine Minute lang nicht daran denkst, wie furchtbar ich bin." Er meinte, den Hauch eines Schmunzelns in ihrem Gesicht zu sehen. „Bring ich dich etwa zum Lachen?"

„Nein."

„Und woher kommt dann dieses kleine Grübchen auf deiner linken Wange?"

„Ich habe keine Grübchen", sagte sie und schmunzelte jetzt ganz offensichtlich.

„Hast du wohl."

„Na gut", erwiderte sie lachend. „Ich gebe zu, ich habe ein Grübchen, aber ich konnte es nie leiden, weil meine Brüder mich immer damit aufgezogen haben, ich hätte ein Loch im Gesicht."

Er legte theatralisch die Hand auf die Brust und verkündete: „Ich schwöre, mich niemals über dein Grübchen lustig zu machen. Und nachdem wir das geklärt haben: Lässt du dich nun von mir über die Schwelle tragen oder nicht?"

Lilly hätte zu gerne Ja gesagt, doch die Stimme der Vernunft siegte: „Nein." Als sie Finns Enttäuschung sah, bereute sie es gleich. Aber warum sollte sie Rücksicht auf seine Gefühle nehmen, nachdem er mit ihr ein perfides Spiel getrieben hatte?

Dieser ganze Schlamassel wäre vermeidbar gewesen, hätte er von Anfang an zugegeben, dass er sie nicht kannte. Nun aber gab es kein Zurück mehr, und ihr blieb keine andere Wahl, als sich irgendwie mit dem Leben zu arrangieren, das ihnen gemeinsam bevorstand. Vielleicht würde eines Tages eine Art Normalität eintreten.

Ein kühler Nordwind setzte ein, der nicht zu dem Sonnenschein passen wollte, umso mehr allerdings zu ihrem Ehemann, der nun wieder sehr frostig wurde. Er wandte sich von ihr ab und schloss die Haustür auf. Dann hielt er sie weit offen und sagte: „Nach dir."

„Danke." Sie war kaum eingetreten, da hörte sie, wie er die Stufen der Veranda hinunterstampfte. „Holst du das Gepäck?"

„Nein, darum kümmere ich mich später."

„Wo willst du hin?"

„Ist doch egal", rief er, ohne sich umzudrehen oder auch nur seinen Schritt zu verlangsamen. „Fühl dich in meiner Abwesenheit wie zu Hause."

Lilly rieb sich die Arme, weil sie eine Gänsehaut bekam. Warum wirkte das Haus ohne Finn kein bisschen wie ein Zuhause?

7. KAPITEL

„Finn!", rief Lu in dem Moment, als er die Bar betrat. „Schön, dich zu sehen. Du siehst ganz schön mitgenommen aus. Hast einen schlimmen Kater, was?"

„Ich wünschte, das wäre alles", antwortete er gereizt.

„Was ist denn mit dir los? Hat die Kleine, die du neulich verschleppt hast, vielleicht einen lichten Moment gehabt und im letzten Augenblick beschlossen, dich doch nicht zu heiraten?"

Er lachte, denn wenn er nicht lachte, würde er heulen müssen. Heulen aber war etwas für kleine Jungen, nicht für gestandene Männer, wie er einer war.

„Nun guck nicht so finster!", befahl Lu. „Mitch wird dir bestimmt nicht deinen Truck wegnehmen, und selbst wenn, kannst du dich immer noch damit trösten, dass deine hübsche kleine Braut dir wenigstens nicht das Herz gebrochen hat. Ehrlich gesagt habe ich mir schon Sorgen gemacht, dass du dich zu einer Dummheit hinreißen lässt und die falsche Frau heiratest."

„Tut mir leid, dich enttäuschen zu müssen, Lu, aber du liegst vollkommen falsch. Möchtest du mit mir anstoßen?" Er hob die Bierflasche, die sie ihm hingestellt hatte.

Lu sah ihn misstrauisch an. „Worauf denn?"

„Worauf wohl? Auf meine neue Braut."

„Gratuliere", rief ein langhaariger Mann etwas weiter hinten am Tresen, den Finn nicht kannte. Seine Freundin prostete Finn ebenfalls zu.

Lu hingegen schien alles andere als begeistert. „Das ist ein Witz, oder? Du hast doch nicht allen Ernstes dieses Mädchen geheiratet?"

„Und ob."

„Grundgütiger, Finn! Haben deine Tante und ich dir denn gar nichts beigebracht?"

„Scheinbar nicht."

„Das schlägt ja wohl dem Fass den Boden aus! Wo ist sie?"

„Im Haus."

„In ihrem oder in deinem?"

„Meinem."

„Du siehst aber nicht allzu glücklich aus."

„Könnte besser sein", sagte er und nahm einen Schluck Bier.

Lu stützte die Ellbogen auf den Tresen. „Möchtest du darüber reden?"

Er schüttelte den Kopf. „Nein, ich trinke lieber."

„Das glaube ich nicht! Vielleicht schaltest du erst einmal deinen Verstand ein."

„Mein Verstand funktioniert besser denn je. Und jetzt will ich trinken."

Lu schnalzte missbilligend mit der Zunge. „Das meinst du nicht wirklich!"

„Was meint unser hübscher Kleiner nicht wirklich?"

Finn stöhnte. Mitch. Der Mann, den er im Moment am allerwenigsten sehen wollte.

Er hievte sich auf den Barhocker neben Finn. „Na, krieg ich jetzt mein Geld?"

„Pech gehabt, du hast die Wette verloren."

„Quatsch. Es ist erst Montag. Welche Frau, die alle Tassen im Schrank hat, würde dich binnen zwei Tagen heiraten?"

„Sie heißt Lilly", sagte Lu und stellte Mitch ein Bier hin. „Und sie sieht niedlich aus. Ich habe sie Samstag selbst gesehen. Das war ungefähr eine Stunde, bevor deine Freundin dich hier mit der Schubkarre rausfahren durfte."

Der große, füllige Mitch grunzte. „Ich glaube euch kein Wort. Beweise es."

Finn holte seine Brieftasche hervor und zeigte Mitch die Heiratslizenz. Eigentlich sollte dies der Moment seines Triumphs sein, aber warum fühlte es sich so schrecklich an?

Mitch las das Formular und schlug mit der Faust auf den Tresen. „Verdammt, Reilly, das ist doch nur ein billiger Trick! Aber so schnell gehe ich dir nicht auf den Leim!"

Finn lachte. „Glaub mir, der einzig Geleimte bei der Geschichte bin ich. Immerhin darf ich den Rest meines Lebens mit einer Frau verbringen, die mich hasst."

Die Küchenuhr schlug gleichzeitig mit der Standuhr im Flur. Lilly saß mit einer Kanne Pfefferminztee am Küchentisch und versuchte, die erdrückende Stille im Haus zu ignorieren.

Wo war ihr Mann? Hatte sie seine Gefühle so sehr verletzt, als sie sich nicht über die Schwelle tragen lassen wollte? Sie hatte es nicht persönlich gemeint. Nur war sie in ihren Träumen von einem Mann über die Schwelle getragen worden, der sie liebte und den sie ebenfalls liebte.

Zugegeben, Finn Reilly war die letzten zwei Tage ein freundlicher und liebenswerter Mann gewesen, aber nach dem, was sie nun wusste, konnte sie ihn einfach nicht mögen, schon gar nicht lieben. Er hatte sie absichtlich getäuscht, damit sie ihn heiratete. Und nun war sie für immer an ihn gebunden. Was vielleicht gar nicht so schlimm war, wenn sie sich das fantastische Haus ansah, doch irgendwie wollte das kein Trost sein.

Die Küche war ein Traum. Da waren eine riesige Kühl-Gefrier-Kombi aus Edelstahl, ein vierflammiger Gasherd mit Grill und jede Menge hochwertiges Kochgeschirr sowie Porzellan in verschiedenen Ausführungen, jeweils für acht Personen.

Die Schlafzimmer im ersten Stock boten ebenfalls Platz für acht, ganz abgesehen davon, dass das Ehebett auch gut und gern für vier Personen reichte. Wenn sie nur daran dachte, dort mit Finn zu schlafen, wurde ihr mulmig.

Sie hatte ihr Leben lang eine nette und anständige Tochter sein wollen, auf die ihre Eltern stolz sein konnten. Wie aber konnte eine anständige Frau tun, was sie letzte Nacht mit einem Mann getan hatte, den sie nicht einmal kannte?

Aber ich kenne ihn doch. Er ist mein Mann.

Rein technisch vielleicht, aber das änderte nichts an der Tatsache, dass sie seinen wirklichen Namen nicht gekannt hatte, als sie mit ihm geschlafen hatte. Dadurch bekam die gemeinsame Nacht im Nachhinein etwas Schmutziges.

Sie hatte sich also wieder einmal als das schwarze Schaf der Familie erwiesen, dessen lange Reihe von Missgeschicken einfach nicht abreißen wollte. Sie hatte damals die Küche in Brand gesetzt, als sie den Topf mit Popcorn auf dem Herd vergessen hatte, weil ihr Highschool-Schwarm Phil angerufen hatte. Sie hatte zwei Jobs hintereinander verloren, weil sie vergessen hatte, ihren Wecker zu stellen. Und, was die Krönung war, sie hatte Elliot geglaubt, als er ihr gesagt hatte, dass er sie liebte und sie heiraten wollte, um ihr *nach* der gemeinsamen Nacht mitzuteilen, dass er bereits verheiratet war.

Lilly spürte, dass ihr die Tränen kamen. Überhaupt weinte sie die letzten zwei Tage auffallend viel. War das normal? War sie normal?

Je mehr sie darüber nachdachte, umso bitterlicher musste sie weinen. Und als die Hintertür aufgerissen wurde und Finn hereinstürmte und sie besorgt fragte, was mit ihr los sei, da schien es ihr nur normal, aufzuspringen und sich in seine Arme zu werfen.

„Ich habe alles ruiniert", schluchzte sie. „Ich habe dein Leben ruiniert und meins und ..."

„Ach was", sagte er und strich ihr übers Haar. „Du hast gar nichts ruiniert. Ganz im Gegenteil."

Sie wischte sich die Augen mit seinem Taschentuch und sah ihn an. „Wie bitte?"

„Weil du mich geheiratet hast, habe ich die Wette gewonnen, und Mitch musste mir tausend Dollar zahlen. Hier!" Er holte ein Bündel Geldscheine aus seiner Jeanstasche und überreichte es ihr. „Falls es dich tröstet, das ist für dich."

„Ich will das Geld nicht!"

Finn runzelte die Stirn. „Lu hat mir vorhergesagt, dass du das sagen würdest. Und ich dachte, du wärst klüger."

„So?"

In der kurzen Zeit, die er bei Lu gewesen war, hatte Finn ganz vergessen, wie hübsch seine Frau war.

„Hast du getrunken?", fragte sie und stemmte die Arme in die Hüften.

„Nicht viel."

„Aha, und wie bist du nach Hause gekommen?"

„Ich habe ihn gebracht", sagte Matt, der in diesem Moment durch die Tür trat. „Ich dachte, er sollte nicht mehr fahren."

„Und wer sind Sie?", fragte Lilly.

„Ich bin sein bester Freund. Matthew Marshall, stets zu Diensten. Ich habe nur noch schnell die verrückten Köter in die Scheune gesperrt." Er nahm seine Kappe ab und reichte Lilly die Hand. „Finn und ich haben schon eine Menge zusammen durchgemacht. Ich konnte es kaum erwarten, seine Frau kennenzulernen."

„Danke, dass Sie ihn nach Hause gefahren haben, Matthew. Ich bin Lilly Churchill – das heißt, Lilly Reilly muss ich jetzt wohl sagen."

„Und was für ein schöner Name das ist", sagte Finn, der seinen Kopf auf die Schulter seiner Frau lehnte. Dann sah er hinauf zur Decke. „He, Matt, wann habe ich denn eine drehende Lampe über den Tisch gehängt?"

„Hast du nicht, und deshalb sollte ich dich lieber direkt ins Bett bringen."

Obwohl ein ganzes Stück kleiner als Finn, legte Matt den Arm seines Freundes über seine Schulter und schleppte ihn scheinbar mühelos Richtung Treppe.

„Brauchen Sie Hilfe?", fragte Lilly, die hinter ihnen herlief.

„Nein, das kriege ich schon alleine hin. Er trinkt übrigens nie so viel, es sei denn wegen einer Frau – und selbst deshalb war er erst dreimal in seinem Leben betrunken."

„Und wann war das?"

„Mal überlegen. Das erste Mal war, als seine Highschool-Flamme Linda aus Greenleaf wegzog, um auf irgendein Nobelcollege zu gehen. Das zweite Mal war letzten Sonnabend, wegen Vivian. Tja, und das dritte Mal ist heute."

„Nun verrat ihr nicht alle meine Geheimnisse", murmelte Finn.

„Alle habe ich auch gar nicht verraten", sagte Matt und zwinkerte Lilly zu. „Nur die peinlichsten."

Ein paar Minuten nachdem Matt gegangen und Finn auf seinem Bett eingeschlafen war, stellte Lilly seine Stiefel weg und deckte ihn zu.

Die waldgrünen Wände im Schlafzimmer wirkten beruhigend. Lilly saß in dem Schaukelstuhl in der Ecke und schloss für einen Moment die Augen. Es roch nach Limonenöl, mit dem Finn die schweren alten Holzmöbel behandelt haben musste.

Draußen zirpten die letzten Grillen, aber drinnen herrschte absolute Stille, abgesehen von Finns leisem Schnarchen.

Sie öffnete die Augen und sah ihn an. Ihren Mann. Den Mann, der ihrem Baby hoffentlich ein guter Vater sein würde. Selbst im Schlaf hatte sein Gesicht leicht sorgenvolle Züge. Er musste schon einiges an Unglück in seinem Leben hinter sich haben.

Abrupt stand sie auf und ging zu ihm. Waren die Falten um seinen Mund und seine Augen Trauer- oder Lachfalten? Ob es stimmte, was sein Freund gesagt hatte, dass er erst dreimal in seinem Leben betrunken gewesen war, und jedes Mal wegen einer Frau?

Vivian. Das war die Verlobte, die ihn vorm Altar hatte stehen lassen. Lilly nahm es ihm nicht übel, dass er sich deswegen betrunken hatte. Er musste sehr verletzt gewesen sein. Verletzt genug, um hinterher diese absurde Wette einzugehen.

Doch selbst wenn sie es verstand, musste es ihr noch lange nicht gefallen. Und außerdem sagte es nichts darüber aus, wie er zu ihr stand. Wenn sie die dritte Frau war, wegen der Finn sich betrank, war es dann, weil er wollte, dass sie aus seinem Leben verschwand? Oder war es vielleicht, weil sie ihm signalisiert hatte, dass sie nicht Teil seines Lebens sein wollte?

Finn wachte von den Sonnenstrahlen auf, die ihm erbarmungslos ins Gesicht schienen. Es roch nach gebratenen Hamburgern. Sein Magen war zu mitgenommen von dem vielen Bier, als dass er hätte sagen können, ob der Geruch angenehm oder unangenehm war. Aber woher kam der Duft überhaupt? Er lebte doch allein.

Er hörte eine Frauenstimme singen.

Irrtum, er lebte nicht mehr allein. Dem Geruch und Gesang nach zu urteilen, bereitete seine Frau gerade das Frühstück in der Küche.

Er rieb sich das Gesicht. Seine Mutter hatte immer beim Kochen gesungen, weshalb er sich stets eine Frau gewünscht hatte, die ebenfalls in der Küche sang. Er fragte sich, ob es ein gutes Zeichen war, dass Lilly auch in diesem Punkt seinem Idealbild von einer Ehefrau entsprach.

Irgendwann in der Nacht hatte er das Gefühl gehabt, sie läge bei ihm. Er hatte sogar gemeint, den Arm um ihre Taille zu legen. Aber jetzt war er sich nicht mehr sicher, ob er vielleicht nur geträumt hatte.

Alles in allem standen seine Chancen auf eine große Familie nicht besser als vor der Heirat. Und selbst wenn Lilly Kinder wollte, war fraglich, ob sie ihn nah genug an sich heranlassen würde.

Er hörte Schritte auf der Treppe und überlegte für einen Moment, ob er sich besser schlafend stellen sollte. Zu spät.

„Du bist also wach", sagte sie streng.

„Kaum."

„Es ist schon nach elf."

„Ich bin in den Flitterwochen", konterte er mit einem halbherzigen Grinsen. „Darf ich da nicht mal ausschlafen?"

„Klar. Ich wollte dir nur sagen, dass das Frühstück fertig ist." Lächelte sie etwa?

„Danke, aber du musst nicht für mich kochen."

„Ich weiß. Ich hatte Hunger, und da dachte ich, ich könnte ebenso gut zwei Portionen machen."

„He, das ist das Netteste, was du für mich getan hast, seitdem du weißt, wer ich wirklich bin. Heißt das, du begräbst das Kriegsbeil?"

„Nein." Doch während sie es aussprach, dachte Lilly daran, wo sie heute Morgen aufgewacht war. Sie hatte in seinen Armen gelegen. Im Halbschlaf hatte es sich sogar gut angefühlt, aber dann war ihr klar geworden, dass dieser Mann nicht der verständnisvolle Dallas war, sondern jemand, der sie unter Vorspiegelung falscher Tatsachen in die Ehe gelockt hatte.

Also, Lilly Reilly, wenn du so sicher bist, dass Dallas der einzig richtige Mann für dich ist, warum gehst du dann nicht zu ihm und erklärst ihm alles? Würde er nicht Verständnis haben? Würde er nicht kommen und dich aus diesem Haus und von diesem Fremden wegbringen, in dessen Nähe du jedes Mal Herzklopfen bekommst?

Lilly schluckte. Nein, wegrennen wäre vielleicht für die alte Lilly eine Lösung gewesen, nicht aber für die neue. Die neue Lilly floh nicht vor ihren Problemen, sondern stellte sich ihnen.

Die Art, wie er sie ansah, hätte ihr diese Entscheidung eigentlich leichter machen müssen, stattdessen jedoch fühlte sie sich an die Nacht in Vegas erinnert.

Er räusperte sich. „Wegen gestern Abend, ich wollte nicht in solch einer Verfassung nach Hause kommen."

„Schon gut."

„Nein, es ist nicht gut. Wie ich dir schon einmal sagte, ich trinke normalerweise nicht."

„Und trotzdem war es das zweite Mal, dass ich dich betrunken gesehen habe." Sie senkte den Blick. „Entschuldige, das sollte kein Vorwurf sein. Es geht mich schließlich nichts an, was du tust."

„Klar geht es dich etwas an. Wir sind verheiratet, und da du wild entschlossen bist, dich nicht scheiden zu lassen, sollten wir langsam auch anfangen, uns wie Verheiratete zu benehmen."

Sie sah aus dem Fenster.

„Lilly?"

„Tut mir leid", sagte sie, drehte sich um und ging zur Tür. „Ich möchte im Moment nicht darüber reden."

Er sprang auf, eilte zu ihr und packte sie bei den Schultern, damit sie ihn ansah. „Wann willst du denn dann darüber reden, Lilly? Wie wir gestern Abend gesehen haben, geht es mir mit dieser Geschichte auch nicht gerade blendend. Wir sollten dringend ein paar Tage zusammen verbringen, uns besser kennenlernen."

„Du meinst, wir stellen gegenseitiges Vertrauen her, indem wir uns Anekdoten aus unserer Kindheit erzählen? Begreifst du denn gar nichts? Ich habe dich geheiratet, weil ich glaubte, du wärst ein anderer. Wie will ich jemals wissen, ob ich dir trauen kann oder nicht?"

Finn ließ sie los und seufzte. „Zum letzten Mal, Lilly, ich hätte diese Heirat nicht durchgezogen, wenn ich nicht davon überzeugt gewesen wäre, dass du mich reinlegen willst. Mein ganzes Leben lang wollte ich …" Er stockte und sah sie an, doch sie starrte auf ihre Füße. „Dir ist sowieso egal, was ich zu sagen habe."

„Finn, ich …"

Doch für Entschuldigungen war es zu spät, denn er war bereits im Bad verschwunden.

8. KAPITEL

„Ich weiß nicht", sagte Matt am späten Nachmittag desselben Tages, als Finn gekommen war, um die aktuellen Änderungswünsche von Mrs. Kleghorn für ihr Bad zu besprechen. „Ich fand sie ganz nett, und sie sieht wahrlich nicht schlecht aus."

„Sprichst du von Mrs. Kleghorn oder meiner Frau?"

„Wie witzig!" Matt knuffte seinen Freund in den linken Arm. „Selbst mit einem Kater bist du noch ein echter Komiker."

„Ich bin nicht verkatert", murrte Finn und markierte mit dem Rotstift die Stelle auf der Bauzeichnung, an der seine Kundin einen Kühlschrank eingebaut haben wollte. „Wer baut sich eine Minibar im Badezimmer ein?"

„Lenk nicht ab. Du kannst ihr nicht übel nehmen, dass sie sauer auf dich ist. Keiner findet es komisch, wenn er feststellt, dass er für eine Wette benutzt wurde. Und eine sensible Frau wie Lilly schon gar nicht."

Finn zählte bis viereinhalb, dann platzte er. „Wenn du sie so toll findest, dann heirate du sie doch! Aber könnten wir jetzt vielleicht unsere Arbeit machen? Ein Kühlschrankeinbau bedeutet, dass Arnold eine Leitung durch das Ankleidezimmer verlegen muss." Er zeigte auf den Plan.

„Ich an deiner Stelle würde sie umwerben", sagte Matt unbeeindruckt und sah durch das Fenster hinaus auf die Berge.

„*Umwerben?* Mrs. Kleghorn will bestimmt nicht umworben werden, sondern braucht dringend jemanden, der sie in die Realität zurückholt." Finn rollte die Zeichnung zusammen und schlug Matt mit der Rolle auf den Bauch. „Sorg dafür, dass Arnold Bescheid bekommt. Ich hab ein Treffen mit den Motelleuten."

„Wenn du mich freundlich bittest."

„Pass auf", ermahnte Finn ihn und ging zu seinem Truck.

„He, ich dachte, du hast diese Woche frei", rief Matt ihm nach.

„Hatte ich, aber dann ist eine gewisse Lilly bei mir eingezogen, und seitdem halte ich mich nicht mehr gern zu Hause auf."

„Und was ist mit unserer Pokerrunde am Freitag?"

Lilly nahm das Telefon in der Küche ab, holte tief Luft und wählte dann die Nummer von Dallas' Büro. Sie betete, er möge direkt abnehmen, doch sie hatte Pech. Sie musste warten, bis sie durchgestellt wurde.

„Lilly!", meldete Dallas sich hörbar beunruhigt. „Was ist passiert? Ich war halb krank vor Sorge um dich."

„Tut mir leid", begann sie und wickelte sich nervös die Telefonschnur um den kleinen Finger. „Es ist tatsächlich etwas passiert."

„Und was? Du bist doch nicht krank, oder? Geht es dem Baby gut?"

„Dem Baby und mir geht es gut, aber ich bin in einen ziemlichen Schlamassel geraten."

„So?"

„Weißt du, ich bin gewissermaßen schon verheiratet."

Eine ganze Weile herrschte Stille am anderen Ende, dann hörte sie ein Lachen. „Das ist ein Witz, oder?"

„Nein, ich fürchte nicht."

„Lilly, ich bin ganz kurz davor, zum Partner in der Kanzlei zu werden, und ich habe dir erklärt, dass ich dafür eine Ehefrau vorweisen muss. Ich habe hier schon allen von dir erzählt und von unserem Spontantrip nach Miami, und jetzt ..."

„Wir waren nie in Miami!"

„Natürlich nicht, aber das muss mein Boss ja nicht wissen. Ich brauchte eine glaubwürdige Geschichte, mit der ich das Baby erklären konnte."

„Ach so."

Er seufzte. „Du hast mein Leben ruiniert, und das ist alles, was dir dazu einfällt?"

Ihr kamen die Tränen. „Es tut mir leid. Ich habe ja nicht absichtlich den falschen Mann geheiratet. Ich konnte *Luigi's* nach deiner Wegbeschreibung nicht finden, und außerdem war es dunkel. Ich war noch nie gut darin, mich im Dunkeln zurechtzufinden."

„Mir scheint, du bist in rein gar nichts gut. Vielleicht sollte ich froh sein, dass du mich nicht gefunden hast." Klick.

Am ganzen Körper zitternd, legte Lilly auf. Dallas' Worte waren verletzend gewesen. Die alte Lilly hätte sich in diesem Moment vielleicht damit getröstet, dass sie nicht stimmten, doch die neue fürchtete, sie könnten sehr wohl der Wahrheit entsprechen.

Lilly schluchzte hemmungslos. Irgendwie hatte sie die ganze Zeit gedacht, im Zweifelsfall könnte sie immer noch zu Dallas fliehen. Nun hatte sie diesen letzten rettenden Anker auch noch verloren. Und das Schlimmste war, dass sie mit einem Mann verheiratet war, der ihren Anblick nicht ertragen konnte.

Es war fast sechs Uhr abends, als Finn von der Besprechung mit den Leuten zurückkehrte, für die er das Motel an der Autobahn bauen sollte. Er fuhr die Einfahrt hinauf zum Haus und hupte zweimal kurz, um seine Hunde wissen zu lassen, dass er zu Hause war.

Die drei Hunde und zwei dunkelhaarige Kinder kamen aus dem kleinen Waldstück gerannt, das Finns Grundstück von dem der Nachbarn trennte.

„Finn, ich hab dich vermisst!", rief die kleine Chrissy, sobald er aus dem Wagen stieg. Sie hatte letzte Woche ihre beiden Schneidezähne verloren, weshalb das „vermisst" ein wenig verunglückt klang.

Ihr neunjähriger Bruder Randy, den alle Rambo nannten, weil er normalerweise nichts als Actionfiguren im Kopf hatte, kam hinter ihr her, und beide Kinder warfen sich Finn in den Arm. „Mom sagt, Miss Lu hat gesagt, du hast schon wieder geheiratet. Ist Vivian denn nicht mit dem Mann auf dem Motorrad weggefahren?"

„Randy! Mom hat gesagt, Finn will nichts mehr von Motorrädern hören."

„Nicht Motorräder, du blöde Kuh, Mädchen."

„Aber ich bin ein Mädchen."

„Bist du nicht, du bist eine blöde Kuh."

„Halt, stopp", mischte sich Finn ein, während er die beiden um das Haus herum zur Hintertür führte. „Deine Schwester ist eine Prinzessin, keine blöde Kuh."

„Pah", machte Randy und verzog das Gesicht. „Die und eine Prinzessin!"

„Hast du das gehört, Finn? Er ist ungezogen."

„Waffenstillstand, ihr zwei", befahl Finn, als sie die Stufen zur hinteren Veranda hinaufgingen. „Und eure Mom hat recht. Ich habe geheiratet, aber nicht Vivian, sondern eine Frau namens Lilly." *Die mich nicht ausstehen kann, aber hoffentlich nett zu euch beiden ist.*

„Ist sie hübsch?", erkundigte sich Chrissy und starrte ihn mit ihren großen braunen Augen an.

„Sehr sogar. Und jetzt benehmt euch."

„Küsst du sie?", wollte Randy wissen, als sie durch die Tür in die Küche traten.

Finns Braut saß am Tisch und las in einem Buch, das sie eilig unter einem Stapel Zeitungen verschwinden ließ. „Du bist zurück", sagte sie und stand auf. „Wen hast du denn da mitgebracht?" Sie lächelte die Kinder an. „Hallo, ich bin Lilly."

„Du *bist* hübsch", stellte Chrissy fest. „Finn sagt, ich bin auch hübsch, und deshalb bin ich eine Prinzessin. Dann musst du wohl auch eine sein. Ach ja, ich bin Chrissy."

„Freut mich, dich kennenzulernen, Chrissy", sagte Lilly und schüttelte der Kleinen die Hand.

„Ist deine Haarfarbe echt?", fragte Randy. „Meine Tante färbt ihre Haare blond und hat ganz lange unechte Fingernägel. Mein Dad sagt, sie sieht aus wie eine …"

„Das ist mein guter Freund Randy", unterbrach Finn ihn, bevor Randy verraten konnte, wie sein Dad die Schwägerin nannte.

„Ja, meine Haarfarbe ist echt, und meine Fingernägel sind es ebenfalls", sagte Lilly grinsend und hielt ihm die Hand hin, damit Randy sich überzeugen konnte.

„Cool", kommentierte der Junge, bevor er sich wieder an Finn wandte: „Hast du an unsere Überraschung gedacht?"

„Hab ich. Im Tiefkühlfach."

„Super!", rief Randy und rannte zum Kühlschrank, dicht gefolgt von seiner kleinen Schwester.

„Und ich habe mich schon gefragt, für wen das ganze Eis ist", sagte Lilly lächelnd zu Finn. „Du schienst mir nämlich nicht der Typ, der gern Minnie-Maus-Eis isst."

„Da bin ich aber froh", erwiderte er grinsend. „He, was riecht denn hier so gut?"

„Ich hoffe, du magst Brokkoli-Hühnchen-Käse-Auflauf. Da ich nicht wusste, wann du nach Hause kommst, dachte ich, ein Auflauf und ein Salat wären am praktischsten. Der Auflauf ist in zwanzig Minuten fertig."

„Klingt köstlich, danke."

„Gern geschehen."

„Chrissy hat ihr Papier auf den Boden geschmissen!", ließ sich Randy in diesem Augenblick vernehmen.

„Hab ich nicht, das ist mir runtergefallen!", wehrte Chrissy sich.

„Du lügst!"

„*Du* lügst!"

Ein weiteres Mal stiftete Finn Frieden zwischen den Geschwistern, dann dirigierte er die beiden in Richtung Tür. „So, es wird Zeit für euch. Ab nach Hause! Wir sehen uns morgen."

„Tschüss, Finn", sagte Chrissy und umarmte ihn stürmisch. „Du bist nett."

„Du auch, meine Kleine."

„Bis dann, Finn", verabschiedete sich Randy und umarmte Finn ebenfalls.

In dem Moment, da die beiden aus der Tür waren, trat eine beklemmende Stille ein.

Finn war schon drauf und dran, Chrissy und Randy zurückzurufen, da sagte Lilly: „Ich werde schon mal den Tisch decken."

„Warum lässt du mich das nicht machen?"

„Nein, nein, du möchtest dich doch bestimmt frisch machen, bevor wir essen. Außerdem bin ich froh, wenn ich ein wenig Beschäftigung habe. Ich bin es nicht gewohnt, den ganzen Tag zu Hause zu hocken. Normalerweise komme ich um diese Zeit gerade von der Arbeit."

„Was arbeitest du denn?", fragte Finn und ging zur Spüle, um sich die Hände zu waschen.

„Ich bin in einem Buchladen angestellt. Das heißt, ich war." Lilly holte die Schale mit dem Salat aus dem Kühlschrank, den sie schon vorbereitet hatte. „Freitag war mein letzter Tag. Dallas arbeitet in einer großen Anwaltskanzlei in Salt Lake City. Wir hatten vereinbart, dass ich zu Hause bleibe, wenn wir verheiratet sind."

„Wirst du deine Arbeit nicht vermissen?", fragte Finn. „Ich würde verrückt werden, wenn ich den ganzen Tag zu Hause sein müsste."

„Es war auch komisch, aber nicht, weil ich das Gefühl hatte, nichts zu tun zu haben, sondern eher, weil ich daran denken musste, was du heute Morgen gesagt hast."

Er trocknete sich die Hände mit einem kobaltblauen Handtuch ab. „Ich meinte es ernst, als ich vorschlug, dass wir ein bisschen Zeit miteinander verbringen sollten."

„Ich weiß."

Sie stand mit dem Rücken zu ihm, als er ihr die Hände auf die Schultern legte. Automatisch erstarrte sie. Er drehte sie zu sich und hielt ihr eine Hand unters Kinn, sodass sie ihn ansehen musste.

Ihr Herz klopfte.

„Ich kann keine Beziehung zu einer Frau haben, die es nicht einmal fertigbringt, mir in die Augen zu sehen. Und ich weiß, dass du und ich etwas Besseres verdient haben."

Sie nickte.

„Ich war den ganzen Tag unausstehlich zu jedem. Und vor dreißig Minuten habe ich Mitch sein Geld zurückgegeben – das Geld, das ich bei der Wette gewonnen habe. Ich versuche, meine Fehler wiedergutzumachen, Lilly. Kannst du nicht wenigstens versuchen, mir zu verzeihen?"

Wieder konnte sie nur nicken, denn sie hatte einen Kloß im Hals.

In diesem Augenblick piepte die Zeitschaltuhr am Ofen, und Lilly war froh, Finns ernstem Blick entkommen zu können.

Später an diesem Abend, nachdem sie stumm am Tisch und anschließend vor dem Fernseher gesessen hatten, verschwand Lilly im Gästezimmer, und Finn versuchte nicht, sie daran zu hindern.

Als er durch das große Haus ging, um die Türen zu verriegeln und die Lichter zu löschen, fragte er sich, warum Lilly eine Scheidung so vehement ablehnte. War sie masochistisch veranlagt? Was ihn selbst betraf, so hatte er sich zwar ein Leben lang nach einer Familie gesehnt, allerdings nicht um jeden Preis.

Andererseits hatte sich in Vegas alles so großartig angefühlt, und sein Instinkt sagte ihm, dass er ihr einfach mehr Zeit lassen musste. Sein Herz widersprach dem allerdings, denn in Vegas war alles eine Illusion gewesen. Lilly war nur deshalb offen und unkompliziert gewesen, weil sie glaubte, mit einem anderen Mann zusammen zu sein.

Er wollte gerade das Licht über dem Küchentisch löschen, als sein Blick auf den Zeitungsstapel fiel, der neben Lillys Stuhl lag. Ihm fiel ein, dass sie ein Buch darunter geschoben hatte. Neugierig bückte er sich und hob den ganzen Stapel auf den Tisch.

Die Zeitschriften waren Vivians alte Ausgaben von *People, Cosmopolitan* und dem *National Enquirer*. Bei dem Buch jedoch handelte es sich um ein ziemlich zerlesenes Exemplar mit dem Titel „Was Sie erwartet, wenn Sie in freudiger Erwartung sind".

Bei dem Gedanken, dass Lilly schwanger sein könnte, blieb Finn die Luft weg. Dann fiel ihm wieder ein, dass das Buch Matts Schwester Rachel gehörte, die es während ihrer Schwangerschaft die ganze Zeit mit sich herumgeschleppt hatte, als wäre es eine Art Bibel. Dann hatte sie es eines Abends hier vergessen. Kurz darauf war das Kind zur Welt gekommen, und sie hatte das Buch nicht mehr gebraucht.

Aber Lilly war nicht schwanger. Sie hatte sich wahrscheinlich bloß gelangweilt und das Buch zwischen den ganzen Zeitschriften gefunden, die er in einem alten Wäschekorb seiner Tante aufbewahrte.

Was war er doch für ein hoffnungsloser Träumer, wenn es um das Thema Familie und Kinder ging! Nachdenklich schaltete Finn das Küchenlicht aus.

Trotzdem tat es weh zu erkennen, dass er nun endlich verheiratet war und seine Frau nicht nur das Gästezimmer dem Schlafzimmer vorzog, sondern noch nicht einmal fünf Wörter herausbrachte, wenn er versuchte, sich mit ihr zu unterhalten.

Zu allem Überfluss entsprach Lilly auch noch seiner Idealvorstellung von einer Ehefrau: loyal, intelligent, vertrauenswürdig und verlässlich – und sie sang beim Kochen. Sie könnte eine großartige Mutter sein, und sie würde ihn nie, niemals belügen. All das hatte er von Vivian allerdings auch gedacht.

Im ersten Stock angekommen, sah er auf die verschlossene Gästezimmertür.

Was wollte diese Frau von ihm? Sollte er vor ihr auf die Knie gehen, sich entschuldigen und ihr Schokolade und rote Rosen schenken?

Ich an deiner Stelle würde sie umwerben.

Hatte Matt recht? Reichte es vielleicht, Lilly zu umwerben und zu umschmeicheln, damit sie ihm eine richtige Ehefrau wurde?

Als Lilly am nächsten Morgen aufwachte, war ein weiterer schöner Herbsttag angebrochen. Warum konnte das Wetter nicht ein bisschen mehr ihrer Stimmung entsprechen, die alles andere als heiter war?

Sie schloss die Augen, war jedoch zu wach, um wieder einzuschlafen. Außerdem hörte sie das Plätschern der Dusche, also musste Finn auch schon auf sein.

Sollte sie ihm heute von dem Baby erzählen?

So wie er mit den Nachbarskindern umgegangen war, mochte er Kinder, und sie mochten ihn. Alles deutete darauf hin, dass er einen besseren Vater abgeben würde als Elliot – vorausgesetzt, sie brachte den Mut auf, es ihm zu sagen.

Sie setzte sich auf, und schlagartig wurde ihr übel.

Mit der Hand über dem Mund rannte sie den Flur hinunter zum Gästebad, wo sie gerade noch rechtzeitig ankam. Hinterher hielt sie sich einen kühlen Waschlappen an die Stirn und sah in den Spiegel. Ihr Gesicht hatte eine Farbe zwischen Haferschleim und Tapetenkleister angenommen.

Es klopfte an der Tür. „Lilly? Alles in Ordnung?"

„Ja", rief sie und rieb sich die Stirn mit dem nassen Waschlappen. „Mir geht's gut."

„Klingt aber nicht so. Darf ich reinkommen?"

„Nein!"

„Warum nicht? Du hörst dich krank an. Lass mich dir helfen."

Helfen? Er konnte ihr höchstens helfen, wenn er ein Wundermittel gegen Morgenübelkeit während der ersten drei Schwangerschaftsmonate besaß. Bisher war es gar nicht so schlimm gewesen, aber heute Morgen fühlte sie sich entsetzlich.

Hatte es am Ende gar nichts mit dem Baby zu tun, sondern mit etwas anderem? Bekam sie eventuell eine Grippe?

„Lilly? Ich gehe hier nicht eher weg, bis du rauskommst oder mich reinlässt."

Widerstrebend öffnete sie die Tür. „So, du siehst, ich lebe noch. Kannst du jetzt bitte gehen?"

„Du scheinst wirklich krank zu sein. Du siehst furchtbar aus."

„Danke."

„Tut mir leid", sagte er und steckte die Hände in seine Jeanstaschen. Er trug das grüne Polohemd, das seinen braunen Augen diesen wunderbaren Schimmer verlieh, und sein Haar war noch nass. Kurz, er sah umwerfend aus und sie wie eine Untote! „Ich wollte dich nicht beleidigen. Es war nur eine Feststellung."

„Behalt deine Feststellungen in Zukunft bitte für dich." Sie zog das rote Footballhemd von ihrem Bruder Mark so weit wie möglich herunter und huschte an Finn vorbei zurück zum Gästezimmer. Dort kroch sie ins Bett zurück und zog sich die Decke bis unters Kinn, weil ihr schrecklich kalt war.

Leider folgte ihr der Fremde, der zufällig ihr Ehemann war. Er erdreistete sich sogar, ihr die Stirn zu fühlen. „Wie Fieber fühlt sich das nicht an."

„Danke, Herr Doktor."

„Gern geschehen."

Sie fasste sich auf den Bauch und wünschte sich inständig, sie hätte ein Heizkissen in erreichbarer Nähe. Dummerweise hatte sie ihres bei den Sachen deponiert, die sie später erst in ihr neues Heim holen wollte.

„Warte hier", befahl Finn und wandte sich zum Gehen. „Meine Tante wusste genau, was man tun muss, wenn es jemandem so geht wie dir."

„Ihn in Frieden zu lassen?", murmelte sie.

„Das habe ich gehört!", rief er.

Er schien irgendetwas im Flurschrank zu suchen. Wenige Minuten später kehrte er zurück und hielt seinen Fund triumphierend in die Höhe.

Lilly traute ihren Augen nicht. „Ein Heizkissen? Woher wusstest du das?"

„Woher wusste ich was?", fragte er, hockte sich hin und stöpselte den Stecker ein. Dann zog er ihre Decke zurück, legte ihr behutsam das Kissen auf den Bauch und deckte sie wieder zu.

„Na, dass ich jedes Mal, wenn ich mich elend fühle, ein Heizkissen brauche."

Er zuckte mit den Achseln. „Sagen wir, mir hat dieses Ding als Kind durch manche harte Zeit geholfen. Heute habe ich einen Pferdemagen."

„Warst du viel krank als Kind?"

Finn sah aus dem Fenster, und auf einmal hatten sich seine Gesichtszüge seltsam verhärtet. „Nicht im traditionellen Sinn."

„Wie denn?"

Er atmete tief durch, dann sah er sie an. „Ich möchte nicht darüber sprechen, in Ordnung?" Ganz sanft strich er ihr eine Locke aus der Stirn. „Kann ich dir sonst noch etwas holen? Etwas zu trinken? Salzstangen? Warme Socken?"

Sie lächelte. „Wissen Sie was, Dr. Finn, das klingt alles ganz fantastisch."

Einige Zeit später fühlte Lilly sich wohl genug, um aufzustehen und sich zu duschen. Sie konnte immer noch nicht glauben, wie liebevoll Finn sie umsorgt hatte.

Es war schon merkwürdig, wie sich ihr Bild von ihm beständig wandelte, und das von einem Extrem ins andere. Einen Moment lang glaubte sie, er wäre ein unverbesserlicher, mieser Schuft, dann wieder bildete sie sich ein, sie könnte ihn richtig lieb gewinnen.

Langsam ging sie die Treppe hinunter und durch die Diele in die Küche. Finn stand am Herd und rührte in einem großen Kochtopf, aus dem ein angenehmer Duft aufstieg.

„Was riecht hier so lecker?", fragte sie und linste in den Topf.

„Ich dachte, meine Patientin könnte eine kräftige Hühnersuppe vertragen. Meine Tante schwört auf dieses Rezept, deshalb habe ich sie eigens in Florida angerufen, um sie danach zu fragen."

„Das hast du für mich getan?"

„Ja, und dafür bist du mir einiges schuldig, denn meine Tante hat mir reichlich zugesetzt. Irgendwie verstand sie weder, dass ich heimlich geheiratet habe, noch, dass ich es geschafft habe, meine junge Braut binnen weniger Tage sterbenskrank zu machen."

„Sie wusste also nichts von deiner Wette?" Lilly setzte sich an den Küchentisch.

„Nein, sie ist Samstagnachmittag nach Miami zurückgeflogen, weil ihr Freund Karten für ein Golfturnier am Sonntag hatte."

Lilly sah auf ihre Hände. „Tut mir leid, was Vivian mit dir gemacht hat. Das war reichlich schäbig."

Er zuckte mit den Achseln und legte den Kochlöffel beiseite. „Tja, irgendwie bin ich darüber hinweg, weißt du. Samstagnachmittag dachte ich, das überlebe ich nicht, aber inzwischen denke ich, es war besser so."

„Warum?" Sie sah auf, und wieder begann ihr Herz so wild zu pochen, dass sie den Blick abwenden musste. „Du musst sie doch geliebt haben, wenn du vorhattest, sie zu heiraten."

Er kam zu ihr, nahm ihre Hände und sagte: „Ich dachte, ich liebe sie, aber ich bin mir dessen nicht mehr sicher. Vielleicht wusste ich gar nicht, was Liebe ist."

„Und weißt du es jetzt?"

Für einen Moment stand die Zeit still, während er in ihrem Gesicht nach Antworten zu suchen schien, die sie ihm nicht geben konnte.

„Vielleicht."

Sie schluckte. „Und was brauchst du, um sicher zu sein?"

„Ein Zeichen."

„Was für ein Zeichen?"

Er streichelte mit den Daumen ihre Hände. „Etwas, das mir beweist, dass ich diesmal nicht mein Vertrauen in die falsche Frau setze."

9. KAPITEL

Am nächsten Morgen setzte Lilly sich ganz vorsichtig im Bett auf, aber leider war das schon zu viel für ihren Magen. Sie musste einen weiteren Sprint zum Bad machen. Und wieder schaffte sie es gerade noch rechtzeitig, konnte allerdings nicht mehr die Tür schließen.

„Mein Gott, ich dachte, wir hätten das hinter uns", sagte Finn, als er neben ihr kniete und ihre Schultern hielt. „Du musst dir einen schlimmen Virus eingefangen haben."

Nachdem das Gröbste überstanden war, setzte Lilly sich hin und lehnte sich mit dem Rücken an die Kachelfront der Badewanne.

„Ich hol dir einen Waschlappen", sagte Finn und stand auf. Dann machte er ihr erst einen kalten, dann einen warmen Waschlappen bereit.

„Wie kommt es, dass du immer genau weißt, was ich brauche?", fragte sie.

Er klappte den Klodeckel zu und setzte sich darauf. „Man muss wohl keinen Doktor in Medizin haben, um zu wissen, dass eine kranke Frau ein bisschen Fürsorge braucht."

„Trotzdem bin ich dir dankbar, dass du all das für mich tust. Die Suppe gestern war genau das Richtige, und", sie senkte den Blick, „es tut mir gut, dass du da bist."

„Freut mich." Er strich ihr sanft das Haar aus der Stirn. „Möchtest du wieder ins Bett?"

Sie nickte und versuchte aufzustehen, doch da stand er auch schon neben ihr, hob sie in seine Arme und trug sie in ihr Zimmer. Lilly war so ermattet, dass ihr überhaupt nicht in den Sinn kam zu protestieren. Stattdessen lehnte sie dankbar den Kopf an seine Brust.

Kurz darauf lag sie mollig eingepackt in ihrem Bett, ein weiteres Paar von Finns dicken Socken an den Füßen, und er holte ihr Cracker und Limonade aus der Küche. Sie musste daran denken, wie sie ihm unterstellt hatte, sich kein bisschen für ihre Gefühle zu interessieren. In diesem Punkt zumindest hatte sie sich geirrt.

Es war schon seltsam, dass sich die zwei Männer, von denen sie geglaubt hatte, sie zu lieben, als gemeine Schufte entpuppt hatten, während der eine Mann, den sie sich vorgenommen hatte zu hassen, von Tag zu Tag liebenswerter wurde ...

Als er zurückkam, half er ihr, einen Schluck von der kalten Limonade zu trinken, bevor er das Glas auf den Nachttisch stellte. „Ich werde die Ärztin rufen. Das muss ein merkwürdiger Infekt sein, so wie der kommt und geht. Gestern Abend hätte ich geschworen, dass du es überstanden hast, und heute Morgen, ich möchte dich ja nicht verletzen, aber du siehst furchtbar aus."

„Danke", sagte sie und lächelte unglücklich.

Er schenkte ihr ein atemberaubendes Lächeln, und Lilly fragte sich, ob sie gerade dabei war, sich in ihren Mann zu verlieben.

„Klopf, klopf", hörte sie ihn am Nachmittag an ihrer Tür. „Lilly, bist du angezogen? Ich habe jemanden mitgebracht."

„Besuch?" Eilig stopfte sie das Schwangerschaftsbuch unter ihr Kopfkissen und strich die Bettdecke glatt.

Finn kam mit einer Frau herein, die Lilly auf Anfang fünfzig schätzte. Sie hatte strahlend blaue Augen, blondes, zu einem Pagenschnitt frisiertes Haar und trug eine Leinenhose, einen Blazer und eine weiße Bluse. In der rechten Hand hielt sie einen Arztkoffer.

Lillys Herz klopfte. Nun war es nur noch eine Frage von Minuten, bis ihr Geheimnis gelüftet war.

„Hallo", sagte die Frau freundlich und stellte ihre schwere Tasche auf dem Fußende ab, bevor sie ihr die Hand reichte. „Sie müssen Lilly sein. Ich bin Dr. Walsh."

„Freut mich", sagte Lilly und schüttelte ihr die Hand. Hoffentlich merkte die Ärztin nicht, wie nervös sie war. „Ich hatte Finn gesagt, dass ich mich schon viel besser fühle und keinen Arzt brauche."

„Schon in Ordnung", gab die Frau zurück und holte ihr Stethoskop aus der Tasche. „Ich wohne nur ein kleines Stück die Straße rauf, also macht es mir nichts aus, auf dem Nachhauseweg kurz vorbeizuschauen. Können Sie mir beschreiben, was für Beschwerden Sie haben?"

„Sie behält so gut wie nichts bei sich", antwortete Finn an ihrer Stelle.

„Finn", begann Lilly, „kann ich bitte kurz mit der Ärztin allein sprechen?"

„Klar. Ich warte unten."

Nachdem Finn gegangen war, wandte die Ärztin sich an Lilly: „Was möchten Sie mir sagen?"

Lilly schluckte. „Ich bin ziemlich sicher, dass ich nicht krank bin, sondern bloß schwanger."

„Wie wunderbar! Wissen Sie, ich kenne Finn schon lange, und ich weiß, dass er der beste Vater wird, den man sich vorstellen kann."

Nur leider war Finn nicht der Vater ihres Babys. Würde er es schaffen, das Kind eines anderen Mannes zu lieben?

Die Ärztin maß Lillys Blutdruck und sah sie prüfend an. „Wieso habe ich das Gefühl, Sie verschweigen mir etwas?"

Wieder schluckte Lilly. „Das Baby ist nicht von Finn. Und er weiß auch nicht, dass ich schwanger bin. Wissen Sie, unsere Ehe ist auf ziemlich ungewöhnliche Weise zustande gekommen."

Die Ärztin blickte auf ihre Armbanduhr. „Ich habe noch eine Stunde Zeit, bis mein Mann das Abendessen auf den Tisch bringt. Sie dürfen mir also in Ruhe erzählen, was Sie bedrückt. Wenn Sie allerdings nicht mit mir darüber reden wollen, nehme ich es Ihnen auch nicht übel." Sie lächelte Lilly freundlich an und setzte sich in den Schaukelstuhl neben dem Bett.

„Ich würde wirklich gern mit jemandem reden", gab Lilly zu. Und dann erzählte sie der anderen Frau alles – wie sie schwanger geworden war, wie es zu der Heirat mit Finn gekommen war und was für schreckliche Angst sie davor hatte, ihm das mit dem Baby zu sagen.

„Hm", machte die Ärztin, als Lilly fertig war, „ich verstehe, wie Ihnen zumute ist, aber glauben Sie mir, Finn wird Verständnis für Sie haben. Ich kenne ihn, seitdem er ein kleiner Junge war. Er hat so viel durchgemacht in seinem Leben, und er verdient alles Glück, das er bekommen kann. Sie werden keinen besseren Ehemann und Vater für Ihr Baby finden als ihn. Allerdings müssen Sie ihm zeigen, dass sie ihn respektieren und sein Vertrauen wert sind. Ich habe miterlebt, wie verletzt er war, als Vivian ihn vorm Altar stehen ließ. Sollte er das Gefühl haben, Ihnen ebenso wenig vertrauen zu können wie ihr, weiß ich nicht, wie er reagieren wird. Falls Sie meinen privaten und professionellen Rat wollen: Sagen Sie ihm die Wahrheit, und zwar bevor er selbst merkt, was los ist."

Finn stand in der Küche und schenkte sich gerade einen Kaffee ein, als die Ärztin herunterkam. „Deine Frau wird überleben."

„Puh, bin ich froh. Aber was ist denn mit ihr? Braucht sie irgendwelche Medikamente?"

„Nein, sie braucht nichts weiter als ein bisschen Ruhe. Kann ich vielleicht auch einen Kaffee bekommen? Wir sollten uns unterhalten."

„Das klingt gar nicht gut", sagte er und nahm einen sauberen Becher aus dem Regal. „Es ist *doch* etwas Ernstes, oder? Ich wusste, dass das alles zu schön ist, um wahr zu sein." Seine Hand zitterte, als er der Ärztin Kaffee einschenkte. „Wird sie sterben?"

„Ach, Finn", sagte die Ärztin und nahm ihn lachend in den Arm. „Sie wird natürlich nicht sterben. Sie ist auch nicht wirklich krank, jedenfalls nicht im medizinischen Sinne. Ich wollte mit dir darüber reden, wie ihr zwei euch kennengelernt habt." Sie ließ ihn wieder los und hob mahnend den Zeigefinger. „Und du solltest dich schämen, weil du dich auf Mitchs alberne Wette eingelassen hast."

Finn war so erleichtert, dass seine Knie nachzugeben drohten. „Schimpfen Sie mit mir, so viel Sie wollen, aber jagen Sie mir bitte nie wieder einen solchen Schrecken ein."

„Versprochen." Sie rührte Milch und Zucker in ihren Kaffee. „Ich sage dir, was mir an Lilly Sorge macht."

„Was?"

Sie setzten sich an den Tisch.

„Für meinen Geschmack kam die Hochzeit ein bisschen Hals über Kopf. Lilly scheint mir eine sehr nette Frau zu sein, aber dir ist hoffentlich klar, dass du dich nicht an die Ehe gebunden fühlen

273

musst, nur weil sie aus moralischen Gründen eine Scheidung ablehnt, oder? Du verdienst es, glücklich zu werden, Finn, mit allem, was dazugehört. Bist du sicher, in Lilly die Erfüllung deiner Träume gefunden zu haben?"

Finn sah die Ärztin eine Weile schweigend an. „Das ist ja das Komische daran. Ich glaube tatsächlich, dass sie meine Traumfrau ist. Bei uns hat die Chemie von Anfang an gestimmt. Und als wir unsere Treueschwüre ablegten, war ich mir ganz sicher, dass ich mit ihr den Rest meines Lebens verbringen will."

„Obwohl du sie noch nicht einmal einen Tag kanntest?"

Er lehnte sich in seinem Stuhl zurück. „Es mag sich absurd anhören, aber ich wollte sie schon heiraten, nachdem ich sie gerade mal zehn Minuten kannte."

Dr. Walsh strahlte. „Mehr wollte ich gar nicht wissen." Wieder nahm sie ihn in den Arm. „Dann gratuliere ich dir ganz herzlich."

„Dazu ist es wohl noch etwas zu früh."

„Mein Gott, Junge, was ist denn? Du liebst sie, und ich kann mir beim besten Willen keine Frau vorstellen, die dich nicht lieben würde."

„Genau da ist der Haken. Sie kann mich nicht ausstehen."

„So ein Quatsch! Ich glaube dir kein Wort."

„Ist aber so. Sie wird einfach nicht damit fertig, dass ich sie bloß geheiratet habe, um eine Wette zu gewinnen."

„Nun, dann weißt du ja, was du zu tun hast. Hilf ihr, damit fertigzuwerden."

„Wie denn? Matt sagt, ich soll sie mit Blumen und Pralinen verwöhnen, aber weil ihr die ganze Zeit schlecht war, konnte ich ihr nichts außer Crackern und Limonade bringen."

Die Ärztin lachte. „Eine Frau wie Lilly will keine Blumen – obwohl sie dann und wann wahrscheinlich auch nichts gegen ein Dutzend Rosen einzuwenden hat. Aber was sie vor allem braucht, ist Sicherheit. Sie braucht das Gefühl, in deinen Armen Geborgenheit zu finden."

Finn lachte. „Klar doch. Und wie will ich ihr dieses Gefühl vermitteln, wenn sie mich gar nicht nahe genug an sich heranlässt?"

Dr. Walsh stützte die Ellbogen auf den Tisch. „Ich sage dir, was du machen musst."

Am Freitagmorgen sah Lilly aus dem Fenster und stellte fest, dass der Spätsommer endgültig vorbei war. Regen peitschte gegen die Scheiben, und die Wolken hingen wie eine dunkelgraue Decke über der Landschaft.

Auf dem Tisch neben ihr tickte ihre Uhr, doch Lilly traute sich nicht nachzusehen, wie spät es war, weil sie fürchtete, dass ihr gleich wieder übel werden würde. In dem Augenblick schlug die Standuhr im Flur zehn.

So lange schlief sie sonst nie. Die Ehe und die Schwangerschaft schienen sie vollkommen aus dem Rhythmus zu bringen.

In ihrem fortwährenden Kampf mit der Morgen-, Nachmittags- und Abendübelkeit hatte Finn ihr wunderbar beigestanden. Er hatte stets dafür gesorgt, dass sie es bequem hatte und alles bekam, was sie brauchte. Vor allem aber war er für sie da gewesen. Sie musste zugeben, dass sich ihr Bild von ihm grundlegend geändert hatte.

War er vielleicht doch der Mann, in den sie sich in Las Vegas verliebt hatte?

Es klopfte an der Tür. „Hallo?"

Allein der Klang seiner Stimme ließ ihr Herz wie verrückt pochen.

„Dornröschen? Bist du wach?"

„Kaum."

„Bist du bekleidet?"

„Ja."

„Schade", sagte er und öffnete die Tür. „Guten Morgen! Du siehst fantastisch aus."

„Netter Versuch, aber ich glaube dir nicht."

Er hockte sich neben sie auf die Bettkante. „So schlimm? Denkst du, dass du aufstehen kannst?"

„Ich weiß nicht. Eigentlich fühle ich mich ganz okay, aber ich fürchte, wenn ich mich bewege, endet es wieder in einem Sprint zum Bad."

„Was hältst du davon, wenn ich dich zur Wohnzimmercouch trage?"

Der Gedanke, in seinen Armen zu sein, war verlockend. Sie senkte den Kopf, damit er nicht sah, wie heiß ihr schon bei der bloßen Vorstellung wurde. „Vielen Dank für das Angebot, doch ich denke, ich schaffe es allein."

Er grinste. „Na, dann zieh dir was über und komm runter. Ich habe eine Überraschung für dich."

10. KAPITEL

Finn wusste zwar beim besten Willen nicht, was der Plan von Dr. Walsh bringen sollte, aber er wollte nichts unversucht lassen. Matts Schwester Rachel war jedenfalls von der Idee begeistert gewesen.

Eine geschlagene halbe Stunde hatte er gebraucht, ihren kleinen Lieferwagen zu entladen, und er war jetzt schon erschöpft.

„Lilly?", rief er die Treppe hinauf. „Bist du so weit? Ich könnte hier Hilfe gebrauchen."

„Komme sofort! Ich will mir nur noch schnell die Zähne putzen und die Haare kämmen."

Finn sah sich den Haufen pinkfarbener Sachen in seinem Wohnzimmer an und rief: „Beeil dich!"

„Tu ich ja." Sie stand oben an der Treppe. „Ich bin schließlich seit drei Tagen zum ersten Mal wieder auf den Beinen." Vorsichtig kam sie hinunter. „Also? Wo brennt's?"

„Überraschung!" Er zeigte auf das mit rosa Seide bespannte Körbchen auf dem breiten Kaminsims. „Wir sind heute Babysitter."

Lilly starrte entgeistert auf das Körbchen. Eine schöne Freundin war diese Dr. Walsh! Sie musste Finn alles gesagt haben.

Tränen schossen ihr in die Augen, als sie auf der untersten Stufe kehrtmachte und wieder hinaufging. „Wie konnte sie mir das antun? Es gibt so etwas wie ärztliche Schweigepflicht, oder nicht?"

„Was redest du denn?", fragte Finn und sah nach, ob Abby noch ruhig und friedlich schlief, bevor er hinter Lilly nach oben rannte. „Dr. Walsh hat damit nichts zu tun." Das war eine Lüge, aber woher konnte Lilly wissen, dass die Ärztin dahintersteckte? „Matts Schwester Rachel hat heute Morgen angerufen. Sie muss zu ihrem Frauenkreis bei der Kirche, und ihre Babysitterin hat in letzter Minute abgesagt, weil sie zu einer Beerdigung nach Salt Lake City fährt."

„Und warum passt Rachels Mann nicht auf das Baby auf?"

„Er ist Lehrer, da kann er sich nicht einfach freinehmen."

„Du aber schon?"

Er zuckte mit den Achseln. „Ich habe die ganze Woche frei, schon vergessen? Ich bin in den Flitterwochen. Und nun komm und hilf mir, ja? Es wird bestimmt Spaß machen."

Immerhin ließ sie zu, dass er ihre Hand nahm. „Versprich mir, dass die Idee nicht von Dr. Walsh kommt."

Er schluckte. „Natürlich nicht."

„Also gut. Ich schätze, ein Tag mit einem Baby kann tatsächlich Spaß machen."

„Uaaah!"

„Was machen wir jetzt?", fragte Lilly und hoffte, Finn sah ihr ihre Panik nicht an. Warum gab es für Babys keine Gebrauchsanweisungen? Sie hielt die schreiende Abby im Arm und streichelte ihr den Rücken.

„Sie muss aufstoßen", sagte Finn. „Bestimmt hat sie Blähungen."

Er sah auf die halb vollen Babygläser mit Erbsen, Hühnchen und Blaubeeren, deren Inhalt zum größten Teil nicht in Abbys Bauch, sondern auf Lillys und seiner Kleidung gelandet war. „Wenn ich das hätte essen müssen, würde ich mich auch nicht gut fühlen."

„Uaaah!"

„Finn, tu etwas! Was immer sie hat, es wird schlimmer. Vielleicht sollten wir sie zum Arzt bringen."

Seine Gelassenheit machte Lilly fast verrückt. Er grinste und sagte: „Gib sie mir. Alles, was sie braucht, ist Onkel Finn."

„Was sie braucht, ist ein Arzt. Wer weiß, ob sie nicht innere Blutungen hat oder einen Darmverschluss?"

Pffft.

„Was stinkt denn hier so?", fragte Lilly und rümpfte die Nase.

Finn streichelte Abby, die zu weinen aufgehört hatte. „Dieser Geruch dürfte ihr *Darmverschluss* gewesen sein." Er hielt die Kleine ein wenig auf Abstand. „Haben wir gerade entschlackt, Prinzessin Abby?"

Die Kleine durch die Luft wirbelnd, ging er ins Wohnzimmer, um ihre Windel zu wechseln.

„Finn, lass das", sagte Lilly, die hinter ihnen herrannte. „Wenn ihr Magen nicht in Ordnung ist, wird ihr das Fliegen bestimmt nicht bekommen."

„Entspann dich", meinte Finn grinsend, legte Abby auf die Wickelunterlage, zog ihr die volle Windel aus und wischte ihr den Po sauber. „Ich habe alles unter Kontrolle. Abby und ich sind ein eingespieltes Team, stimmt's, Süße?" Er kitzelte ihren Bauch, und sie gluckste vergnügt.

Lilly sackte auf die Couch und beobachtete fasziniert, wie sich ihr Mann um das Baby kümmerte. Wie gut, dass er so sicher im Umgang mit Abby war. Sie wäre schon längst auf dem Weg in die nächste Klinik gewesen. Ob dies der passende Moment war, ihm zu erzählen, dass er bald selbst so ein kleines Bündel haben würde?

„Finn?"

„Abby, Kleines", sagte er und betrachtete den Strampler, der über und über mit Essensresten bekleckert war. „In diesem Ding kannst du unmöglich unter die Leute. Wir werden jetzt mal sehen, ob unter all den Erbsen und Blaubeeren irgendwo dein Gesicht ist, und anschließend ziehen wir dir was Sauberes an."

Das Baby gurgelte und quiekte, dass Lilly ganz warm ums Herz wurde.

Sag's ihm. Eine bessere Chance kriegst du nie wieder.

„Entschuldige, wolltest du etwas sagen?", fragte Finn und sah sie an.

Lächelnd stand sie auf und antwortete: „Nein. Soll ich ihre Waschsachen holen?"

„Wenn du dich fit genug fühlst, gern."

Körperlich fühlte sie sich zur Abwechslung topfit. Gefühlstechnisch sah die Sache allerdings ganz anders aus.

„Sie ist wunderschön, nicht wahr?" Lilly knöpfte Abbys Strampler zu und hob die Kleine von der Wickelunterlage im Bad.

„Oh, ja", pflichtete Finn ihr bei, der gar nicht genug davon bekommen konnte, abwechselnd seine Frau und das Baby anzuhimmeln. Natürlich war Abby nicht ihr Baby, aber wenn er diesbezüglich etwas mitzureden hätte, dann würden Lilly und er schon sehr, sehr bald ein eigenes Kind haben. „Sie ist allerdings nicht die einzige Schönheit, auf die ich auf ein Auge geworfen habe."

Lilly sah ihn an.

„Ich spreche von dir, weißt du?"

„Vielen Dank. Mit all den Erbsen im Haar ist das wohl etwas übertrieben."

„Ist es nicht. Überzeug dich selbst." Er drehte sie zum Spiegel, damit sie sich ansehen konnte. Genau genommen wollte er, dass sie erkannte, wie gut ihnen beiden das Kind stand. „Du siehst wie ein Engel aus."

„Wir sollten nach unten gehen", sagte sie und wandte hastig den Blick ab.

„Warum?"

„Weil Rachel jeden Moment da sein müsste, um Abby abzuholen, und bis dahin müssen wir die ganzen Sachen der Kleinen gepackt haben. Wenn Rachel kommt und das Chaos unten sieht, wird sie denken, wir wären miserable Ersatzeltern gewesen."

„Und dich interessiert, wie Rachel über deine Qualitäten als Mutter denkt?"

„Selbstverständlich. Ist es dir denn egal, ob sie dich für einen geeigneten Vater hält oder nicht?"

Er steckte die Hände in die Taschen und ging zur Tür. „Ehrlich gesagt, ja. Mir ist nur wichtig, dass du mich für einen guten Vater hältst."

Lilly traute ihren Ohren nicht. Hatte er das tatsächlich gesagt, oder hatte sie es geträumt? Pfeifend ging er die Treppe hinunter, und sie folgte ihm mit dem Baby auf dem Arm.

„Finn Reilly, was fällt dir ein, so etwas zu sagen und dann einfach wegzugehen?"

„Wieso?" Er war schon im Wohnzimmer.

„Weil ein solcher Satz bewirkt, dass mir alle möglichen Fragen durch den Kopf gehen."

„Welche zum Beispiel?", fragte er.

Sie drückte Abby ein bisschen fester an sich, als wollte sie sich an dem Baby festhalten. „Warum willst du, dass ich dich für einen guten Vater halte?"

Er stützte sich mit einem Knie auf dem Sofa ab und war ihr plötzlich so nah, dass Lilly heiß wurde. „Weil ich dich mag, Lilly Reilly. Und weil du meine Frau bist, weshalb es für mich wichtig ist, dass du mich nicht nur für einen guten zukünftigen Vater hältst, sondern auch für einen anständigen Ehemann, den du vielleicht eines Tages lieben kannst."

„Oh."

„Meinst du, du kannst es irgendwann?"

„Was?"

„Mich lieben."

„Na ja, ich …"

In diesem Moment läutete es an der Tür, und jemand rief: „Finn, ich bin's!"

„Verdammt", murmelte er und ging zur Tür.

„Wer ist das?", fragte Lilly.

„Matt."

„Wie schön. Als ich ihn das letzte Mal sah, hatten wir nämlich keine Zeit, uns zu unterhalten, weil wir dich ins Bett bringen mussten."

Finn warf ihr einen beleidigten Blick zu, ehe er öffnete.

„Hallo", sagte Matt und trat ein. „Hast du Lilly schon gefragt, wie es mit Pokern aussieht? Ach, da bist du ja. Tag, Lilly. Wie geht's? Oho, und meine kleine Abby ist auch da!"

Abby gluckste vergnügt, als ihr Onkel sie zur Begrüßung unterm Kinn kitzelte.

„Nein", sagte Finn gereizt. „Und selbst wenn ich meine Frau gefragt und sie Ja gesagt hätte, wärst du immer noch vier Stunden zu früh."

„Hast wohl heute deinen empfindlichen Tag, was?" Matt zog seine Jacke aus und warf sie auf die Bank neben der Tür. „Ich hatte nichts Besseres zu tun, und da dachte ich mir, ich helfe dir bei den Vorbereitungen."

Lilly gähnte, als sie die Haustür verschloss, nachdem der letzte von Finns Pokergästen gegangen war. „Das hat Spaß gemacht", sagte sie und ging in die Küche, um die Tassen und Sandwichplatten wegzuräumen.

„Wirst du jetzt sarkastisch?", fragte Finn, der die eine Seite des Tisches übernommen hatte, während Lilly die andere aufräumte.

„Ganz und gar nicht. Ich habe vier ältere Brüder, und jeden Samstagabend haben sie mit ihren Freunden gepokert. Wenn einer von ihnen ausfiel, bin ich immer eingesprungen."

„Was erklärt, warum du uns alle abserviert hast."

„Du bist doch wohl kein schlechter Verlierer?"

„Und ob. Wie will ich den Verlust von fünfzehn Dollar und siebenunddreißig Cent verkraften? Wovon soll ich jetzt die Stromrechnung bezahlen?"

„Ich habe ein bisschen was beiseitegelegt", sagte sie augenzwinkernd. „Vielleicht kann ich dir aushelfen. Es wird dich allerdings teuer zu stehen kommen."

Er kam um den Tisch herum zu ihr. „Wie teuer?"

Wollte er sie küssen?

Als er es nicht tat, schluckte sie und verdrängte die Stimme in ihrem Kopf, die ihr befahl, eine waghalsige Forderung zu stellen. „Darüber habe ich noch nicht nachgedacht."

„Glaub ich dir nicht. Du weißt genau, was du von mir willst, also raus damit."

Sie nahm ein Bierglas vom Tisch und wollte zum Waschbecken gehen, doch ihr Mann war schneller und fasste mit einem Arm ihre Taille. Schlagartig kehrten die Erinnerungen an die gemeinsame Nacht zurück. Das war zu viel. Wenn sie nicht aufpasste, würde sie ihm nicht nur verraten, was sie von ihm wollte, sondern noch viel mehr.

Der Tag war perfekt gewesen. Erst die Zeit mit Abby, dann die Stunden, die sie mit seinen Freunden gelacht hatten. Eigentlich schien es nur logisch, einen solchen Tag mit einem Kuss zu beenden.

„Lilly", sagte er und zog sie ganz nah zu sich. „Wie will ich dich bezahlen, solange du mir deinen Preis nicht nennst?"

Wieder schluckte sie. Ihr Herz klopfte so wild, dass es ihr beinahe den Brustkorb sprengte. „Schon gut, schon gut, du hast gewonnen", antwortete sie lachend. „Ich verlange einen Kuss." Verlegen schloss sie die Augen.

„Ich denke, ein Kuss ist eine akzeptable Forderung, wenn man bedenkt, wie viel Spaß wir zusammen hatten. Was hältst du von einem freundschaftlichen Kuss auf die Wange?" Seine Lippen strichen sacht über die ihren. „Ich hoffe, du betrachtest mich inzwischen als deinen Freund."

„Ja", hauchte sie. „Ich betrachte dich als Freund."

„Das ist gut." Wieder berührte sein Mund ihren nur ganz leicht. „Mit Freundschaft bin ich schon zufrieden. Aber meinst du, wir können irgendwann mehr als Freunde sein?"

Er küsste ihren Hals, und sie legte den Kopf in den Nacken.

Freunde, Eheleute, Liebende. Mit jedem Tag, der verging, schienen sich mehr Möglichkeiten zu eröffnen.

„Lilly?"

„Hm?"

„Du hast meine Frage nicht beantwortet. Für dich bin ich doch mehr als ein Freund, oder?"

Oh ja.

Er küsste ihr Ohr, und ein wohliger Schauer jagte ihr über den Rücken.

„Das ist schön, Liebes." Damit gab er ihr einen Kuss auf die Wange und ließ sie los. „Ich bin froh, dass es dir allmählich besser damit geht, in meiner Nähe zu sein." Leise pfeifend ging er hinaus. „Macht es dir etwas aus abzuschließen? Ich gehe ins Bett."

Grrr.

Lilly boxte in ihr Kopfkissen. Der Gedankenleser, den sie ihren Ehemann nannte, hatte die ganze Zeit gewusst, was sie wollte. Dieser Schuft!

Warum musste er auch so umwerfend gut aussehen? Und so nett sein? Und so sexy? Und sogar Windeln wechseln können?

Gab es denn nichts, was der Mann nicht konnte?

Sie blickte aus dem Fenster in den sternenlosen Nachthimmel. Zum ersten Mal, seit sie das Haus betreten hatte, wurde ihr bewusst, dass sie sich hier schon richtig heimisch fühlte. Vor allem die Küche mochte sie, wo alle Geschirrtücher und Tischdecken zusammenpassten. Alles schien, als hätte Finn Jahre darauf verwandt, ein perfektes Heim zu schaffen.

Natürlich, er hatte es ja für seine Frau vorbereitet. Für Vivian. Wer weiß, vielleicht hatte sie sogar selbst dafür gesorgt, dass alles nach ihrem Wunsch eingerichtet wurde.

Nein, das war ein schrecklicher Gedanke. Lilly wollte nicht von Vivians Verlust profitieren. Finn Reilly war ein wunderbarer Mann, für den sie jetzt schon mehr empfand, als sie jemals für Elliot oder Dallas gefühlt hatte. Ihn mit Abby zu sehen hatte ihr nur bestätigt, was Dr. Walsh gesagt hatte, nämlich dass er der ideale Vater wäre.

Was hatte die Ärztin noch gesagt?

Sollte er das Gefühl bekommen, Ihnen ebenso wenig vertrauen zu können wie Vivian, weiß ich nicht, wie er reagieren wird.

Lilly schloss die Augen und versuchte, nicht in Panik zu geraten. Sie musste ihm von dem Baby erzählen. Heute Nachmittag hatte es viele günstige Momente gegeben, und trotzdem hatte sie es nicht fertiggebracht. Warum nicht?

Aus Angst. Sie hatte entsetzliche Angst, ihn zu verlieren. Schließlich könnte sie durchaus verstehen, wenn er Elliots Baby nicht großziehen wollte. Außerdem verdiente er, eigene Kinder zu haben.

Sollte Finn sie verlassen, wäre sie nicht bloß mit dem Kind auf sich allein gestellt, sondern müsste auch noch damit leben, ihrer Familie eine furchtbare Schmach zugefügt zu haben. Um genau das zu vermeiden, hatte sie doch mit allen Mitteln einen Ehemann gesucht.

Schlimmer jedoch als all diese Ängste war, dass sich die letzten Tage mit Finn so unbeschreiblich gut angefühlt hatten. Mit Dallas hatte sie eine reine Vernunftehe geplant, doch bei Finn ahnte sie, dass es Liebe werden könnte, wenn sie ihm nur eine Chance gab.

Aber was würde geschehen, wenn sie ihm ihr Herz öffnete? Konnte sie riskieren, sich in ihn zu verlieben, solange sie nicht wusste, wie er auf das Baby reagierte?

Nein. Auch wenn sie einsah, dass sie ihm die Wahrheit sagen musste, konnte sie es nicht. Noch nicht.

Sie lag da und lauschte dem Ticken der Uhr. Die Zeit wurde knapp. Bald würde sich die Schwangerschaft ohnehin nicht mehr verheimlichen lassen.

„Was machst du da?", fragte Lilly, als sie am nächsten Morgen in die Küche kam.

„Wonach sieht es denn aus?", entgegnete er und packte unbeirrt weiter Dinge in einen mit Stoff ausgeschlagenen Korb. „Ich bereite ein Picknick vor."

Der Herbststurm des Vortages hatte sich gelegt, und die Sonne war noch einmal zurückgekehrt. Es versprach, ein schöner Tag zu werden, und Lilly beschloss, ihre Ängste und Sorgen für die nächsten Stunden zu verdrängen.

„Kann ich dir helfen?"

„Klar. Du kannst ein paar Äpfel holen und etwas zu trinken", sagte er und belegte Sandwichscheiben mit Schinken.

„Wohin wollen wir?", fragte sie von der offenen Kühlschranktür aus.

„Das ist eine Überraschung."

„Oh, nein. Ich fand es gestern wirklich toll, aber wir haben heute doch nicht schon wieder Abby, oder?"

„Glücklicherweise nicht. Die Kleine ist zwar bezaubernd, trotzdem bin ich noch völlig geschafft."

„Also?", sagte sie und packte Getränke und Äpfel in den Picknickkorb. „Wozu die Heimlichkeiten?"

Er gab ihr einen Kuss auf die Nasenspitze. „Ich mag kleine Geheimnisse. Sie geben dem Leben die gewisse Würze."

„Na gut, ich werde mich darauf einlassen, allerdings nur unter einer Bedingung."

„Und die wäre?"

„Versprich mir, dass es nichts mit Pudeln und Papageien zu tun hat."

„Versprochen", sagte er und legte die Hand aufs Herz. Dann

verstaute er die Sandwichs in dem Picknickkorb und überlegte. „Irgendwas fehlt, aber ich habe vergessen, was. Ah, ich weiß. Der Wein."

Wein? Sie durfte keinen Wein trinken, aber wie sollte sie ihm das erklären? Wieder fielen ihr Dr. Walshs Worte ein: *Sagen Sie ihm die Wahrheit, und zwar bevor er selbst merkt, was los ist.*

11. KAPITEL

„Ich brauche keinen Wein. Ich war noch nie eine Weintrinkerin", erklärte Lilly. „Ich bekomme davon Kopfschmerzen."

„Wirklich? Der hier ist aber wirklich gut. Kommt aus dieser Gegend. Willst du ihn nicht wenigstens probieren?"

Sie schüttelte den Kopf.

„Na gut, dann hol ich unsere Pullover, und los geht's."

Auf der Fahrt zu ihrem geheimnisvollen Picknickziel zeigte Finn ihr alle Sehenswürdigkeiten und erzählte einige Anekdoten aus seiner Kindheit. Allerdings erwähnte er mit keinem Wort seine Eltern, was Lilly wunderte.

Greenleaf lag zu Füßen des Wasatch-Gebirges, und je weiter sie die Berge nach oben fuhren, umso schöner wurde es. Die riesigen Bäume hatten schneebedeckte Gipfel, und hier und da funkelten kleine Seen wie Edelsteine auf.

Schließlich fuhr Finn mit seinem Truck von der Straße ab auf einen Feldweg.

„Wohin führt der Weg?", fragte Lilly neugierig.

„Wart's ab", sagte er, während er mit dem Wagen die gewaltigen Schlaglöcher umrundete. „Ich verspreche dir, es wird dir gefallen."

Zehn Minuten später hielt er am Rand einer Bergwiese. Das lange Gras bog sich im sanften Wind, und als Lilly ausstieg, fiel ihr als Erstes der Temperaturunterschied auf, dann die unglaubliche Stille. Die Luft war kühl und herrlich klar. Etwa dreißig Meter nördlich von ihnen war ein kleiner See, in dem sich ein verschneiter Berggipfel spiegelte.

„Das ist der Mount Neebo", erklärte Finn.

„Woher kommt der Name?"

Er zuckte mit den Schultern. „Keine Ahnung. Wie sieht es aus? Bist du fit für eine kleine Wanderung?"

„Kommt drauf an. Wir wollen hoffentlich nicht den Neebo-Nemo besteigen, oder?"

„Also, Mrs. Reilly! Haben Sie etwa Angst vor Bergen?"
Das nicht, sondern davor, mich unsterblich in dich zu verlieben.
Er hatte den Arm um ihre Schultern gelegt und lächelte sie an. Seine braunen Augen funkelten im Sonnenschein. Er trug ein verblichenes grünes T-Shirt mit einem Aufdruck der Greenleaf-Highschool und enge Jeans. Keine Frage, sie hatte ein Prachtexemplar von einem Mann geheiratet.

„Wieso können wir nicht hier auf der Wiese picknicken? Ich habe Hunger."

„Oh, nein, so leicht kommst du mir nicht davon." Er holte den Picknickkorb aus dem Wagen. „Los geht's. Jetzt wird marschiert, meine Liebe."

„Schon gut. Bis zu der kleinen Felsnische da drüben, ja?"

„Netter Versuch, aber falsch. Hier entlang." Er ging voran zu einem kleinen Trampelpfad, der zwischen den Bäumen verschwand.

Der Weg war recht mühsam, dafür bot er manchen atemberaubenden Ausblick. Lilly war seit Jahren nicht mehr in den Bergen gewesen und hatte ganz vergessen, wie schön die Landschaft sein konnte.

„Dieses Stück hier finde ich am schönsten", sagte Finn, als er ihre Hand nahm und mit ihr unter den gewaltigen Pinien hindurchschritt, deren breite Äste in einem sonnendurchfluteten Bogen über den Weg ragten. Ungefähr zehn Minuten gingen sie auf den weichen Piniennadeln, die ihre Schritte federn ließen, bevor sie an eine weitere Bergwiese gelangten. Auf der anderen Seite sah man einen Felseneingang, der mit Holzbalken befestigt war.

Lilly blieb stehen. „Eine Mine?"

Er nickte. „Na, was ist? Möchtest du Finns Liebeshöhle besichtigen?", fragte er schmunzelnd und nahm ihre Hand. In der anderen Hand hielt er den Picknickkorb.

„Ist sie denn sicher?"

„Hundertprozentig. Ich komme einmal im Jahr mit meiner Pfadfindergruppe her, weshalb ich jeden Herbst mit einem befreundeten Ingenieur die Stützbalken und alles andere überprüfe."

„Dir macht die Arbeit mit Kindern Spaß, nicht?"

„Tja, was soll ich sagen? Ich mag die kleinen Racker."
Sag's ihm jetzt! Eine passendere Gelegenheit wird es nicht geben!
Er führte sie in den Eingang der Mine, und ihre Augen brauchten einen Moment, sich an die Dunkelheit zu gewöhnen. Die Temperatur musste mindestens zehn Grad unter der draußen liegen, und ein modriger Geruch lag in der Luft. Lilly musste daran denken, wie die Männer früher hier hineingestiegen waren, weil sie hofften, auf Reichtümer zu stoßen.

Finn setzte den Korb wieder ab und klappte ihn auf. Er holte ein marineblaues Sweatshirt und eine große Taschenlampe heraus. Dann reichte er ihr den Pulli.

„Danke."

„Blanker Eigennutz", erwiderte er grinsend. „Frierende Mädchen lassen sich nur schwer verführen."

Sie zog eine Grimasse. „Denkst du eigentlich immer nur an das eine?"

Er zog sie an sich und gab ihr einen Kuss. „Nur, wenn ich mit dir zusammen bin, Lilly Reilly. Nun, wie sieht's aus? Hast du Lust, dein Glück in einer alten Silbermine zu suchen?"

„Nach dir, Finn. Wer weiß, auf welche Schätze wir stoßen."

„Hier fühlt man sich in eine andere Zeit versetzt."

Sie waren durch eine ganze Reihe Tunnel gewandert und in einer großen Tropfsteinhöhle angekommen. Hinter den riesigen Kristallsäulen lag ein kleiner unterirdischer Teich, und während die meisten der Höhlen, durch die sie bisher gekommen waren, eher rochen, als würden sie Bären als Winterquartier dienen, war die Luft in dieser klar und frisch.

„Nach allem, was ich über diese Felsenformationen gelesen habe, sind wir auch in einer anderen Zeit", sagte Finn, der mit stolz geschwellter Brust beobachtete, wie fasziniert Lilly alles betrachtete. Dann holte er eine Öllampe hervor, die er in einer Felsnische deponiert hatte, und breitete eine rote Flanelldecke auf einem großen, flachen Stein aus. „Zeit für unser Picknick." Damit arrangierte er ihr Essen in der Mitte.

Lilly war wirklich hungrig, und die Sandwichs schmeckten großartig. „Du bist ein ausgezeichneter Koch", lobte sie ihn.

„Danke, das ist ein Geheimrezept, Honigschinken und Provolone, aber kein Wort zu niemandem, verstanden?"

„Meine Lippen sind versiegelt", beteuerte sie und überlegte einen Moment. „Warum bist du nie mit Vivian hier gewesen?"

Er zuckte mit den Achseln. „Vivian wäre nirgends hingegangen, wo man nicht in Stöckelschuhen laufen konnte. In einer alten Silbermine herumzuklettern wäre nichts für sie gewesen. Genau genommen hatten wir wohl nicht allzu viel gemein."

„Warum wolltest du sie dann heiraten?"

Finn dachte eine Weile nach. Sollte er ihr sagen, wie verzweifelt er sich danach gesehnt hatte, eine Familie zu gründen? „Sie sah toll aus und hat gesagt, sie liebt mich. Ich habe geglaubt, der Rest würde sich schon irgendwie ergeben. Ach, wo wir gerade bei unseren Ex-Partnern sind: Wie hat Dallas denn die Nachricht aufgenommen, dass du jemand anderen geheiratet hast?"

„Nun, zuerst war er sehr nett und sagte, er hätte sich meinetwegen Sorgen gemacht. Aber sobald er von dir und mir hörte, wurde er ziemlich grob und hat ein paar weniger nette Dinge gesagt."

„Das tut mir leid", sagte Finn und drückte ihre Hand. „Ich weiß, was für große Stücke du auf ihn gehalten hast. Es muss bitter sein zu erkennen, dass er nur ein egoistischer Fiesling ist."

„Nein, ich bin froh, dass ich jetzt über ihn Bescheid weiß. Denn immerhin war ich um ein Haar bereit, dich zu verlassen und zu ihm zu gehen."

„Und was hat dich abgehalten?", fragte Finn, der panische Angst vor der Antwort hatte.

„Meine Prinzipien. Ich bin verheiratet, und wenn du meine Familie an Thanksgiving kennen lernst, wirst du sehen, dass ich mit sehr klaren Moralvorstellungen groß geworden bin. In unserer Familie hat es niemals eine Scheidung gegeben."

„Du würdest deinen Prinzipien selbst dann treu bleiben, wenn dich das zu einer lebenslangen Ehe ohne Liebe verurteilen würde?"

Sie schluckte. „Wer sagt, dass unsere Ehe lieblos sein muss?"

„Treib bitte keine Scherze mit mir, Lilly."

„Tu ich nicht. Diese letzten Tage habe ich erkannt, was für ein Mann du wirklich bist. Ich habe gesehen, wie freundlich und fürsorglich du sein kannst. Du kümmerst dich um jeden, um Chrissy und Randy, um Rachels Baby und um mich, nur nicht um dich selbst."

Er wusste nicht, was er sagen sollte, deshalb schwieg er.

„Weißt du was?" Lilly hatte die Reste ihres Essens beiseite geräumt und sich neben ihn gesetzt.

„Was?"

„Es ist höchste Zeit, dass sich mal jemand um dich kümmert, und ich würde mich geschmeichelt fühlen, wenn du mir diese Rolle zutraust." Sie gab ihm einen sanften Kuss, den Finn sogleich erwiderte. Er legte sich zurück und schloss sie in seine Arme. Nun brauchte es keine Worte mehr, denn was ihre Körper einander signalisierten, sagte alles.

Nach einer Weile sah er ihr in die Augen und lächelte. „So verrückt es klingen mag, aber ich bin froh, dass dir die Ehe heilig ist. Mir gibt das die Sicherheit, dass du mich nie so verletzen wirst wie Vivian."

„Oh, Finn ...", begann sie, sprach aber nicht weiter, obwohl ihr Gewissen ihr regelrecht zuschrie, ihm jetzt, auf der Stelle die Wahrheit zu sagen, bevor es zu spät war.

Andererseits war der Moment zu schön, als dass sie wagte, ihn durch ihr Geständnis möglicherweise zu zerstören. In seinen Armen fand sie eine Geborgenheit, wie sie sie nie gekannt hatte. Und genau da lag das Problem. Was würde geschehen, wenn er von dem Baby erfuhr und sie verstieß? Es würde ihr das Herz brechen, ohne ihn leben zu müssen.

„Ich will mit dir schlafen", flüsterte er heiser. „Hier und jetzt."

„Ich auch", hauchte sie. „Du ahnst gar nicht, wie sehr ich mir das wünsche, aber ich kann nicht."

„Warum nicht?"

„Ich ..."

„Sieh mich an, Lilly", forderte er sie auf. „Ich habe dir gerade ge-

sagt, wie sehr ich dich mag, und ich dachte, du empfindest dasselbe für mich."
„Tu ich auch, es ist nur …"
„Was?"
Zeit. Sie brauchte Zeit, um sich zu überlegen, wie sie ihm das mit dem Baby sagen konnte.
„Lilly?"
„Bitte, Finn, lass uns diesen wundervollen Tag nicht verderben. Hab noch ein wenig Geduld mit mir."

An diesem Abend löschte Finn die Lichter im Erdgeschoss und stieg die Treppe hinauf, als Lilly klar wurde, dass sie eine schwierige Entscheidung zu treffen hatte. Seit dem späten Nachmittag war das Wetter umgeschlagen, und inzwischen herrschte draußen ein heftiger Sturm.
Zu gern wäre sie mit ihrem Mann in das große Ehebett gekrochen, um nicht einsam dem Heulen des Windes lauschen zu müssen, doch Finn wusste immer noch nichts von dem Baby. Ihre Angst vor seiner Reaktion wurde mit jeder Minute größer.
„Komm mit mir ins Bett, Lilly", sagte er, als sie beide im oberen Flur standen.
„Finn, ich wünschte, ich könnte, aber ich brauche mehr Zeit."
„Zeit wofür? Was hat Zeit damit zu tun, wie wir fühlen?"
„Nichts."
„Was ist es dann, Lilly? Ich spüre doch, dass du mir etwas sagen willst und dich nicht traust. Hängt es mit der albernen Wette zusammen?"
„Ja, vielleicht. Du hast gesagt, du vertraust mir, doch ich bin noch nicht so weit, dir wirklich zu vertrauen. Ich muss erst lernen, mit meinen Gefühlen umzugehen. Alles ging so schnell, und ich brauche Zeit, um darüber nachzudenken."
„In Ordnung." Er küsste sie sanft. „Trotzdem möchte ich, dass wir eine Frist vereinbaren."
„Was für eine Frist?"
„Nun, dass ich dich bis Thanksgiving zur glücklichsten Ehefrau

auf Erden gemacht habe, die nicht nur mein Bett, sondern mein ganzes Leben mit mir teilt." Er griff in seine Jeanstasche. „Ach ja, und das hier wollte ich dir noch geben."

Es war eine Schlüsselkette mit einem Schlüssel dran.

„Wofür ist der?"

„Für nichts Besonderes, nur für mein Haus und mein Herz. Gute Nacht."

Sie stand sprachlos da, als er sich abwandte und im Schlafzimmer verschwand. Dann sah sie sich die Schlüsselkette genauer an, die einen Anhänger von Sparky, dem Wunderhund, trug. Auf der Rückseite war etwas eingraviert: *Möchtest du Sparky und mich in deine Schlüsselsammlung aufnehmen?*

Sie hatte ganz vergessen, dass er nach der Vorstellung in Vegas kurz verschwunden war, um ihr eine Überraschung zu kaufen. Jetzt rührte sie dieses Geschenk zu Tränen.

Leise schniefend ging sie in ihr Zimmer und schloss die Tür hinter sich. Sie zog sich aus und legte sich unter die kalte Decke. Draußen schlug ein Pinienzweig unablässig gegen die Läden.

Die alte Standuhr im Flur hatte längst zwölf geschlagen, als Lilly endlich der Schlaf überwältigte. Doch selbst in ihren Träumen fand sie keine Ruhe.

12. KAPITEL

Die zwei Wochen bis Thanksgiving waren die glücklichsten in Finns Leben. Natürlich behielt die Zeit mit seinen Eltern und seiner Schwester einen festen Platz in seinem Herzen, aber die mit Lilly war anders. Hier ging es nicht darum, in alten Erinnerungen zu schwelgen, sondern neue, schöne Erinnerungen zu schaffen.

Das Wetter änderte sich rapide, und der Winter hielt endgültig Einzug. Jeden Nachmittag, wenn er von der Arbeit heimkehrte, stand Lilly singend am Herd und kochte für sie. Sie war eine hervorragende Köchin, und die gemeinsamen Abendessen waren ein Genuss. Am Tisch unterhielten sie sich über ihren Tag. Hinterher ging Finn ins Wohnzimmer und machte den Kamin an.

Die Abende verbrachten sie vor dem Feuer, spielten Scrabble oder Karten oder saßen einfach Arm in Arm da und blickten in die Flammen.

Sorge machte Finn allerdings, dass Lilly nach wie vor im Gästezimmer schlief. Ihm fehlte nicht etwa der Sex, sondern vielmehr die Bestätigung, dass sie ihm vertraute und ihm Tag und Nacht nahe sein wollte.

Bei dem Ausflug zur Silbermine hatten sie einen Wendepunkt erreicht, daran bestand kein Zweifel, doch wann würden sie den nächsten Schritt tun?

Finn wollte Lilly ganz und gar. Was hielt sie immer noch zurück? Nun gut, er hatte ein Leben lang auf eine Frau wie sie gewartet, dann konnte er auch noch ein wenig länger warten. Sie bedeutete ihm alles, und deshalb wollte er ihr alle Zeit der Welt geben, damit sie sich nur nicht bedrängt fühlte.

„Du wirst meine Familie mögen", sagte sie am Abend vor Thanksgiving, als sie am Tisch saßen und Spaghetti aßen. „Ich kann es kaum erwarten, dir meine Brüder und Schwestern vorzustellen."

„Glaubst du, sie werden mich akzeptieren?", fragte er. Bisher hatte er so gut wie keine Familie gehabt, und jetzt hatte er auf einmal eine so große, dass er Mühe hatte, sich alle Namen zu merken.

„Wie sollten sie nicht?" Sie griff seine Hand und drückte sie. „Du behandelst mich wie eine Prinzessin, und das ist alles, worauf es ihnen ankommt."

„Darf ich daraus schließen, dass du dich in deinem Schloss wohlfühlst, Prinzessin?"

Lilly nickte. Sie konnte ihm gar nicht sagen, wie wohl sie sich hier fühlte – und welche Panik sie hatte, all das zu verlieren.

Nach dem Essen bestand Finn wieder einmal darauf, den Abwasch zu übernehmen. Während sie eine Tasse Pfefferminztee trank, räumte er die Küche auf und erzählte ihr dabei lustige Geschichten, die sich bei der Arbeit zugetragen hatten.

Sobald er fertig war und die Küche blitzte, bot er ihr seine Hand und sagte: „Also, Mrs. Reilly, wollen wir uns in den Salon begeben?"

„Unbedingt", antwortete sie und ließ sich von ihm ins Wohnzimmer führen. Dort entfachte er das Feuer im Kamin, und Lilly setzte sich aufs Sofa. Die Kissen und Polster waren so weich, dass sie hier schon öfter eingeschlummert und erst wieder aufgewacht war, als ihr Mann sie nach oben ins Bett getragen hatte.

Mit dem ersten Frost hatte Finn die Farne von der Veranda hereingeholt, die nun auf eleganten Blumensäulen in den Ecken standen.

„Worauf hast du Lust? Möchtest du fernsehen oder dich lieber von mir im Scrabble schlagen lassen?", fragte er sie.

„Du hast mich noch nie beim Scrabble geschlagen."

Er zwinkerte ihr zu. „Weil ich dich absichtlich gewinnen lasse."

„Ja, klar. Und weil du so ein großartiger Verlierer bist, war es dir wichtig, die Wette gegen Mitch zu gewinnen?"

„Gut, du hast mich durchschaut. Im Scrabble bin ich ein echter Versager, aber traust du dich, mich im Monopoly herauszufordern?"

„Kommt drauf an", sagte sie und räkelte sich wohlig auf dem Sofa. „Nur wenn du aufbaust."

Er lächelte ihr zu und holte den Monopolykarton aus dem untersten Bücherregal. Innerhalb einer Stunde lag er klar in Führung. Lilly hatte schon ihren gesamten Besitz verpfändet, und dennoch reichte ihr Geld nicht mehr.

„Ich gebe auf."

„Jetzt schon?"

„Schon? Du schröpfst mich seit einer halben Stunde. Hast du denn immer noch nicht genug?"

Er beugte sich über das Spielbrett und gab ihr einen Kuss. Als er sich wieder hinhockte, verzog er das Gesicht. „Autsch. Ich werde eindeutig zu alt für diese Verrenkungen."

„Soll ich dich massieren?"

„Gern", antwortete er begeistert. „Mein Rücken tut wirklich ganz schön weh."

Sie stand auf. „Wieso habe ich das Gefühl, schamlos ausgenutzt zu werden?"

„Wer will einem hart arbeitenden Mann vorwerfen, dass er sich abends gern den leidgeplagten Rücken massieren lässt?", erwiderte er grinsend und streckte sich auf dem flauschigen Teppich vor dem Kamin aus.

„Ich bestimmt nicht, deshalb bin ich ja so nett, dir deine Massage zu gönnen", sagte sie und kniete sich neben ihn.

„Hm", seufzte er genüsslich. Ihre Hände hatten wirklich magische Kräfte. „Ja, das tut gut."

„Kann ich mir denken." Sie versetzte ihm einen Knuff.

„Wofür war der denn? Ich habe mich schließlich auch um dich gekümmert, als du krank warst."

„Ja, aber ich war richtig krank."

„Und ich etwa nicht? Ich musste immerhin auf dem Boden hocken, während du die ganze Zeit auf deinem Thron gesessen hast."

„Meinem Thron?" Sie kitzelte ihn, sodass er sich umdrehte, um zum Gegenangriff überzugehen. Leider hatte er keine Chance, denn jahrelanges Training mit großen Brüdern und Schwestern hatten Lilly zur Expertin gemacht, wenn es darum ging, Kitzelattacken anderer abzuwehren.

„Erbarmen", keuchte Finn hilflos. „Ich gebe auf."

Als sie endlich von ihm abließ, sackten beide erschöpft auf dem Teppich zusammen.

„Finn?", sagte Lilly nach einer Weile.

„Ja?"

"Als ich krank war, warum hast du dich so liebevoll um mich gekümmert? Ich meine, du kanntest mich doch kaum."

"Stimmt nicht. Ich kenne dich schon mein ganzes Leben lang, Lilly." Er strich mit den Fingern über ihre Wange. "Solange ich denken kann, warte ich auf dich."

"Verstehe ich nicht", sagte sie lächelnd. "Wie meinst du das?"

Er war drauf und dran, seine schmerzlichste Erfahrung wiederum für sich zu behalten, doch als er in ihre Augen sah, beschloss er, ihr zu sagen, warum sie ihm so viel bedeutete. "Es gibt etwas, was ich dir noch nicht erzählt habe."

"Du machst mir Angst." Sie blickte ihn unsicher an.

"Nein, es ist nichts, wovor du Angst haben musst." Er setzte sich auf. "Du musst wissen, dass ich in diesem Haus aufgewachsen bin. Als Kind führte ich ein Leben wie im Bilderbuch. Mein Vater verdiente das Geld, und meine Mutter sorgte für meine Schwester und mich. In der Keksdose waren stets frische Leckereien, und die Küche duftete täglich nach frisch gebackenem Brot."

"Klingt wundervoll. Ich kann es gar nicht erwarten, deine Eltern und deine Schwester kennenzulernen. Wo wohnen sie jetzt?"

Er schluckte. "Sie sind tot."

Sie sah ihn erschrocken an und richtete sich abrupt auf, um ihn in die Arme zu nehmen. "Mein Gott, Finn, das ist ja furchtbar. Was ist passiert?"

Finn schluckte wieder. "Sie starben, als ich acht Jahre alt war. Sie waren auf dem Weg nach Denver, um eine Freundin meiner Mom zu besuchen, die ein Baby bekommen hatte. Sie fuhren auf der Autobahn, als vollkommen unerwartet ein Schneesturm ausbrach. Es war mitten im Frühsommer, und niemand hatte damit gerechnet. In dem Sturm kamen insgesamt vierzehn Menschen um. Schon eine halbe Stunde später schien die Sonne wieder."

Sie nahm seine Hände. "Ich wünschte, ich könnte irgendetwas für dich tun, um deinen Schmerz zu lindern."

"Aber siehst du denn nicht, dass du das schon tust? Indem du bereit bist, meine Ehefrau zu sein, tust du mehr für mich als irgendjemand sonst."

„Wie meinst du das?"

„Ich meine damit, dass ich mir immerzu gewünscht habe, wieder Teil einer Familie zu sein."

„Aber das bist du doch. Soweit ich bis jetzt mitbekommen habe, liebt dich die ganze Stadt."

„Ich weiß, und ich mag die Menschen hier sehr, doch das reicht mir nicht. So egoistisch es klingen mag, es hat mir nie gereicht. Als ich nach dem Tod meiner Eltern und meiner Schwester das Haus verlassen und zu meiner Tante ziehen musste, schwor ich mir, eines Tages zurückzukehren und es mit derselben Liebe zu füllen, die meine Eltern in diese vier Wände gebracht hatten. Ich wollte eine Frau, die beim Kochen singt, die mir an den kalten Winterabenden Gesellschaft leistet, mit der ich viele Kinder bekomme und für immer glücklich werde. Deshalb habe ich mich Hals über Kopf in dich verliebt. Ich spürte von Anfang an, dass du die richtige Frau für mich bist. Dich hat der Himmel geschickt, Lilly."

Tränen standen ihr in den Augen. „Nein, dich hat der Himmel geschickt."

„Wieso?"

„Finn, ich bin schwanger."

„Du bist was?"

„Schwanger. Ich werde ein Baby bekommen."

Finn starrte sie eine halbe Ewigkeit wortlos an, und Lillys Herz pochte wie verrückt. Was dachte er? Warum sagte er nichts? Dann, endlich, nahm er sie in die Arme.

„Du weißt gar nicht, wie glücklich du mich damit machst", sagte er mit heiserer Stimme. „Jetzt wird mir einiges klar, warum du dauernd Milch trinkst und immer so müde bist. Du hattest keinen Infekt, nicht wahr? Aber warum hast du mir denn nichts gesagt?" Mit einem Schwung erhob er sich, sodass sie eng umschlungen vor dem Feuer standen.

„Ich …"

„Schon gut, ich weiß. Es ging alles so schnell. Das muss ein Schock für dich gewesen sein. Ach, Lilly, das ist wunderbar. Wenn wir morgen zu deiner Familie fahren, werden wir wirklich etwas zu feiern haben."

„Aber, Finn, ich ..."
„Weiß Dr. Walsh davon?"
Sie nickte.
„Kein Wunder, sie hat mir gesagt, ich sollte mich als Babysitter für Rachels Tochter anbieten. Sie wollte, dass wir zwei schon mal üben."
„Dann hat sie dir gesagt, dass ich schwanger bin?"
„Nein, mit keinem Wort. Sie nimmt ihre ärztliche Schweigepflicht sehr ernst. Aber sie hat mir ein paar Tipps gegeben, wie ich dir zeigen kann, dass ich ein guter Vater wäre."
„Eine kluge Frau", sagte Lilly und schmiegte sich an ihn. Warum hatte sie ihm nicht eher von dem Baby erzählt?
„Nein, wirklich. Wie habt ihr es denn herausgefunden? Hat sie einen Schwangerschaftstest bei dir gemacht? Ich meine, du warst doch erst seit ein paar Tagen schwanger."
„Äh, ja", stammelte Lilly, der schlagartig aufging, weshalb ihr Mann die Nachricht so freudig aufnahm. Er dachte, das Baby wäre von ihm.
„Oh, Mann, das ist mal eine Überraschung. Wie ein Sechser im Lotto. Ich kann noch gar nicht fassen, dass es wirklich wahr ist. Ich werde Vater!" Er umarmte sie überschwänglich, küsste sie und hielt sie ganz fest.
Lilly kamen die Tränen. *Sag's ihm! Er wird es verstehen!*
„Das erklärt auch die vielen Tränen", sagte Finn zärtlich und strich sie fort. „Ich hoffe doch, das sind Freudentränen."
Ach Finn, denk doch nach! Ich heule schon, seitdem wir uns begegnet sind.
„Ist alles in Ordnung, Liebes?"
Sag's ihm! Sag's ihm!
„Ja, Finn", sagte sie mit tränenerstickter Stimme.
Sie wollte ihm gern so vieles mehr sagen, doch sie hatte Angst vor dem, was in ihr vorging. Liebte sie ihn? Woher wollte sie das wissen? Hatte sie sich nicht auch eingebildet, Elliot und später Dallas zu lieben?
Ja, aber Finn war vollkommen anders. Er war alles, was sie den

anderen Männern bloß angedichtet hatte: freundlich, sanft und insgesamt perfekt.

Schon jetzt bedeutete er ihr mehr, als ihr jemals ein anderer Mensch bedeutet hatte, und sie ertrug den Gedanken nicht, ihn womöglich zu verlieren. Sie würde bis nach Thanksgiving warten, ehe sie ihm die Wahrheit sagte. Bis dahin blieb ihr genug Zeit, sich zu überlegen, wie sie ihm am schonendsten beibrachte, dass das Baby nicht von ihm war.

„Schlaf mit mir", schluchzte sie und klammerte sich an ihn, in blanker Panik, ihr Traum könnte jederzeit wie ein Kartenhaus in sich zusammenfallen.

„Bist du sicher, dass du es willst?", fragte er zärtlich.

„Ja", sagte sie nickend. „Schlaf mit mir, Finn. Ich will nicht noch eine Nacht ohne dich verbringen."

Im Gegensatz zu ihrer ersten gemeinsamen Nacht in Vegas ließ Finn es diesmal sehr langsam und behutsam angehen.

„Ich bete dich an", flüsterte er und öffnete einen Knopf nach dem anderen von ihrem schlichten roten Baumwollkleid. „Du bist wunderschön."

Er kniete sich vor ihr hin und küsste ihren Bauch. „Ich werde dich lieben, Baby", sagte er zu dem kleinen Wesen darin. „Du wirst alles haben, was sich ein Kind nur wünschen kann."

Mit jedem seiner Worte brach Lillys Herz ein bisschen mehr. Zugleich konnte sie nicht anders, als sich seinen wundervollen Zärtlichkeiten hinzugeben. Er küsste ihren Bauch, ihre Brüste, und sie vergrub stöhnend die Finger in seinem Haar.

Dann küsste er sie leidenschaftlich auf den Mund, während sie die Knöpfe seines blauen Flanellhemdes öffnete. Sie wollte ihn so sehr, und zwar hier und jetzt. Jeden Zentimeter seiner entblößten Haut bedeckte sie mit Küssen. Wenige Minuten später stand er nackt vor ihr. Das Feuer verlieh seiner Haut einen goldenen Schimmer.

Gekonnt öffnete er den Verschluss ihres Büstenhalters. Dann streichelte er ihren Bauch und ihre Schenkel, wobei er sorgsam alle besonders erregbaren Zonen aussparte, sodass Lilly beinahe rasend vor Ungeduld wurde.

Endlich erreichten seine Hände ihren Slip und rissen das seidige Dessous mit einem Griff in Stücke.
„Ich hoffe, du bist ein vermögender Verführer."
„Warum?", fragte er.
„Weil die Höschen, die du scheinbar so gern zerreißt, eine Menge Geld kosten."
„Dann solltest du aufhören, sie zu tragen", erwiderte er schmunzelnd. „Immerhin erwartest du von mir, dass ich dich glücklich mache, und da sind solche Kleidungsstücke eher hinderlich."
Wieder musste sie lachen. „Hör zu, du Wüstling, wenn du mich wirklich glücklich machen willst, dann sollten wir das Geplauder lassen und zur Sache kommen."

Als er am nächsten Morgen neben seiner Frau im Bett aufwachte, fiel draußen Schnee. Finn konnte sich nicht erinnern, jemals eine so wilde und fantastische Nacht verbracht zu haben.
„Ich muss schon sagen", flüsterte er und streichelte ihre Wange. „Du hast mich geschafft."
„Beklagst du dich etwa?", fragte Lilly lächelnd.
„Nein, das war bloß eine Feststellung." Er blickte sie fasziniert an. „Wie viele Brüder und Schwestern hast du noch gleich?"
„Sieben. David, Kathy, Ben, Mark, Michael, Kristen, Mary, und als Letzte komme ich."
„Als Letzte? Nein, das siehst du falsch. Du bist die Krönung, da bin ich sicher. Nach dir haben sich deine Eltern gesagt, dass es keine Steigerung mehr geben kann."
„Ausgerechnet! Dabei bin ich immer diejenige gewesen, die eine Katastrophe nach der anderen über sie gebracht hat. Ich interessierte mich nicht für die Schule, fand keinen Beruf, der zu mir passte, und hatte stets nur das eine Ziel, einmal eine große Familie zu haben."
„Klingt für mich wie ein sehr nobles Ziel."
„Für dich ja, weil du voreingenommen bist."
„Stimmt, denn ich liebe dich." Er küsste sie. „Habe ich dir eigentlich schon gesagt, wie viel du mir bedeutest?"
„In der letzten Stunde nicht, nein."

„Dann wird es höchste Zeit. Also, da wäre einmal dein toller Körper, den ich anbete, aber das sagte ich, glaube ich, bereits."

Sie kicherte. „Erst ungefähr ein Dutzend mal."

„Und sagte ich auch schon, dass ich mich wahnsinnig auf das Baby freue?"

„Etwa zwei Dutzend mal, ja."

„Kann nicht sein. Wir spielen dieses Spiel doch erst seit Mitternacht."

„Hm", machte sie und kuschelte sich an ihn. „Und mir gefällt das Spiel."

„Pst, nicht ablenken. Ich versuche gerade zu überlegen, was ich sonst noch an dir liebe."

Ihr Magen knurrte. „Ich habe Hunger."

„Mag sein, aber dein Riesenappetit war's nicht, was ich meinte."

„Was ist mit meinen Kochkünsten? Wenn du mich aus diesem Bett lässt, könnte ich uns ein paar Cheeseburger zaubern."

„Nein, das ist es auch nicht. Ach ja, jetzt weiß ich es wieder: Ich mag deine Schlagfertigkeit und deine Prinzipientreue."

„Finn, ich …"

„Pst", sagte er und legte ihr einen Finger auf den Mund. „Nein, ich möchte dir noch einmal sagen, wie froh ich bin, eine Frau gefunden zu haben, der ich vertrauen kann. Ich weiß, dass du mich nie anlügen würdest." Er beendete seine Ansprache mit einem leidenschaftlichen Kuss.

Was er ihr nicht gesagt hatte, war, wie dankbar er war. Er war so oft verletzt worden, dass er eine weitere Verletzung nicht verkraften könnte. Aber die würde es ja auch nicht geben. Heute war Thanksgiving, und er sollte Lillys Familie kennenlernen, die fortan auch seine Familie sein würde. Und das Beste war, dass er nicht bloß eine wunderbare Frau an seiner Seite haben würde, sondern auch noch Vater werden sollte. Schöner konnte das Leben gar nicht mehr werden!

Draußen schneite es, doch was konnte ihm die eisige Kälte des Winters anhaben, wenn er zu Hause Lillys Arme hatte, die ihn warm hielten?

13. KAPITEL

Lilly blickte aus dem Seitenfenster auf die Landschaft, die sich in eine weiße Märchenwelt verwandelte. Eigentlich sollte dies einer der glücklichsten Tage ihres Lebens sein, gleich nach ihrem Hochzeitstag, und dennoch war sie bedrückt. Das längst fällige Gespräch mit Finn lastete schwer auf ihrer Seele.

Verschlimmernd hinzu kam, dass Elliots Eltern gut mit ihren befreundet waren, weshalb sie damit rechnen musste, ihm heute zu begegnen. Wie würde er auf die Nachricht von ihrer plötzlichen Heirat reagieren? Ob er Verdacht schöpfte? Aber selbst wenn, hatte Elliot wohl kaum ein Interesse daran, dass irgendjemand von ihrer kurzen Affäre erfuhr. Immerhin hatte er genauso viel zu verlieren wie sie.

Lilly schloss die Augen und versuchte, auf andere Gedanken zu kommen. Sie dachte daran, was für ein köstliches Mahl sie bei ihren Eltern erwartete und wie gut es ihr tun würde, mit ihnen und ihren Geschwistern zusammen zu sein.

„Du bist so still", sagte Finn. „Woran denkst du?"

Sie lächelte ihm zu. „Ich denke daran, dass ich heute zum ersten Mal mit meinen Geschwistern mithalten kann."

„Inwiefern?"

„Nun, ich bin mit einem wundervollen Mann verheiratet und habe meine Stelle in dem Buchladen an den Nagel gehängt, von der sowieso alle dachten, sie wäre unter meinem Niveau."

„Warum glaubst du, dass sie das dachten? Ich finde nichts Verwerfliches daran, einen Job zu haben und für den eigenen Lebensunterhalt aufzukommen. Und vor allem schien diese Arbeit ideal für dich zu sein. Du warst von Büchern umgeben und konntest viel lesen."

„Schon, aber das hält dem Vergleich mit den anderen nicht stand. Mein ältester Bruder David ist Paartherapeut und kann an die zehn Titel vorweisen. Kathy ist seit einer halben Ewigkeit verheiratet, arbeitet erfolgreich als Buchhalterin, hat vier bezaubernde Kinder, engagiert sich für die Pfadfinder, unterrichtet an der Sonntagsschule und schafft es, nebenbei auch noch den gesamten Haushalt zu schmeißen. Ben ist ein mehrfach ausgezeichneter Polizist, hat eine entzückende Frau, die ihr eigenes Handarbeitsgeschäft führt und Zwillingstöchter großzieht. Mark ist Anwalt, seine Frau Richterin, und ihr Sohn hat gerade einen Preis ..."

„Okay, okay, ich glaube, ich weiß, was du meinst. Deine Leute sind offenbar sehr ehrgeizig, aber sieh dir doch mal an, was du erreicht hast."

Sie sah ihn fragend an. „Und was soll das sein?"

„Na, du hast mich geangelt, oder nicht?" Er nahm ihre Hand und küsste sie.

„Ja, wobei wir nicht vergessen dürfen, dass ich dich nur *angeln* konnte, weil du so deinen Truck retten wolltest. Machen wir uns nichts vor, Finn, du hast eine Versagerin geheiratet."

Er fuhr an den Straßenrand und hielt den Wagen so abrupt an, dass ihr die Handtasche vom Schoß fiel.

„Was ist los? Haben wir eine Panne?"

„Nein, wir sollten nur dringend an deinem Selbstwertgefühl arbeiten."

„Nicht nötig. Ich habe vielleicht übertrieben, aber manchmal überkommt mich eben diese Unzufriedenheit. Ich will endlich auch Babyfotos herumzeigen können und Preise, die ich mit selbst gebackenen Keksen gewonnen habe."

„Das wirst du alles haben, Lilly, und noch viel mehr. Du musst dir Zeit lassen. Du bist noch jung. Wie alt mussten denn deine großartigen Geschwister werden, um dorthin zu gelangen, wo sie heute stehen?"

„Na ja, David ist achtzehn Jahre älter als ich."

„Da haben wir's", sagte Finn lachend. „Er hat achtzehn Jahre Vorsprung, während dein oder vielmehr unser Leben gerade erst anfängt. Verstehst du denn nicht? Jetzt, da wir uns gefunden haben, ist alles möglich. Wir brauchen es nur zu wollen."

Lilly kämpfte mit den Tränen. Sie fragte sich, ob das auch dann noch galt, wenn sie ihm das mit dem Baby erzählte.

Finn betrachtete die lange Tafel, um die sich die plaudernde und lachende Familie versammelt hatte, und konnte sein Glück kaum fassen. All diese Menschen waren von nun an *seine* Familie. Und Lilly hatte nicht übertrieben. Ihre Eltern und Geschwister waren fantastische Leute. Die meisten von ihnen hatten dieselben blonden Locken wie Lilly und einige sogar fast ebenso leuchtende blaue Augen. Und sie nahmen ihn mit einer Freundlichkeit auf, die sein Herz beinahe zum Platzen brachte. Seit seine Frau ihn vorgestellt hatte, behandelten sie ihn, als hätte er immer schon zu ihnen gehört.

Es roch nach Truthahn und Schinken, Kartoffelbrei, Süßkartoffeln, Sauce und Buttersemmeln. Dies war sein erstes richtiges Thanksgiving seit dem Tod seiner Familie, und zum ersten Mal fühlte er nicht diese entsetzliche Leere, die sonst an jedem Feiertag auf ihm lastete.

Finns Schwiegervater schlug mit der Gabel an sein Glas und stand auf. „Ehe wir uns auf dieses fantastische Essen stürzen, würde ich gern etwas sagen."

„Aber mach schnell, Dad, sonst schnappt Mark mir die Keule weg", sagte David lachend.

„Nun, glücklicherweise hat der liebe Gott diesen Vogel mit zwei Beinen ausgestattet, sodass du mir also in Ruhe zuhören kannst."

Er wandte sich an Finn und Lilly und sagte: „Lilly, du warst immer ein ganz besonderes Kind. Nicht dass ich nicht jedes einzelne meiner Kinder von ganzem Herzen liebe, aber du wirst stets einen ganz besonderen Platz in meinem Leben ausfüllen."

Lillys Mutter nickte und strahlte über das ganze Gesicht.

„Hört, hört", sagte David und hob sein Weinglas. „Auf unsere kleine Lilly!"

„Ich bin noch nicht fertig", rief ihr Vater. „Aber meinetwegen – trinken wir auf Lilly!"

Einige lachten, andere vergossen Freudentränen.

„Na prima, jetzt habe ich den Faden verloren. Ach ja, ich werde wohl nie darüber wegkommen, dass ich dich nicht deinem Bräutigam übergeben durfte, aber deine Mutter sagt, wichtig ist nur, dass es für euch beide ein besonderer Tag war."

„Hört, hört", mischte sich David ein weiteres Mal ein. „Erheben wir das Glas auf Lillys und Finns Hochzeit."

Lillys Vater warf ihm einen strengen Blick zu.

„Was ist? Ich komme um vor Hunger", erklärte David.

Alle lachten, und Davids Frau versetzte ihm einen liebevollen Knuff.

„Nun, um zum Schluss zu kommen …"

„Opa Tom", piepste Marys dreijährige Tochter Erin, „du redest zu viel."

„Schon verstanden", zwinkerte Lillys Vater ihr zu. „Dann lasst uns auf Finn Reilly anstoßen, das neueste Mitglied unserer Familie. Auf dass du und mein kleines Mädchen sehr glücklich werdet."

„Auf euer Glück!", erschallte der Chor der anderen.

Lillys Mutter sprach das Tischgebet, und dann stürzten sich alle hemmungslos auf das Essen.

„Ich weiß, dass ihr alle Hunger habt", rief Finn über den allgemeinen Tumult hinweg, „aber ich möchte noch eine kurze Ankündigung machen – eine ganz kurze, versprochen."

„Nur zu", sagte Tom, der sich bereits über sein Truthahnstück hermachte. „Aber wir nehmen dich beim Wort, denn meine Frau macht den besten Truthahn weit und breit, und ich freue mich schon seit dem letzten Thanksgiving darauf."

„Nun gut, ich werde mich so kurz wie möglich fassen. Eigentlich käme es ja meiner Frau zu, diese Neuigkeit zu verkünden, doch sie scheint zu schüchtern zu sein."

Lilly ließ ihre Gabel auf den Teller fallen. *Oh, nein! Sag ihnen nicht, dass ich schwanger bin. Wenn sie es wissen, weiß Elliot es auch bald.*

Finn stand auf und legte eine Hand auf Lillys Schulter. „Eure Tochter und ich werden ein Baby bekommen."

Niemand dachte mehr an das Essen. Lillys Geschwister sprangen auf und umarmten ihre Schwester, und ihre Mutter weinte vor Freude. Lilly sah, wie unendlich stolz Finn war. Sie konnte ihm jetzt unmöglich sagen, dass das Kind nicht von ihm war. Sobald sie jedoch wieder zu Hause waren, musste sie ihm alles erzählen.

Bis dahin würde sie ihr eventuell sehr kurzes Glück genießen.

„Er ist toll", sagte Lillys Schwester Mary, als sie mit Kathy zusammen in der Küche standen und das Geschirr spülten.

Davids Frau Stacie verpackte derweil die Essensreste. „Finde ich auch", sagte sie. „Du bist ein echter Glückspilz."

„Allerdings", ließ sich Mrs. Churchill vernehmen, die in diesem Augenblick hereinkam. „Ich muss schon sagen", sie blickte über ihre Schulter, ob auch keiner der Männer sie hören konnte, „er ist ein Prachtexemplar."

„Mom!" Lilly wurde feuerrot.

„Was denn? Meinst du, nur weil ich alt bin, darf ich nicht mehr mitreden?"

Mary wusch kichernd den letzten Teller ab und reichte ihn Lilly. „Weißt du, ich war immer neidisch auf dich. Du hast in diesem Buchladen gearbeitet, konntest ausgehen und tun, wozu du Lust hattest. Tja, und jetzt geht es dir kein bisschen besser als uns. Willkommen im Club der Erwachsenen."

Mary und neidisch? „Vielleicht ist es dir noch nicht aufgefallen, aber ich bin schon eine ganze Weile erwachsen."

„Stimmt schon", meinte Stacie. „Aber du konntest dir Zeit lassen mit dem Erwachsenwerden. In deinem Alter durfte ich mich schon mit Kieferorthopäden und aufgeschlagenen Knien herumschlagen."

„Nein, ihr versteht mich nicht", sagte Lilly. „Ich habe euch die ganze Zeit beneidet. Ihr habt alle ein perfektes Leben geführt, während ich alleine zu Hause hockte."

„Arme Lilly", spottete Mary. „Du musstest in einem Schaumbad liegen, während wir hinter unseren Kindern und Männern aufräumen durften."

„Und nach getaner Arbeit neben ihnen die Sportschau gucken", ergänzte Stacie.

„Ihr solltet euch mal hören." Lilly schüttelte ungläubig den Kopf. „Ihr macht einem ja richtig Angst. Ist Verheiratetsein denn wirklich so schlimm?"

„Hör nicht auf sie, Kleines", sagte ihre Mutter und nahm sie in den Arm. „Jede Ehe hat ihre Höhen und Tiefen. Auch bei uns gab es Momente, da hätte ich deinen Vater liebend gern in die Wüste geschickt, aber im Nachhinein möchte ich keine Sekunde missen. Abends müde ins Bett zu fallen, nachdem die Kinder endlich eingeschlafen sind, und jemanden zu haben, der dich dann in den Arm nimmt, ist durch nichts zu ersetzen. Na ja, das und die Tatsache, dass man den Müll nicht selbst raustragen muss."

„Oh, Mom!" Stacie lachte.

„Ach so, bevor ich es vergesse: Wir sind um sechs zu den Dinsmoores eingeladen, zum alljährlichen Singen."

Klirr.

Lilly hatte die Porzellansauciere ihrer Ururgroßmutter auf die Fliesen fallen lassen.

„Lilly! Was ist denn? Du bist auf einmal so blass", rief ihre Mutter besorgt und eilte zu ihr.

„Tut mir leid, Mom. Ich wollte sie nicht kaputt machen." Lilly hockte sich hin und begann, die Scherben aufzusammeln. Da war sie wieder, die Lilly, der ein Missgeschick nach dem anderen geschah. Und nun sollte sie auch noch Elliot treffen! Nein, sie konnte unmöglich mit zu seinen Eltern gehen.

„Lass mich das machen", sagte Mary. „Du legst dich besser hin."

„Ich will mich nicht hinlegen", widersprach Lilly. „Ich habe das hier angerichtet, also werde ich es auch aufräumen."

Mary wich einen Schritt zurück. „Haben wir irgendwas Falsches gesagt? Wir haben uns doch bloß lustig gemacht, Lilly. Du weißt, dass ich Robby gegen keinen Mann der Welt eintauschen würde."

Das ist es ja, dachte Lilly verzweifelt. Du musst ihn auch nie eintauschen, denn deine Ehe basiert schließlich nicht auf einer Lüge. Meine dagegen gründet auf nichts als Lügen, die herauskommen werden, wenn ich heute Elliot sehe.

Immer noch auf dem Boden hockend, sagte sie: „Ich werde nicht mitkommen."

„Warum nicht?", fragte ihre Mutter. „Du liebst die Dinsmoores. Sie waren für dich wie eine zweite Familie."

„Ich fühle mich nicht gut." Lilly stand auf und legte die Hand auf die schmerzende Stirn.

„Unsinn. Du hast eben noch erzählt, dass du dich prächtig fühlst.

Ich weiß zwar nicht, was plötzlich mit dir los ist, aber das gemeinsame Singen bei Dinsmoores ist eine feste Weihnachtstradition, mit der wir nicht brechen werden."

„Eine schöne Weihnachtstradition, wenn man bedenkt, dass das Singen Wochen vor Weihnachten stattfindet", entgegnete Lilly gereizt.

„Lillian Diane Churchill-Reilly, du gehst mit, basta."

14. KAPITEL

In der großen Diele der Dinsmoores beugte sich Finn zu Lilly und flüsterte: „Wer sind die Leute noch mal?"

„Erinnerst du dich, dass ich dir in Vegas von Elliot erzählt habe, dem Kerl, der mich zum Narren gehalten hat?"

„Ja."

„Rose und Harold Dinsmoore sind seine Eltern."

„Ist er auch hier?"

Ich hoffe nicht! Es kamen noch mehr Nachbarn an, sodass Lilly und Finn gegen das Treppengeländer gedrängt wurden. Mrs. Dinsmoore hatte bereits überall Weihnachtsdekoration angebracht, und die Pinienzweige an den Treppenpfosten piksten Lilly in den Rücken. „Wahrscheinlich nicht. Er hat erst vor Kurzem geheiratet, also wird er wahrscheinlich heute bei der Familie seiner Frau sein."

„Schade, ich hätte ihm gerne meine Meinung gesagt."

„Da ist ja meine süße kleine Lilly", rief in diesem Augenblick Elliots Mutter und umarmte Lilly. „Als Elliot Missy heiratete, brach es mir fast das Herz. Versteh mich nicht falsch, sie ist ein bezauberndes Mädchen, aber ich hatte mir immer erträumt, mein Junge würde eines Tages dich heiraten. Dann wären meine Enkelkinder nebenan groß geworden."

Lilly rang sich ein Lächeln ab. „Tja, wie heißt es so schön? Manchmal kommt es anders, aber nicht unbedingt zum Schlechteren."

„Mag sein, doch ich bin nach wie vor überzeugt, dass du eine ideale Schwiegertochter für uns gewesen wärst." Sie sah Finn an. „Ist das der gut aussehende Ehemann, von dem deine Mutter mir erzählt hat?"

„Genau der", sagte Lilly, die sich allmählich entspannte, weil Elliot offenbar nicht hier war. In seiner Gegenwart nämlich hätte Rose sich nie getraut, etwas gegen seine Brautwahl zu sagen. „Darf ich vorstellen, Mrs. Dinsmoore, mein Mann, Finn Reilly."

„Freut mich, Sie kennenzulernen, Finn." Die beiden schüttelten sich die Hand. „Und nun solltet ihr beide euch unters Volk mischen. Irgendwo in dem Gewühl müssen auch Elliot und Missy stecken."

Lillys Herz blieb stehen und begann zwei Sekunden später, wie verrückt zu pochen.

„Geht es dir gut?", fragte Finn.

„Ja, das heißt, nein, ich glaube, ich brauche ein bisschen frische Luft." Sie bekam Kopfschmerzen von dem Gedränge und dem Duftgemisch aus Glühwein, Zimt und frischem Pinienharz.

„Rose?", rief Lillys Mutter. „Haben die beiden dir von ihrer großartigen Neuigkeit erzählt?"

„Nein. Lass mich raten. Bekommen sie etwa auch ein Baby?"

„Richtig geraten", sagte Finn und legte den Arm um Lillys Schultern. „Wir wollten so schnell wie möglich eine Familie gründen, und das haben wir auch getan."

„Wie wundervoll", sagte Rose. „Wartet hier, ich hole Elliot und Missy. Sie werden nämlich auch Eltern."

„Ich muss hier raus", flüsterte Lilly und klammerte sich an Finn. „Die vielen Menschen und die Hitze bekommen mir nicht."

„Lass uns noch einen Augenblick bleiben", antwortete er. „Ich möchte sehen, wie dieser Schuft Elliot reagiert, wenn er erfährt, dass du schwanger bist."

„Das halte ich für keine gute Idee", wandte sie verzweifelt ein.

„Sieh mal, wen ich gefunden habe", rief Rose. „Elliot, komm schnell! Deine alte Flamme ist hier, Lilly Churchill. Und guck dir an, wie sie strahlt, unsere werdende Mutter."

Der Blick, den Elliot Lilly zuwarf, hätte getaugt, um die Hölle zum Gefrieren zu bringen. „Gratuliere", sagte er. „Mom erzählt, du hast geheiratet. Ist das der Glückliche?"

„Und ob", antwortete Finn für sie und streckte ihm die Hand hin. „Wir sind seit beinahe einem Monat verheiratet und glücklicher denn je."

„Wie nett", raunte Elliot und verzog das Gesicht, als Finn ihm die Hand schüttelte.

Lilly zuckte zusammen. Ihr Mann war einen guten Kopf größer als Elliot und hatte es sich offensichtlich nicht nehmen lassen, seine überlegene Kraft gegen den Schönling Elliot auszuspielen.

Trotzdem war sie erleichtert, weil ihr Exschwarm sich betont frostig gab. Er wollte wohl genauso wenig wie sie, dass irgendjemand von ihrer Affäre erfuhr.

Eines Tages würde sie ihm sagen müssen, dass das Kind von ihm war, aber wenn alles nach Plan verlief, würde das erst geschehen, nachdem sie ihrem Mann davon erzählt hatte.

„Kommt alle her!", rief Rose, die vor dem knisternden Kaminfeuer stand.

Lilly schmiegte sich an ihren Mann und bemühte sich verzweifelt, Elliot zu ignorieren. Sie saßen nahe der Eingangstür auf einer kleinen Bank.

„Hoffentlich singen wir auch ‚Stille Nacht'", sagte Finn. „Meine Mutter hat es jedes Jahr im Kirchenchor gesungen, und bei ihrem Solo waren die Leute immer ganz hingerissen." Er nahm Lilly in den Arm. „Hast du eigentlich in einem Chor gesungen?"

Lilly hatte einen Kloß im Hals. Wieder dachte sie daran, wie schrecklich es für ihn gewesen sein musste, als Kind die gesamte Familie zu verlieren. Sie schüttelte den Kopf. Dies war wohl kaum der geeignete Zeitpunkt, ihm zu erzählen, dass sie aus dem Schulchor geflogen war, weil sie die Gesangsbuchseiten mit den Liedern, die sie nicht mochte, einfach zusammengeklebt hatte.

„Das solltest du aber, denn du hast eine wunderschöne Stimme."

„Danke." Seine Nähe tat ihr gut. Sie blickte auf die andere Seite des Raumes, wo Elliot seiner Frau einen Kuss auf die Wange gab. Die hübsche Brünette sah ihn voller Bewunderung an. Lilly machte der Gedanke ganz krank, dass die Nachricht von der Vaterschaft ihres Babys zwei Ehen zerstören könnte.

Rose stimmte das erste Lied an, „Jingle Bells", und Lilly entspannte sich. Elliot wollte ebenso wenig eine Szene machen wie sie. Warum sollte er auch? Er wusste ja gar nichts von dem Baby.

„Ich liebe dich", flüsterte Finn ihr am Ende des Liedes zu. „Und mir gefällt es hier."

„Das Singen?"

„Ja. Vergiss nicht, dass ich so etwas sonst nie habe. Natürlich veranstalte ich mit meinen Angestellten eine Weihnachtsfeier bei Lu, aber das ist etwas anderes."

„Freut mich, dass du dich hier wohlfühlst." Sie senkte den Blick. „Alles, was ich will, Finn, ist, dass du glücklich bist."

„He", sagte er und hob ihr Kinn. „Geht es dir gut?"

„Ja, ich bin nur müde und durstig. Macht es dir etwas aus, wenn ich kurz in die Küche gehe?"

„Nein. Weißt du was, ich komme mit und gönne mir noch etwas von dem leckeren Punsch."

Sie waren gerade aufgestanden, als Rose rief: „Und jetzt singen wir alle ‚Stille Nacht, heilige Nacht'!"

„Ich komme gleich nach", sagte Finn. „Dieses Lied würde ich gerne mitsingen."

„Soll ich bleiben?"

„Nein, nein, geh ruhig schon vor."

„In Ordnung."

Sie schlich sich leise aus dem Zimmer und hoffte, dass niemand bemerkte, wie sie sich die Tränen abwischte. Sie war so glücklich, dass es beinahe wehtat.

In der Küche war es angenehm still. Alles sah noch genauso aus, wie sie es seit ihrer Kindheit kannte. Mrs. Dinsmoore war eine begeisterte Bäckerin, und jeden Mittag, wenn Elliot und Lilly nach der Schule zusammen gespielt oder Zeichentrickserien angesehen hatten, hatte sie einen Teller mit Keksen oder Blaubeermuffins für sie bereitgestellt.

„Kann ich dich kurz sprechen, Lilly?"

Sie drehte sich erschrocken um. „Elliot! Du hast mich erschreckt. Ich habe dich gar nicht kommen gehört."

„Komm mit, wir müssen reden." Er zog sie mit sich in die geräumige Speisekammer, schaltete das Licht an und schloss die Tür hinter ihnen.

„Was willst du?", flüsterte Lilly.

„Wieso bist du hier?"

„Ich besuche meine Eltern. Ist das neuerdings ein Verbrechen?"

„Ganz und gar nicht. Ich will nur sicherstellen, dass du nicht vorhast, meiner Frau von unserer kleinen Affäre zu erzählen."

„*Unserer* Affäre?" Sie lachte. „Du meinst wohl eher *deine* Affäre, denn ich hatte schließlich keine Ahnung, dass du verheiratet warst. Und als ich merkte, dass ich schwa..." Sie hielt sich die Hand vor den Mund.

Er fasste sie am Oberarm. „Willst du mir etwa weismachen, das Baby sei von mir?"

Ihr wurde unerträglich heiß, schwindlig und übel. Was hatte sie getan?

„Antworte mir, Lilly!" Den gedämpften Stimmen nach zu urteilen, sangen sie im Wohnzimmer jetzt ein weiteres Weihnachtslied. „Ist das Baby von mir?"

„Ja, aber ..."

„Verdammt", sagte er, ließ sie los und schlug mit der Faust gegen die Wand.

Lilly zuckte zusammen.

„Das ist schlecht, ganz schlecht." Er musterte sie von oben bis unten. „Du erwartest hoffentlich nicht, dass ich für das Kind aufkomme."

„Nein."

„Gut, denn ich weiß nicht mal, wie ich ein Kind ernähren soll, geschweige denn zwei."

Mit aller Kraft versuchte Lilly, nicht loszuweinen. „Was mich betrifft, wird mein Mann der Vater dieses Kindes sein, und das in jeder Hinsicht."

„Dann weiß er, dass es nicht von ihm ist?"

„Noch nicht, aber ..."

Elliot lachte laut auf. „Du hast den Kerl geheiratet, weil du schwanger bist und jemanden brauchtest, der den Vater spielt? Das ist stark, Lil, wirklich stark." Er klopfte ihr auf die Schulter. „Ich weiß zwar, dass du nie um eine Idee verlegen bist, aber das schlägt echt alles. Du bist der Inbegriff eines Wolfes im Schafspelz."

„Elliot, ich ...", begann sie zitternd. Sie musste hier weg, weg von diesem Mann, fort aus diesem Haus.

„Spiel nicht die Unschuldige. Du hast den Typen nach Strich und Faden betrogen."

„Nein, er bedeutet mir alles. Glaub mir, ich wünschte, das Baby wäre von ihm."

„Klar", höhnte er. „Also, wann planst du, meiner Frau die Neuigkeit unter die Nase zu reiben?"

„Nie."

„Dann sind wir uns ja einig, denn ich will, dass sie *nie* davon erfährt. Wir beide hatten nichts weiter als ein bisschen Spaß, und wärst du nicht so naiv gewesen, hättest du dich um die Verhütung gekümmert."

„Hör auf damit", schluchzte Lilly nun verzweifelt.

„Keine Sorge, ich bin gleich fertig – sobald wir uns darauf verständigt haben, dass ich weder dich noch dieses Kind je wiedersehen will."

„Gut", sagte sie. „Geh jetzt."

„Gern." Er salutierte grinsend und ging.

Finn. Sie brauchte ihn.

Sie war wirklich naiv gewesen, denn sie hatte sich nicht vorstellen können, wie grausam Elliot sein konnte.

Am ganzen Körper zitternd, lehnte sie sich gegen eines der Regale und versuchte, tief durchzuatmen. Wenigstens hatte Finn nichts von all dem mitbekommen. Nun musste sie sich dringend beruhigen. Sie nahm sich eine Serviette, um die Tränen abzuwischen.

Wenn sie wieder in Greenleaf waren, musste sie Finn sofort alles von dem Baby sagen. Er würde es verstehen, da war sie sich sicherer denn je.

Alles wird gut.

Sie holte noch einmal tief Luft und griff nach der Türklinke. Im Stillen ermahnte sie sich, stark zu sein. Lilly Reilly war ein starke, intelligente Frau, anders als die naive Lilly Churchill. Sie würde ihr Leben in die Hand nehmen.

Entschlossen öffnete sie die Tür. Vor ihr stand ihr Mann. „Finn! Du hast mich erschreckt!"

„Das glaube ich dir gern."

Sie warf sich ihm in die Arme, doch er fühlte sich seltsam steif an. „Wie war das Lied?", fragte sie. „War es so schön wie in deiner Erinnerung?"

„Nein."

„Warum nicht?"
„Wahrscheinlich weil ich nicht zugehört habe."
„Aha?" Was war los? „Ich dachte, du wolltest es mitsingen."
„Wollte ich auch, aber dann habe ich mir Sorgen um dich gemacht und bin dir nachgegangen. Ich wollte schon wieder gehen, als ich Stimmen aus der Kammer gehört habe. Normalerweise belausche ich keine fremden Gespräche. Dann aber musste ich feststellen, dass mich diese Unterhaltung auch etwas anging."

Der Raum begann sich zu drehen, und Lilly wurde eisig kalt. Sie schluckte. „Finn, ich kann dir alles erklären."

„Bestimmt kannst du das", sagte er frostig. „Das Problem ist nur, dass ich nichts mehr von dem hören will, was du zu sagen hast."

„Nein, bitte, Finn", flehte sie. „Ich weiß, dass du alles verstehen wirst, wenn du mich nur anhörst."

Sie griff nach seiner Hand, doch er wich zurück. „So stellst du es dir vor, nicht wahr? Der gute, alte, vertrauensselige Finn, der dir jede Geschichte abnimmt. Er wünscht sich derart verzweifelt eine Familie, dass er jedermanns Kind großziehen würde. Lügen, Lilly, nichts als Lügen! Alles, was zwischen uns war, waren Lügen."

„Nein, Finn, das stimmt nicht! Hör mir doch zu. Lass mich dir erklären." Sie klammerte sich an ihn. „Komm, wir gehen zu meinen Eltern, wo wir in Ruhe reden können. Ich wollte dir am Montag alles sagen, wenn wir wieder zu Hause sind."

„Ja, sicher." Er stieß ein kurzes, frostiges Lachen aus, bevor er sich von ihr abwandte und zur Hintertür ging. „Ich glaube dir kein Wort."

„Bitte, Finn, nimm mich mit. Wir können noch heute nach Greenleaf zurückfahren, wenn du willst." Sie lief zu ihm.

„Fass mich nicht an!", sagte er streng und wehrte sie ab. „Ich fahre auf der Stelle nach Greenleaf, aber du kommst nicht mit. Was mich betrifft, sind wir zwei geschiedene Leute, Lilly. Ich wünschte, ich wäre dir niemals begegnet, und ich will dich nie wiedersehen."

Sie stand an der Hintertür und wartete, worauf, wusste sie selbst nicht. Darauf, dass Finn zurückkam und sich entschuldigte? Nein, sie war diejenige, die sich entschuldigen musste, denn sie hatte ihn verletzt.

Ohne Mantel rannte sie hinaus in die Winternacht und zum Haus ihrer Eltern. Sie musste Finn zurückgewinnen. Ein Leben ohne ihn konnte sie sich nicht mehr vorstellen.

„Finn?", rief sie, als sie die Haustür aufriss. „Finn, bist du hier?"

Da keine Antwort kam, rannte sie die Treppe hinauf zu ihrem Zimmer. Zum Glück war er noch da und packte seine Sachen.

„Ich sagte dir bereits, dass wir nichts mehr zu besprechen haben."

„Wie kannst du das behaupten? Wir haben jede Menge zu besprechen. Ich liebe dich, Finn, und ich möchte nicht, dass das, was du gerade von Elliot gehört hast, alles zerstört, was wir uns mühevoll aufgebaut haben."

„*Wir*, Lilly? Entschuldige, aber die Sache sehe ich anders. Ich bin einen Monat lang vor dir zu Kreuze gekrochen, um die alberne Wette wiedergutzumachen. Wie lächerlich ich dir vorgekommen sein muss, denn immerhin war ich derjenige, der benutzt wurde! Du hast mich von Anfang an belogen. Du wolltest einen Ehemann, ganz gleich welchen, Hauptsache, du hast einen Vater für Elliots Baby. Er kam ja nicht infrage. Deshalb wolltest du auch um keinen Preis eine Scheidung. Mit moralischen Gründen hatte das nichts zu tun. Du wolltest den Ernährer für dich und dein Kind nicht aufgeben."

Tränen kullerten ihr über die Wangen. „Nein, Finn, wie kannst du das denken? Ich dachte doch, ich würde Dallas heiraten, und er wusste von dem Baby. Und als ich herausfand, dass du gar nicht Dallas bist, war ich unsicher, wie du das mit dem Kind aufnehmen würdest. Doch dann habe ich gesehen, wie du mit Randy und Chrissy und Abby warst. Und mir wurde klar, dass ich dich liebe. Verstehst du denn nicht? Ich will dich nicht bloß, damit das Baby und ich ein Dach über dem Kopf haben, sondern um deinetwillen." Sie legte ihm die Hand an die Wange. „Ich liebe dich, Finn. Und vielleicht fiel es mir gerade deshalb so schwer, dir alles zu sagen. Ich hatte eine entsetzliche Angst davor, dich zu verlieren. Und wie ich jetzt sehe, war meine Angst begründet. Du liebst mich nicht genug, um mit mir dieses Baby großzuziehen. Das hatte ich die ganze Zeit befürchtet."

„Nein, Lilly", sagte er, nahm seine Tasche und ging zur Tür. „Ich hätte das Kind sogar gerne großgezogen, wenn du ehrlich zu mir gewesen wärst. Aber so, wie die Dinge inzwischen stehen, weiß ich nicht, ob ich die Frau geheiratet habe, die ich in dir sah, oder nur eine sehr geschickte Betrügerin. Weißt du, wie ich mich dabei fühle, Lilly? Hast du überhaupt eine Vorstellung davon, wie idiotisch ich mir vorkomme, weil ich den stolzen werdenden Vater gespielt habe, während du die ganze Zeit wusstest, dass ich gar nicht der Vater bin?"

„Verzeih mir, Finn", bat Lilly und ging ihm nach. „Nimm mich mit nach Hause. Lass uns reden."

„Auf keinen Fall. Ich lasse mich von dir nicht länger zum Narren machen." Er sah sie einen Moment schweigend an, ehe er fortfuhr: „Für mich ist es Zeit, erwachsen zu werden. Ich bin nicht mehr der achtjährige Junge, der seine Eltern verloren hat, sondern ein Mann, der einer Frau eine Menge bieten kann. Alles, was ich erwarte, ist Ehrlichkeit, aber die hast du mir verweigert. Also sollten wir besser einen Schlussstrich ziehen. Leb wohl."

15. KAPITEL

„Was machst du hier?", fragte Lillys Schwester Mary eine Stunde später. Lilly war gerade dabei, ihren Koffer die Treppe hinunterzutragen. „Wir konnten weder dich noch Finn finden, und da hat Mom mich geschickt, um nach dir zu sehen."

„Es ist etwas Schreckliches passiert, Mary, aber ich kann es dir nicht erklären. Leihst du mir deinen Wagen?"

„Warum? Es ist fast zehn Uhr, und die Straßen sind vollkommen verschneit. Wo ist Finn? Er ist doch nicht krank, oder?"

„Nein."

Mary stemmte die Hände in die Hüften. „Was geht hier vor?"

„Wir haben uns gestritten. Kannst du mir jetzt bitte deinen Wagen leihen, oder soll ich Moms nehmen?"

„Weder noch", sagte Mary energisch. „Du fährst nirgendwo hin, ehe du mir nicht erzählt hast, was los ist."

„Mary, bitte, lass mich einfach fahren, ja?"

„Nein. Ich werde uns jetzt einen Tee kochen, und du erzählst mir, warum du bei Nacht und Nebel durch den Schnee fahren willst. Sollte deine Geschichte überzeugend sein, werde ich Mom bitten, auf die Kinder aufzupassen, und Robby und ich fahren dich, wohin du auch willst."

Dreißig Minuten später hatte Lilly ihrer großen Schwester alles erzählt, angefangen mit Elliot, der ihr ihre Unschuld genommen hatte, bis hin zu der Verwechslung, aus der letztlich die Liebe ihres Lebens geworden war.

Mary umarmte sie und sagte: „Ach, Kleines, da steckst du wirklich in einem schönen Schlamassel. Aber weißt du was?"

Lilly schüttelte den Kopf.

„Egal, was er sagt, Finn liebt dich. Ich habe gesehen, wie er dich ansieht. Glaub mir, er kann ohne dich nicht leben."

„Und deshalb muss ich noch heute Nacht zu ihm. Ich muss ihm erklären, dass ich ihm die Wahrheit nicht verraten habe, weil ich Angst davor hatte, ihn zu verlieren."

Mary seufzte. „Du hörst bestimmt nicht gern, was ich dir zu sagen habe, aber du hast die Situation von Anfang an falsch angepackt. Nur weil du schwanger bist, jemanden heiraten zu wollen, den du nur von E-Mails kanntest, war ein aberwitziger Plan. Warum bist du nicht zu uns gekommen? Du weißt, wie sehr wir dich lieben. Wir sind deine Familie, und wir würden alles für dich tun."

„Genau darum geht es doch. Mein Leben lang habt ihr mir immer wieder aus der Patsche geholfen. Diesmal wollte ich endlich wie eine Erwachsene handeln und mir selbst helfen. Wenn Elliot nicht gewesen wäre, hätte ich es auch geschafft."

„Glaubst du, ja? Du sitzt seit Wochen auf einem Pulverfass, und das nennst du *dir selbst helfen?*"

„Nein", sagte Lilly matt und sah auf die Uhr. „Deshalb muss ich jetzt zu Finn."

„Du musst nirgendwo hin", erwiderte Mary. „Ich kann es Finn nicht verübeln, dass er vor Wut kocht. Für ihn muss die Sache ein schrecklicher Schlag gewesen sein. Gib ihm Zeit, um damit zurechtzukommen. Und wenn er dich wirklich liebt, wovon ich fest überzeugt bin, wird er zurückkommen."

„Verdammt, Pete, wenn ich eine grüne Wanne gewollt hätte, hätte ich eine bestellt."

Es war eine Woche vor Weihnachten, und Finn betrachtete wütend den Whirlpool mit den Spezialmaßen. Der Umtausch, die verlorene Arbeitszeit und die Transportkosten dürften sich auf mindestens tausend Dollar belaufen.

„Ja, aber …"

„Ich will nichts hören! Reiß das verdammte Ding raus und bestell eine weiße Wanne, und zwar sofort."

„Aber, Boss …"

„Pete, hör auf!", schrie Finn und fuhr sich mit den Fingern durchs Haar. „Ich habe im Moment nicht die Nerven für solche Stümpereien."

Der Klempner, mit dem er seit sieben Jahren zusammenarbeitete, stapfte fluchend davon.

Es war so kalt, dass beim Atmen weißer Dampf aus seinem Mund aufstieg. Finn fragte sich, ob Lilly es im Haus warm genug hatte, und verfluchte sich sogleich dafür, denn sie war ja gar nicht zu Hause.

Wie lange würde er noch brauchen, bis er sie endlich vergessen hatte? Wann würde er sich nicht mehr jede Minute an den Duft ihres Haares und an ihr Lachen erinnern?

Er ging zu seinem Wagen, um die Thermoskanne mit dem Kaffee herauszuholen. Merkwürdig, über Vivian war er so schnell hinweggekommen, und Lilly wollte ihm partout nicht aus dem Kopf gehen. Seit einem Monat hatte er sie nicht mehr gesehen, und dennoch schmerzte ihn der Verlust wie am ersten Tag.

Als er die Beifahrertür öffnete, fluchte er wieder, denn ihm schlug ihr Parfüm entgegen. Ärgerlich schraubte er den Deckel der Thermoskanne ab und trank einen Schluck heißen Kaffee.

„Direkt aus der Kanne, wie ein harter Kerl, was?", fragte Matt, der auf ihn zukam.

„Falls du nichts zu sagen hast, was mit der Arbeit zusammenhängt, lass mich bitte in Ruhe."

„Nein, werde ich nicht." Sein bester Freund klopfte ihm auf die Schulter, und Finn wich sofort zurück, wobei er den Deckel der Thermoskanne vom Beifahrersitz stieß, sodass er auf den Wagenboden kullerte.

„Wir müssen reden", sagte Matt.

„Ich will nicht reden."

„Und ich sage dir, wir müssen trotzdem", erwiderte Matt ungewöhnlich streng.

„Wenn du auf Lilly ansprechen willst, dann ..."

„Da hast du verdammt recht, das will ich. Finn, entweder du vergisst sie, was ich persönlich für eine ziemlich blöde Idee halte, oder aber du fährst zu ihr und holst sie zurück. Auf jeden Fall kann es so nicht weitergehen. Wir haben drei gute Arbeiter auf der Motelbaustelle verloren, weil du dich nicht unter Kontrolle hast."

Finn starrte ihn wütend an. „Und? Wenn sie so zart besaitet waren, sind wir ohne sie sowieso besser dran."

„Quatsch. Es waren gute Leute, Finn, die seit Jahren für uns arbeiten. Sie haben Familie, und deshalb haben sie gern mit dir gearbeitet, denn du hattest immer Verständnis für sie. Aber du bist nicht mehr der Mann, der du früher warst. Was auch zwischen dir und Lilly vorgefallen sein mag, es hat dich vollkommen verändert."

„Ich habe dir gesagt, dass ich nicht über sie reden will."

„Dann möchtest du vielleicht über die grüne Badewanne reden, wegen der du Pete gerade eben zur Schnecke gemacht hast. Während du in den Flitterwochen warst, hat Mrs. Kleghorn einen Sechshundert-Dollar-Scheck für dieses Monster hingeblättert, weil es zu ihrem Lieblingsschmuck passt. Egal, was du davon hältst, die Wanne bleibt. Im Gegensatz übrigens zu Pete, der vor drei Minuten gekündigt hat, weil du ihn einen Stümper genannt hast."

Finn hielt sich die Hand an den schmerzenden Kopf. „Verflucht. Hol ihn zurück, Matt, ja? Gib ihm einen Bonus und sag ihm, dass es mir leidtut."

„Auf keinen Fall."

„Und warum nicht?"

„Weil du dich selbst entschuldigen solltest. Und wenn du schon dabei bist, darfst du dich auch gleich bei mir entschuldigen."

Ehe Finn etwas sagen konnte, war Matt zu seinem roten Chevy-Truck gegangen und davongebraust.

Der Verlust eines guten Klempners schien Finn noch schlimmer als der einer schlechten Ehefrau. Er beugte sich in den Fußraum seines Trucks, um den Deckel seiner Thermoskanne aufzuheben. Dabei stieß er sich den Kopf am Türrahmen, was seine ohnehin miserable Laune zusätzlich trübte.

Als er mit den Fingern unter den Sitz fasste, stieß er auf etwas Gläsernes. Verwundert zog er einen kleinen Flakon hervor. Ihre Parfümflasche! Der Duft hieß „Wildblumen". Hatte sie sie absichtlich dort deponiert, um ihn zu quälen? Ach was, jetzt fiel es ihm wieder ein: Auf der Fahrt zu ihren Eltern war ihr die Handtasche heruntergefallen, weil er abrupt an den Straßenrand gefahren war.

Am Heiligabend saß die gesamte Churchill-Familie bei Keksen und Kakao um den Kamin herum, während Lilly allein in der Küche hockte und auf das Wandtelefon starrte.

Mary kam herein, eine rote Nikolausmütze auf dem Kopf und einen Becher in der Hand. „Hattest du nicht gesagt, du wärst gleich wieder bei uns?"

„Das war gelogen."

Mary schenkte sich noch einen Kakao ein und sagte: „Du musst damit aufhören, Kleines. Wenn Finn der Mann ist, für den wir alle ihn halten, wird er zurückkommen. Aber glaub einer alten, verheirateten Frau, das männliche Ego kann recht zerbrechlich sein. Wie hätte Finn denn reagieren sollen, als er das mit Elliot erfuhr? Er fühlt sich hintergangen und braucht Zeit, um seine Gedanken und Gefühle zu ordnen."

„Und was, wenn er mich auch weiterhin als berechnende Frau sieht, die sich von ihm nichts außer einem Ernährer für das Baby und sich verspricht? Meinst du, das war tatsächlich mein einziges Ziel?"

Ihre Schwester nippte an dem heißen Kakao und überlegte einen Moment. „Ich schätze, anfangs schon. Und nach dem, was du mir über Dallas erzählt hast, versprach er sich ja auch einen Nutzen von der Heirat, nämlich eine komplette Familie, die sein Image in der Kanzlei verbesserte. Andererseits fußte euer Arrangement auf gegenseitigem Einverständnis, so abgeschmackt man es auch finden mag. Bei Finn verhält sich die Geschichte anders, denn nachdem er dir von der Wette erzählt hatte, hat er mit offenen Karten gespielt. Deshalb konnte er mit Fug und Recht erwarten, dass du ebenfalls ehrlich zu ihm bist."

Lilly senkte den Kopf und seufzte. „Diesmal habe ich richtigen Mist gebaut, was?"

Mary stellte ihren Becher ab und nahm Lilly in den Arm. „Ich will dir nichts vormachen. Ja, du hast richtigen Mist gebaut. Doch eines verspreche ich dir: Wenn Finn bis zum Valentinstag nicht zurück ist, werde ich dich höchstpersönlich nach Greenleaf fahren und versuchen, den Mann zur Vernunft zu bringen."

„*Valentinstag?* Bis dahin werde ich ohne ihn nicht überleben."

„Und ob du wirst. Wir Churchill-Frauen sind stark, und du bist in den letzten Monaten um einiges reifer geworden. Mom und Dad haben erst heute Morgen gesagt, wie stolz sie sind, weil du so offen zu deinen Fehlern stehst. Wir alle denken, dass du eine zweite Chance verdient hast." Sie zwinkerte ihr zu. „Wer weiß, vielleicht bringt dir ja der Weihnachtsmann Finn zurück."

Am selben Abend hockte Finn auf seinem Stammbarhocker bei Lu und hielt ein Bier in der Hand, das ihm nicht schmecken wollte. Die Bar war voller Menschen, die entweder feierten oder einfach nicht wussten, wohin sie sonst sollten. Aus der Jukebox plärrte „Jingle Bell Rock" von Elvis, und Betty und Bob Bristow tanzten dazu in roten Nikolauskostümen.

Finn seufzte und versuchte vergebens, den Lärm und die verrauchte Luft zu ignorieren. Er war hergekommen, um eine Weile lang nicht an Lilly zu denken, doch je mehr er sich anstrengte, umso schwerer fiel es ihm.

Die Elvis-Musik erinnerte ihn an die alberne Hunde-und-Papageien-Show, die sie in Vegas gesehen hatten, und an das kleine Grübchen seiner Frau, das er dort zum ersten Mal bemerkt hatte.

„Möchtest du vielleicht ein Truthahnsandwich zu deinem Bier?", fragte Lu.

„Nein danke. Ich will nichts essen."

„Komm schon, Finn, es ist fast Weihnachten. Kannst du mir nicht wenigstens ein kleines Lächeln schenken?"

Der Frau zuliebe, die ihm wie eine zweite Mutter gewesen war, verzog er die Mundwinkel.

„Nein, tut mir leid, aber das war kein Lächeln, sondern eine Grimasse."

„Ich hab's versucht. Was kann ich dafür, wenn meine verfluchten Gesichtsmuskeln nicht funktionieren?"

„Deiner zweifelhaften Ausdrucksweise nach zu urteilen, scheint auch sonst einiges nicht zu funktionieren, und ich wette, ich weiß, warum."

„He, Lu!", rief Mitch vom anderen Ende der Bar. „Vergiss mal einen Moment diesen Verlierer dahinten und bring mir ein Bier."

„Was hältst du davon, wenn du deinen faulen Hintern selbst hierher bewegst und dir eins holst?", entgegnete sie.

Dann wandte sie sich wieder an Finn: „Wo waren wir gerade? Ach ja, ich wollte dir sagen, wieso du dich unleidlicher aufführst als ein zweibeiniger Hund, der sich kratzen will."

Finn verdrehte die Augen, woraufhin Lu ihn prompt mit ihrem Geschirrhandtuch schlug. „Benimm dich gefälligst! Ich kann dich immer noch übers Knie legen." Dann fügte sie grinsend hinzu: „Na, wenn das dich nicht mal zum Lächeln bringt, dann weiß ich was Besseres."

„Was? Willst du eine Frau für mich suchen, die mich nicht nach Strich und Faden belügt?", raunte er gereizt und trank den letzten Schluck seines Biers.

„Komisch, ich dachte, genau die hättest du in Lilly gefunden."

„Machst du dich über mich lustig? Du weißt doch, dass sie mir verschwiegen hat, wer der Vater ihres Babys ist. Nicht einmal du kannst leugnen, dass das eine ziemlich abscheuliche Lüge war."

„Und dass du sie nur geheiratet hast, um deinen Truck zu retten, war natürlich hochanständig."

„Darum geht es nicht. Sie hat mich zum Narren gehalten."

„Nein, wie ich die Sache sehe, hältst du dich selbst zum Narren."

„Auch wenn ich die Antwort bestimmt nicht hören will, aber wie kommst du darauf?"

„Weil du ein echter Feigling bist, wenn es um die Liebe geht, Finn Reilly. Keine Frage, was Vivian mit dir gemacht hat, war nicht in Ordnung, aber Lilly ist nicht Vivian. Solange ich denken kann, erzählst du, wie sehr du dir eine Frau und Kinder wünschst. Und dann hast du endlich eine wunderschöne Frau, die dich liebt, und als wäre das noch nicht gut genug, bringt sie auch noch ein Baby mit."

„Oh, ja, das Baby von einem anderen."

„Wenn das deine Einstellung ist, bist du nicht derjenige, für den ich dich immer gehalten habe. Was willst du denn? Nur weil das Kind nicht von dir ist, sind sie und das Baby weniger liebenswert?

Nein, angesichts der Tatsache, dass der richtige Vater die beiden so schändlich im Stich gelassen hat, solltest du sie erst recht lieben."

„Wenn du mit deiner Predigt fertig bist, kriege ich noch ein Bier?", fragte Finn und schwenkte die leere Flasche.

Lu stemmte die Hände in die Hüften und sagte: „Nein, kriegst du nicht. Und unterbrich mich nicht, wenn ich gerade in Schwung bin. Bloß weil deine Frau nicht wusste, wie sie dir das mit dem Baby sagen sollte, benimmst du dich wie der hinterletzte Sturkopf und gibst einen Traum auf, nach dem du dein Leben lang gesucht hast?"

„Und welcher Traum soll das sein?"

„Heiliger Bimbam!" Sie hob die Arme. „Ich geb's auf."

„Gut."

„Gut? Mir reicht's! Ich will dich hier nicht mehr sehen, es sei denn, du kommst mit deiner Frau wieder."

„Das ist nicht dein Ernst, Lu."

Sie reckte ihr Kinn in die Höhe und sah ihn streng an. „Und ob."

16. KAPITEL

Zu Hause fütterte Finn seine drei Mischlinge, stellte ihnen die Wärmelampe im Schuppen an und machte sich anschließend auf den Weg zur Einfahrt, wo der Briefkasten seit Tagen überquoll.

Dann ging er in die Küche. Er vermied es sorgsam, in Richtung Tisch zu blicken, denn da würde er gleich wieder die lachende Lilly vor sich sehen und sich an ihre köstlichen Aufläufe und Eintöpfe erinnern. Sah er allerdings zum Herd, erschien sofort das Bild von ihr, wie sie singend in Töpfen und Pfannen rührte. Sie hatte eine Harmonie in dieses Haus gebracht, die er nun für den Rest seines Lebens schmerzlich vermissen würde.

Er blätterte seine Post durch – ein paar Geschäftsbriefe, Rechnungen und Weihnachtskarten. Als er den Stapel gerade auf den Tisch legen und zu Bett gehen wollte, fiel ihm ein kleiner roter Umschlag auf. Als Absender stand darauf nur „Vivian". Der Brief war in Galveston in Texas abgestempelt.

Mit finsterem Blick warf er die übrige Post auf den Tisch und riss den roten Umschlag auf.

Hallo Finn,
ich schätze, eine Entschuldigung reicht nicht, um wiedergutzumachen, was ich dir angetan habe. Doch Weihnachten steht vor der Tür, und da möchte ich wenigstens versuchen, dir zu erklären, warum ich dich vor der Kirche stehen ließ und mit Ray wegfuhr. Versteh mich nicht falsch, ich habe dich geliebt, und ein Teil von mir wird dich wahrscheinlich immer lieben. Ich konnte nur einfach nicht damit fertigwerden, dass du in mir die perfekte Ehefrau gesehen hast, die in dein perfektes Haus passte. Du hast von mir erwartet, all deine Träume zu verkörpern, und davor hatte ich Angst. Ich habe gefürchtet, deinen Ansprüchen nicht gerecht zu werden, deshalb bin ich davongelaufen.

Mir geht es gut. Ich habe einen Job als Kellnerin in einem Restaurant mit Meerblick gefunden, und Ray und ich sind

nach wie vor zusammen. Trotzdem werde ich immer an dich denken, Finn, und ich hoffe inständig, dass du mir eines Tages nicht nur verzeihen kannst, sondern auch die Frau findest, von der du träumst.
Vivian

Nachdem er den Brief gelesen hatte, spürte Finn einen Kloß im Hals. Er hatte sich alle möglichen Gründe ausgedacht, weshalb Vivian weggelaufen war, aber er wäre nie auf die Idee gekommen, seine Ansprüche könnten schuld daran sein. Was war denn verkehrt, wenn ein Mann bestimmte Dinge von einer Frau erwartete? Wenn er beispielsweise erwartete, dass sie nicht am Hochzeitstag mit einem Fremden auf einem Motorrad davonfuhr? Oder dass sie ihm *vor* der Hochzeit sagte, dass sie ein Kind von einem anderen erwartete?

Er legte Vivians Brief zu den anderen, sprang auf und ging ins Wohnzimmer, um ein Feuer im Kamin zu machen. Schon seit dem Morgen war ihm kalt, und selbst das Feuer wollte ihn nicht wärmen. Allmählich wurde ihm klar, dass die Wärme, die er brauchte, nicht von außen kommen konnte.

Es war Heiligabend, und er war allein.

Er hatte viele Freunde und reichlich Einladungen für heute Abend bekommen. Wenn er wollte, brauchte er bloß die Straße hinunterzugehen, wo Dr. Walsh ihn mit offenen Armen aufnehmen würde, oder er konnte nach nebenan zu Randy und Chrissys Feier gehen. Aber was wollte er dort, wenn das, was er eigentlich brauchte, in einem anderen Haus war, hundert Meilen nördlich von hier?

Während er durchs Fenster in die Dunkelheit starrte, fragte er sich, was Lilly wohl gerade machte. Ob sie mit ihrer Familie vor dem Kamin saß und Weihnachtslieder sang? Ob ihre Mutter die sagenumwobenen Karamellbrötchen gebacken hatte? Was aßen sie wohl – Truthahn, Schinken oder Gans? Und hatte Lilly inzwischen einen kleinen Bauch? Er hatte schwangere Frauen immer faszinierend gefunden, und Lilly musste eine besonders schöne Schwangere sein. Wenn es ein Mädchen wurde, ob es dann die blonden Locken von ihr hatte? Und würde ein Junge das glatte blonde Haar ihrer Brüder erben?

Er hatte so viele Fragen, doch die wichtigste war wohl die, die Lu ihm vorhin gestellt hatte.

Bloß weil deine Frau nicht wusste, wie sie dir das mit dem Baby sagen sollte, benimmst du dich wie der hinterletzte Sturkopf und gibst einen Traum auf, nach dem du dein Leben lang gesucht hast?

War er wirklich ein Sturkopf? In den letzten Wochen hatte er jede Sekunde Revue passieren lassen, die er gemeinsam mit Lilly verbracht hatte. Vor allem hatte er Hinweise darauf entdecken wollen, dass sie ihn absichtlich belogen hatte, doch er hatte keine gefunden. Vielmehr musste er zugeben, dass es einige Situationen gegeben hatte, in denen sie ihm offensichtlich etwas hatte sagen wollen und er sie unterbrochen hatte.

Ihm fiel Vivians Brief ein. Hatte sie recht? Hatte er nicht nur an sie, sondern auch an Lilly überhöhte Ansprüche gestellt?

Im Flur schlug die Standuhr zwölf.

Weihnachten. Weihnachten war doch die Zeit des Vergebens und des Neuanfangs.

Er dachte an all die Kinder, die ihm wichtig waren – seine Pfadfinder, Randy, Chrissy und Abby. Keines dieser Kinder war sein leibliches, und trotzdem hing er an ihnen.

Warum sollte es mit Lillys Baby anders sein, einem Baby, das ihn lieben würde wie einen Vater? Und Lilly? So hartnäckig er sich auch schwören mochte, dass er seit der Enttäuschung mit Vivian mit Liebe nichts mehr am Hut hatte, es stimmte nicht. Er liebte Lilly. Er liebte sie mehr als alles andere auf der Welt, und deshalb tat das Leben ohne sie so entsetzlich weh.

Dabei musste dieser Schmerz nicht sein. Zugegeben, sie hatten beide Fehler gemacht, doch Fehler ließen sich bereinigen. Sollten sie nicht den Weihnachtstag nutzen, um einen Neuanfang zu machen? Was, wenn sie alle ihre Geheimnisse offen auf den Tisch legten – ebenso wie die Liebe, die sie zu geben hatten?

Er rannte die Treppe hinauf in den ersten Stock und holte eine kleine Schmuckschatulle aus seiner Kommodenschublade. Wenn er das hier schon machte, dann wollte er es auch richtig machen. Er wollte damit beginnen, sie als Finn um ihre Hand zu bitten – nicht als Dallas.

Lilly mochte durch puren Zufall in sein Leben getreten sein, aber wenn er ein Wörtchen mitzureden hatte, würde sie darin bleiben, weil sie sich bewusst dazu entschlossen hatte!

Lilly erwachte aus einem unruhigen Schlaf und glaubte, das Geräusch geträumt zu haben. Doch da war es wieder. Ein Klopfen an ihrem Fenster. Sie stieg aus dem Bett, um nachzusehen, was dort sein mochte.

Finn? Finn, der Schneebälle gegen ihr Fenster warf?

Nein, sie musste träumen. Sie wollte gerade wieder ins Bett steigen, als sie seine Stimme hörte.

„Lilly! Lilly, es tut mir leid. Komm zur Tür!"

Mit klopfendem Herzen eilte sie hinunter, nur in eins von Finns alten T-Shirts gekleidet und mit seinen dicken weißen Socken an den Füßen. Hastig schloss sie die Tür auf. Zuerst sah sie nur Schneegestöber, doch dann war er da und kam rasch zu ihr ins Haus.

Nachdem er die Tür geschlossen hatte, hauchte er sich in die bloßen Hände. „Es ist kalt da draußen."

„Das ist es an Weihnachten immer."

Er schmunzelte. „Du siehst wunderschön aus, und ich freue mich, dass du die Sachen noch trägst."

Unsicher, ob sie lachen oder weinen sollte, sagte sie: „Was machst du hier? Es muss ein oder zwei Uhr nachts sein."

„Genau genommen ist es fast drei, aber was soll's? Ich dachte, ich gebe dir jetzt schon mal mein Geschenk."

„Deshalb bist du hier?", fragte sie und strich sich eine Locke aus der Stirn. „Um mir ein Geschenk zu bringen?"

„Weihnachtsmann?", flüsterte eine verschlafene Kinderstimme aus dem Wohnzimmer. „Bist du das?"

„Schlaf weiter, Erin", antwortete Lilly, bevor sie sich wieder an Finn wandte: „Die Kinder schlafen alle im Wohn- und Arbeitszimmer. Gehen wir in die Küche, damit wir sie nicht wecken."

„Klar", flüsterte er.

Sie nickte und ging voraus. Warum war er hier? Wollte er sich mit ihr versöhnen? War er bereit, Elliots Baby als sein eigenes zu akzeptieren? Sollte sie tatsächlich so viel Glück haben?

In der Küche stellte sie das Licht über der Spüle an. „Kann ich dir irgendwas anbieten? Kakao oder Tee?" *Oder mich?* Er sah noch besser aus, als sie ihn in Erinnerung gehabt hatte. Sein dunkles Haar war zerzaust und feucht vom Schnee. Er trug eine ausgeblichene Jeans und eine lange braune Lederjacke, die wunderbar zu seinen Augen passte.

„Nein danke, ich möchte, dass du dich hinsetzt."

„Gut." Sie setzte sich an den Tisch und bemühte sich, das T-Shirt möglichst weit hinunterzuziehen.

„Dir muss kalt sein", sagte er, zog seine Jacke aus und legte sie über ihre Beine. Sie roch nach Leder und nach ihm.

„Danke, das ist besser", sagte sie.

Finn drehte ihr den Rücken zu und rieb sich das Gesicht mit den Händen, bevor er sich ihr wieder zuwandte. „Auf der Fahrt hierher habe ich alles genau geplant, aber jetzt weiß ich nicht mehr, wie ich anfangen soll."

„Was ist, wenn ich anfange?" Lilly zuckte zusammen, als der Kühlschrankmotor ansprang. „Oh, Gott", sagte sie kichernd. „Ich bin noch nervöser als beim letzten Mal."

„Es tut mir leid, dass ich einfach weggefahren bin. Du hattest recht, wir hätten reden sollen."

„Nein, hatte ich nicht. Zwar hätten wir reden sollen, aber schon in Vegas, als du mir sagtest, dass du nicht Dallas bist. Es tut mir so schrecklich leid, Finn. Ich wollte dich wirklich nicht verletzen. Als mir klar wurde, wie sehr ich dich liebe, hatte ich schreckliche Angst, du würdest mich wegschicken, wenn du die Wahrheit erfährst."

„Hätte ich nie", sagte er, kniete sich vor ihr hin und nahm sie in die Arme.

„Doch, genau das hast du getan."

„Weil ich ein Idiot bin."

„Bist du nicht. Ich verstehe, dass du wütend warst."

„Aber Wut gibt mir nicht das Recht, dich einfach zu verlassen."

„In Ordnung", sagte sie mit einem nervösen Lachen, „wir haben beide Fehler gemacht. Und wie geht es jetzt weiter?"

Er griff in seine Tasche und holte die Ringschatulle hervor. „Ich weiß nicht, was du vorhast, aber ich möchte dir das hier geben." Er öffnete das Schmuckkästchen und nahm den Ring heraus, wobei seine Finger zitterten. „Meine Großmutter und meine Mutter haben ihn getragen. Jetzt möchte ich, dass du ihn nimmst, und hoffe, du vergibst mir und heiratest mich noch einmal. Diesmal wünsche ich mir, dass dein Vater dich den Gang hinunterführt, dass deine Mutter uns einen fantastischen Kuchen bäckt und deine Schwestern deine Brautjungfern sind. Vielleicht kann ich sogar ein paar von deinen Brüdern überreden, neben Matt als meine Brautzeugen aufzutreten."

Lilly schluchzte so sehr vor Erleichterung und Freude, dass sie nicht sprechen konnte.

„Liebes? Ich weiß ja, dass deine Hormone dich durcheinanderbringen, aber ich sterbe hier gerade tausend Tode. Ist das ein Ja oder ein Nein?"

Sie schluchzte nur noch mehr.

„Ich weiß, unsere erste Ehe stand auf ziemlich wackligen Füßen, aber denk dran, dass ich auf Renovierung spezialisiert bin. Wenn du Ja sagst, werde ich den Rest meines Lebens damit verbringen, unsere Ehe zur perfektesten aller Zeiten zu machen."

„Ach, Finn", stammelte sie. „Ich liebe dich."

„Dann ist das ein Ja?"

„Natürlich ist das ein Ja!"

„Puh", hauchte Finn, dem schwindlig vor Erleichterung war. Er war so kurz davor gewesen, diese wunderbare Beziehung wegzuwerfen, dass ihm jetzt selbst zum Heulen war. „Ich denke, das hätten wir damit geklärt. Wir werden eine feierliche Trauung und ein Baby haben."

„Heißt das, wir sind alle eingeladen?", fragte Mary, die in der Küchentür stand.

„Wie lange stehst du da schon?", stellte Lilly sie zur Rede.

„Lange genug", sagte Mary, eilte auf ihre Schwester und ihren Schwager zu und nahm sie in die Arme. „Gratuliere! Als Erin raufkam und erzählte, der Weihnachtsmann wäre nicht gekommen, dafür aber Onkel Finn, habe ich mir erlaubt, den Rest der Truppe zu wecken."

Nun kamen sie einer nach dem anderen herein, alle im Pyjama, und versammelten sich um die beiden.

Auf der Fahrt hierher hatte Finn befürchtet, Lillys Familie würde böse auf ihn sein, doch davon konnte keine Rede sein. Sie alle erzählten ihm freimütig, dass es auch in ihren Ehen Krisen gegeben hätte und wie froh sie waren, dass Lilly und Finn ihre Schwierigkeiten überwunden hatten.

Gegen halb sechs holte Lillys Mutter ein Blech mit frischen Karamellbrötchen aus dem Ofen und stellte eine Kanne mit herrlich duftendem Kaffee auf den Tisch. Während alle munter plauderten, sah Finn zu Lilly hinüber und bedeutete ihr mit Handzeichen, zu ihm zu kommen. Sobald sie auf seinem Schoß saß, wurde ihm erneut klar, wie wunderbar es war, sie ganz nah bei sich zu haben.

„Frohe Weihnachten", flüsterte er ihr zu.

„Frohe Weihnachten."

„Glaubst du, sie merken etwas, wenn wir uns leise zurückziehen?"

Lilly schüttelte den Kopf. „Nein, ich schätze, die Luft ist rein."

Finn gab ihr einen Kuss und hob sie hoch.

Sie waren gerade bei der Tür, als Mary rief: „Schlaft gut, ihr zwei!"

„Werden wir", antwortete Lilly.

„Werden wir nicht", korrigierte Finn sie, kaum dass sie außer Hörweite waren, und küsste sie noch einmal, bevor er sie die Treppe hinauftrug.

EPILOG

*E*in Jahr später, als die Geschenke verteilt, der Gänsebraten gegessen und das Geschirr abgewaschen waren, zog Lilly ihren Mann mit sich in die Waschküche. Da sowohl die Waschmaschine als auch der Trockner liefen, war dies nicht unbedingt der romantischste Ort, den man sich vorstellen konnte, dafür aber der einzige, an dem sie halbwegs ungestört waren.

„Hm", sagte er, als er sie in den Armen hielt. „Nun, da Charlotte endlich schläft, denkst du wohl an ein bisschen Erwachsenenspaß, was?"

„Brillant kombiniert", antwortete sie, „aber du liegst leider falsch."

„So?" Er küsste sie leidenschaftlich, bis sie vor Wonne stöhnte. „Und? Was wolltest du mir sagen?"

„Ich liebe dich."

„Ich dich auch. Wir haben ein wunderbares Leben, findest du nicht?"

Da ihr die Tränen kamen, nickte sie nur.

„Stimmt was nicht? Du siehst aus, als würdest du einen dieser Heulkrämpfe kriegen, die du seit der Schwangerschaft nicht mehr gehabt hast."

„Ich bin so glücklich. Es ist Weihnachten, wir sind bei unserer Familie, und ich bin schwan…" Sie hielt sich die Hand vor den Mund. „Oh, nein, jetzt habe die Überraschung verdorben. Dabei hatte ich extra kleine Babyschühchen gekauft und in der Waschmaschine versteckt."

„Schatz, die Waschmaschine hat gerade in den Schleudergang geschaltet."

„Nein!" Hektisch riss Lilly den Deckel auf, doch bis die Trommel aufhörte, sich zu drehen, war das kleine Päckchen mit dem rosa-blauen Band ziemlich ramponiert. „Warum passiert das immer mir?", schluchzte sie. „Warum muss ich dauernd alles verderben?"

Finn gelang es nicht, ein Lachen zu unterdrücken. „Nicht zu fassen! Ich werde Vater – schon wieder."

„Das ist nicht witzig. Ich wollte, dass es ein ganz besonderer Moment wird, wenn ich es dir sage."

„Kleines, du hast mir soeben die schönste Nachricht der Welt überbracht. Glaubst du ehrlich, ein paar verwaschene Babyschühchen können diesen Augenblick ruinieren?"

Sie schüttelte den Kopf und wischte sich die Tränen ab.

„Sieh mich an", sagte er zärtlich und hob ihr Kinn. „Hast du es denn immer noch nicht kapiert?"

„Was?"

„Dass ich dich liebe. Ich liebe es, wenn du alle meine weißen T-Shirts rosa färbst. Ich liebe es, wenn du beim leisesten Pieps von Charlotte zur Ärztin rennst. Ja, und ich liebe es sogar, dass du die meisten meiner Farne zu Tode gedüngt hast."

„Habe ich nicht!"

„Doch, das hast du", sagte er und küsste sie. „Und ich liebe es besonders, wenn du ..."

„Klopf, klopf." Mary stand in der Tür und hielt eine hellwache, glucksende Charlotte im Arm. „Ich störe euch ja nur ungern, aber ich habe diese junge Dame dabei erwischt, wie sie gerade aus ihrem Bettchen krabbeln wollte."

„Komm her, mein Mädchen", sagte Finn und nahm Mary die Kleine ab. Er kitzelte den Bauch des Kindes, das daraufhin vergnügt quiekte.

Lilly betrachtete strahlend ihren Mann und das Baby. Ihr Herz ging beinahe über vor Glück. Alles war vollkommen. Finns Liebe und die Wärme, die er ihr gab, machten ihr Leben perfekt. Sie mochte nach wie vor ein Tollpatsch sein, aber solange sie Finn an ihrer Seite hatte, war sie der glücklichste Tollpatsch auf der ganzen Welt.

– ENDE –

Julianna Morris

Dein Kuss unterm Mistelzweig
Roman

Aus dem Amerikanischen von
Elke Schuller

1. KAPITEL

Shannon stellte das Auto auf dem Parkplatz vor der Post ab und nahm die Weihnachtskarten vom Beifahrersitz. Normalerweise hätte sie die vom Büro aus verschickt, aber sie hatte einige Tage freigenommen. Allerdings nur ungern.

Aus einem Geländewagen, der in der Nähe angehalten hatte, stieg gerade ihr neuer Nachbar aus. Sie hatte ihn erst einmal gesehen, wusste aber von der klatschsüchtigen Verwalterin der Reihenhaussiedlung einiges über ihn. Er hieß Dr. Alex McKenzie, war vierunddreißig und verwitwet. Zurzeit lehrte er als Dozent am College in Seattle sein Spezialfach Tiefbau.

Außerdem ist er unglaublich attraktiv, dachte Shannon und stieg aus.

„Jeremy, lass Mr. Tibbles im Wagen", bat Alex McKenzie den Jungen im Kindersitz. Er löste den Sicherheitsgurt und half dem Kleinen, der ein abgewetztes Plüschkaninchen fest an die Brust presste, aus dem Auto.

Shannon wurde seltsam warm ums Herz, als sie den Jungen sah: eine Miniaturausgabe des Vaters und viel zu ernst für sein Alter.

„Es macht Mr. Tibbles sicher nichts aus, kurz allein zu bleiben", drängte Dr. McKenzie.

Jeremy schüttelte den Kopf und drückte das Spielzeug noch fester an sich.

„Na gut!" Seufzend strich sein Vater ihm über das dunkle Haar. „Bleib du hier stehen, während ich die Pakete hole."

Kurz darauf manövrierte er den Kleinen sowie einen hohen Stapel Pakete zur Tür des Postamts.

Shannon lief ihnen nach. „Dr. McKenzie!", rief sie. „Warten Sie, ich helfe Ihnen."

Alex drehte sich um und sah eine umwerfend attraktive junge Frau mit kupferroten Haaren auf sich zukommen. Irgendwie kam sie ihm bekannt vor, er wusste aber nicht, woher.

„Entschuldigen Sie, aber kennen wir uns?", fragte er zögernd.

„Ich bin Shannon O'Rourke, Ihre Nachbarin", stellte sie sich vor.

„Ach ja, richtig!"

Jetzt erinnerte er sich an den Tag, als er und Jeremy in der Reihenhaussiedlung eingezogen waren. Er hatte gerade mit den Möbelpackern geredet, als in der Auffahrt nebenan ein Auto anhielt. Eine Frau in einem weiten Mantel war ausgestiegen und hatte ihm kurz zugewinkt, bevor sie vor dem Regen ins Haus geflüchtet war. Unter der Kapuze hatte er nur einen Schimmer roter Haare wahrgenommen, dann war sie verschwunden.

Jetzt trug sie Designerjeans und einen Kaschmirpullover, ein Outfit, das ihre blendende Figur mit der schlanken Taille und den langen Beinen perfekt zur Geltung brachte.

Shannon O'Rourke wirkte sehr selbstsicher und lächelte ihn gewinnend an.

Eins der Päckchen glitt ihm aus der Hand, und sie fing es geschickt auf. „Lassen Sie mich Ihnen ein paar abnehmen", bot sie an. Ohne auf seine Zustimmung zu warten, griff sie auch schon zu. „So, kommen Sie?"

Alex zog leicht die Brauen hoch. Schüchtern und zurückhaltend waren Begriffe, die anscheinend nicht zu ihrem Wortschatz gehörten.

Wortlos nahm er Jeremy bei der Hand und folgte Shannon.

Ihm graute vor dem bevorstehenden Weihnachtsfest. Wie sollte er seinem Sohn über diese Zeit hinweghelfen? Jeremy war erst vier, und er würde zum ersten Mal ohne seine Mutter feiern müssen. Ihr Tod im vergangenen Januar hatte eine riesige Lücke in sein Leben gerissen. Eine perfekte Mutter wie sie konnte unmöglich ersetzt werden.

Beim Gedanken an Kim wurde Alex von Trauer überwältigt. Sie war eine wunderbare Frau gewesen, sanft und verständnisvoll. Nachdem er selbst als Kind die Ehehölle seiner ständig streitenden Eltern miterlebt hatte, war ihm das wie ein besonderes Geschenk erschienen.

Ja, eine Liebe wie die zwischen ihm und Kim gab es nur einmal im Leben. Trotzdem hatte er seine Frau oft monatelang allein gelassen, um an Projekten im Ausland zu arbeiten.

Im Nachhinein bedauerte er jede Minute, die er nicht mit ihr verbracht hatte, aber wie so oft kam die Reue zu spät.

Shannon stieß die Tür zum Postamt mit der Hüfte auf und ließ ihren Nachbarn und seinen kleinen Sohn vorausgehen.

„Es wäre eigentlich meine Aufgabe, Ihnen die Tür aufzuhalten", meinte Alex. „Aber vermutlich sind Sie eine moderne Frau, die auf so etwas keinen Wert legt."

Sie wollte schlagfertig antworten, ließ es aber bleiben. An altmodischer Höflichkeit liegt mir tatsächlich nichts, aber was ist mir im Leben eigentlich wichtig? fragte sie sich.

Sie wollte sie selbst sein, was immer das genau bedeutete. Außerdem wollte sie sich verlieben und heiraten, aber in letzter Zeit war ihr Liebesleben praktisch auf Eis gelegt. Momentan fühlte sie sich, als würde ihr Leben im Leerlauf dahindümpeln, während es für alle anderen „volle Kraft voraus" hieß.

„Na ja, mir ist beides recht", antwortete Shannon schließlich ehrlich.

„Schön." Alex drückte die Schulter gegen die Tür, um sie aufzuhalten. „Bitte, Miss O'Rourke. Nach Ihnen."

Da er jetzt dicht neben ihr stand, nahm sie den dezenten Duft seines Rasierwassers wahr – und plötzlich spürte sie ein erregendes Prickeln auf der Haut. Das gefiel ihr gar nicht. Sie wollte sich auf keinen Fall zu ihrem Nachbarn hingezogen fühlen. Alleinstehende Männer mit Kindern waren kompliziert. Man wusste nie genau, was sie von einer Frau wollten.

„Danke", sagte Shannon und ging ins Postamt.

Vor dem Schalter stand eine lange Schlange von Leuten. Es würde also dauern, bis sie und Alex McKenzie an der Reihe waren, und das freute sie seltsamerweise.

Hatte sie jetzt völlig den Verstand verloren?

Ganz offensichtlich war er einer von diesen altmodischen Kavalieren wie ihre Brüder, die Frauen die Tür aufhielten und ihnen ins Auto halfen. Normalerweise machte sie um diese Art von Männern einen großen Bogen.

Im College hatte sie sich mit so einem Typen eingelassen, und er hatte ihr das Herz gebrochen. Mit der Begründung, er suche eine perfekte Hausfrau, wie seine Mutter eine war, hatte er ihr den Laufpass gegeben. Sie, Shannon O'Rourke, war alles andere als das. Ihr einziges kulinarisches Talent bestand darin, aus perfekten Zutaten Ungenießbares zu zaubern.

Als sie spürte, wie an ihrem Pullover gezupft wurde, blickte sie nach unten.

„Ich kann auch helfen", bot Jeremy ihr an und zeigte auf die Päckchen, die sie noch in der Hand hatte.

„Ja, gern! Gib mir doch Mr. Tibbles zum Halten, dann hast du beide Hände frei. Er kann oben auf meiner Tasche sitzen, okay?"

Der Kleine betrachtete sie forschend. Offensichtlich wollte er sein Spielzeug nicht jedem beliebigen Menschen anvertrauen.

Sie beugte sich zu ihm hinunter und lächelte beruhigend. Noch gut konnte sie sich erinnern, wie sie sich mit acht Jahren gefühlt hatte, als ihr Vater gestorben war: traurig und verloren.

„Ich passe gut auf ihn auf. Großes Ehrenwort!", versprach sie.

Nach einer gefühlten Ewigkeit nickte Jeremy. Er reichte ihr das Stoffkaninchen und nahm dafür zwei Päckchen in Empfang. Shannon setzte Mr. Tibbles so auf ihre Tasche, dass Jeremy ihn ständig im Auge behalten konnte. Dann erst bemerkte sie, wie erstaunt Alex McKenzie sie anblickte.

„Habe ich was falsch gemacht?", fragte sie.

„Im Gegenteil! Ich habe Jeremy seit dem Tod seiner Mutter nicht von dem Spielzeug trennen können", erklärte er leise. „Wie haben Sie das jetzt geschafft? Normalerweise lässt er das Kaninchen nur los, wenn er badet. Weil Mr. Tibbles wasserscheu ist, wie Jeremy behauptet. Sie können offensichtlich gut mit Kindern umgehen."

Shannon schluckte verlegen. Was sie über Kinder wusste, passte auf die Rückseite einer Briefmarke.

„Na ja, ich mag Kinder eben", erwiderte sie zögernd.

Das meinte sie ehrlich. Eines Tages würde sie gern welche haben. Bis dahin konzentrierte sie ihre Kinderliebe auf ihre Nichten und Neffen.

Alex schaute seinem Sohn nach. Jeremy steuerte auf einen Weihnachtsbaum zu, der in einer Ecke des Postamtes aufgestellt war. In den Augen des Mannes erkannte Shannon so viel Kummer, dass ihr die Kehle eng wurde. Jetzt vor Weihnachten vermisste er seine Frau bestimmt mehr denn je.

„Diese Zeit im Jahr muss für Sie besonders schwierig sein", sagte sie leise.

„Ja. Vor allem für Jeremy. Seine Mutter hat zu Weihnachten mit ihm Kekse gebacken, mit ihm gebastelt, alles schön dekoriert und so. Ich kann ihm das nicht bieten."

„Warum ist dem Jungen das Stoffkaninchen so wichtig?", fragte Shannon.

„Ich weiß es nicht. Vielleicht finden Sie es ja heraus?"

Sie zuckte die Schultern. Von Kindern verstand sie zwar nichts, aber sie wusste aus eigener Erfahrung, wie es war, seine Trauer in sich zu verschließen. Den Eindruck hatte sie auch bei Jeremy. Vielleicht konnte sie ihm helfen.

„Durch den Umzug ist bestimmt alles noch komplizierter geworden", meinte sie mitfühlend. „Wenn ich etwas für Sie tun kann, sagen Sie es mir, Dr. McKenzie."

„Danke für das freundliche Angebot, Miss O'Rourke", erwiderte Alex höflich.

Sein Ton verriet, dass er nicht daran dachte, es jemals anzunehmen. Vielleicht hätte sie ausdrücklich anbieten sollen, auf Jeremy aufzupassen? Nein, zum Babysitter eignete sie sich nicht, egal wie nett der Junge war.

„Nennen Sie mich doch Shannon", bat sie freundlich. „Niemand nennt mich Miss O'Rourke, außer um mich zu ärgern. Nicht einmal die Reporter sind bei Pressekonferenzen so altmodisch höflich."

„Reden Sie oft mit Reportern?"

„Das gehört zu meinem Job. Ich bin die Public-Relations-Direktorin von O'Rourke Enterprises."

„Ach so, Sie sind eine von *diesen* O'Rourkes", bemerkte Alex.

Sie zog die Nase kraus. Ihr ältester Bruder Kane war ein begnadeter Geschäftsmann, der ein Vermögen erarbeitet hatte. Als einer der reichsten Männer des Landes hatte er mehr Aufmerksamkeit von der Presse erfahren als mancher Filmstar. Daher war der Familienname vielen geläufig, vor allem in der Gegend um Seattle.

„Entschuldigung", murmelte Alex. „Sie haben diese Bemerkung sicher satt."

Sein zögerndes Lächeln ließ ihr Herz schneller schlagen. Das war seltsam, denn er war so gar nicht der Typ Mann, für den sie sich sonst erwärmte.

„Na ja, manchmal schon", gestand Shannon und rückte in der Schlange weiter zum Schalter vor.

Jeremy gesellte sich wieder zu ihnen. Ob er sich noch gut an seine Mutter erinnerte? Bestimmt litt er unter dem Gefühl, sie habe ihn im Stich gelassen. Kinder seines Alters verstanden ja noch nicht, dass Eltern nicht absichtlich starben.

„Wie ich gehört habe, unterrichten Sie am College, Dr. McKenzie. Mein Bruder Kane hätte auch gern studiert, aber er musste vor dem Abitur die Schule verlassen, um zu arbeiten."

„Und ist so zum Milliardär geworden. Ein hartes Schicksal", meinte Alex ironisch.

Shannon wurde wütend. Sie selbst konnte sich über ihre Brüder beschweren, so viel sie wollte, aber niemand anderes durfte Kane kritisieren. Er hatte alles für die Familie getan, sogar seine Träume aufgegeben. Dass er es dabei zum Milliardär gebracht hatte, bewies, wie intelligent und zielstrebig er war.

„Er ist brillant", konterte sie kühl. „Bevor er heiratete, hat er vierzehn Stunden am Tag gearbeitet. Das ist nicht unbedingt ein bequemes Leben, oder? Das Geld wollte er für uns, seine Geschwister, verdienen. Mein Vater ist sehr früh gestorben. Kane wäre ein großartiger Ingenieur geworden. Er hat nur nie die Chance bekommen."

Um Alex' Mundwinkel zuckte es. Er hätte nie gedacht, dass diese temperamentvolle Rothaarige so frostig klingen und dreinblicken könnte. Sie war schön wie ein Model, aber wenn sie ihren Bruder verteidigte, wurde sie quasi zum Bullterrier, stellte er fest.

„Ich wollte Ihren Bruder nicht kritisieren", erklärte er.

„Natürlich nicht." Sie wandte ihm den Rücken zu.

Alex seufzte leise. Frauen wie Shannon O'Rourke waren einfach zu sprunghaft für einen bodenständigen Mann wie ihn. Zu unberechenbar. Er mochte Formeln, Diagramme und alles, was sich zählen ließ. Alles, worauf man zählen konnte, konkretisierte er und schmunzelte über das Wortspiel. Das Leben war chaotisch genug.

Nach einer Weile waren sie endlich an der Reihe, der Schalterbeamtin die Post zu überreichen. Alex bemerkte, dass alle Umschläge von Shannon bereits frankiert waren. Sie hätte ihre Weihnachtskarten also gleich in den Kasten stecken können, statt zu warten.

„So, Jeremy, jetzt gebe ich dir Mr. Tibbles zurück und lasse euch allein." Sie reichte dem Jungen das Stoffkaninchen, das er nicht mehr ganz so fest wie sonst an sich drückte. Dann wandte sie sich um und ging zur Tür.

Nachdenklich blickte Alex ihr hinterher. Sein Sohn hatte noch nie jemanden so schnell akzeptiert. Ein Lächeln von Shannon hatte genügt, um ihr Mr. Tibbles zu überlassen.

„Bitte alles als Eilpost", sagte Alex zur Schalterbeamtin und schob ihr seine Kreditkarte hin. „Bin sofort wieder da."

Leises Murren erklang in der Reihe der hinter ihm wartenden Leute, aber er ignorierte es.

Am Ausgang holte er Shannon ein. „Miss O'Rourke! Ich meine, Shannon", verbesserte er sich schnell.

„Oh, immer der vollendete Kavalier", erwiderte sie. „Aber ich kann mir die Tür selber aufmachen."

„Das wollte ich ja gar nicht."

„Sie wollten mir nicht die Tür aufhalten?", wiederholte sie.

Es klang beleidigt, und er stöhnte. „Nein, das heißt, doch, natürlich, aber ..."

Zu spät entdeckte er den amüsierten Ausdruck in ihren grünen Augen und merkte, dass sie ihn zum Besten gehalten hatte. Sie hatte ihm also die Kritik an ihrem Bruder nicht übel genommen. Was immer ihre Fehler sein mochten, langes Schmollen gehörte offensichtlich nicht dazu.

„Und was möchten Sie von mir?", erkundigte sie sich.

Er selber wollte gar nichts von ihr. Jeremy zuliebe wollte er allerdings das herzliche Einvernehmen zu seiner neuen Nachbarin nicht gefährden. Also war eine Entschuldigung angebracht.

„Es tut mir leid, dass ich Sie verärgert habe", begann er. „Und ich weiß wirklich zu schätzen, wie nett Sie mit Jeremy umgegangen sind. Das ist alles."

„Oh!" Sie sah verwirrt aus.

Attraktiv und selbstbewusst, wie sie war, rechnete sie wahrscheinlich jetzt mit einer Verabredung, aber er hatte nicht die geringste Absicht, sich wieder auf eine Beziehung einzulassen. Schon gar nicht mit einer Frau wie Shannon O'Rourke. Seine Freunde und Kollegen behaupteten ständig, es sei nur eine Frage der Zeit, bis er eine Frau traf, mit der er so glücklich sein könne wie mit Kim.

Das glaubte er nicht.

Kim zu finden war reines Glück gewesen. Sie hatte ihn genommen, obwohl er mit seinem familiären Hintergrund alles andere als ein idealer Ehemann war. Seine Eltern hatten sich lange bekriegt, bevor sie sich endlich scheiden ließen. Lieber Himmel, wie er Streit und Handgreiflichkeiten zu hassen gelernt hatte.

„Hier warten auch noch andere darauf, ihre Post abgefertigt zu bekommen", rief die Schalterbeamtin ihm leicht gereizt zu.

„Gehen Sie jetzt besser zurück", empfahl Shannon und verließ das Postamt.

Er sah ihr nach und bewunderte den Schwung ihrer Hüften, dann atmete er tief durch. Kim war seit nahezu einem Jahr tot. Es gab keinen Grund für Schuldgefühle, nur weil ihm die Figur und der Gang einer anderen Frau gefielen.

Trotzdem hatte er jetzt ein schlechtes Gewissen.

Als vielsagendes Räuspern erklang, erinnerte er sich daran, weshalb er hier war, und eilte zum Schalter zurück. Die anderen Kunden applaudierten.

Nachdem alles erledigt war, ging er mit Jeremy wieder zum Parkplatz. Shannon saß in ihrem Wagen und wartete darauf, sich in den dichten Verkehr einfädeln zu können.

Der Junge sah ihr traurig nach, als sie davonfuhr. „Ich mag sie", verkündete er.

„Ich weiß. Keine Sorge, du siehst Shannon bestimmt bald wieder. Sie wohnt doch direkt neben uns."

„Aber du hast sie wütend gemacht." Jeremy seufzte wie ein Erwachsener.

Da hatte der Junge recht. Allerdings hatte Shannon die Bemerkung über ihren Bruder nicht lange übel genommen. Offensichtlich hatte sie Temperament und war ihrer Familie gegenüber sehr loyal.

Das kann ich von mir nicht behaupten, dachte Alex bedrückt. Er und seine beiden Geschwister waren damals Schachfiguren im Machtkampf der Eltern gewesen, und nun hatten sie einander seit Jahren nicht mehr gesehen. Dazu lebten sie zu weit auseinander. Sein Bruder erforschte in der Arktis die Klimaerwärmung, seine Schwester arbeitete in Japan. Sowohl der Vater als auch die Mutter hatten wieder geheiratet, doch auch von den neuen Partnern hatten sie sich scheiden lassen. Sie hassten sich noch immer mit einer Bitterkeit, die sogar die Luft um sie herum zu vergiften schien.

„Shannon ist nicht auf dich wütend", beruhigte er Jeremy. „Also ist das okay."

„Aber auf dich ist sie sauer", beharrte der Kleine. Für ihn war das anscheinend ein echtes Problem.

Alex rieb sich den Nacken. „Stimmt, aber mach dir deswegen keine Sorgen."

„Können wir ihr ein Weihnachtsgeschenk kaufen?", schlug der Junge vor.

Ein Geschenk? Was kaufte man einer Frau, die bestimmt schon alles hatte?

„Okay, wir besorgen ihr einen Weihnachtsstern", versprach Alex. Mit Pflanzen machte man so schnell nichts falsch, schon gar nicht jetzt vor Weihnachten. Sie konnte es als Geste der Entschuldigung auffassen für seine kritische Bemerkung über ihren Bruder.

Jeremy sah erleichtert aus. Auf dem Weg zum Auto blickte er in die Richtung, in die Shannon gefahren war. Statt Mr. Tibbles wie üblich eng an sich zu drücken, ließ er ihn locker an der Seite schwingen.

Alex seufzte leise. Er musste aufpassen. Wenn sie Shannon zu oft trafen, setzte Jeremy sich eventuell unmögliche Ideen wegen einer neuen Mum in den Kopf.

Shannon hatte offensichtlich einen eigenen Willen und eigene Meinungen, sie war also ganz anders als die sanfte und nachgiebige Kim. Seit er verwitwet war, hatte er sich gelegentlich mit Frauen verabredet, aber keine von ihnen sonderlich interessant gefunden.

Allerdings war keine von ihnen wie Shannon O'Rourke gewesen.

2. KAPITEL

Shannon legte die Tasche weg und schaltete die Lichter am Weihnachtsbaum ein.

"Babysitten, ich!", sagte sie laut vor sich hin.

Sie musste vorhin kurzfristig verrückt gewesen sein, auch nur daran zu denken. Was verstand sie von Kindern? Nichts!

Sie war eben nicht der mütterliche Frauentyp. Sie konnte keine Windeln wechseln, ja nicht einmal eine Dose Suppe aufwärmen. Wahrscheinlich brauchte Jeremy in seinem Alter keine Windeln mehr, aber selbst da war sie sich nicht völlig sicher.

Wie alt waren ihre Nichten gewesen, als sie keine mehr brauchten? Sie konnte sich nicht erinnern.

Shannon setzte sich in den Sessel, griff nach dem Telefon und wählte die Nummer ihrer jüngsten Schwester.

"Hallo, Kathleen", begann sie ohne langatmige Einleitung, "wann sind Amy und Peggy aufs Töpfchen gegangen?"

"Shannon? Bist du das?"

"Ja, klar. Also, wie alt waren deine Zwillinge damals?"

"Knapp zwei."

Gut. Jeremy sah älter aus. Eigentlich war es ja egal, denn sein Vater hatte kein Interesse an ihr gezeigt und würde den Kontakt mit ihr bestimmt aufs Nötigste beschränken.

"Wieso fragst du überhaupt?", erkundigte Kathleen sich.

"Nebenan ist ein kleiner Junge eingezogen. Er ist richtig süß. Da musste ich plötzlich an Windeln und so denken. Es hat nichts zu bedeuten. Ich war nur neugierig."

"Ganz sicher?"

"Ja, klar." Shannon verabschiedete sich und legte auf.

Was ist nur in mich gefahren? fragte sie sich gereizt. Wahrscheinlich tickte ihre biologische Uhr und brachte sie dazu, dumme Fragen zu stellen. Wenn man wie sie achtundzwanzig Jahre alt und Single war, klang das Ticken manchmal schon ganz schön laut. Vor allem, da es nicht so aussah, als würde sie jemals den Richtigen zum Heiraten finden, wenn sie so weitermachte.

Kopfschüttelnd ging Shannon nach oben ins Schlafzimmer und zog sich um. Im Jogginganzug stieg sie aufs Laufband in dem kleinen Zimmer, das sie sich als Fitnessraum eingerichtet hatte, und fing an zu trainieren.

Mir geht es doch gut, sagte sie sich aufmunternd. Sie hatte eine großartige Familie, einen tollen Job und genug Geld. Wenn sie die große Liebe nicht fand, wäre das auch nicht das Ende der Welt. Natürlich war es schwer, das zu akzeptieren, wenn alle anderen in glücklichen Beziehungen lebten.

Na ja, ihr jüngster Bruder Connor war noch nicht vergeben, und ihre beiden Schwestern waren auch nicht verheiratet. Kathleen hatte sich scheiden lassen. Beim Gedanken an deren Exmann schnitt Shannon ein Gesicht. Es gab Schlimmeres, als Single zu sein. Zum Beispiel einen Ehemann zu haben, der einen betrog und dann sitzen ließ, wenn man im neunten Monat mit Zwillingen schwanger war.

Ja, da bin ich besser dran, sagte sie sich und erhöhte das Tempo.

Eine halbe Stunde später klingelte es. Mit einem Handtuch wischte sie sich das Gesicht ab und lief nach unten. Zuerst machte sie noch einen Abstecher in die Küche, um sich Wasser zu holen, dann ging sie zur Haustür.

„Ach, ist das nicht einfach perfekt?", murmelte Shannon ironisch, als sie durchs Fenster sah, dass draußen Alex und Jeremy standen.

Sie war erhitzt, hatte ein rotes Gesicht und trug einen alten Jogginganzug. Aber daran ließ sich so schnell nichts ändern. Entschlossen hob sie das Kinn und straffte die Schultern, bevor sie öffnete. Man konnte schlimmere Situationen als diese bewältigen, indem man unerschütterlich Haltung bewahrte.

„Hallo", begrüßte sie die unerwarteten Besucher.

„Hallo", erwiderte Alex mit seiner tiefen Stimme. „Jeremy wollte sicher sein, dass Sie uns nicht böse sind."

Böse? Weshalb denn? überlegte sie. Ach so, wegen der Bemerkung über Kane.

„Ich bin nicht böse", versicherte sie dem Jungen und lächelte ihn an.

Er wirkte so verloren mit dem traurigen, besorgten Gesichtchen. Kein Wunder, dass ihr unterentwickelter Mutterinstinkt plötzlich auflebte.

„Das ist für Sie." Jeremy hielt ihr einen Weihnachtsstern hin, eingepackt in grünes Zellophan mit einer großen goldenen Schleife. „Dürfen wir reinkommen?", fragte er dann, bevor sein Vater ihn stoppen konnte.

„Natürlich dürft ihr", erlaubte Shannon und trat beiseite.

„Danke", sagte Alex leise.

„Oh!", rief der Junge, als er ins Wohnzimmer ging, und blickte hingerissen auf den Weihnachtsbaum, dessen Lichter blinkten und funkelten.

Alex verstand die Begeisterung seines Sohnes. Der Baum war sehr groß, und unter den Zweigen war eine kleine Stadt wie aus dem Bilderbuch aufgebaut, um die eine Spielzeugeisenbahn im Kreis herumfuhr. In den Häusern waren die Fenster erhellt, auf einem kleinen See drehten sich Eisläufer, und es gab sogar winzige Straßenlaternen, die leuchteten.

„Ich sehe nicht gerade toll aus, weil ich bis eben auf dem Laufband war", meinte Shannon entschuldigend.

„Sie sehen gut aus", widersprach Alex ehrlich und hätte am liebsten die Finger durch ihre prachtvollen, seidigen Haare gleiten lassen, die im Licht des Weihnachtsbaums glänzten. Ob sie sich so weich anfühlten, wie sie wirkten? Und ob die Farbe echt war? Immerhin hatte Shannon keine Sommersprossen wie viele Rothaarige, sondern makellose, cremeweiße Haut.

„Danke für den Weihnachtsstern", sagte sie und stellte die Blume auf den Kaminsims. „Hast du ihn ausgesucht, Jeremy?"

„Ja."

„Wie lieb von dir. Du hast den schönsten genommen, den ich je gesehen habe."

Jeremy strahlte. Was ist aus meinem verschüchterten kleinen Sohn geworden? fragte Alex sich. Wo war der von Kummer bedrückte, redescheue Vierjährige, der sich ständig an ein Stoffkaninchen klammerte?

„Mr. Tibbles hat mir gesagt, welchen ich nehmen soll", erklärte Jeremy.

„Dann habt ihr beide einen sehr guten Geschmack", lobte Shannon und blickte Alex fragend an. „Ich habe nicht viele Süßigkeiten im Haus, aber wären Drops okay?"

„Ja, durchaus", antwortete er, noch immer verblüfft.

Shannon nahm eine Kristallschale vom Kaminsims und bot Jeremy die Bonbons an. Bald schon lutschte der Junge zufrieden einen Drops und spielte mit dem Zug, den er mal schneller, mal langsamer um den Weihnachtsbaum fahren ließ. Wenn man auf einen bestimmten Knopf drückte, kam sogar Dampf aus dem Schornstein. Das gefiel dem Jungen offensichtlich besonders gut.

Alex bat seinen Sohn, schön vorsichtig zu sein, aber Shannon schien sich keine Sorgen wegen des teuren Spielzeugs zu machen.

„Möchten Sie etwas Mineralwasser?", bot sie an.

„Wir möchten Ihnen nicht zu viele Umstände machen."

„Wenn Sie das täten, würde ich es Ihnen sagen", beteuerte sie.

Das glaubte er gern. Shannon war direkt und selbstsicher, sie würde kein Blatt vor den Mund nehmen. Außerdem hielt er sie für die Verkörperung von allem, worum er in seinem Leben einen großen Bogen gemacht hatte: ungezähmte Gefühle und Leidenschaft, rote Haare und blitzende Augen.

„Wenn Sie noch nicht gegessen haben, könnten wir Pizza bestellen", schlug sie unerwartet vor. „Ich habe keine Milch für Jeremy im Haus, aber bestimmt kann der Pizzadienst mir welche mitbringen."

Alex wollte die Einladung ablehnen, aber Jeremy sah völlig begeistert aus. Der Junge liebte Pizza. Kim hatte gemeint, solches Essen sei nicht gut für Kinder, also hatte sie ihm nur selten eine erlaubt. Sie hatte vorgefertigtes Essen und Junkfood überhaupt strikt abgelehnt.

„Pizza klingt gut", sagte Alex schließlich. „Aber die Rechnung geht auf mich."

„Wie Sie wollen. Das Telefon steht dort drüben, Telefonbuch liegt daneben. Ich gehe mich umziehen."

„Irgendwelche speziellen Wünsche bezüglich der Pizza?", wollte er wissen.

„Nur einen: keine Anchovis." Shannon blickte zu Jeremy und überlegte, was ihm besonders schmeckte. „Sollen wir uns auch eine süße Pizza zum Nachtisch mitbringen lassen?", fragte sie den Kleinen.

Er strahlte sie ganz selig an, dann nickte er.

Sie zwinkerte ihm verschwörerisch zu. „Also, Alex, bitte auch eine Dessertpizza."

Shannon duschte kurz, dann zog sie Jeans und einen Pullover an. Auf dem Weg nach unten wurden ihre Schritte durch den dicken Spannteppich auf der Treppe gedämpft. Das gab ihr Gelegenheit, Vater und Sohn unbemerkt zu beobachten.

Alex und Jeremy lagen nebeneinander auf dem Boden und betrachteten den Weihnachtsbaum und die ihn umgebende Miniaturlandschaft. Kurz nach Thanksgiving hatte Miranda diese Dekoration aufgebaut. Als Innenausstatterin war sie ausgesprochen talentiert für so etwas. Diesmal hatte sie sich mit dem altmodischen Winterwunderland selbst übertroffen. Wie gut, wenn man eine so begabte Schwester hatte.

Jeremy war ein wirklich niedlicher Junge, aber unweigerlich fesselte Alex ihren Blick mehr. Die engen Jeans betonten seine langen Beine und den knackigen Po. Er sah ganz anders aus als die Professoren, bei denen sie studiert hatte. Sonst wäre sie in den Kursen bestimmt viel aufmerksamer gewesen. Wahrscheinlich war an seinem College Tiefbau ein sehr beliebtes Fach – bei den Studentinnen.

Es wurde geklingelt. „Das muss die Pizza sein", rief Shannon munter und ging zur Haustür.

Es war tatsächlich der Pizzabote.

Kurz darauf saßen sie, Alex und Jeremy im Schneidersitz vor dem Weihnachtsbaum und aßen genüsslich.

„Bei Mummy durften wir nie Pizza essen", sagte Jeremy plötzlich.

„Echt nicht?", fragte Shannon besorgt. Vielleicht gab es dafür ja einen guten Grund wie eine Allergie oder so?

„Echt." Kurz blickte er zu seinem Vater. „Ich hab manchmal Angst, weil ich mich nicht mehr so gut an sie erinnere", gestand er bedrückt.

„In deinem Herzen wird sie immer einen Platz haben", versicherte Shannon dem Jungen mit weicher Stimme. In seinem Alter war es unvermeidlich, dass die Erinnerungen verblassten. „Da wirst du sie in Gedanken bei dir tragen, und das zählt. Du brauchst also keine Angst zu haben."

Der Kleine überlegte, dann nickte er, wobei er schon etwas fröhlicher aussah. Sein Vater reichte ihm ein Stück von der süßen Nachtischpizza, und sie aßen schweigend.

„Daddy", sagte Jeremy plötzlich, und sein Gesicht hellte sich auf. „Wenn Shannon meine neue Mummy wäre, wetten, dass wir Pizza essen dürften, wann wir wollten?"

Shannon verschluckte sich und hustete heftig, bis ihr die Augen tränten. Alex klopfte ihr auf den Rücken, und so verging der peinliche Moment, ohne dass sie etwas dazu sagen mussten.

„Es wird Zeit für uns, nach Hause zu gehen", meinte Alex, als ihr Hustenanfall vorbei war. „Komm, Jeremy. Wir haben Miss O'Rourke lang genug belästigt."

„Aber, Daddy, wir ..."

„Es ist Zeit", wiederholte er unnachgiebig.

Der Kleine schmollte zwar, widersprach aber nicht. Als kleinen Trost gab Shannon ihm die restliche Pizza mit.

Nachdem sie ihre Gäste hinausbegleitet und die Tür hinter ihnen zugemacht hatte, lehnte sie sich erschöpft dagegen.

Alex war ganz offensichtlich nicht von der Idee begeistert, seinem Sohn eine neue Mummy zu beschaffen. Und dabei geht es nicht um mich als Person, überlegte Shannon. Er kannte sie ja so gut wie gar nicht und konnte nicht wissen, wie hoffnungslos untalentiert sie als Hausfrau war. Der Gedanke an eine zweite Ehe weckte in ihm vermutlich Schuldgefühle, das Empfinden, seiner ersten Frau untreu zu werden oder Ähnliches.

Aber seine Gefühle waren ihr egal. Ihr ging es darum, dem Jungen zu helfen.

„Ich will wieder zur Arbeit", teilte Shannon wenige Tage später Kane mit.

Sie waren bei ihrer Mutter zu Besuch, und Shannon wurde wehmütig, als sie sah, wie glücklich ihr Bruder mit seiner Frau Beth und der kleinen Tochter Robin wirkte.

„Nein, du bist überarbeitet. Entspann dich noch ein paar Tage", widersprach er.

Er war gerade dabei, Robin die Windeln zu wechseln. Als er damit fertig war, hob er das Baby hoch und drückte es sanft gegen die Schulter. Vor seiner breiten Brust sah es noch winziger aus als sonst, und Shannon spürte ein derartig heftiges Sehnen, dass es direkt wehtat.

Sie wünschte sich so vieles und konnte es anscheinend nicht bekommen.

„Mir geht es wieder gut", behauptete sie.

„Du kannst nicht dein ganzes Leben mit Arbeit verbringen", meinte er.

Der Rat hätte in ihren Ohren besser geklungen, wenn ihr Bruder nicht selbst bis zu vierzehn Stunden täglich in der Firma gearbeitet hätte, bevor er heiratete. Solchen Arbeitseifer wollte sie ohnehin nicht an den Tag legen.

Ihre Mutter tätschelte ihr den Arm. „Ja, damit hat Kane ganz recht", sagte sie mit ihrem leichten irischen Akzent, den sie in all den Jahren nicht verloren hatte.

„Mir geht es gut", beharrte Shannon. „Nur der Zwangsurlaub macht mich verrückt."

Und die Gedanken an Vater und Sohn McKenzie, fügte sie im Stillen hinzu.

Irgendwann war ihr klar geworden, dass Alex' Schlafzimmer Wand an Wand mit ihrem lag, und seither lag sie nachts oft wach. Und fragte sich alles Mögliche.

Ganz harmlose Sachen wie: ob er nackt schlief?

Oh ja, ein wirklich harmloser Gedanke.

Es war lange her, seit sie zuletzt so an einen Mann gedacht hatte. Nach der letzten Beziehung, die katastrophal geendet hatte, war sie wie erstarrt gewesen. Jetzt taute sie allmählich wieder auf. Bei ihrem üblichen Pech war dafür ein Mann verantwortlich, der ihr garantiert das Herz brechen würde.

„Auch wenn dir das Nichtstun den letzten Nerv raubt, bist du immer noch beurlaubt", nahm Kane den Gesprächsfaden wieder auf.

„Du kannst nicht über mich bestimmen, nur weil ich deine Schwester bin", protestierte sie.

„Ich würde dasselbe für alle meine Manager tun, wenn sie Symptome von Burn-out zeigen", erklärte er. „Du bekommst doch dein Gehalt weiter. Wo ist also das Problem?"

„Ich leide nicht an Burn-out."

„Was stimmt denn dann nicht mit dir?", erkundigte Kane sich.

Shannon schluckte mühsam. Nach dem Tod ihres Vaters hatte sie beschlossen, die Tapfere in der Familie zu sein, eine, die lachte, Scherze machte und lächelte, auch wenn ihr nicht danach zumute war. Schwierigkeiten in der Schule hatte sie selbst geregelt, Liebeskummer als Jux behandelt – Hauptsache, keiner aus ihrer Familie ertappte sie beim Weinen und war deswegen verstört. Im Laufe der Jahre hatte ihr das den Ruf eingetragen, gegen die üblichen Kränkungen und Enttäuschungen immun zu sein. Ja, sie hatte schon immer ihre Gefühle hinter einer fröhlichen Miene verbergen können. Nun musste sie es wieder einmal beweisen.

„Mit mir stimmt alles", antwortete sie. „In der Firma hatte ich nur Stress wegen der bevorstehenden Weihnachtsfeiertage, weil die Leute jetzt schon im Job nicht ganz bei der Sache sind. Da habe ich mich wohl ein bisschen übernommen beim Versuch, sie auf Trab zu halten."

Kane betrachtete sie forschend. „Na gut", meinte er. „Aber ich habe deinen Leuten versprochen, ihnen einige weitere Tage ohne die Drachenlady zu gönnen. Du musst also noch ein bisschen zu Hause bleiben."

Shannon bemühte sich, ihr Entsetzen nicht zu zeigen. „Drachenlady? So nennen sie mich? Vielen lieben Dank für das Kompliment. Ist es zu spät, die Weihnachtsgratifikation rückgängig zu machen?"

Er lachte. „Viel zu spät."

Auch während des Mittagessens bemühte sie sich um einen heiteren Ton und brachte die anderen zum Lachen. Als sie sich am späteren Nachmittag auf den Weg machte, war sie froh, den aufmerksamen Blicken entfliehen zu können.

Die Sonne ging gerade unter und färbte den Himmel rosa und golden, als sie zu Hause ankam. Sie konnte den Anblick allerdings nicht lange genießen, denn Jeremy rannte über den Vorplatz und winkte wild. Mit der Linken drückte er Mr. Tibbles an sich.

Sie lächelte unwillkürlich und machte die Autotür auf. „Hallo, Jeremy."

„Hi, Shannon!"

In den vergangenen Tagen hatten sie sich mehrmals im Vorbeigehen gegrüßt. Alex war immer schnell weitergegangen. Beleidigend schnell, dachte sie manchmal, aber vielleicht lag es nur an dem miesen Winterwetter hier in Seattle.

„Was hast du so gemacht?", erkundigte sie sich und stieg aus.

„Daddy und ich montieren die Weihnachtslichter", antwortete er ernsthaft.

„Wie nett." An der Wand des Nebenhauses lehnte eine lange Leiter.

„Dann hat er sich wehgetan und ein böses Wort gesagt", berichtete der Junge weiter.

Alex war inzwischen auch dazugekommen. Shannon versuchte, über sein bedrücktes Gesicht nicht zu lachen. Offensichtlich hatte er sich nicht schwer verletzt, man sah nicht einmal ein bisschen Blut.

„Er hat geflucht?", hakte sie nach.

„Ja. Er hat gesagt ..."

„Jeremy, das reicht", unterbrach Alex seinen Sohn. „Es war falsch von mir, das Wort zu sagen, und vor einer Dame darfst du es keinesfalls wiederholen."

„Tschuldigung, Shannon", murmelte der Kleine und drückte sein Stoffkaninchen fester an sich.

„Keine Ursache." Sie strich ihm übers Haar. „Zum Glück habe ich fünf Brüder, die mir bei meinen Weihnachtslichtern helfen."

Und alle fünf hatten dieselben überholten Ansichten wie Alex, was man einer Dame zumuten durfte. Die hatten sie von ihrem Vater übernommen und hielten sich nach wie vor daran, obwohl es die Frauen der Familie oft frustrierte.

„Ich hätte auch gern einen Bruder", sagte Jeremy sehnsüchtig. Meinte er damit, er hätte auch gern eine neue Mummy? überlegte sie. Oder war er zu jung, um den Zusammenhang zu kennen?

„Ich habe außerdem noch drei Schwestern", erzählte sie ihm, um ihn abzulenken. „Sie heißen Miranda, Kelly und Kathleen. Miranda und Kelly sind Zwillinge."

„Spielen sie gern Völkerball?", wollte der Junge wissen.

Sie überlegte, wie das Spiel ging. Irgendwie musste man mit dem Ball die Gegner quasi abschießen, oder?

„Ich glaube, das haben sie schon lange nicht mehr gespielt", antwortete sie ehrlich. „Sie sind nämlich schon erwachsen."

„Ach so!" Jeremy seufzte. „Ich möchte so gern Völkerball spielen, aber die Größeren lassen mich nicht. Sie sagen, ich bin zu klein."

„Wahrscheinlich haben sie Angst, sie könnten dir unabsichtlich wehtun", tröstete sie ihn.

Alex stand da, die Rechte mit dem schmerzenden Daumen in die Hosentasche gesteckt, und beobachtete, wie Shannon seinen Sohn wieder einmal bezauberte. Jeremy strahlte sie an und redete wie ein ganz normaler kleiner Junge, nicht wie einer, der viel zu früh einen schweren Verlust erlitten hatte und traumatisiert war.

Seit der ersten Begegnung mit Shannon hatte Alex sich ein bisschen umgehört und viel über die O'Rourkes erfahren. Ausschließlich Positives. Leute aus den verschiedensten Schichten und Berufen betrachteten sie als Freunde. Sie wurden respektiert und hoch geschätzt, engagierten sich für Kirche und Wohlfahrt und waren mit ihrer Zeit und Zuwendung ebenso großzügig wie mit ihrem Geld.

Shannon saß im Komitee dreier wohltätiger Stiftungen, und es hieß, sie habe durch ihren persönlichen Einsatz ein Obdachlosenasyl quasi im Alleingang vor der Schließung bewahrt.

Kein Wunder, dachte er und nahm bewundernd ihre außergewöhnliche Schönheit und ihr strahlendes, warmherziges Lächeln wahr. Die Kraft und Ausstrahlung ihrer Persönlichkeit würde ausreichen, um hundert Obdachlosenunterkünfte zu retten.

Beim Gedanken daran, dass manche Leute sie als kühl, sachlich und vernünftig beschrieben, hätte er beinah gelacht. Waren die denn blind? Sahen sie nicht das wild lodernde Feuer unter der polierten Oberfläche?

„Hallo, Shannon", grüßte Alex sie schließlich.

Er war ein bisschen pikiert, weil sie ihn nicht beachtete. Früher hatten Frauen ihn doch recht attraktiv gefunden. Warum nicht sie?

Kaum hatte er das gedacht, rief er sich streng zur Ordnung. Shannon war wunderschön, aber er genoss ihren Anblick lieber aus der Entfernung. Schließlich wollte er ja auch nicht Botticellis berühmtes Bild von der Geburt der Venus besitzen, nur weil er es schön fand.

„Hallo", erwiderte Shannon und lächelte. „Wie ich höre, haben Sie Probleme mit dem Montieren der Weihnachtsbeleuchtung."

„Ja, einige." Er bog den Daumen ab, den ein heftiger Schmerz durchzuckte.

Das alles ist mir nur passiert, weil ich abgelenkt war, dachte Alex. In der Kita hatte man ihn zum dritten Mal aufgefordert, Namen und Telefonnummer einer Vertrauensperson anzugeben, mit der man sich in einem Notfall in Verbindung setzten konnte, falls er selber unabkömmlich war.

Er hatte einen Babysitter für die Zeiten engagiert, wenn die Kita geschlossen war, aber ansonsten gab es keine Person im ganzen Bundesstaat Washington, mit der Jeremy freiwillig mitgehen würde, wenn sein Vater verhindert war.

Außer Shannon.

Sie konnte gut mit dem Jungen umgehen, und sie genoss einen ausgezeichneten Ruf. Es gab also keinen Grund, nicht zu fragen, ob sie im Notfall einspringen würde.

Doch, einen: Er wollte die Distanz zwischen ihnen wahren. In Shannons Nähe fühlte er sich, als liefe er Gefahr, in einen bodenlosen Strudel gerissen zu werden. Das Gefühl hasste er.

„Ich wollte mir gerade thailändisches Essen bestellen", informierte Shannon ihn. „Falls Sie Hunger haben, sind Sie und Jeremy herzlich eingeladen."

Alex zögerte.

„Sehen Sie es einfach als Willkommensgeschenk an", meinte sie beiläufig. „Ich hätte mit Brot und Salz oder Keksen bei Ihnen anklopfen sollen, aber ..." Sie zuckte die Schultern.

„Ja, Sie haben die Chance verpasst, Mitglied des Begrüßungskomitees zu werden", erwiderte er bemüht humorvoll. „Man hat uns mit Auflauf, Salat und Kuchen verwöhnt. Außerdem gab es hausgemachte Sahnebonbons, Kekse, verschiedene Sorten Brot und eine Frischkäserolle mit Mandeln."

„Vorwiegend von den unverheirateten Frauen in unserer Siedlung, vermute ich."

Jetzt, wo sie es erwähnte, fiel ihm auch auf, wie viele alleinstehende Frauen – unverheiratete oder geschiedene – in letzter Zeit vor seiner Tür standen. In Minnesota war es genauso gewesen. Nach Kims Tod war kaum ein Tag vergangen, an dem nicht eine Frau bei ihm geklingelt und ihm Essen gebracht hatte.

Er war, unter anderem, auch deswegen nach Seattle gezogen, um den Frauen zu entkommen, die anscheinend nach einer fertigen Familie suchten, in die sie einheiraten konnten.

„Alex?", fragte Shannon leise.

Das holte ihn in die Gegenwart zurück. „Ja, die meisten waren unverheiratet", beantwortete er endlich die Frage.

Sie warf ihm einen schrägen Blick zu. „Ich bin zwar auch unverheiratet, aber ich verspreche feierlich, Ihnen weder Kuchen noch Kekse zu backen."

„Und machen Sie mir keinen Salat oder Aufläufe, okay?", bat er.

„Auch das kann ich versprechen. Sie brauchen die Einladung zum Essen übrigens nicht anzunehmen, Alex. Ich bin zwar allein, aber nicht auf der Pirsch."

„Was heißt ‚nicht auf der Pirsch'?", wollte Jeremy wissen und blickte von einem Erwachsenen zum anderen.

Shannon schien von der Frage überrascht zu werden, was Alex

ihr nachfühlen konnte. Ihm ging es ebenso. Es freute ihn, dass auch sie nicht immer sofort wusste, wie sie reagieren sollte, obwohl sie sonst so selbstsicher war.

„Es bedeutet, sie will nur unsere Freundin sein", erklärte er schließlich.

„Genau das, Jeremy", bestätigte sie schnell. „Nur eine gute Freundin."

Sie sagte es sehr betont. Nun war Alex seltsamerweise enttäuscht. So unlogisch konnte er also sein. Aber nein, er wollte keine Nachbarin, die in ihm einen möglichen Partner sah. Schon gar keine, die so aufregend und attraktiv war wie Shannon.

3. KAPITEL

„Thailändisches Essen klingt übrigens sehr gut", meinte Alex zu seiner eigenen Überraschung. „Aber Jeremy mag wahrscheinlich Exotisches nicht."

„Macht nichts", erwiderte Shannon. „Ich bitte einfach den Lieferanten, dass er unterwegs irgendwo einen Hamburger und Fritten besorgt. Würde dir das schmecken, Jeremy?"

Der Junge sah begeistert aus. Kim hatte von Fast Food nichts gehalten, und Alex versuchte, sich weiterhin nach ihren Regeln zu richten. Er kochte recht gut, dennoch griff er mittlerweile gelegentlich zu Fertiggerichten, weil sie Zeit sparen, die er dann für Jeremy übrig hatte.

Sobald sie sich richtig eingelebt hatten und ihr Alltag eingespielt war, würde er versuchen, ein vernünftiges Gleichgewicht zwischen schnellem und gesundem Essen zu finden.

„Hamburger und Pommes frites sind okay", antwortete Alex. „Aber glauben Sie wirklich, Sie können den Lieferanten des Thailokals dazu kriegen, Ihnen etwas bei der Konkurrenz zu besorgen?"

Sie schenkte ihm ein strahlendes, unwiderstehliches Lächeln. „Wetten, dass?"

Nein, wetten wollte er nicht. Mit Sicherheit würde er verlieren. Wahrscheinlich brachte sie ständig Fremde dazu, etwas zu tun, was sie nicht beabsichtigt hatten. Er selbst war ein gutes Beispiel: Eigentlich hatte er Abstand wahren wollen. Jetzt ließ er sich zum Essen einladen. Vermutlich funktionierte sein Verstand nicht richtig.

„Du kannst ein bisschen von meinem Essen probieren, Jeremy", bot Shannon dem Jungen an, während sie zusammen auf ihr Haus zusteuerten. „Ich mag am liebsten Hühnchen mit Erdnusssoße. Das ist nicht scharf und total lecker."

„Echt? Okay, dann versuch ich's."

Alex folgte ihnen und wunderte sich, wie bereitwillig sein Sohn plötzlich unbekannte Gerichte probieren wollte. Kim hatte viel von ausgewogener Hausmannskost gehalten und keine Experimente gewagt. Und deshalb hatte Jeremy sich bisher geweigert, mal was

Neues zu probieren. Aber so begeistert, wie er von Shannon war, würde er wahrscheinlich Würmer essen, wenn sie ihm die schmackhaft machte.

„Und wie mögen Sie es am liebsten?", erkundigte Shannon sich, als sie die Jacken in den Garderobenschank hängte.

Scharf, wäre die richtige Antwort gewesen, aber Alex befürchtete, sie könnte womöglich anzüglich klingen. Shannon war so unverkennbar sexy.

„Ich mag so gut wie alles", antwortete er. „Das habe ich bei meinen Reisen gelernt. Wenn Jeremy Neues kennenlernen soll, ohne sofort verschreckt zu werden, nehmen wir besser etwas Mildes."

„Einverstanden", sagte sie und nahm den Telefonhörer ab. „Ich bestelle einfach gehackte Peperoni extra."

In kürzester Zeit hatte sie die Bestellung aufgegeben. Dann überredete sie den Restaurantmanager, dem Lieferanten aufzutragen, Hamburger, Pommes frites und Milch mitzubringen. Auch dazu brauchte sie nicht lange.

„Ich glaube, Sie haben viel zu viel bestellt", meinte Alex zweifelnd.

„Nicht wenn Sie einen so gesegneten Appetit wie meine Brüder haben", entgegnete sie fröhlich.

„Sie stehen ihnen richtig nahe, oder?", fragte Alex neugierig, und ihm wurde wieder einmal bewusst, wie wenig Kontakt er mit seinen Geschwistern hatte.

„Oh ja! Natürlich machen sie mich rasend, weil sie ständig versuchen, sich in mein Leben einzumischen. Kane nimmt seine Rolle als Familienoberhaupt zu ernst. Aber alles in allem sind sie nicht übel für Kerle mit der Mentalität von Höhlenmenschen."

„Höhlenmenschen?", wiederholte Alex und zog die Brauen hoch.

„Direkt aus der Steinzeit. Sie hätten mal sehen sollen, wie sie sich aufgeführt haben, als ich meine ersten Verabredungen mit Jungen hatte."

„Ich kann es mir vorstellen."

„Meinen Sie? Ich schwöre, dass Kane, Neil oder Patrick mir ein halbes Jahr bei jeder Verabredung auf dem Fuß gefolgt sind. Sogar

Dylan und Connor haben sich seltsam benommen. Wissen Sie, wie grässlich es ist, den ersten Kuss nicht genießen zu können vor lauter Angst, einer deiner Brüder verprügelt deinen Verehrer?"

Shannon war im Grunde gerührt, dass ihre Brüder sie hatten beschützen wollen. Das merkte man ihr deutlich an, auch wenn sie so tat, als sei sie schrecklich genervt gewesen.

Plötzlich fragte sich Alex, ob seine Schwester jemals bei Verabredungen Probleme mit einem zu stürmischen Verehrer gehabt und sich gewünscht hatte, ihre Brüder wären da und würden sie verteidigen? Als Gail alt genug war, um mit jungen Männern auszugehen, war er längst auf dem College gewesen.

„Hatten Sie je Schwierigkeiten bei einem Date?", erkundigte sich Alex leise. „Solche, bei denen Sie Hilfe gebraucht hätten?"

„Ich? Wieso denn?", erwiderte sie. „Ich kann selber auf mich aufpassen."

Und sie hatte Brüder, die auf sie aufpassten, während er Gail nur einmal in den letzten drei Jahren getroffen hatte. Gail war hart im Nehmen. Schließlich war sie im Haushalt der McKenzies aufgewachsen. Dabei hatte sie eine harte, schützende Schale entwickelt. Was aber, wenn seine Schwester nicht so widerstandsfähig war, wie er glaubte?

Dieser Gedanke war unangenehm.

Alex setzte sich neben Jeremy, der wieder mit der elektrischen Eisenbahn spielte. Mr. Tibbles lehnte an einem der Miniaturhäuser, ein Ohr hing ihm schlapp über das Knopfauge, was ihn ein bisschen wie beschwipst aussehen ließ.

Leise seufzend blickte Alex zu seiner Gastgeberin, die jetzt vor dem Kamin kniete und die sorgfältig aufgeschichteten Holzscheite anzündete. Die enge Jeans betonte den sanften Schwung ihrer Hüften, und bei dem Anblick wurde ihm ganz warm. Ja, Shannon gefiel ihm gut, zu gut vielleicht.

„Es wundert mich, dass Sie kein Gasfeuer haben", bemerkte Alex. „Das ist doch viel weniger umständlich."

„Ich mag das ganz spezielle Licht und die Wärme eines echten Feuers", entgegnete sie und blickte träumerisch in die Flammen.

„Jedes Jahr fahre ich mit meiner Mutter nach Irland. In dem kleinen Bauernhaus, in dem sie aufgewachsen ist, gibt es in der Küche einen Kamin, der beinah die gesamte Wandbreite einnimmt. Das Licht der Flammen spiegelt sich in den polierten Kupferkesseln und Pfannen, und das gibt mir ein Gefühl von Geborgenheit und Sicherheit. Als ob nichts sich jemals ändern würde."

„Alles ändert sich", sagte Alex schärfer als beabsichtigt. „Das ist traurig, aber wahr."

„Ich weiß." Plötzlich sah sie wehmütig aus. „Die Lektion habe ich gelernt, als ich kaum älter war als Jeremy."

„Hatten Ihre Großeltern nichts dagegen, dass Ihre Mutter nach Amerika auswanderte?", wollte er wissen.

„Sie hatten eher was gegen meinen Vater", berichtigte Shannon und sah plötzlich so befangen aus, als hätte sie etwas zu Persönliches verraten. „Er war vor der Ehe ziemlich wild und ungebärdig."

„Dann scheinen Sie nach Ihrem Vater geraten zu sein, Shannon", meinte er unüberlegt.

Keine gute Bemerkung, tadelte er sich sofort. Solche Sachen brauchte er über Shannon nicht zu wissen.

„Ja, das bin ich", antwortete sie freimütig. „Aber Patrick, mein drittältester Bruder, ist ihm am ähnlichsten. Oder war es, bis er geheiratet hat."

„Die Ehe ist das Wundermittel für Ihre Familie?", fragte er. „Wie ein Anker für Schiffe in stürmischer See?"

„Vielleicht." Sie strich sich eine Strähne zurück und zuckte die Schultern. „Aber wahrscheinlich nicht für mich."

„Warum nicht?", hakte er nach, obwohl eine innere Stimme ihn davor warnte, sich zu intensiv auf Shannon einzulassen.

„Aus vielen Gründen", erwiderte sie beiläufig. „Ich bin zu eigenwillig und möchte immer, dass alles nach meinem Kopf geht. Außerdem arbeite ich gern, und zwar zu Zeiten, die ich selber bestimme."

Er hatte das Gefühl, sie sagte ihm nicht die ganze Wahrheit.

„So gut, wie Sie mit Kindern umgehen können, hätte ich gedacht, Sie möchten selber welche", bemerkte Alex.

„Wer sagt, dass ich gut mit Kindern umgehen kann? Mit Jeremy ist es vielleicht nur ein glücklicher Zufall."

„Das glaube ich nicht. Er reagiert nicht zufällig so positiv auf Sie. Aber ich kann es mir nicht ganz erklären. Sie vielleicht?"

„Das ist kompliziert." Sie lächelte mit bebenden Lippen und senkte die Stimme. „Vermutlich liegt es daran, dass ich verstehe, was er jetzt durchmacht. Mein Vater starb bei einem Unfall, als ich acht Jahre alt war. In der einen Minute war ich noch ein fröhliches, sorgenfreies kleines Mädchen, und in der nächsten …"

„Sie brauchen mir das nicht zu erzählen", unterbrach er sie, weil er merkte, wie Tränen in ihren Augen schimmerten.

„Doch. Damit Sie mich verstehen. Wenn es etwas gibt, womit ich Jeremy helfen kann, tue ich es. Ich weiß, wie schlimm es ist, wenn für ein Kind die ganze Welt zusammenbricht. Am liebsten würde es sich mit seinem Kummer verkriechen."

Alex hatte Schuldgefühle, weil er ein für Shannon so schmerzliches Thema angeschnitten hatte. Gleichzeitig überlegte er, dass er sie vielleicht bitten könnte, der Kindertagesstätte ihre Telefonnummer für Notfälle zu überlassen. Das wäre wohl keine so große Sache. Schließlich hatte sie gerade behauptet, Jeremy helfen zu wollen.

„Wenn Sie wirklich helfen wollen", begann er zögernd, „gäbe es da tatsächlich einen Gefallen, den Sie uns tun könnten."

„Und der wäre?"

„Die Leitung der Kita hat mich gebeten, eine Vertrauensperson zu nennen, die sie im Notfall benachrichtigen können, wenn sie mich nicht erreichen. Ich weiß, das ist viel verlangt, aber es muss wirklich jemand von hier sein. Ich verstehe, wenn Sie es nicht tun wollen", versicherte er rasch. „Sagen Sie ruhig Nein. Das ist völlig okay."

„Natürlich sage ich nicht Nein!" Shannon nahm eine Visitenkarte aus ihrer Handtasche und schrieb etwas auf die Rückseite, dann reichte sie ihm die Karte. „Hier, bitte. Meine Büronummer, meine Festnetznummer und die von meinem Handy, außerdem die von meiner persönlichen Assistentin. Sie weiß immer, wo ich zu erreichen bin. Also, wenn Sie etwas brauchen, Alex, rufen Sie einfach an."

Sie war tatsächlich großzügig! Einen langen Augenblick schaute er ihr in die grünen Augen, dann auf ihre schön geschwungenen Lippen. Panik überfiel ihn. Er wollte sich nicht zu Shannon hingezogen fühlen, nicht in ihre Welt geraten. Für ihn sollte alles ruhig und vernünftig ablaufen, alles seinen bestimmten Platz haben. Darauf hatte er schon immer großen Wert gelegt.

Bevor er sich einen Weg durch dieses Minenfeld unterschiedlichster Gefühle bahnen konnte, klingelte es. Unwillkürlich seufzte er erleichtert auf.

„Das wird das Essen sein", vermutete Alex und zückte die Brieftasche.

Shannon schüttelte den Kopf. „Ich habe Sie eingeladen. Das haben Sie doch nicht schon vergessen, oder?"

„Aber ..." Es ging ihm gegen den Strich, wenn eine Frau sein Essen bezahlte.

„Kein Aber!" Shannon stand auf und ging zur Tür.

Sie war froh über die kleine Atempause. Alex hatte etwas an sich, was sie dazu verführte, die unmöglichsten Sachen zu sagen. Völlig unüberlegt.

Und seine Blicke waren viel zu eindringlich. Sie hätte allerdings gewettet, dass er nicht so an sie dachte wie sie an ihn. Das war die Geschichte ihres Liebeslebens. Männer hatten immer eine andere Wunschliste. Und wie sollte sie einen Mann verstehen, der vor nicht allzu langer Zeit seine Frau verloren hatte und sich Sorgen um seinen Sohn machte?

„Wie geht es denn mit Ihren Kursen?", erkundigte sie sich bei Alex, nachdem sie sich im Esszimmer an den Tisch gesetzt und das Essen verteilt hatten.

Er stöhnte. „Ich hatte keine Ahnung, wie schwierig es ist, den Erstsemestern die Prinzipien des Tiefbaus einzutrichtern."

„Ich dachte, Sie wären schon lange Dozent."

„Nein, das ist mein erstes Jahr. Früher habe ich an Projekten weltweit gearbeitet, aber da ich jetzt allein für Jeremy verantwortlich bin, kann ich nicht alle paar Monate woanders hinziehen. Das wäre für ihn nicht das Richtige."

„Zu dritt war so ein Nomadenleben bestimmt einfacher zu managen", meinte sie.

„Na ja, so war es nicht. Ich war gern in abgelegenen Gegenden, wo es keinen Komfort gab, aber Kim nicht. Also blieb sie zu Hause in Minnesota. Sie wollte eine feste Basis, vor allem nachdem Jeremy auf der Welt war. Das war so am besten. Ich bin natürlich so oft wie möglich nach Hause geflogen."

Das Beste für wen, hätte sie am liebsten gefragt, aber es ging sie nichts an. Sie fand es schrecklich, wenn eine Familie nicht zusammenhielt. Ihre Mutter war mitsamt der großen Kinderschar ihrem Mann überallhin gefolgt. Sie hatten in vielen Gegenden des Staats Washington gelebt, meist in kleinen Städten.

„Vielleicht sollten Sie sich mit Diplomstudenten befassen", meinte sie sachlich.

„Nach dem ersten Jahr hier am College bekomme ich eine Gruppe von Diplomanden zugeteilt", informierte er sie. „Bis dahin halte ich schon durch, denn so schlimm ist es ja nicht. Ich vermisse die praktische Arbeit eigentlich mehr als das Reisen. Aber es ist eine interessante Aufgabe, die zukünftigen Techniker zu schulen."

„Wie wäre es mit einem Job als Gutachter und Berater nebenbei?"

„Daran habe ich auch schon gedacht. Aber es dauert länger, sich einzuleben, als ich vermutet hatte."

Shannon nahm sich vor, mit Kane darüber zu reden. Er stellte in seiner Firma nur die besten und brillantesten Kräfte ein, und Alex McKenzie zählte bestimmt dazu. Falls Kane fragte, warum sie sich für ihren Nachbarn einsetzte, würde ihr schon etwas einfallen.

Jeremy saß da und beobachtete die Erwachsenen, wobei sich seine Stirn immer mehr krauste. Shannon hatte ihm den Hamburger und die Pommes frites hingestellt, ihn aber nicht gedrängt, das thailändische Essen zu probieren.

„Du hast gesagt, ich darf was probieren", sagte er plötzlich.

„Ja klar! Was soll's denn sein?"

„Was du hast."

„Hühnchen mit Erdnusssoße und Spinat. Das ist wirklich lecker. Mit gemahlenen Erdnüssen und Kokosmilch." Sie legte ihm eine kleine Portion auf den Teller, hielt sich beim Blattspinat aber zurück. „So, bitte sehr, junger Mann."

Jeremy blickte zuerst skeptisch drein, aber nach dem ersten Bissen fing er zu lächeln an. Schnell aß er die Kostprobe auf.

„Kann ich noch was haben, Shannon?"

„*Darf* ich noch was haben", korrigierte Alex automatisch und sah seinen Sohn verwundert an. Was war mit ihm passiert? Er war wie verwandelt.

„Okay. Darf Daddy auch noch was haben?", sagte Jeremy brav.

Shannon hätte sich beinah verschluckt. Nur mühsam unterdrückte sie ihr Lachen.

„Ja, dein Daddy darf. Ihr beide könnt alles haben, was ihr wollt."

Alex bezweifelte es. Was er wollte und was er für richtig hielt, waren zwei verschiedene Dinge. Jeremy zuliebe durfte er sich nicht anmerken lassen, wie sehr er sich zu Shannon hingezogen fühlte.

Daran dachte er auch noch, als er längst wieder bei sich im Haus war und Jeremy ins Bett gebracht hatte. Er setzte sich vor den leeren Kamin und grübelte.

Ich mag Sex, gestand Alex sich ein.

Er hatte Sex schon immer gemocht.

Auch als verheirateter Mann hätte er mehr als eine Gelegenheit gehabt, mit anderen Frauen ins Bett zu gehen, aber allein der Gedanke, Kim zu betrügen, entsetzte ihn. Untreue war ein Grund gewesen, warum die Ehe seiner Eltern gescheitert war.

Was würde Kim sagen, wenn sie wüsste, welche sinnlichen Gedanken er wegen Shannon hegte? Wahrscheinlich etwas Gemäßigtes und Vernünftiges, wie etwa „solche Gefühle sind normal" oder „mach dir deswegen keine Vorwürfe" und Ähnliches.

Ihre unglaubliche Gelassenheit hatte ihn manchmal irritiert, aber eigentlich hatte er genau das gewollt. Kim war selten laut geworden und noch seltener richtig zornig.

Daran zu denken half ihm nicht, wegen Shannon zu einer Entscheidung zu gelangen. Vielleicht konnte sie Jeremy über seinen Kummer hinweghelfen. Aber was, wenn der Junge sich in den Kopf setzte, sie wäre eine ideale neue Mummy?

Und was, wenn ich mir in den Kopf setze, mit ihr schlafen zu wollen? fragte Alex sich kritisch.

Eine flüchtige Affäre mit der Nachbarin konnte nicht klappen. Sie wirkte auch nicht wie eine Frau, die es auf flüchtige Affären anlegte.

Seine Gedanken begannen, sich im Kreis zu drehen.

Warum nur war das Leben plötzlich so kompliziert?

Shannon trank ihren Tee und schaute sich in dem gut besuchten Kaffeegeschäft um. Die Gegend von Seattle war das Paradies für Kaffeeliebhaber, und so kurz vor Weihnachten füllten gut gelaunte Kunden den Laden. Ihr schien es, als seien heute überwiegend Paare in dem kleinen Laden, die mit zärtlichen Blicken und Gesten ihre Verbundenheit zeigten.

Aus unerklärlichen Gründen musste sie plötzlich an Alex denken. Nein, so unerklärlich war das nicht. Alles ließ sie nämlich zurzeit an ihn denken.

Seufzend stellte sie ihre leere Tasse auf einen Abstelltisch und verließ den Laden. Welke Blätter tanzten im kalten Wind auf dem Bürgersteig und wurden auf die Straße geweht. Als ihr Handy klingelte, seufzte sie wieder.

„Ja, hier Shannon O'Rourke."

„Hallo, hier ist Alex", meldete ihr Nachbar sich. Er klang gestresst. „Sind Sie gerade mit etwas Wichtigem beschäftigt?"

„Ich habe Weihnachtseinkäufe gemacht, bin aber fertig. Gibt es ein Problem?"

„Nein. Das heißt, kein schlimmes. Ich kann hier nicht weg, und man hat mich gerade informiert, dass Jeremy sich nicht wohlfühlt. Er ist in der Tagesstätte. Ich glaube ja nicht, dass ihm wirklich was fehlt, und ich frage nicht gern, aber könnten Sie …"

„Natürlich hole ich ihn ab", versicherte sie ihm sofort. „Er kann bei mir bleiben, bis Sie nach Hause kommen."

„Das ist großartig. Vielen Dank, Shannon. Ich versuche, es nicht allzu spät werden zu lassen."

Er erklärte ihr, wie sie zur Kita fand, dann verabschiedete er sich und legte auf.

Shannon stand einen Augenblick lang wie gelähmt da. Sie wusste über kranke Kinder noch weniger als über gesunde.

Aber es ging hier nicht um sie, sondern um Jeremy.

Und um Alex sowie um seine verwirrende Art, abwechselnd heiß und kalt zu sein. Sie hatte gedacht, sie könnten Freunde werden, aber er hatte so befangen geklungen.

Na ja, Männer baten nicht gern um Hilfe, weil es ihren Stolz kränkte. Vielleicht focht Alex aber auch etwas anderes an?

Angeblich waren Frauen unberechenbar, aber Männer waren definitiv undurchschaubar.

Verglichen mit dem Versuch, Alex zu verstehen und richtig zu behandeln, war es bestimmt ein Kinderspiel, sich um den kranken Jeremy zu kümmern.

Sie eilte zum Auto und fuhr direkt zur Kita. Dort wurde sie schon an der Tür von einer älteren Frau in Empfang genommen.

„Sind Sie Miss O'Rourke? Ich bin Helen Davies. Bitte, kommen Sie herein. Jeremy ist leider ziemlich verstört."

„Was ist denn passiert?", erkundigte Shannon sich besorgt.

„Wir haben ihm gesagt, dass Sie ihn abholen, und da hat er sich gefreut. In der Zwischenzeit hat eine unserer Helferinnen angeboten, seinem Plüschkaninchen das Ohr anzunähen, und ab da war mit dem Jungen nichts mehr anzufangen."

„Hat die Frau versucht, ihm Mr. Tibbles abzunehmen?"

Bevor Mrs. Davies antworten konnte, kam Jeremy angerannt und warf sich Shannon förmlich in die Arme.

„Shannon, die eine Frau wollte Mr. Tibbles mit einer Nadel piksen", erklärte er unter Tränen.

„Oh, wie schlimm. Aber jetzt ist er in Sicherheit. Möchtest du mit ihm zu mir nach Hause kommen?", fragte sie sanft.

„Oh ja! Mr. Tibbles braucht einen Mittagsschlaf."

Der arme Kleine, dachte Shannon mitleidig. Er war müde, wollte es aber nicht zugeben, also musste sein Kaninchen als Ausrede herhalten.

Behutsam strich sie Jeremy über die Stirn. Fieber schien er zum Glück nicht zu haben.

Rasch brachte sie ihn nach Hause und machte ihm auf dem Boden im Wohnzimmer ein gemütliches Nest aus Kissen und Decken. Von dort aus sah er dem Spielzeugzug zu, der wie üblich seine Runden drehte. Bald darauf war der Junge eingeschlafen.

4. KAPITEL

Alex fuhr mit Höchstgeschwindigkeit über die Autobahn, den Kopf voller Sorgen – nicht zuletzt wegen der Studentin, die er eben im Gesundheitszentrum der Universität zurückgelassen hatte.

Rita Sawyer war erst sechzehn und so hochbegabt, dass sie bereits studieren durfte. Nun hatte sie sich mit einem großen Problem ausgerechnet ihm anvertraut.

Wütend umfasste er das Steuer. Wenn er jemals herausfand, welcher Footballspieler es für einen guten Witz gehalten hatte, eine Sechzehnjährige zu verführen und dabei zu schwängern, dann würde diesem Mistkerl schnell das Lachen vergehen! Leider war Rita zu verstört und verängstigt gewesen, um den Namen des jungen Mannes zu verraten.

In der Siedlung angekommen, stellte Alex den Wagen ab und blickte zu Shannons Haus hinüber. Es sah so warm und freundlich aus in der frühen Dämmerung des Wintertags, sein eigenes hingegen kalt und abweisend.

Er stieg aus und ging die paar Schritte zu ihrer Haustür. Bevor er klingeln konnte, öffnete Shannon schon. Sie legte einen Finger an die Lippen.

„Jeremy schläft", informierte sie ihn leise. „Ich glaube, er hat ein bisschen erhöhte Temperatur, aber nichts Schlimmes."

„Sie meinen, er ist wirklich krank?" Beinah hätte er sie beiseite gestoßen in seiner Hast, zu Jeremy zu gelangen.

Sein Sohn lag friedlich schlafend vor dem Weihnachtsbaum, Mr. Tibbles an sich gedrückt.

„Lieber Himmel!" Alex rieb sich den verspannten Nacken. „Er hat sich in letzter Zeit mehrmals über Bauchweh beklagt und wollte aus der Kita nach Hause. Deshalb haben sie es dort auch heute erst nicht ernst genommen, als er sagte, er fühle sich schlecht."

Shannon setzte sich neben Jeremy und strich ihm behutsam das Haar aus der Stirn. Bei dieser zarten Geste wurde es Alex ganz eng ums Herz. Was kein anderer geschafft hatte, war ihr in kürzester

Zeit gelungen: Sie drang zu dem Jungen durch. Dabei war sie doch so ganz anders als Kim. Das verstand er nicht.

„Vielleicht bekommt er eine Erkältung", meinte Shannon leise.

„Aber bestimmt keine schlimme. Möchten Sie Wasser oder ein Glas Wein, Alex?"

„Cola, wenn Sie haben."

„Okay. Bin sofort wieder da." Sie ging in die Küche.

Alex kniete sich besorgt neben seinen Sohn und fühlte dessen Stirn. Sie wirkte wärmer als normal, aber nicht heiß. Aufatmend setzte er sich aufs Sofa. Es war alles gut gegangen. In wenigen Tagen würde Jeremy nicht mehr daran denken, dass es Shannon gewesen war, die ihn von der Kita abgeholt hatte. Und nicht sein Daddy.

Kinder waren widerstandsfähig und konnten viel wegstecken.

Immer wieder hatte er das gehört. Von den Ärzten, den Kinderpsychologen, dem Pfarrer – nach Kims Tod meinte jeder, ihn damit trösten zu können. Dennoch verspürte Alex den Wunsch, Jeremy zu beschützen und dafür zu sorgen, dass ihm niemals wieder jemand wehtat.

Manchmal fragte er sich, ob man Kims Krankheit früher hätte diagnostizieren können, wenn er öfter zu Hause gewesen wäre und Veränderungen an ihr bemerkt hätte. Vielleicht hätten einige Wochen mehr an Therapie eine Heilung bewirkt?

Aber er war nicht dort gewesen, und alle Schuldgefühle konnten daran nichts mehr ändern.

„Alex?" Shannon stand vor ihm und hielt ihm ein Glas hin.

Wartete sie schon länger darauf, dass er sie bemerkte? Er riss sich zusammen und lächelte.

„Danke, Shannon. Vor allem dafür, dass Sie Jeremy abgeholt haben."

Sie zuckte die Schultern. „Ich habe Ihnen doch gesagt, ich helfe gern."

Alex nahm das Glas und trank einen Schluck, dann stellte er es auf den Couchtisch. Es wurde Zeit, den Jungen zu wecken und nach Hause zu gehen.

„Sie glauben also, Jeremy versucht, Zuwendung zu bekommen, indem er so tut, als sei er krank?", fragte Shannon leise.

„Richtig. Aber jetzt weiß ich nicht mehr, was ich glauben soll. Wenn er wirklich krank ist ... Ich kann ihn nicht auch noch verlieren."

„Das werden Sie nicht", versicherte sie ihm. „Kinder haben nun mal Bauchweh oder Erkältungen, und meistens ist es nichts Schlimmes." Sie hatte vor einer Stunde mit ihrer Mutter telefoniert und sich vergewissert, dass sie sich wegen Jeremys Gesundheitszustand keine Sorgen machen musste. „Es ist auch normal, wenn Kinder Geschichten erfinden, um Aufmerksamkeit zu bekommen. Das gehört zum Kindsein dazu."

„Sprechen Sie da aus Erfahrung, Shannon?"

„Ja sicher. Meine jüngste Schwester war ganz groß als leidende Diva. Sie hätte für ihre Vorstellung einen Oscar verdient. Zum Glück war meine Mutter nicht so gutgläubig wie wir anderen."

„Wie? Von Ihnen kamen keine preiswürdigen Auftritte?", fragte er neckend.

„Stimmt. Ich war absolut brav."

Er lachte leise. „Das nehme ich Ihnen nicht ab. Haben Sie nicht mal behauptet, dass Sie ziemlich wild waren? Wahrscheinlich haben Sie Ihrer Mutter vorzeitig graue Haare beschert."

Ihr fiel das Lächeln jetzt schwer. „Na ja, nachdem mein Vater ... nachdem wir ihn verloren hatten, habe ich mich beherrscht." Bisher hatte sie darüber noch mit niemandem gesprochen. „Wir haben alle auf unsere Art auf Dads Tod reagiert. Ich beschloss, diejenige zu sein, die keine Scherereien machte."

„Shannon, Sie brauchen nicht darüber zu reden, wenn es Ihnen schwerfällt."

„Nein, nein, es macht mir nichts mehr aus. Das heißt ..." Sie lächelte gequält. „Es macht mir schon etwas aus, aber ich komme damit klar. Mein Vater kam durch einen Arbeitsunfall ums Leben, also ganz unerwartet. Ich habe mir damals nie anmerken lassen, wie ich mich fühlte. Wie weh es tat, keinen Dad mehr zu haben. Ich sagte gern etwas Kluges oder machte sogar Scherze, nur um nicht zu weinen oder die anderen traurig zu machen. Das war meine Vorstellung davon, keine Probleme zu bereiten."

„Sie waren also einsam", stellte Alex fest.

Erstaunt sah sie ihn an. Er klang betroffen, und er verstand sie. Sie war tatsächlich in ihrer großen Familie mit den vielen Geschwistern allein gewesen. Das hatte sie ihm eigentlich nicht verraten wollen. Nun kam sie sich vor, als hätte sie ihre Seele entblößt.

„Es war nicht so schlimm", behauptete Shannon rasch. „Worauf es ankommt, ist Folgendes: Ich habe diese Zeit überstanden, und ich bin doch keine wirklich schreckliche Person geworden, oder?"

„Kein bisschen schrecklich", versicherte er ihr.

„Und ich bin mir sicher, mit etwas Zeit und ganz viel Zuneigung wird auch Jeremy die Trauerphase ohne seelischen Schaden überstehen", meinte sie ermutigend.

„Ich soll mir also keine Sorgen machen."

„Natürlich sollen Sie sich Sorgen machen, Alex. Sie sind schließlich Jeremys Vater. Sich Sorgen zu machen gehört zum Job, sagt jedenfalls meine Mutter. Und die kennt sich aus." Shannon lächelte. „Immerhin hat sie neun Kinder erfolgreich großgezogen."

„Neun wären mir eindeutig zu viele", gestand Alex. „Ich bin schon mit einem überfordert."

„Mum sagt, dass es mit jedem weiteren Kind keineswegs einfacher wird, man wird nur mit jedem sozusagen schockresistenter."

„Ihre Mutter scheint eine sehr kluge Frau zu sein. Vielleicht könnte sie mir raten, wie ich einer Sechzehnjährigen helfen kann, die schwanger ist", sagte er wie zu sich selbst.

„Sechzehn?", hakte Shannon schockiert nach.

„Ja. Rita ist eine meiner Studentinnen. Ihretwegen konnte ich Jeremy nicht selbst abholen. Sie kam nach der Vorlesung zu mir und hat sich mir anvertraut. Ein Mitglied des Footballteams hat sie verführt. Nicht einmal aus Liebe oder Leidenschaft, sondern aufgrund einer ganz gemeinen Wette unter den jungen Männern."

Shannons Augen blitzten vor Wut. „Wenn ich den in die Finger bekomme, drehe ich ihm den Hals um!"

„Ich bin zuerst dran", entgegnete er trocken.

„Wie heißt der Mistkerl?", erkundigte sie sich.

„Das hat Rita mir nicht verraten." Fasziniert beobachtete er Shannon, auf deren Gesicht sich ihre heftigen Gefühle spiegelten.

Er hatte auf Ritas Geschichte kühl und professionell reagiert, trotz seiner Empörung über den Übeltäter. Shannon hingegen ließ ihren Gefühlen freien Lauf und zeigte sie ungeschminkt.

Gegensätze ziehen sich an und ergänzen sich, dachte er unwillkürlich.

Nein, in diese Richtung durfte er nicht denken!

Rasch stand er auf. „Vielen Dank für Ihre Hilfe, Shannon! Sie waren großartig. Jetzt bringe ich Jeremy besser nach Hause. Nicht, dass Sie sich anstecken, falls er tatsächlich krank ist."

Sie zog die Brauen hoch. „Und was ist jetzt mit Ihrer Studentin?"

„Sie wird im Gesundheitszentrum des Colleges von den zuständigen Beratern betreut, ist also in guten Händen", beruhigte er sie. „Eigentlich hätte ich Ihnen von der Sache nichts erzählen sollen, aber Sie müssen wissen, dass ich einen triftigen Grund hatte, mich nicht selbst um meinen Sohn zu kümmern."

Das stimmte nicht ganz. Er hatte auch über Ritas Lage reden wollen. Die Berater im College hatten vernünftig und zurückhaltend reagiert, wie es sich gehörte, aber das hatte ihn seltsamerweise frustriert. Dabei war er selbst ein besonnener Mann, einer, der Gefühle mied. Und doch hatte er sich gewünscht, dass sich jemand wegen Rita wirklich empörte.

So wie Shannon ...

Alex beugte sich über seinen Sohn. „Zeit, nach Hause zu gehen, Jeremy."

„Will hierbleiben", antwortete der Kleine verschlafen und kuschelte sich tiefer ins Kissen. „Bei Shannon."

Alex hob ihn hoch. Dass sein Sohn gern hier war, wo es so magische Dinge gab wie eine elektrische Eisenbahn unter dem Weihnachtsbaum, war nicht überraschend. Weh tat es ihm trotzdem.

Er hatte vorgeschlagen, dass sie sich auch einen Baum kaufen und schmücken sollten, aber Jeremy hatte nur geseufzt und gemeint, der könnte ja doch nie so schön wie Shannons sein.

Wie ein Kind so schnell Zuneigung zu jemandem fassen konnte, verstand er einfach nicht.

Shannon folgte ihnen zur Tür, wo sie Alex die Jacke seines Sohnes reichte.

„Dann gute Nacht, Shannon." Alex wandte sich ihr zu.

Er blickte in ihre grünen Augen, und plötzlich überkamen ihn Gefühle, die er nicht zulassen wollte. Empfindungen, die ihm deutlich machten, dass er lebendig war, auch wenn er seine Frau verloren hatte.

„Nochmals danke für alles", sagte er leise.

Dann öffnete er die Tür und ging – bevor er etwas tat, was er später bedauern würde.

„Ich will aber keinen Babysitter!", erklärte Jeremy dickköpfig.

Alex seufzte. „Wir brauchen doch jemanden, der ein paar Tage auf dich aufpasst. Du kannst nicht in die Kita, bis wir sicher sind, dass du keine Angina hast."

„Da will ich gar nicht hin. Ich will zu Shannon."

Müde rieb Alex sich die Schläfen. Es war für ihn schwer abzuschätzen, wie krank der Junge wirklich war. Dabei hatte er die ganze Nacht an seinem Bett gesessen und ihn beobachtet.

„Ach bitte, Daddy! Mr. Tibbles will es auch. Er mag Shannon."

Diesem Flehen konnte Alex nicht widerstehen. „Na gut, ich rede mit ihr."

Mit einem mulmigen Gefühl ging er nach nebenan und klingelte.

Shannon öffnete. Sie wirkte so frisch und munter, dass er sich im Vergleich alt und müde vorkam.

„Guten Morgen. Ist mit Jeremy alles in Ordnung?", erkundigte sie sich.

„Ja, weitgehend. Er hat ein bisschen Schnupfen und Halsweh, aber es scheint sich tatsächlich nur um eine Erkältung zu handeln. Allerdings gibt es ein Problem." Alex räusperte sich. „Zurzeit geht eine Angina um, und deshalb möchte die Leitung der Kita, dass ich Jeremy zwei, drei Tage zu Hause behalte, bis ich sicher sein kann, dass er sich nicht infiziert hat. Er soll die anderen Kinder auf keinen Fall anstecken. Ich könnte problemlos einen Babysitter engagieren, aber Jeremy weigert sich, Fremde zu akzeptieren, und ich …"

„Wenn Sie wissen möchten, ob ich mich um den Jungen kümmern könnte, heißt die Antwort Ja", kam sie seiner Bitte zuvor.

„Ganz sicher? Man kann einen freien Tag angenehmer verbringen, als auf ein krankes Kind aufzupassen. Außerdem könnten Sie sich bei Jeremy anstecken", warnte Alex.

„Ich bin mir völlig sicher. Und ich werde praktisch nie krank", behauptete sie.

Um sich gleich darauf zu fragen, ob sie es schaffen würde, einen ganzen Tag auf ein Kind aufzupassen.

„Oh, großartig", sagte Alex.

Er klang allerdings nicht wirklich begeistert, sondern eher so, als bliebe ihm keine andere Wahl, als ihre Hilfe anzunehmen.

Sein Verhalten irritierte sie. Wenn er nicht wollte, dass sie auf Jeremy aufpasste, warum hatte er dann überhaupt bei ihr geklingelt?

„Ich würde ja selbst zu Hause bleiben, aber nächste Woche sind die Abschlussprüfungen, und da kann ich den Unterricht nicht gut ausfallen lassen", erklärte er befangen.

„Ja, das verstehe ich", beruhigte sie ihn.

Alex reichte ihr einen Schlüssel und eine Visitenkarte. „Hier ist ein Schlüssel zu meinem Haus, falls Sie Jeremy lieber bei mir betreuen wollen als hier. Auf der Karte stehen die Nummern, unter denen ich erreichbar bin. Das Handy lasse ich während des Unterrichts an, damit Sie mich wirklich jederzeit kontaktieren können."

Shannon spürte plötzlich ungeheure Neugier, Alex' Haus von innen zu sehen. War es ordentlich oder unaufgeräumt? Womöglich sogar chaotisch? Spürte man noch den Einfluss von Jeremys Mutter, die ja, der Beschreibung nach, ziemlich häuslich gewesen sein musste und Wert auf eine hübsche Umgebung gelegt hatte.

Vor ihrem inneren Auge erschienen Visionen von Spitzendeckchen und gehäkelten Überzügen für Klopapierrollen. Nein, das gab es bei ihm bestimmt nicht. Es war absurd, sich den ausgesprochen männlich wirkenden Alex in einem solchen Ambiente vorzustellen.

„Ich richte mich danach, was Jeremy lieber ist", meinte Shannon unverbindlich.

Das sollte sie sofort erfahren, denn der Junge tauchte plötzlich neben seinem Vater auf.

„Geht es okay, Dad?", fragte Jeremy gespannt.

„Ja, aber sofort zurück ins Warme mit dir", forderte Alex ihn besorgt auf.

„Ich will zu Shannon. Jetzt." Flink wieselte der Kleine an seinem Vater vorbei.

Ohne zu überlegen, bückte sie sich, um Jeremy in die Arme zu nehmen, und ein warmes Gefühl durchströmte sie.

Sie blickte hoch, und nun wurde ihr noch wärmer. Aber anders. Als stünde sie unter Strom. Alex besaß diese Mischung aus lässigem Selbstbewusstsein und Sex-Appeal, die jeder Frau weiche Knie verursachte.

Aber sie war an ihm nicht interessiert. Eine Beziehung mit ihm konnte einfach nicht gut gehen. Dazu waren sie zu unterschiedlich.

Sie verabschiedeten sich, und Alex versprach, nicht spät nach Hause zu kommen. Dann ging er endlich.

Shannon atmete erleichtert tief durch und brachte Jeremy zu sich nach drinnen. Je weniger Zeit sie mit seinem Vater verbrachte, desto besser für sie alle!

Am frühen Nachmittag war Shannon völlig erschöpft, aber gleichzeitig fühlte sie sich ausgesprochen wohl. Zum Mittagessen hatte sie sich von einem Geschäft Lebensmittel liefern lassen, auch hausgemachte Hühnersuppe, angeblich das Beste bei Erkältungen.

Beim Aufwärmen in der Mikrowelle war ihr die Suppe nur ganz leicht übergekocht. Katastrophen waren nicht passiert. Jeremy hatte ihr geduldig Schritt für Schritt erklärt, wie man Kakao zubereitet, danach hatte er hingebungsvoll mit der Modelleisenbahn gespielt.

Ja, alles in allem war es bisher gar nicht so schlecht gelaufen.

Die Klingel ertönte und riss sie aus den Gedanken.

„Das ist Daddy", meinte Jeremy zuversichtlich, der jetzt wieder auf dem Sofa lag.

Tatsächlich stand Alex vor der Tür und sah besorgt aus. „Geht es Jeremy halbwegs?"

„Ihm geht es gut", antwortete Shannon. „Andernfalls hätte ich Sie angerufen."

Alex registrierte, wie pikiert sie klang. Nebenbei fiel ihm auf, dass sie einen dunkelgrünen Pulli trug, der sich hauteng an ihren Körper schmiegte. Er hätte gern beobachtet, wie sie ihn auszog. Ob sie einen BH darunter trug? Jedenfalls zeichneten sich keine auffälligen Nähte oder so ab und ...

Verdammt! Seine Gedanken schweiften in Bereiche ab, die er sich strikt verboten hatte. Shannon war seine Nachbarin, mehr nicht!

Er hatte ein Jahr lang keinen Sex gehabt, da war es normal, dass sich nun wieder gewisse Empfindungen regten. Wenn er trotzdem ein schlechtes Gewissen hatte, musste er das mit sich selbst ausmachen.

„Wie ist es denn so gelaufen?", erkundigte er sich, als Shannon ihm bedeutete, ins Haus zu kommen.

„Großartig! Wir haben uns bestens amüsiert", antwortete sie. „Ich glaube, er fühlt sich schon ein bisschen besser."

„Oh nein!", widersprach Jeremy sofort. „Gar nicht. Ich muss morgen wieder zu Shannon."

Als der Kleine nicht sehr überzeugend hustete, musste Alex sich ein Lächeln verkneifen. Mr. Tibbles lag auf dem Fußboden, weit weg von der Couch, und der Anblick stimmte ihn optimistisch. Nach dem Vorfall in der Kita hatte er befürchtet, Jeremy könnte sich mehr denn je an sein Spielzeug klammern, aber jetzt sah es glücklicherweise nicht so aus.

„Vielleicht kann Shannon uns Tipps geben, wie wir einen eigenen Weihnachtsbaum schmücken", schlug er vor, um seinen Sohn abzulenken. „Was sagen Sie dazu, Shannon?"

Er blickte sie an und entdeckte auf ihrem Gesicht einen seltsamen und unergründlichen Ausdruck. Was war denn nun los?

„Ich überlasse Ihnen meinen", sagte sie rasch. „Auch den Zug. Das ist einfacher, und Jeremy hat dann gleich einen Baum ohne langes Warten."

Alex schüttelte den Kopf. „Das können wir nicht annehmen."

„Aber Daddy, ich ..."

„Nein, Jeremy, wir können Shannon nicht den Baum wegnehmen. Ich weiß, dass du deswegen so gern herkommst und auch, um mit dem Zug zu spielen, aber wir haben unser eigenes Zuhause."

Schweigend sah Shannon zu, wie Alex Jeremys Sachen aufhob. Sie verabschiedete sich kurz angebunden und war froh, als sie gingen.

Ja, Jeremy war von dem Weihnachtsbaum und der Eisenbahn fasziniert und kam deshalb gern zu ihr, aber es war unhöflich gewesen, darauf hinzuweisen. Außerdem war es nur die halbe Wahrheit!

Jeremy fühlte sich auch so zu ihr hingezogen. Er hatte sie schon gemocht, als sie sich in der Post begegnet waren. Da hatte er ihr Haus mit all den Attraktionen noch nicht gekannt.

Plötzlich kam ihr eine Idee, und sie ging zum Telefon. Alex' Bitte, ihm beim Baumschmücken zu helfen, hatte sie so in Panik versetzt, dass ihr nichts Besseres eingefallen war, als ihm ihren Baum anzubieten. Andernfalls hätte sie ja zugeben müssen, von solchen Dingen überhaupt nichts zu verstehen.

Jetzt wusste sie, was zu tun war.

Sie rief ihre Schwester an. „Miranda? Hier Shannon. Ich habe einen Auftrag für dich."

5. KAPITEL

Am nächsten Tag wartete Shannon bis neun Uhr abends, bevor sie einen großen Stapel Kartons nach nebenan trug und vor Alex' Tür abstellte.
Dass Alex meist lange aufblieb, hatte sie aus den gedämpften Geräuschen geschlossen, die durch die gemeinsame Hauswand zu ihr drangen. Oft hörte sie, wenn sie im Bett lag, noch leise Schritte, die erst nach Mitternacht verklangen.

Shannon klopfte an die Tür und unterdrückte ein Gähnen. Sie war eher ein Morgenmensch – keine Nachtigall, sondern eine Lerche, wie man so sagte.

„Sie, Shannon?", fragte Alex erstaunt, als er öffnete. „Gibt es ein Problem?"

„Nein, natürlich nicht. Ich bringe Ihnen nur den Weihnachtsbaum." Sie wies auf die Schachteln, die Miranda ihr am Nachmittag geliefert hatte, und die Tanne, die danebenlag.

Alex blinzelte erstaunt, als Shannon einen der Kartons nahm und ihn ungefragt ins Wohnzimmer trug. Er hatte sich den ganzen Abend anhören dürfen, wie Jeremy von ihr schwärmte und bettelte, den nächsten Tag wieder bei ihr verbringen zu dürfen. Und jetzt, wo der Kleine endlich schlief, tauchte sie höchstpersönlich hier auf.

„Ich hatte Sie um Tipps gebeten", erwiderte er schließlich. „Dass Sie losziehen und einen Baum kaufen, hätte ich nicht im Traum erwartet. Wie viel bin ich Ihnen dafür schuldig?"

„Nichts." Sie zuckte die Schultern, und ihre herrlichen Haare schienen förmlich Funken zu sprühen. „Es ist ein Geschenk."

„Das kann ich nicht annehmen, weil ..."

„Es ist nicht für Sie, Alex, sondern für Jeremy", fiel sie ihm kühl ins Wort. „Ich würde den Baum gern jetzt aufstellen, damit der Junge morgen früh eine schöne Überraschung erlebt."

Sie wirkte, wie er fand, so gereizt oder nervös, als würde sie mühsam Gefühle unterdrücken.

„Stimmt etwas nicht?", erkundigte er sich.

„Lieber Himmel, was sollte nicht stimmen?", erwiderte sie fröhlich und lächelte.

Sowohl die Fröhlichkeit als auch das Lächeln wirkten aufgesetzt. Er hatte den Eindruck, dass sie insgeheim fürchterlich wütend war und es nur nicht zugeben wollte.

Wütend auf ihn. Aber warum? Was hatte er ihr getan?

Abgesehen davon, ihr aus dem Weg zu gehen, wenn er sie nicht gerade um einen großen Gefallen bat, wie zum Beispiel einen Tag lang auf seinen kranken Sohn aufzupassen.

Ja, das konnte eine Frau schon wütend machen. Aber warum gab sie sich dann die Mühe, ihm einen Weihnachtsbaum zu besorgen?

Schweigend trugen sie alle Schachteln ins Haus und begannen, den Baum aufzustellen. Dann befestigten sie die Kugeln und den anderen Baumschmuck, was eine ganze Weile dauerte. Als sie schließlich damit fertig waren, standen noch immer einige Kartons ungeöffnet auf dem Boden.

„Was ist denn da drin?", fragte Alex.

Shannon hob die Deckel ab und enthüllte eine Spielzeugeisenbahn, die sogar noch aufwendiger war als die in ihrem Wohnzimmer.

„Oh nein", sagte er ruhig. „Entweder bezahle ich dafür, oder Sie bringen den Zug ins Geschäft zurück."

„Mein Bruder ist ein großzügiger Boss", erwiderte sie. „Ich kann mir das Geschenk leisten."

„Warum wollen Sie uns überhaupt etwas schenken? Sie kennen uns doch kaum."

Er packte sie am Arm und drehte sie zu sich um. Nun konnte sie seinem Blick nicht länger ausweichen, und erstaunt bemerkte er, dass in ihren Augen Tränen glänzten.

„Shannon! Was ist denn mit Ihnen?", fragte er ratlos.

„Sie wollen nicht, dass Jeremy zu mir kommt", erklärte sie. „Also brauchen Sie logischerweise einen Baum und einen Zug, der noch faszinierender ist als meiner. Dann hat der Junge keine Lust mehr, mich zu besuchen. Und Sie können so tun, als wären wir uns nie begegnet."

Beschämt erkannte Alex, wie es in ihren Ohren geklungen haben musste, was er gestern zu Jeremy gesagt hatte. Sie hatte es so verstanden, als ginge der Junge nur zu ihr, weil sie Interessantes zu bieten hatte.

Er hätte nie vermutet, dass Shannon, die so selbstsicher und sorglos wirkte, seine taktlosen Worte derartig schwernehmen würde.

Das hättest du dir aber denken können, sagte seine innere Stimme streng.

Richtig, denn Shannon hatte ihm ja anvertraut, wie sie schon als Kind ihre Gefühle vor anderen verborgen hatte. Sie tat es augenscheinlich immer noch.

„So habe ich es nicht gemeint", erklärte er hilflos. „Sie sind nett zu Jeremy, und er mag Sie wirklich. Es ist nur so, dass ... dass wir viel durchgemacht haben und er noch so klein ist. Vieles versteht er noch nicht. Ich mache mir Sorgen, er könnte eine tiefe Zuneigung zu Ihnen entwickeln und dann hoffen, zwischen uns beiden – also Ihnen und mir – könnte sich ebenfalls etwas ergeben."

„Es wäre ja wirklich ganz fürchterlich, wenn Sie sich mit mir einlassen würden", meinte sie sarkastisch und wandte sich von ihm ab.

Verdammt, warum nur hatte er nicht besser aufgepasst, was er sagte? Aber vielleicht wollte er wirklich, dass Shannons Weihnachtsbaum der einzige Anziehungspunkt für Jeremy war.

Alex überlegte. Er war während der ersten Lebensjahre seines Sohns viel zu häufig im Ausland gewesen, dann war Kim krank geworden und kurz danach gestorben. Ja, er hatte die ersten drei Jahre in Jeremys Leben vergeudet, statt sich die Zeit zu nehmen, für seinen Jungen da zu sein und ihn richtig kennenzulernen. Kein Wunder, dass der Kleine jetzt lieber bei Shannon war als bei seinem eigenen Vater.

„Ich will nur nicht wieder heiraten, das ist alles", sagte Alex schließlich leise. „Es hat nichts mit Ihnen zu tun, Shannon."

„Nein, natürlich nicht", bestätigte sie, aber es klang immer noch gekränkt.

Er seufzte im Stillen. „Ich finde Sie wunderschön, Shannon."

„Wunderschön", wiederholte sie so prüfend, als hätte sie das Wort noch nie gehört. „Was hat das damit zu tun?"

„Nichts. Alles. Ich habe nur versucht, die Sache klarzustellen."

Ja, jetzt ist alles klar wie schwarze Tinte, dachte Shannon ironisch und fragte sich, warum sie sich von einem so unvernünftigen Mann derartig aus der Ruhe bringen ließ. Warum sie sich seinetwegen so viel Mühe machte.

Sie hatte Miranda, die alles besorgt hatte, nur erklärt, der Baum und die anderen Sachen seien ein Geschenk für den neuen Nachbarn und seinen kleinen Sohn. Weitere Fragen hatte sie sich verbeten.

Wahrscheinlich vermuteten inzwischen alle ihre Brüder und Schwestern, sie habe den Verstand verloren. Und sie würden sie unaufhörlich mit den zwei neuen Männern in ihrem Leben aufziehen.

„Hier sind die Strümpfe für den Kaminsims", sagte sie und bückte sich, um sie aus der Schachtel zu holen.

Auf dem Sims standen keine Ziergegenstände, überhaupt war das Haus sehr schlicht, beinah spartanisch eingerichtet. Nur in Jeremys Zimmer steuerten Bücher und Spielzeug einige Farbtupfer bei, ansonsten war alles in Cremeweiß und Beige gehalten.

Shannon hängte die Strümpfe mit Haken an den Sims und trat dann einen Schritt zurück. Dabei stieß sie gegen Alex.

„Oh! Entschuldigung." Wie von der Tarantel gestochen zuckte sie zurück, als jede Faser ihres Körpers auf den unbeabsichtigten Kontakt reagierte.

Wieder bückte sie sich und nahm aus der Schachtel eine Girlande aus Stechpalmenblättern und knallroten Beeren, die allerdings nicht echt, sondern aus Seide war. Sie drapierte die Dekoration auf dem Sims, dann stellte sie einen Kerzenhalter mit champagnerfarbenen Kerzen an jedes Ende. Tatsächlich sah das Wohnzimmer jetzt recht weihnachtlich aus.

„Und? Wie gefällt es Ihnen?", fragte Shannon.

Als er nicht antwortete, wischte sie sich die Hände ab und meinte: „Ich geh dann mal. Als Ingenieur können Sie die Eisenbahn ja allein aufstellen."

Bevor sie etwas Dummes tun konnte, wie zum Beispiel vor Enttäuschung in Tränen auszubrechen, ging sie hoch erhobenen Hauptes zum Ausgang. Sie hatte die Tür gerade einige Zentimeter geöffnet, als Alex ihr über die Schulter griff und sie heftig zudrückte.

Shannon wandte sich um und blickte zu ihm auf. Seine blauen Augen wirkten dunkel wie der Nachthimmel, sie spiegelten Bedauern und Enttäuschung.

Und Verlangen.

„Sie bringen mich um meine Ruhe, Shannon", erklärte er heiser. „Das sollten Sie wissen. Sie sind ausgesprochen sexy, und ich war seit einem Jahr mit keiner Frau mehr zusammen. Aber ich kann mich nicht mit einer Nachbarin einlassen, wenn mein Sohn quasi dabei zusieht. Vor allem, weil ich nicht beabsichtige, noch mal zu heiraten. Verstehen Sie das? Verstehen Sie mich?"

Als er sie an sich zog, spürte sie, dass er sie begehrte, egal was seine Vernunft ihn zu sagen zwang. Sein Körper fühlte sich gut an, fest und warm.

Auch Shannon wurde es plötzlich warm, besser gesagt, heiße Sehnsucht durchflutete sie. Unwillkürlich hob sie die Arme und legte Alex die Hände um den Nacken. Ihr war zumute, als würde Champagner statt Blut durch ihre Adern fließen.

„Ich verstehe", antwortete sie, obwohl es nicht stimmte.

Er umfasste ihr Kinn, dann presste er die Lippen auf ihre. Im nächsten Moment küsste er sie stürmisch, ja fordernd. Ohne abzuwarten, ob es ihr gefiel.

Zum Glück gefiel es ihr. Sehr sogar. Noch nie hatte sie es so sehr genossen, einen Mann zu küssen.

Alle Zurückhaltung fiel von ihr ab, sie erwiderte den Kuss hingebungsvoll und selbstvergessen. Dann sehnte sie sich nach noch mehr Nähe, nach noch mehr Zärtlichkeit, und als hätte er ihren Wunsch gespürt, schob Alex die Hand unter ihren Pullover und umspielte mit dem Daumen ihre Brustspitzen.

Sie hatte das Gefühl, in einen Strudel geraten zu sein, der sie umherwirbelte und ihr alles Urteilsvermögen raubte. Was sie wollte, waren diese Empfindungen: heiß, wild und aufregender als alles, was sie bisher erlebt hatte.

Alex schob ihr den Pullover hoch und den BH beiseite, dann umfasste er verlangend ihre Brüste. Sie drängte sich ihm entgegen, zu allem bereit.

Plötzlich schien er zu erstarren, und einen Moment später wusste sie, warum. Oben im ersten Stock erklang leises Husten.

Shannon atmete tief durch und versuchte, ihren Kopf wieder klar zu bekommen. Alex' Blick lag noch immer auf ihren Brüsten, und als sie sah, dass seine Augen dunkel waren vor Verlangen, richteten sich ihre Spitzen auf, als hätte er sie gestreichelt. Sie stöhnte leise. Wann hatte sie zuletzt so intensive Empfindungen erlebt wie jetzt? Sie wusste es nicht.

„Daddy?", erklang es nun von oben. „Kann ich ein Glas Wasser haben?"

„Bleib, wo du bist, Jeremy", rief Alex hastig. „Ich bin gleich bei dir."

Endlich arbeitete Shannons Verstand wieder, und sie zog sich schnell BH und Pullover zurecht. Dann hätte sie sich am liebsten nach nebenan geflüchtet, in ihre vertraute Umgebung, aber Alex hielt sie zurück.

„Bleib bitte noch hier", sagte er rau. „Wir müssen reden."

„In Ordnung", stimmte sie zu.

Sie setzte sich auf den Boden und begann, die Schienen des Spielzeugzugs zusammenzustecken.

Warum nur habe ich mich von Alex küssen lassen? fragte sie sich schockiert.

Weil du es unbedingt wolltest, antwortete eine innere Stimme ihr kühl.

Ja, richtig, aber es würde zu nichts führen. Er hatte unmissverständlich klargemacht, dass er nicht heiraten wollte. Sie hingegen war ihr Dasein als Single leid.

Sogar ihr Bruder Neil, der angeblich überzeugte Junggeselle, hatte schließlich kapituliert und geheiratet. Ihr jüngster Bruder und ihre Schwestern würden demnächst zweifellos auch die Liebe fürs Leben finden. Die Bräute würden ihre Blumensträuße werfen, mit ihren Männern in die Flitterwochen fahren und eine Familie gründen. Nur sie bliebe allein übrig, und das war bitter, auch wenn sie ihren Geschwistern alles Glück der Welt wünschte.

Sie hätte gern geglaubt, dass es auch für sie den einzig Richtigen gab, aber sie war zu oft enttäuscht worden. Nun hatte sie die Hoffnung aufgegeben, jemanden zu finden, der sie liebte, wie sie war: mit allen Fehlern und Mängeln.

Grimmig dreinblickend kam Alex die Treppe herunter, die direkt vom ersten Stock ins Wohnzimmer führte, und setzte sich schweigend auf die unterste Stufe.

Ist er wütend? fragte Shannon sich nervös. Gab er ihr die Schuld, dass sein Verlangen größer gewesen war als seine Vernunft?

„Bist du nicht auch froh, dass wir der Versuchung nachgegeben haben und nun wieder zur Tagesordnung übergehen können?", fragte sie bemüht lässig.

„Können wir das?"

„Zumindest könntest du so tun, als wäre alles wieder normal", erwiderte sie.

„Ich kann mich nicht gut verstellen." Er seufzte. „Weißt du, zwischen meinen Eltern herrschte ständig Krieg. Ich bin sozusagen zwischen den Fronten aufgewachsen. Als sie sich scheiden ließen, war es die Hölle. Streit, Gebrüll, Vorwürfe – das ganze übliche Elend."

„Das tut mir leid", warf sie leise ein.

„Mit Kim hatte ich unglaublich viel Glück. Sie war eine wunderbare Frau", fuhr er fort. „Ich erwarte nicht, noch einmal solches Glück zu haben. Das ist einer der Gründe, warum ich kein zweites Mal heiraten will."

„Ich kann mich nicht erinnern, dir einen Heiratsantrag gemacht zu haben", versuchte sie zu scherzen.

„Eine Affäre kommt für mich auch nicht infrage", erwiderte er ernst. „Das hat nichts mit dir zu tun, aber ich muss zuallererst an Jeremy denken."

„Wunderbar! Ich habe dich nämlich auch nicht gebeten, mit mir eine Affäre anzufangen", konterte Shannon scharf. „Wenn du dich erinnerst, war ich gerade dabei, nach Hause zu gehen, als du mich aufgehalten hast. Und ein Kuss zählt nicht."

„Da bin ich mir nicht so sicher. Ach, verdammt! Es wird nicht funktionieren. Ich kann doch Jeremy nicht auf etwas hoffen lassen, was nie passieren wird."

„Was wird nicht funktionieren?", hakte sie nach. „Wir sind uns einig, dass wir weder heiraten noch eine Affäre haben werden. Da brauchen wir nicht zu befürchten, Jeremy könnte sich falsche Hoffnungen machen."

„Du weißt aber noch, was er am ersten Abend bei dir gesagt hat, oder?" Alex warf ihr einen düsteren Blick zu. „Sinngemäß: Wenn Shannon meine neue Mummy wäre, könnten wir Pizza essen, so oft wir wollen."

Shannon seufzte. „Da ging es ihm eindeutig um die Pizza. Er hätte dasselbe gemeint, wenn ich eine fünfundneunzig Jahre alte Dame gewesen wäre, die ihm Pizza erlaubt hatte."

Alex lächelte unwillkürlich. „Eine fünfundneunzigjährige neue Mummy?"

„Klar. Oder glaubst du, Jeremy weiß schon, warum Männer und Frauen heiraten?"

„Das hoffe ich nicht", antwortete er aus tiefstem Herzen.

Plötzlich stellte er sich lebhaft vor, wie er in einigen Jahren seinem Jungen die Fakten des Lebens erklären musste, besser gesagt, ihn über Sex aufklären. Allein beim Gedanken daran bekam er graue Haare.

Shannon lachte plötzlich leise.

„Was ist denn so komisch?", fragte er.

„Du siehst drein, als würdest du in einen Sumpf voller giftiger Schlangen starren", erklärte sie.

„Oh, schlimmer als das. Ich habe mir gerade vorgestellt, ich müsste Jeremy aufklären. Nur ein glücklicher Zufall hat verhindert, dass ich es jetzt schon tun muss. Aus gegebenem Anlass."

Nun lachte sie laut, und plötzlich stimmte er ein. Shannon war nicht scheu oder gar prüde, und das fand er erfrischend.

„He, irgendwann wirst du dich in meiner Lage befinden und das dann gar nicht mehr komisch finden", meinte er schließlich.

„Ja, aber das liegt in ferner, unbekannter Zukunft."

„Möchtest du Kinder?", erkundigte Alex sich.

Ihr Lächeln verblasste. „Ja, vielleicht, irgendwann."

Sie widmete sich wieder dem Aufbau der Spielzeugstadt, die jetzt allmählich Form annahm. Es gab sogar einen Wald und einen Berg, durch den ein Tunnel führte.

Alex setzte sich neben Shannon und half ihr.

„Na, wie ist das?", fragte sie, als alles fertig war und sie das Kabel eingesteckt hatte. Die kleinen Lichter blinkten, der Zug drehte seine Runden.

„Großartig. Du hast ein Talent für so etwas."

„Nein, meine Schwester ist dafür verantwortlich", gab sie zu. „Miranda ist Innenausstatterin. Egal was man an Dekoration braucht, sie kann es besorgen."

„Auch ein Vorhängeschloss für meine große Klappe?", scherzte Alex und rieb sich den Nacken. „Bitte, Shannon, glaub mir, dass ich dich gestern nicht kränken wollte. Ehrlich gesagt war ich eifersüchtig. Jeremy ist für mich das Wichtigste auf der Welt, aber ich komme nicht wirklich an ihn heran. Nicht so wie du."

Sein bekümmerter Ausdruck ging ihr zu Herzen. „Keine Sorge, er bewundert und liebt dich", versicherte sie leise.

„Ja, ich weiß, aber trotzdem erreiche ich ihn innerlich irgendwie nicht. Warum? Kannst du mir das sagen, Shannon?"

„Vielleicht versucht er, dich zu schützen", meinte sie sanft.

„Mich schützen? Wovon redest du?"

Shannon fragte sich, ob sie sich irrte. Ihr Gefühl sagte ihr, sie liege richtig, aber was, wenn ihr Instinkt falsch war? Trotzdem war es einen Versuch wert.

„Also ... ich sehe hier im Zimmer keine Bilder von deiner Frau oder Erinnerungsstücke an sie, und du scheinst immer zu vermeiden, von ihr zu sprechen, wenn Jeremy dabei ist", begann sie. „Vielleicht glaubt er, es tue dir zu weh, an sie zu denken. Und nun versucht er, dich nicht aufzuregen oder traurig zu machen."

„Aber er ist ein Kind! Ich sollte mich *um ihn* kümmern und seine Gefühle berücksichtigen, nicht umgekehrt."

„Ja, aber wenn jemand stirbt, sagen Erwachsene oft zu Kindern, sie sollten nicht traurig sein, sondern Mummy zuliebe stark. Und Ähnliches."

Alex rieb sich das Gesicht und überlegte fieberhaft. Hatte Shannon recht? Glaubte Jeremy, er müsse seine Trauer verstecken? So wie Shannon es als Kind getan hatte, nachdem ihr Vater gestorben war?

„Das hat jemand zu dir gesagt, stimmt's?", hakte er nach.

Sie zuckte abwehrend die Schultern. „Ist es nicht seltsam, dass Leute einem sagen, man solle nicht traurig sein, wenn jemand gestorben ist? Warum sollte man dann nicht weinen dürfen?"

Ja, warum nicht? Weil man befürchtete, Gefühle zu zeigen.

Weil man Angst vor Gefühlen hatte.

Alex seufzte schwer. Er schloss die Augen und versuchte, sich Kim vorzustellen, aber er sah ihr Gesicht nicht mehr vor sich. Sie hätte wirklich Besseres verdient als einen Ehemann, der häufig in fremden Ländern war statt bei ihr. Wenigstens sollte er jetzt ehrlich um sie trauern, nicht eine andere Frau begehren.

„Eigentlich wollten wir über den Kuss reden und darüber, welche Konsequenzen er für uns hat", zwang er sich zu sagen. „Du bist großartig, aber ich möchte mich mit niemandem einlassen. Jeremy muss an erster Stelle kommen."

Shannon senkte den Blick. Sie hatte sich von Anfang an zu Alex hingezogen gefühlt, und es tat weh, nun zurückgewiesen zu werden. Aber es gab Wichtigeres als ihre Gefühle.

„Ich stimme dir zu, dass Jeremy an erster Stelle kommt", sagte sie ruhig. „Du hast aber selber gesagt, dass ich sozusagen den richtigen Draht zu ihm habe. Willst du ihm das vorenthalten? Wir können ihm doch klarmachen, dass wir beide nur gute Freunde sind. Auch dann, wenn wir alleine sind, Alex", fügte sie bedeutsam hinzu.

Er zog die Brauen hoch. „Gute Freunde? Nach dem, was eben passiert ist?"

„Ja, Männer und Frauen können befreundet sein, ohne dass Sex und Romantik dazwischenfunken", behauptete sie gereizt.

Sie hatte zwar noch nie versucht, mit einem Mann nur befreundet zu sein, den sie so attraktiv fand wie Alex, aber es musste möglich sein.

„Wir müssen eben daran arbeiten", fügte sie energisch hinzu. „Beide!"

„Einverstanden." Alex wirkte nicht hundertprozentig überzeugt.

„Gut. Ich habe immer noch frei. Wenn du also jemanden brauchst, der auf Jeremy aufpasst, stehe ich gerne zur Verfügung."

„Das wäre toll, Shannon."

Sie stand auf und reichte ihm die Hand, die er höflich schüttelte. Diese formelle Geste war so albern, dass sie am liebsten gelacht hätte. Doch stattdessen spürte sie einen Kloß im Hals. Und Tränen in den Augen.

„Stimmt es jetzt, Jeremy?", fragte Shannon und hielt den Messbecher mit Mehl hoch.

„Na ja, es soll eigentlich bis zum Strich gehen", erklärte der Junge.

„Verstehe." Sie löffelte etwas aus dem Becher. „Besser so?"

„Ja, das geht."

Sie schüttete das Mehl zu den anderen trockenen Zutaten in die Schüssel und betrachtete die Mischung skeptisch. Das Rezept für Kekssteig, das sie sich besorgt hatte, war angeblich narrensicher, aber sie hatte Zweifel. Wirklich einfach wäre ein Rezept nur, wenn sie es bewältigte, aber sie hatte dieses ja noch nicht ausprobiert.

Alex wusste noch immer nicht, dass sie in allen Haushaltsdingen eine wandelnde Katastrophe war. Nur deshalb hatte er sie fragen können, ob sie mit Jeremy Weihnachtskekse backen würde.

Anstatt zu gestehen, dass sie nicht einmal Plätzchen zustande bringen würde, wenn ihr Leben davon abhinge, hatte sie zugestimmt. Nun stand sie da und kämpfte mit dem Rezept.

Zum Glück war er oben und suchte etwas, anstatt ihr dabei zuzusehen, wie sie sich mit einem todsicheren Rezept zur Närrin machte.

Jeremy sah immerhin zufrieden aus. Seine Wangen waren mit Mehl beschmiert, und er lächelte fröhlich. Außerdem war er ihr eine große Hilfe. Er konnte schon Wörter wie Mehl und Zucker lesen und durchschaute die Feinheiten des Messbechers.

Er war auch klug genug, um den Unterschied zwischen richtig krank und gespielt krank zu verstehen, überlegte Shannon und beschloss, das Thema anzusprechen. Dass er heuchelte, weil er die Umbrüche in seinem Leben nicht verkraftete, war verständlich, aber es konnte riskant werden.

Shannon fasste sich ein Herz, um ihm das klarzumachen.

„Jeremy, kennst du die Geschichte von dem Jungen, der die Schafe hütete und, wenn ihm langweilig wurde, zum Spaß rief: ‚Der Wolf ist da!‘?"

„Nein. Wie hieß denn der Junge?"

Auf eine solche Zwischenfrage war sie nicht gefasst. Sie hatte keine Übung darin, aufgeweckten Vierjährigen Geschichten mit einer moralischen Lehre zu erzählen.

„Äh, ja, also, er hieß Bobby. Jedenfalls, wenn er rief, kamen die Leute aus dem Dorf angelaufen, und dann sagte er: ‚Ätsch, reingelegt, es ist ja gar kein Wolf da.‘ Bis dann eines Tages ...", sie machte eine dramatische Pause, „... tatsächlich der Wolf auftauchte."

„Und?", fragte Jeremy gespannt.

„Bobby rief um Hilfe, aber niemand kam, weil alle dachten, er würde sie nur wieder an der Nase herumführen. Verstehst du jetzt, warum es so wichtig ist, die Wahrheit zu sagen?"

Jeremy nickte zögernd.

„So ähnlich ist es, wenn du sagst, du seist krank, obwohl dir nichts fehlt außer deinem Daddy", erklärte Shannon sanft. „Irgendwann weiß dann keiner mehr, ob es dir wirklich schlecht geht oder du nur so tust."

Der Junge verzog den Mund und seufzte tief. „Ich mag die Kita nicht! Warum musste Mummy uns alleinlassen?"

„Ich kann es dir nicht sagen, Jeremy. Aber ich weiß eins: Freiwillig hat sie es nicht getan. Sie hat euch nicht im Stich gelassen." Shannon stand auf und setzte sich neben den Jungen. Die Kekse konnten warten, das hier war wichtiger. „Erzähl mir von deiner Mummy."

Sie merkte nicht, dass Alex im Flur vor der offenen Küchentür stand und zuhörte.

Jeremy berichtete begeistert von den Ausflügen an den Teich, wo sie Papierboote hatten schwimmen lassen, von Keksen, Gutenachtgeschichten und Schlafliedern.

Alex hatte gedacht, der Junge sei zu klein gewesen, um sich zu erinnern, aber er hatte diese Dinge treu in seinem Herzen bewahrt.

Wehmütig blickte Alex auf die Fotos, die er oben aus einer Schachtel gekramt hatte. Auf einem Bild waren Kim, Jeremy und er gemeinsam zu sehen – eins der wenigen Familienbilder, die von ihnen existierten. Das andere zeigte eine glücklich lächelnde, hochschwangere Kim. Es war wenige Tage vor Jeremys Geburt aufgenommen worden.

Habe ich die Bilder versteckt, um mich selbst zu schützen, und nicht, um Jeremys Gefühle zu schonen? fragte Alex sich. Wie lange konnte man Gefühle leugnen, wenn man sie nicht akzeptieren wollte?

Nun erzählte Jeremy vom letzten Halloween. Kim war schon sehr krank gewesen, hatte sich aber trotzdem verkleidet, um mit „ihren beiden Männern" zu feiern. Bei der Erinnerung wurde Alex die Kehle eng. Rasch ging er in die Küche und stellte fest, wie glücklich sein Sohn wirkte, über Kim sprechen zu dürfen.

Dankbar blicke Alex zu Shannon. Sie war für ihn und Jeremy wie ein von Gott gesandtes Geschenk.

„Jeremy, ich dachte mir, du möchtest vielleicht die zwei Fotos von Mummy haben", sagte Alex, fest entschlossen, Shannons gutes Werk fortzuführen. „Du bist auf beiden drauf."

„Gar nicht", widersprach der Junge nach einem Blick auf die Bilder. „Auf diesem hier ist Mummy allein."

Alex wies auf Kims gewölbten Bauch. „Nein, da bist nämlich du drin. Deshalb lächelt sie auch. Du hast sie sehr glücklich gemacht. Und wie wäre es jetzt, wenn wir Pizza essen gehen? Bei dem neuen Italiener, von dem alle schwärmen."

„Ja, prima!", rief Jeremy sofort.

„Was meinst du, Shannon?", hakte Alex nach, als sie schwieg.

„Was ist mit den Keksen?"

„Die könnt ihr doch morgen fertig backen. Außer, du hast genug von uns und willst mal einen Tag freihaben."

„Wenn ich von euch genug habe, merkt ihr das als Erste", gab sie neckend zurück.

„Dann also los! Zieht eure Mäntel an, ich starte schon mal den Wagen", sagte er und ging nach draußen.

Wolken waren am Himmel aufgezogen, und es hatte zu nieseln begonnen, fein wie Nebel. Alex schaltete im Wagen die Standheizung ein, trotzdem beschlugen die Scheiben von innen.

„Vielleicht sollten wir uns doch lieber Pizza bringen lassen", meinte er, als er wieder im Haus war. „Es herrscht so tristes, graues Wetter."

„Mir macht das nichts", erklärte Shannon. „Es ist richtiges Weihnachtswetter."

„Findest du? Zu Weihnachten gehört Schnee, nicht nasskalter Nebel."

„Wir haben nur selten weiße Weihnachten, aber bei dieser Luft riecht es überall nach Holzrauch, nach Harz und feuchten Nadelbäumen, die Lichterketten blinken und glitzern durch den leichten Regen wie Juwelen."

„Wie romantisch du das ausdrückst", meinte er kopfschüttelnd.

Draußen gab er ihr insgeheim recht. In der feuchten Luft lag ein ganz eigener, anheimelnder Duft, und die Lichterketten auf den Bäumen und entlang der Dächer blinkten fröhlich in der beginnenden Dämmerung.

„Mir war bisher gar nicht bewusst, dass wir hier auf weiße Weihnachten verzichten müssen", bemerkte er beim Einsteigen.

„Üblicherweise schneit es erst im Januar", klärte sie ihn auf. „Meist bleibt der Schnee nicht lange liegen, außer es zieht ein echtes Sturmtief von Kanada herunter."

„Wenn das passiert, helfe ich dir beim Schneeschaufeln", bot er an.

Schließlich waren sie ja gute Freunde. Und guten Freunden half man gern.

6. KAPITEL

Alex las schicksalsergeben die Seminararbeiten durch, die sich auf seinem Schreibtisch türmten. Von unten klang fröhliches Gelächter zu ihm herauf, das er zu ignorieren versuchte.

Morgens um fünf Uhr hatte Jeremy an seinem Bett gestanden und von ihm verlangt, sofort Shannon anzurufen und ihr zu sagen, sie solle kommen und die Kekse fertig backen. Nur mit viel Mühe hatte er seinen Sohn davon überzeugt, wie unhöflich es wäre, jemanden so früh zu wecken, der Ferien hatte.

Das hatte Jeremy eingesehen. Er war zu seinem Dad ins Bett geschlüpft und hatte ihm drei Stunden lang von Shannon erzählt, was sie alles gemacht und gesagt hatte. Es war interessant, raubte ihm aber natürlich den nötigen Schlaf.

Um acht Uhr hatte er Shannon dann tatsächlich angerufen. Sie war kurz darauf bei ihm erschienen, wieder einmal frisch und schön wie der junge Morgen, während er schlecht gelaunt und schläfrig war.

Jetzt war er auch zu müde, um sich auf die Seminararbeiten zu konzentrieren. Da konnte er genauso gut nachsehen gehen, was sein Sohn und seine Nachbarin unten aufführten.

Die beiden lagen im Wohnzimmer neben dem Weihnachtsbaum auf dem Rücken und blickten jeder in ein Kaleidoskop. Im Hintergrund spielte das Radio Weihnachtslieder.

Shannon trug enge Jeans und dazu ein lässiges Sweatshirt. Sie sah aus wie ein munterer Teenager, obwohl sie mindestens Mitte bis Ende zwanzig war, wie Alex schätzte.

Jeremy lag neben ihr und sang bei Jingle Bells mit, nicht ganz richtig, aber mit viel Gefühl. Mr. Tibbles war nirgends zu sehen.

„Ich dachte, ihr backt Kekse", meinte Alex und lächelte.

„Der Teig muss eine halbe Stunde kühl stehen, bevor wir ihn ausrollen können", erklärte Shannon. „Ich dachte, du korrigierst Seminararbeiten."

„Ich brauche eine Pause. Und eine Tasse Kaffee." Er gähnte ausgiebig. „Möchtest du auch einen?"

„Gern."

Sie gingen in die Küche. Shannon setzte sich und beobachtete, wie Alex die Kaffeemaschine füllte und einschaltete. Seine Haare waren zerzaust, seine Augen wirkten müde. Wenn er nicht Seminararbeiten zu korrigieren hätte, würde er bestimmt noch im Bett liegen, dachte sie. Er war ganz offensichtlich kein Morgenmensch.

Sie selbst war seit sechs Uhr munter und hatte bereits einiges erledigt. Unter anderem hatte sie Memos verfasst, E-Mails aus dem Büro beantwortet und eine Nachricht an Kane geschickt, in der sie ihm mitteilte, sie werde noch ein bis zwei Wochen zu Hause bleiben.

Darüber würde er sich bestimmt wundern. Schließlich hatte sie ihn erst kürzlich geradezu angefleht, sie wieder arbeiten zu lassen. Aber das machte nichts. Sie hatte zurzeit einfach zu viel Spaß und wollte nicht darauf verzichten.

Ja, Spaß! Sie hätte nie gedacht, dass es so viel Vergnügen bereiten könnte, mit einem kleinen Jungen zu spielen und Kekse zu backen. Oder es zumindest zu versuchen. Ihre Angehörigen würden einen Schock bekommen, wenn sie das erfuhren, denn ihre Küchenkatastrophen waren inzwischen legendär.

Alex stellte zwei Becher mit dampfendem Kaffee auf den Tisch und setzte sich, leise stöhnend, ihr gegenüber. Er trank einen Schluck und fluchte.

„Verdammt, ist der heiß!"

Shannon konnte nicht anders, sie musste lachen. „Was dachtest du denn? Du hast ihn ja gerade erst aufgebrüht."

Er lehnte sich zurück und betrachtete sie kritisch. „Solltest du mich jetzt nicht bemuttern? Zum Kühlschrank laufen und mir einen Eiswürfel für meine arme Zunge holen oder so?"

„Möchtest du bemuttert werden?", fragte sie zurück.

„Nein."

„Dann lasse ich es lieber."

Plötzlich glitzerten seine Augen. „Ich glaube, es wird mir sehr gefallen, mit dir befreundet zu sein, Shannon."

Das war ein seltsamer Umschwung! Bisher hatte Alex nur Jeremy zuliebe einem rein freundschaftlichen Verhältnis zugestimmt. Anscheinend aber hatte er seine Meinung geändert. Sie versuchte, die Enttäuschung hinunterzuschlucken, und sagte sich, sie könne froh sein, dass er wenigstens ihre Freundschaft annahm.

Wie es aussah, war ihr Liebesleben nach wie vor nicht von Glück gesegnet.

Während sie Kaffee trank, dachte sie an die Männer, mit denen sie in den vergangenen Jahren ausgegangen war. Einige hatten gehofft, über sie an Kane heranzukommen und mit ihm Geschäfte zu machen. Andere behaupteten, sie seien allergisch gegen die Ehe, wieder andere waren das genaue Gegenteil, nämlich Männer auf der Suche nach dem perfekten Hausmütterchen als Ehefrau.

So wie ihr erster richtiger Freund auf dem College. Er hatte sich nicht nur wegen ihrer mangelnden Fähigkeiten im Haushalt von ihr getrennt, sondern das auch allen Freunden als Grund für den Bruch der Beziehung genannt.

Es tat ihr noch immer weh, daran zu denken, auch wenn sie sich zwang, über das unrühmliche Ende ihrer ersten Liebe zu scherzen.

„Schläfst du?"

Die Frage ließ sie in die Gegenwart zurückkommen. „Wie denn? Dein Kaffee ist so stark, dass ein Löffel drin stehen könnte."

„Zu stark für dich?", fragte Alex.

„Na ja." Ihr Herz pochte wie rasend. Nicht wegen des Kaffees, sondern weil sie Angst hatte, es könnte ihr wieder gebrochen werden, wenn sie nicht aufpasste.

Und wie oft konnte ein gebrochenes Herz heilen?

„Ich dachte, Morgenmenschen leben praktisch von Kaffee", meinte Alex.

„Ich nicht, aber ich kann nicht für alle sprechen", erwiderte sie. „Was hast du eigentlich dagegen, bemuttert zu werden, Alex?", fügte sie hinzu.

Sie hatte überlegt, ob sie Alex und Jeremy zur Weihnachtsfeier in ihrer Familie einladen solle. Und ihre Mum war ganz groß im Bemuttern, wenn man sie ließ.

„Ich bin erwachsen, ich brauche nicht bemuttert zu werden", erklärte er schroff.

„Sag das mal meiner Mutter. Ich glaube, sie wünscht sich insgeheim, wir neun wären nicht schon erwachsen, sondern immer noch Kinder und würden es ewig bleiben. Wenigstens hat sie jetzt Enkelkinder, die sie verhätscheln kann."
„Deine Mutter scheint eine nette Frau zu sein."
„Oh ja, das ist sie."
Shannon fragte Alex nicht nach seiner Mutter, denn er hatte ja erzählt, dass seine Eltern sich permanent bekriegt hatten, was für ihn und seine beiden Geschwister die Hölle bedeutet hatte.

Er musste seine Frau wirklich sehr geliebt haben, wenn er trotz seiner schlechten Erfahrungen mit ihr die Ehe gewagt hatte.

„Ich glaube, der Teig ist jetzt kalt genug", sagte Shannon plötzlich. „Und du musst Seminararbeiten korrigieren."

„Du schwingst jetzt also die sprichwörtliche Peitsche, um mich zum Arbeiten anzutreiben", bemerkte er amüsiert.

„Dazu sind Freunde doch da."

Lächelnd stand er auf. „Und was das Bemuttern betrifft, denk nicht, ich hätte prinzipiell etwas dagegen. Es gab bloß in letzter Zeit zu viele Frauen, die sich geradezu aufdringlich um mich und Jeremy gekümmert und versucht haben, Kims Platz einzunehmen."

„Sie haben es wahrscheinlich nur gut gemeint."

„Mag sein, aber mir gefällt deine Art besser." Er lächelte sie noch einmal an und ging nach oben.

Ihre Art? Was sollte das bedeuten? Vielleicht nichts. Männer glaubten gern, sie wären präzise und eindeutig, aber im Grunde genommen waren sie verwirrender als ein Puzzle mit Tausenden von Einzelzeilen.

„Jeremy!", rief sie. „Was hältst du davon, wenn wir jetzt die Kekse fertig machen?"

Alex betrachtete die vor ihm liegende Arbeit und überlegte, ob es einen Grund gab, dem Verfasser kein Ungenügend zu geben. Plötzlich stieg ihm der Geruch nach Verbranntem in die Nase, und im selben Moment schrillte der Rauchmelder.

Entsetzt sprang Alex auf, griff sich geistesgegenwärtig den Feuerlöscher im oberen Flur und raste nach unten. Die Küche war von dichtem Rauch erfüllt, der vor allem aus dem Ofen quoll.

„Shannon! Was ist passiert?", rief Alex.

„Es ist ..." Sie hustete. „Keine Sorge, ich habe alles im Griff. Oh, pfui!" Angewidert ließ sie ein Backblech voller verbrannter Kekse in die Spüle fallen.

Vorsichtshalber besprühte Alex die rauchende Masse mit dem Feuerlöscher, dann schob er Shannon und Jeremy durch die Hintertür nach draußen in den Garten.

„Bleibt hier!", befahl er.

Er schaltete den Ofen aus, stellte den Dunstabzug an und öffnete alle Fenster im Erdgeschoss. Nachdem er sich überzeugt hatte, dass kein Feuer ausgebrochen war, schaltete er den Rauchmelder aus.

Aufatmend ging er nach draußen.

„Alles okay", verkündete er. „Ihr könnt wieder reinkommen."

Sie saßen auf der Gartenbank. Shannon hatte die Arme um Jeremy gelegt, um ihn warm zu halten. Sie selbst zitterte vor Kälte.

Alex fluchte im Stillen. Er hatte überreagiert, als er sie so kurzerhand ins Freie geschoben hatte. Aber wenn es um Jeremy ging, wollte er kein Risiko eingehen.

„Los, Jeremy, geh rein ins Warme", forderte Shannon den Jungen auf.

Er gehorchte.

Zu Alex' Verwunderung blieb sie sitzen. „Was ist denn?", erkundigte er sich.

„Ich glaube, ich gehe jetzt lieber nach Hause", verkündete sie kläglich.

„Warum denn?"

„Es ist besser so." Eine Träne rollte ihr über die Wange.

Was sollte er jetzt tun? Warum war Shannon plötzlich so traurig? Wenn ein paar Kekse anbrannten, war das doch keine Katastrophe.

„Warum glaubst du, es sei besser?", hakte er sanft nach.

„Einfach so." Nun weinte sie bitterlich. „Tut mir leid wegen der Kekse. Ich hätte dir sagen sollen, dass ich überhaupt nicht kochen kann. Ich dachte, wenn ich aufpasse, kann nichts schiefgehen."

Sie sprang auf und überquerte das schmale Blumenbeet zwischen ihrem Garten und seinem.

Wenn eine andere Frau wegen verbrannter Kekse geweint hätte, wäre er nur gereizt gewesen. Für Shannon schien dieses kleine Missgeschick allerdings von schwerwiegender Bedeutung. Er wollte unbedingt herausfinden, warum das so war.

„Shannon, bitte geh nicht!", sagte Alex sanft.

„Es ist wirklich besser so." Sie versuchte, die Glasschiebetür zu ihrem Wohnzimmer zu öffnen, aber sie war verriegelt.

So viel zu einem raschen Abgang, dachte Shannon verzweifelt und drehte sich um. Sie traute sich nicht, Alex anzuschauen, denn sie wollte nicht sehen, wie enttäuscht er jetzt war.

„Nicht weinen", bat er sanft und legte die Arme um sie. „Es ist alles in Ordnung."

Wie fest und warm sein Körper war! Es war tröstlich, so im Arm gehalten zu werden. Davon träumte sie seit Jahren.

Nach dem Kuss hatte sie sich gefragt, ob Alex der Mann sein könnte, der ihre Träume wahr machte, aber das war nur Wunschdenken gewesen. Inzwischen wurde ihr immer deutlicher bewusst, dass er Schutzwälle um sich und seine Gefühle aufgerichtet hatte, höher als die Mauern eines Märchenschlosses.

„Nichts ist in Ordnung", widersprach Shannon und atmete seinen Duft ein, in den sich eine Spur Rauch mischte. „Du hast keine Ahnung. Vielleicht macht es dir nichts aus, weil du mich nicht willst, aber es ist durchaus nicht unwichtig", erklärte sie wirr.

„Lieber Himmel, Shannon, wer sagt denn, dass ich dich nicht will?"

Den Ton kannte sie: Alex versuchte, ihre Gefühle nicht zu verletzen.

„Schon gut, mach dir keine Sorgen", versicherte sie müde. „Ich bin nicht dein Problem."

„Du bist überhaupt kein Problem", erwiderte er und drückte sie fest an sich.

Unmissverständlich spürte sie, dass er sie begehrte. „Hör mal, das ist nicht ..."

Weiter kam sie nicht, denn er presste die Lippen auf ihre. Sie widerstand ihm für den Bruchteil einer Sekunde, weil sie wusste, er würde es bereuen, sie geküsst zu haben – sobald er wieder bei klarem Verstand war.

Doch als er ihr die Hände auf die Brüste legte, war es mit ihrer Selbstbeherrschung vorbei. Zu gut fühlte es sich an, was er da machte. Mein Gott, der Mann wusste wirklich, wie er eine Frau verführen musste! Von seinen Fingerspitzen schienen elektrische Ströme auszugehen, die nicht nur ihren Körper durchliefen, sondern sie bis ins Innerste erschütterten. Als er sein Knie sanft zwischen ihre Schenkel schob, verlor sie den Boden unter den Füßen.

Ihr war, als risse ein Strudel aus Empfindungen sie mit sich. Das Gefühl, sich zu verlieren, war plötzlich so stark, dass sie sich an Alex klammerte, als wäre er der einzige Fixpunkt im Universum.

Ihr schwirrte der Kopf, als hätte sie Champagner getrunken, und Lava schien durch ihre Adern zu fließen. Sie konnte sich nur an einen einzigen anderen Kuss erinnern, der so herrlich gewesen war: als sie Alex zum ersten Mal geküsst hatte.

War das wirklich erst vor wenigen Tagen gewesen?

Sie ließ die Hände über seinen Rücken gleiten, der sich stark und muskulös anfühlte. Seine Lippen hingegen waren samtweich und bestens geeignet, ihr ungeahntes Vergnügen zu bereiten.

Wie jetzt, als er seinen Kuss sanft beendete und seinen Mund zu ihrem Hals und immer tiefer gleiten ließ.

Plötzlich zerriss ein zu Herzen gehender Schrei die Stille.

Alex zuckte entsetzt zurück. „Was war das?"

Shannons Verstand war wie gelähmt, hilflos ließ sie die Hände sinken.

Wieder erklang der klägliche Schrei, und jetzt wurde beiden klar, dass er zum Glück nur von einer Katze stammte, die sich anscheinend in einer Notlage befand.

Shannon schaute sich um und entdeckte schließlich unter einem Busch ein ganz junges Tier, das ängstlich in die Runde spähte und erneut mitleiderregend miaute.

„Ach, du Armes!" Shannon kniete sich hin und streckte langsam die Hände aus. „Komm her, Miez. Ich tu dir nichts."

Die Katze hatte anscheinend viel Schlimmes durchgemacht, denn sie blieb misstrauisch.

„Schon gut, mein Kleines, keine Angst", sagte Shannon sanft.

Alex fragte sich, wie lange das Tier dieser Stimme widerstehen würde.

Wieso habe ich Shannon wieder geküsst? fragte er sich. Ihre Schuld war es jedenfalls nicht. Immerhin hatte sie nach Hause gehen wollen, und er hatte sie aufgehalten. Wie beim ersten Mal.

Zögernd setzte die Katze nun einen Fuß auf die Platten der Terrasse, bereit, sich sofort wieder in die Sicherheit des Busches zu flüchten, falls ihr doch Gefahr drohte.

„Ja, komm her zu mir", lockte Shannon. „Niemand tut dir was."

Immer näher kam das Tier. Ganz behutsam berührte sie es, und als es sich das gefallen ließ, hob sie die Katze hoch und drückte sie sanft an sich.

Alex atmete scharf ein. Er konnte sich nicht erinnern, wann er zuletzt etwas so Rührendes gesehen hatte wie Shannon mit der zerzausten kleinen Katze. Etwas so Schönes und zu Herzen Gehendes.

Panik überfiel ihn. Wenn er nicht aufpasste, würde er wieder Gefühle erleben, denen er für immer abgeschworen hatte.

„Shannon, wir müssen reden."

„Nun werde nicht melodramatisch", bat sie kurz angebunden. „Ich hatte mich aufgeregt, du wolltest mich mit einem freundschaftlichen Kuss trösten. Es wundert mich, dass du dich nicht kaputtgelacht hast."

„Worüber?"

„Ich muss doch lächerlich ausgesehen haben mit dem Blech voll qualmender Kekse und von Panik erfüllt."

Ach ja, die Kekse, dachte Alex und war erleichtert, dass sie den Kuss offensichtlich nicht ernst genommen hatte. Wahrscheinlich hatte sie gar nicht gemerkt, wie wenig freundschaftlich er gewesen war. Oder wie viel mehr als freundschaftlich ...

„Wie auch immer, ich bin nicht melodramatisch, sondern frage mich nur, was du jetzt mit der Katze vorhast."

„Es ist übrigens ein Kater. Ich bringe ihn zu dir ins Haus", antwortete sie.

„Du denkst doch hoffentlich nicht daran, das Tier Jeremy zu geben? Das kommt gar nicht infrage."

„Keine Sorge, ich will es selber adoptieren", erwiderte sie kühl. „Allerdings habe ich nicht einen Tropfen Milch im Haus, also wirst du damit rausrücken müssen."

Sie ging so gelassen an ihm vorbei, als sei in den letzten Minuten nichts zwischen ihnen passiert. Alex schüttelte verwirrt den Kopf. Anscheinend hatte er etwas Bedeutsames nicht mitbekommen, aber was, das blieb ihm völlig schleierhaft.

„Warte, Shannon! Wenn Jeremy die Katze sieht, will er sie garantiert haben."

„Du machst viel zu viel Getue", kritisierte sie ihn. „Ich werde es ihm schon erklären."

„Männer machen kein Getue", konterte er pikiert.

„Wie du meinst." Ohne ein weiteres Wort ging sie nach drinnen.

Shannon behielt mal wieder die Oberhand. Anscheinend hatte er nicht mehr alles im Griff. Dabei war er bisher stolz gewesen, immer die Kontrolle zu haben.

Shannon saß neben Jeremy, und beide beobachteten den kleinen Kater, der sich ausgiebig putzte, nachdem er mit Milch gefüttert worden war.

„Wird er wieder gesund?", fragte der Junge besorgt.

„Ich glaube schon", beruhigte Shannon ihn. „Morgen bringe ich ihn zu meinem Bruder Connor. Der ist Tierarzt und wird ihn untersuchen."

„Der Kater sieht ängstlich aus", stellte Jeremy fest.

„Ja. Er war zu lange allein und musste für sich sorgen. Bestimmt will er geliebt werden, aber es wird noch eine Weile dauern, bevor er sich sicher fühlt."

„Wie heißt er denn?", wollte der Junge wissen und schmiegte sich an sie.

Sie küsste ihn auf die Wange. Anscheinend waren Namen wichtig für ihn. „Katzen verraten dir ihren Namen erst, wenn sie sich bei dir wohlfühlen", erklärte sie.

„Shannon, das ist doch Unsinn", mischte Alex sich ein.

„Ach ja?" Sie warf ihm einen kühlen Blick zu.

Kinder brauchten ein bisschen Fantasie im Leben, fand Shannon, und Jeremy hatte schon zu viel raue Wirklichkeit erlebt. Alex musste sich jetzt nicht aufspielen. Als sie vorhin den Kuss als rein freundschaftlich gedeutet hatte, war er darüber so erleichtert gewesen, dass es beinah kränkend war. Dabei war er bestimmt ebenso bis ins Innerste berührt gewesen wie sie. Da war sie sich ganz sicher.

„Du kennst dich mit Katzen nicht aus", behauptete sie kategorisch.

„Ach nein?" Er verschränkte die Arme und schwieg.

Okay, er war im Regen losgezogen und hatte ihr alles besorgt, was sie für ihren neuen Mitbewohner brauchte. Das war wirklich nett gewesen.

Wenn sie fair war, musste sie zugeben, dass Alex klug daran tat, übervorsichtig mit Frauen zu sein. Es ging ihm schließlich an erster Stelle um Jeremy.

Und sie würde nie die Wahl zur besten Mutter des Jahres gewinnen.

Sie würde nicht einmal nominiert werden!

„Es tut mir leid, dass die Kekse nichts geworden sind", entschuldigte sie sich bei dem Jungen. „Ich kann nun mal nicht kochen und nicht backen."

„Macht doch nichts", tröstete er sie und legte ihr die Arme um den Nacken.

Sie blinzelte heftig, weil sie plötzlich Tränen in den Augen spürte. „Ich kenne übrigens eine ganz tolle Bäckerei. Da kann ich mal fragen, ob wir zusehen dürfen, wie sie echte Lebkuchenhäuser backen. Falls dein Daddy nichts dagegen hat."

„Darf ich, Daddy?", rief Jeremy begeistert. „Du kannst ja mitkommen", fügte er großzügig hinzu.

Shannon unterdrückte ein Lachen. Sie wurde aber sofort ernst, als ihr einfiel, wie traurig Alex darüber gewesen war, dass sein Sohn anscheinend lieber mit ihr zusammen war als mit ihm selbst. Jeremy wollte seine Trauer hinter sich lassen, Alex schien sie zu pflegen, indem er in die Vergangenheit schaute statt in die Zukunft.

Wie der kleine Kater suchte er Zuneigung, hatte aber gleichzeitig Angst, ihm könne wehgetan werden.

Alex braucht mehr Fröhlichkeit, dachte Shannon. Er musste wieder lernen, zu lachen und sich am Leben zu freuen.

Er musste aufhören, sich an die Vergangenheit zu klammern.

Und das gilt auch für mich, ermahnte sie sich dann selbstkritisch.

7. KAPITEL

Alex nahm Jeremy bei der Hand, Shannon öffnete die Tür, und sie verließen die warme, nach Gewürzen und Schokolade duftende Bäckerei.

Shannon lächelte. Es kam ihr fast vor, als hätte sie eine eigene kleine Familie, während sie mit Alex und dem Jungen die festlich geschmückte Hauptstraße entlangschlenderte. In der Hand trug sie eine Schachtel mit perfekten Lebkuchen, von denen sie einige an den Weihnachtsbaum hängen würde. Die anderen waren zum Essen gedacht.

„Ho, ho, ho", rief ein Weihnachtsmann und läutete eine Handglocke. „Vergesst die Armen nicht! Frohe Weihnachten."

Shannon zog einige Geldscheine aus der Börse und steckte sie in die Sammelbüchse des Weihnachtsmanns.

„Warum machst du das?", wollte Jeremy wissen.

„Der Weihnachtsmann versucht, armen Menschen zu helfen, und sammelt Geld für sie."

„Daddy glaubt nicht an den Weihnachtsmann", verriet Jeremy ihr.

Sie blickte Alex streng an. Dieser Mann verdient einen Tritt in sein wohlgeformtes und ansehnliches Heck, dachte sie gereizt.

„Tatsächlich habe ich gesagt, der Weihnachtsmann wäre eher ein mentaler Zustand als eine reale Person", erklärte Alex.

„Was für ein pseudopsychologisches Gewäsch!", lautete ihr vernichtender Kommentar.

Sie blieben stehen. In einem Schaufenster war die Werkstatt des Weihnachtsmanns aufgebaut, mit Figuren, die sich bewegten. Jeremy drückte sich die Nase an der Scheibe platt, so begeistert war er von der Szenerie.

„Ein bisschen Fantasie schadet einem Kind nicht", erklärte Shannon leise. „Was wäre so falsch daran, Jeremy an etwas glauben zu lassen?"

Alex zog sie ein Stück beiseite außerhalb der Hörweite seines Sohns. „Im Prinzip nichts, außer dass ich ihm immer versichert habe, es würde alles wieder gut, als Kim krank wurde. Ich wusste, dass es nicht stimmte. Trotzdem habe ich es gesagt und falsche Hoffnungen geweckt. Damit habe ich Jeremy unweigerlich enttäuschen müssen."

Shannons Herz setzte einen Schlag lang aus. „Meine Mutter hat auch gesagt, alles würde wieder gut, nachdem mein Vater gestorben war."

„Dann weißt du ja, wovon ich rede. Ich merke dir manchmal an, wie sehr du deinen Vater immer noch vermisst. Was ist daran ‚gut' zu nennen?"

„Man hört tatsächlich nicht auf, Menschen zu vermissen, die man geliebt und verloren hat", stimmte Shannon zu.

Nun verstand sie besser denn je, was ihre Mutter ihr damals hatte sagen wollen. Das Leben war bittersüß: Freude und Kummer, Vergnügen und Sorgen waren wie in einem Teppich zu einem verschlungenen Muster verknüpft.

„Mum meinte nicht, dass wir Dad vergessen sollten", erklärte sie. „Sie wollte uns vielmehr sagen, dass auch wieder schöne Tage kommen würden. Und das stimmt ja. In diesen guten Zeiten denke ich ganz besonders an meinen Dad, voll Dankbarkeit für alles, was er war und was er uns Kindern mitgegeben hat."

„Ach, Shannon, wie schaffst du es, so offen über deine Gefühle zu reden?" Alex klang beinah zornig. „Du kennst uns doch kaum."

„Ich tue es für Jeremy, damit er nicht, wie ich damals, versucht, sich seinen Kummer nicht anmerken zu lassen. Ich bin mir sicher, seine Mutter würde das auch nicht wollen."

Kurz schloss Alex die Augen. Shannon war so warmherzig, so großzügig mit ihren Gefühlen, und sie mochte Jeremy wirklich. Der Junge brachte ihre sanfte Seite zum Vorschein, die sie sonst anscheinend gern versteckte.

Trotzdem ist eine Beziehung ausgeschlossen, sagte er sich insgeheim zum x-ten Mal und trat einen Schritt zurück. Dummerweise löste das die Alarmanlage eines Autos aus, die fürchterlich zu jaulen begann.

„Was soll das?", fragte er entsetzt und betrachtete die teure Limousine. „Ich habe den Wagen doch gar nicht berührt. Höchstens ganz leicht gestreift."

„Ich hasse diese Alarmanlagen", meinte Shannon. „Die gehen ja schon los, wenn man das Auto nur anhaucht."

„Was ist denn los, Daddy?" Jeremys Augen waren rund vor Schreck, und er legte sich die Hände über die Ohren. „Mach, dass es aufhört. Bitte."

Ein Mann kam aus einem nahe gelegenen Juwelierladen gerannt und brüllte: „Was führen Sie mit meinem Jaguar auf?"

„Wir hauchen ihn an", brüllte Alex zurück.

Shannon lachte laut auf. Ihm gefiel es, wie sie sich nicht einen Deut darum scherte, dass sie allgemein Aufmerksamkeit erregten. Dabei hatte er es als Kind immer schrecklich peinlich gefunden, wenn seine Eltern in aller Öffentlichkeit zu streiten begannen und alle Blicke auf sich zogen. Aber das hier war ja etwas anderes.

Der Mann inspizierte seinen Wagen genau, ob der keinen Kratzer abbekommen hatte. Hinter seinem Rücken streckte Shannon ihm kurz die Zunge raus.

Das brachte auch Alex zum Lachen. Er nahm Jeremy hoch und legte Shannon den freien Arm um die Schultern.

„Ist das ein angemessenes Benehmen für die PR-Direktorin des O'Rourke-Imperiums?", fragte er gespielt streng. „Beziehungsweise für ein Mitglied des altehrwürdigen Clans der O'Rourkes?"

„Ich habe Urlaub", antwortete sie vergnügt.

Trotzdem tat sie alles, um die Situation zu entschärfen. Nach wenigen Minuten war der Besitzer des Jaguars quasi Wachs in ihren Händen. Er gab sogar zu, er hätte nicht so brüllen sollen.

Im Zentrum von Seattle hätte dieser Zwischenfall kein Aufsehen erregt, aber hier in ihrem kleinen Vorort war er ein Ereignis. Leute, die ihre Weihnachtseinkäufe machten, blieben stehen und plauderten. Ein Polizist kam dazu und fragte, ob er gebraucht würde. Als Shannon das freundlich verneinte, blieb er trotzdem und aß ein Stück Lebkuchen, das sie ihm anbot.

Eine Szene, die sich durchaus unangenehm hätte entwickeln können, wurde zu einem gesellschaftlichen Ereignis, und das war nur Shannon zu verdanken, überlegte Alex verblüfft. Sie besaß ein Talent, das Beste in anderen Menschen zu wecken, außerdem interessierte sie sich wirklich für andere, und sie nahm liebevoll und gelassen menschliche Schwächen und Stärken hin.

„Jetzt müssen wir neuen Lebkuchen besorgen", meinte sie, als schließlich alle Beteiligten wieder ihrer Wege gegangen waren. Die Schachtel war leer.

„Ja, bitte. Der ist total lecker", sagte Jeremy mit vollem Mund.

Alex dachte an die Seminararbeiten, die er noch korrigieren und benoten musste. Eigentlich hätte er darauf bestehen sollen, nach Hause zu fahren, aber ...

„Ich finde auch, dass wir neue brauchen", stimmte er zu. „Außerdem möchte ich Kakao. Mir ist kalt."

Sie gingen also zur Bäckerei zurück.

Zum ersten Mal seit langer, langer Zeit war Alex glücklich.

Shannon saß im Wohnzimmer und blätterte in dem Kochbuch mit den „narrensicheren" Rezepten, die allerdings nicht sicher genug für ihre Kochkunst gewesen waren. Eigentlich hasste sie Kochbücher, weil sie mit jeder Seite, jedem Bild an ihre Unzulänglichkeit erinnert wurde. Jetzt aber fand sie es ganz interessant, wenigstens theoretisch festzustellen, was alles zum Kochen dazugehörte.

Aus dem Augenwinkel sah sie, wie der kleine Kater vorsichtig ins Zimmer kam. Sein Zustand hatte sich in den wenigen Tagen sehr gebessert. Sie wusste, er würde zu ihr aufs Sofa kommen, wenn sie geduldig blieb und ihn nicht drängte. Nachts war es ebenso. Er beobachtete sie misstrauisch vom Flur her und ließ sich nicht anlocken. Morgens lag er dann friedlich zusammengerollt auf ihrem Bauch und schnurrte behaglich.

Plötzlich musste sie an Alex denken. Ob er auch eines Tages sein Misstrauen aufgeben und sich in den Armen einer liebenden Frau finden würde? Einer Frau, die er von ganzem Herzen liebte.

Während sie das Kochbuch zuklappte, freute sie sich an ihrer neu gefundenen inneren Ruhe. Bisher war sie immer rastlos gewesen, aber damit schien es weitgehend vorbei zu sein. Allerdings bedeutete es nicht, dass sie sich mit ihrem Leben, so wie es war, abgefunden hatte.

Sie wollte mehr.

Immer noch.

Sie wollte die wahre Liebe.

Es wäre einfach für sie, Alex zu lieben und ihm den Teil von sich zu offenbaren, den bisher noch kein Mensch kannte. Ihr war inzwischen klar geworden, dass sie ihren ersten Freund nicht wirklich geliebt hatte. Nicht so, wie man als erwachsene Frau einen Mann liebte. Bloß ihr Stolz war verletzt worden, als er sie verließ, und sie hatte ihre Jungmädchenträume aufgegeben.

Es gab aber auch noch andere Träume. Solche für Frauen.

Shannon spürte an ihrem Oberschenkel einen kleinen warmen Körper. Der Kater schmiegte sich an sie und blickte zu ihr hoch, noch immer etwas ängstlich. Bereit, sofort zu flüchten, wenn es nötig wäre.

Er war noch nicht wirklich überzeugt, dass sein Leben sich zum Besseren gewendet hatte, dass Futter und liebevolle Behandlung keine Illusion waren und er seiner neuen Besitzerin vertrauen konnte.

„Ich wünschte, ich könnte bei dir bleiben, aber ich bin heute schon vergeben", erklärte Shannon dem Tier.

Es streckte die Pfote aus und stupste sie sanft.

Diese zugleich vorsichtige und vertrauensvolle Geste ging ihr zu Herzen.

In dem Moment klingelte es, der Kater sprang vom Sofa und sauste in die Küche.

Shannon wusste, wer draußen stand. Sie war mit Alex und Jeremy zum Mittagessen verabredet.

„Shannon?", rief Jeremy vor der Tür. „Beeil dich, bitte."

„Ich komme schon!" Sie öffnete. „Ihr habt wohl einen Bärenhunger, ja?"

„Nein, ich friere." Alex schauderte und steckte die Hände tief in die Jackentaschen. „Wieso fühlt es sich hier kälter an als in Minnesota? Dort hatten wir im Winter Minustemperaturen im zweistelligen Bereich."

„Es liegt an der Luftfeuchtigkeit", erklärte sie. „Ihr werdet euch dran gewöhnen."

„Falls wir bleiben."

Die wie nebenbei gesagten Worte versetzten ihr einen Stich. Ihr wurde kälter als beim ärgsten Wintersturm.

„Ich wusste nicht, dass du daran denkst, vielleicht woandershin zu ziehen", bemerkte Shannon und trat beiseite.

Alex zuckte die Schultern. „Ich lasse mir alle Optionen offen."

Jeremy folgte ihnen ins Wohnzimmer und sah sich hoffnungsvoll um. „Hier, Miez, Miez, komm!"

„Er ist noch sehr scheu", erklärte Shannon und versuchte, sich nicht anmerken zu lassen, wie sehr Alex' Bemerkung sie aus dem Gleichgewicht gebracht hatte. „Du musst Geduld haben."

Ja, das war ein guter Rat, der für sie gleichermaßen galt. Nur waren Männer nicht so unkompliziert wie Katzen, die man mit einem warmen Platz und ausreichend Futter für sich gewinnen konnte.

„Wir haben schon vorhin mal bei dir vorbeigeschaut, um zu fragen, ob dir vielleicht Brunch lieber wäre als Mittagessen, aber du warst nicht da", berichtete Alex und stellte sich an den Kamin, in dem ein kleines Feuer brannte.

„Ich war in der Kirche."

„Ach so."

Sein ausdrucksloser Ton verriet ihr, was sie vermutet hatte: Er hielt nichts von der Kirche, genau wie von vielen anderen Dingen nicht.

„Dann hole ich mal meine Tasche", meinte Shannon.

„Das eilt nicht." Er kauerte sich vor den Kamin. „Hier ist es richtig behaglich."

Seine Jeans spannten sich eng um die muskulösen Schenkel. Als Shannon daran dachte, wie sich seine Beine an ihren angefühlt hatten, hielt sie kurz den Atem an.

Wir sind nur Freunde, rief sie sich hastig ins Gedächtnis und begann, in Windeseile ihre Sachen zusammenzusuchen.

„So, fertig", verkündete sie, falls Alex es nicht gemerkt haben sollte.

Er machte die Glastüren des Kamins zu und stand auf. „Wo möchtest du essen?"

„Mir ist es überall recht."

„Okay. Jeremy! Wir wollen los. Wo ist denn Mr. Tibbles?", fragte er erstaunt.

Der Junge wies zum Weihnachtsbaum, neben dem das Spielzeugkaninchen platziert war. „Shannon sagt, Mr. Tibbles will vielleicht manchmal lieber nicht mitkommen. Deshalb lasse ich ihn hier bei dem Kater, dann ist er trotzdem nicht allein."

„Das ist eine tolle Idee!" Alex blickte von seinem Sohn zu Shannon.

Sie hatte ein wahres Wunder vollbracht, und dafür war er ihr unendlich dankbar. Am liebsten hätte er ihr einen Kuss gegeben – einen rein freundschaftlichen natürlich –, aber Jeremy stand bei ihnen.

Das ließ sich ändern. „Shannon, kann ich dich mal kurz allein sprechen?"

„Ja, sicher", antwortete sie und ging in die Küche voraus. „Alex, ist etwas nicht …"

Er ließ sie nicht weiter zu Wort kommen, sondern drückte ihr den Mund auf die Lippen. Nur kurz, für einen ausgesprochen freundschaftlichen Kuss. Fast sofort ließ er sie wieder los.

Überrascht sah sie ihn an. „Alex?"

„Danke für das kleine Wunder mit Mr. Tibbles", sagte er aufrichtig.

„Aber ich habe doch gar nichts getan", wehrte sie ab.

„Doch. Ich hatte am ersten Tag recht: Du hast Talent, mit Kindern richtig umzugehen. Wie man an Jeremy sieht. Und jetzt gehe ich vor und mache die Heizung im Wagen an", informierte er sie. „In ein paar Minuten hole ich euch."

Nachdem Alex gegangen war, legte Shannon die Fingerspitzen an die Lippen. Wahrscheinlich würde er den impulsiven Kuss schon bald bedauern. Sie aber bereute ihn nicht. Es tat ihr vielmehr unendlich gut zu spüren, wie sehr er ihre Bemühungen um Jeremy zu schätzen wusste. Ja, seine Anerkennung füllte eine leere Stelle in ihrer Seele aus.

Urlaub ist eine gute Erfindung, dachte Shannon sich wenige Tage später. Sonst trieb sie ihr Team um diese Zeit fast zur Verzweiflung mit ihren bevorzugten Projekten, jetzt gönnte sie sich einfach Spaß. Es würde ihr schwerfallen, wieder zur Arbeit zu gehen. Zum Glück war Kane als Boss sehr großzügig, wenn es um freie Tage ging. Am liebsten wäre es ihm wahrscheinlich gewesen, wenn er seinen Angehörigen ein Leben in Muße und Luxus hätte schenken dürfen.

Wenn sie dann wieder arbeitete, würde Jeremy in die Kindertagesstätte zurückmüssen. Wahrscheinlich wäre es besser gewesen, sie und Alex hätten gleich darauf bestanden, sobald es dem Jungen besser ging, aber darüber hatten sie nun mal nicht nachgedacht.

Der Regen fiel in Strömen, dicke Tropfen prasselten gegen die Fenster. Plötzlich fühlte sie sich nicht mehr völlig zufrieden, sondern ihr wurde unbehaglich zumute. Es regnete nun schon seit Sonntag unaufhörlich. Der Boden war mit Wasser gesättigt, und als Folge wurde Hochwasser in den niedriger gelegenen Regionen und entlang des White River vorhergesagt.

In den nächsten Stunden verstärkte sich ihr Gefühl, dass irgendetwas nicht stimmte. Mehrmals schaute sie nach Jeremy, mit dem alles in Ordnung war.

Hatte Alex ein Problem?

Shannon wünschte, er wäre sicher zu Hause, aber er musste die Abschlussprüfungen abhalten und würde auch am Nachmittag noch beschäftigt sein.

Kein Grund zur Sorge, sagte sie sich dann. Er fuhr einen großen Geländewagen und hatte im Lauf seiner Auslandsjobs einige Kämpfe mit Mutter Natur siegreich bestanden.

Doch das unbehagliche Gefühl blieb. Sie bekam ähnliche Empfindungen auch bei der Arbeit. Wenn etwas nicht ganz stimmte, begann ihr Nacken zu prickeln.

Schließlich rief Shannon ihren Stellvertreter an und wartete ungeduldig, während das Telefon ungewöhnlich lange klingelte.

„Hier O'Rourke Enterprises", meldete Chris sich schließlich. Er klang ungewohnt hektisch.

„Chris, hier Shannon."

„Wo haben Sie gesteckt? Ich versuche seit Stunden, Sie zu erreichen."

Schuldbewusst dachte sie an ihr Handy, das bei ihr lag, während sie bei Alex auf Jeremy aufpasste.

„Ich bin im Haus eines Freundes, Chris. Was ist passiert?"

„Die Fabrik in Bolton ist überflutet. Das Wasser steigt weiter, und zwei Arbeiter werden vermisst. Bitte, kommen Sie rasch her, Shannon. Ich möchte nicht derjenige sein, der den Ehefrauen die schlimme Nachricht überbringen muss."

„Ich komme sofort in die Stadt", versprach sie. „Wissen Sie, ob Straßen zwischen hier und Seattle schon wegen Überschwemmung gesperrt sind?"

„Das sind sie zum Glück nicht. Ich habe mich erst vorhin erkundigt, weil ich dachte, Sie könnten unterwegs sein und irgendwo im Stau stecken."

„Okay. Ich passe gerade auf den kleinen Jungen eines Freundes auf und kann ihn nicht allein lassen. Also muss ich ihn mitbringen."

Sie gab noch einige Anweisungen, dann legte sie auf und dachte scharf nach. Zwar hatte sie als PR-Direktorin schon einige Krisensituationen zu meistern gehabt, aber zum ersten Mal musste sie sich gleichzeitig um einen kleinen Jungen kümmern. Eins war vor allem wichtig: Jeremy durfte sich nicht ängstigen.

Sie ging ins Fernsehzimmer, wo er ein Weihnachtsvideo ansah. Lächelnd blickte er zu ihr hoch.

„Jeremy, ich hoffe, es macht dir nichts aus, aber ich muss unbedingt etwas in meinem Büro erledigen. Deshalb fahren wir beide jetzt nach Seattle."

Zum Glück hatte Alex darauf bestanden, für alle Fälle in ihrem Mercedes einen Kindersitz zu montieren.

„Können wir da Pizza essen?", fragte Jeremy hoffnungsvoll.

Trotz ihrer Sorge um die vermissten Männer musste Shannon lächeln. „Klar, können wir. Hol schnell deinen Mantel."

Unterwegs in die Stadt sang der Junge unentwegt „Jingle Bells". Als sie bei O'Rourke Enterprises ankamen, konnte sie das Lied nicht mehr ausstehen.

Am Lift der Parkgarage warteten bereits drei Leute auf sie, darunter ihr Stellvertreter. Erleichtert eilte er auf sie zu.

„Es ist alles in Ordnung", sagte er leise, sobald sie die Tür öffnete. „Die Männer sind gefunden worden. Sie sind zum Glück nur leicht verletzt."

Die Anspannung fiel von ihr ab. Hauptsache, den Arbeitern ging es halbwegs gut. Schäden an den Gebäuden konnten repariert werden. Es war nicht das erste Mal, dass es eine Überschwemmung gab, und es würde nicht das letzte Mal sein.

Shannon stellte Jeremy ihren Mitarbeitern vor und bat die Sekretärin, für alle Pizza zu besorgen.

Alex hielt an der Schranke zur Tiefgarage bei O'Rourke Enterprises und nannte dem Sicherheitsmann seinen Namen. Daraufhin wurde er sofort durchgelassen und auf einen Parkplatz in der Nähe des Lifts geschickt.

Als er ausstieg, öffneten sich die Lifttüren, und eine Frau in einem streng geschnittenen Kostüm kam zu ihm.

„Ich bin Claire Hollings, Ms. O'Rourkes Assistentin", stellte sie sich vor. „Sie werden erwartet, Dr. McKenzie. Wenn Sie mir bitte folgen."

Auf dem Weg nach oben berichtete sie ihm von der Überschwemmung in der Fabrik, die der Grund gewesen war, warum Shannon Jeremy hatte mitnehmen müssen.

Shannon hatte ihn per Telefon kurz informiert, dass sie in die Stadt musste, aber sie hatte keine Einzelheiten mitgeteilt. Es freute ihn, dass alles so glimpflich abgelaufen war.

Oben herrschte geschäftiges Treiben wie in einem Bienenstock. Auf dem Weg zu Shannons Büro hörte er immer wieder ihren Namen und anerkennende Kommentare, dass sie so schnell zu Hilfe gekommen war.

Ihr Büro war ein mit Glaswänden abgetrennter Bereich am Ende eines lang gestreckten Raums. Jeremy saß an einem Schreibtisch und blickte wie gebannt auf einen Computer. Neben ihm stand eine Mitarbeiterin und erklärte ihm etwas. Nur kurz blickte der Junge hoch, winkte fröhlich und konzentrierte sich gleich wieder auf den Bildschirm.

Das machte Alex betroffen. Bisher war er der Mittelpunkt im Leben seines Sohns gewesen, der sichere Zufluchtsort in einer Welt, die aus den Fugen geraten war. Aber nun, seit Shannons kontaktfreudige Art auf Jeremy abfärbte, änderte sich alles.

„Ms. O'Rourke hält eine Pressekonferenz ab", erklärte Claire Hollings und wies auf eine Wand mit Fernsehmonitoren, auf denen Shannon zu sehen war. „Möchten Sie zuhören, Dr. McKenzie?"

Als er nickte, stellte sie die Lautstärke höher.

„… natürlich heilfroh, dass die Verletzungen nicht gravierender sind", erklang Shannons Stimme."

„Was ist mit den Arbeitsplätzen?", rief ein Reporter im Hintergrund. „Wie lange wird es dauern, bis der Betrieb wieder aufgenommen wird? So kurz vor Weihnachten will doch niemand auf die Lohntüte verzichten."

„Es wird keinen Verlust von Arbeitsplätzen geben und auch keine Lohnausfälle", versicherte sie. „Allerdings wird es einige Wochen dauern, bevor die Produktion wieder voll aufgenommen werden kann."

Im Blitzlichtgewitter der Fotografen stellten mehrere Journalisten weitere Fragen, die sie geduldig beantwortete.

Alex beobachtete fasziniert ihr Gesicht, das ihre Gefühle so deutlich spiegelte: das Mitgefühl mit den verletzten Arbeitern und sonstigen Betroffenen – und vor allem die Zuversicht, dass alles wieder ins Lot kommen würde.

Jeder, der Shannon hier sah, würde ihr das sofort glauben.

So wie er ihr glaubte, dass auch für ihn alles wieder gut werden könnte. Die Saat der Hoffnung, die sie gesät hatte, begann zu keimen und Wurzeln zu schlagen.

„Sie ist richtig gut. Finden Sie nicht auch?", fragte jemand neben ihm.

Alex wandte sich dem Mann zu. Er hatte dunkle Haare und dunkle Augen und war ganz unverkennbar einer von Shannons Brüdern.

„Sie ist großartig", bestätigte Alex.

„Kane O'Rourke", stellte der Mann sich vor.

„Ich bin Alex McKenzie."

„Ja, das hat man mir gesagt. Shannon erzählte, Sie seien Tiefbauingenieur. Falls Sie Interesse haben, könnte ich Sie gut als Berater gebrauchen in der Fabrik, die vom Hochwasser betroffen ist."

„Sie wissen doch gar nicht, ob ich dafür qualifiziert bin", wandte Alex ein.

„Keine Sorge, ich schaue mir Ihre Zeugnisse und Referenzen an, bevor ich Ihnen ein endgültiges Angebot mache", erwiderte Kane trocken. „Aber ich kenne meine Schwester und vertraue ihrem Urteil. Shannon meint, Sie wären der richtige Mann."

„Mr. O'Rourke, Ihr Hubschrauber steht zum Abflug bereit", unterbrach Claire ihn.

„Ja, danke." Er wandte sich wieder Alex zu. „Hat mich gefreut, Sie kennenzulernen, Dr. McKenzie. Wir bleiben in Verbindung, okay? Jetzt muss ich die verletzten Arbeiter besuchen. Bis dann."

Nachdenklich sah Alex ihm nach, dann ging er in Shannons Büro und strich Jeremy zur Begrüßung übers Haar.

„Danke, dass Sie auf meinen Sohn aufgepasst haben", sagte er zu der Frau, die neben dem Kleinen saß.

„Es war mir ein echtes Vergnügen", erwiderte sie ehrlich. „Der Junge hat eine Begabung für Computer. Ich hoffe, wir sehen uns wieder, Jeremy."

„Tschüss, Bobbi. Ach, Daddy, müssen wir wirklich schon weg hier?"

„Ja, das müssen wir", antwortete Alex energisch.

Er hatte dem Jungen gerade den Mantel angezogen und zugeknöpft, als Shannon im Büro erschien, umgeben von Leuten, die ihre Aufmerksamkeit zu erregen versuchten. Sie lächelte ihn entschuldigend an.

„Tut mir leid, Alex, dass ich Jeremy nach Seattle entführt habe, aber es ging nicht anders. Ich wurde hier dringend gebraucht."

„Mach dir keine unnötigen Sorgen", antwortete er. „Es hat ihm wahrscheinlich gutgetan."

Das fand er tatsächlich. Plötzlich fragte er sich, ob Jeremy sich im vergangenen Jahr leichter an die neuen Verhältnisse angepasst hätte, wenn er von Kim ermutigt worden wäre, selbstständiger zu sein? Sie hatte jeden wachen Moment mit dem Jungen verbracht und ihn nicht mal in den Kindergarten geschickt.

Ob er deswegen eine so heftige Abneigung gegen die Kita hatte? Würde er die Schule womöglich sogar noch mehr hassen?

Alex seufzte müde und wurde von den üblichen Schuldgefühlen überfallen. Kim konnte ihre Entscheidungen nicht mehr erklären und rechtfertigen. Entscheidungen, die sie ganz allein hatte treffen müssen, da er ja irgendwo in der Weltgeschichte herumgondelte und Straßen und Brücken baute.

„Ich bringe Jeremy jetzt nach Hause, dann kannst du ungestört arbeiten", sagte Alex zu Shannon. „Entschuldige die Mühe, die wir dir bereitet haben, wo du doch so viel anderes zu tun hattest."

„Es war keine Mühe. Jeremy war sehr brav. Wir haben Pizza gegessen, dann hat er am Computer gespielt", erklärte sie.

„Jedenfalls vielen Dank."

Jeremy umarmte Shannon fest, dann ging er widerstrebend zur Tür. Alex wusste, wie es seinem Sohn zumute war. Ihm selbst ging es ja nicht anders. An der Tür wandte er sich noch einmal um.

„Übrigens." Er räusperte sich. „Falls du nachher noch jemanden zum Reden brauchst, wenn du nach Hause kommst, Shannon: Ich bin noch auf", bot er ihr an. „Ich weiß, wie man sich nach einer Krise fühlt, wenn die Anspannung nachlässt."

Den kleinen Freundschaftsdienst konnte er ihr leicht erweisen. Er ging ja immer spät ins Bett.

Sie sah überrascht aus. „Oh. Danke!"

Jetzt machte er besser, dass er mit Jeremy wegkam. Man warf ihnen bereits neugierige Blicke zu. Bestimmt überlegten die Angestellten, in welcher Beziehung er zu Shannon stand. Das hätte er gar nicht mal so schlimm gefunden, wenn er selber es gewusst hätte.

8. KAPITEL

Fünf Stunden später war Shannon froh, dass sie Kane versprochen hatte, auf keinen Fall selbst mit dem Wagen nach Hause zu fahren. Sie saß bequem in der Limousine, während Ted, der Firmenchauffeur, wegen der vielen Überflutungen einen Umweg nach dem anderen machen musste.

Reichtum bedeutete Shannon nicht viel, aber manchmal waren die damit verbundenen Annehmlichkeiten nicht zu verachten.

„Danke, dass Sie mich nach Hause gebracht haben, Ted", sagte sie, als sie ausstiegen und er einen Schirm über sie hielt.

In diesem Moment erschien Alex. „Ich kümmere mich weiter um Miss O'Rourke", bot er an.

Ted musterte Alex so, wie ein Polizist einen Verdächtigen mustern würde, und kam anscheinend zu einem positiven Urteil.

„Ich bin bei Dr. McKenzie gut aufgehoben", versicherte Shannon.

„In Ordnung, Miss O'Rourke. Morgen wird man Ihnen Ihr Auto herbringen. Gute Nacht."

„Gute Nacht, Ted", verabschiedete sie sich.

Alex übernahm den Schirm und führte Shannon wie selbstverständlich in sein Haus. „Der halbe Bundesstaat ist überflutet. Wie geht ihr mit so viel Wasser um?"

„Wir lernen rechtzeitig schwimmen", antwortete sie scherzhaft.

„Jeremy ist vermutlich schon im Bett?"

„Seit einer Stunde", bestätigte er. „Hast du was gegessen?"

„Kalte Pizza um sechs."

„Das zählt nicht. Ich mach dir was", bot er an.

„Danke, lieb von dir, aber es ist nicht nötig."

Doch er ignorierte ihren Einwand einfach, stellte den Schirm zum Trocknen in der Diele auf und ging in die Küche.

Shannon folgte Alex. „Hörst du eigentlich nie zu?"

„Stimmt. Das ist einer meiner Charakterfehler. Mach was dagegen, wenn du kannst!"

Er sah so liebenswert aus mit den zerzausten Haaren, und sein streitlustiger Ton passte so wenig zu seinem Erscheinungsbild, dass sie einfach lachen musste.

Erstaunt sah Alex hoch. In seiner Familie hätte eine derartig schlecht gelaunte Bemerkung einen wahren Krieg entfacht, Shannon hingegen amüsierte sich. Sie sah jetzt weniger erschöpft aus, also hatten seine schlechten Manieren offenbar sogar einen positiven Effekt gehabt.

„Möchtest du ein Omelett?", erkundigte er sich.

„Gern. Du kannst Omeletts zubereiten?"

„Sicher, die sind …" Alex verstummte abrupt. Beinah hätte er gesagt, sie seien ganz einfach zu machen, aber Kochen war ja ein heikles Thema für Shannon. „Die kriege ich meistens hin."

Shannon reckte sich gähnend, geschmeidig und sinnlich wie eine Katze. Wir sind nur gute Freunde, rief Alex sich ins Gedächtnis und nahm die Eier aus dem Kühlschrank.

„Ich mache mich inzwischen ein bisschen nützlich", meinte sie und ging in die angrenzende Waschküche.

Von dort erklang das Öffnen und Schließen der Wäschetrocknertür. Wie so oft war Alex nicht dazu gekommen, den Trockner auszuräumen.

„Komm zurück! Du sollst dich doch entspannen", rief er.

„Ja, gleich, ich … ach, verdammter Mist, verdammt!"

Er hatte sie noch nie fluchen hören. Was war passiert? Schnell stellte er die Pfanne ab und eilte nach nebenan. Der Geruch von Chlor stieg ihm beißend in die Nase, und dann sah er die Bescherung: Die Flasche mit Bleichmittel war in den Korb mit seinen Jeans gefallen und dabei aufgegangen.

Shannon fand das anscheinend nicht witzig, doch angesichts ihres vollkommen erschütterten Gesichtsausdrucks musste Alex dennoch lachen. Geistesgegenwärtig steckte er die Hosen in die Waschmaschine und stellte sie an. Nun konnten sie nur noch abwarten, ob die Jeans noch zu retten waren.

Shannons Gesicht war ein Bild des Jammers.

Da gab es nur eins: Alex legte ihr den Arm um die Taille und umfasste ihr Kinn, sodass sie ihn ansehen musste.

„Was du mit meinen Jeans aufführst, ist mir völlig egal, Shannon. Du bringst Jeremy zum Lachen, und das allein zählt für mich."

„Ich bin eine wandelnde Katastrophe", klagte sie.

„Nein, du bist ein echter Schatz! Ich kann Profis fürs Kochen und Putzen engagieren, aber was du für Jeremy tust, ist unbezahlbar."

„Jetzt klingst du wie ein Werbespot", sagte sie unwirsch, aber ein Lächeln begann ihr Gesicht zu erhellen.

„Unsinn!" Er küsste sie auf die Nasenspitze.

„He! Was ist mit unserem Abkommen, dass wir nur gute Freunde sind?", fragte Shannon streng.

„Das war doch gar kein richtiger Kuss." Nun küsste er sie auf die Lippen, länger, als vernünftig war. „Das war einer, aber auch noch ein rein freundschaftlicher."

„Aha. Gut."

Wieder küsste er sie. Ein Fehler, er wusste es sofort, als er spürte, wie die Leidenschaft ihn übermannte. Das hier hatte mit Freundschaft nichts mehr zu tun. Sie fühlte sich so gut an. Ihre Lippen waren samtweich, das Haar seidig und ihre Hüften schlank und genau richtig gerundet.

Heißes Begehren durchströmte ihn, und er presste die Stirn gegen Shannons. Er musste seine Beherrschung wiederfinden. Sofort. Andernfalls würde er Shannon bitten, die Nacht bei ihm zu verbringen.

In seinem Bett.

Plötzlich war ihm klar, dass er nicht einfach Ersatz suchte für alles, was er seit einem Jahr vermisste. Shannon hatte vielmehr ein ganz neues Begehren in ihm geweckt.

„Ich mache jetzt besser das Omelett", sagte Alex heiser. Sonst bekommst du es erst zum Frühstück, fügte er im Stillen hinzu.

Rasch ging er in die Küche und gab Öl in die Pfanne.

Nachdem sie gegessen hatten, fütterte Alex den immer noch namenlosen Kater. Anschließend machten sie es sich zu dritt im Wohnzimmer bequem. Shannon legte sich aufs Sofa, der kleine Kater rollte sich auf ihrem Bauch zusammen und schnurrte. Alex setzte sich zu ihr, nahm ihre Füße auf den Schoß und begann, sie zu massieren.

Das fand sie unglaublich entspannend. Woher hatte er gewusst, was sie brauchte, wo sie es selbst doch nicht geahnt hatte?

Männer hatten sie bisher mit Blumen, mit Schmuck und Essen in teuren Restaurants umworben, aber das alles konnte nicht mit Alex' einfachem Omelett und den Streicheleinheiten mithalten.

Lächelnd schloss sie die Augen. Ihr Haus war perfekter und eleganter eingerichtet als das von Alex, aber hier fühlte sie sich mittlerweile wohler.

Ja, sie war zum ersten Mal seit ewig langen Zeiten genau da, wo sie sein wollte.

Das Klingeln des Telefons auf dem Nachttisch weckte Alex. Müde blickte er auf den Wecker. Es war erst sechs Uhr. Welcher Wahnsinnige rief um diese Zeit an?

Gereizt hob er ab. „Ja, was gibt's?"

„Wo, zum Teufel, steckt meine Schwester, McKenzie? Sie geht nicht ans Telefon."

Alex rieb sich das Gesicht. Der Anrufer klang eindeutig wie Kane O'Rourke, aber keineswegs so freundlich wie am Vortag. Aus dem Beraterjob wurde wohl nichts.

„Shannon ist hier", erklärte Alex.

Deutlich hörte er ein scharfes Einatmen, dann gedämpft im Hintergrund eine Frauenstimme, die sagte, Shannon sei erwachsen und könne ihr eigenes Leben führen und Kane solle sich bitte nicht einmischen.

Das fand Alex auch.

„Shannon ist auf der Couch eingeschlafen. Sie hatte gestern ja einen anstrengenden Tag. Ich habe es nicht übers Herz gebracht, sie rauszuwerfen", erklärte er und gähnte.

„Ach, ich verstehe."

„Wollen Sie nur ein bisschen mit mir plaudern, Mr. O'Rourke, oder geht es um etwas Wichtiges?"

Kurze Stille, dann Lachen. „Nichts Wichtiges", antwortete Kane. „Ich wollte nur mit meiner Schwester sprechen."

Wieder Flüstern im Hintergrund.

„Und meine Frau meint, ich solle mich bei Ihnen entschuldigen, weil ich Sie geweckt habe, Dr. McKenzie."

„Schon gut. Ich sehe mal nach, ob Shannon schon wach ist."

Alex ging ins Wohnzimmer, wo Shannon tief schlafend auf der Couch lag. Ganz leise verließ er den Raum, der durch die Anwesenheit dieser Frau plötzlich so voller Leben zu sein schien.

„Sie schläft wie das sprichwörtliche Murmeltier", berichtete er Kane. „Ich sage ihr später, dass Sie angerufen haben, okay?"

Kane war damit einverstanden.

Alex legte sich wieder hin, konnte aber nicht mehr einschlafen. Es faszinierte ihn, wie eng und liebevoll die Beziehung zwischen Shannon und ihrem ältesten Bruder war. Das brachte ihn dazu, an seine eigene Schwester zu denken, die jetzt in Japan lebte.

Zuletzt hatte er Gail bei Kims Begräbnis gesehen, und er war sich nicht sicher, ob er überhaupt ihre aktuelle Telefonnummer hatte. Wie typisch für seine Familie, nicht miteinander zu kommunizieren.

Kurz rechnete er den Zeitunterschied zwischen Seattle und Japan aus, danach wählte er. Als das Freizeichen ertönte, hätte er beinah wieder aufgelegt.

Dann wurde er auf Japanisch begrüßt, was ihn kurz aus dem Konzept brachte.

„Gail?"

„Ja, hier Gail McKenzie."

Er hörte ihr an, dass sie nicht wusste, mit wem sie redete. Sie kannte nicht einmal mehr seine Stimme!

„Ich bin's, Alex."

Am anderen Ende herrschte kurz Schweigen. „Alex? Hallo!"

Das ist ja schlimmer als gedacht, sagte er sich und fluchte im Stillen.

„Wie geht's dir denn so, Gail?"

„Immer beschäftigt. Du weißt ja, wie das ist."

Ja, das wusste er. „Ich habe auch viel zu tun."

Fünf Minuten lang mühten sie sich redlich mit Small Talk ab, dann sagte Gail, sie müsse auflegen. Alex war froh, das Gespräch beenden zu können. Warum hatte er überhaupt versucht, mit seiner Schwester zu reden?

Wegen Shannon, antwortete eine innere Stimme ihm.

Ja, Shannon wirkte leichtherzig und mondän, aber sie war im Grunde ein Familienmensch mit traditionellen Wertvorstellungen. Ohne es zu wollen, stachelte sie damit sein Gewissen an.

Leise wie ein kleiner Geist ging Jeremy an der offenen Tür vorbei. Er zog seine Decke hinter sich her. Vermutlich war er auf dem Weg ins Wohnzimmer, dachte Alex gerührt. Momentan verbrachte der Kleine viel Zeit vor dem Weihnachtsbaum, wo er wahrscheinlich davon träumte, dass Shannon seine neue Mummy wurde. Was würde er jetzt sagen, wenn er Shannon auf dem Sofa entdeckte?

In dem Moment klang ein Jubelschrei von unten herauf. „Shannon!"

„Kann man nicht mal mehr in seinem eigenen Haus Ruhe haben?", brummelte Alex vor sich hin.

Als alles wieder still war, fand er trotzdem keinen Schlaf. Stattdessen dachte er an Shannon, wie so oft in letzter Zeit.

Shannon las Jeremy eine Geschichte vor und lauschte nebenbei auf die Geräusche oben in Alex' Schlafzimmer.

Sie selbst hatte so wunderbar geschlafen wie seit Monaten nicht mehr. Beim Aufwachen war sie überrascht gewesen, dass sie auf Alex' Couch lag und Jeremy vor ihr stand. Anscheinend war sie gestern ohne Vorwarnung einfach eingeschlafen, nachdem Alex ihr die Füße massiert hatte.

Sie lächelte. Die Massage hatte nicht nur ihre Reflexzonen stimuliert, sondern auch ganz andere Zonen. Das lag vor allem daran, dass er so sanft gewesen war. Dass er sich um sie gekümmert, ja sie verwöhnt hatte.

Schritte erklangen auf der Treppe.

Shannon blickte hoch. „Guten Morgen, Alex."

„Guten Morgen. Dein Bruder Kane hat angerufen. Er will mich windelweich prügeln, weil du bei mir geschlafen hast."

„Das will er nicht", widersprach sie.

„Doch. Als er dich nicht bei dir erreichen konnte, hat er messerscharf geschlossen, du müsstest bei mir sein."

Sie wäre am liebsten unters Sofa gekrochen, um sich zu verstecken. „Ich habe ihm gesagt, dass ich mit dir nur gut befreundet bin", versicherte sie. „Ehrlich!"

„Ja, ja!"

„Er meint es nur gut", verteidigte sie Kane.

„Ich weiß. Seine Frau hingegen findet, du hättest das Recht, dein Leben selber zu gestalten. Sie hat Kane auch dazu gebracht, sich zu entschuldigen." Alex grinste. „Möchtest du mit Jeremy und mir zum Frühstück ausgehen? Ich habe einen Termin im College, aber erst um zehn Uhr."

„Ja, gern. Ich gehe nur schnell zu mir, springe unter die Dusche und ziehe mich um." Sie war erleichtert, dass Alex den Anruf ihres Bruders von der komischen Seite nahm. „Bin gleich wieder da."

„Lass dir Zeit. Ich muss Jeremy sowieso noch anziehen."

„Okay. Bis gleich."

Shannon trug den Kater nach Hause und machte sich in Rekordzeit frisch. Bevor sie wieder nach nebenan gehen konnte, klingelte ihr Telefon. Kane war am anderen Ende.

Sie fertigte ihn kurz ab mit der Begründung, sie habe frei. Da er angeblich nichts Wichtiges zu besprechen hatte, ließ er sich auf später vertrösten.

Dann verließ sie das Haus. Der Jeep stand schon bereit. Alex half ihr beim Einsteigen, und er sah ungewohnt munter, ja richtig strahlend aus.

„Danke, Shannon", flüsterte er.

„Wofür? Dass ich so schnell war?"

„Nein, für etwas viel Besseres. Jeremy, sag doch Shannon, was du mir gerade gesagt hast."

Sie wandte sich um. „Ja, das würde ich gern hören."

„Ich rufe nicht mehr ‚der Wolf, der Wolf', nur weil Daddy arbeitet." Er seufzte schwer wie ein Erwachsener. „Und ich geh wieder in die Kita. Das muss ich ja. Aber erst nach Weihnachten", fügte er schnell hinzu.

Shannon freute sich. Sie hatte sich gefragt, ob es richtig gewesen war, mit Jeremy über sein vermeintliches Kranksein zu reden. Eigentlich hatte sie vorgehabt, Alex von diesem Gespräch zu berichten, aber sie war bisher nicht dazu gekommen.

„Das finde ich ganz toll von dir, Jeremy", lobte sie ihn. „Ich bin stolz auf dich."

Alex warf ihr einen anerkennenden, warmen Blick zu. Eine schönere Belohnung hätte sie sich nicht vorstellen können.

In einem gemütlichen Café im Ort bestellten sie ein ausgiebiges, üppiges Frühstück.

„Ich habe mir Folgendes überlegt", begann Shannon. „Falls Kane dich nicht zu sehr verärgert hat heute Morgen, hättest du dann Lust, mit Jeremy Weihnachten bei den O'Rourkes zu verbringen?"

„Ich weiß nicht", sagte Alex zweifelnd.

„Daddy, ich möchte. Riesig gern", bettelte Jeremy.

Alex überlegte. Einerseits: Wenn er akzeptierte, konnte Jeremy im Kreis einer großen Familie feiern. Andererseits: Es war Shannons Familie. Und der Junge hing schon viel zu sehr an Shannon und stellte sich alle möglichen Dinge vor.

„Entschuldige, ich hätte das lieber fragen sollen, wenn Jeremy nicht dabei ist", bemerkte sie besorgt. „Ich verstehe, wenn du andere Pläne hast, Alex."

„Tatsächlich habe ich noch keine Pläne gemacht. Wir akzeptieren. Dankend."

„Heißt das Ja, Daddy?"

Er nickte, und Jeremy zappelte vor Vergnügen. „Oh, super, Daddy!"

„Was sollen wir mitbringen?", erkundigte Alex sich und bereute schon, die Einladung angenommen zu haben.

Er wusste nicht, wie man sich beim Treffen einer großen Familie benahm. Gab es eine bestimmte Etikette zu beachten, wenn man zusammen feierte?

„Bringt einfach euch selber mit, das genügt", antwortete Shannon fröhlich. „Ich habe zwei kleine Nichten, Zwillinge, die ungefähr in

Jeremys Alter sind. Sie werden sich über einen neuen Spielgefährten freuen."

„Trotzdem finde ich, wir sollten noch etwas mitbringen", beharrte er mürrisch.

„Dann nehmt doch mich als Mitbringsel", schlug sie humorvoll vor. „Ich habe immer so viel Zeug mitzuschleppen, dass dein Geländewagen als Transportmittel gerade mal ausreichen dürfte. Du würdest mir also einen Gefallen tun."

„Dann stehen dir mein Wagen und ich natürlich gern zur Verfügung."

„Fein! Ich schlage vor, wir fahren gleich vormittags zu meiner Mutter und bleiben den ganzen Tag über bei ihr, wenn dir das recht ist, Alex. Du kannst uns natürlich jederzeit allein lassen, wenn wir dir zu viel werden."

„Mal sehen", meinte er unverbindlich.

Er nahm sich eine zweite Portion Rührei, aß eine Weile wortlos und plauderte dann über unverfängliche Themen.

Wieder einmal stellte Shannon fest, dass Alex sehr unzugänglich sein konnte.

Dennoch kam es ihr beinah vor, als seien sie eine Familie, während sie zu dritt das Café verließen. Das passierte ihr in letzter Zeit immer öfter.

Es tat von Mal zu Mal mehr weh, wenn ihr dann wieder einfiel, dass sie sozusagen nur „Vater, Mutter, Kind" spielten.

Als Alex am späten Nachmittag nach Hause kam, fuhr gerade ein Wagen aus Shannons Auffahrt. Im Auto saßen zwei Frauen, die ihm fröhlich zuwinkten.

Er stieg aus und ging ins Haus. Im Flur wurde er vom Duft nach Zitrone und frisch gebackenem Kuchen empfangen. Das erinnerte ihn unwillkürlich an die Zeiten mit Kim. Sie war in einer Pflegefamilie aufgewachsen und hatte immer das Gefühl gehabt, unerwünscht zu sein. Deshalb hatte sie später beschlossen, als Ehefrau und Mutter alles genau richtig zu machen, quasi ein Leben wie im Bilderbuch zu führen.

Wahrscheinlich hatte sie Jeremy deswegen ein bisschen zu sehr an sich gebunden und ihn überfürsorglich behandelt. Was aber verständlich war. Und verzeihlich.

Nachdenklich ging Alex ins Wohnzimmer, wo Shannon Geschenke einpackte.

„Was geht hier vor, Shannon?", erkundigte er sich brüsk.

„Nichts. Jeremy macht ein Nickerchen, und ich habe den Reinigungsdienst kommen lassen. Die Frauen haben sogar einen Apfelkuchen gebacken. Dir ist doch sicher lieber, wenn ich nicht noch mehr zerstöre. Backbleche und Jeans oder Ähnliches."

Er seufzte. „Ich habe dir doch gesagt, dass es auf die materiellen Dinge nicht ankommt. Die sind mir völlig egal."

„Den meisten Männern sind sie eben nicht egal", hielt Shannon dagegen und schnitt ein Stück buntes Band ab.

Er musste zugeben, dass sie recht hatte. Früher hatte auch er Wert auf einen gepflegten, reibungslos funktionierenden Haushalt gelegt. Ja, es hatte ihm gefallen, wie Kim ihm praktisch jeden Wunsch von den Augen ablas.

Leider hatte er ihr auch alle Entscheidungen überlassen, die das Familienleben betrafen. Er war aus Bequemlichkeit den Weg des geringsten Widerstands gegangen, statt auch einmal darauf zu bestehen, dass Jeremy mit anderen Kindern spielen oder gelegentlich Pizza essen durfte.

Es ernüchterte ihn festzustellen, dass er beim Versuch, die Fehler seiner Eltern nicht zu wiederholen, ins andere Extrem verfallen war. Sein Vater und seine Mutter waren sich niemals einig gewesen und hatten stundenlang gestritten und argumentiert. Er selbst hatte zu allem Ja und Amen gesagt, was Kim vorschlug.

Dabei war die Erziehung der Kinder die gemeinsame Aufgabe der Eltern, bei der sich Stärken und Schwächen ergänzten und ausbalancierten, das war ihm mittlerweile klar.

„Wer hat dir eigentlich gesagt, dass Männer so sind? Ich bin wirklich nicht so, nicht mehr. Allerdings war ich kein guter Ehemann", gestand er betrübt. „Ungefähr acht Monate pro Jahr habe ich im Ausland gearbeitet, dabei hätte ich auch in den Staaten bleiben können."

Ihr konnte er das gestehen, denn sie würde ihn nicht verurteilen. „Auf den Bildern sieht Kim fröhlich aus. Du hast sie glücklich gemacht, Alex. Das ist doch der Maßstab für einen guten Ehemann, oder?"

Er hoffte, dass sie recht hatte.

Plötzlich hatte er das ungewohnte Bedürfnis nach körperlicher Nähe, besser gesagt nach Kuscheln, was ganz neu für ihn war.

„Musst du jetzt gleich nach Hause?", fragte er.

„Nein. Willst du denn noch mal weg?"

„Eigentlich nicht." Er knipste die Lampen im Zimmer aus, sodass nur noch der Weihnachtsbaum leuchtete. Dann nahm er Shannon bei der Hand und setzte sich mit ihr auf den Boden vor dem Baum. Was er jetzt brauchte, war ein Moment des Friedens. Seltsam war nur, dass er den ausgerechnet bei einer Frau suchte, die sein Leben auf den Kopf stellte und durcheinanderwirbelte.

Sanft legte er ihr den Arm um die Schultern und drückte sie an sich. Schweigend saßen sie eine Weile da und genossen die Ruhe.

„Machst du dir keine Sorgen, dass Jeremy uns so findet?", fragte Shannon nach einer Weile.

„Ich sorge mich wegen allem", antwortete er. „Das ist meine hervorstechendste Eigenschaft."

Sie lachte. „Warum sitzen wir dann noch hier?"

„Ich weiß es nicht. Ich weiß nur, dass es sich gut anfühlt. Erzähl mir was über deinen namenlosen Kater."

„Er ist nicht länger namenlos, sondern heißt Magellan. Nach dem Entdecker. Weil er ständig neue Wege durch mein Haus entdeckt. Er ist noch ein bisschen ängstlich und sehr, sehr liebebedürftig."

„Er hat Glück gehabt, bei dir gelandet zu sein."

„Wie war denn deine Konferenz heute?" Shannon wechselte das Thema.

„Großartig. Man hat mir Diplomstudenten zugeteilt. Ach ja, und Rita, die schwangere junge Frau, von der ich dir erzählt habe, hat sich entschlossen, das Baby zu behalten. Ihre Eltern haben sich beruhigt und wollen ihr helfen."

„Das ist doch eigentlich selbstverständlich", meinte sie hitzig.

„Übrigens, Kane hat ein Projekt ins Leben gerufen, das es jungen Müttern ermöglicht, ihre Ausbildung zu beenden. Ich gebe dir mal die Nummer, dann kann Rita da anrufen."

„Vielen Dank, das wäre wirklich eine Hilfe", sagte Alex.

Es regnete immer noch, und inzwischen war es ganz dunkel geworden. Nur die Lichter des Weihnachtsbaums funkelten. Alex wünschte, er könnte die Zeit anhalten.

Es fühlte sich für ihn so an, als gäbe es keine Vergangenheit und keine Zukunft, keine Fehler, die er ausbügeln, und keine Entscheidungen, die er treffen musste.

Wenn das doch nur so einfach wäre!

9. KAPITEL

"Versprich mir, dass du am Weihnachtsmorgen hier bist", bettelte Jeremy.

Shannon zögerte. Sie müsste in dem Fall bei den McKenzies schlafen. Das hatte sie ja schon einmal getan, aber unabsichtlich. Es bewusst zu tun war etwas ganz anderes.

„Ja, versprich es", bat auch Alex. „Du kannst in Jeremys Zimmer schlafen, und er bleibt bei mir."

„Na gut, ich bleibe hier. Aber auf der Couch! Dann sehe ich vielleicht den Weihnachtsmann, wenn er durch den Kamin kommt." Sie achtete nicht auf das warnende Räuspern von Alex. „Als Kind habe ich ihn nie getroffen. Vielleicht habe ich jetzt mehr Glück."

„Den Weihnachtsmann?", wiederholte Jeremy. Man hörte ihm an, wie gern er daran geglaubt hätte, dass es ihn gab.

„Ja. Wir stellen ihm einen Teller Kekse neben den Kamin und lassen die Lichter am Weihnachtsbaum brennen."

„Damit er uns findet", vermutete der Kleine.

„Dazu braucht er kein Licht", erklärte Shannon. „Er weiß auch so, wo die braven Kinder wohnen. Aber mit Licht ist es gemütlicher."

„Daddy, ich will auch im Wohnzimmer schlafen und den Weihnachtsmann sehen", erklärte Jeremy energisch.

Alex seufzte schwer. „Na gut, du darfst hier unten schlafen", gab er sich geschlagen. „Aber mach dir nicht zu große Hoffnungen. Der Weihnachtsmann lässt sich nicht gern bei der Arbeit überraschen."

Jeremy umarmte ihn stürmisch. „Du bist der besteste Daddy der Welt", erklärte er begeistert, und niemand von den Erwachsenen verbesserte ihn.

Genau deshalb erlauben Eltern ihren Kindern so viel Unvernünftiges, nur um das zu hören, dachte Alex resigniert. Er hatte versucht, Jeremy beizubringen, dass es zu Weihnachten darauf ankam, sich gegenseitig Freude zu machen und einen schönen Tag zusammen zu verbringen, aber nicht auf eine Fantasiefigur.

Und was hast du für deine Angehörigen ausgesucht, um ihnen Freude zu machen? fragte eine innere Stimme spöttisch.

Richtig, er hatte die üblichen Pflichtgeschenke gemacht. Zum Beispiel für Gail eine goldene Kette, die sich problemlos per Post nach Japan schicken ließ. Im Vorjahr war es, soweit er sich erinnerte, auch ein kleines Schmuckstück gewesen.

Er wünschte jetzt, er hätte sein Geschenk mit mehr Sorgfalt gewählt.

„Ja, du bist wirklich der Besteste, Alex", stimmte Shannon schmunzelnd zu.

Dann ging sie mit Jeremy ins Fernsehzimmer, um ihm ein neues Computerspiel zu zeigen.

Nach Weihnachten muss ich dafür sorgen, dass die beiden nicht so viel zusammen sind, nahm Alex sich vor.

Es würde schwer werden.

Auch für ihn.

„Du verwöhnst Jeremy", meinte Alex schläfrig, als Shannon zu ihm in die Küche kam, und trank einen Schluck Kaffee. Er war noch immer nicht ganz wach, obwohl er schon vor zwei Stunden aufgestanden war.

„Wieso? Er hat eine Begabung für Computer, und ich habe bewusst Spiele mit erzieherischem Nutzen ausgesucht. Mit pädagogischem Spielzeug kann man Kinder nicht verziehen."

„Ach so." Er klang nicht ganz überzeugt.

Shannon lächelte. Nicht über ihn, sondern weil sie am Vortag, als er zum Einkaufen gefahren war, einen Anruf von seiner Schwester in Japan entgegengenommen hatte. Sie hatten sich ein paar Minuten lang unterhalten. Alex hatte Gail, wie diese berichtete, vor einigen Tagen spontan angerufen, und das hatte sie auf die Idee gebracht, ihn Weihnachten zu besuchen.

Shannon hatte sie daraufhin sofort zur Feier bei den O'Rourkes eingeladen, was Gail gerne annahm. Sie hatte nur darum gebeten, Alex nichts zu sagen, falls sie doch kein Last-Minute-Ticket mehr ergattern konnte.

Da Shannon der festen Überzeugung war, dass Familien zusammen Weihnachten feiern sollten, hoffte sie, Gail würde es schaffen.

„Lächelst du deshalb so still vor dich hin, weil du an den Weihnachtsmann denkst?", fragte Alex mürrisch. „Und daran, dass du ihn Jeremy erfolgreich eingeredet hast?"

„Der Junge ist vier Jahre alt, nicht vierundzwanzig", konterte sie. „Wann hast du denn aufgehört, an den Weihnachtsmann und Ähnliches zu glauben?"

„Ich habe nie damit angefangen", informierte er sie sachlich.

Das fand sie traurig. Gleichzeitig war sie dankbar für all die Liebe und die glücklichen Momente, die ihre Eltern ihr und den Geschwistern geschenkt hatten.

Wie wertvoll dieses Geschenk war, wusste sie erst richtig zu schätzen, seit sie Alex kannte, dem das alles vorenthalten geblieben war.

Und nun war er fest entschlossen, sich vom Leben und der Liebe nicht noch einmal enttäuschen zu lassen.

„Ich bin dafür, dass wir ausgehen", schlug Shannon spontan vor.

„Wie bitte?", hakte er nach.

„Jeremy, wir gehen in den Ort", rief sie dem Jungen zu. „Sieh mich nicht so entgeistert an, Alex. Heute ist der dreiundzwanzigste Dezember, und es hat endlich aufgehört zu regnen. Das muss gefeiert werden!"

Er sollte auch ein bisschen Spaß haben. Sie nahm seine Hände und versuchte, ihn vom Stuhl hochzuziehen.

„He, ich bin doppelt so stark wie du", meinte er und lächelte.

Dann zog er seinerseits, und sie landete auf seinen Knien.

„Das ist keine gute Idee", warnte sie ihn.

Und sehnte sich danach, geküsst zu werden.

„Stimmt." Er blickte auf ihre Lippen. „Kleine Kinder haben große Ohren. Und Augen."

„Es gibt ja immer noch die Waschküche", bemerkte sie spaßeshalber.

Anscheinend sagte ihm der Vorschlag zu, denn bevor sie richtig wusste, wie ihr geschah, stand sie schon im Halbdunkel des kleinen Raums.

„Ich hätte gedacht, du hasst diese Waschküche", meinte Alex heiser und umfasste ihr Gesicht.

„Als Frau darf ich meine Meinung ändern, so oft ich will", erwiderte sie scherzend.

Weiter kam sie nicht, denn er küsste sie so hungrig, dass sie Mühe hatte, nicht das Gleichgewicht zu verlieren. Heiße Sehnsucht durchströmte sie von Kopf bis Fuß, und sie wehrte sich nicht dagegen.

„Nur ein kleiner, freundlicher Kuss", brachte sie heraus, als Alex kurz Atem holte.

„Findest du das nicht freundlich?" Er ließ die Hände von ihrer Taille aufwärtsgleiten und strich ihr mit den Daumen über die Brustspitzen.

Unwillkürlich richteten sich ihre Knospen unter seiner Berührung auf, und Shannon stöhnte leise.

„Daddy?", erklang es auf der anderen Seite der Tür. „Wo seid ihr?"

Alex fluchte kurz.

„Das, was du tust, ist sogar sehr freundlich", meinte Shannon und lachte leise. „Und oft führt es dazu, dass Kinder entstehen, die einen dann davon abhalten, es jederzeit und überall zu tun."

Sie löste sich aus seinen Armen und öffnete die Tür.

„Oh, Jeremy, du bist ja schon fertig angezogen", lobte sie den Kleinen. „Wie ein richtig großer Junge. Bravo. So, jetzt holen wir meinen Mantel. Dein Daddy kommt auch gleich, er braucht noch einen Moment."

Eigentlich hätte er eine kalte Dusche gebraucht, aber dazu blieb keine Zeit. So atmete er einige Mal tief durch und wartete, dass sein Verlangen abklang.

„Geht's dir jetzt besser?", fragte Shannon mit funkelnden Augen, als er schließlich ins Wohnzimmer kam.

Die kleine Hexe weiß genau, was sie bei mir anrichtet, dachte Alex. „Ja, danke", sagte er. „Wohin geht es denn jetzt?"

„Ins Einkaufszentrum?", schlug sie vor. „Mit Läden für Spielzeug. Und für Süßigkeiten."

„Ja!", rief Jeremy. „Ich mag Schokolade."

„Ich auch. Wir können deinen Daddy bestimmt rumkriegen, dass er uns einen großen Nikolaus aus Schokolade kauft."

Alex folgte ihnen schicksalsergeben zum Auto. Man konnte Naturgewalten letztlich nicht widerstehen, und Shannon war eine Naturgewalt.

Plötzlich fiel ihm ein, wie sein Vater ihm vor vielen Jahren einmal am Strand erklärt hatte, es sei besser, gegen eine Welle nicht anzukämpfen. Wenn sie einen umriss, sollte man sich mittragen lassen und dann versuchen, wieder festen Boden unter den Füßen zu bekommen.

Wie schön, dass ich auch gute Erinnerungen an meinen Vater habe, überlegte Alex mit leichter Verbitterung.

Und dann dachte er wieder an Shannon, die wie eine Sturmwelle sein ganzes Leben durcheinanderwirbelte.

„Hast du ihn gesehen, Shannon?", rief Jeremy und hopste aufgeregt durchs Wohnzimmer. „Hast du den Weihnachtsmann gesehen?"

Sie schüttelte den Kopf. „Leider nicht. Ich bin eingenickt, wie jedes Jahr."

„Ich auch", gab der Junge zu. „Aber er war da, oder?

„Ja, sicher."

Nachdem Jeremy eingeschlafen war, hatte sie ihre Geschenke um den Baum herum verteilt. Jetzt lagen noch einige Pakete da, die von Alex stammen mussten. Offensichtlich hatte er sich nach unten geschlichen, als sie auch geschlafen hatte.

Ihr wurde ganz warm ums Herz.

„Ich hole Daddy!" Jeremy lief durchs Zimmer, da kam Alex schon die Treppe herunter. „Daddy, der Weihnachtsmann war da. Er war echt da! Er hat die Milch getrunken und die Kekse gegessen."

„Aha." Alex setzte sich auf die unterste Stufe.

Aus der Küche kam der Duft frisch gebrühten Kaffees. Alex hatte am Abend vorher noch die Kaffeemaschine gefüllt und die Zeitschaltuhr gestellt. Was Shannon besonders freute, war die Tatsache, dass er daran gedacht hatte, die Kekse und die Milch wegzuräumen, damit es so aussah, als hätte der Weihnachtsmann sich wirklich bei ihnen gestärkt.

Ja, an Weihnachten geschahen tatsächlich kleine Wunder.

„Können wir jetzt die Geschenke auspacken?", bettelte Jeremy.

„Was? Ja, von mir aus." Alex wirkte sehr verschlafen.

„Lass deinen Daddy erst mal Kaffee trinken." Shannon ging in die Küche und holte einen großen Becher Kaffee für ihn.

Dann setzte sie sich neben ihn, und er legte ihr den Arm um die Schultern.

Ob Alex sich wünschte, Kim wäre da?

„Danke, dass du daran gedacht hast, die Kekse zu essen", sagte Shannon leise.

„Kekse? Welche Kekse? Die habe ich nicht gegessen. Das muss der Weihnachtsmann gewesen sein."

„Ach, du!" Lächelnd schmiegte sie sich an ihn.

Nach einer Weile einträchtigen Schweigens gab Alex sich einen Ruck. „Ich glaube, jetzt ist es Zeit, die Geschenke auszupacken."

Bald darauf versanken die Möbel fast unter einer Lawine aus Papier und Bändern, die den kleinen Kater Magellan sehr faszinierten. Er hatte die Nacht ebenfalls auf dem Sofa verbracht, und der Weihnachtsmann hatte auch ihn mit Geschenken bedacht.

Shannon hielt kurz den Atem an, als Alex ihr Geschenk auswickelte. Für ihn hatte sie einen Sextanten gefunden, wie man ihn früher auf Schiffen verwendet hatte, um anhand der Sterne die genaue Position zu bestimmen. Sie hatte ihn gekauft, nachdem Alex ihr erzählt hatte, er sei von alten Segelschiffen fasziniert. Trotzdem konnte sie nicht sicher sein, dass ihm das antiquierte Instrument mit den unübersehbaren Gebrauchsspuren gefiel.

„Oh, Shannon, er ist großartig!" Alex hob den Sextanten behutsam aus der mit Samt ausgeschlagenen Schatulle und hielt ihn ans Auge. „Ein wunderschönes Stück. Du hättest mir nicht so etwas Tolles schenken sollen."

„Ich wollte aber. Außerdem musst ausgerechnet du reden!" Sie streichelte den alten kupfernen Wasserkessel, den er ihr gekauft hatte.

Der würde einen Ehrenplatz an ihrem Kamin erhalten, beschloss sie, denn er erinnerte sie an das Cottage ihrer Großeltern in Irland.

„Das ist von mir für dich, Shannon." Jeremy drückte ihr ein kleines Päckchen in die Hand und kletterte auf ihren Schoß.

Sie hatte dem Jungen Bücher und Spiele besorgt, außerdem hatte sie ihm einen Schlüsselanhänger mit dem Foto seiner Mutter geschenkt. Seit dem Auspacken hatte er ihn nicht mehr aus der Hand gegeben.

Nun wickelte sie sein Päckchen aus und fand darin eine Brosche in der Form einer tanzenden Katze.

„Oh, Jeremy, die ist aber hübsch. Vielen Dank, mein Schatz."

Er gab ihr einen Kuss, dann kuschelte er sich an sie und betrachtete das Bild seiner Mutter. In der vergangenen Nacht hatten sie sich noch eine Weile unterhalten. Shannon ahnte, dass Jeremy sich vom Weihnachtsmann am liebsten gewünscht hätte, seine Mutter kehrte zurück. Oder dass er eine neue Mummy bekäme.

Sanft hatte sie ihm erklärt, auch der Weihnachtsmann könne nicht alle Wünsche erfüllen. Er, Jeremy, solle immer daran denken, dass seine Mummy in der Erinnerung und in seinem Herzen stets lebendig sei.

Sie sammelten Papier und Bänder ein, dann ging Shannon hinüber in ihr Haus, um sich für die Feier bei ihrer Familie fertig zu machen, während Alex sich um Jeremy kümmerte.

Unwillkürlich dachte Alex die ganze Zeit über daran, wie wunderschön Shannon ausgesehen hatte, als er nachts die Geschenke im Wohnzimmer verteilte. Im Schlaf sah sie sanft aus wie ein Engel. Hätte Jeremy nicht neben dem Weihnachtsbaum kampiert, wäre er vermutlich der Versuchung erlegen, sie zu küssen.

Als die McKenzies schließlich fertig waren und nach draußen gingen, war Shannon schon dabei, Schachteln, Taschen und Tüten neben dem Geländewagen zu stapeln.

„Warum hast du nicht auf mich gewartet?", fragte Alex und griff nach einem Paket, um ihr zu helfen.

„Weil ich es so schnell wie möglich hinter mich bringen will. Das Verstauen, meine ich."

Finster runzelte er die Stirn. Seiner Meinung nach war es Aufgabe der Männer, Frauen das Leben leichter zu machen. Aber wenn er ihr das sagte, würde sie ihn nur auslachen und eine kecke Bemerkung machen.

„Sei doch nicht wütend", bat sie und reichte ihm eine Tasche mit bunt eingewickelten Päckchen.

„Ich bin nicht wütend. Doch, das bin ich. Nein, ich war es", verbesserte er sich, als sie ihn strahlend anlächelte.

Sie trug einen weichen, teuer aussehenden Kaschmirpullover und einen Samtrock, der ihre schlanken Hüften betonte. Die Brosche von Jeremy hatte sie sich an den Ausschnitt gesteckt. So sah sie wirklich festlich aus, und sie schien auch in Feststimmung zu sein, denn unterwegs summte sie Weihnachtslieder vor sich hin. Wenn sie ihm nicht gerade beschrieb, wie er fahren musste.

Schließlich bogen sie in eine von Bäumen gesäumte Auffahrt ein, an deren Ende ein weitläufiges altes Haus stand, mit einer Veranda, die das ganze Gebäude umgab. Selten hatte er ein Haus gesehen, das auf den ersten Blick so behaglich wirkte. Heimelig. Ein altmodisches Wort, das auf diesen Familiensitz genau passte.

Sobald er das Auto abgestellt hatte, öffnete sich die Eingangstür. „Frohe Weihnachten. Ihr seid spät dran. Wir haben dich gestern vermisst, Schwesterherz", riefen die Familienmitglieder durcheinander und stürzten auf Shannon zu, um sie zu umarmen, nachdem sie ausgestiegen war.

„Gestern? Was bedeutet das?", erkundigte Alex sich leise, als sie in die große Diele gingen. „Hättest du hier sein sollen?"

„Na ja, die Familie trifft sich am Heiligen Abend gewöhnlich zum Abendessen, anschließend gehen wir in die Messe. Du hättest natürlich gern mitkommen ... aber ich dachte ... na ja, du weißt schon. Außerdem wollte ich Jeremy nicht enttäuschen."

Ja, Alex wusste, warum sie ihm nichts gesagt hatte: Sie war sich klar darüber, dass er an einem Gottesdienst nicht teilgenommen hätte.

„Guten Tag, ihr Lieben. Das muss Jeremy sein", sagte eine Frau mittleren Alters und lächelte warmherzig.

Der Junge nickte. Er hielt die Hand seines Vaters ganz fest, aber man merkte, wie gut ihm die fröhliche Stimmung, die bunte Dekoration und das allgegenwärtige Reden und Lachen gefiel.

„Ich heiße Pegeen, und ich bin Shannons Mutter", stellte die Frau sich vor. „Sie sind natürlich Alex." Nach all den Jahren in Amerika hatte sie immer noch den weichen, melodischen Akzent der Menschen aus dem Westen Irlands.

„Ich mag Shannon", erklärte Jeremy ungefragt.

„Ich auch, Schätzchen", stimmte Pegeen zu. „Möchtest du meine anderen Enkel kennenlernen? Die Zwillinge Amy und Peggy sind ungefähr in deinem Alter. Bestimmt könnt ihr schön zusammen spielen."

Sie hielt ihm die Hand hin. Er ließ seinen Vater los und folgte Pegeen, ohne sich noch einmal umzudrehen.

„Das hätte ich mir denken können." Alex schüttelte den Kopf. Es war jetzt Tage her, seit Jeremy zum letzten Mal nach Mr. Tibbles verlangt hatte. Vorsichtshalber hatten sie das Plüschkaninchen mitgenommen, aber es sah nicht so aus, als würde es gebraucht.

„Was hättest du dir denken können?", hakte Shannon nach.

„Dass deine Mutter ebenso magische Anziehungskraft besitzt wie du."

Sie lächelte nur und führte ihn ins Wohnzimmer, wo sie ihn der übrigen Familie vorstellte. Vor lauter Namen schwirrte ihm bald der Kopf. Es gab so viele Schwestern und Brüder, dazu deren Partner und die Kinder.

Kane hielt einen Säugling im Arm und sah gar nicht nach energischem Konzernbesitzer mit einem Milliardenvermögen oder nach vorwurfsvollem Bruder aus.

„Wer hilft mir, die Sachen reinzutragen?", rief Shannon.

Murrend und brummelnd zogen sich ihre fünf Brüder Jacken an und begaben sich nach draußen zum Auto.

„Du schleppst immer viel zu viel Zeug an", beklagte Kane sich, als sie die Päckchen neben den Weihnachtsbaum legten und dann die gekauften Delikatessen in die Küche trugen, die Shannons Beitrag zum Festessen darstellten.

„Das ist nicht alles von mir", verteidigte sie sich. „Alex, hast du auch etwas besorgt?"

„Ja, ich wollte nicht mit leeren Händen kommen."

„Großartig." Connor nahm eine Dose mit Cashewnüssen aus der Schachtel, die Shannon inspizierte. „Ich bin am Verhungern."

„Das bist du doch immer."

„Ja. Und Essen gibt es erst in einigen Stunden."

Sie überließ Alex ihren Brüdern und ging in die Küche zu ihrer Mutter, mit der sie ein Wörtchen zu reden hatte.

„Mum, ich hatte dir doch gesagt, dass Alex und ich nur gute Freunde sind. Erinnerst du dich?"

„Ja, sicher."

„Warum hast du Jeremy dann gefragt, ob er deine *anderen* Enkel kennenlernen möchte?", fragte sie streng. „So als wäre er auch dein Enkel."

„Lieber Himmel, Kindchen, man darf sich doch wohl mal versprechen", erwiderte ihre Mutter pikiert.

„Lass dich bloß nicht zu voreiligen Schlüssen und Vermutungen hinreißen", warnte Shannon. „Alex will nicht wieder heiraten. Das hat er mir unmissverständlich klargemacht. Wir werden also gute Freunde bleiben. Mehr ist da nicht."

„Ich habe mir halt kurz Hoffnung gemacht, dass mit euch beiden was werden könnte. Das kannst du mir nicht zum Vorwurf machen, oder? Alex scheint ein sehr netter junger Mann zu sein. Und du hast noch nie jemanden zum Essen mitgebracht, Shannon. Schon gar nicht an Weihnachten. Außerdem wirkst du glücklich wie schon lange nicht mehr."

„Er ist Witwer, Mum, und seine Frau ist noch nicht mal ein Jahr tot", erklärte Shannon verzweifelt. „Bitte, sag nichts zu ihm."

Es würde ihr gerade noch fehlen, wenn ihre Mutter sich als Heiratsvermittlerin versuchte.

„Mach dir keine Sorgen, Kindchen. Geh zu den anderen, und feiere schön."

Shannon kehrte ins Wohnzimmer zurück, wo Alex sich mit ihren Brüdern über Football unterhielt. Die Männer hatten also gleich ein gemeinsames Interesse entdeckt.

Manchmal kam sie sich in ihrer Familie direkt als Außenseiterin vor. Die Frauen scharten sich in der Küche zusammen und redeten über Babys, Kochen und Haushaltsdinge, die Männer saßen beisammen und diskutierten über typisch männliche Zeitvertreibe wie Sport. Sie konnte mit beiden Themenkreisen nichts anfangen.

„Wie geht es dem kleinen Kater?", erkundigte Connor sich.

„Ausgezeichnet." Sie setzte sich neben Alex. „Connor muss ständig sämtliche Haustiere der Familie verarzten", erklärte sie ihm.

Alex fragte sich, warum er Bedenken gehabt hatte, bei den O'Rourkes Weihnachten zu feiern. Sie waren ganz normale Menschen, überhaupt nicht abgehoben und sehr liebenswert. Niemand hätte vermutet, dass sie über ein Vermögen in Milliardenhöhe verfügten.

Jeremy amüsierte sich großartig mit den Zwillingen. Es war also alles bestens.

Im Laufe des Tages kamen noch weitere Gäste: Onkel und Tanten, Cousins und Cousinen. Alex gab die Hoffnung auf, sich alle Namen zu merken. Die Kinder wurden umarmt und mit Süßigkeiten verwöhnt, auch für die Erwachsenen gab es ständig leckere Häppchen und Knabbereien, um die Zeit bis zum großen Festessen zu überbrücken.

Den Düften nach zu schließen, die aus der Küche drangen, würde es eine großartige Angelegenheit werden.

„Hier, probier mal das", sagte Shannon und reichte ihm eine Blätterteigtasche.

Er biss ein Stück ab. „Wirklich köstlich, aber wenn du mich weiter so fütterst, habe ich bald keinen Appetit mehr aufs richtige Essen."

„Seien Sie bloß froh, dass Shannon das nicht kocht", scherzte Connor. „Dann müssten Sie sich nämlich anschließend den Magen auspumpen lassen."

Alle lachten, dann fügte jemand hinzu: „Oder wir würden jetzt draußen vor dem Haus stehen und auf die Feuerwehr warten."

„He, ich setzte nur Herde in Brand, nicht ganze Häuser", wehrte Shannon sich, um einen leichten Ton bemüht.

Ihr Mund allerdings, den sie unwillkürlich zusammenpresste, verriet Alex, wie nahe ihr der Vorwurf ging. Kurz darauf verließ sie das Wohnzimmer.

Alex wunderte sich, dass ihren Geschwistern gar nicht bewusst war, wie schwer sie solche Neckereien nahm.

„Wenn Sie auch nur halb so klug wären wie Ihre Schwester, würden Sie nicht so dumme Sachen sagen, Connor."

Es war ihm egal, wenn er unhöflich klang. Es scherte ihn auch nicht, was die anderen jetzt davon hielten, dass er Shannon hitzig verteidigte.

Er folgte ihr und sah sie auf die Veranda gehen. Mit ihrer und seiner Jacke eilte er ihr nach.

„Du wirst hier erfrieren", warnte er sie und schloss die Tür, damit niemand sie belauschen konnte.

„Ich bin zäher, als ich aussehe."

Fürsorglich legte er ihr die Jacke um die Schultern. „So zäh, dass du zitterst und schon jetzt blaue Lippen hast. Warum hast du Connor und den anderen nicht gesagt, sie sollen dir mit ihren blöden Bemerkungen den Buckel runterrutschen?"

„Weshalb hätte ich das tun sollen? Es haben sich doch alle prächtig amüsiert."

Es frustrierte ihn, dass sie ihre tiefsten Gefühle vor ihm verbarg. Er umfasste ihr Kinn und zwang sie, ihn anzusehen.

„Dich hat es nicht amüsiert. Du tust gern so, als würde dir nichts etwas ausmachen, aber ich weiß, dass es nicht stimmt. Bitte, mach mir nichts vor, Shannon."

Der abweisende Ausdruck in ihren Augen verschwand. „Ich bin an diese Neckerei gewöhnt. Es war nur, weil du …" Sie rieb sich die Arme. „Ich meine, ich habe ihnen erklärt, dass wir beide bloß gute Freunde sind, deshalb haben sie wohl gedacht, es würde mich nicht verlegen machen. Aber in der Familie gibt es immer so eine … wie soll ich das ausdrücken? … so eine Erwartung, die Frage, ob jemand für mich der einzig Richtige sein könnte, egal was ich gesagt habe."

Alex wartete ab und versuchte, sie zu verstehen.

„Neue Beziehungen sind immer empfindlich, und du musst an

deinen Sohn denken. Was Connor ohne nachzudenken gesagt hat, war ..."

„Verletzend", beendete er den Satz.

„Ja. Er wusste ja nicht, ob du und ich nicht doch enger befreundet sind und du es dir vielleicht anders überlegst, wenn du hörst, was für eine Katastrophe ich als Hausfrau bin."

„Nur einen kompletten Idioten würde dein Mangel an hausfraulichen Qualitäten stören", erwiderte Alex eindringlich.

„Na ja. Danke." Sie lächelte zaghaft. „Ich liebe meine Brüder, aber manchmal sind sie schwer zu ertragen."

„Wie lange wirst du böse auf Connor sein?"

„Wer sagt denn, ich sei ihm böse? Meine Brüder können nichts dafür, dass sie so einfühlsam sind wie eine Ladung Ziegelsteine. Und das von Geburt an."

Er lachte und drückte sie an sich. „Du bist eine ganz erstaunliche Frau, Shannon. Ich wünschte, du könntest dich mit meinen Augen sehen. Dann wüsstest du, was für ein Wunderwesen du bist. Wenn die Dinge anders liegen würden ..."

Alex verstummte, und es durchfuhr Shannon wie ein Stich. Es bedeutete ihr so viel, dass er sie zu trösten versuchte. Sie hatte sich immer danach gesehnt, jemanden zu finden, der sie so akzeptierte, wie sie war.

Jetzt hatte sie den perfekten Mann gefunden, aber der wollte nur mit ihr befreundet sein. Selbst das konnte nicht von Dauer sein: Dieses Hin und Her zwischen Freundschaft und Verlangen war zu zermürbend.

Leise seufzend blickte sie nach oben, direkt auf den Mistelzweig, den ihre Mutter wie jedes Jahr an der Verandadecke befestigt hatte. Auch Alex blickte hinauf.

„Ach, Shannon, ich wünschte ..."

„Nein, rede nicht darüber", unterbrach sie ihn. „Lass uns noch einen Tag lang so tun, als ob alles ganz einfach wäre. Immerhin ist Weihnachten."

„Stimmt." Er neigte sich vor und küsste sie voller Leidenschaft und Bedauern.

Tränen stiegen ihr in die Augen, während zugleich heißes Verlangen sie durchströmte.

Sie küssten sich lange und hingebungsvoll, bis sie endlich Atem schöpfen mussten. Alex ließ sie los und blickte über ihre Schulter.

„Es scheint, wir haben Publikum bekommen", bemerkte er.

Shannon wirbelte herum. Tatsächlich, da standen drei ihrer Brüder am Fenster und funkelten Alex so wütend an, als wäre er ein lüsterner Teenager, der sich an ihrer kleinen Schwester vergriff.

„Na ja, sie sind so sensibel wie Ziegelsteine, aber sie wollen nur mein Bestes", entschuldigte sie die drei.

Alex brach in schallendes Gelächter aus.

10. KAPITEL

Shannon marschierte ins Haus, packte Kane und zog ihn ins Nähzimmer, um mit ihm unter vier Augen zu sprechen.

„Was glaubst du eigentlich, was du aufführst?", fauchte sie. „Wieso habt ihr Alex und mich bespitzelt? Was ich tue, geht euch nichts an."

„Oh doch!", widersprach Kane. „Du hast Mum gesagt, er wolle nicht heiraten."

„Ich habe ihr gesagt, er wolle nicht *noch einmal* heiraten", verbesserte sie ihn. „Er ist Witwer und kann seine eigenen Entscheidungen treffen. Ich übrigens auch. Wir leben schließlich nicht im achtzehnten Jahrhundert."

„Ich will nur nicht, dass dir jemand wehtut", meinte er ruhig. „Wieder einmal."

Shannon schluckte. Sie hätte geschworen, dass ihre Geschwister nichts davon wussten, wie oft man ihr das Herz gebrochen hatte.

„Alex versucht zu überleben", erklärte sie leise. „Er hat viel Schlimmes erlebt und will nicht riskieren, wieder alles zu verlieren. Ja, ich wünschte, er würde es sich anders überlegen, aber er ist nicht verantwortlich, wenn ich verletzt werde. Ich wusste von Anfang an, dass es kein Happy End gibt."

„Ach, Shannon." Kane klang mitleidig. „Bist du dir ganz sicher?"

„Ich konnte mir einige Male selber etwas vormachen, aber jetzt bin ich mir sicher. Ich möchte dieses Fest mit Alex und Jeremy fröhlich feiern und nicht an morgen denken. Also lasst uns bitte in Ruhe."

Er überlegte, dann nickte er widerstrebend. „Gut, ich sage Neil und Patrick Bescheid."

„Dabei fällt mir ein – ich habe Alex mit den beiden allein gelassen!", rief Shannon entsetzt und lief ins Wohnzimmer.

Dort wälzten die Männer sich nicht, wie sie sich ausgemalt hatte, Fausthiebe austeilend auf dem Boden herum. Sie atmete auf. Neil stand, die Arme vor der Brust verschränkt, dicht vor Alex, der eine ähnlich aggressive Haltung eingenommen hatte.

„Football ist eine gute Idee", stimmte Patrick zu, mit einem Funkeln in den Augen, das verriet, wie gern er einen Bodycheck beim Gast seiner Schwester angebracht hätte.

„Kein Football", mischte Shannon sich hastig ein.

„Und auch kein Rugby oder sonstige Sportarten mit Körperkontakt", ergänzte Kane und trat zwischen seinen Bruder und Alex. „Shannon würde es nicht gefallen."

„Echt nicht?", fragte Alex und zwinkerte ihr zu.

Er sah aus, als würde er gleich wieder loslachen, und sie liebte ihn noch mehr als sonst, weil er verstand, dass ihre Brüder liebenswerte Idioten waren. Nach dem, was er ihr über die ständigen Streitigkeiten zwischen seinen Eltern erzählt hatte, hätte sie eher erwartet, dass er Jeremy packte und nach Hause brachte.

Sie wandte sich an ihre vier Schwägerinnen, die die Männer zugleich liebevoll und entnervt betrachteten.

„Könnt ihr sie denn nicht bändigen?", fragte Shannon.

„Nein. Und ich fürchte, wir sind mit diesen Neandertalern fürs ganze Leben geschlagen", antwortete Patricks Frau Maddie fröhlich. „Lasst uns jetzt alle Glühwein trinken."

Die Männer waren einverstanden, und sie gingen ins Esszimmer. Shannon und Alex blieben zurück.

„Schön, dass du nicht die Flucht ergriffen hast", meinte sie und lächelte ihn dankbar an.

„Dazu freue ich mich zu sehr aufs Essen", gab er zurück und grinste. „Außerdem könnte ich Jeremy bestimmt nicht von deinen entzückenden Nichten loseisen."

„Er scheint wirklich viel Spaß zu haben", stimmte sie zu.

„Genau wie sein Daddy. Der übrigens nichts gegen ein Glas Glühwein hätte." Er hakte sie unter und ging mit ihr ins Esszimmer.

Das Essen war erst für zwei Uhr angesetzt, und der Grund dafür war offensichtlich, als es ans Auspacken der unzähligen Geschenke ging. Die Bescherung war eine langwierige Angelegenheit bei so vielen Leuten.

Es wunderte Alex nicht, dass auch er und Jeremy mit liebevoll ausgesuchten Geschenken bedacht wurden. Shannon schien die ganze Zeit auf etwas zu warten, und als sie draußen ein Auto vorfahren hörte, stand sie rasch auf.

„Ich hoffe, das ist noch ein Weihnachtsgeschenk", sagte sie und eilte hinaus.

Als sie zurückkam, folgte ihr eine Frau.

Alex war plötzlich wie gelähmt.

„Alle mal herhören", rief Shannon. „Das ist Gail, Alex' Schwester, die gerade aus Japan gekommen ist. Gail, das ist meine Familie. Machen Sie sich gar nicht erst die Mühe, sich die Namen zu merken."

Gail sah müde und verunsichert aus, aber sie lächelte tapfer. „Ich hoffe, ich störe nicht", meinte sie schüchtern.

„Natürlich nicht", beruhigte Pegeen sie. „Kommen Sie herein, Kindchen, und setzen Sie sich. Sie sehen ja völlig durch den Wind aus."

Endlich, reichlich spät, stand Alex auf und ging zu Gail. Linkisch küsste er sie auf die Wangen.

„Jeremy, erinnerst du dich an deine Tante Gail?", fragte er dann.

Jeremy verneinte, hatte aber nichts dagegen, umarmt zu werden. Er war an diesem Tag schon von so vielen fremden Menschen in die Arme genommen worden, dass er seine Scheu verloren hatte. Bald saß er mit Gail auf dem Sofa, während Shannon ihr die Geschenke überreichte, die sie extra für sie ausgesucht hatte.

„Danke. Wie lieb von Ihnen." Gail klang überwältigt.

Alex biss die Zähne zusammen, um nichts Falsches zu sagen. Shannon hatte offensichtlich gewusst, dass seine Schwester kommen würde. Warum hatte sie ihm nichts gesagt?

Nach einer Weile entspannte Gail sich und sang sogar die Weihnachtslieder mit.

Immer wieder warf Shannon ihm forschende Blicke zu, während sie seine Schwester in den Familienkreis einführte, so wie sie es mit ihm und Jeremy gemacht hatte.

Was sollte er ihr sagen? Du hättest mich warnen sollen, dass meine Schwester, die ich kaum kenne, zum Weihnachtsessen kommt?

Ja, das würde die Feststimmung bestimmt anheizen, dachte er sich ironisch.

Shannon wusste, dass etwas nicht stimmte. Alex hatte während des Essens kaum gesprochen. Gail war bald danach ins Hotel gefahren. Mit dem Taxi. Das Angebot, bei Alex zu wohnen, hatte sie abgelehnt. Er hatte kurz darauf vorgeschlagen, nach Hause zu fahren.

Dem hatte Shannon zugestimmt. Nun saß sie im Auto, das er sicher durch die Dunkelheit und den Nebel steuerte. Weihnachtslichter schimmerten durch den Dunst.

„Jeremy schläft schon", bemerkte sie leise. „Ich glaube, er hat viel Spaß gehabt."

„Sicher."

Sie seufzte leise. Es war schwer, sich mit jemandem zu unterhalten, der so kurz angebunden reagierte.

Was hatte ihm bloß die Laune verdorben? Sie wusste es nicht.

Zu Hause angekommen, trug Alex Jeremy nach oben und legte ihn ins Bett, während Shannon im Wohnzimmer auf das Sofa sank. Das Festessen, das noch vor Kurzem so köstlich geschmeckt hatte, lag ihr jetzt wie ein Stein im Magen.

Alex kam nach unten und ging wortlos an ihr vorbei in die Küche. Shannon stand auf und folgte ihm. „Ich halte das nicht länger aus. Welche Laus ist dir über die Leber gelaufen?"

„Gar keine."

„Das glaube ich nicht."

„Okay. Ich will nicht drüber reden", wehrte er sie brüsk ab.

„Alex! Sieh mich an. Was stimmt nicht?"

Er warf seinen Schlüsselbund auf den Tresen und wandte sich ihr zu; seine Augen blitzten. „Warum hast du mir nicht gesagt, dass Gail nach Seattle kommt? Woher wusstest du das überhaupt?"

„Sie hat bei dir angerufen, als ich auf Jeremy aufgepasst habe. Da sie nicht wusste, ob die Reise überhaupt klappt und sie kurzfristig ein Ticket bekommt, wollte sie ihren Besuch lieber vor dir geheim halten und dich überraschen."

„Du hättest es mir trotzdem sagen müssen", beharrte er.

„Gail wollte es doch so", verteidigte sie sich. „Lieber Himmel, sie ist deine Schwester! Ich dachte, du würdest dich freuen, wenn sie dich zu Weihnachten besucht."

„Du weißt nicht, was in unserer Familie läuft", erwiderte er. „Und du hast kein Recht, dich einzumischen. Du hättest es mit mir besprechen müssen, bevor du Einladungen verteilst und Geheimnisse bewahrst. Du bist schließlich nicht meine Frau!"

„Das weiß ich", konterte sie scharf. „Du hast auch überdeutlich klargemacht, dass ich es nie sein werde. Also mach, was du willst, und sieh zu, wie weit es dich bringt."

Sie wirbelte herum, zu wütend, um vernünftig oder fair zu bleiben. Nie hätte sie für möglich gehalten, dass Alex so grässlich sein könnte.

„Wohin gehst du?", fragte er kühl.

„Nach Hause."

„Ich bring dich hin", bot er an.

„Spar dir die Mühe!" Shannon nahm ihre Handtasche und zog im Gehen den Schlüsselbund aus dem Seitenfach.

Sie hätte gern die Haustür zugeschlagen, hielt sich aber aus Rücksicht auf den schlafenden Jeremy zurück.

Alex war wirklich unmöglich! Sie hatte versucht, ihm nur eine gute Freundin zu sein, so wie er es wollte. Und was hatte es ihr gebracht?

Wütende Anschuldigungen und unfaire Vorwürfe.

Als sie in ihrem Wohnzimmer saß, erinnerte sie sich an den gequälten Blick in seinen blauen Augen, und plötzlich liefen ihr Tränen über die Wangen.

Anscheinend hatte er, möglicherweise unbewusst, nach einem Weg gesucht, mit ihr zu brechen und sie aus seinem und Jeremys Leben zu verbannen.

Dabei hätte sie ihm eine gute Frau und dem Jungen eine gute Mutter werden können, auch ohne unerreichbaren Vorbildern nachzueifern. Es gehörte mehr dazu, ein richtiges Heim zu schaffen, als nur Kochen und Putzen. Aber hier ging es ja nicht um ihre hausfraulichen Mängel, sondern um Alex' ganz persönliche Dämonen.

Er hatte nie eine liebevolle Familie gehabt, die wie ihre manchmal zwar lästig und überfürsorglich war, aber jederzeit verlässlichen Rückhalt bot. Trotzdem hatte er gewagt, sich zu verlieben, zu heiraten und ein Kind zu bekommen. Dann hatte er seine Frau verloren.

Shannon hatte sich gefragt, wie oft ein gebrochenes Herz heilen konnte; jetzt erkannte sie, dass es nicht auf die Häufigkeit ankam. Alex war von dem Schicksalsschlag, der ihn getroffen hatte, wie vernichtet. Er litt, und es gab nichts, was sie dagegen tun konnte.

Magellan sprang auf ihren Schoß und blickte sie – besorgt, wie sie sich einbildete – an.

„Ich fürchte, es ist aus, mein Kleiner", flüsterte sie.

Plötzlich fiel ihr ein, was sie tun konnte, um Alex zu helfen. Der Gedanke gab ihr ungeahnte Kraft.

Ja, sie würde bei nächster Gelegenheit einen Immobilienmakler anrufen und ihr Haus zum Verkauf anbieten.

„Kannst du wirklich nicht länger bleiben?", fragte Alex seine Schwester am Flughafen.

„Ich würde gern, aber ich habe die Reise zu kurzfristig geplant", erwiderte sie.

„Ich bin froh, dass du hier warst", versicherte er ihr ehrlich.

Warum nur hatte er zwei Tage zuvor so heftig auf Shannons Überraschung reagiert? Seine Wut hatte in keinem Verhältnis zu dem Anlass gestanden. Shannon hatte sich nicht eingemischt. Liebevoll, wie sie war, hatte sie gedacht, seine Schwester sei ihm willkommen. Vor allem an Weihnachten.

Shannon und ihre Familie verstanden nicht nur, Weihnachten ausgelassen zu feiern, sie begriffen auch noch die wahre Bedeutung des Festes. Ihm selbst war sie im Laufe der Zeit völlig abhandengekommen.

Falls er sie je gekannt hatte.

Der Flug nach Japan wurde aufgerufen. Alex umarmte seine Schwester und spürte plötzlich ein Brennen in den Augen. Wie von Tränen.

„Du rufst mich gleich an, wenn du gut angekommen bist", forderte er sie auf, und sein Tonfall klang schroffer als beabsichtigt.

„Natürlich."

„Und wenn du irgendetwas brauchst, Gail, melde dich. Ich kümmere mich dann sofort darum, selbst wenn ich dazu nach Japan kommen muss."

„Ja", sagte sie und lächelte schwach. Ihre Augen schimmerten feucht.

„Tschüss, Tante Gail." Jeremy gab ihr einen Kuss. „Du besuchst mich doch wieder, oder? Versprich mir das."

„Ich verspreche es", sagte sie feierlich.

Alex war sich sicher, dass sie ihr Versprechen halten würde. Sie hatten gerade erst angefangen, miteinander zu reden und die Probleme aus der Kinderzeit aufzuarbeiten. Es würde noch viel Zeit erfordern. Aber der Anfang war gemacht.

Das alles hatte er Shannon zu verdanken.

Der Gedanke ging ihm auf dem Heimweg nicht aus dem Kopf. Sie hatte sein Leben verändert, es geradezu umgekrempelt, und was hatte er getan? Sie gekränkt. Er war nicht besser als all die anderen Männer, die diese wundervolle Person nicht richtig geschätzt hatten.

Was konnte er tun, um sich mit ihr zu versöhnen? Beziehungen zu kitten war nicht seine Stärke. Er war besser darin, sie zu zerstören.

Als er in seine Auffahrt fuhr, entdeckte er etwas, das ihn mit einem Ruck bremsen ließ. Auf dem Rasen vor Shannons Haus stand ein Schild: Zu verkaufen.

Alex fluchte.

„Daddy, du hast ein böses Wort gesagt", meinte Jeremy unbeeindruckt. „Können wir jetzt Shannon besuchen? Ich vermisse sie so sehr."

Oh ja, sie würden Shannon besuchen, besser gesagt, er würde es tun und herausfinden, warum sie vorhatte wegzuziehen, ohne ihm ein Wort zu sagen.

Ein kleiner Streit, und sie warf die Flinte ins Korn. Das ließ er sich nicht bieten.

„Bleib du hier, ich sehe mal nach, ob sie zu Hause ist", rief Alex.

Er stieg aus und stürmte förmlich auf Shannons Haustür zu. Mit der Faust schlug er dagegen.

„Shannon, was geht hier vor, zum Kuckuck?"

Sie öffnete und blieb schweigend stehen.

„Erklär mir das", verlangte er und wies auf das Schild des Immobilienmaklers. „Ich gebe ja zu, ich war ein Scheusal vor zwei Tagen, aber das ist doch kein Grund, zu so drastischen Maßnahmen zu greifen. Gib die Schuld an meinem unmöglichen Benehmen einfach meinen männlichen Genen."

„So einfach ist das nicht. Ich kann wirklich …"

„Ich will nur eine Erklärung", rief er, und ihm war egal, wer ihn hörte.

Das hatte Shannon also aus ihm gemacht: einen Verrückten, der herumbrüllte. Wie sein Vater. Der Gedanke ernüchterte ihn.

„Bitte, erklär es mir", sagte Alex ruhiger.

„Ich weiß, dir tut es nicht gut, dass ich hier gleich nebenan bin."

„Ach, so schlimm ist das gar nicht."

„Doch. Wir wollen nur Freunde sein, aber wir begehren uns auch. Damit machen wir uns gegenseitig kaputt. Es ist besser, wenn wir keine Nachbarn mehr sind. Da ich keine Rücksicht auf ein Kind nehmen muss, bin ich diejenige, die wegzieht."

Alex sah sie starr an. Der Schmerz in ihren Augen kam nicht von gekränkter Eitelkeit. Nein, Shannon liebte ihn. Von ganzem Herzen und mehr, als er es verdiente.

Sie dachte mehr an ihn als an sich. Sie war bereit, sein und Jeremys Wohlergehen über ihr eigenes zu stellen. Nie würde sie seine Gefühle gegen ihn ins Feld führen und auszunutzen versuchen.

Würde er sie jetzt verlieren? Oder konnte er noch alles gewinnen?

Er liebte sie. Sie war so wichtig für ihn geworden wie die Luft zum Atmen, obwohl er das lange nicht hatte wahrhaben wollen.

„Ich liebe dich", sagte Alex leise.

Und plötzlich fühlte er sich von einer großen Last befreit.

Der Last, Angst vor Gefühlen zu haben.

Es war doch ganz einfach: Im Leben war nichts gewiss, aber ein Leben ohne Shannon wäre gar keins. Keines, das sich zu leben lohnte jedenfalls.

„Ich war ein Narr, aber bitte, bleib bei uns. Jeremy und ich kommen ohne dich nicht klar."

„Aber Alex, das kann nicht sein. Es ist noch zu früh."
Er nahm ihre Hand und presste sie an sein Herz. „Du irrst dich, Shannon. Du bist genau zur rechten Zeit erschienen. Mein ganzes Leben lang hatte ich Angst vor Gefühlen, weil meine Eltern mir vorgelebt haben, wohin das führen kann. Ich habe eine Frau geheiratet, die ich liebte, aber wirkliche Vertrautheit und Nähe habe ich nicht zugelassen."

Shannon betrachtete ihn zweifelnd.

„Ich will nicht zweimal denselben Fehler machen", erklärte er mit Nachdruck. „Du hast mir gezeigt, wohin es führt, wenn ich mich vor meinen Gefühlen verstecke: Ich bin nicht wirklich lebendig. Aber ich möchte das Leben wieder spüren. Mit dir zusammen."

Shannon erschauerte. Sie hatte erwartet, Alex wäre erleichtert, wenn sie wegzog. Außerdem hatte sie geglaubt, er würde ihr einen höflichen Abschied von Jeremy gönnen und dann froh sein, dass er mit ihr nichts mehr zu schaffen hatte.

Jetzt legte er ihr die Welt zu Füßen.

„Ich ..." Sie war beinah überwältigt. „Bist du dir ganz sicher, Alex?"

„Ich war mir in meinem Leben noch nie so sicher. Bitte, heirate mich, Shannon. Liebe mich für immer. Vertrau mir, und lass mich dir helfen, wenn für dich die Dinge mal schlecht stehen sollten."

Wieder betrachtete sie ihn forschend. Bedingungslose Liebe, dazu Vertrauen und noch tausend andere schöne Dinge versprach sein Blick.

„Ich habe dir gegenüber schon mehr von meinen Gefühlen preisgegeben als vor jedem anderen Menschen", gestand Shannon. „Das hätte ich nie getan, wenn ich dir nicht glauben würde. Also: Ich schenke dir mein Vertrauen – und meine ganze Liebe dazu. Die ist noch größer als mein Vertrauen", fügte sie hinzu.

Überwältigt zog Alex sie in seine Arme.

„Was soll denn Jeremy von uns halten?", protestierte sie schelmisch. „Nicht, dass er auf falsche Gedanken kommt."

„Er hatte von Anfang an die richtige Idee, als er dich zur neuen Mum haben wollte. Jetzt wollen wir es ihm sagen, einverstanden?"

Eifrig wie ein kleiner Junge zog er sie über den Rasen zu seinem Auto und öffnete die hintere Seitentür.

„Jeremy, wir haben gute Neuigkeiten für dich. Sozusagen ein verspätetes Weihnachtsgeschenk", rief Alex überschwänglich.

„Was ist es denn?" Der Junge zappelte vor Ungeduld, während er aus dem Kindersitz befreit wurde.

„Shannon wird deine neue Mummy."

Jeremy hielt plötzlich still. „Ganz wirklich, echt, ehrlich?"

„Hundertprozentig wirklich, echt und ehrlich", versicherte Alex feierlich.

Der Kleine warf sich Shannon förmlich in die Arme. „Ich habe an Weihnachten von meiner ersten Mummy geträumt. Sie hat mir gesagt, es ist in Ordnung, wenn du meine neue Mummy wirst."

„Dann sind wir uns ja alle einig", meinte Alex und lächelte strahlend.

Er legte einen Arm um Jeremy, den anderen um Shannon und küsste sie zärtlich und lang. Das vertrieb ihre letzten Schatten und Zweifel, und es gab ihr die Gewissheit, dass wieder einmal ein Wunder geschehen war.

Das Wunder, dass zwei Menschen die Liebe zueinander fanden.

EPILOG

Shannon rieb sich den Rücken. Es gefiel ihr, schwanger zu sein, aber so kurz vor der Geburt machte ihr der Umfang doch zu schaffen und behinderte sie bei ganz alltäglichen Aktivitäten. Das Anziehen war mühsam und auch das Treppensteigen in den oberen Stock des alten Farmhauses.

Lächelnd sah sie sich im Wohnzimmer um. Eigentlich hatte sie nicht in einem mehr als hundert Jahre alten Haus leben wollen, aber sie hatte ihre Meinung sofort geändert, als sie zum ersten Mal zur Besichtigung hier gewesen war. Alex hatte gewirkt wie ein Kind im Bonbonladen, wie hätte sie da Nein sagen können?

Auch für die Weihnachtsdekoration war es ideal, wie sich jetzt herausstellte. Vielleicht hatte sie damit ein bisschen übertrieben, aber sie war so stolz gewesen, das Haus selber zu schmücken. Kane hatte darauf bestanden, dass sie früh aufhörte zu arbeiten. So hatte sie genügend Zeit gehabt, das Haus in ein Weihnachtswunderland zu verwandeln.

Statt selber Kekse anbrennen zu lassen, hatte sie Schwägerinnen und Schwestern zu Backpartys eingeladen, und alle hatten viel Spaß gehabt, vor allem Jeremy.

„Habe ich dir heute schon gesagt, wie sehr ich dich liebe?" Alex beugte sich über sie und küsste sie.

„Das hast du", bestätigte sie, als sie wieder zu Atem gekommen war. „Aber ich kann es gar nicht oft genug hören."

Das vergangene Jahr war voller aufregender Ereignisse gewesen. Zuerst die Hochzeit im Familienkreis, einige heftige Meinungsverschiedenheiten mit ihrem frischgebackenen Ehemann, der Verkauf ihrer beiden Häuser sowie der Erwerb des gemeinsamen Heims – und als Krönung ihrer leidenschaftlichen Liebe die Freude auf ihr gemeinsames Kind.

Wieder lächelte Shannon versonnen. Es war nicht immer alles glattgelaufen, aber das erwartete sie auch gar nicht. Es wäre ihr zu einfach gewesen. Ehepartner mussten sich annähern und lernen, Kompromisse einzugehen. Eine gute Beziehung war es wert, sich damit jede erdenkliche Mühe zu geben.

Jeremy kam, „Jingle Bells" singend, ins Wohnzimmer gelaufen. Sie liebte ihn jetzt noch mehr als vor einem Jahr, falls das überhaupt möglich war. Vor einigen Monaten hatte er ihr Mr. Tibbles anvertraut, den sie mit einigen Babysachen sorgfältig verstaut hatte. In späteren Jahren würde er diese Dinge sicher gern wiederhaben.

„Wann gehen wir endlich singen?", fragte er.

„Du willst singen gehen, Shannon?", hakte Alex nach. „In deinem Zustand?"

„Es ist nun mal Heiliger Abend, und Jeremy war noch nie dabei. Es macht ihm sicher viel Freude."

„Na gut, wenn du meinst", gab er sich geschlagen.

Zu seinem Erstaunen genoss Alex es geradezu, seinen Willen mit dem Shannons zu messen. Wenn es tatsächlich mal heftig zwischen ihnen zuging, versöhnten sie sich anschließend gleich wieder. Liebe war der beste Friedensstifter, den es gab.

„Bekomme ich denn nun endlich zu Weihnachten ein Schwesterchen oder ein Brüderchen?", fragte Jeremy.

„Der Weihnachtsmann arbeitet daran", antwortete Shannon und versuchte, sich bequemer hinzusetzen.

Das Baby war überfällig, deshalb hätte Alex es lieber gesehen, wenn sie zu Hause blieben, aber er wusste, Shannon würde ihn nur auslachen. Deshalb versuchte er, sich nicht allzu viele Sorgen zu machen, sondern optimistisch in die Zukunft zu blicken.

Wie im Jahr zuvor wurden sie von Jeremys Freudenrufen geweckt, der verkündete, der Weihnachtsmann sei tatsächlich wieder da gewesen und habe viele Päckchen gebracht.

Mein schönstes Geschenk sind meine Familien, die große und die kleine, dachte Shannon dankbar. An Weihnachten wurde ihr das besonders bewusst.

Nachdem sie zu Hause die Präsente ausgepackt hatten, fuhren sie zu Shannons Mutter, wo sich der ganze Clan wieder versammelte.

„Bist du sicher, dass du nicht lieber zu Hause im Bett liegen solltest?", fragte Alex besorgt, während er ihr aus dem Auto half.

„Ganz sicher", antwortete sie.

Dass sie bereits leichte Wehen hatte, verschwieg sie ihm. Sie waren kaum spürbar und kamen in großen Abständen. Bevor sie ins Krankenhaus gebracht wurde, wollte Shannon zuerst noch feiern.

„Seht mal, wen ich hier habe", sagte ihre Mutter, nachdem die Begrüßung überstanden war. „Heute Morgen frisch angekommen."

Gail hatte versteckt hinter dem Weihnachtsbaum gestanden und kam nun zum Vorschein.

Ganz wie im Jahr davor. Und genau so fröhlich und ausgelassen wie damals verlief das Fest auch diesmal.

Vor dem Essen ging Shannon in die Küche, um den anderen bei den Vorbereitungen zuzusehen. Es machte ihr nichts mehr aus, dass sie nicht kochen konnte. Sie war trotzdem eine gute Ehefrau und Mutter, fand sie.

„Wie groß sind die Abstände?", fragte ihre Mutter eindringlich.

Shannon lachte. „Ich hätte mir denken können, dass du es sofort merkst. Dreißig Minuten, also habe ich noch viel Zeit."

„Wie schön, dass wir ein Weihnachtsengelchen in der Familie haben werden!"

„Du hast sicher nicht erwartet, dass ich die Nächste bin, die ein Kind bekommt", meinte Shannon.

„Irrtum. Ich wusste es, sobald ich Alex kennengelernt und gesehen hatte, wie er dich anschaut. Hier ist ein Mann, dachte ich mir, der sein Bedürfnis nach Liebe und Nähe leugnet, aber meine Tochter ehrlich liebt."

„Richtig. Das hat er inzwischen bewiesen."

Shannon schaffte es bis nach dem Essen, ihre Wehen geheim zu halten. Erst dann bat sie Alex, sie ins Krankenhaus zu bringen.

Er war so aufgeregt, als würde er zum ersten Mal Vater.

In der Klinik ging alles komplikationslos vonstatten. Nach zweieinhalb Stunden brachte Shannon eine wunderschöne kleine Tochter zur Welt. Sie hatte kupferrotes Haar und ein Gesichtchen wie ein Engel.

Staunend und voller Stolz betrachteten sie und Alex das Baby.

„Ich finde, wir sollten sie Kimberly nennen", schlug Shannon leise vor.

Alex schluckte. Er hatte immer bewundert, wie sie seine Vergangenheit mit Kim akzeptierte und wie sehr sie das Kind aus seiner ersten Ehe liebte.

Shannon war unfassbar großzügig. Es rührte ihn beinah zu Tränen.

„Deine Idee ist wunderbar. Du bist wunderbar, Liebste", flüsterte er, als er wieder sprechen konnte. „Aber ich kann mir keinen besseren Namen für unser kleines Mädchen vorstellen als Holly Noel, weil sie doch am Weihnachtstag geboren ist."

„Wenn du meinst, Alex. Ich bin einverstanden." Sie lächelte ihn strahlend an.

Und er wusste, dass mit ihr jeder Tag so wundervoll sein würde wie Weihnachten.

Ein ganzes Leben lang.

– ENDE –

Informationen zu unserem Verlagsprogramm, Anmeldung zum Newsletter und vieles mehr finden Sie unter:

www.harpercollins.de

Deutsche Erstveröffentlichung

Band-Nr. 25961
9,99 € (D)
ISBN: 978-3-95649-602-8
400 Seiten
Auch als eBook und Hörbuch erhältlich!

Sarah Morgan
Für immer und einen Weihnachtsmorgen

Skylar Tempest hat noch nie verstanden, warum der Fernseh-Historiker Alec auf der ganzen Welt geliebt wird. Schließlich verhält er sich ziemlich abgehoben und hat es sich in den Kopf gesetzt, sie nicht zu mögen. Als das Schicksal ihr am Ende des Jahres dazwischenfunkt, muss sie Heiligabend ausgerechnet an seiner Seite verbringen. Und obwohl ihr diese Weihnachtszeit zunächst nicht sehr gnadenbringend erscheint, könnten die Glocken auf Puffin Island nicht süßer klingen. Denn bei ihm und seiner Familie herrscht das schiere Festtagschaos. Und das kann manchmal ganz schön liebenswürdig sein ...

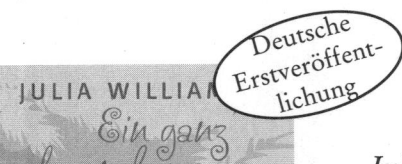

Band-Nr. 25967
9,99 € (D)
ISBN: 978-3-95649-598-4
432 Seiten
Auch als eBook erhältlich!

Julia Williams
Ein ganz besonderer Weihnachtswunsch

Seine Mum hat Joe beigebracht, dass er nur zum Polarstern hinaufsehen und ihm seinen Weihnachtswunsch entgegenschicken muss. Dann wird er wahr. Doch jetzt ist sie tot, und Joe vermisst sie unendlich. Aber manchmal spürt er sie an seiner Seite, hört ihm zu, wenn er mit ihr spricht, da ist er sich ganz sicher – obwohl ihm niemand glaubt. Und dieses Weihnachtsfest möchte er nichts mehr, als dass sie noch einmal eine richtige Familie sind. Ob ihm der Polarstern auch diesen Wunsch erfüllen kann?

Deutsche Erstveröffentlichung

Band-Nr. 25968
9,99 € (D)
ISBN: 978-3-95649-601-1
304 Seiten
Auch als eBook erhältlich!

Ira Panic
Die Liebe kommt auf Samtpfoten

Katze Kaila freut sich auf gemütliche Wintertage am Kamin. Vorher muss sie aber dafür sorgen, dass ihr Pflegefrauchen Miriam wieder glücklich wird – zum Beispiel mit dem netten Architekten Sascha? Kaila hat gleich gespürt, dass er der Richtige für Miriam sein könnte. Und so setzt die kluge Katzendame alles daran, diese zwei Menschen zum Fest der Liebe zu vereinen.

Tanja Janz
Friesenherzen und Winterzauber

Die Hamburgerin Ellen muss vor ihrem Liebeskummer fliehen. Wie soll die Autorin da bloß für ihr neues Buch in Romantik schwelgen? Auf nach St. Peter Ording. Sofort ist sie verzaubert von den vereisten Salzwiesen, der Weite des Strandes und dem gemütlichsten Teeladen der Welt. Und von einem geheimnisvollen Briefkasten neben dem alten Leuchtturm. Ihm vertraut sie einen Brief mit ihren Gefühlen an. Was sie nie erwartet hätte: Am nächsten Tag erhält sie eine Antwort...

Band-Nr. 25976
9,99 € (D)
ISBN: 978-3-95649-654-7
304 Seiten
Auch als eBook erhältlich!